書香文雅

中华传统文化国粹
经典文库

名家导读版

阅微草堂笔记（选译）

〔清〕纪　昀◎著

吴　波◎导读

中国民族文化出版社

北　京

图书在版编目（CIP）数据

阅微草堂笔记 /（清）纪昀著；吴波导读 . —北京：
中国民族文化出版社有限公司，2023.11（2024.1 重印）
（中华传统文化国粹经典文库：名家导读版）
ISBN 978-7-5122-1523-8

Ⅰ . ①阅… Ⅱ . ①纪… ②吴… Ⅲ . ①笔记小说－小
说集－中国－清代 Ⅳ . ① I242.1

中国国家版本馆 CIP 数据核字（2023）第 055935 号

阅微草堂笔记

YUEWEICAOTANG BIJI

作　　者	〔清〕纪　昀
导 读 者	吴　波
责任编辑	何敬茹
责任校对	李文学
装帧设计	宋双成
出 版 者	中国民族文化出版社　地址：北京市东城区和平里北街 14 号
	邮编：100013　联系电话：010-84250639　64211754（传真）
印　　装	三河市南阳印刷有限公司
开　　本	710mm×1000mm　16 开
印　　张	25
字　　数	386 千
版　　次	2023 年 4 月第 1 版
印　　次	2024 年 1 月第 2 次印刷
标准书号	ISBN 978-7-5122-1523-8
定　　价	42.80 元

中华传统文化国粹经典文库

品文化经典　通古今智慧

总策划

李继勇

　　策划人、出版人、北京书香文雅图书文化有限公司董事长。专业从事图书策划，儿童文学、儿童阅读推广，国内文化交流等。已成功策划"儿童文学光荣榜"系列、"爱阅读课程化丛书"系列、"文学百年·名家散文典藏"系列、"科幻文学群星榜"系列、"绘本里的世界"系列、"童诗百年"系列等多种类型出版物。

总顾问

于润琦

　　中国现代文学馆研究员、中国作家协会会员。总主编《插图本百年中国文学史》（3卷），主编《清末民初小说书系》（10卷）、《海派作家作品精选》（16册），校、注古典小说《型世言》《金屋梦》《中国古典文学海外珍稀本文库》30余种，参与编选《明、清、民国时期珍稀老北京话历史文献整理与研究》（30册）、《中国现代文学百家》（116册），以及《北京的门礅》《老北京的门楼》北京民俗著述多种。

导读者

（按姓名音序排列）

◎**薄克礼**
文学博士，天津城建大学教授。攻文史，好四书。

◎**陈鹏程**
历史学博士，天津师范大学文学院副教授。

◎**陈世旭**
当代作家，曾任中国作家协会主席团委员、江西省文联主席兼作家协会主席。

◎**陈喜儒**
作家，著名翻译家，曾任中国作家协会外联部副主任、中国外国文学学会日本文学研究分会会长。

◎**冯 蒸**
首都师范大学文学院教授，博士生导师，北京国际汉字研究会理事、副会长。

◎**官 铎**
管子思想理论和应用资深研究学者。

◎**关四平**
哈尔滨师范大学文学院教授，博士生导师。主要从事中国古代小说及戏曲等研究。

◎**韩小蕙**
著名作家，中国作家协会会员，中国散文学会副会长，南开大学文学院兼职教授。

◎**侯忠义**
北京大学教授，曾任北京大学图书馆古籍整理研究室主任。主要从事先秦两汉文学史、文言小说研究。

◎**李海涛**
天津师范大学历史文化学院教授，天津市孙子兵法研究会荣誉会长。

◎**李瑞兰**
天津师范大学历史文化学院教授，曾任中国先秦史学会理事。

◎**李树果**
资深《易经》研究者，中国散文诗学会理事，《中华时报》记者。

◎**李硕儒**
作家，著名编剧。合著长篇历史小说《大风歌》获重庆市"五个一工程奖"。

◎**廉玉麟**
天津中医药大学第一附属医院主任医师，教授。

◎**林海清**
天津师范大学国际教育交流学院副教授，天津市红楼梦研究会副秘书长兼理事，中国三国演义学会、中国水浒学会会员。

◎林 骅

天津师范大学文学院教授，曾任古典文献研究所所长，天津市红楼梦研究会顾问。

◎马文大

首都图书馆研究馆员、北京地方文献中心主任，北京史研究会副会长。

◎孟昭连

南开大学文学院中国语言文学系教授，中国东方文化研究会理事。

◎宁稼雨

南开大学英才教授、博士生导师，2017年度国家社科基金重大项目"全汉魏晋南北朝小说辑校笺证"首席专家。

◎宁宗一

南开大学学术委员会委员、中国武侠文学学会名誉会长、中国儒林外史学会副会长。

◎牛 倩

天津大学国际教育学院副教授，硕士研究生导师。

◎欧阳健

福建师范大学文学院教授，曾任《明清小说研究》杂志主编。

◎潘务正

安徽师范大学文学院教授，教育部人文社会科学重点研究基地安徽师范大学中国诗学研究中心副主任，中国韵文学会赋学专业委员会（中国辞赋学会）副会长。

◎乔卉林

中国城乡金融报社记者。其作品曾多次获得奖项。

◎尚学峰

又名尚学锋。文学博士，北京师范大学文学院教授。

◎邵永海

北京大学中文系教授。主要从事汉语史方面的教学和研究工作。

◎石定果

北京语言大学人文学院教授，汉语言文字学博士。著有《说文会意字研究》等多部作品。

◎石 厉

原名武砺旺。著名诗人，文艺理论家。《诗刊》编委，《中华辞赋》杂志总编辑，中华诗词学会副会长。

◎石 麟

湖北师范大学文学院教授。中国水浒学会会长。

◎孙立仁

曾任《中国老年报》社长，发表多篇小说、诗歌、散文、报告文学等。当代篆刻家。

◎孙钦善

北京大学中文系教授，全国高等院校古籍整理研究工作委员会委员，中华炎黄文化研究会理事。

◎田秉锷

江苏省文艺评论家协会顾问，徐州市孔子学会顾问，江苏师范大学客座教授。

◎王建新

中国历史文献研究会理事，中原传媒集团出版部副主任。

◎王 蒙

著名作家、学者，文化部原部长。茅盾文学奖获得者。多年来致力于传统文化研究。2019年获"人民艺术家"国家荣誉称号。

◎王晓华

民国史专家，中国第二历史档案馆研究馆员。中央广播电视总台、北京电视台、湖北卫视等多个栏目主讲嘉宾。

◎吴 波

湖南农业大学教授、党委委员、副校长，中国儒林外史学会副会长，湖南省古代文学学会副会长。

◎武道房

安徽师范大学中国诗学研究中心教授。

◎徐 刚

诗人，作家。曾获鲁迅文学奖、郭沫若散文奖、中国报告文学终身成就奖等。

◎俞 前

中国作家协会会员，苏州市吴江区南社研究会会长，苏州南社文化研究院副院长。

◎查洪德

文学博士，南开大学中国语言文学系教授，博士生导师。内蒙古元代文学学会会长。主要从事元明清文学与文献研究。

◎张秋升

曲阜师范大学历史文化学院教授，主要研究儒家史学理论。

◎张世林

新世界出版社编审，著有《大师的侧影》等著述。

◎张弦生

中州古籍出版社编审、副总编辑。

◎郑铁生

天津外国语大学教授，原中国三国演义学会常务副会长兼秘书长，曾任中国红楼梦学会学术委员会委员、北京曹雪芹学会副会长。

◎周传家

北京联合大学应用文理学院教授，中国昆剧古琴研究会副会长，中国戏剧文学学会顾问，中国戏曲学会常务理事。

◎卓 然

原名王坤元，笔名卓然。作家，诗人。著有中短篇小说集《我记忆中的河》、散文集《天下黄河》等作品。

　　《阅微草堂笔记》是清朝著名的文学家、学者纪昀晚年撰写的一部文言笔记小说集。

　　纪昀（1724—1805年），字晓岚，直隶河间府献县（今河北献县）人。乾隆十九年（1754年）甲戌科进士，授翰林院庶吉士、编修。之后历任武英殿纂修、功臣馆总纂、国史馆总纂、方略馆总纂、兵部侍郎、礼部尚书等职，谥号"文达"。曾经担任过十余年的《四库全书》总纂官，主要参与编纂了《四库全书总目提要》《四库全书简明目录》《历代职官表》《河源纪略》，以及个人编著的《镜烟堂十种》《唐人诗律说》《阅微草堂笔记》等。

　　《阅微草堂笔记》是他晚年的"消闲"之作。全书共二十四卷，包括《滦阳消夏录》六卷、《如是我闻》四卷、《槐西杂志》四卷、《姑妄听之》四卷、《滦阳续录》六卷，计四百余篇文言志怪小说。

　　《阅微草堂笔记》思想内容深刻，文化意蕴丰富。

　　该作品深刻揭露了封建官场的黑暗与腐朽。纪昀流连官场多年，对于官场的黑暗腐朽洞若观火。小说中，官吏们所钻研的"非揣摩迎合之方，即消弭弥缝之术"（《滦阳消夏录五》）。他们相互倾轧，热衷仕宦，而"仕宦热中，其强悍者必怙权，怙权者必狠而愎；其孱弱者必固位，固位者必险而深。且怙权固位，是必躁竞，躁竞相轧，是必排挤。至于排挤，则不问人之贤否，而问党之异同；不问事之可否，而计己之胜负。流弊不可胜言矣"（《滦阳消夏录五》）。小说还描绘了一大批虽"身握重权"，却"束手而委命"、碌碌无为的官吏形象，并对他们痛加鞭挞。《滦阳消夏录一》中记一官吏昂然入冥府，拜谒阎王，标榜自己廉洁奉公，所谓："所至但饮一杯水"，无愧鬼神。阎王随即批驳道："公一生处处求自全，某狱某狱，避嫌疑而不言，非负民乎？某事某事，畏烦重而不举，非负国乎？三载考绩之谓何？无功即有罪矣。"在纪昀笔下，即使是一些所谓的清官循吏，也同样各怀私心，非诚心诚意为百姓备办实事。《滦阳消夏录一》中记一平原知州董思任为公认的良吏，"颇爱民，亦不取钱"。爱民亦不取财，自然合乎清官的标准。然而，狐仙却揶揄道："公为官，颇爱民，亦不取钱……然公爱民乃好名，不取钱乃畏后患耳。"原来此官所为乃为好名避祸不得已而为之。

该作品严厉批判了假"道学"的虚伪。在纪昀的笔下，那些"讲学家"表面上口称圣贤，其实满腹鬼蜮。《滦阳消夏录三》中的一则笔记记献县东边淮镇一位老儒为达到以贱价霸占邻宅的目的，居然贿夜盗，在邻宅四周，或抛掷瓦石，或作鬼声，或纵火以惊吓邻居。最后迫使邻居在惊恐中不得已将屋宅以贱价售出。

该作品展示了一幅幅生动形象的明清社会风俗画卷。明末清初，战乱频仍，加之连年自然灾害的侵袭，百姓挣扎于水深火热之中。该作品通过一则又一则故事真实还原了这一段历史的原貌，展示了百姓悲苦的命运。他（她）们或因为兵荒马乱而流离失所，或因饥荒而家破人亡，情景场面之惨烈令人发指。而妇女群体更是其中典型。在该作品中，她们缺乏起码的人身自由与人格尊严，她们被作为奴隶而随意遭人驱遣打骂。《如是我闻三》中记一富室女被人拐卖为奴，五六年后解救归来，"视其肌肤，鞭痕、杖痕、剪痕、锥痕、烙痕、烫痕、爪痕、齿痕遍体如刻画"。值得注意的是，纪昀在展示她们悲惨命运的同时，还塑造了一批出身卑微，同遭劫难，但并不屈服于命运的摆布，敢于运用自己的智慧与命运抗争最终取得胜利的女性，并对她们之所为大加赞扬，突出地表现了他同情弱者的亲民思想。《姑妄听之三》中记一灶婢在强盗手炬露刃，攻楼门垂破的关键时刻，急中生智，密持火种，潜至后院，乘风纵火，焚其积柴，使烟焰冲天，阖村惊起，数里内邻村亦救视。危急中解脱了主人的困厄。

该作品还描绘出当时普遍存在的人情淡薄、世态炎凉的社会现象。《如是我闻四》中的一则笔记讲一孝廉性格吝啬，其妹家很贫穷。除夕之夜，妹妹家炊烟不举，不得已冒着风雪徒步数十里，向这位孝廉兄长乞贷些银子聊以度岁，并承诺第二年春天以所获馆谷偿还。可孝廉兄长丝毫不为其所动，"坚以窘辞"。即使在旁边的母亲也泣涕助请，"辞如故"。名为"孝廉"，居然连自己的母亲、姐妹这样的至亲都可以不管不顾，真不知其

"孝"在何处？

而为人媒者（作为月下老人之京师媒妁）则"最奸黠"："遇选人纳媵，多以好女引视，而临期阴易以下材，觉而涉讼者有之。幂首入门，背灯障扇，俟定情后始觉，委曲迁就者亦有之。"而小说中所记一老媪竟以身自代，真是无耻之尤！

该作品还是一部包含着丰富人生智慧的小说集。纪昀本人是一位智者。他本长文笔，阅历丰富，特别是长期在乾隆帝身边相伴，积累了丰富的人生经验。在该作品中，他通过一则则狐鬼故事，形象地从哲学上讲述人生道理。如告诫世人歌舞之场、北里之游，情色虽美，但终为幻境（《滦阳消夏录一》）；鬼魅善伪装，美丽的画皮下包裹着蛇蝎之心，因此人人都要擦亮眼睛，透过现象看本质（《滦阳消夏录一》）；交友之道，在于交心，不见其心，以貌交之，必受其害（《滦阳消夏录五》）；凡事未成之前，应潜养灵气，深自韬晦，不可张扬，妄自炫耀（《如是我闻一》），等等，很有启发意义。当然，《阅微草堂笔记》也存在着封建思想的糟粕，如忠孝节义的思想、宿命的观点等，这是需要我们加以甄别和批判的。

从艺术上看，《阅微草堂笔记》是一部风格独特的文言笔记小说集。

首先，它继承了魏晋南北朝小说简洁素雅的写作风格，无论叙事写人、写景状物都惜墨如金，虽笔致俭朴，然含蕴丰富，摹绘如生，表现力极强。如《槐西杂志三》写西山之风景，曰："林峦深处，风日暄妍，泉石清旷，杂树新绿，野花半开。"将西山春天清幽鲜妍之景传神地状写出来。写人物动作神态，同样着墨不多，但动作之变幻，神态之传神，无不栩栩如生，曲尽其妙。如《滦阳消夏录二》描绘屠者许方狠揍醉鬼，则曰："因连与痛击，渐纵弛委地，化浓烟一聚。恐其变幻，更捶百余。其烟平铺地面，渐散渐开，痕如淡墨，如轻縠，渐愈散愈薄，以至于无。"此处之醉鬼为人痛击而委顿，而变幻，而消逝，先是"纵弛委地，化浓烟一聚"，"更捶百余"后，其"烟平铺地面，渐散渐开，痕如淡墨，如轻縠"，最后"渐愈散愈薄，以至于无"。其描写始终扣住其渐变的不同阶段形态，既突出其特征，又生动形象。不仅描绘人物如此，状写动物之动作神态亦然。如描写冤鬼兔之怒状，则曰："遇一兔，人立而拱，目炯炯如怒。"犹如影片定格，在凝固的时间中，通过"人立而拱"的拟人化描写以及"炯炯"目光所喷射出来的仇焰将其遇见仇敌、渴望复仇之情态活生生地描摹出来，用语很节俭，但艺术效果特别鲜明。描摹吞吃春药老鼠之焦躁，则道："忽二鼠腾掷相逐，满室如飚轮旋转，弹丸迸跃，瓶彝罍洗，击触皆翻，砰铿碎裂之声，使人心骇。"

其次，善于捕捉细节，运用白描的手法，寥寥数笔，情伪尽出，却能引发读者无限遐思，含蕴无穷。《滦阳消夏录五》中塑造一吝啬鬼形象，此人不仅吝啬，以财为命，而且残忍冷酷："徒手积累至千金。虽妻子冻饿，视如陌路。"病革时，只见他"陈所积于枕前，一一手自抚摩"，并曰："尔竟非我有乎？"说完，呜咽而殁。其临死之前抚摩积钱的细节以及当其将要失去的时候所表现出来的那种无限惋惜的情态，将一个吝啬鬼的形象刻画得入木三分，成为中国古典小说中又一个塑造得十分成功的人物形象，其艺术效果堪与《儒林外史》中的严监生媲美。除了白描，纪昀还颇善于随手点染，看似随意，而耐人寻味、含蕴无穷。如《滦阳消夏录四》中写两位以道学自诩的塾师相谋夺取寡妇之田产，作者没有长篇大论式地展开情节，仅选取了一个很有意趣的细节：正当他们相邀会讲，"方辩论性天，剖析理欲，严词正色，如对圣贤"之时，忽然微风飒然，吹片纸落阶下。生徒拾视之，原来为二人谋夺寡妇田，往来密商之札也。这一情节意味深长，前后对比，将讲学者卑鄙龌龊的灵魂毫不留情地撕开展示在世人的面前。值得注意的是，作者在描写片纸飘落这一细节时，还特意加了"旋舞不止"这句，看似这一补缀是为了缴足片纸飘落阶下这一笔墨，实际上作者是大有深意的，暗喻着"此或神恶其伪，故巧发其奸欤"的意蕴。虽稍加点染，其艺术效果却是不凡的。

再次，以虚衬实、以简驭繁。《阅微草堂笔记》情节的展开明显继承了中国传统的叙事风格。该作品中各篇的情节线索单一，事情的来龙去脉也交代得比较清楚，与《聊斋志异》的逶迤曲折形成鲜明对比。但作为笔记小说，它又能在风格上取各种文体如传记、辞赋、小品文之长，在情节展开上呈现出多样化的特征。许多篇什往往没有对事情过程的详细交代，仅仅截取某一段人物的对话或者一个简短的情节将人物的心境揭示出来，以小见大，颇类似所谓的小品。如《姑妄听之一》中有一则笔记：

陈句山前辈移居一宅，搬运家具时，先置书十余篋于庭。似闻树后小语曰："三十余年，此间不见此物也。"视之阒如。或曰："必狐也。"句山掉首曰："解作此语，狐亦大佳。"

整篇文章六十余字，中心仅为狐狸的一句话。但却将狐狸对书的渴望活灵活现地表现出来，尽管篇幅颇小，却意趣盎然。

此外，《阅微草堂笔记》艺术情境的构设亦十分精致含蓄，如《姑妄听之一》中的一则笔记：

囊与数友往九鲤湖，宿游仙山家。夜凉未寝，出门步月。忽清风泠然，穿林而过，木叶籁籁，栖鸟惊飞。觉有种种花香，沁人心骨，出林后沿溪而去。水禽亦磔格乱鸣，似有所见。然凝睇无睹也，心知为仙灵来往。次日，寻视林内，微雨新晴，绿苔如罽，步步皆印弓弯，又有跣足之迹，然总无及三寸者。溪边泥迹亦然。数之，约二十余人。指点徘徊，相与叹异，不知是何神女也。

此则笔记中，神女自始至终没有正面出现。但作者通过描绘神女来时木叶籁籁、栖鸟惊飞、种种花香，次日寻视林内，微雨新晴，步步皆印弓弯，又有跣足之迹，从而以虚衬实，使人感受神女之过往行踪，如空穴来风。既缴足了神女的笔墨，又突出了神女来无影、去无踪的神秘感，使人产生无限联想，特别是作者构拟了神女出场的意境，更是精致含蓄，起到"言有尽而意无穷"的艺术效果。

《阅微草堂笔记》的写作，前后延续时间达十年之久。该作品完稿后，并未以全本的形式付梓行世，而是以单行抄本、刻本行世，直到嘉庆五年（1800年），才由纪昀门人盛时彦于北平合刊印行，乃《阅微草堂笔记》之原刊本。嘉庆二十一年（1816年）盛夏，盛氏在原刊本基础上重加校订，精心雕刻，又出了重刊本。道光十三年（1833年），又有羊城重刻本，该刻本共十六册，前有郑开禧、盛时彦序。道光十五年（1835年），郑开禧因"从索是书者众，因重锓板"。之后，坊间又多有版本出现，然大抵以盛、郑两版为本。

　　清代嘉庆年间以来，坊间对《阅微草堂笔记》的评点亦绝不少见。从目前所能见及的文献资料看，《阅微草堂笔记》的评点主要有徐瑨、翁心存、徐时栋、王伯恭四家（此外还有李春帆、孙益亭数条评点文字附著于徐瑨的《纪氏嘉言》中）。

　　《阅微草堂笔记》为中国古代文言笔记体小说的典范之作，对于推进清代文言小说创作起到重要的作用。而其蕴含的思想文化意蕴及人生智慧对现代社会的发展依然具有借鉴意义。

吴　波

目录

卷一　滦阳消夏录一

〔题解〕

清代乾隆五十四年（1789年），浩大的国家工程《四库全书》的编纂工作接近尾声，66岁的总纂官纪（jǐ）昀（yún）悄然开始用十年的时间撰写一部笔记体志怪小说。当时正值夏季，纪昀在承德避暑山庄校对、修改《四库全书》之余创作自己的小说，并给首卷命名为《滦阳消夏录》，其中"滦阳"是承德的别称。《滦阳消夏录》问世后，立即被广泛传阅，一时间洛阳纸贵，受到热烈追捧。随后，纪昀又创作了《如是我闻》《槐西杂志》《姑妄听之》与《滦阳续录》四本书，并在1800年由他的门生（兼知己）盛时彦合刊，定名为《阅微草堂笔记》。盛时彦在为此书所作的序言中说："《滦阳消夏录》等五书俶（chù）诡奇谲无所不载，洸（guāng）洋恣肆无所不言，而大旨要归于醇正，欲使人知所劝惩。"由这段评价可知，纪昀作为身居高位的鸿儒，之所以创作这样的"稗官小说"，就是为了用伦理道德来感召百姓，以挽救封建社会末期世风日下的现实，劝诫世人。这一目的贯穿全书，因此虽然这些小说带有强烈的神怪色彩，但内核往往是劝人向善的。《阅微草堂笔记》的文风质朴简洁，内容亦庄亦谐、想象丰富、包罗万象，是一部趣味性很强的著作。至于其中的因果报应思想、腐朽道学思想及等级观念等，需要我们阅读时认真加以甄别，去粗取精。

原文

乾隆己酉①夏，以编排秘籍，于役②滦阳③。时校理久竟，特督视官吏题签庋④架而已。昼长无事，追录见闻，忆及即书，都无体例。小说稗官⑤，知无关于著述；街谈巷议，或有益于劝惩。聊付抄胥⑥存之，命曰《滦阳消夏录》云尔⑦。

●【字词注解】

①乾隆己酉：指乾隆五十四年（1789年），当时纪昀当了十四年的《四库全书》总纂官后，又负责校勘工作。

②于役：因公务在外奔走。出自《诗经·君子于役》。

③滦阳：今河北承德。因承德在滦河之北，故有此名。古人称河的北岸为阳，南岸为阴。

④庋（guǐ）：放置，收藏。

⑤稗（bài）官：古时负责为帝王讲述风俗人情、街谈巷议的小官，后成为小说及小说家的代称。

⑥抄胥（xū）：负责缮写的小官吏。

⑦云尔：语气助词，表示如此罢了、如此而已之意。

●【精彩解说】

乾隆己酉年夏天，我为了编排书籍，到承德去工作。当时校对、整理工作完成已久，剩下的就是监督各级官吏做好书籍的标记和上架工作而已。漫长的白天没有事做，我就想回忆并记录下过去的见闻，想到什么就写什么，没什么体例。写的都是一些稗官野史，我知道不是什么有重大意义的著述；但是那些街谈巷议的故事，或许有助于劝诫百姓。于是让负责抄写的官吏抄写后保存起来，命名为《滦阳消夏录》。

原文

爱堂先生言：闻有老学究夜行，忽遇其亡友。学究素刚直，亦不怖畏，问："君何往？"曰："吾为冥吏，至南村有所勾摄①，适同路耳。"因并行。至一破屋，鬼曰："此文士庐也。"问何以知之。曰："凡人白昼营营，性灵汩没②。惟睡时一念不生，元神朗彻，胸中所读之书，字字皆吐光芒，自百窍而出，其状缥缈缤纷，烂如锦绣。学如郑、孔③，文如屈、宋、班、马④者，上烛霄汉，与星月争辉。次者数丈，次者数尺，以渐而差，极下者亦荧荧如一灯，照映户牖。人不能见，惟鬼神见之耳。此室上光芒高七八尺，以是而知。"学究问："我读书一生，睡中光芒当几许？"鬼嗫嚅⑤良久曰："昨过君塾，君方昼寝。见君胸中高头讲章⑥一部，墨卷⑦五六百篇，经文七八十篇，策略⑧三四十篇，字字化为黑烟，笼罩屋上。诸生诵读之声，如在浓云密雾中。实未见光芒，不敢妄语。"学究怒叱之，鬼大笑而去。

─●【字词注解】

①勾摄：拘捕，传拿。

②汩没：埋没。

③郑、孔：指郑玄、孔颖达。

④屈、宋、班、马：指屈原、宋玉、班固、司马迁。

⑤嗫嚅（rú）：想说又不敢说，吞吞吐吐的样子。

⑥高头讲章：明清时八股文家解释经典的讲义。

⑦墨卷：明清科举考试试卷的一种名目。

⑧策略：古时读书人为考试而准备的压题文章。

─●【精彩解说】

　　爱堂先生讲过这么一个故事：有个老学究走夜路，忽然遇到了自己故去的好友。老学究禀性刚强耿直，因此一点儿都不觉得害怕，就问道："先生这是要去哪里？"亡友答："我现在是阴间的官差，要去南村拘捕一个人，正巧能与你同路。"于是两人就一起赶路。到了一间破屋前，鬼说："这应当是文人的家。"老学究就问他是怎么知道的。鬼说："凡人白天蝇营狗苟，心中净是些俗念，所以灵性被俗念压制不能显露。只有晚上睡觉的时候才能心无杂念，灵魂清朗明澈，他所读过的书就会字字闪耀着光辉，从他的百窍向外发散，景象瑰丽缥缈，像锦绣一般绚烂。做学问有如郑玄、孔颖达那样的，写文章有如屈原、宋玉、班固、司马迁那样的，所发出的光芒直冲云霄，与星星、月亮争辉。不如他们的，光芒也有几丈高，或者几尺高，依次递减，即使最次的人也能像一盏小油灯发出微弱的光，能照见门窗。不过这种光芒人眼是看不见的，只有鬼神才能看到。这间破茅屋上方的光芒高达七八尺，所以我才知道这是文人的家。"老学究问："我读了一辈子书，睡着时光芒有多高？"鬼欲言又止，沉吟了好久才说："昨天经过你的私塾，你正在午睡。我看见你胸中有一部高头讲章、五六百篇墨卷、七八十篇经文、三四十篇策略，字字都化成黑烟，笼罩在你屋顶上。那些学生琅琅的读书声，好似被浓云迷雾遮住一般。我实在看不到一丝光芒，也不敢说假话。"老学究听了怒斥鬼，鬼大笑着走了。

原文

　　献县令明晟，应山人。尝欲申雪一冤狱，而虑上官不允，疑惑未决。儒学门斗①有王半仙者，与一狐友，言小休咎②多有验，遣往问之。狐正色曰："明公为民父母，但当论其冤不冤，不当问其允不允。独不记制府③李公之言乎？"门斗返报，明为悚然④。因言制府李公卫未达时，尝同一道士渡江。适有与舟子争诟者，道士太息曰："命在须臾，尚较计数文钱耶！"俄其人为帆脚所扫，堕江死。李公心异之。中流风作，舟欲覆。道士禹步⑤诵咒，风止得济。李公再拜谢更生。道士曰："适堕江者，命也，吾不能救。公贵人也，遇厄得济，亦命也，吾不能不救。何谢焉？"李公又拜曰："领师此训，吾终身安命矣。"道士曰："是不尽然。一身之穷达，当安命，不安命则奔竞排轧，无所不至。不知李林甫、秦桧，即不倾陷善类，亦作宰相，徒自增罪案耳。至国计民生之利害，则不可言命。天地之生才，朝廷之设官，所以补救气数也。身握事权，束手而委命，天地何必生此才，朝廷何必设此官乎？晨门⑥曰：'是知其不可而为之。'诸葛武侯曰：'鞠躬尽瘁，死而后已。成败利钝，非所逆睹。'此圣贤立命之学，公其识之。"李公谨受教，拜问姓名。道士曰："言之恐公骇。"下舟行数十步，翳然⑦灭迹。昔在会城，李公曾话是事，不识此狐何以得知也。

—●【字词注解】

　　①门斗：清朝官学里的杂役。

　　②休咎：吉凶。

③制府：清朝时对总督的尊称。

④悚然：害怕，惊惧。

⑤禹步：是道士在祷神礼仪中常用的一种步法动作。

⑥晨门：看守城门的官吏。

⑦翳（yì）然：隐藏、隐蔽的样子。

──●【精彩解说】

献县县令名叫明晟，应山人氏。在任时曾想为一冤案申雪，但又顾虑上司不允许，便迟疑难决。儒学中有个叫王半仙的公役和狐狸是朋友，他说有个狐狸算小吉凶卦比较准，明晟便打发他去问问。这个狐狸对公役严肃地说："明公身为一方百姓的父母官，只应该考虑这个案子冤不冤，而不该顾及上司准不准。难道不记得总督李公讲过的那段话吗？"公役回来报告了明晟，明晟现出很害怕的样子。于是说起总督李卫在未任官时和一个道士过江的事。当时他们碰巧赶上有个人在和船夫争吵，道士长叹道："活不多大一会儿了，还在计较那几文钱。"不一会儿，那人就被帆脚扫入江中溺水而死。李卫心中对此感到非常惊诧。船行到江中时起了风，眼看船就要被刮翻。道士踩着禹步念咒，于是风停了，船得以安然过江。李卫下船后一再拜谢道士的救命之恩。道士对他说："刚才掉进江中的那个人是命里注定要死的，我救不了他。但你是贵人，遭难而终能平安地渡过河，也是命中注定的，我不能不救。你有什么好感谢的？"李卫又拜谢道："遵照大师的这个训导，我将终生听天由命。"道士说："这也不尽然。一个人是穷困还是飞黄腾达，应当听从命运的安排；如若不然，那就会陷入奔波竞争、排挤倾轧、无所不为的境地。却不知，李林甫、秦桧就是不诬陷谋害忠良之臣，也能当宰相，他们那样做只不过是徒然增加他们的罪孽罢了。但若是牵涉国计民生的大事，就不能听从命运。你们这些天地所生之有才干的人，还有朝廷所设置的百官，都是用来弥补气数的。手中有了权，却整日无所事事，凡事都去任由天命，那么天地又何必生出有才干之人，朝廷又何必设置这一职位呢？守门人说：'知道不行而强要去做。'诸葛亮说：'鞠躬尽瘁，死而后已。至于成功、顺利与否，我就不回头去看了。'这都是圣贤建功立业的教诲，你要记住。"李卫恭谨地接受了道士的劝诫，并跪拜询问道士的姓名。

道士说："我说了怕你受惊。"下船走了数十步后，李卫便见他一晃没了踪影。当年在省城，李卫曾说起过此事，不知道此狐狸是怎么知道的。

原文

　　北村郑苏仙，一日梦至冥府，见阎罗王方录囚①。有邻村一媪②至殿前，王改容拱手，赐以杯茗，命冥吏速送生善处。郑私叩冥吏曰："此农家老妇，有何功德？"冥吏曰："是媪一生无利己损人心。夫利己之心，虽贤士大夫或不免。然利己者必损人，种种机械③，因是而生，种种冤愆④，因是而造；甚至贻臭万年，流毒四海，皆此一念之害也。此一村妇而能自制其私心，读书讲学之儒，对之多愧色矣。何怪王之加礼乎！"郑素有心计，闻之惕然而寤。郑又言，此媪未至以前，有一官公服昂然入，自称所至但饮一杯水，今无愧鬼神。王哂⑤曰："设官以治民，下至驿丞闸官，皆有利弊之当理。但不要钱即为好官，植木偶于堂，并水不饮，不更胜公乎？"官又辩曰："某虽无功，亦无罪。"王曰："公一生处处求自全，某狱某狱，避嫌疑而不言，非负民乎？某事某事，畏烦重而不举，非负国乎？三载考绩⑥之谓何？无功即有罪矣。"官大踧踖⑦，锋棱顿减。王徐顾笑曰："怪公盛气耳。平心而论，要是三四等好官，来生尚不失冠带。"促命即送转轮王⑧。观此二事，知人心微暧，鬼神皆得而窥，虽贤者一念之私，亦不免于责备。"相在尔室"，其信然乎！

—•【字词注解】

　　①录囚：官吏定期或不定期巡视监狱，对在押罪犯的情况进行审录、监督的司法制度。

　　②媪（ǎo）：老婆婆。

　　③机械：机心，狡诈。

　　④愆（qiān）：罪过，过失。

　　⑤哂（shěn）：微笑。

　　⑥三载考绩：三年要考察一次政绩。

　　⑦踧（cù）踖（jí）：恭敬不安的样子。

　　⑧转轮王：迷信中的地狱十殿阎王之一，主管轮回。

　　北村人有个叫郑苏仙的，有一天做梦来到阴间，只见阎王爷正在忙着查点鬼魂。邻村的一个老婆婆来到殿前时，阎王爷很敬重地拱手致礼，还赐茶款待，然后命阴差赶快送去投生，好好安置。郑苏仙悄悄地向阴差问道："这只是一个农家老太婆，有什么功德受此款待呢？"阴差说："这位老婆婆一辈子也没有做过损人利己之事，也无害人之心。相比之下，那些被人称颂的士大夫也难免有利己之心。本性自私自利的人难免要损害别人，于是种种机心狡诈之举就产生了，种种冤愆罪过也就造成了；有的甚至为了实现个人野心而不顾遗臭万年、流毒四海，这都是利己的念头所惹下的祸害。这位老太婆却能够做到一辈子压制自己的私心，在她面前，就连读书讲学有知识的人都有愧色。那么阎罗王尊敬她，又有什么可奇怪的呢？"郑苏仙一向有心计，听了这话，不觉心中有所警醒。郑苏仙又说，在这位老婆婆来之前，有一位当官的穿着官服趾高气扬地来到殿上，自称他所到之处，只是喝一杯水而已，因此在鬼神面前也心中无愧。阎王爷嘲笑说："朝廷设置官员是为了治理百姓，最低一级的官如驿丞、闸官等，都要尽心去做兴利除弊的事。你仅仅认为不要钱就是好官，那把木偶放在大堂上，它连一杯水也不喝，岂不是更胜过你吗？"这位官员又辩称说："我虽然没有功劳，但也没有罪过。"阎罗王说："你这个人不论干什么都只顾保全自己，某案某案，你为了避免嫌疑而不表态，这不是有负于百姓吗？某事某事，你怕烦心劳累便不去做，这不是有负于国家吗？《尚书·舜典》里'三载考绩'是怎么说的？没有功劳就是罪过。"这位官员顿时锐气大减，极为不安。阎王爷慢慢地转头看着他笑道："看你盛气凌人的，所以说道说道你罢了。平心而论，要是个三四等的好官，下辈子还可以做官。"于是命人把这位官员送到转轮王那里。通过这两件事，可知人的内心深处只要有那么一点儿自私的杂念，就能被鬼神看穿，哪怕是贤者的一念之私，也免不了要被责备。"鬼神时刻都在你身边"，这话可真不假啊！

原文

无云和尚，不知何许人。康熙中，挂单①河间资胜寺，终日默坐，与语亦不答。一日，忽登禅床，以界尺拍案一声，泊然化去。视案上有偈曰："削发辞家净六尘②，自家且了自家身。仁民爱物无穷事，原有周公、孔圣人。"佛法近墨③，此僧乃近于杨④。

【字词注解】

①挂单：指僧人到寺庙投宿。

②六尘：佛教用语，指依于六根所接之六尘，即声、色、香、味、触、法。尘即染污之义。

③墨：指墨家创始人墨子。

④杨：战国时魏国人杨朱，是战国初期伟大的思想家、哲学家。

【精彩解说】

有位无云和尚，没有人知道他是哪里人。康熙年间，他投宿到河间资胜寺，整天默坐不语，跟他说话他也不理。有一天，他忽然登到禅床上，用界尺拍了一下几案，便安然坐化。几案上留下了一首诗偈道："削发辞家净六尘，自家且了自家身。仁民爱物无穷事，原有周公、孔圣人。"佛家的主张接近墨子，而这位无云和尚却接近杨朱。

原文

交河及孺爱、青县张文甫，皆老儒也，并授徒于献①。尝同步月南村北村之间，去馆稍远，荒原阒②寂，榛莽翳然。张心怖欲返，曰："墟墓间多鬼，曷③可久留！"俄一老人扶杖至，揖二人坐曰："世间安得有鬼，不闻阮瞻④之论乎？二君儒者，奈何信释氏之妖妄。"因阐发程朱二气⑤屈伸之理，疏通证明，词条流畅。二人听之，皆首肯，共叹宋儒见理之真。递相酬对，竟忘问姓名。适大车数辆远远至，牛铎⑥铮然。老人振衣急起曰："泉下之人，岑寂久矣。不持无鬼之论，不能留二君作竟夕谈。今将别，谨以实告，毋讶相戏侮也。"俯仰之顷，欻然⑦已灭。是间绝少文士，惟董空如先生墓相近，或即其魂欤。

①献：今河北献县。

②阒（qù）：形容安静，没有声音。

③曷（hé）：岂，难道。

④阮瞻（zhān）：晋朝人，是无鬼神论者。

⑤程朱二气：南宋理学家朱熹承袭北宋理学家程颢、程颐的学说，后世称为"程朱理学"。二气，指阴阳之气。

⑥铎（duó）：指铃。

⑦欻（xū）然：忽然。

——●【精彩解说】

　　交河的及孺爱和青县的张文甫，两人都是老学究，一起在献县设馆授徒。一天晚上，两人一起在月光下漫步，不知不觉走到南村和北村之间，这才发现离学馆越来越远了，只见周围荒郊一片死寂，树丛森森。张文甫有些害怕想要回去，说："荒野乱坟之中有鬼出没，不能在这儿久留！"继而一位拄着拐杖的老人走过来，与两人见礼后坐下，说："世间哪儿有鬼，没听过阮瞻的论述吗？两位是读书人，怎么也信佛家的胡说八道？"于是老人便阐述二程、朱熹关于阴阳二气消长的学说，分析证明，极为通达清楚。两人听了连连点头，一起赞叹宋代大儒学说的精粹。彼此相互应答，竟忘记互通姓名。这时远处来了几辆大车，牛铃哗哗地响。老人抖抖衣服急忙起来说："我这黄泉之下的人，寂寞得太久了。如果不说世上无鬼，就不能跟两位聊一个晚上了。现在就要告辞了，我把实情告诉你们，请不要以为我是存心戏弄两位。"转眼之间，那老人忽地就不见了。这里极少有读书人，附近只有董空如先生的墓，或许是他的鬼魂再现吧。

原文

德州田白岩曰：有额都统者，在滇黔间山行，见道士按一丽女于石，欲剖其心。女哀呼乞救。额急挥骑驰及，遽格道士手。女噭然①一声，化火光飞去。道士顿足曰："公败吾事！此魅已媚杀百余人，故捕诛之以除害。但取精已多，岁久通灵，斩其首则神遁去，故必剖其心乃死。公今纵之，又贻患无穷矣。惜一猛虎之命，放置深山，不知泽麋林鹿，劘②其牙者几许命也！"匣其匕首，恨恨渡溪去。此殆白岩之寓言，即所谓一家哭，何如一路哭③也。姑容墨吏，自以为阴功，人亦多称为忠厚；而穷民之卖儿贴妇，皆未一思，亦安用此长者乎？

【字词注解】

①噭（jiào）然：形容声音响亮、激越。

②劘（mó）：磨，磨砺。

③一家哭，何如一路哭：指罢免一个不称职的官吏，不过使他一家因此痛哭，这点儿悲伤怎比得上一个地区的百姓所遭受的痛苦呢。这是北宋政治家范仲淹的名言。一路，是宋代的行政区域，相当于今天的一个省。

【精彩解说】

德州人田白岩说：有位八旗都统额某人，骑马行走在云贵高原的丛山峻岭间，看见一个道士把一个美女按在石头上，正要挖她的心。美女不停地哀呼求救。额都统赶忙打马急奔过去，挡开道士的手。美女一声大呼，便化作一道火光飞去了。道士连连顿足叹息道："你可坏了我的大事啊！这个妖魅已迷死了一百多人，为这我才抓住她以杀掉除害。只因她已得到很多精气，修炼时间也长久，已达到了通灵的地步，如果只砍她的头，魂神就会逃走，所以必须剖出她的心才能彻底杀死她。你今天放走了她，不知会留下多少无穷的祸患。怜惜一只猛虎的性命，把它放归山林，不知会有多少麋鹿丧命于它的利齿之下了！"说完，道士把匕首收入匣中，愤恨地渡过溪水走了。这件事大概是白岩编的一则寓言，就像说一个不称职的官员被罢免了，只不过让他一家人伤心哭泣，然而一家的悲伤，怎比得上一个地区的百姓因遭受祸害而悲泣呢。姑息纵容贪官污吏，自以为积了阴德，人们也会称赞他宽厚仁慈；而穷困的老百姓把妻子儿女卖掉，他却从来不去想一下，这样的所谓忠厚长者，怎能让他当官？

原文

安中宽言：昔吴三桂之叛，有术士精六壬①，将往投之。遇一人，言亦欲投三桂，因共宿。其人眠西墙下，术士曰："君勿眠此，此墙亥刻当圮②。"其人曰："君术未深，墙向外圮，非向内圮也。"至夜果然。余谓此附会之谈也，是人能知墙之内外圮，不知三桂之必败乎？

━━●【字词注解】

①六壬（rén）：又称"六壬神课"，是一种古老的占卜吉凶的方法。
②圮（pǐ）：倒塌。

━━●【精彩解说】

安中宽讲过这样一件事：从前吴三桂叛变时，有个精通六壬之术的术士，打算去投奔他。路上碰到一个人，说也要去投奔吴三桂，所以两人一起投宿。术士遇见的那个人睡在西墙下，术士说："你不要睡在这儿，这座墙将在今晚九点到十一点之间倒塌。"对方说："你的道行还不太精湛，墙向外倒，而不会向里倒。"到了夜里，墙果然向外倒塌了。我认为这只不过是牵强附会之谈，这个人能知道墙会倒向外而不是倒向内，怎么就不知道吴三桂必败无疑呢？

原文

有僧游交河苏吏部次公家，善幻术，出奇不穷，云与吕道士同师。尝抟①泥为豕②，咒之，渐蠕动。再咒之，忽作声。再咒之，跃而起矣。因付庖③屠以供客，味不甚美。食讫，客皆作呕逆，所吐皆泥也。有一士因雨留同宿，密叩僧曰："《太平广记》④载术士咒片瓦授人，划壁立开，可潜至人闺阁中。师术能及此否？"曰："此不难。"拾片瓦咒良久，曰："持此可往。但勿语，语则术败矣。"士试之，壁果开。至一处，见所慕，方卸妆就寝。守僧戒，不敢语，径掩扉，登榻狎昵。妇亦欢洽。倦而酣睡，忽开目，则眠妻榻上也。方互相疑诘⑤，僧登门数之曰："吕道士一念之差，已受雷诛。君更累我耶！小术戏君，幸不伤盛德，后更无萌此念。"既而太息曰："此一念，司命⑥已录之，虽无大谴，恐于禄籍⑦有妨耳。"士果蹭蹬⑧，晚得一训导，竟终于寒毡⑨。

—●【字词注解】

①抟：把东西捏成球状。

②豕：猪。

③庖：厨房。

④《太平广记》：宋代李昉、扈蒙、李穆等奉宋太宗之命编纂的一部大型类书。

⑤诘：质问。

⑥司命：掌管人的生命的神。

⑦禄籍：登记禄位的簿册，此处指仕途。

⑧蹭蹬：坎坷。

⑨寒毡：指穷困潦倒。

—●【精彩解说】

有一个和尚来到交河县化缘，住进了苏吏部家，他擅作变化无穷的幻术，自称与吕道士是同门弟子。他和泥捏为猪，念咒语后，猪便蠕动起来。再念咒，猪就忽然出声了。又念咒，猪便跳了起来。当把猪交给厨子杀了给客人吃时，肉味却不大好。吃完后，客人们都呕吐不止，吐出来的全是泥。有一位读书人因途中遇雨，便留下来与和尚住在一起，他偷偷地询问和尚："《太平广记》里记载说，术士把一片瓦交给某人，念咒后，这片瓦一划墙，墙就能开了，可以偷偷地进入闺房中。大师有这样的本领吗？"和尚说："这有何难。"于是他拾起一片瓦，念了好一会儿咒语，递给读书人说："你拿着这片瓦可以去了。但是记得不要说话，一旦说话就不灵验了。"读书人用瓦片一试，墙壁真的开了。他来到一个地方，看见所喜欢的人正在卸妆就寝。于是牢记和尚的告诫不出一声，径直关了门上床，和那女人亲热起来，那女人也很热情，后来他累了便酣睡过去。第二天，读书人醒来发现自己躺在妻子的床上。两人正在互相质问对方时，和尚上门数落读书人说："吕道士当初因一念之差已遭天雷击死之灾。你难道要连累我吗？我只不过略施小术和你开个玩笑，幸好不会有损你的大德，以后不能再有这个念头了。"和尚接着又叹息道："你这次所生出的邪念，司命已经记下来了，虽然你不会受到很重的惩罚，但对你以后的仕途会有影响。"后来，这个读书人果然仕途坎坷，直到晚年才得了个训导之职，终因穷困潦倒而死。

原文

又，去余家三四十里，有凌虐①其仆夫妇死而纳其女者。女故慧黠②，经营其饮食服用，事事当意。又凡可博其欢者，冶荡狎媟③，无所不至。皆窃议其忘仇。蛊惑既深，惟其言是听。女始则导之奢华，破其产十之七八。又谮间④其骨肉⑤，使门以内如寇仇。继乃时说《水浒传》宋江、柴进等事，称为英雄，怂恿之交通⑥盗贼。卒以杀人抵法。抵法之日，女不哭其夫，而阴携卮⑦酒，酹其父母墓曰："父母恒梦中魇⑧我，意恨恨似欲击我。今知之否耶？"人始知其蓄志报复，曰："此女所为，非惟人不测，鬼亦不测也，机深哉！"然而不以阴险论，《春秋》原心，本不共戴天者也。

——•【字词注解】

①凌虐：虐待。

②慧黠：聪慧而狡猾。

③狎（xiá）媟（xiè）：放荡胡闹。媟，通"亵"。

④谮间：离间。

⑤骨肉：家人。

⑥交通：勾结，串通。

⑦卮（zhī）：盛酒的容器。

⑧魇（yǎn）：梦中惊吓。

──●【精彩解说】

在离我家三四十里处，有个人把自家仆人夫妻双双虐待致死后，娶了仆人的女儿。这个女人十分聪明，尽心为他打理衣食住行，每件事都做得让他满意十足。不但如此，只要是能博取此人欢心的手段，如妖冶放荡、狎玩诱引等，她都无所不用。人们在背后纷纷议论说她忘了家仇。这个人被她迷惑得不可自拔，对她言听计从。她就开始诱导这个人穷奢极欲，最终败去他十之七八的家产。随后她又离间这个人的家人，使得一家人的关系如仇敌一般。随后经常向他讲述《水浒传》里宋江、柴进等人的事，称赞他们是英雄，怂恿丈夫与强盗往来。最终使得丈夫犯法被杀。行刑那天，她没有去哭丈夫，却偷偷地带着酒来到父母的墓前，跪着说："你们常在梦中恐吓我，要狠狠地打我，现在知道我的用意了吧？"人们这才知道她的所作所为都是在忍辱，暗中蓄意报复，都说："这个女人的行为，不仅人意想不到，连鬼神也测不到，真是机谋深远啊！"但没有人说她阴险，因为《春秋》的本旨在于体察本心，两人原本就是不共戴天的仇人哪。

原文

陈枫崖光禄①言：康熙中，枫泾一太学生，尝读书别业②。见草间有片石，已断裂剥蚀，仅存数十字，偶有一二成句，似是夭逝女子之碣③也。生故好事，意其墓必在左右，每陈④茗果于石上，而祝以狎词。越一载余，见丽女独步菜畦间，手执野花，顾生一笑。生趋近其侧，目挑眉语，方相引入篱后灌莽间。女凝立直视，若有所思，忽自批⑤其颊曰："一百余年，心如古井，一旦乃为荡子所动乎？"顿足数四，奄然而灭⑥。方知即墓中鬼也。蔡修撰季实曰："古称盖棺论定，观于此事，知盖棺犹难论定矣。是本贞魂，乃以一念之差，几失故步。"晦庵⑦先生诗曰："世上无如人欲险，几人到此误平生。"谅哉！

──●【字词注解】

①光禄：官名。
②别业：别墅。

③碣：石碑，墓碣。

④陈：放置。

⑤批：打。

⑥灭：不见。

⑦晦庵：南宋理学家朱熹之号。

—•【精彩解说】

光禄大夫陈枫崖说：康熙年间，有一位枫泾的太学生在别墅中读书。有一天，他发现草丛中的一块石片，已经断裂剥蚀，表面只剩下几十个字，偶然有一两句完整的句子，仔细辨认，好像是夭折女子的墓碑。这位太学生向来爱搞事，判断此女的墓穴应当就在附近，便常常在石片上陈设茶点，念叨些仰慕调戏的胡话。就这样过了一年多，忽有一位漂亮的女子在菜畦间独自漫步，手里拿着野花，看见太学生便含羞微笑。太学生便来到她的身旁，两人眉来眼去，正要一起到篱笆后的灌木丛中时，女子突然凝神站住，似乎若有所思。过了片刻，她打了自己嘴巴，说："心如枯井都一百多年了，难道而今竟被放荡的小生勾引动心了吗？"她悔恨得连连顿足，倏然不见了。太学生这才知道她原来就是墓穴里的鬼。修撰蔡季实说道："古人说盖棺定论，从这件事来看，是不尽然了。此女子本来是贞洁的鬼魂，却因一念之差，几乎失掉了原有的操守。"朱熹先生的诗道："世上无如人欲险，几人到此误平生。"确实如此啊！

拓展阅读

纪昀　字晓岚，别字春帆，号白石、观弈道人、孤石老人等，1724年出生于直隶献县（今河北献县）的一个官宦家庭。其父纪容舒曾任姚安知府等职，累赠光禄大夫，颇有政声。纪昀从小有神童之称，三十岁时中进士，任庶吉士。四十四岁时他被提升为翰林院侍读学士，但由于包庇犯罪的姻亲，被贬到乌鲁木齐，三年后遇赦还京。1773年，《四库全书》馆开馆，纪昀和陆锡熊、孙士毅同任总纂官，开始了漫长的修书生涯。期间，纪昀任兵部侍郎等职。《四库全书》修成后，他升任左都御史、礼部尚书等职，嘉庆年间曾任兵部尚书、礼部尚书，官终协办大学士加太子少保。1805年纪昀病逝，享年八十一岁，谥"文达"。纪昀作为清朝著名的文学家、学者，其主要成就就是主持编纂《四库全书》以及创作笔记体志怪小说《阅微草堂笔记》。纪昀心胸坦荡、性情诙谐，因此深受民间喜爱，人们为他创作了大量文艺作品，他成为家喻户晓的传奇人物。

　　《四库全书》　全称为《钦定四库全书》，是清代乾隆皇帝时期编纂的一部大型丛书。1772年，朝廷开始向全国各地征书。1773年《四库全书》馆开馆，刘统勋、阿桂、和珅等十六人任总裁官，纪昀等三人任总纂官，加入编撰的高官、学者达360余人，参与抄写的达3800多人。整套丛书分为经、史、子、集四库，共收录3462种图书，总册数36000余册，约八亿字。十三年后，《四库全书》基本完稿，但直到1792年才全部修撰完成。乾隆皇帝命人手抄了七部，分别藏于全国各地，如紫禁城文渊阁、承德文津阁、杭州文澜阁等。作为我国古代庞大的文化工程，《四库全书》在总结传承中国文化、保存珍贵文献资料等方面做出了巨大的贡献，其文献价值、史料价值、文物价值与版本价值都无与伦比。但是，清朝统治者为了维护统治，在修书的同时也对大量珍贵的图书文献进行删改甚至销毁，又对古籍造成了严重的摧残。

卷二　滦阳消夏录二

〔题解〕

《滦阳消夏录》共分六卷，尚未付梓之时就在亲友间广泛传阅。当时，第一、二卷曾被划分为三卷的抄本，纪昀的友人、名臣刘墉曾在卷末写道："正容庄语，读者恐卧，集以隽永，使人意消，不以文为制，而以文为戏，晋公亦何规乎？瑰玮连犿（fān），吾爱其笔。"对这两卷给出了很高的评价，并概括出《阅微草堂笔记》"以文为戏""瑰玮连犿"的艺术特点。在本卷中，纪昀继续借鬼神之说，告诫人们不要作恶，否则会遭到同样乃至更重的惩罚。

原文

曾伯祖光吉公，康熙初官镇番守备①。云有李太学妻，恒虐其妾，怒辄褫②下衣鞭之，殆无虚日。里有老媪，能入冥，所谓走无常③者是也。规其妻曰："娘子与是妾有夙冤④，然应偿二百鞭耳。今妒心炽盛，鞭之殆过十余倍，又负彼债矣。且良妇受刑，虽官法不褫衣。娘子必使裸露以示辱，事太快意，则干鬼神之忌。娘子与我厚，窃见冥籍，不敢不相闻。"妻哂曰："死媪谩语，欲我禳解⑤取钱耶！"会经略莫洛遭王辅臣之变⑥，乱党蜂起，李没于兵，妾为副将韩公所得。喜其明慧，宠专房。韩公无正室，家政遂操于妾。妻为贼所掠。贼破被俘，分赏将士，恰归韩公。妾蓄以为婢，使跪于堂而语之曰："尔能受我指挥，每日晨起，先跪妆台前，自褫下衣，伏地受五鞭，然后供役，则贷⑦尔命。否则尔为贼党妻，杀之无禁，当寸寸脔⑧尔，饲犬豕。"妻惮死矢志，叩首愿遵教。然妾不欲其遽死，鞭不甚毒，俾知痛楚而已。年余，乃以他疾死。计其鞭数，适相当。此妇真顽钝无耻哉！亦鬼神所忌，阴夺其魄也。此事韩公不自讳，且举以明果报。故人知其详。韩公又言：此犹显易其位也。明季尝游襄、邓间，与术士张鸳湖同舍。鸳湖稔⑨知居停主人妻虐妾太甚，积不平，私语曰："道家有借形法。凡修炼未成，气血已衰，不能还丹⑩者，则借一壮盛之躯，乘其睡，与之互易。吾尝受此法，姑试之。"次日，其家忽闻妻在妾房语，妾在妻房语。比出户，则作妻语者妾，作妾语者妻也。妾得妻身，但默坐；妻得妾身，殊不甘，纷纭争执，亲族不能判。鸣之官⑪。官怒为妖妄，笞其夫，逐出。皆无可如何。然据形而论，妻实是妾，不在其位，威不能行，竟分宅各居而终。此事尤奇也。

——•【字词注解】

①镇番守备：守卫在边疆地区的军事官员。番，古代对外国或外域的称呼。守备，明清武官名。

②褫（chǐ）：脱，解。

③走无常：民间传说中为阴间做事的活人。

④夙冤：前世的仇怨。

⑤禳（ráng）解：通过做法事，向神明祈求消灾除祸。

⑥"会经略"句：经略使莫洛遭遇了王辅臣的叛乱。经略，明清时期为了执行重要军事任务特设的官职，掌管一路或数路的军政事务，职位在总督之上。莫洛，满洲正红旗人，官至刑部尚书、武英殿大学士，在康熙十三年（1674年）的王辅臣之乱中中箭身亡。王辅臣，清初军阀，官至陕西提督，三藩之乱中起兵响应吴三桂，兵败后再次投降清朝，三藩之乱平定后畏罪自杀。遘（gòu)，遭遇，碰上。

⑦贷：饶恕。

⑧脔：碎割。

⑨稔（rěn）：熟悉。

⑩还丹：指炼就仙丹，得道成仙。

⑪鸣之官：即报官。

　　我的曾伯祖光吉公，在康熙初年担任镇番守备。他曾讲，有位李太学的妻子时常虐待李太学的妾，一生气就会脱下妾的下衣鞭打她，几乎天天这么干。乡里有位老太太，能够进入阴间，就是那种被称为走无常的人。她对李妻说："娘子和妾前世有仇，她应该被你打两百鞭。但是你忌妒心太强了，打她的鞭数超过了十几倍，现在是你欠她的债了。况且，良家妇女受刑，就算官府也不会扒衣服执行。但是娘子你一定要让她裸露来羞辱她，虽然你觉得非常痛快，却犯了鬼神的忌讳。因我们俩交情深厚，我去偷看了阴间的籍册，不能不来告诉你。"李妻不以为然地嘲笑道："你这死老太婆竟来胡说八道，是想让我祷告趁机捞钱吗？"恰逢这时经略使莫洛遭遇了王辅臣的叛变，乱党蜂起，李太学在兵乱中丧生，他的妾归了副将韩公。而韩公喜欢李妾的聪慧，对她极为宠爱。韩公无正妻，家政自然便掌握在李妾手中。李妻被乱贼掠去。乱贼败亡后李妻被俘，将士按功分赏，恰好分给了韩公。李妾把李妻当作奴婢，叫她跪在堂上说："假如你能听我的话，每天早上起来主动先跪在梳妆台前，自己脱了裤子，趴在地上挨我五鞭，然后听我使唤，这样我就可以让你活命。不然，就把你这贼党的妻子杀了，一寸寸割掉你身上的肉，喂猪狗。"李妻怕死，赶忙发誓，叩头愿意遵命。但是妾并不希望她马上死，鞭打也不很重，只是让她知道痛苦而已。过了一年多，李妻得病死去。计算起她所挨的鞭数和李妾挨的差不多。哎，李妻真是顽固无耻啊！她为此也遭到鬼神的厌恶，暗中削夺了她的魂魄。这事韩公并不避讳，并且举它当例子来说明报应。因此人们知道得比较详细。韩公又说：这就像完全对换所处地位一样。明代末年他曾到襄、邓一带去游玩，和术士张鸳湖住在一个馆舍里。张鸳湖知道馆舍主人的妻子过分虐待妾，心中愤愤不平，私下里说："道家有借形法。凡是还没有修炼成功，气血已衰弱，不能够合成仙丹得道成仙的人，便找一个壮健的人，趁他睡觉之际和他换身体。我曾学过这种方法，姑且试试。"第二天，主人忽然听见妻子在妾房里说话，妾在妻子房里说话。等出了门，就发现发妻子声音的是妾，发妾声音的是妻。妾得到了妻子身体，只是默默坐在那儿；妻子得了妾的身体，很不甘心，纷纷扰扰地争执不休，亲族也决定不了如何处理这事。于是告到官府。官员生气说是妖妄，把她们的丈夫打了一顿，赶了出去。大家都无可奈何。不过根据形体来说，妻子实际上是妾，由于不在其位，不能行使妻子的权力，只好分开来住，直到死去。这事尤其奇异。

原文

先叔母高宜人之父，讳荣祉，官山西陵川令。有一旧玉马，质理不甚白洁，而血浸斑斑。斫①紫檀为座承之，恒置几②上。其前足本为双跪欲起之形。一日，左足忽伸出于座外。高公大骇，阖署③传视，曰："此物程朱不能格也。"一馆宾曰："凡物岁久则为妖。得人精气多，亦能为妖。此理易明，无足怪也。"众议碎之，犹豫未决。次日，仍屈还故形。高公曰："是真有知矣。"投炽炉中，似微有呦呦声。后无他异。然高氏自此渐式微④。高宜人云，此马煅三日，裂为二段，尚及见其半身。又武清王庆坨曹氏厅柱，忽生牡丹二朵，一紫一碧，瓣中脉络如金丝，花叶葳蕤⑤，越七八日乃萎落。其根从柱而出，纹理相连。近柱二寸许，尚是枯木，以上乃渐青。先太夫人，曹氏甥也，小时亲见之，咸⑥曰瑞也。外祖雪峰先生曰："物之反常者为妖，何瑞之有！"后曹氏亦式微。

——●【字词注解】

①斫：砍，削。

②几：几案。

③署：衙门。

④式微：衰微，衰落。

⑤葳（wēi）蕤（ruí）：草木茂盛。

⑥咸：都。

——●【精彩解说】

我已过世的叔母高宜人的父亲，名叫荣祉，在山西任陵川令。他有一只旧玉马，玉质纹理不大洁白，上面还有斑斑血迹。他把紫檀木砍削之后作为底座，垫着玉马，放于几案上。玉马的前腿本来像是跪着要起来奔腾的样子。有一天，它的左前腿忽然伸到紫檀木座外。高公大惊失色，在全衙门里传看，说："这种怪事连程朱也解释不清。"一个幕僚说："只要是物时间长了就成了妖。得到人的精气多了，也能成妖。这个道理很清楚，不足为奇。"大家建议把玉马砸碎，高公犹豫不决。第二天，玉马伸出来的腿又收回去恢复了原状。高公说："这个玉马难道真的有知觉呀。"于是将它投进火炉中，似听见呦呦的哭叫声。后来没有发生其他异常事。但是高家从此便衰落下去。叔母高宜人说，这匹玉马在火炉里烧了三天，断为两段，我还看到它的半身。又有一件奇事，在武清县王庆垞镇曹家的厅柱上，忽然长出两朵牡丹，一朵紫的一朵绿的，花瓣中的脉络像金丝，花叶很茂盛，过了七八天才凋落。花根从柱子里穿出来，与木柱的纹理相连。靠近柱子两寸左右的部分还是枯木，往上才慢慢泛青色。太夫人是曹家的外甥女，小时候亲眼见过这两朵花，大家都说是吉祥事。外祖父雪峰先生说："反常的东西就是妖，有什么吉祥可说！"后来曹家也逐渐败落。

原文

　　外祖张雪峰先生，性高洁，书室中几砚精严，图史整肃，恒镭①其户，必亲至乃开。院中花木翳如，莓苔绿缛。僮婢非奉使令，亦不敢轻蹈一步。舅氏健亭公，年十一二时，乘外祖他出，私往院中树下纳凉。闻室内似有人行，疑外祖已先归，屏息从窗隙窥之。见竹椅上坐一女子，靓妆如画。椅对面一大方镜，高可五尺，镜中之影，乃是一狐。惧弗敢动，窃窥所为。女子忽自见其影，急起，绕镜四周呵之，镜昏如雾。良久归坐，镜上呵迹亦渐消。再视其影，则亦一好女子矣。恐为所见，蹑足而归。后私语先姚安公。姚安公尝为诸孙讲《大学》"修身"章，举是事曰："明镜空空，故物无遁影。然一为妖气所翳，尚失真形。况私情偏倚，先有所障者乎！"又曰："非惟私情为障，即公心亦为障。正人君子，为小人乘其机而反激之，其固执决裂，有转致颠倒是非者。昔包孝肃②之吏，阳为弄权之状，而应杖之囚，反不予杖。是亦妖气之翳镜也。故正心诚意，必先格物致知③。"

───•【字词注解】

①镭（jué）：箱子上安锁的环形纽，借指锁，这里指锁闭。
②包孝肃：指北宋名臣包拯，谥号"孝肃"。包拯曾任监察御史、权知

开封府、枢密副使等职，为官廉洁，不惧权贵，善于断案，因此民间称他为"包青天"，为他附会了很多传说。

③格物致知：语出《礼记·大学》。意思是研究事物的原理，才能获得知识。

——•【精彩解说】

我的外祖父张雪峰先生，品性高洁，书房里文房四宝齐全，图书史料排列整齐，他出去时常要锁上书房门，必须由他亲自打开。院里花木茂盛，地上青苔繁多。僮仆丫鬟们如果没被召唤，谁也不敢随便踏进一步。舅舅健亭公十一二岁时，有次趁外祖父外出，偷偷地到院里树下乘凉。他忽然听见书房里好像有人走动，以为是外祖父回来了，就憋着气悄悄从窗缝往里看。只见竹椅上坐着一位女子，打扮得美丽如画中人一样。而竹椅对面高达五尺的大镜子里照出来的却是一只狐狸。健亭公害怕得不敢动，继续观看。这女子恰好也看见了镜中的影像，急忙站起来绕着镜子呵气。镜面上像朦胧地围了一层雾。狐狸过了好一会儿才坐到竹椅上，镜子上的呵气慢慢消失了。此时再看镜中显现的就是一个漂亮女子了。健亭公害怕被狐狸发现，就蹑手蹑脚地回来了。后来他把此事暗中讲给姚安公听。姚安公在给几个孙子讲《大学》中"修身"那一章时，举例说："明亮的镜面上本是空空的，所以影像无处躲藏。但一旦被妖气遮盖就要失去物的本形。何况因私情而偏袒，事先就蒙上了自己的眼睛呢！"他又说："不只是私心能够蒙住眼睛，就是公心也会蒙住眼睛。正人君子被小人暗算也会恼羞成怒，也往往一时糊涂地颠倒是非。过去包公的小吏佯装弄权之状，使本该挨打的囚犯免于挨打。这与妖气遮蔽了镜子是同样道理。所以要诚心诚意，正直无邪，必须先广泛接触生活，研究事物的原理，才能获得知识。"

原文

有游士以书画自给，在京师纳一妾，甚爱之。或遇宴会，必袖果饵以贻。妾亦甚相得。无何病革①，语妾曰："吾无家，汝无归；吾无亲属，汝无依。吾以笔墨为活，吾死，汝琵琶别抱，势也，亦理也。吾无遗债累汝，汝亦无父母兄弟掣肘。得行己志，可勿受锱铢聘金，但与约岁时许汝祭我墓，则吾无恨矣。"妾泣受教。纳之者亦如约，又甚爱之。然妾恒郁郁忆旧恩，夜必梦故夫同枕席，睡中或妮妮呓语。夫觉之，密延术士镇以符箓。梦语止，而病渐作，驯至绵惙②。临殁③，以额叩枕曰："故人情重，实不能忘，君所深知，妾亦不讳。昨夜又见梦曰：'久被驱遣，今得再来。汝病如是，何不同归？'已诺之矣。能邀格外之惠，还妾尸于彼墓，当生生世世，结草衔环④，不情之请，惟君图之。"语讫奄然。夫亦豪士，慨然曰："魂已往矣，留此遗蜕何为？杨越公能合乐昌之镜⑤，吾不能合之泉下乎？"竟如所请。此雍正甲寅、乙卯间事。余是年十一二，闻人述之，而忘其姓名。余谓再嫁，负故夫也；嫁而有贰心，负后夫也。此妇进退无据焉。何子山先生亦曰："忆而死，何如殉而死乎？"何励庵先生则曰："《春秋》责备贤者，未可以士大夫之义律儿女子。哀其遇可也，悯其志可也。"

───●【字词注解】

①病革：病势危急。

②绵惙（chuò）：病情沉重，气息仅存。

③殁（mò）：去世。

④结草衔环：比喻至死不忘报答恩德。

⑤乐昌之镜：比喻夫妻分离。

───●【精彩解说】

　　有一位以卖书画为生的游士，攒了点儿钱，就在京城讨了一个妾，对其异常宠爱。即便偶尔去参加宴会，也不忘把果品之类的藏于袖中带回来给她吃。他的妾也与他相处得很好。不久，游士病危，他对妾说："我没有家，你也无处可去；我没有亲戚，你也孤苦伶仃。我以笔墨为生，我死以后，你无法生存，势必将再嫁，这是情势所逼。我没有留下债务拖累你，你也没有父母兄弟扯后腿。你可以按自己的想法去做，只是嫁时一点儿聘金也别要，只与对方约定，每年到我的忌日能允许你祭我的墓，这样我就了无遗憾了。"妾哭着答应了他的遗言。后来娶这个妾的人也满口答应了这个要求，并也很爱这个妾。但是妾神情郁郁怀念旧恩，夜里就梦见和前夫睡在一起，睡梦里喃喃地说着梦话。后夫察觉了，暗中请术士用符箓镇鬼。妾不说梦话了，可又开始患病，而且愈来愈严重。临终时，她趴在床上叩头道："前夫对我情深义重，实在不能忘怀，你早就知道这件事，我也没隐瞒你。昨夜又梦见他说：'被赶走好久了，如今才得以再来。你病成这样，为何不来找我？'我已答应了他。如能得到你格外垂恩，把我的尸体葬在他的墓中，我当世世代代结草衔环，报你的大恩，此不情之请，请你能考虑安排。"说完没了气息。后夫也是个爽快人，慨然道："魂已去了，还留着空壳干什么？杨越公能使乐昌公主夫妇团聚，我就不能让他们团聚在地下吗？"他答应了妾的要求。这是雍正十二、十三年间的事。我当时十一二岁，听某人讲了这事，可惜忘了他们姓名。我认为，夫死改嫁则负于前夫；既然再嫁却有二心，则负于后夫。这女人进退都无礼。何子山先生也说："相思致死，哪比得上殉情而死？"何励庵先生则说："《春秋》中的条条框框只用来规范贤者，切不可以士大夫的戒律来要求小女子。对她的遭遇只能表示哀怜同情罢了。"

原文

　　屠者许方，尝担酒二罂①夜行，倦息大树下。月明如昼，远闻呜呜声，一鬼自丛薄中出，形状可怖。乃避入树后，持担以自卫。鬼至罂前，跃舞大喜，遽开饮，尽一罂，尚欲开其第二罂，缄②甫半启，已颓然倒矣。许恨甚，且视之似无他技，突举担击之，如中虚空。因连与痛击，渐纵弛委地，化浓烟一聚。恐其变幻，更棰百余。其烟平铺地面，渐散渐开，痕如淡墨，如轻縠，渐愈散愈薄，以至于无。盖已渐灭③矣。余谓鬼，人之余气也。气以渐而消，故《左传》④称新鬼大，故鬼小。世有见鬼者，而不闻见羲、轩以上鬼，消已尽也。酒，散气者也。故医家行血发汗、开郁驱寒之药，皆治以酒。此鬼以仅存之气，而散以满罂之酒，盛阳鼓荡，蒸铄微阴，其消尽也固宜。是渐灭于醉，非渐灭于棰也。闻是事时，有戒酒者曰："鬼善幻，以酒之故，至卧而受棰。鬼本人所畏，以酒之故，反为人所困。沉湎者念哉！"有耽酒者曰："鬼虽无形而有知，犹未免乎喜怒哀乐之心。今冥然醉卧，消归乌有，反其真矣。酒中之趣，莫深于是。佛氏以涅槃⑤为极乐，营营者恶乎知之！"庄子所谓"此亦一是非，彼亦一是非"欤？

①罂：坛。

②缄：封口。

③澌灭：消失。

④《左传》：中国现存最早的编年体史书。

⑤涅槃：佛教梵语的音译，后泛指僧人去世。

———●【精彩解说】

　　有一个屠夫叫许方，一天夜里挑着两坛酒赶路，走得很疲惫便在一棵大树下休息。此时月光明亮如昼，他听到远处传来呜呜声，见一个相貌十分狰狞的鬼从茂密的草丛中钻出来。许方吓得躲在树后，双手紧握扁担自卫。鬼来到酒坛子前，乐得又蹦又跳，便打开盖子喝起酒来，喝完了一坛，还想去开另一坛，可刚开到一半便颓然倒在地上。许方恨得要死，看出那鬼似乎也没有什么能耐，便突然抢起扁担猛击过去，却感觉虚空无物。于是许方连连猛击痛打，那醉鬼慢慢瘫在地上，化为一团浓烟。许方怕他再有什么变化，又一连打了一百多下才罢手。那团浓烟平铺到了地上，逐渐慢慢散开，色如淡墨，状如轻纱，越散越薄，直至完全消失。大概是消失了。我认为鬼是人剩余的气。气是一点儿一点儿消失的，所以《左传》中说新鬼大，旧鬼小。世人有看见鬼的，但没有听说谁见过远古伏羲、黄帝以前的鬼，那是已经消失了的缘故。酒是散气的，所以医家行血、发汗、开郁、驱寒的药，都配以酒。这个鬼仅存那么点儿气，却喝了满坛子的酒，炽盛的阳气鼓荡，蒸发熔化微弱的阴气，那么他消失掉也是势所必然。可以说他是被酒消灭的，而不是被扁担打得消失的。听到这件事，有位戒酒的人说："鬼善于变化，可因为贪酒而致醉倒挨打。人本来害怕鬼，不过鬼喝了酒却能被人治住。嗜酒如命的人应记住这件事！"而另一位爱喝酒的人却说："鬼虽然无影无形但也有感觉，七情六欲还没有泯灭。而今他昏然醉倒，化为乌有，也算是返回本真了。酒中的乐趣再没有超过这个的了。佛家把涅槃看作是终极的快乐，那些为生计而奔走劳顿的人怎能体会到其中的乐趣呢！"这说的正是《庄子》所讲的"此亦一是非，彼亦是一非"（各有各的是非标准）吧。

原文

董文恪公未第时，馆于空宅，云常见怪异。公不信，夜篝^①灯以待。三更后，阴风飒然，庭户自启，有似人非人数辈，杂沓^②拥入。见公大骇曰："此屋有鬼！"皆狼狈^③奔出。公持梃^④逐之。又相呼曰："鬼追至，可急走。"争逾墙去。公恒言及，自笑曰："不识何以呼我为鬼？"故城贾汉恒，时从公受经，因举《太平广记》载："野叉欲唥哥舒翰^⑤妾尸，翰方眠侧，野叉相语曰：'贵人在此，奈何？'翰自念呼我为贵人，击之当无害，遂起击之。野叉逃散。鬼、贵音近，或鬼呼先生为贵人，先生听未审也。"公笑曰："其然。"

—●【字词注解】

①篝：把灯烛放在灯笼里，这里指灯火长明不灭。

②杂沓：杂乱的意思。

③狼狈：困顿窘迫，尴尬。

④梃：棍棒。

⑤哥舒翰：唐代著名将领，龟兹人。

—●【精彩解说】

董文恪公及第以前，曾在一所空宅中起馆教书，有人告诉他这座空宅里常出现怪异的事情。董公不信，夜里就把灯烛点上等着看会发生什么事。三更之后，阴风飒飒地吹来，庭门自动打开了，有几个似人非人的东西，杂乱地拥着进了门。他们见了董公，大惊道："这屋里有鬼！"都狼狈地奔出去了。董公手持棍子追出去。那些东西又相互提醒道："鬼追来了，快跑！"争先恐后地跳过墙去。董公常说起这件事，笑着说："不知为什么他们反而呼我是鬼？"故城的贾汉恒当时正跟着他学习经书，于是举《太平广记》里记载的例子说："夜叉要吃哥舒翰的妾的尸体，哥舒翰正在尸旁睡觉。夜叉相互商量说：'贵人在这儿，怎么办？'哥舒翰觉得既称呼我为贵人，去打他们应该不会有何害处，于是起来便去打夜叉。夜叉逃散。鬼和贵二字发音相近，也许是鬼呼先生为贵人，先生没有听清楚。"董公笑道："可能是这么回事。"

原文

　　青县农家少妇，性轻佻①，随其夫操作，形影不离。恒相对嬉笑，不避忌人，或夏夜并宿瓜圃中。皆薄②其冶荡。然对他人，则面如寒铁。或私挑之，必峻拒，后遇劫盗，身受七刃，犹诟詈③，卒不污而死。又皆惊其贞烈。老儒刘君琢曰："此所谓质美而未学也。惟笃于夫妇，故矢死不二。惟不知礼法，故情欲之感，介于仪容；燕昵之私，形于动静。"辛彤甫先生曰："程子④有言，凡避嫌者，皆中不足。此妇中无他肠，故坦然径行不自疑。此其所以能守死也。彼好立崖岸者，吾见之矣。"先姚安公曰："刘君正论，辛君有激之言也。"后其夫夜守豆田，独宿团焦⑤中。忽见妇来，燕婉如平日，曰："冥官以我贞烈，判来生中乙榜，官县令。我念君，不欲往，乞辞官禄为游魂，长得随君。冥官哀我，许之矣。"夫为感泣，誓不他偶。自是昼隐夜来，几二十载。儿童或亦窥见之。此康熙末年事。姚安公能举其姓名居址，今忘矣。

—●【字词注解】

①轻佻：轻浮。
②薄：轻视，看不起。
③诟詈：大骂。
④程子：指宋代理学家程颢、程颐。
⑤团焦：指圆形的草屋。

—●【精彩解说】

　　青县有位农家少妇，性格轻佻，天天跟着丈夫去干农活，形影不离。夫妻俩时常旁若无人地当众嬉笑取乐，有时夏天两人就一起睡在瓜棚里。众人都说她是个妖艳放荡的妇人，有点儿看不起她。然而她对别人，则是脸色冰冷似铁。如果有人偷偷地挑逗她，必定遭严厉拒绝，后来她遇到强盗，身受七处刀伤，仍然大骂不止，终于未受侮辱而死去。于是人们不禁又对她的贞烈感到吃惊。老儒生刘君琢说："这就是所说的本质美而不知礼法啊！她因忠实于自己的丈夫，所以才守身如玉，宁死不屈。她因不知礼法，才对自己的情欲不加丝毫的掩饰，也不避讳与丈夫之间的恩爱和亲昵。"辛彤甫先生说：·"程颢、程颐说，通常避嫌疑的人都是内心有不足之处。这位女人心中没有其他想法，所以能够坦然地随心所欲无所顾忌。这就是她能坚持死节的原因。相反，那些喜欢标榜、道貌岸然的人，我倒是见得多了。"先父姚安公说："刘君的看法较为持正，辛君的看法有些偏激。"后来，少妇的丈夫夜里看守豆田，独自睡在草屋中。一晚，他忽然看见妻子回来了，两个人欢乐亲昵的情景还和从前一样。少妇说："阴间的判官看我贞烈，就判我来生中举人，做县官。我想念夫君，不愿去，便请求辞去官职，做一个自由自在的游魂，长久地伴随着您。判官同情我就答应了这个请求。"丈夫感动地流下了热泪，发誓终身不再娶。从此，少妇白天离去，夜晚回到丈夫身边，过了将近二十年这样的日子。有的孩子还曾偷偷地见到过她。这是康熙末年的事。姚安公还能说出这家人的姓名和住址，如今我都忘记了。

原文

献县老儒韩生，性刚正，动必遵礼，一乡推祭酒①。一日，得寒疾。恍惚间，一鬼立前曰："城隍神唤。"韩念数尽当死，拒亦无益，乃随去。至一官署，神检籍曰："以姓同误矣。"杖其鬼二十，使送还。韩意不平，上请曰："人命至重，神奈何遣愦愦②之鬼，致有误拘？倘不检出，不竟枉死耶？聪明正直之谓何！"神笑曰："谓汝倔强，今果然。夫天，行不能无岁差，况鬼神乎！误而即觉，是谓聪明；觉而不回护，是谓正直。汝何足以知之？念汝言行无玷，姑贷③汝，后勿如是躁妄也。"霍然④而苏。韩章美云。

【字词注解】

①祭酒：官名。
②愦愦：昏乱、糊涂的样子。
③姑贷：姑且饶恕。姑，姑且；贷，宽恕，原谅。
④霍然：突然。

【精彩解说】

献县的老儒韩生，性格刚正，不管干什么事都必遵从礼法，很受乡里人尊敬，一致推举他为祭酒，主持敬天祭神之类的大事。有一天，他得了寒病，恍惚之间看见一个鬼站在面前说："城隍神召唤你去。"韩生心想，大概是自己寿数已尽了，觉得抗拒也无益便跟着去了。韩生和小鬼来到一处官署，一个神官模样的人查看了一下名册说："要拘拿的人是和你同名同姓的，这小鬼误把你抓来了。"于是，就当面打了小鬼二十大板，并命他把韩生送回家去。韩生倒心中不平起来，上前问道："人命关天之事，神为什么派了这么个糊涂鬼，以致抓错了人？这要是没查验出来，我岂不是冤死了吗？还说什么聪明正直！"神笑道："我早就听说你倔强，今天一看果然如此。可这老天运行还有误差，何况我们是鬼神呢！有了错马上就能察觉到，这就叫聪明；察觉了而不袒护，就叫正直。这些道理你怎么能知道呢？姑且念在你平时言行没什么过失，就饶恕你了，以后不能再这样蛮横妄为。"韩生猛然苏醒过来。这是韩章美讲的一个故事。

原文

　　景城有刘武周①墓，《献县志》亦载。按，武周山后马邑人，墓不应在是，疑为隋刘炫墓。炫，景城人，《一统志》载其墓在献县东八十里。景城距城八十七里，约略当是也。旧有狐居之，时或戏嬲②醉人。里有陈双，酒徒也。闻之愤曰："妖兽敢尔！"诣墓所，且数且詈。时耘者满野，皆见其父怒坐墓侧，双跳踉③叫号。竟前呵曰："尔何醉至此，乃詈尔父！"双凝视，果父也，大怖叩首。父径趋归。双随而哀乞，追及于村外。方伏地陈说，忽妇媪环绕，哗笑曰："陈双何故跪拜其妻？"双仰视，又果妻也，愕而痴立。妻亦径趋归。双惘惘④至家，则父与妻实未尝出。方知皆狐幻化戏之也，惭不出户者数日。闻者无不绝倒。余谓双不詈狐，何至遭狐之戏，双有自取之道焉。狐不嬲人，何至遭双之詈，狐亦有自取之道焉。颠倒纠缠，皆缘一念之妄起。故佛言一切众生，慎勿造因。

──【字词注解】

　　①刘武周：隋末河间景城（今河北交河东北）人，趁隋末天下大乱之机，依附突厥，起兵反隋，自称皇帝，年号天兴。

　　②嬲（niǎo）：烦扰，戏弄。

　　③跳踉（liàng）：跳跃的样子。

④惘惘：精神恍惚的样子。

──•【精彩解说】

景城有个刘武周的墓，《献县志》中也记载了这件事。按理说，刘武周是山后马邑人，墓不应在这儿，怀疑是隋代刘炫的墓。刘炫是景城人，《一统志》中曾载，他的墓在献县东八十里的地方。景城离献县八十七里，这么算来大约应是他的墓。过去墓里住着一只狐狸，时常戏耍那些喝醉酒的人。乡里有位叫陈双的是个酒徒。他听说之后，愤愤地道："妖兽敢这样无礼！"他到了墓地边数落着边骂。当时满地里干活的人看见陈双的父亲愤怒地坐在墓边，陈双跳着脚大骂父亲。大伙奔过来责备他："你怎么醉成这样，竟然骂你父亲！"陈双仔细一看，真的是父亲。他吓得赶紧叩头。父亲没理他径直往回走。陈双一路跟随着哀求原谅，直到村外才追上父亲。他正趴在地上陈说原委，忽然有一伙妇女喧笑道："陈双为何跪拜你的妻子？"陈双抬头一看，站在对面的果然是妻子，不禁吃惊地呆住了。妻子也径直回去了。陈双恍惚地回了家，方知父亲和妻子根本没出门。他才明白遭了狐狸的捉弄，羞愧得好几天不出门。听说这件事的人都不禁笑得前仰后合。我认为，陈双不骂狐狸，何至于遭狐狸的耍弄，他这是自取其辱。狐狸假如不戏耍人，怎么会遭陈双的骂，狐狸也是自招挨骂。颠倒错乱，纠缠不清，都因为一念之差。所以佛说一切生灵，千万不要制造结怨的因由。

原文

老仆魏哲闻其父言：顺治初，有某生者，距余家八九十里，忘其姓名，与妻先后卒。越三四年，其妾亦卒。适其家佣工人，夜行避雨，宿东岳祠廊下。若梦非梦，见某生荷校①立庭前，妻妾随焉。有神衣冠类城隍，磬折②对岳神语曰："某生污二人，有罪；活二命，亦有功，合相抵。"岳神咈然③曰："二人畏死忍耻，尚可贷。某生活二人，正为欲污二人。但宜科罪，何云功罪相抵也？"挥之出。某生及妻妾亦随出。悸不敢语。天曙归告家人，皆莫能解。有旧仆泣曰："异哉，竟以此事被录乎！此事惟吾父子知之，缘受恩深重，誓不敢言。今已隔两朝，始敢追述。两主母皆实非妇人也。前明天启中，魏忠贤④杀裕妃，其位下宫女内监，皆密捕送东厂，死甚惨。有二内监，一曰福来，一曰双桂，亡命逃匿。缘与主人曾相识，主人方商于京师，夜投焉。主人引入密室，吾穴隙私窥。主人语二人曰：'君等声音状貌在男女之间，与常人稍异，一出必见获。若改女装，则物色不及。然两无夫之妇，寄宿人家，形迹可疑，亦必败。二君身已净，本无异妇人；肯屈意为我妻妾，则万无一失矣。'二人进退无计，沉思良久，并曲从。遂为办女饰，钳其耳，渐可受珥。并市软骨药，阴为缠足。越数月，居然两好妇矣。乃车载还家，诡言在京所娶。二人久在宫禁，并白皙温雅，无一毫男子状。又其事迥出意想外，竟无觉者。但讶其不事女红，为恃宠骄惰耳。二人感主人再生恩，故事定后亦甘心偕老。然实巧言诱胁，非哀其穷，宜司命之见谴也。"信乎，人可欺，鬼神不可欺哉！

─●【字词注解】

①校：古代刑具枷锁的统称。

②磬（qìng）折：像磬一样弯着腰，形容十分恭敬。

③咈（fú）然：不悦貌。咈，通"怫"。

④魏忠贤：原名李进忠，北直隶肃宁（今属河北）人，明朝末期宦官。

─●【精彩解说】

　　老仆人魏哲听他父亲说过这样一个故事：顺治初年，某生距离我家八九十里，忘了他的姓名，和他的妻子先后过世。过了三四年，他的妾也过世了。一天，他家雇用的一个工人，夜里行路避雨，住在东岳庙的廊下。似梦非梦中，他看见某生戴着刑具站在庭前，妻妾都跟随着。有个神，看衣着像是城隍，恭敬地对岳神说："某生玷污了这两个人，有罪；救了两人的性命，也有功，应该相抵。"岳神不大高兴地说："这两个人怕死而忍辱偷生，还可原谅。某生救这两个人，正是为了奸污这两个人，只能按罪论处，怎么能说功罪相抵呢？"于是把城隍神打发了出去。某生和妻妾也随后出去了。雇工害怕不敢吱声。天亮之后回去告诉了家人，大家都不明白是怎么回事。某生过去的仆人哭道："真是怪事，他竟因这件事而获罪！这事只有我们父子知道，因为受恩深重，发誓不说。如今已改朝换代，说出来也不怕了。两位主母实际上都不是女人。在明代天启年间，魏忠贤杀死裕妃，裕妃的官女、内监，都被秘密逮捕送到东厂，死得都很惨。有两个内监，一个叫福来，一个叫双桂，逃了出去。因为他们与我主人是旧相识，而主人正在京城经商，夜里便投奔来了。主人将两个人带到密室中，我在外通过洞隙偷看。主人对两个人说：'你们两个人的音容笑貌在男女之间，和常人有些不一样，一出去肯定就会被抓。要是改成女人的打扮，别人就想不到了。可是两个没有丈夫的女人，寄居在别人家里，也太可疑，所以也会败露。现在你们俩已经净身，和女人没什么区别了，要是肯委屈一些，做我的妻妾，就万无一失了。'两个人进退不得，想了很久，只好都同意了。于是置办了女人的装饰，扎了耳朵眼儿，戴上了耳环，又在市上买了软骨的药，给他们缠了足。过了几个月，真成了两个好看的女人了。于是主人便用车载两人回家，撒谎说在京城娶的。这两人久在宫禁之中，都皮肤白皙、举止温雅，没有一丝男子气。而且事情大出意料之外，所以也没人怀疑。众人虽然对两人都不做女红感到奇怪，但都认为是恃宠而骄。两人感谢主人的再生之恩，因此事情定下来后也心甘情愿地跟他共度一生。不过，这毕竟是巧言引诱和威胁，不是可怜他们穷途末路，所以还是遭到司命之神的治罪。"可见，人可以欺骗，而鬼神不可以欺骗啊！

原文

　　乾隆己卯①，余典山西乡试②，有二卷皆中式矣。一定四十八名，填草榜时，同考官万泉吕令瀗③，误收其卷于衣箱，竟觅不可得。一定五十三名，填草榜时，阴风灭烛者三四，易他卷乃已。揭榜后，拆视弥封④，失卷者范学敷，灭烛者李腾蛟也。颇疑二生有阴遣。然庚辰乡试，二生皆中式，范仍四十八名。李于辛丑成进士。乃知科名有命，先一年亦不可得，彼营营⑤者何为耶？即求而得之，亦必其命所应有，虽不求亦得也。

　　●【字词注解】

　　①乾隆己卯：乾隆二十四年（1759年）。

　　②乡试：科举时代正式科考的第一关。

　　③万泉吕令瀗（lín）：万泉县令吕瀗。

④弥封：科举考试时，为防止考官在评选时作弊，试卷上写姓名的地方由弥封官折叠，糊名弥封，封印卷首。

⑤营营：追求奔逐的样子。

【精彩解说】

乾隆二十四年（1759年），我在山西主考乡试时，选中了两张答卷。其中一张定为第四十八名，在填写草榜时，同考官万泉县令吕瀶误把这张考卷收入衣箱中，怎么也找不到。而另一张定在第五十三名，在填写草榜时，蜡烛被阴风几次吹灭，直到换了别的卷子阴风才不吹了。揭榜后拆看弥封时才知丢失卷子的考生是范学敷，蜡烛被吹灭的那张卷子的考生是李腾蛟。于是很怀疑这两人做了缺德事遭到了地府的惩罚。但是在乾隆二十五年（1760年）乡试，两人却都考中了，范学敷仍然是第四十八名。李腾蛟在乾隆四十六年（1781年）考中进士。由此可知科举功名早有定数，早一年不行，晚一年也不行，那些忙忙碌碌追求功名的人还折腾什么呢？就是追求而得到了，也必然是命里应该有的，即使不去追求也会得到的。

原文

先姚安公言：雍正庚戌[①]会试[②]，与雄县汤孝廉同号舍[③]。汤夜半忽见披发女鬼，搴帘手裂其卷，如蛱蝶乱飞。汤素刚正，亦不恐怖，坐而问之曰："前生吾不知，今生则实无害人事。汝胡为来者？"鬼愕眙[④]却立曰："君非四十七号耶？"曰："吾四十九号。"盖前有二空舍，鬼除之未数也。谛视良久，作礼谢罪而去。斯须间，四十七号喧呼某甲中恶矣。此鬼殊愦愦，汤君可谓无妄之灾。幸其心无愧怍，故仓卒间敢与诘辩，仅裂一卷耳。否亦殆哉。

【字词注解】

①雍正庚戌：雍正八年（1730年）。

②会试：中国古代科举制度中的中央考试。

③号舍：中国古代科举考场中考生的席舍，又称"号房"。

④愕眙（chì）：吃惊地看着。

─●【精彩解说】

先父姚安公说：雍正八年会试时他和雄县的汤孝廉同住一间号舍。半夜时分，汤孝廉忽见一披发女鬼掀开帘子撕了他的考卷，碎纸片蝴蝶般乱飞。汤孝廉向来刚正不阿，自然不会害怕女鬼，便坐起来问道："上辈子我不敢说，但这一辈子我可没做过亏心事，你到我这里来干什么？"女鬼惊愕地退后几步说："你不是那个四十七号吗？"汤坦然回答："我是四十九号。"原来前面有两个空号舍，女鬼忘了数。女鬼审视了好久，赔礼道歉而去。不一会儿，四十七号舍那边吵吵嚷嚷说某某中了邪。这个女鬼真是个糊涂鬼，汤君可谓无故遭灾。幸亏他心中无愧，所以在仓促之中敢和鬼据理力争，结果也只是被撕了一张卷子而已，不然可就惨了。

原文

于氏，肃宁旧族也。魏忠贤窃柄时，视王侯将相如土苴①。顾以生长肃宁，耳濡目染，望于氏如王谢②，为侄求婚，非得于氏女不可。适于氏少子赴乡试，乃置酒强邀至家面与议。于生念许之则祸在后日，不许则祸在目前，猝不能决。托言父在难自专。忠贤曰："此易耳。君速作札，我能即致太翁也。"是夕，于翁梦其亡父，督课如平日，命以二题：一为"孔子曰诺"，一为"归洁其身而已矣"。方构思，忽叩门惊醒。得子书，恍然顿悟。因复书许姻，而附言病颇棘③，促子速归。肃宁去京四百余里，比信返，天甫微明，演剧犹未散。于生匆匆束装，途中官吏迎候者已供帐相属。抵家后，父子俱称疾不出。是岁为天启甲子④。越三载而忠贤败，竟免于难。事定后，于翁坐小车，遍游郊外，曰："吾三载杜门，仅博得此日看花饮酒，岂乎危哉！"于生濒行时，忠贤授以小像曰："先使新妇识我面。"于氏与余家为表戚，余儿时尚见此轴。貌修伟而秀削，面白色隐赤，两颧微露，颊微狭，目光如醉，卧蚕⑤以上，赭石⑥薄晕如微肿。衣绯红。座旁几上，露列金印九。

─●【字词注解】

①土苴：比喻糟粕。苴，枯草。

②王谢：六朝时王导与谢安是左右政局的两姓豪门大族，常并称，后代

称高门世族。

　　③棘：通"亟"，急迫。

　　④天启甲子：明代天启四年（1624年）。

　　⑤卧蚕：如卧蚕形的眉毛。

　　⑥赭石：棕色的颜料。

──●【精彩解说】

　　于氏是肃宁的大族。魏忠贤窃取大权时，把王侯将相们都看作是粪土。但他生长在肃宁，耳濡目染，便把于氏看得像晋代的王谢大族一样，为侄子求婚，非娶于氏的女儿不可。恰好于家的小儿子去参加乡试，他便置办了酒席，强把于生请到家里面议。于生心里盘算，要是答应了，大祸就在以后，如不答应，大祸就在眼前，仓促间决定不下来。他便说父亲在，不敢自作主张。魏忠贤说："这容易，你赶快写封信，我能马上送到你父亲那里。"这天晚上，于翁梦见死去的父亲，还像以前那样给他上课，出了两道题：一是"孔子说行"，一是"回去独善其身就行了"。他正在构思，忽然被叩门声惊醒。得到儿子的信，他才恍然大悟。于是复信许婚，而附言说病很重，叫儿子速回。肃宁离京城四百多里地，等回信送到，天色刚亮，演的戏还没有散场。于生匆匆地准备行装出发，途中迎候的官吏，已为他准备好路上所需一切物品，并恭听他的指示。到家之后，于氏父子都宣称有病，不露面了。这一年是天启四年。过了三年，魏忠贤垮台，于氏竟免于受牵连。大局稳定下来后，于翁坐着小车，遍游郊外，说："我闭门三年，只换来今天的看花喝酒，真是危险啊！"于生临走时，魏忠贤交给他一幅小像，说："先叫新娘认认我。"于氏和我家是表亲，小时候我曾见过这幅小像。魏忠贤身材高大而瘦削，脸色白中透红，两边颧骨微微凸起，脸颊很窄，眼神好像喝醉了酒一样，卧蚕眉以上部分，有赭石般淡淡的晕，好像有点儿肿。衣服是绯红色的。座旁的几案上，摆了九颗金印。

拓展阅读

三藩之乱　清军入关时，由于自身实力不足，扶植了很多明军降将，其中出力最多的是吴三桂、尚可喜、耿仲明三人。清统治者将他们封为藩王，让他们镇守南方：吴三桂为平西王，镇守云南和贵州；尚可喜为平南王，镇守广东；耿仲明为靖南王，镇守福建。三藩各自为政，逐渐成为与清政府分庭抗礼的独立王国。1673年，年仅十九岁的康熙皇帝下令撤藩，吴三桂起兵叛乱，进攻湖南，耿仲明之孙耿精忠、尚可喜之子尚之信以及王辅臣、孙延龄等手握重兵的将领纷纷响应。经过几年的相持之后，叛军局势渐渐不利，王辅臣、耿精忠、尚之信等人相继投降。1678年，吴三桂在湖南衡阳称帝，五个多月后死去，其孙吴世璠（fán）继位，清军趁势反攻。1681年，清军攻入昆明，吴世璠自杀，历时八年的三藩之乱正式平定。

哥舒翰　唐朝名将，安西龟兹（今新疆库车）人，突骑施族，出生在将领世家。年少时喜欢喝酒赌博，遭人轻视。四十余岁才从军，得到名将王忠嗣赏识，在与吐蕃军的作战中屡立战功，设立了日后影响深远的神策军。由于受到唐玄宗、杨国忠的赏识，哥舒翰官运亨通，任御史大夫兼河西节度使，进封西平郡王。公元755年安史之乱爆发时，五十六岁的哥舒翰已因病半身不遂，但唐玄宗还是让他领军二十万，赴潼关拒敌。叛军势大，哥舒翰坚守潼关，唐玄宗却屡次强命他出关应战，哥舒翰痛哭出关，大败而归，被手下将领劫持投降了安禄山，两年后被安禄山之子安庆绪杀死。

魏忠贤　明朝末期宦官，北直隶肃宁（今河北肃宁）人，原本是一个市井无赖，中年自宫入宫，改名李进忠，先后巴结大太监魏朝和天启帝的乳母客氏，地位迅速攀升。天启帝非常信任李进忠和客氏，让李进忠恢复原姓，赐名魏忠贤。天启帝沉迷木工活，不理朝政，魏忠贤因此专擅朝政。他残酷镇压东林党，党羽遍天下，排斥异己，滥杀无辜，剥削百姓。崇祯帝继位后，魏忠贤被治罪，与客氏一起自杀身亡。

卷三　滦阳消夏录三

〔题解〕

本卷中，纪昀写了很多他在新疆的见闻。乾隆三十三年（1768年），扬州两淮盐运使司亏空一千万两盐税，纪昀给自己的亲家——两淮盐运使卢见曾通风报信，因此获罪被发配到乌鲁木齐，在新疆两年多的时间里，他有了诸多见闻和感慨。在本卷中，他回忆并描绘了新疆地区别样的风情和奇闻逸事。由于纪昀缺乏自然科学知识，将一些事物进行了神秘化的描写。

原文

束城李某，以贩枣往来于邻县，私诱居停主人少妇归。比至家，其妻先已偕人逃。自诧曰："幸携此妇来，不然，鳏①矣。"人计其妻迁乱之期，正当此妇乘垣后日，适相报，尚不悟耶！既而此妇不乐居农家，复随一少年遁，始茫然自失。后其夫踪迹至束城，欲讼李。李以妇已他去，无佐证，坚不承。纠纷间，闻里有扶乩者，众曰："盍质于仙？"仙判一诗曰："鸳鸯梦好两欢娱，记否罗敷②自有夫。今日相逢须一笑，分明依样画壶卢。"其夫默然径返。两邑接壤，有知其事者曰："此妇初亦其夫诱来者也。"

【字词注解】

①鳏（guān）：老而无妻。

②罗敷：汉末至三国时期对漂亮女子的称呼。出自《陌上桑》："使君自有妇，罗敷自有夫。"

—•【精彩解说】

　　束城李某从事贩枣经常要到邻县去，有一次他偷偷地把房东的少妇给拐回来了。等他到了家后，发现他的妻子已先一步跟人跑了。李某自我安慰道："幸亏把这女人带了来，不然就成光棍了。"人们算了一下，他妻子跟人私奔之时，正是这个少妇被李某带走的第二天，这其实恰恰是对李某的报应，但他还不知醒悟悔改呢！不久，这位少妇因不愿住在农家，又跟着一个年轻人跑了，李某这才茫然不知所措。后来，少妇的丈夫也跟踪到了束城，声明要告李某。李某却因少妇已到了别的地方，没留下任何证据，便坚决不承认。双方正在吵闹中，听说村中有个术士能请神仙，于是大家说："何不去问问神仙呢？"神仙判下一首诗道："鸳鸯梦好两欢娱，记否罗敷自有夫。今日相逢须一笑，分明依样画壶卢。"房东默然回去了。两县接壤处有知道内情的人说："那个少妇当初也是房东诱拐来的。"

原文

　　制府唐公执玉，尝勘一杀人案，狱具矣。一夜秉烛独坐，忽微闻泣声，似渐近窗户。命小婢出视，嗷然而仆。公自启帘，则一鬼浴血跪阶下。厉声叱之。稽颡①曰："杀我者某，县官乃误坐②某。仇不雪，目不瞑也。"公曰："知之矣。"鬼乃去。翌日，自提讯。众供死者衣履，与所见合。信益坚，竟如鬼言改坐某。问官申辩百端，终以为南山可移，此案不动。其幕友疑有他故，微叩公。始具言始末，亦无如之何。一夕，幕友请见，曰："鬼从何来？"曰："自至阶下。""鬼从何去？"曰："欻然越墙去。"幕友曰："凡鬼有形而无质，去当奄然而隐，不当越墙。"因即越墙处寻视，虽甃瓦不裂，而新雨之后，数重屋上皆隐隐有泥迹，直至外垣而下。指以示公曰："此必因贿捷盗所为也。"公沉思恍然，仍从原谳③。讳其事，亦不复深求。

—•【字词注解】

　　①颡（sǎng）：额。

　　②坐：入罪，定罪。

③谳（yàn）：审判，定罪。

制府唐执玉曾经审查一起杀人案，已经定案了。一天夜里，他在灯下独坐，忽然隐约听到哭泣声，好像渐渐靠近窗户了。于是让侍女去看，结果侍女大叫一声就倒在地上了。唐制府自己打开了门帘，看见一个浑身是血的鬼跪在台阶下。唐制府厉声喝问。鬼叩头道："杀我的人是甲，县官却错判是乙，此仇不报，死也不能瞑目。"唐制府说："知道了。"鬼于是离去了。第二天，唐制府亲自提审，证人们供词中提及死者的衣服、鞋子等物，与昨夜所见的相符。唐制府愈加相信了，竟按鬼所说的改判甲为凶手。原审案官百般申辩，坚持认为南山可以移动，但这个案子的原判不能改。唐制府的幕友怀疑有别的原因，婉转地问唐制府。唐制府说了见鬼之事，幕友也拿不出什么主意来。一天晚上，幕友来见唐公，问："鬼从什么地方来的？"唐公说："从台阶下。"幕友又问："鬼从什么地方走的？"唐公说："一下子就翻墙走了。"幕友说："凡是鬼都是有形而没有实际的身体，离开时应当一下就隐去没有了，不应当翻墙。"随即便到鬼越墙处查看。虽然屋瓦没有碎裂的，但因刚下过雨，几处屋顶上都隐约有泥脚印，一直到外墙，泥脚印下去了。幕友指给唐公看，并说："这一定是囚犯花钱买通了身手敏捷的盗贼干的。"唐公沉思了片刻，恍然大悟，仍然将案件按原判。这件事也不再提了，也没再深究。

原文

昌吉筑城时，掘土至五尺余，得红绒丝绣花鞋一，制作精致，尚未全朽。余乌鲁木齐杂诗曰："筑城掘土土深深，邪许①相呼万杵音。怪事一声齐注目，半钩新月藓花②侵。"咏此事也。入土至五尺余，至近亦须数十年，何以不坏？额鲁特③女子不缠足，何以得作弓弯样，仅三寸许？此必有其故，今不得知矣。

①邪（yé）许（hǔ）：劳动时众人一齐发出的呼喊声。

②藓花：苔藓之类的植物。

③额鲁特：清时西部蒙古各部的总称。

●【精彩解说】

昌吉县筑城时，挖到五尺多深的地方，挖出一只红绉丝绣花鞋，制作精美，还没有完全腐烂。我的《乌鲁木齐杂诗》写道："筑城挖土到深处，相互呼应声中杂着杵土声。有人喊了声怪事，大家都去看，一只半钩新月般的绣花鞋上沾着藓花。"说的就是此事。在土中达五尺多深，至少也得有几十年的时间了，它为什么还没烂掉？额鲁特的女子不缠脚，这只鞋怎么做成弯弓样，仅有三寸左右长？这里必有原因，如今不得而知了。

原文

郭六，淮镇农家妇，不知其夫氏郭父氏郭也，相传呼为郭六云尔。雍正甲辰、乙巳间①，岁大饥。其夫度不得活，出而乞食于四方，濒行，对之稽颡曰："父母皆老病，吾以累汝矣。"妇故有姿，里少年瞰其乏食，以金钱挑之，皆不应，惟以女工养翁姑。既而必不能赡，则集邻里叩首曰："我夫以父母托我，今力竭矣，不别作计，当俱死。邻里能助我，则乞助我；不能助我，则我且卖花，毋笑我。"邻里趑趄②嗫嚅，徐散去。乃恸哭白翁姑，公然与诸荡子游。阴蓄夜合之资，又置一女子，然防闲甚严，不使外人觌③其面。或曰，是将邀重价，亦不辩也。越三载余，其夫归。寒温甫毕，即与见翁姑，曰："父母并在，今还汝。"又引所置女见其夫曰："我身已污，不能忍耻再对汝。已为汝别娶一妇，今亦付汝。"夫骇愕未答，则曰："且为汝办餐。"已往厨下自刭矣。县令来验，目炯炯不瞑。县令判葬于祖茔，而不祔④夫墓，曰："不祔墓，宜绝于夫也；葬于祖茔，明其未绝于翁姑也。"目仍不瞑。其翁姑哀号曰："是本贞妇，以我二人故至此也。子不能养父母，反绝代养父母者耶？况身为男子不能养，避而委一少妇，途人知其心矣，是谁之过而绝之耶？此我家事，官不必与闻也。"语讫而目瞑。时邑人议论颇不一。先祖宠予公曰："节孝并重也，节孝又不能两全也。此一事非圣贤不能断，吾不敢置一词也。"

—●【字词注解】

①雍正甲辰、乙巳间：雍正二年、三年间（1724—1725年）。

②趑（zī）趄（jū）：想走又不敢走。

③觌（dí）：相见。

④祔（fù）：合葬。

—●【精彩解说】

淮镇有一位名叫郭六的农家妇女，不知是她丈夫姓郭，还是她父亲姓郭，反正大家都习惯叫她郭六。雍正二年、三年间，发生大饥荒。郭六的丈夫觉得活不下去了，就打算到外地求食谋生，临行之前，对妻子郭六磕头说："父母年老多病，就托付给你来照顾了。"郭六相貌漂亮，同乡的年轻人看她挨饿，便以金钱引诱她，她毫不理睬，只以缝纫来养活公婆。不久，靠缝纫也难维持生计了，她便请来乡亲们，叩头说："我丈夫把父母托付给我，我现在无能为力了，假如不做别的打算，都得饿死。邻居们如果能帮我，那么请帮帮我；如果不能帮我，我只好卖身，请不要讥笑我。"乡亲们都想走又不敢走，想说话又吞吞吐吐不敢说，慢慢地都散去了。郭六痛哭着告诉了公婆，然后公然与那些浪荡子在一起鬼混。郭六积攒卖身钱，偷偷地找来一女子，并对她防范极严，不叫外人和她见面。有的说郭六想用这个女子来挣大钱，她也不解释。过了三年多，丈夫回来了。寒暄了几句，郭六便拉着丈夫去见公婆，说："父母都还健在，今天就交还给你了。"又叫出买来的女子与丈夫见面，说："我的身体已被玷污，无颜和你面对。我已替你另娶了一个女子，今天也交给你。"丈夫十分惊讶，一时不知该说些什么，郭六便说："我给你做饭去。"接着就在厨房里自杀了。县令来验尸，郭六的眼睛圆睁着不闭。县令判把郭六葬在祖坟里，但以后不能与她丈夫合葬，理由是："不合葬，以表示和她丈夫断了关系；葬在祖坟，表示她和公婆关系没有断绝。"郭六的眼睛仍然不闭。公婆哭着说："她本来是个贞妇，全因为我们两个人才走到了这一步。儿子不能养活父母，反而还要与替他赡养父母的人断绝关系吗？更何况身为男人，把父母撇给一个女子，路人都知道他的用心，断绝了关系是谁的过错？这是我们家的事，不用你们当官的管了。"话音刚落，郭六的眼睛就闭上了。当时，乡邻对这件事议论纷纷，说法不一。先祖宠予公说："节和孝都很重要，但节和孝又不能两全。这件事的是非，恐怕只有让圣贤来判定了，我一句话也不敢多说。"

原文

　　乌鲁木齐深山中，牧马者恒见小人高尺许，男女老幼，一一皆备。遇红柳吐花时，辄折柳盘为小圈，着顶上，作队跃舞，音呦呦如度曲。或至行帐窃食，为人所掩，则跪而泣。縶之，则不食而死。纵之，初不敢遽行，行数尺辄回顾。或追叱之，仍跪泣。去人稍远，度不能追，始蓦涧越山去。然其巢穴栖止处，终不可得。此物非木魅，亦非山兽，盖僬侥①之属。不知其名，以形似小儿，而喜戴红柳，因呼曰红柳娃。邱县丞天锦，因巡视牧厂，曾得其一，腊以归。细视其须眉毛发，与人无二。知《山海经》所谓诤人②，凿然有之。有极小必有极大，《列子》所谓龙伯之国③，亦必凿然有之。

---● 【字词注解】

　　①僬（jiāo）侥（yáo）：古代传说中的矮人。
　　②诤（jìng）人：古代传说中的矮人。
　　③龙伯之国：传说中的大人国。龙伯，传说中的巨人。

---● 【精彩解说】

　　在乌鲁木齐的深山中，牧马人经常能够见到一种小人，高一尺多，男女老少都有。每到红柳吐花的时节，小人们就折取柳枝盘成小圈戴在头上，排成队跳跃舞蹈，同时还发出呦呦的叫声，就像唱歌一样。小人有时会到帐篷里偷食物，如被人发现了就跪下哭泣；如被捉住就绝食而死。放掉他时，开始不敢快走，走几步还要回头看看。假如追上去呵斥他，他便又跪下哭泣。等离人稍远，估计追不上了，他才跨涧越山而去。但这小人的巢穴，最终还是不知在哪儿。这种小人不是树木变成的精怪，也不是山里的野兽，大概属于古代传说中的矮人一类。人们也不知该叫他们什么名字，看他们形似小孩儿，又喜欢戴红柳圈，便都叫他们红柳娃。县丞邱天锦，在巡视牧场时就抓到一个，把他制成腊干带回来。仔细观察，小人的须眉毛发，与人没有两

样。由此可知，《山海经》中所说的"竫人"确实存在。有极小的人就必定有极大的人，《列子》所说的"龙伯之国"，应该也是有的。

原文

塞外有雪莲，生崇山积雪中，状如今之洋菊，名以莲耳。其生必双，雄者差大，雌者小。然不并生，亦不同根，相去必一两丈。见其一，再觅其一，无不得者。盖如兔丝茯苓①，一气所化，气相属也。凡望见此花，默往探之则获。如指以相告，则缩入雪中，杳无痕迹，即劚②雪求之，亦不获。草木有知，理不可解。土人曰："山神惜之。"其或然欤？此花生极寒之地，而性极热。盖二气有偏胜，无偏绝，积阴外凝，则纯阳内结。坎卦以一阳陷二阴之中，剥复二卦，以一阳居五阴之上下，是其象也。然浸酒为补剂，多血热妄行。或用合媚药，其祸尤烈。盖天地之阴阳均调，万物乃生。人身之阴阳均调，百脉乃合。故《素问》③曰："亢则害，承乃制。"自丹溪④立"阳常有余，阴常不足"之说，医家失其本旨，往往以苦寒伐生气。张介宾⑤辈矫枉过直，遂偏于补阳，而参著桂附，流弊亦至于杀人。是未知《易》道扶阳，而乾之上九，亦戒以"亢龙有悔⑥"也。嗜欲日盛，赢弱者多，温补之剂易见小效，坚信者遂众。故余谓偏伐阳者，韩非刑名之学；偏补阳者，商鞅富强之术。初用皆有功，积重不返，其损伤根本，则一也。雪莲之功不补患，亦此理矣。

【字词注解】

①兔丝茯苓：兔丝即菟丝，"兔"通"菟"。菟丝与茯苓，都是植物名。《淮南子·说山》："千山之松，下有茯苓，上有兔丝。"

②劚（zhǔ）：掘，铲。

③《素问》：《黄帝内经·素问》的简称。

④丹溪：元代名医朱震亨的别号。

⑤张介宾：明代名医。

⑥亢龙有悔：指居高位的人要戒骄，否则会有败亡的灾难，后也形容倨傲者不免招祸。亢，至高的；悔，灾祸。

——•【精彩解说】

　　塞外雪莲生长在高山的积雪之中，形状如现在的洋菊，却起了个"莲"的名字。雪莲总是成对生长的，雄株略大，雌株稍小。但是它们并非生长在一起，也不同根，两株一般相距一两丈远。发现了一株，再找另一株，没有找不到的。大概像菟丝、茯苓都是由同一种物质生成的，因此彼此吸引。一旦发现了雪莲，必须悄然过去才能得到。假如大呼小叫，雪莲便会缩入雪中，连一点儿痕迹也不留下，就算挖开雪也找不到。草木有灵，从道理上是讲不通的。当地人说："山神珍惜雪莲。"难道是这样的吗？雪莲生长在极寒地区，而它的性却极热。因为阴阳二气中可能有一气偏强些，但没有一气偏绝的，阴气在外面凝聚了，则阳气就在里面集结。坎卦的卦相是一个阳陷在两个阴之中，剥、复两个卦是一个阳在五个阴的上面和下面，这就是雪莲的卦象。但是用雪莲泡酒当补药，服用后往往血热紊乱。用来制作媚药，它的害处尤为严重。天地间阴阳谐调，万物才能生长。人身体的阴阳谐调，所有的脉络才平和。所以《素问》中说："阳气过甚则有害，阴阳结合才易顺。"自从朱震亨创立了"阳常有余，阴常不足"的学说，医家不顾它的本意，往往用苦寒药破坏阳气。张介宾等矫枉过正，便偏于补阳，而人参、蓍草、肉桂、附子等药，用不好也可能致人死亡。这是不知道《易经》中扶阳的道理所造成的，而乾卦的上九爻，也提醒"亢龙有悔"。纵欲之风盛行，身体衰弱的人也越来越多，用些温补之药往往会见点儿效果，因此偏信的人就多了起来。因此，我说偏于伐阳的，近似韩非的刑名学；偏于补阳的，近于商鞅的富国术。刚开始用时都有成效，但积重难返，损伤根本，这两者是相同的。雪莲的功能不能补亏虚，也是这个道理。

原文

　　何励庵先生言：相传明季有书生，独行丛莽间，闻书声琅琅①。怪旷野那得有是，寻之，则一老翁坐墟墓间，旁有狐十余，各捧书蹲坐。老翁见而起迎，诸狐皆捧书人立。书生念既解读书，必不为祸，因与揖让席地坐。问："读书何为？"老翁曰："吾辈皆修仙者也。凡狐之求仙有二途。其一采精气，拜星斗，渐至通灵变化，然后积修正果，是为由妖而求仙。然或入邪僻，则干天律。其途捷而危。其一先炼形为人，既得为人，然后讲习内丹②，是为由人而求仙。虽吐纳导引③，非旦夕之功，而久久坚持，自然圆满。其途纡而安。顾形不自变，随心而变，故先读圣贤之书，明三纲五常之理，心化则形亦化矣。"书生借视其书，皆五经④、《论语》《孝经》《孟子》之类，但有经文而无注。问："经不解释，何由讲贯？"老翁曰："吾辈读书，但求明理。圣贤言语，本不艰深，口相授受，疏通训诂，即可知其义旨，何以注为？"书生怪其持论乖僻，惘惘莫对。姑问其寿，曰："我都不记。但记我受经之日，世尚未有印板⑤书。"又问："阅历数朝，世事有无同异？"曰："大都不甚相远。惟唐以前，但有儒者。北宋后，每闻某甲是圣贤，为小异耳。"书生莫测，一揖而别。后于途间遇此翁，欲与语，掉头径去。案，此殆先生之寓言，先生尝曰："以讲经求科第，支离敷衍，其词愈美而经愈荒。以讲经立门户，纷纭辩驳，其说愈详而经亦愈荒。"语意若合符节。又尝曰："凡巧妙之术，中间必有不稳处。如步步踏实，即小有蹉失，终不至折肱伤足。"与所云修仙二途，亦同一意也。

──●【字词注解】

①琅琅：象声词，金石相击的声音，多形容响亮的读书声。

②内丹：道家指用自身的精气所炼成的丹，是与矿物所炼的外丹相对而言。

③吐纳导引：道家及医学家通过呼吸及锻炼身体等活动所进行的养生、修炼之法。

④五经：儒家五部经典著作的合称，即《诗》《书》《礼》《易》《春秋》。

⑤印板：指木板印刷。

──●【精彩解说】

何励庵先生说：相传明朝有个书生，独自在草丛中漫步，忽然听到琅琅的读书声。他感到十分奇怪，暗想这荒郊旷野，怎会有人在这里读书，于是循声找去，就见一老翁坐在荒坟乱冢之间，身边围着十多只狐狸，各自手捧书本，蹲坐在地上。老翁见了书生，起来相迎，狐狸们也都捧着书，像人似的站了起来。书生觉得他们既然懂得念书，一定不会害人，便相互见礼坐下来。书生问："你们读书干什么？"老翁说："我们都是修仙的。狐狸求仙有两个途径，一是采天地精气，拜星斗，渐渐达到通灵变化的地步，然后再积年修炼而成正果，这是由妖而求仙。但它有可能进入邪僻之中，违犯天条，因此这个途径快捷但危险。一是先修炼成人形，变成了人之后，再修习内丹，这是由人而求仙。采用吐纳、导引的方法修炼，不是在短时间里便能成功的，但只要坚持长期修炼，自然会成功。这个途径较慢但安全。形体不能自己变化，只能随着心的变化而变化，所以先读圣贤的书，明白三纲五常的道理，心变化了形体也就变化了。"书生把他们读的书拿过来一看，都是五经、《论语》《孝经》《孟子》之类，而且书中只有经文没有注解。书生问："经文不解释，怎么能读懂？"老翁说："我们读书，只求明白道理。圣贤的语言，本来并不艰深，口头传授，简单地做些讲解，即可知道它的意义和宗旨，何必要什么注释？"书生觉得他的看法有些奇怪，一时不知说什么好。他转而问老翁多大年岁，老翁说："我也记不住了，只记得我学习经书那时，世上还没有印板书。"书生又问："你经历了几个朝代，世上的事有什么同异之处？"老翁说："大体上都一样。唐代以前只有儒者，北宋后常听说某某人是圣贤，就这么点儿差别。"书生莫名其妙，拱手告别了。后来书生在路上又遇见这个老翁，要上前说话，老翁掉头便走了。我认为这可能是先生编造的寓言故事。先生曾说："以讲经来求取功名，支离破碎，将就应付，词句越美，经义便越杂乱。以讲经分立门派，必然会众说纷纭，阐释得越详尽，经义就越杂乱。"这话很符合当时的情景。他又说："凡是巧妙的技法，其中必定有不稳妥的地方，如果每一步都踏踏实实，即使有小的失足，也不至于跌得折臂断足。"这与老翁所说的两种修仙的途径，也是同一个意思。

原文

　　奴子魏藻，性佻荡，好窥伺妇女。一日，村外遇少女，似相识而不知其姓名居址。挑与语，女不答而目成，径西去。藻方注视，女回顾若招。即随以往，渐逼近。女面颊，小语曰："来往人众，恐见疑。君可相隔小半里，俟到家，吾待君墙外车屋中。枣树下系一牛，旁有碌碡[1]者是也。"

既而渐行渐远，薄暮，将抵李家洼，去家三十里矣。宿雨初晴，泥将没胫，足趾亦肿痛。遥见女已入车屋，方窃喜，趋而赴。女方背立，忽转面，乃作罗刹②形，锯牙钩爪，面如靛，目睒睒如灯。骇而返走，罗刹急追之。狂奔二十余里，至相国庄，已届亥初。识其妇翁门，急叩不已。门甫启，突然冲入，触一少女仆地，亦随之仆。诸妇怒噪，各持捣衣杵乱捶其股。气结不能言，惟呼"我我"。俄一媪持灯出，方知是婿，共相惊笑。次日，以牛车载归，卧床几两月。当藻来去时，人但见其自往自还，未见有罗刹，亦未见有少女。岂非以邪召邪，狐鬼乘而侮之哉？先兄晴湖曰："藻自是不敢复冶游，路遇妇女，必俯首。是虽谓之神明示惩，可也。"

---●【字词注解】

①碌（liù）碡（zhou）：一种农具。用石头做成圆柱形，用来轧脱谷粒或轧平院子。

②罗刹：佛教中恶鬼的通称。

---●【精彩解说】

奴仆魏藻，性格放荡轻佻，喜好偷窥妇女。有一天，他在村外碰到一个少女，似曾相识而不知她的姓名地址。于是上前挑逗，少女半推半就，一言不发，以目传情，然后往西走了。魏藻注视着她，少女又回头好像招呼他。魏藻便跟着她走，渐渐走近了。少女脸红红地小声说："来往的人多，叫人看见起疑。你离开半里地跟着我，等到了家，我在墙外的车棚里等你。记住，枣树下拴着一头牛，旁边有一台碌碡的那家就是。"之后，魏藻越走越远，到傍晚将到李家洼，离家已有三十里了。下了一夜的雨，天气初晴，路上稀泥没过脚脖子，脚趾也肿痛起来。魏藻远远地望见少女已进入车棚，暗自高兴，急忙跑过去。少女背对着他站着，忽然转过头来，却是一副罗刹鬼的模样，牙像锯齿，手像钩子，脸色漆黑，眼睛闪亮如灯。魏藻吓得回身就跑，罗刹鬼在后面紧追。魏藻狂奔了二十多里地，到了相国庄，已快到晚上九点了。他还认识岳父家，急忙不停地拍门。门刚打开，他就一头闯进去，撞倒了一个少女，他也随之倒在地上。几个妇人怒叫着，各自拿着捣衣棒，乱打他的腿。魏藻喘着气说不出话，只是"我我"地叫着。不一会儿，一个老太太拿

灯出来，才知是女婿，大家又惊又笑。第二天，岳父用牛车送魏藻回去，他卧床养伤达两月之久。当魏藻在遇鬼那天来来去去时，人们只看见他一人去了又回来，并没有看见罗刹鬼，也没有见到有什么少女。是否他以邪召邪，狐鬼乘机耍弄他呢？先兄晴湖说："魏藻从此再不敢寻花问柳，路上遇见妇女也低着头走过去。把上面那件事看作是神灵的惩罚，也是可以的。"

原文

　　益都李词畹言：秋谷先生①南游日，借寓一家园亭中。一夕就枕后，欲制一诗。方沉思间，闻窗外人语曰："公尚未睡耶？清词丽句，已心醉十余年。今幸下榻此室，窃听绪论，虽已经月，终以不得质疑问难为恨。虑或仓卒别往，不罄所怀，便为平生之憾。故不辞唐突，愿隔窗听挥麈②之谈。先生能不拒绝乎？"秋谷问："君为谁？"曰："别馆幽深，重门夜闭，自断非人迹所到。先生神思夷旷，谅不恐怖，亦不必深求。"问："何不入室相晤？"曰："先生襟怀萧散，仆亦倦于仪文，但得神交，何必定在形骸之内耶？"秋谷因日与酬对，于六义③颇深。如是数夕，偶乘醉戏问曰："听君议论，非神非仙，亦非鬼非狐，毋乃'山中木客解吟诗'乎？"语讫寂然。穴隙窥之，缺月微明，有影蓬蓬然，掠水亭檐角而去。园中老树参云，疑其木魅矣。词畹又云：秋谷与魅语时，有客窃听。魅谓渔洋山人诗如名山胜水，奇树幽花，而无寸土艺五谷；如雕栏曲榭，池馆宜人，而无寝室庇风雨；如彝鼎罍洗④，斑斓满几，而无釜甑供炊爨；如纂组锦绣，巧出仙机，而无裘葛御寒暑；如舞衣歌扇，十二金钗⑤，而无主妇司中馈⑥；如梁园金谷⑦，雅客满堂，而无良友进规谏。秋谷极为击节。又谓明季诗庸音杂奏，故渔洋救之以清新；近人诗浮响日增，故先生救之以刻露。势本相因，理无偏胜。窃意二家宗派，当调停相济，合则双美，离则两伤。秋谷颇不平之云。

──●【字词注解】

　　①秋谷先生：清代学者赵执信，字伸符，号秋谷，晚号饴山老人。
　　②麈（zhǔ）：旧称四不像，古时常用其尾做成拂尘，魏晋时士人清谈时多手执之。

③六义：语出《诗·大序》："故诗有六义焉：一曰风，二曰赋，三曰比，四曰兴，五曰雅，六曰颂。"

④彝（yí）鼎罍（léi）洗：彝鼎，古代祭祀用具；罍洗，古代洗涤用具。

⑤十二金钗：古代妇女头上所戴的金钗十二行。

⑥司中馈：掌管家中事务。

⑦梁园金谷：梁园，汉时梁孝王的宫苑；金谷，即金谷园，晋代石崇的别墅。

──•【精彩解说】

　　益都人李词畹说：秋谷先生到南方游览时，借住在一家园亭里。一天晚上躺下后他在酝酿一首诗。正在沉思，听见窗外有人说："先生还没睡吗？你的清词丽句，我已心醉十多年。如今有幸下榻此处，偷听你的高论，已有一月，但因仍不能直接和你当面质疑探讨而深为遗憾。又担心你或者突然到别的地方去，不能满足我的愿望，那么就将终生后悔，所以不顾唐突，想隔着墙听听你的风雅之谈。先生不会拒绝吧？"秋谷问："你是谁？"对方回答说："别墅幽深，道道大门夜里都关闭着，当然人是到不了这儿。先生神思平和，大概不会害怕，也没必要深究。"先生又问："为何不进屋来谈谈？"对方回答："先生的性情洒脱闲散，我也厌烦繁文缛节，只要能够神交，何必非得彼此接触呢？"于是秋谷天天和对方隔窗讨论，对《诗》的六义探讨得极深。这么过了几晚，秋谷偶然借着酒醉开玩笑地问对方："听你的谈论，你不是神亦非仙，不是鬼也不是狐，难道是'山中木客解吟诗'吗？"说完，对方寂然无声。秋谷从窗缝往外偷看，只见残月微光中，有一个蓬蓬的影子掠过亭檐角走了。园中有老树参天，估计就是木魅。李词畹又说：秋谷和木魅谈论时，有人偷听。木魅说渔洋山人的诗，好像名山胜水，奇树幽花，而没有一寸土地种植五谷杂粮；好像雕梁画栋的亭台楼阁，但没有寝室躲避风雨；好像彝鼎罍洗之类，琳琅满目地摆了满桌，但没有锅釜等可以做饭；好像彩带锦绣，巧夺天工，但没有裘皮葛衣可以抵御冷热；好像有许多美女在唱歌跳舞，而没有主妇主内；好像梁园金谷园，雅客满座，却没有良友推心置腹地加以规劝。秋谷极为赞赏。又说明代的诗平庸驳杂，所以渔洋山人以清新的风格加以引导；近代人的诗，内容越来越空洞，所以先生以深刻显露的诗风来挽救。其势本应互相承袭、借鉴，没有谁胜谁负的道理。我认为两派应当调和以取长补短，和气则双方都好，分离则双方都有损伤。据说秋谷听了这段议论，心中极为不平。

原文

何励庵先生言：十三四时，随父罢官还京师。人多舟狭，遂布席于巨箱上寝。夜分，觉有一掌扪①之，其冷如冰，魇良久乃醒。后夜夜皆然，谓是神虚，服药亦无效。至登陆乃已。后知箱乃其仆物。仆母卒于官署，厝②郊外，临行阴焚其枢，而以衣包骨匿箱中。当由人眠其上，魂不得安，故作是变怪也。然则旅魂随骨返，信有之矣。

【字词注解】

①扪：按，摸。
②厝（cuò）：安置，放置。

【精彩解说】

何励庵先生说：十三四岁时，他随着罢官的父亲回京城。由于人多船小，他便把席子铺在大箱子上睡觉。夜里感到有一只手掌摸索着他，手掌像冰一样凉，这么魇了好久才醒来。此后夜夜都是这样，说是神虚，但吃药也无用。等上了岸却好了。后来才知道这个大箱子是仆人的。仆人的母亲死在衙门里，停放在郊外，临行仆人偷偷地把棺材连同尸体都烧了，用衣服包了遗骨，藏在箱子里。也许因为人睡在上面，使阴魂不得安宁，所以才会出现这样的怪事。那么，在外乡的游魂能随着遗骨回来的说法，确实是真的了。

原文

励庵先生又云：有友聂姓，往西山深处上墓返。天寒日短，翳然已暮。畏有虎患，竭蹶力行，望见破庙在山腹，急奔入。时已曛黑，闻墙隅人语曰："此非人境，檀越①可速去。"心知是僧，问："师何在此暗坐？"曰："佛家无诳语，身实缢鬼，在此待替。"聂毛骨悚栗，既而曰："与死于虎，无宁死于鬼。吾与师共宿矣。"鬼曰："不去亦可。但幽明异路，君不胜阴气之侵，我不胜阳气之烁，均刺促②不安耳。各占一隅，毋相近可也。"聂遥问待替之故，鬼曰："上帝好生，不欲人自戕其命。如忠臣尽节，烈妇完贞，是虽横夭，与正命无异，不必待替。其情迫势穷，更无求生之路者，闵其事非得已，亦付轮转，仍核计生平，依善恶受报，亦不必待替。傥有一线可生，或小忿不忍，或借以累人，逞其戾气，率尔投缳，则大拂天地生物之心，故必使待替以示罚。所以幽囚沉滞，动至百年也。"问："不有诱人相替者乎？"鬼曰："吾不忍也。凡人就缳，为节义死者，魂自顶上升，其死速。为忿嫉死者，魂自心下降，其死迟。未绝之顷，百脉倒涌，肌肤皆寸寸欲裂，痛如脔割，胸膈肠胃中如烈焰燔烧，不可忍受。如是十许刻，形神乃离。思是楚毒，见缳者方阻之速返，肯相诱乎？"聂曰："师存是念，自必生天。"鬼曰："是不敢望，惟一意念佛，冀忏悔耳。"俄天欲曙，问之不言，谛视亦无所见。后聂每上墓，必携饮食纸钱祭之，辄有旋风绕左右。一岁，旋风不至，意其一念之善，已解脱鬼趣③矣。

---●【字词注解】

①檀越：梵语音译，指施主。

②刺促：惶恐不安。

③鬼趣：即鬼道，是佛教中的六道之一。

---●【精彩解说】

　　何励庵先生又说：他有一个朋友姓聂，到西山深处去上坟回来。当时天寒昼短，天色已晚。他怕有老虎出来，便拼命快走，不多久，远远望见半山腰有一座破庙，便急急地奔了过去。那时天已黑了，他听见墙角有人说："这儿不是人待的地方，施主快点离开吧。"聂某以为是和尚，便问："师父为什么一个人在这么黑的地方？"对方说："佛家不打诳语，我其实是吊死鬼，在这里等替身。"聂某吓得毛骨悚然，过了一会儿说："与其死在老虎嘴里，不如死在鬼手中。我今天就和师父一起在这儿过夜。"鬼说："你不走也行。但阴阳有别，你受不住阴气的侵袭，我受不了阳气的烘烤，这样你我都会不舒服的。我们各占一个角落，不要靠近就可以了。"聂某远远地问吊死

鬼为什么找替身，鬼说："上帝有好生之德，不愿让人自杀。如果忠臣尽忠，节妇尽节，虽然也是横死，但与寿终而死相同，就不必找替身了。那因情势所迫，再没有求生之路的，同情他出于不得已，也准许转生，核查他的生平，依据善恶予以报应，这样的也不必有替身。如果还有一线生机，却因一口气咽不下，或借此嫁祸于人，逞一时的暴戾之气，轻率地上吊自杀，则极大地违背了天地创造万物的本意，所以一定要叫他等待替身，以示惩罚。因此有的鬼滞留在阴间，动不动就是一百年。"聂某问："是否有诱骗人来替代的？"鬼说："我不忍心这样干。凡是人上吊时，为贞节、忠义而死的，魂魄从头顶上升而去，这样的人死得很快。为愤怒、嫉恨而死的，魂魄从心中往下降，死得很慢。没死的时候，血脉倒涌，肌肤寸寸都像要断裂开，疼得如同被割碎了，胸腹肠胃里好像有烈火在烧烤，不可忍受。这么折磨有十刻钟的时间，魂魄才离开躯体。一想到要受这种痛苦，我见了上吊的便阻止他赶紧打消这个念头，如何愿意诱骗人上吊呢？"聂某说："师父存有这种想法，自然一定能升天。"鬼说："这我不敢妄想，只是一心念佛，希望忏悔。"很快天亮了，聂某再问，鬼不回答，仔细去看，什么也没有了。后来聂某每次上坟，都一定带饮食、纸钱等物祭祀这个鬼，便有旋风绕在他的身旁。有一年，旋风不再出现了，想必是因为这个鬼有一念之善，已经脱离鬼界了。

原文

王半仙尝访其狐友，狐迎笑曰："君昨夜梦至范住家，欢娱乃尔。"范住者，邑之名妓也。王回忆实有是梦，问何以知。曰："人秉阳气以生，阳亲上，气恒发越于顶。睡则神聚于心，灵光与阳气相映，如镜取影。梦生于心，其影皆现于阳气中，往来生灭，倏忽变形一二寸小人，如画图，如戏剧，如虫之蠕动。即不可告人之事，亦百态毕露，鬼神皆得而见之，狐之通灵者亦得见之，但不闻其语耳。昨偶过君家，是以见君之梦。"又曰："心之善恶，亦现于阳气中。生一善念，则气中一线如烈焰；生一恶心，则气中一线如浓烟。浓烟幂①首，尚有一线之光，是畜生道②中人；并一线之光而无之，是泥犁狱③中人矣。"王问："恶人浓烟幂首，其梦影何由复见？"曰："人心本善，恶念蔽之。睡时一念不生，则此心还其体，阳气仍自光明。即其初醒时，念尚未起，光明亦尚在。念渐起，则渐昏；念全起，则全昏矣。君不读书，试向秀才问之，孟子所谓夜气，即此是也。"王悚然曰："鬼神鉴察，乃及于梦寐之中。"

———•【字词注解】

①幂（mì）：覆盖。
②畜生道：佛教因果报应的说法，六道之一。
③泥犁狱：即地狱。泥犁，梵语，即"地狱"的意思。

———•【精彩解说】

　　王半仙有一次去拜访他的狐友，狐笑着迎接他说："你昨天晚上做梦到范住家里，玩得好快活呀。"范住是镇上的名妓。王半仙想了想确实做了这个梦，问狐狸怎么知道。狐狸说："人秉承着阳气而生，阳气好上升，所以常常升在头顶上。睡觉时，精神聚集在心中，灵光与阳气相映，像照镜子一样。梦生在心中，它的影像就反映在阳气中，来来往往，生生灭灭，倏忽之间变成一两寸高的小人，像图画、像演戏、像虫子一样蠕动。即便是不可告人的事情，也完全表露出来，鬼神都能见到，狐狸中通灵的也能看得见，但听不到说话的声音。昨天我偶然路过你家，因此得以看见你的梦。"狐狸又说："心的善恶，也反映在阳气中。生出一个善的念头，则阳气中有一缕像火焰一样的光；生出一个恶的念头，则阳气中便好像冒出一缕浓烟。浓烟罩在头上，还有一线的光亮，是畜生道里的人；连一线光亮也没有的，就是地狱中的人。"王半仙问坏人的浓烟罩在头上，他的梦影为何能看见？狐狸说："人心本来是善的，却被恶的念头遮蔽了。睡觉时什么念头也没有，他的心就还原为本来善良的状态，阳气便也自然放光。在刚醒时，他还没有生出什么念头，因此光亮还在。念头渐渐生出来，阳气便渐渐昏暗下去；待各种念头都生出来，阳气便完全昏黑了。你不读书，可以去问问秀才，《孟子》中所谓的夜气，指的就是阳气。"王半仙吃惊地说："鬼神的明察秋毫，竟深入到人的睡梦之中了。"

原文

　　先太夫人言：沧州有轿夫田某，母患臌将殆。闻景和镇一医有奇药，相距百余里。昧爽①狂奔去，薄暮已狂奔归，气息仅属。然是夕卫河暴涨，舟不敢渡。乃仰天大号，泪随声下。众虽哀之，而无如何。忽一舟子解缆呼曰：“苟有神理，此人不溺。来来，吾渡尔。”奋然鼓楫，横冲白浪而行。一弹指顷，已抵东岸。观者皆合掌诵佛号。先姚安公曰：“此舟子信道之笃，过于儒者。”

──●【字词注解】

①昧爽：拂晓。

──●【精彩解说】

先太夫人说：沧州有位轿夫田某，母亲得了臌胀病，眼看就不行了。他听说景和镇一个医生有治这病的奇药，而景和镇离他家有一百多里。一大早他就狂奔而去，傍晚狂奔而回，累得只剩下了一口气。但是这天晚上卫河水猛涨，船夫不敢行舟渡人。田某仰天大哭，声泪俱下。大家虽然都可怜他，但也没有办法。忽然一个船夫解开缆绳招呼道：“如果还有天道，就不会淹死这个人。来来，我渡你过去。”他奋力摇橹，穿行在滔滔白浪之间。转眼间就到了东岸。在场的人都合掌念佛。先父姚安公说：“这个船夫信道的虔诚态度，超过了儒者。”

拓展阅读

《列子》　道家经典著作，作者为列子，名列御寇，郑国圃田（今河南郑州）人，生活年代在老子与庄子之间。关于列子的生平，我们知之甚少。他毕生隐居，弟子众多，创作了八卷《列子》，不幸早佚，今天通行的版本是后人根据古代资料整理编著的。今本《列子》虽然字数不多，但包含了大量民间寓言和神话传说，著名的愚公移山、夸父逐日、高山流水、杞人忧天等故事都出自本书。《列子》中有一个龙伯国的故事，说的是龙伯国的巨人，几步就跨越了千万里的距离，钓走了海神用来背神山的巨鳌（áo）。天帝大怒将他们的身高缩小，就算这样还有十几丈高。这个故事想象奇崛，令人叹为观止。

梁园　历史上著名的园林建筑，又名梁苑、菟园、睢（suī）园等。

由西汉时期汉文帝的次子、梁孝王刘武所建。梁孝王是窦太后爱子，又在七国之乱时立下大功，因此极受荣宠，府库中的金钱比京师还多。他喜欢延揽人才，为此在自己封国的都城睢阳（今河南商丘睢阳区）建造了梁园，无论是规模还是景观设置，都超过了皇家园林上林苑。梁孝王爱好文学，邀请枚乘、司马相如、邹阳、庄忌、羊胜、公孙诡等天下名士住在园中，这些名士在这里创作了很多杰出篇章。此后，梁园始终是文人墨客向往的文化圣地。唐朝时，大诗人李白在梁园一带居住了十年之久，创作了著名的《梁园吟》等著作。今天，梁园遗址尚存。

卷四　滦阳消夏录四

〔题解〕

这一卷中，纪昀着重写了一些"婆婆妈妈"的小事，意在用传统道德观念来维护封建家庭伦理秩序，从而实现社会的稳定。他对孝道、责任心等的推崇具有普世价值，但其中一些封建糟粕思想需要我们加以摒弃。

原文

卧虎山人降乩①于田白岩家，众焚香拜祷。一狂生独倚几斜坐，曰："江湖游士，练熟手法为戏耳。岂有真仙日日听人呼唤？"乩即书下坛诗曰："鶗鴂②惊秋不住啼，章台回首柳萋萋。花开有约肠空断，云散无踪梦亦迷。小立偷弹金屈戌③，半酣笑劝玉东西④。琵琶还似当年否？为问浔阳估客妻⑤。"狂生大骇，不觉屈膝。盖其数日前密寄旧妓之作，未经存稿者也。仙又判曰："此笺幸未达，达则又作步非烟⑥矣。此妇既已从良，即是窥人闺阁。香山居士⑦偶作寓言，君乃见诸实事耶？大凡风流佳话，多是地狱根苗。昨见冥官录籍，故吾得记之。业海洪波，回头是岸。山人饶舌，实具苦心，先生勿讶多言也。"狂生鹄立⑧案旁，殆无人色。后岁余，即下世。余所见扶乩者，惟此仙不谈休咎，而好规人过。殆灵鬼之耿介者耶！先姚安公素恶淫祀⑨，惟遇此仙必长揖曰："如此方严⑩，即鬼亦当敬。"

——【字词注解】

①降乩（jī）：即扶乩，中国民间占卜方法，由一人扮演被神明附身的角色，写出一些似是而非的字迹来预示吉凶等。

②鹈（tí）鴂（jué）：指杜鹃。

③金屈戌：金属做的门窗上的搭扣。

④玉东西：玉酒杯。

⑤"琵琶"二句：化用唐代诗人白居易《琵琶行》的诗句。浔阳，古地名，今江西九江。估客，指商人。

⑥步非烟：唐代传奇《非烟传》中的女主角，她是临淮官员武公业的妾，因爱上邻居书生赵象，被丈夫鞭笞而死。

⑦香山居士：白居易号香山居士。

⑧鹄立：伸长脖子站着。

⑨淫祀：不合礼制的祭祀。淫，过度，不合法度。

⑩方严：方正严肃。

───●【精彩解说】

　　田白岩家扶乩，降临的是卧虎山人，人们都虔诚地下拜并焚香祷告。一名狂傲的书生独自倚着几案斜坐着，说："这都是江湖术士，用练熟的手法来戏弄大家而已。真正的神仙，哪能天天任凭人使唤呢？"卧虎山人随即写了一首诗："鹈鴂惊秋不住啼，章台回首柳萋萋。花开有约肠空断，云散无踪梦亦迷。小立偷弹金屈戌，半酣笑劝玉东西。琵琶还似当年否？为问浔阳估客妻。"书生大惊失色，不由自主地屈膝下拜。原来，这首诗是他几天前偷偷地寄给过去交往的一名妓女的，而且也没有留存底稿。卧虎山人又下判词道："这首诗幸亏没有寄到，寄到的话将又出一个步非烟了。这个女人既然已经从良，你这种做法就是勾引有夫之妇。白居易偶然写了一首诗以寄托情思，你难道要付诸实际？风流佳话，大多是进地狱的根源。昨天偶然看见阴官记录在籍册，所以我得以抄录下来。孽海洪波，回头是岸。山人多嘴多舌，实是出于一番苦心，先生不要怪我多说了几句。"狂生呆立在几案旁，几乎面无人色。一年之后他就死了。我所见的扶乩的，唯有这位仙不谈吉凶祸福，而好劝诫人的过错。这几乎算是灵鬼中耿直的吧！先父姚安公一直讨厌乱祭祀，唯有遇到这种神仙，则必定作揖道："这样方正严明，就算是鬼也应当受尊敬。"

原文

　　宋蒙泉言：孙峨山先生，尝卧病高邮舟中。忽似散步到岸上，意殊爽适。俄有人导之行，恍惚忘所以，亦不问。随去至一家，门径甚华洁。渐入内室，见少妇方坐蓐①。欲退避，其人背后拊一掌，已昏然无知。久而渐醒，则形已缩小，绷置锦襁中。知为转生，已无可奈何。欲有言，则觉寒气自囟门②入，辄嗫不能出。环视室中，几榻器玩及对联书画，皆了了。至三日，婢抱之浴，失手坠地，复昏然无知，醒则仍卧舟中。家人云，气绝已三日，以四肢柔软，心膈尚温，不敢殓耳。先生急取片纸，疏所见闻，遣使由某路送至某门中，告以勿过挞婢。乃徐为家人备言。是日疾即愈，径往是家，见婢媪皆如旧识。主人老无子，相对怆叹，称异而已。近梦通政③鉴溪亦有是事，亦记其道路门户。访之，果是日生儿即死。顷在直庐④，图阁学⑤时泉言其状甚悉，大抵与峨山先生所言相类。惟峨山先生记往不记返；鉴溪则往返俱分明，且途中遇其先亡夫人，到家入室时见夫人与女共坐，为小异耳。案，轮回之说，儒者所辟。而实则往往有之，前因后果，理自不诬。惟二公暂入轮回，旋归本体，无故现此泡影，则不可以理推。"六合之外，圣人存而不论"⑥，阙所疑可矣。

【字词注解】

　　①坐蓐：坐月子。

　　②囟（xìn）门：指婴幼儿颅骨结合不紧所形成的颅骨间隙。

　　③通政：明清官职，即通政使，负责收发内外章奏和臣民申诉的文件。

　　④直庐：侍臣值班时住宿的地方。

　　⑤阁学：即内阁学士，是直接为皇帝服务的高官，从二品，通常兼任各部侍郎。

　　⑥"六合之外"二句：出自《庄子·齐物论》。六合，指上下和四方，泛指天地。

【精彩解说】

　　宋蒙泉说：孙峨山先生曾经病倒在高邮水路上的船中。一日，他忽然觉得好像散步似的到了岸上，觉得很舒适。过了一会儿，有一人带他走，恍惚中忘了从何处来，他也不问。跟着那人到了一家，门户道路极为豪华整洁。渐渐走进内室，看见一个少妇正在坐月子。他要退避，带他来的人在他背上打了一掌，他便昏过去了。过后他慢慢醒来，身体已经缩小，被捆在襁褓中。他知道已经转生了，也无可奈何。他想说话，却觉得一股寒气从顶门灌入，于是说不出话来了。环视屋里，几案、床榻、器具、古玩以及对联、书画等，他都熟悉。到了第三天，婢女抱着他去洗澡，失手掉在地上，他又昏过去了。醒后仍然躺在船里。家人说，他已断气三天，因四肢柔软、心口还是温热的，没敢下葬。他赶紧拿过纸笔来，写下所见，打发人由什么什么路，送到某某门里，并转告那家主人不要打婢女。然后他把详情仔细地讲述给家人听。当天他的病就好了，他径直来到梦中那一家，看见婢女、老太太都似曾相识。主人年老没有儿子，听了事情的原委，相对惋惜叹气，称奇不已。近来通政使梦鉴溪也遇到过这种事，也记得道路门户。事后去回访，果然生了儿子随即就死了。以前在直庐时，内阁学士图时泉对其情况讲得很详细，大抵和孙峨山讲得差不多。但孙峨山只记得去时情况，不记得回来时的情况；而梦鉴溪往返都记得很清楚，并且他在途中还遇见他死去的夫人到了家，进屋时看见夫人和女儿坐在一起，这是小小的不同之处。按道理说，轮回的说法为儒家所排斥。但实际上往往有这种事，前因后果，按道理讲是不错。上述两人已进入轮回，却随即复归本体，无缘无故地演示这么一出，实在叫人琢磨不透。"六合之外，圣人存而不论"（对天地上下四方之外的疑问，圣人存疑而不问），只能把这问题放一边了。

原文

雍正壬子①六月，夜大雷雨，献县城西有村民为雷击。县令明公晟往验，饬棺殓矣。越半月余，忽拘一人讯之曰："尔买火药何为？"曰："以取鸟。"诘曰："以铳击雀，少不过数钱，多至两许，足一日用矣。尔买二三十斤何也？"曰："备多日之用。"又诘曰："尔买药未满一月，计所用不过一二斤，其余今贮何处？"其人词穷。刑鞫②之，果得因奸谋杀状，与妇并伏法。或问："何以知为此人？"曰："火药非数十斤不能伪为雷。合药必以硫黄。今方盛夏，非年节放爆竹时，买硫黄者可数。吾阴使人至市，察买硫黄者谁多。皆曰某匠。又阴察某匠卖药于何人。皆曰某人。是以知之。"又问："何以知雷为伪作？"曰："雷击人，自上而下，不裂地。其或毁屋，亦自上而下。今苫草屋梁皆飞起，土炕之面亦揭去，知火从下起矣。又此地去城五六里，雷电相同，是夜雷电虽迅烈，然皆盘绕云中，无下击之状。是以知之。尔时其妇先归宁③，难以研问，故必先得是人，而后妇可鞫。"此令可谓明察矣。

●【字词注解】

①雍正壬子：雍正十年（1732年）。

②鞫（jū）：审问。

③归宁：旧指已婚妇女回娘家看望父母。

●【精彩解说】

雍正十年六月，一天夜里下大雷雨，献县城西有一位村民被雷击死。县令明晟去查看了现场，命令把尸体装入棺材埋掉。过了半个多月，县令忽然拘来一个人问："你买火药干什么？"这人说："打鸟。"县令驳他说："用枪打鸟，火药少不过几钱，多也不过一两左右，就够一天用的了。你买二三十斤火药干什么？"这人说："准备用许多天。"县令又反驳道："你买火药不到一个月，计算所用的火药不过一二斤，其余的都放在什么地方？"这人答不出来了。经过审讯，他坦白了因奸情而谋杀他人的罪状，终于和奸妇一起伏法。有人问："怎么知道凶手是这个人？"县令说："火药没有几十斤便不能伪装为雷。配火药必定用硫黄。现在正在盛夏，不是年节放爆竹之时，没有几个人买硫黄。我暗中派人到市上去，查谁买硫黄最多。大家都说是某某匠人。又暗中查某某匠人把火药卖给了什么人。大家都说是某某人。因此知道就是他。"又问："怎么知道打雷是假的？"县令说："雷击人，从上而下，地不裂。雷有时毁屋，也是自上而下。本案中苫草、屋梁都飞了起来，土炕的炕面也揭了起来，可知火是从下面起来的。又，这儿离城五六里，雷电都一样，那天夜里雷电虽然很厉害，但都盘绕在云层之中，没有下击的样子。由此我知道是伪造被雷击。那时，死者的妻子已先回了娘家，无法审问，所以一定要先捉到这个人，然后才能审讯那个女人。"这个县令可以称得上是明察了。

原文

　　再从兄旭升言：村南旧有狐女，多媚少年，所谓二姑娘者是也。族人某，意拟生致之，未言也。一日，于废圃见美女，疑其即是。戏歌艳曲，欣然流盼，折草花掷其前。方欲俯拾，忽却立数步外，曰："君有恶念。"逾破垣竟去。后有二生读书东岳庙僧房，一居南室与之昵，一居北室无睹也。南室生尝怪其晏①至，戏之曰："左挹浮丘袖，右拍洪崖肩②耶？"狐女曰："君不以异类见薄，故为悦己者容。北室生心如木石，吾安敢近？"南室生曰："何不登墙一窥？未必即三年不许③。如使改节，亦免作程伊川④面向人。"狐女曰："磁石惟可引针，如气类不同，即引之不动。无多事，徒取辱也。"时同侍姚安公侧，姚安公曰："向亦闻此，其事在顺治末年。居北室者，似是族祖雷阳。雷阳一老副榜⑤，八比⑥以外无寸长，只心地朴诚，即狐不敢近。知为妖魅所惑者，皆邪念先萌耳。"

—●【字词注解】

　　①晏：晚，迟。

　　②左挹浮丘袖，右拍洪崖肩：浮丘、洪崖，均为传说中的仙人名。

　　③"何不"二句：此二句用宋玉《登徒子好色赋》典。东邻之女登墙偷看意中人三年，但男子没有动心。

　　④程伊川：宋代道学家程颐。

　　⑤副榜：科举考试取士分正榜和副榜。

　　⑥八比：指八股文。

—●【精彩解说】

　　远房堂兄旭升说：村南过去有个狐女，媚惑了许多年轻人，所谓二姑娘就是这个狐女。族里有位年轻人想活捉她，但没说出来。有一天，这人在废园子里看见一个美女，怀疑这就是狐女二姑娘。于是便对她唱起调戏的艳曲，狐女马上送过眼波来，这人折了花草扔到她面前。她正要俯身去拾，忽然退后几步，说："你有恶念。"竟跨过破墙离开了。后来有两位书生在东岳庙僧房里读书，一个住在南屋和狐女狎亵，一个住在北屋熟视无睹。一次，南屋人怪狐女来晚了，开玩笑说："你这是左手牵仙人浮丘的袖子，右手拍仙人洪崖的肩去了吗？"狐女说："你不因为我是异类而轻视我，所以我为喜欢我的人打扮。北屋的那人心如木头、石块，我岂敢靠近？"南屋人说："你何不登上墙头去引诱他？他未必三年也不对你动心。如果能改变他的气节，他就不会像程伊川那样板着脸对人了。"狐女说："磁石只可以吸针，如果气质品类不同，便吸不动。别多事了，免得自找羞辱。"当时我们一起在姚安公身边，姚安公说："从前我也听过这件事，事情发生在顺治末年。住在北屋的人，好像是族祖雷阳。雷阳是一位老贡生，除了八股文以外，没有所长，只是心地朴实诚挚，狐狸也不敢靠近他。由此可知，只要是被妖魅蛊惑的人，都是他自身先萌发了邪念。"

原文

　　先太夫人外家曹氏，有媪能视鬼。外祖母归宁时，与论冥事。媪曰："昨于某家见一鬼，可谓痴绝。然情状可怜，亦使人心脾凄动。鬼名某，住某村，家亦小康，死时年二十七八。初死百日后，妇邀我相伴。见其恒坐院中丁香树下。或闻妇哭声，或闻儿啼声，或闻兄嫂与妇诟谇声，虽阳气逼烁，不能近，然必侧耳窗外窃听，凄惨之色可掬。后见媒妁至妇房，愕然惊起，张手左右顾。后闻议不成，稍有喜色。既而媒妁再至，来往兄嫂与妇处，则奔走随之，皇皇如有失。送聘之日，坐树下，目直视妇房，泪涔涔①如雨。自是妇每出入，辄随其后，眷恋之意更笃。嫁前一夕，妇整束奁具。复徘徊檐外，或倚柱泣，或俯首如有思；稍闻房内嗽声，辄从隙私窥，营营者彻夜。吾太息曰：'痴鬼何必如是！'若弗闻也。娶者入，秉火前行。避立墙隅，仍翘首望妇。吾偕妇出，回顾，见其远远随至娶者家，为门尉所阻，稽颡哀乞，乃得入；入则匿墙隅，望妇行礼，凝立如醉状。妇入房，稍稍近窗，其状一如整束奁具时。至灭烛就寝，尚不去，为中雷神②所驱，乃狼狈出。时吾以妇嘱归视儿，亦随之返。见其直入妇室，凡妇所坐处眠处，一一视到。俄闻儿索母啼，趋出，环绕儿四周，以两手相握，作无可奈何状。俄嫂出，挞儿一掌。便顿足拊心，遥作切齿状。吾视之不忍，乃径归，不知其后何如也。后吾私为妇述，妇啮齿自悔。里有少寡议嫁者，闻是事，以死自誓曰：'吾不忍使亡者作是状。'"嗟乎！

君子义不负人，不以生死有异也；小人无往不负人，亦不以生死有异也。常人之情，则人在而情在，人亡而情亡耳。苟一念死者之情状，未尝不戚然感也。儒者见诌渎之求福，妖妄之滋惑，遂断断③持无鬼之论，失先王神道设教之深心，徒使愚夫愚妇，悍然一无所顾忌。尚不如此里妪之言，为动人生死之感也。

①涔涔：泪不断流下的样子。

②中霤（liù）神：宅神。霤，原指屋檐的流水，借指屋宇、房屋。

③断（yín）断：争辩的样子。

先太夫人的娘家姓曹，有个老妈子能看见鬼。外祖母回娘家时，和她说起阴间的事。老妈子说："昨天在某某家见到一个鬼，可真是痴到极点。但是那情状可怜，也叫人心酸神伤。鬼名叫某某，住在某村，家道也算小康，死时有二十七八岁。刚死百天后，他妻子请我去做伴。我看见他常坐在院里丁香树下。有时听见妻子的哭声，有时听见儿子的哭声，有时听见兄嫂和妻子的吵骂声，虽然他怕阳气烘逼而不能靠近，但也坚持在窗外侧耳细听，满脸的凄惨表情。后来看见媒人进了妻子屋中，他愕然惊起，张着两手东张西望。后来听说没有谈成，脸上略有喜色。过后媒人又来了，来往于兄嫂和妻子之间，他则奔走随在后面，惶惶然若有所失。送聘礼那天，他坐在树下，眼睛直盯着妻子的房，泪涟涟如下雨。此后每当妻子出入，他就随在后面，眷恋的表情更强烈。出嫁前一晚，妻子在屋里收拾妆具。他又在檐外徘徊，或倚着柱子哭泣，或低头若有所思；稍稍听到屋里有咳嗽声，他就从窗缝往里看，就这么折腾了一夜。我长叹道：'痴鬼何必要这样！'他好像没有听见。娶亲的人进来，拿着烛火往前走。他躲在墙角站着，仍翘首望着妻子。我陪同他的妻子出来，回过头去，看见他远远地随着来到男方家，但被门神挡住了，他叩头哀恳，才被允许进屋；进了屋就躲在墙角，望着妻子举行婚礼，呆立着如痴如醉。他的妻子进了洞房，他慢慢靠近窗，那情状和妻子在屋里收拾妆具时相同。一直到吹灯就寝，他还不离开，结果被宅神驱赶，才狼狈地出来了。当时我受他的妻子委托，回去看看孩子，他也随着我回来了。只见他直接进入妻子的屋，凡妻子坐过、睡过的地方，他都一一看看。随即听到孩子找妈妈哭啼起来，他跑出去，环绕在孩子周围，两只手握在一起，做出无可奈何的样子。不一会儿，他的嫂子出来，打了孩子一巴掌。他便顿足捶着心，在远处做出切齿的样子来。我不忍看下去，便回去了，不知后来怎样了。后来我偷偷地告诉他的妻子，她咬着牙，后悔改嫁。村里年轻的寡妇商量再嫁人的，听了这件事，以死发誓道：'我不忍心让死去的人做出这种样子。'"呜呼！君子以义约束自己而不负人，不因为活着或死去而有所不同；小人经常负于人，也不因为活着或死去而有所不同。常人的情分，是人在情分也在，人死情分也死了。但是一想起死者的情状，仍时时感到戚戚然。儒士看到有的人谄媚烦扰鬼神来求福，怪异荒诞之说滋生惑乱，便振振有词地坚持无鬼论，忽视了上古贤明君王根据神道设置教化措施的深意，这样只会使愚夫愚妇们悍然无所顾忌地我行我素。还比不上这位乡里老妇的话，能够触动人们对生死的感受。

原文

　　有山西商，居京师信成客寓，衣服仆马皆华丽，云且援例报捐①。一日，有贫叟来访，仆辈不为通。自候于门，乃得见。神意索漠，一茶后，别无寒温，叟徐露求助意。哂然曰："此时捐项且不足，岂复有余力及君！"叟不平，因对众具道西商昔穷困，待叟举火者十余年。复助百金使商贩，渐为富人。今罢官流落，闻其来，喜若更生。亦无奢望，或得曩②所助之数，稍偿负累，归骨乡井足矣。语讫絮泣，西商亦似不闻。忽同舍一江西人，自称姓杨，揖西商而问曰："此叟所言信否？"西商面颊曰："是固有之，但力不能报为恨耳。"杨曰："君且为官，不忧无借处。倘有人肯借君百金，一年内乃偿，不取分毫利，君肯举以报彼否？"西商强应曰："甚愿。"杨曰："君但书券，百金在我。"西商迫于公论，不得已书券。杨收券，开敞箧，出百金付西商。西商怏怏持付叟。杨更治具，留叟及西商饮。叟欢甚，西商草草终觞而已。叟谢去，杨数日亦移寓去，从此遂不相闻。后西商检箧中少百金，镭③锁封识皆如故，无可致诘。又失一狐皮半臂，而箧中得质票一纸，题钱二千，约符杨置酒所用之数。乃知杨本术士，姑以戏之。同舍皆窃称快。西商惭沮，亦移去，莫知所往。

—•【字词注解】

①报捐：盛行于明清两朝的一种制度，向朝廷缴纳一定的财物，换取官职。

②曩（nǎng）：从前，过去。

③镉（jué）：旧时箱子上安锁的环状物。

—•【精彩解说】

有位山西商人住在京城信成客店，穿的衣服及车马等都很华贵，说是将要按惯例报捐。有一天，有位贫穷的老人来访，仆从不给通报。老人等在门口，才见到山西商。山西商表情冷漠，送上一杯茶之后，连句寒暄话也没有。老人慢慢地露出求助的意思。山西商不满地说：“现在我连捐官的钱还不够，哪有余力帮助你！”老人心中不平，便对大家说，山西商过去穷困时，依赖我生活了十多年。我资助一百两银子叫他经商，他才渐渐富起来。现在我罢官，漂泊无定，听说山西商来了，高兴得如再生一样。我也不敢奢求，只想拿回以前资助他的那些钱，正好偿还债务，能回到家乡去就满足了。说完便抽抽咽咽地哭起来。山西商好像没有听见似的不理不睬。同屋有一个江西人，自称姓杨，向山西商拱手问道：“这老人说的确实不？”山西商脸红红地说：“是有这事，但遗憾的是我力不从心难以报答。”杨某说：“你将要当官了，不愁借不到钱。如果有人肯借你一百两银子，一年内偿还，不要丝毫利息，你愿意借来报答他吗？”山西商勉强说：“愿意。”杨某说：“你只管写借据，这一百两银子我借。”山西商迫于公众舆论，不得已写了借据。杨某收起借据，打开破箱子，取出一百两银子付给山西商。山西商很不高兴地交给了老人。杨某又置办了酒席，留老人和山西商喝酒。老人极为高兴，山西商则勉强喝了几杯。酒宴散后，老人谢了杨某走了，杨某过了几天也搬到别处，从此彼此就没有音信了。后来山西商发现箱子里少了一百两银子，而箱锁封条却原样未动，无从究问查找。还丢了一件狐皮背心，而箱子里有一张收据，写着钱二千，大约与杨某置办酒席的钱数相当。

这才知杨某是个术士，和山西商开了个玩笑。同屋的人都拍手称快。山西商感到又惭愧又晦气，也搬走了，不知到何处了。

原文

戊子夏，京师传言，有飞虫夜伤人。然实无受虫伤者，亦未见虫，徒以图相示而已。其状似蚕蛾而大，有钳距，好事者或指为射工[①]。按，短蜮含沙射影，不云飞而螫人，其说尤谬。余至西域，乃知所画，即辟展之巴蜡虫。此虫秉炎炽之气而生，见人飞逐。以水噀之，则软而伏。或噀不及，为所中，急嚼茜草根敷疮则瘥，否则毒气贯心死。乌鲁木齐多茜草，山南辟展诸屯，每以官牒取移，为刈获[②]者备此虫云。

【字词注解】

①射工：即下文所提"短蜮"，传说中的一种毒虫，可口中喷气射人影。
②刈（yì）获：收割，收获。

【精彩解说】

戊子年夏天，京城里传说，有飞虫在夜里伤人。但是并没有被虫伤着的人，也没有看见虫，人们只是相互传看图而已。图上的虫像蚕蛾，但比蚕蛾大，有爪，好事的人说它叫射工虫。按，短蜮含沙射人影，并不飞起螫人，因此说是射工虫就大错了。我到了西域，才知道图上的虫即辟展的巴蜡虫。这种虫借着炎热的气息而生，见了人便飞着追逐。用水喷它，便软软地趴下了。假如没来得及喷水而被它咬了，可赶快嚼茜草根敷在伤口上就会没有事，不然毒气攻心会死人。乌鲁木齐有许多茜草，山南辟展各屯垦区常来公文要这种草，为割草人防备巴蜡虫之用。

原文

乌鲁木齐虎峰书院，旧有遣犯妇缢窗棂上。山长前巴县令陈执礼，一夜，明烛观书，闻窗内承尘上窸窣有声。仰视，见女子两纤足，自纸罅徐徐垂下，渐露膝，渐露股。陈先知是事，厉声曰："尔自以奸败，愤恚死，将祸我耶？我非尔仇，将魅我耶？我一生不入花柳丛，尔亦不能惑。尔敢下，我且以夏楚①扑尔。"乃徐徐敛足上，微闻叹息声。俄从纸罅露面下窥，甚姣好。陈仰面唾曰："死尚无耻耶？"遂退入。陈灭烛就寝，袖刃以待其来，竟不下。次日，仙游陈题桥访之，话及是事，承尘上有声如裂帛，后不再见。然其仆寝于外室，夜恒呓语，久而渐病瘵②。垂死时，陈以其相从两万里外，哭甚悲。仆挥手曰："有好妇，尝私就我。今招我为婿，此去殊乐，勿悲也。"陈顿足曰："吾自恃胆力，不移居，祸及汝矣。甚哉，客气之害事也！"后同年六安杨君逢源，代掌书院，避居他室，曰："孟子有言：'不立乎岩墙③之下。'"

---•【字词注解】

①夏楚：古代像棍棒之类的刑具。
②瘵（zhài）：痨病，即结核病。
③岩墙：高危的墙。

---•【精彩解说】

　　乌鲁木齐虎峰书院，过去有位流放犯人之妻吊死在窗棂上。院长、前巴县令陈执礼，一天夜里点灯看书，听见窗棚上有窸窣的声音。抬头一看，发现有女子的两只小脚，从纸缝里徐徐垂下来，慢慢露出膝盖，慢慢露出大腿。陈执礼知道内情，厉声道："你因为奸情败露，羞愤而死，你将害我吗？我又不是你的仇人。你将要魅惑我吗？可我一生不干风流事，你也不能迷惑我。你敢下来，我就用夏楚打你。"于是棚上的女人慢慢地把腿收了上去，之后他听见轻轻的叹息声。很快，她从纸缝中露出脸来往下看，长相极标致。陈执礼仰脸唾道："你死了还不知羞耻吗？"于是女鬼退回去了。陈执礼吹灭灯火就寝，手握利刃等着女鬼来，但她没有下来。第二天，仙游的陈题桥来访，说及这件事时，听见棚上有声音，像是撕布帛，此后女鬼再也没有出现。陈执礼的仆人住在外屋，夜里常说梦话，时间一长竟得了痨病。仆人临死时，陈执礼因他相随自己到了两万里之外的地方，哭得很悲伤。仆人挥手说："有个漂亮女人，曾偷偷地来追求我。现在招我为丈夫，我去了很快活，不要悲伤。"陈执礼顿足说："我自恃有胆力，没有迁居到别处，却祸及你了。厉害啊，外邪之气真

能坏事！"后来同年杨逢源来代任院长，不再住在这间屋子里，他说："孟子说过：'不立乎岩墙之下。'"

原文

　　德郎中亨，夏日散步乌鲁木齐城外，因至秀野亭纳凉。坐稍久，忽闻大声语曰："君可归，吾将宴客。"狼狈奔回，告余曰："吾其将死乎？乃白昼见鬼。"余曰："无故见鬼，自非佳事。若到鬼窟见鬼，犹到人家见人尔，何足怪焉。"盖亭在城西深林，万木参天，仰不见日。旅榇之浮厝①者，罪人之伏法者，皆在是地，往往能为变怪云。

——●【字词注解】

　　①浮厝：俗称丘子，即用砖石将棺木围砌于地上，暂不入土归葬。

——●【精彩解说】

　　任职郎中的德亨，夏天到乌鲁木齐城外散步，在秀野亭纳凉。坐的时间稍久，忽然听见有人大声说："你回去吧，我要宴请客人。"德亨狼狈地奔了回来，对我说："我是不是要死了，怎么大白天见了鬼？"我说："无缘无故地见鬼，当然不是好事。但是如果到鬼窟里见了鬼，就像到有人家的地方去见了人，并没有什么可奇怪的。"秀野亭在城西深林里，那里万树高耸云天，仰头不见太阳。客死此地棺材暂时放在这儿的，罪犯被依法处死的，都集中在这儿，因此往往有怪异的事发生。

原文

　　武邑某公，与戚友赏花佛寺经阁前。地最豁厂，而阁上时有变怪。入夜，即不敢坐阁下。某公以道学自任，夷然弗信也。酒酣耳热，盛谈《西铭》①万物一体之理，满座拱听，不觉入夜。忽阁上厉声叱曰："时方饥疫，百姓颇有死亡。汝为乡宦，既不思早倡义举，施粥舍药；即应趁此良夜，闭户安眠，尚不失为自了汉。乃虚谈高论，在此讲民胞物与②。不知讲至天明，还可作饭餐，可作药服否？且击汝一砖，听汝再讲邪不胜正。"

忽一城砖飞下，声若霹雳，杯盘几案俱碎。某公仓皇走出，曰："不信程朱之学，此妖之所以为妖欤！"徐步太息而去。

———●【字词注解】

①《西铭》：宋代张载谈天道伦理的著作。
②民胞物与：指民为同胞，物为同类，泛指爱人和一切物类。

———●【精彩解说】

　　武邑某公，和亲友在佛寺藏经阁前赏花。这儿最宽敞，但阁上常有怪异的事发生。到了晚上，人们就不敢坐在藏经阁下。某公以道学家自任，泰然不信这码事。酒酣耳热之际，大谈《西铭》中万物一体的道理。满座的人都拱手恭听，不觉入夜。忽然听见阁上厉声叱道："现在正闹饥荒病灾，百姓死了许多。你作为乡官，就算不想法早早地倡导义举，施粥舍药，也该趁着这良宵，闭门安睡，也算个自顾自的人。你却在这儿空谈高论，讲什么'民胞物与'。不知讲到天亮，可以当饭吃、当药服吗？我且打你一砖头，看你还讲什么邪不压正。"忽然飞下一块城墙的砖头，砸得声响如打雷，杯盘几案都被击碎了。某公仓皇地跑了出去，说："不信程朱的学说，这就是妖怪之所以成为妖怪的缘故吧！"他踱着步子叹息而去。

原文

　　乾隆丙子①，有闽士赴公车②。岁暮抵京，仓卒不得栖止，乃于先农坛北破寺中僦一老屋。越十余日，夜半，窗外有人语曰："某先生且醒，吾有一言。吾居此室久，初以公读书人，数千里辛苦求名，是以奉让。后见先生日外出，以新到京师，当寻亲访友，亦不相怪。近见先生多醉归，稍稍疑之。顷闻与僧言，乃日在酒楼观剧，是一浪子耳。吾避居佛座后，起居出入，皆不相适，实不能隐忍让浪子。先生明日不迁，吾瓦石已备矣。"僧在对屋，亦闻此语，乃劝士他徙。自是不敢租是室。有来问者，辄举此事以告云。

—•【字词注解】

①乾隆丙子：乾隆二十一年（1756年）。

②公车：举人进京考试。在汉代时，便有了以公家车马送应试举人赴京的传统。即应试举人的路费由政府的布政使供给，路费的多少，因路程远近而不同。

—•【精彩解说】

乾隆二十一年，福建一个举人赴京城参加会试。年末抵京，仓促间没找到住处，便在先农坛北的破庙里租了一间老屋。十多天后，半夜里有人在窗外说道："先生且醒醒，我有几句话要说。我住在这儿很长时间了，当初因你是读书人，从几千里外辛苦奔来求功名，所以让给你住。后来发现你天天外出，以为你刚到京城，去寻亲访友，也没怪你。近来发现你常常喝醉了回来，便有些怀疑。不久前听你和和尚说话，才知道你天天在酒楼看戏，原来是一个浪子。我避居在佛座后面，起居出入，都很不便，实在不能隐忍着继续把房子让给浪子住。先生明天不迁走的话，我准备好了瓦块、石头。"和尚在对面屋，也听到了这些话，便劝这个人搬到别处。从此和尚不再敢把这间屋子租给别人。有人来问，便举出这件事来告诉对方。

原文

申苍岭先生，名丹，谦居先生弟也。谦居先生性和易，先生性情豪爽，而立身端介则如一。里有妇为姑虐而缢者，先生以两家皆士族，劝妇父兄勿涉讼。是夜，闻有哭声远远至，渐入门，渐至窗外，且哭且诉，词甚凄楚，深怨先生之息讼。先生叱之曰："姑虐妇死，律无抵法，即讼亦不能快汝意。且讼必检验，检验必裸露，不更辱两家门户乎？"鬼仍絮泣不已。先生曰："君臣无狱，父子无狱。人怜汝枉死，责汝姑之暴戾则可。汝以妇而欲讼姑，此一念已干名犯义①矣。任汝诉诸明神，亦决不直汝也。"鬼竟寂然去。谦居先生曰："苍岭斯言，告天下之为妇者可，告天下之为姑者则不可。"先姚安公曰："苍岭之言，子与子言孝。谦居之言，父与父言慈。"

①干名犯义：是元朝时所定的一种罪名，除了反叛、谋逆、故意杀人罪之外，儿子不许告发父亲所犯的罪行，奴隶不许告发自己的主人，妻妾、弟弟、侄子不许告发自己的丈夫、哥哥、叔叔、伯伯。如果违背法令，出现告发行为，就是违背伦理道德、大伤风化的"干名犯义"。明清两朝承袭了这种制度。

——●【精彩解说】

申苍岭先生名叫丹，是谦居先生的弟弟。谦居先生性情温和，苍岭先生性情豪爽，但两人都立身端正耿介。里中有个儿媳妇受婆婆虐待上吊了，苍岭认为两家都是官宦人家，便劝说儿媳妇的父兄不要去告官。这天夜里，他听见有哭声从远处而来，渐渐进了门，渐渐到了窗外，并且一边哭一边诉说，言辞特别凄楚，深怨苍岭劝说不告官。苍岭先生叱责说："婆婆虐待儿媳妇致死，法律中没有抵命的那一条，即便诉讼也不能快你意。况且诉讼必定要检验，检验必然使你身体裸露，这不更侮辱两家的门户吗？"鬼仍然啼哭不止。苍岭先生说："君臣之间没有讼案，父子之间没有讼案。人们怜悯你死得冤枉，责备你婆婆暴戾，这是可以的。你作为儿媳妇要告婆婆，这个念头就是'干名犯义'的忤逆行为了。不论你告到什么神那里，也都不会告赢的。"鬼无言以答离开了。谦居先生说："苍岭这话，说给天下当儿媳妇的听可以，说给天下当婆婆的听则不可以。"先父姚安公说："苍岭的话，意思是儿子和儿子在一起时应谈怎样尽孝；谦居的话，意思是父亲和父亲在一起时应谈怎样慈爱。"

原文

安氏表兄，忘其名字。与一狐为友，恒于场圃间对谈。安见之，他人弗见也。狐自称生于北宋初。安叩以宋代史事，曰："皆不知也。凡学仙者，必游方之外，使万缘断绝，一意精修。如于世有所闻见，于心必有所是非。有所是非，必有所爱憎。有所爱憎，则喜怒哀乐之情，必迭起循生，以消铄其精气，神耗而形亦敝矣。乌能至今犹在乎？迨道成以后，来往人间，视一切机械变诈，皆如戏剧；视一切得失胜败，以至于治乱兴亡，皆如泡影。当时既不留意，又焉能一一而记之？即与君相遇，是亦前缘。然数百年来，相遇如君者，不知凡几，大都萍水偶逢，烟云倏散，夙昔笑言，亦多不记忆。则身所未接者，从可知矣。"时八里庄三官庙，有雷击蝎虎一事。安问以物久通灵，多婴①雷斧，岂长生亦造物所忌乎？曰："是有二端。夫内丹导引，外丹②服饵，皆艰难辛苦以证道，犹力田以致富，理所宜然。若媚惑梦魇，盗采精气，损人之寿，延己之年，事与劫盗无异，天律不容也。又或恣为妖幻，贻祸生灵，天律亦不容也。若其葆养元神，自全生命，与人无患，于世无争，则老寿之物，正如老寿之人耳，何至犯造物之忌乎？"舅氏实斋先生闻之，曰："此狐所言，皆老氏之粗浅者也。然用以自养，亦足矣。"

【字词注解】

①婴：遭受，承受。
②外丹：道家用炉鼎烧炼金石，配制成药饵所炼的金丹。

【精彩解说】

　　安家的表兄，忘了叫什么名字，和一个狐狸是朋友，常在场园里交谈。表兄能看见狐狸，别人看不见。狐狸自称生于北宋初年。表兄问他宋代的史事，狐狸说："我都不知道。凡是学道的人必然游于世外，断绝所有的念头，一意精修。假如对世上事有所闻见，则心中必有是非感。有了是非感，必然有爱憎感。有了爱憎感，则心中必然会生出喜怒哀乐的情感，心情起起伏伏，就会消损精气，精神被耗费了，形体也就凋散了。如何能一直活到今天呢？在学道成功之后，来往人间，看一切阴谋机诈都似戏剧一样；看一切得失胜败，乃至治乱兴亡，都如泡影一样。当时我就没有留心，又怎能一一都记下来？就是与你相遇，也是前生的缘分。但几百年来，我所交往的像你这样的人，不知有多少，大多是萍水相逢，过后便都像过眼烟云一样立即散去了，以往的言谈话语也大多不会被记住。那么我从来没有接触过的，由此也就可知了。"当时在八里庄的三官庙，发生了雷击蝎虎之事。表兄问他东西时间长了便通灵，却有许多遭到雷劈，莫非长生就犯了天地的忌讳吗？狐狸说："这有两个方面。修炼内丹加以导引，提炼外丹服食，都是经过艰难辛苦的过程才得道，就像努力种田致富一样，是合乎天理的。如果通过诱惑梦魇，盗采精气，损别人的寿数，延长自己的寿命，这与劫盗没有什么区别，是天律所不能容忍的。或者放肆地兴风作妖，加害生灵，也是天律所不容的。假如它保养精神，自己完善自身，对人无害，与世无争，那么长寿之物，正如长寿之人一样，为什么会犯天地的忌讳呢？"舅舅实斋先生听了这话，说："这狐狸说的，都是老子学说中粗浅的道理。但是用来修炼自身，也足够了。"

原文

有两塾师邻村居，皆以道学自任。一日，相邀会讲，生徒侍坐者十余人。方辩论性天①，剖析理欲②，严词正色，如对圣贤。忽微风飒然，吹片纸落阶下，旋舞不止。生徒拾视之，则二人谋夺一寡妇田，往来密商之札也。此或神恶其伪，故巧发其奸欤。然操此术者众矣，固未尝——败也。闻此札既露，其计不行，寡妇之田竟得保。当由茕嫠③苦节，感动幽冥，故示是灵异，以阴为呵护云尔。

——•【字词注解】

①性天：古代称得之于自然的天性。

②理欲：天理与人欲。

③茕（qióng）嫠（lí）：寡妇。

——•【精彩解说】

有两个私塾先生邻村居住，都以道学家自居。有一天，两人约好在一起讲学，有十多个门生陪坐。两人正在讲论自然的天性，剖析天理人欲的学说，表情严肃，词理堂皇，好像面对着圣贤。忽有一阵微风吹来，将一片纸吹落到台阶下，在地上旋转不停。门生拾来一看，原来是两位私塾先生为夺取一位寡妇的地而往来密商的信件。这可能是鬼神恨他们的虚伪，所以巧妙地揭发其阴谋吧。然而干这种事的人实在很多，当然没有都——败露。信被公开，阴谋便行不通了，寡妇的地才得以保存下来。有人说是由于寡妇清苦地守节，感动了鬼神，所以鬼神通过这种办法，暗中庇护她。

原文

东光马大还，尝夏夜裸卧资胜寺藏经阁。觉有人曳其臂曰："起起，勿亵佛经。"醒见一老人在旁，问："汝为谁？"曰："我守藏神也。"大还天性疏旷，亦不恐怖。时月明如昼，因呼坐对谈。曰："君何故守此藏？"曰："天所命也。"问："儒书汗牛充栋，不闻有神为之守，天其偏重佛经耶？"曰："佛以神道设教，众生或信或不信，故守之以神；儒以人道设教，凡人皆当敬守之，亦凡人皆知敬守之，故不烦神力。非偏重佛经也。"问："然则天视三教如一乎？"曰："儒以修己为体，以治人为用。道以静为体，以柔为用。佛以定为体，以慈为用。其宗旨各别，不能一也。至教人为善，则无异。于物有济，亦无异。其归宿则略同。天固不能不并存也。然儒为生民立命，而操其本于身。释道皆自为之学，而以余力及于物。故以明人道者为主，明神道者则辅之，亦不能专以释道治天下。此其不一而一，一而不一者也。盖儒如五谷，一日不食则饥，数日则必死。释道如药饵，死生得失之关，喜怒哀乐之感，用以解释冤愆、消除拂郁①，较儒家为最捷；其祸福因果之说，用以悚动下愚，亦较儒家为易入。特中病则止，不可专服常服，致偏胜为患耳。儒者或空谈心性，与瞿昙②、老聃混而为一；或排击二氏，如御寇仇，皆一隅之见也。"问："黄冠缁徒，恣为妖妄，不力攻之，不贻患于世道乎？"曰："此论其本原耳。若其末流，岂特释道贻患，儒之贻患岂少哉？即公醉而裸眠，恐亦未必周公、孔子之礼法也。"大还愧谢。因纵谈至晓，乃别去。竟不知为何神。或曰狐也。

【字词注解】

①拂郁：愤懑。"拂"通"怫"。
②瞿昙：梵语的音译，释迦牟尼的姓，也作佛的代称。

【精彩解说】

东光人马大还，在一个夏夜光着身子在资胜寺的藏经阁里睡觉。忽然有人拉他的胳膊，说："起来起来，不要亵渎了佛经。"马大还睁开眼，看见一个老人在身旁，问："你是谁？"老人说："我是看守藏经阁的神。"
马大还天性粗犷，也不害怕。当时月光明亮就像白天，于是便请老人坐谈。
他问："你为何来看守藏经阁？"老人说："这是上天的命令。"马大还
又问："儒家的书多得汗牛充栋，没听说有神去守着，上天为何偏重佛经
呢？"老人说："佛教根据神道来设置教化措施，百姓有信有不信的，所以
派神来守着；儒家根据人道来设置教化措施，人人都该尊重并守护它，而且
人人都知道尊重并守护它，所以不必借助神力。这不是偏重佛经。"马大还
又问："那么上天对三教都一视同仁吗？"老人说："儒家以修己为本体，
表现形式为治理百姓。道家以清静为主体，表现形式为阴柔。佛家以安于现
状为本体，表现形式为慈悲。三教的宗旨各不相同，不能一概而论。至于它
们教人向善，则没有区别。对世上万物有所帮助，也没有区别。三教的归宿
也大致相同，上天自然不能不使三教并存。儒家为百姓立命，而将本体体现
在自身中。佛、道两教都讲究修炼自身，而以有余的力量顾及万物。因此，
以体现人道的儒教为主，以体现神道的佛、道两教为辅，而不能只以佛、道
两教治理天下。这就是三教不一致而一致，一致而又不一致的地方。儒教像是
五谷，一天不吃就饿，几天不吃必定会死。佛、道像是良药，在死生得失、喜
怒哀乐之际，用来解释冤怨、消除忧郁，较之儒教来更快捷；它的祸福因果学
说，用来打动无知的百姓，也比儒教更为容易。只是要适可而止，不能长时间
使用，不然就会因过分而成患。儒家有时空谈心性，把自己的主张与佛、道
两家混为一谈；或者排斥佛、道，好似对付仇敌，这都是一孔之见。"马大
还又问："道士、和尚肆意以妖妄迷惑百姓，不全力攻击他们，那不是留祸
患于世上吗？"老人说："这里是从本原来论述三教的。要从细枝末节上来
说，岂但佛、道留下祸患，儒教留下的祸患还少吗？就像你喝醉了光着身子
睡，恐怕也未必是周公、孔子制定的礼法。"马大还惭愧地道了歉。于是两
人畅谈到天亮才分手。最终仍不知老人是什么神。有人说是狐狸。

原文

百工技艺，各祠一神为祖。倡①族祀管仲②，以女闾③三百也；伶人
祀唐玄宗，以梨园子弟④也。此皆最典。胥吏祀萧何⑤、曹参⑥，木工祀鲁
班，此犹有义。至靴工祀孙膑，铁工祀老君⑦之类，则荒诞不可诘矣。长随⑧

所祀曰钟三郎，闭门夜奠，讳之甚深，竟不知为何神。曲阜颜介子曰："必中山狼⑨之转音也。"先姚安公曰："是不必然，亦不必不然。郢书燕说，固未为无益。"

—•【字词注解】

①倡：通"娼"。

②管仲：春秋时齐国的丞相，重视发展经济，反对空谈主义，主张改革以富国强兵，辅佐齐桓公成为春秋时的霸主。

③女闾：指娼妓所居之地。据《管子》载，管仲在宫中设市，使三百女子居之，以便行商。

④梨园子弟：指戏剧艺人。

⑤萧何：西汉初期政治家。

⑥曹参：西汉初期政治家。

⑦老君：指传说中道家的创始人太上老君。

⑧长随：官宦之家的仆役。

⑨中山狼：代指凶狠而忘恩负义的人。

—•【精彩解说】

各行各业，都各自供奉一位神作为祖师。妓女祭祀管仲，因他首设娼妓之所女闾三百；乐人祭祀唐玄宗，因为他首设梨园教习歌舞弟子。这都是著名的典故。官府小吏祭祀萧何、曹参，木工祭祀鲁班，这还有些根据。至于靴工祭祀孙膑、铁工祭祀老子之类，则荒诞无根据了。仆役祭祀的叫钟三郎，祭祀时在夜里关着门，讳莫如深，竟不知祭祀的是什么神。曲阜的颜介子说："钟三郎肯定是中山狼的谐音。"先父姚安公说："这种看法不一定对，也不一定不对。牵强附会，也不是完全无好处。"

原文

沈观察夫妇并故，幼子寄食亲戚家，贫窭①无人状。其妾嫁于史太常家，闻而心恻，时阴使婢媪，与以衣物。后太常知之，曰："此尚在人情天理中。"亦勿禁也。钱塘季沧洲因言：有孀妇病卧，不能自炊，哀呼邻媪代炊，亦不能时至。忽一少女排闼入，曰："吾新来邻家女也。闻姊困苦乏食，意恒不忍。今告于父母，愿为姊具食，且侍疾。"自是日来其家，凡三四月，孀妇病愈，将诣门谢其父母。女泫然曰："不敢欺，我实狐也，与郎君在日最相昵。今感念旧情，又悯姊之苦节，是以托名而来耳。"置白金数铤于床，呜咽而去。二事颇相类。然则琵琶别抱②，掉首无情，非惟不及此妾，乃并不及此狐。

──●【字词注解】

①贫窭：贫寒。
②琵琶别抱：指改嫁。

──●【精彩解说】

　　沈观察夫妇死后，幼子寄养在亲戚家，穷困得没个人样。沈观察的妾嫁到史太常家，听说了这事后，生出恻隐之心，常叫婢女、老妈子送些衣物去。后来太常知道了，说："这是人情天理中的事。"也不禁止她这么做。钱塘人季沧洲说：有个寡妇卧病，不能做饭，哀求邻居老太太帮做饭，但老太太也不能常来。忽然有位少女推门进来，说："我是新来的邻居的女儿，听说姐姐困苦吃不上饭，心里常常不忍。今天我征得父母的同意，愿意为姐姐做饭，并且照料生病的你。"从此少女天天来，一直持续三四个月，寡妇病愈了，打算登门感谢少女的父母。少女流泪说："我不敢骗你，其实我是狐狸，你丈夫在世的时候，我和他很相爱。现在我感念旧情，又怜悯姐姐清苦守节，所以冒名而来。"说罢在床上放了几块银子，呜咽着走了。这两件事很相似。改嫁之后便转脸无情的女人，不但不如这个妾，而且连这个狐狸也不如。

拓展阅读

《庄子》 道家经典著作，作者为庄周，战国初期宋国蒙（今河南商丘）人，约与孟子同时。庄子是楚国贵族后裔，家境贫寒，曾任漆园吏。庄子是道家代表人物之一，与老子并称"老庄"。他的代表作《庄子》今存三十三篇，分为内篇七篇（庄子所作）、外篇十五篇（庄子及弟子所作）、杂篇十一篇（庄子后学所作）。全书包罗万象、博大精深，包含了大量寓言，文字风格汪洋恣肆、瑰丽诡谲，对后世哲学、文学等方面产生了巨大的影响。

程伊川 即北宋著名道学家程颐，出生于河南伊川，世称伊川先生。他的哥哥程颢也是著名的道学家，两人并称"二程"，共同开创了著名学派"洛学"，后发展为影响深远的"程朱学派"。程颐出身官宦世家，但没有考中进士，因司马光等人引荐入官，曾当过宋哲宗的老师，名震一时。他的学说以"穷理"为主，追求"去人欲，存天理"。

张载 北宋思想家，理学的创始人之一，凤翔郿县（今陕西眉县横渠镇）人，生于长安（今陕西西安），曾得到范仲淹赏识。嘉祐二年（1057年），三十八岁的张载与苏轼、苏辙、程颢、曾巩等人一同考中进士，曾任崇文院校书、同知太常礼院等职。他常在关中（今陕西省中部）讲学，所以他的学派被称为"关学"。张载的名言"为天地立心，为生民立命，为往圣继绝学，为万世开太平"享誉古今。

卷五　滦阳消夏录五

〔题解〕

本卷大部分讲述鬼神对人的直接奖惩，依然体现出全书扬善抑恶的主题。纪昀作为一个有神论者，在本卷中也对鬼神是否存在进行了一些思考，但因时代局限性等原因，没能得出科学的结论，因此我们在欣赏精彩故事的同时必须保持理性的思考。

原文

田白岩言：康熙中，江南有征漕①之案，官吏伏法者数人。数年后，有一人降乩于其友人家，自言方在冥司讼某公。友人骇曰："某公循吏②，且其总督两江，在此案前十余年，何以无故讼之？"乩又书曰："此案非一日之故矣。方其初萌，褫③一官，窜流④一二吏，即可消患于未萌。某公博忠厚之名，养痈不治，久而溃裂，吾辈遂遭其难。吾辈病民蛊国，不能仇现在之执法者也。追原祸本，不某公之讼而谁讼欤？"书讫，乩遂不动。迄不知九幽之下，定谳⑤如何。《金人铭》⑥曰："涓涓不壅，将为江河；毫末不札，将寻斧柯。"古圣人所见远矣。此鬼所言，要不为无理也。

——•【字词注解】

①征漕：征收粮食。漕，水运粮食。

②循吏：好官，善良守法的官吏。

③褫（chī）：剥夺，罢免。

④窜流：放逐，流放。

⑤定谳：定罪。

⑥《金人铭》：亦称《周金人铭》，是周代太庙中铜制人像背后的箴言。

●【精彩解说】

田白岩说：康熙年间，江南发生了征漕案，好几个官吏伏法。其中一个被杀的官吏的魂魄，几年之后降乩到他的朋友家，自称正在地府状告某公。朋友大惊说："某公是善良守法的好官，而且他在当两江的总督，是在这个案子发生前十多年的事，平白无故地为什么要状告他？"鬼魂写道："这案子并不是一天之内就发生的。刚刚出现苗头时，如果能够革除一个官员、流放一两个小吏，就能够消除隐患。某公为了换取忠厚的名声，养大了脓疮而不去治疗，时间长了就溃烂了，我们这些人才遭难被杀。我们害民害国，不能恨现在的执法者。追根溯源，不去告他还去告谁？"写到这里，乩也不动了。现在不知在九泉之下，是如何结的案。《金人铭》说："涓涓不壅，将为江河；毫末不札，将寻斧柯。"（涓涓之流不塞住，终于成为江河；细小的树苗不拔去，将来就得找斧子来砍）古时圣人真是看得远啊。这个鬼魂说的，不能说没有道理。

原文

谓鬼无轮回，则自古至今，鬼日日增，将大地不能容。谓鬼有轮回，则此死彼生，旋即易形而去，又当世间无一鬼。贩夫田妇，往往转生，似无不轮回者；荒阡废冢，往往见鬼，又似有不轮回者。表兄安天石，尝卧疾，魂至冥府，以此问司籍之吏。吏曰："有轮回，有不轮回。轮回者三途：有福受报，有罪受报，有恩有怨者受报。不轮回者亦三途：圣贤仙佛不入轮回，无间地狱①不得轮回，无罪无福之人，听其游行于墟墓，余气未尽则存，余气渐消则灭。如露珠水泡，倏有倏无；如闲花野草，自荣自落。如是者无可轮回。或有无依魂魄，附人感孕，谓之偷生。高行缁黄，转世借形，谓之夺舍。是皆偶然变现，不在轮回常理之中。至于神灵下降，辅佐明时；魔怪群生，纵横杀劫，是又气数所成，不以轮回论矣。"天石固不信轮回者，病瘳以后，尝举以告人曰："据其所言，乃凿然成理。"

━━●【字词注解】

①无间地狱：梵文音译，即阿鼻地狱，是八大地狱之一，也是八大地狱中最苦一个，泛指十八层地狱的最底层。

━━●【精彩解说】

说鬼不能轮回转生，那么从古到今，鬼天天增加，大地就要容纳不下了。说鬼能轮回转生，那么这个死了那个生了，转瞬变换形貌而去，世上就不该有鬼了。连做买卖的和种地的农妇，也往往转生，好像没有不轮回转生的；而在荒野老坟里，时常见到鬼，又好像有不轮回转生的。表兄安天石曾卧病在床，魂灵到了地府，就这事询问管理簿籍的官吏。官吏说："有轮回的，有不轮回的。轮回的有三类：有福的要受报应，有罪的要受报应，有恩有怨的也要受报应。不轮回的也有三类：圣贤和仙佛，不进入轮回；堕入地狱最底层的，不能轮回；无罪无福的人，则任其在坟墓间闲逛，余气未尽就存在着，余气渐消了就灭掉。好像露珠水泡，一会儿有一会儿无；好像闲花野草，自荣自枯。这样的鬼没什么可轮回的。也有无所凭依的鬼魂，附在人身上孕育，称为偷生。德行高尚的和尚、道士，借别人的形体转世，称为夺舍。这些都是偶然的变移，不在正常的轮回范围之中。至于神灵下凡，辅佐圣明的朝代；妖魔鬼怪转世，纵横杀掠，这又是由气数决定的，不能以轮回来看待。"天石本来不信轮回，病愈之后，时常举出这件事对别人说："据这个鬼官说的看，真的有道理。"

原文

星士虞春潭，为人推算，多奇中。偶薄游襄汉，与一士人同舟，论颇款洽。久而怪其不眠不食，疑为仙鬼。夜中密诘之。士人曰："我非仙非鬼，文昌司禄①之神也，有事诣南岳。与君有缘，故得数日周旋耳。"虞因问之曰："吾于命理，自谓颇深。尝推某当大贵，而竟无验。君司禄籍，当知其由。"士人曰："是命本贵，以热中，削减十之七矣。"虞曰："仕宦热中，是亦常情，何冥谪若是之重？"士人曰："仕宦热中，其强悍者必怙权，怙权者必狠而愎；其孱弱者必固位，固位者必险而深。且怙权固位，是必躁竞，躁竞相轧，是必排挤。至于排挤，则不问人之贤否，而问党之异同；不计事之可否，而计己之胜负。流弊不可胜言矣。是其恶在贪酷上，寿且削减，何止于禄乎！"虞阴记其语。越两岁余，某果卒。

—●【字词注解】

①文昌司禄：传说中的文昌宫第六星，掌管人间的禄籍。

—●【精彩解说】

算命先生虞春潭给人算命，一般很灵。一次他到襄阳、汉阳一带游历，和一位读书人同舟，两人谈得非常融洽投机。时间一长，虞春潭便发现这个读书人不睡不吃，于是就怀疑他是仙鬼之类。夜里悄悄地问他，读书人说："我不是仙也不是鬼，而是天上的文昌星，有事到南岳去。因和你有缘，因此能在一起盘桓几天。"虞春潭问道："我对于算命，自认为造诣极深，但推算某某应当大贵，却不灵。你主宰功名、利禄，应该知道原因。"读书人说："这人的命本来应当大贵，只因他太热衷做官，所以被减了十分之七的官禄。"虞春潭说："热衷于做官，也是人之常情，为何地府处罚他这么重呢？"读书人说："热衷当官，那些强悍的必定要借助权力作威作福，作威作福的人必定狠毒而且跋扈；软弱的人必定要保护自己的官位，这样的人肯定要阴险而深藏不露。况且，特权作恶、拼命保官位，是必定要争宠斗胜的，进而相互倾轧、排挤。到了这个地步，则不管人贤不贤，而只管与我是不是一伙的；不管事情该不该办，而只管对我有没有好处。它的流弊说也说不完。这种罪恶比贪婪残酷更严重，所以那人寿数尚且被减，何止于减官禄呢！"虞春潭暗暗记住了读书人说的话。两年后，某某果然死了。

原文

褚寺农家有妇姑同寝者，夜雨墙圮，泥土簌簌下。妇闻声急起，以背负墙，而疾呼姑醒。姑匍匐堕炕下，妇竟压焉，其尸正当姑卧处。是真孝妇，以微贱无人闻于官，久而并佚其姓氏矣。相传妇死之后，姑哭之恸。一日，邻人告其姑曰："夜梦汝妇冠帔①来曰：'传语我姑，无哭我。我以代死之故，今已为神矣。'"乡之父老皆曰："吾夜所梦亦如是。"或曰："妇果为神，何不示梦于其姑？此乡邻欲缓其恸，造是言也。"余谓忠孝节义，殁必为神。天道昭昭，历有证验。此事可以信其有。即曰一人造言，众人附和，"天视自我民视，天听自我民听"。人心以为神，天亦必以为神矣，何必又疑其妄焉。

━●【字词注解】

①冠帔：古代命妇所穿戴的服饰。冠，帽子；帔，披肩。

━●【精彩解说】

褚寺的农家有一位儿媳妇和婆婆在一起睡觉，夜里下雨墙要塌，泥土簌簌往下掉。儿媳妇听见声音急忙起来，用背顶着墙而拼命喊婆婆醒来。婆婆爬着掉到炕下，儿媳妇被墙压死，尸体正好在婆婆躺卧的地方。这是位真正的孝妇，因为身份低贱而没人给报到官府，时间久了，连她的姓名也被遗忘了。相传儿媳妇死后，婆婆哭得很伤心。有一天，邻居告诉婆婆说："夜里梦见你的儿媳妇戴冠披帔而来，说：'转告我婆婆，不要哭我。我因为代人而死，现在已成神了。'"乡中父老也都说："我夜里也做了这样的梦。"还有人说："这儿媳妇如果真的成了神，为何不托梦给婆婆？这是乡里人为了安慰她编造出来的。"我认为，忠孝节义的人，死后必定成神。天理昭昭，很多事都证实了这一点。因此只能相信有这种事。也就是说一人编造出来的，大家附和，也未尝不可，《尚书·泰誓》中说"天所见就是民所见，天所听就是民所听"。人们认为这个儿媳妇是神，那么上天也必定认为她是神，这样又为何怀疑这个传说是虚妄的呢？

原文

肃宁老儒王德安，康熙丙戌①进士也，先姚安公从受业焉。尝夏日过友人家，爱其园亭轩爽，欲下榻于是，友人以夜有鬼物辞。王因举所见一事曰："江南岑生，尝借宿沧州张蝶庄家。壁张钟馗像，其高如人。前复陈一自鸣钟。岑沉醉就寝，皆未及见。夜半酒醒，月明如昼，闻机轮格格，已诧甚，忽见画像，以为奇鬼，取案上端砚仰击之。大声砰然，震动户牖。僮仆排阒入视，则墨沈②淋漓，头面俱黑；面前钟及玉瓶磁鼎，已碎裂矣。闻者无不绝倒。然则动云见鬼，皆人自胆怯耳，鬼究在何处耶？"语甫脱口，墙隅忽应声曰："鬼即在此，夜当拜谒，幸勿以砚见击。"王默然竟出。后尝举以告门人曰："鬼无白昼对语理，此必狐也。吾德恐不足胜妖，是以避之。"盖终持无鬼之论也。

──●【字词注解】

①康熙丙戌：康熙四十五年（1706年）。
②墨沈：墨汁。

──●【精彩解说】

　　肃宁的老儒王德安，是康熙四十五年的进士，先父姚安公曾拜他为师。一年夏天他到朋友家，因喜爱园中亭子的宽敞凉爽，要住在这儿。朋友说这儿闹鬼，不让他住在亭子里。于是王德安说了亲眼见到的一件事："江南的岑某，曾在沧州的张蝶庄家借宿。屋里墙上挂着钟馗像和人一样高。像前摆着一架自鸣钟。岑某因大醉，没有看见这些。半夜酒醒后，外面月光明亮如白天，他听见自鸣钟的齿轮声格格作响，已感到惊异，忽又看见画像，以为是奇鬼，便拿过桌上的端砚，仰面击打过去。砰然一声，震动了门窗。僮仆们闯进门来查看，只见岑某身上墨汁淋漓，头脸都是黑的；画像前面的自鸣钟和玉瓶、磁鼎，都已碎裂了。听到这事的人都笑破了肚皮。人们动不动就说有鬼，都是自己吓唬自己，鬼究竟在何处？"他刚说完，墙角忽然有搭腔的说："鬼就在这儿，夜里就来拜访你，可别用砚台砸我。"王德安悄无声息地走了。后来他把这事告诉门生，说："鬼不可能在大白天和人对答，这肯定是狐狸。我的德行恐怕制不住妖狐，所以避开它。"就是说，他还是坚持无鬼论。

原文

　　明器，古之葬礼也，后世复造纸车纸马。孟云卿①《古挽歌》曰："冥冥何所须？尽我生人意。"盖姑以缓恸云耳。然长儿汝佶病革时，其女为焚一纸马，汝佶绝而复苏，曰："吾魂出门，茫茫然不知所向。遇老仆王连升牵一马来，送我归。恨其足跛，颇颠簸不适。"焚马之奴泫然曰："是奴罪也。举火时实误折其足。"又，六从舅母常氏弥留时，喃喃自语曰："适往看新宅颇佳，但东壁损坏，可奈何？"侍疾者往视其棺，果左侧朽穿一小孔，匠与督工者尚均未觉也。

——●【字词注解】

①孟云卿：唐代诗人，字升之。他一生坎坷，其诗以朴实无华的语言反映社会现实，为杜甫所推崇。

——●【精彩解说】

明器，是古代葬礼的内容之一，后来又产生了纸车纸马。孟云卿写的《古挽歌》中说："在冥冥之中还需要什么？以尽我活人的心意。"这些做法不过是为了安慰生者的悲伤而已。然而我的长子汝佶病危时，他的女儿给他烧了一匹纸马，汝佶断了气又苏醒过来说："我的魂出了门，茫茫然不知往何处去。遇见老仆王连升牵了一匹马来，送我走。遗憾的是马跛足，颠得很不舒服。"烧纸马的仆人哭道："这是我的过错。点火时不小心折了一条马腿。"还有我的六堂舅母常氏在弥留之际，喃喃自语道："刚才去看新房真不错，只是东墙损坏了，可如何是好？"守在一旁的人去看她的棺材，果然左侧朽坏，穿了一个小洞，木匠和监工的都不曾发现这个洞。

原文

李又聃先生言：昔有寒士下第者，焚其遗卷，牒诉于文昌祠。夜梦神语曰："尔读书半生，尚不知穷达有命耶？"尝侍先姚安公，偶述是事。先姚安公哂然曰："又聃应举之士，传此语则可。汝辈手掌文衡者，传此语则不可。聚奎堂柱有熊孝感相国题联曰：'赫赫科条，袖里常存惟白简①。明明案牍，帘前何处有朱衣②？'汝未之见乎？"

—•【字词注解】

①白简：古时弹劾官员的奏章。

②朱衣：古代红色的官服。

—•【精彩解说】

李又聃先生说：从前有位贫寒的读书人应考落榜，便烧了试卷的底稿，告到文昌祠。夜里他梦见神对他说："你读了半辈子书，还不知道穷困或通达都是命中注定的吗？"一次我陪先父姚安公坐，偶然说起这事。姚安公不满意地说："又聃是应考的读书人，传传这句话还没什么，你等做主考官的，传这句话就不行。聚奎堂的柱子上，有孝感人熊相国赐履题的一副对联写道：'赫赫科条，袖里常存惟白简。明明案牍，帘前何处有朱衣？'你没看见吗？"

原文

余在乌鲁木齐时，一日，报军校王某差运伊犁军械，其妻独处。今日过午，门不启，呼之不应，当有他故。因檄迪化同知木金泰往勘。破扉而入，则男女二人共枕卧，裸体相抱，皆剖裂其腹死。男子不知何自来，亦无识者。研问邻里，茫无端绪，拟以疑狱结矣。是夕女尸忽呻吟，守者惊视，已复生。越日能言，自供与是人幼相爱，既嫁犹私会。后随夫驻防西域，是人念之不释，复寻访而来；甫至门，即引入室。故邻里皆未觉。虑暂会终离，遂相约同死，受刃时痛极昏迷，倏如梦觉，则魂已离体。急觅是人，不知何往，惟独立沙碛①中，白草黄云，四无边际。正彷徨间，为一鬼缚去。至一官府，甚见诘辱，云是虽无耻，命尚未终；叱杖一百，驱之返。杖乃铁铸，不胜楚毒，复晕绝。及渐苏，则回生矣。视其股，果杖痕重叠。驻防大臣巴公曰："是已受冥罚，奸罪可勿重科矣。"余乌鲁木齐杂诗有曰："鸳鸯毕竟不双飞，天上人间旧愿违。白草萧萧埋旅榇，一生肠断《华山畿》②。"即咏此事也。

─●【字词注解】

①沙碛（qì）：沙漠。碛，浅水中的沙石。
②《华山畿》：古乐府吴声歌曲名。

─●【精彩解说】

　　我在乌鲁木齐时，有一天下属来报，军校王某奉命出差伊犁押运军械，其妻一人在家。今天已过中午，门还不开，叫也不应，恐怕出了事。于是我叫乌鲁木齐同知木金泰去查查。破门进去，发现两个男女同床而卧，裸体相抱，都剖腹而死。这男子不知是从哪儿来的，也没有认识他的。去向邻居打听，也无头绪。于是打算作为一件疑案了结。这天晚上，女尸忽然呻吟，看守吃惊地一看，女人已活了过来。第二天，她能说话了，自己供认她与那人小时候便相爱，嫁了别人之后还幽会。后来随着丈夫驻防西域，那人还不能忘怀，又来寻找她；他刚到她家门口，她就把他藏在屋里，所以邻居们都没有发觉。想到暂时相聚最终还要分别，便相约一起死，自杀时痛极昏迷过去，忽然间像是做了个梦，魂灵离开躯体而去。急忙寻找他，却不知他上哪儿去了，只好独自站在沙漠中，只见白草黄云，四周没有边际。正在彷徨间，被一个鬼绑了去。来到一个官府，被好一顿审问羞辱，说她虽然无耻，命还没有结束；喝令打一百板子，赶回去。那板子是铁铸的，打得疼痛难忍，便又昏死过去。待渐渐苏醒过来，已起死回生了。查验她的腿，果然有重叠的伤痕。驻防大臣巴公说："她已受到地府的惩罚，通奸罪就不必深究了。"我的《乌鲁木齐杂诗》中写道："鸳鸯毕竟不双飞，天上人间旧愿违。白草萧萧埋旅榇，一生肠断《华山畿》。"咏唱的就是这件事。

原文

　　朱青雷言：尝与高西园散步水次，时春冰初泮，净绿瀯溶。高曰："忆晚唐有'鱼鳞可怜紫，鸭毛自然碧'句，无一字言春水，而晴波滑笏之状，如在目前。惜不记其姓名矣。"朱沉思未对间，老柳后有人语曰："此初唐刘希夷诗，非晚唐也。"趋视无一人。朱悚然曰："白日见鬼矣。"高微笑曰："如此鬼，见亦大佳，但恐不肯相见耳。"对树三揖而行。归检刘诗，果有此二语。余偶以告戴东原，东原因言：有两生烛下对谈，争《春秋》周正夏正，往复甚苦。窗外忽太息言曰："左氏周人，不容不知周正朔，二先生何必词费也？"出视窗外，惟一小童方酣睡。观此二事，儒者日谈考证，讲"曰若稽古①"，动至十四万言。安知冥冥之中，无在旁揶揄者乎？

【字词注解】

①曰若稽古：《尚书·尧典》等篇均以"曰若稽古"为开端。此处为考证古事的意思。

【精彩解说】

朱青雷说：他曾与高西园在水边散步，当时春冰刚化，春水碧绿清澈。高西园说："记得晚唐时有'鱼鳞可怜紫，鸭毛自然碧'的句子，没有一字直接写春水，而晴天的水波动荡不定的样子，便历历如在眼前。可惜不知作者是谁了。"朱青雷正沉思着无法回答时，只听柳树后有人说："这是初唐刘希夷的诗，不是晚唐。"循声到树后，却无人。朱青雷吃惊地说："大白天见了鬼。"高西园微笑说："这样的鬼，见见也不错，只怕他不愿意相见。"然后向树作了三个揖离去了。回来翻检刘希夷的诗，果然有这两句。我偶然向戴东原说起此事，于是他又讲：有两个书生灯下讨论《春秋》中所采用的历法是周代的还是夏代的，两人争得面红耳赤。窗外忽然有人叹息道："左丘明是周代的人，不会不知周代的历法，两位先生何必费这么多话呢？"到窗外去查看，只见一个小童正在酣睡。由这两件事来看，儒学家们天天谈考证，讲解"曰若稽古"，动不动就十四万言。怎么知道在冥冥之中，就不会有人在一旁揶揄呢？

原文

聂松岩言：即墨于生，骑一驴赴京师。中路憩息高岗上，系驴于树，而倚石假寐。忽见驴昂首四顾，浩然叹曰："不至此地数十年，青山如故，村落已非旧径矣。"于故好奇，闻之跃然起曰："此宋处宗长鸣鸡①

也，日日乘之共谈，不患长途寂寞矣。"揖而与言，驴啮草不应。反复开导，约与为忘形交，驴亦若勿闻。怒而痛鞭之，驴跳掷狂吼，终不能言。竟槌折一足，鬻于屠肆，徒步以归。此事绝可笑，殆睡梦中误听耶？抑此驴夙生冤谴，有物凭之，以激于之怒杀耶？

●【字词注解】

①长鸣鸡：据南朝宋刘义庆《幽明录》记载，晋刺史宋处宗得到了一只可开口说话的长鸣鸡，还能谈玄。

●【精彩解说】

聂松岩说：即墨的于某骑着驴赶赴京城。路上在一处高岗上休息，把驴拴在树上，他倚着岩石打盹儿。驴忽然昂头四处观望，浩然长叹道："已有几十年没到这儿了，青山依旧，村落已不是旧模样了。"于某一向喜欢奇怪的事，听了这话，一下子跳起来道："这是宋处宗的长鸣鸡啊，天天骑着一块说话，就不愁长途旅行寂寞了。"于是作揖和驴说话，驴吃草不答。他反复开导，说要和驴结成忘形的朋友，驴仍然像没有听见一样。于某发怒狠狠地鞭打驴，驴狂吼蹦跳，还是不能说话。可怜那头驴最后竟被打断了一条腿，于是于某把它卖给了屠户，徒步回去了。这件事实在可笑，莫非于某在睡梦中听错了？也许是这头驴前生结了怨，应当受到报应，于是有怪物附在它身上说话，以激怒于某杀了它？

原文

　　三叔父仪南公，有健仆毕四，善弋猎，能挽十石①弓。恒捕鹑于野。凡捕鹑者必以夜，先以藁②秸插地，如禾陇之状，而布网于上；以牛角作曲管，肖鹑声吹之。鹑既集，先微惊之，使渐次避入藁秸中；然后大声惊之，使群飞突起，则悉触网矣。吹管时，其声凄咽，往往误引鬼物至，故必筑团焦自卫，而携兵仗以备之。一夜，月明之下，见老叟来作礼曰："我狐也，儿孙与北村狐构衅③，举族械战。彼阵擒我一女，每战必反接驱出以辱我；我亦阵擒彼一妾，如所施报焉。由此仇益结，约今夜决战于此。闻君义侠，乞助一臂力，则没齿感恩。持铁尺者彼，持刀者我也。"毕故好事，忻然随之往，翳丛薄间。两阵既交，两狐血战不解，至相抱手搏。毕审视既的，控弦一发，射北村狐踣。不虞弓劲④矢铦，贯腹而过，并老叟洞腋殪焉。两阵各惶遽，夺尸弃俘因而遁。毕解二狐之缚，且告之曰："传语尔族，两家胜败相当，可以解冤矣。"先是北村每夜闻战声，自此遂寂。此与李冰事相类⑤，然冰战江神为捍灾御患；此狐逞其私愤，两斗不已，卒至两伤。是亦不可以已乎。

【字词注解】

①石（dàn）：古代容积单位，十斗为一石。

②藁（gǎo）：稻、麦等的秆。

③构衅：构成衅隙；结怨。

④劲（qíng）：有力。

⑤此与李冰事相类：是指战国时期秦国的蜀郡郡守李冰为民除害，变成牛与危害人间的蛟龙作战，不胜，后选数百名勇猛之士齐心协力把蛟龙射死之事。

【精彩解说】

三叔仪南公有个很能干的仆人，叫毕四，善于打猎，能拉动十石拉力的弓。他常在野外捕鹌鹑。捕鹌鹑必须在夜里，先把稻麦的秆插在地上，布置成像是禾垄的样子，而上面张上网；用牛角做成曲管，学着鹌鹑的叫声吹。鹌鹑飞来之后，先稍微吓吓它们，使它们陆续躲进稻麦秆丛里；然后再大声惊吓，让它们惊飞，就触到网上了。吹牛角时，声音凄咽，往往误把妖鬼引来，所以必须建一座茅棚自卫，并带着武器防身。一天夜里，月光明亮，一个老人来行了礼说："我是狐狸，儿孙们和北村的狐狸结下冤仇，全族都参加械斗。混战中，对方捉去我的一个女儿，每次械斗时就把她反绑了拉出来羞辱我；我方也捉了他们的一个妾，也照他们的样子予以报复。因此双方的仇越结越深，约定今晚在这儿决一死战。听说你是位很侠义的人，求你助我一臂之力，那么我一辈子也不会忘记你的恩德。对方用的武器是铁尺，我方用的武器是刀。"毕四本来就好事，很痛快地跟着老人前去，躲藏在树丛中。待两方交战之后，两个狐狸血战不休，以致抱在一起搏斗，毕四瞄准了目标，一箭射去，把北村的狐狸射倒了。没想到弓力太强，箭头太锋利，竟穿透北村狐狸的腹部，没入老人的腋下，两狐都死了。两方的狐狸各自惊慌失措地抢尸，扔了俘虏逃走了。毕四给狐妾和狐女解了绑绳，告诉她们："传话给你们的家族，两家胜败几乎相同，从此可以解除冤仇了。"在这以前，北村的人每到夜里就听见杀声连天，从这以后就安静下来了。这事和李冰的事差不多，不过李冰斗江神，是为了防御灾祸为民除害；这些狐狸却只为了泄私愤而斗个不停，最终两败俱伤。这是不能叫人苟同的啊。

原文

　　佃户曹二妇悍甚，动辄诃詈风雨，诟谇鬼神。乡邻里间，一语不合，即揎袖露臂，携二捣衣杵，奋呼跳掷如虓虎。一日，乘阴雨出窃麦。忽风雷大作，巨雹如鹅卵，已中伤仆地。忽风卷一五斗栲栳①堕其前，顶之得不死。岂天亦畏其横欤？或曰："是虽暴戾，而善事其姑。每与人斗，姑叱之，辄弭伏；姑批其颊，亦跪而受。然则遇难不死，有由矣。"孔子曰："夫孝，天之经也，地之义也。"岂不然乎！

●【字词注解】

　　①栲栳：用柳条或竹子所编制的器具，形状像斗，可用来打水或放东西。

●【精彩解说】

　　佃户曹二的媳妇很是凶暴蛮横，动不动就指天骂地，责辱鬼神。她和邻里乡亲一句话不合，便撸胳膊挽袖子，拿着两根捣衣棒，呼叫跳跃像头母老虎。有一天，她乘着阴雨天出去偷麦子。忽然风雷大作，雹子大得像鹅蛋，把她砸倒在地上。这时大风忽然卷来一个能装五斗粮的栲栳，掉在她面前，她把栲栳顶在头上才没被砸死。难道上天也怕她蛮横？有人说："她虽然凶暴，但对婆婆很孝顺。每当她和别人争斗时，婆婆一呵斥她便老实了；婆婆打她的嘴巴，她也跪着挨。可见遇难不死是有原因的。"孔子说："孝道，是天经地义的事。"难道不是吗？

原文

　　癸亥①夏，高川之北堕一龙，里人多目睹之。姚安公命驾往视，则已乘风雨去。其蜿蜒攫拿之迹，蹂躏禾稼二亩许，尚分明可见。龙，神物也，何以致堕？或曰："是行雨有误，天所谪也。"按，世称龙能致雨，而宋儒谓雨为天地之气，不由于龙。余谓《礼》称"天降时雨，山川出云"，故《公羊传》谓"触石而出，肤寸而合②，不崇朝而雨天下者，惟泰山"之云。是宋儒之说所本也。《易·文言传》称"云从龙"，故董仲舒祈雨法召以土龙，此世俗之说所本也。大抵有天雨，有龙雨：油油而云，潇潇而雨者，天雨也；疾风震雷，不久而过者，龙雨也。观触犯龙潭者，立致风雨，天地之气能如是之速合乎？洗鲊答③诵梵咒者，亦立致风雨，天地之气能如是之刻期乎？故必两义兼陈，其理始备。必规规然胶执一说，毋乃不通其变欤！

──● 【字词注解】

　　①癸亥：乾隆八年（1743年）。

　　②肤寸而合：形容云气密布。肤寸，古代长度单位，后用来比喻微小。寸，指一指宽；肤，指四指宽。

　　③鲊答：某些兽畜的内脏结石。古时蒙古族人祈雨时，用一盆净水，浸数枚状若小石子的鲊答，在默念咒语的同时淘漉鲊答。

──● 【精彩解说】

　　乾隆八年夏天，高川的北边掉下一条龙，当地很多人都看到了。姚安公叫人驾了车去看，龙已乘着风雨离去了。龙掉下来后，挣扎折腾，毁坏了两亩左右的禾苗，痕迹明显可见。龙是神物，为何掉了下来？有人说："龙下雨有了差错，遭到上天的处罚。"按，人们说龙能兴云下雨，而宋儒则说雨是天地的气，并不由龙掌管。我认为《礼记》中说"天降时雨，山川出云"（天按时令下雨，乌云生出于山川），因此《公羊传》中认为"触石而出，肤寸而合，不崇朝而雨天下者，惟泰山"（云触到山石而生，阴云密布，不用一个早晨便能把雨洒向大地的，只有泰山）之云。这是宋儒的说法的来源。《易·文言传》中说"云从龙"，所以按董仲舒的求雨法召唤土龙行雨，这是世俗观点的来源。一般来说，有天雨，有龙雨：云彩油然而生，雨潇潇而下的，是天雨；风猛雷响，很快便雨过天晴的，叫龙雨。有人触犯了龙潭，风雨立刻便来了，天地之气能这么快就相合吗？把鲊答放在水里念梵咒，也能立即招来风雨，天地之气，能这么准时吗？所以必须将两种说法结合起来解释才更全面。非得死板板地拘泥于一种说法，是否有些不大变通呢？

原文

　　乌鲁木齐把总蔡良栋言：此地初定时，尝巡瞭至南山①深处。日色薄暮，似见隔涧有人影，疑为玛哈沁②，伏丛莽中密侦之。见一人戎装坐磐石上，数卒侍立，貌皆狰狞；其语稍远不可辨。惟见指挥一卒，自石洞中呼六女子出，并姣丽白皙。所衣皆缋彩，各反缚其手，觳觫③俯首跪。以次引至坐者前，褫下裳伏地，鞭之流血，号呼凄惨，声彻林谷。鞭讫，径去，六女战栗跪送，望不见影，乃呜咽归洞。其地一射可及，而洞深崖陡，无路可通。乃使弓力强者，攒射对崖一树，有两矢着树上，用以为识。明日，迂回数十里寻至其处，则洞口尘封。秉烛而入，曲折约深四丈许，绝无行迹。不知昨所遇者何神，其所鞭者又何物。生平所见奇事，此为第一。考《太平广记》，载老僧见天人追捕飞天野叉事，野叉正是一好女。蔡所见似亦其类欤！

——●【字词注解】

①南山：乌鲁木齐在天山北，因此称天山为南山。
②玛哈沁：蒙古语意为劫盗。
③觳（hú）觫（sù）：害怕得发抖的样子。

——●【精彩解说】

　　乌鲁木齐把总蔡良栋说：该地区刚刚安定时，他曾巡查到南山深处。当时夕阳西下，看见山涧对面好像有人影，以为是劫盗，就躲在灌木丛中观察。只见有一个人身穿军装坐在磐石上，几个士卒侍立一旁，都面目狰狞；因稍远听不清说话声。只见坐者指挥一个士卒从石洞里叫出六个女子，这些女子皮肤白皙、容貌姣丽。她们都穿着绸缎衣，被反绑着两手，颤抖地低头跪着。她们一个一个地被带到坐者面前，被剥掉下裳摁在地上，鞭打至流血，凄惨呼叫，响彻林谷。打完后，那些人就走了，这六个女子战栗着跪送到望不见影了，才呜咽着回到洞里。洞对岸离这边只有一箭之地，但洞深崖陡，无路可走。把总便叫弓力强的士兵集中射对岸的一棵树，有两支箭射在树上，作为标记。第二天，迂回几十里找到那儿，洞口却尘封着。拿着火把曲曲折折往里走了约有四丈多，丝毫没有发现人的踪迹。不知昨天遇见的是何神，鞭打的是何物。我一生所见，这是第一件奇事。据《太平广记》载，一个老僧看见天人追捕飞天夜叉，夜叉正是一个美女。蔡把总所见的也许是夜叉一类吧！

原文

六畜充庖，常理也；然杀之过当，则为恶业。非所应杀之人而杀之，亦能报冤。乌鲁木齐把总茹大业言：吉木萨游击遣奴入山寻雪莲，迷不得归。一夜，梦奴浴血来曰："在某山遇玛哈沁为脔食，残骸犹在桥南第几松树下，乞往迹之。"游击遣军校寻至树下，果血污狼藉，然视之皆羊骨。盖圉卒①共盗一官羊，杀于是也。犹疑奴或死他所。越两日，奴得遇猎者引归。始知羊假奴之魂，以发圉卒之罪耳。

【字词注解】

①圉（yǔ）卒：养马的马厩，也可指养马的士兵。

【精彩解说】

以六畜供食用，是常理；如果屠宰失当，就成了罪孽。不该屠宰的人来屠宰，也能报冤。乌鲁木齐把总茹大业说：吉木萨的游击派仆人进山寻找雪莲，仆人迷路没返回。一天夜里，游击梦见仆人浑身是血地来说："在某座山遇见劫盗，他们把我一条条地割来吃了，残骸还在桥南第几棵松树下，请去查找一下。"游击派军士去，找到树下，果然一片血污狼藉，但一看都是羊骨头。原来是养马的士兵们偷了一只官家的羊，在这儿杀了。游击仍怀疑仆人可能死在别处。过了两天，仆人遇见打猎的，被领回来了。这才知道是羊假借仆人的魂，来揭发士卒的罪。

原文

　　奴子王廷佐，夜自沧州乘马归。至常家砖河，马忽辟易①。黑暗中，见大树阻去路，素所未有也。勒马旁过，此树四面旋转，当其前。盘绕数刻，马渐疲，人亦渐迷。俄所识木工国姓、韩姓从东来，见廷佐痴立，怪之。廷佐指以告。时二人已醉，齐呼曰："佛殿少一梁，正觅大树。今幸而得此，不可失也。"各持斧锯奔赴之，树倏化旋风去。《阴符经》②曰："禽之制在气。"木妖畏匠人，正如狐怪畏猎户，积威所劫，其气焰足以慑伏之，不必其力之相胜也。

【字词注解】

　　①辟易：怕得不敢上前。

　　②《阴符经》：全称《黄帝阴符经》或《轩辕黄帝阴符经》，也称《黄帝天机经》，相传为黄帝所作，言虚无之道、修炼之术。

【精彩解说】

　　奴仆王廷佐在夜里骑马从沧州回来。他走到常家砖河，马忽然惊恐不前。黑暗中他看见一棵大树阻在面前，这条路上以前并没有大树。王廷佐勒马从旁边过，这棵树却四面转着，在他面前绕来绕去。这么转了几刻钟，马渐渐疲惫了，人也渐渐迷了路。过了片刻，他所认识的姓国、姓韩的两个木工从东面走来，他们看见王廷佐傻站着，很觉奇怪。王廷佐指着大树说了原委。这两人已经喝醉，便齐声叫道："佛殿少一根大梁，正在找大树。今天幸亏找到这一棵，不能失去了。"两人手持斧锯奔过来，树突然化为一阵旋风跑了。《阴符经》说："禽之制在气。"（制服敌人在于气势）木妖怕木匠，就像狐怪怕猎户，在积威的压迫之下，以气势足以慑服对方，而不必以力制伏对方。

原文

　　宁津苏子庾言：丁卯①夏，张氏姑妇同刈麦。甫收拾成聚，有大旋风从西来，吹之四散。妇怒，以镰掷之，洒血数滴渍地上。方共检寻所失，妇倚树忽似昏醉，魂为人缚至一神祠。神怒叱曰："悍妇乃敢伤我吏！速受杖。"妇性素刚，抗声曰："贫家种麦数亩，资以活命。烈日中妇姑辛苦，刈甫毕，乃为怪风吹散。谓是邪祟，故以镰掷之。不虞伤大王之使者。且使者来往，自有官路；何以横经民田，败人麦？以此受杖，实所不甘。"神俯首曰："其词直，可遣去。"妇苏而旋风复至，仍卷其麦为一处。说是事时，吴桥王仁趾曰："此不知为何神，不曲庇其私昵，谓之正直可矣；先听肤受之诉②，使妇几受刑，谓之聪明则未也。"景州戈荔田曰："妇诉其冤，神即能鉴，是亦聪明矣。傥诉者哀哀，听者愦愦，君更谓之何？"子庾曰："仁趾之责人无已时。荔田言是。"

【字词注解】

　　①丁卯：乾隆十二年（1747年）。
　　②肤受之诉：比喻被人说了有关切身利益的坏话。

【精彩解说】

　　宁津人苏子庾说：乾隆十二年夏天，张家婆媳一起收割麦子。刚把麦子搬到一起，便有一阵急旋风从西面吹来，把麦子卷得四散。儿媳妇十分生气，把镰刀扔了过去，却见地上洒了几滴血。两人正在往回捡被吹散的麦子，儿媳妇靠着树忽然好像昏了过去，魂被绑到一个神祠中。神怒喝道："泼妇竟敢伤害我的手下！赶紧给我打！"儿媳妇性情一向刚直，大声说："穷人家种了几亩麦子，以此活命。在烈日之下，婆媳俩辛辛苦苦地刚收割完，就被一阵怪风吹散。我以为是邪魅，就把镰刀投了过去，没想到伤了大王的使者。但是使者来往，自有官道；为什么横穿百姓的地，弄乱人家的麦子？因为这挨杖打，我实在不甘。"神低头道："她说得有理，让她走吧。"儿媳妇醒后旋风又来了，把麦子都卷到了一起。说这事时，吴桥人王仁趾说："这不知是何神，不枉法包庇自己的人，可以说是正直；他先听了手下人的诬告，差点儿使儿媳妇受刑，若说这个神聪明，我看未必。"景州人戈荔田说："儿媳妇诉说了冤情，神就能明察，这也是聪明。倘若诉冤的人一味哀求，听的人昏愦糊涂，你更能说他什么呢？"子庚说："仁趾苛责他人没完没了。荔田的话是对的。"

拓展阅读

文昌 即文昌星，是六颗星组成的星座，在民间信仰中掌管着士人的功名禄位，具体为：上将（威武）、次将（正左右）、贵相（理文绪）、司命（主灾咎）、司中（主右理）、司禄（赏功进士）。文昌星在古代备受尊崇，人们又虚构出文昌帝君（名张亚子，又称梓潼帝君）等神话人物，并建祠祭祀，每到科举之时香火不绝。文昌星的传说往往与文曲星、魁星等混淆。

钟馗 道教神仙，传说原本是唐高祖时期的终南山进士，因面貌丑陋遭弃用，愤而自杀，灵魂化为鬼王，致力于为百姓驱除恶鬼。唐玄宗时期，被封为"赐福镇宅圣君"，道教也尊钟馗为门神，百姓则在家中悬挂钟馗像以辟邪除灾。

刘希夷 初唐诗人，著名诗人宋之问的外甥。他自幼才华过人，性情放荡不羁，善弹琵琶，二十五岁时中进士，但不幸不到三十岁就去世了。据称宋之问想要他的《代悲白头翁》中"年年岁岁花相似，岁岁年年人不同"这两句佳句，刘希夷不给，宋之问就暗中找人用土囊压死了他。刘希夷的诗歌哀婉华丽、情调深沉伤感，代表作即拟古乐府诗《代悲白头翁》，此诗清丽婉转，悲而不颓，历来被视为名篇。《阅微草堂笔记》中出现的"鱼鳞可怜紫，鸭毛自然碧"两句出自刘希夷的《秋日题汝阳潭壁》一诗。

卷六　滦阳消夏录六

〔题解〕

　　本卷主要体现了"因果报应"观念。事实上，"因果报应"可以称得上《阅微草堂笔记》全书的重点。这种观念并非纪昀独有的，而是带有鲜明的时代特征。在当时的时代背景下，该观念有一定的道德导向、道德规范作用，使人们乐善拒恶，增强道德自律心理。

原文

　　沧州瞽者①刘君瑞，尝以弦索来往余家。言其偶②有林姓者，一日薄暮，有人登门来唤曰："某官舟泊河干，闻汝善弹词，邀往一试，当有厚赍③。"即促抱琵琶，牵其竹杖导之往。约四五里，至舟畔。寒温毕，闻主人指挥曰："舟中炎热，坐岸上奏技，吾倚窗听之可也。"林利其赏，竭力弹唱。约略近三鼓④，指痛喉干，求滴水不可得。侧耳听之，四围男女杂坐，笑语喧嚣，觉不似仕宦家，又觉不似在水次，辍弦欲起。众怒曰："何物盲贼，敢不听使令！"众手交捶，痛不可忍，乃哀乞再奏。久之，闻人声渐散，犹不敢息。忽闻耳畔呼曰："林先生何故日尚未出，坐乱冢间演技，取树下早凉耶？"矍然⑤惊问，乃其邻人早起贩鬻过此也。知为鬼弄，狼狈而归。林姓素多心计，号曰"林鬼"。闻者咸笑曰："今日鬼遇鬼也。"

【字词注解】

①瞽（gǔ）者：盲人。

②偶：伙伴。

③赉（lài）：赏赐。

④三鼓：三更。

⑤瞿（jué）然：惊讶的样子。

●【精彩解说】

　　沧州有一位盲人乐师名叫刘君瑞，常常到我家来表演弹词。刘君瑞说有一个姓林的伙伴，一天傍晚时分，有人登门召唤林某说："某位官员的船停在岸边，听说你擅长弹词，所以邀请你去为他表演，肯定会重重赏赐你。"接着就催促林某抱上琵琶，牵着他的竹杖引导着他前往。大约走了四五里路，终于来到船边。寒暄几句之后，主人命令他说："船里太热了，你就坐在岸边表演吧，我倚在窗边听就行了。"林某贪图他的赏赐，尽其所能地边弹边唱。时间到了三更左右，林某手指疼痛、喉咙干渴，想喝口水却不被允许。侧耳一听，周围杂乱坐着许多男女，谈笑喧哗，感觉不像是当官的人家，又感觉不像是在水边，就停下弹奏想要站起来。众人怒道："你这个瞎贼是什么东西，胆敢不听使唤！"许多拳头捶打过来，林某疼得难以忍受，只好哀求继续表演。时间久了，听见人声渐渐散去，却仍然不敢停下。忽然听见耳边有人喊道："林先生怎么太阳没出，就坐在乱坟堆里表演，莫非喜欢早晨树底下凉爽吗？"林某吃惊地问是谁，原来是他的邻居早晨起来做买卖路过这里。林某知道被鬼戏弄了，狼狈地回到家里。林某一向工于心计，外号叫"林鬼"。听说这件事的人笑着说："今天鬼碰见鬼了。"

原文

　　莆田林教授清标言：郑成功据台湾时，有粤东异僧泛海至。技击绝伦，袒臂端坐，斫以刃，如中铁石；又兼通壬遁风角①。与论兵，亦娓娓有条理。成功方招延豪杰，甚敬礼之。稍久，渐骄蹇②。成功不能堪，且疑为间谍，欲杀之而惧不克。其大将刘国轩曰："必欲除之，事在我。"乃诣僧款洽，忽请曰："师是佛地位人，但不知遇摩登伽③还受摄④否？"僧曰："参寥和尚久心似沾泥絮⑤矣。"刘因戏曰："欲以刘王大体双一验道力，使众弥信心可乎？"乃选娈童倡女姣丽善淫者十许人，布茵施枕，恣为媟狎于其侧，柔情曼态，极天下之妖惑。僧谈笑自若，似无见闻；久忽闭目不视。国轩拔剑一挥，首已欻然落矣。国轩曰："此术非有鬼神，特炼气自固耳。心定则气聚，心一动则气散矣。此僧心初不动，故敢纵观。至闭目不视，知其已动而强制，故刃一下而不能御也。"所论颇入微。但不知椎埋恶少⑥，何以能见及此。其纵横鲸窟⑦十余年，盖亦非偶矣。

●【字词注解】

①壬遁风角：指古代占卜的道术。壬，六壬；遁，奇门遁甲；风角，指用风声来占卜吉凶。

②骄蹇：傲慢。

③摩登伽：佛经言摩登伽女蛊惑高僧阿难，此处指女人。

④摄：吸引。

⑤参寥和尚久心似沾泥絮：我学佛法多年，心如沾泥飞絮，不会再动了。

⑥椎埋恶少：杀人放火的强盗。

⑦鲸窟：大海。

●【精彩解说】

莆田林清标教授讲述：郑成功占据台湾的时候，粤东有个异僧漂洋过海来到台湾。此人武艺高强，袒露双臂端坐，拿刀砍他，就像砍在铁石之上；而且他还精通道术。和他谈论兵法，也是娓娓道来，有条有理。郑成功正在招揽豪杰，对他十分尊敬和礼待。时间一长，他渐渐傲慢无礼。郑成功不能忍受，而且怀疑他是间谍，想要杀了他，又怕做不到。他的大将刘国轩说："如果一定要除掉他，这件事包在我身上。"于是到僧人那里和他聊得十分欢洽，忽然问道："师父是佛一般地位的人，只是不知道如果遇到摩登伽女还能被她迷惑吗？"僧人说："我学佛法多年，远离尘俗，心如同沾泥飞絮，不会再动了。"刘国轩开玩笑似的说："那我想用'刘王大体双'来考验一下您的道行，让大家更加仰仗您，怎么样？"于是选择娇艳美丽的娈童和妓女十多人，铺好枕席，在他身边肆无忌惮地做出种种淫荡的举动，柔情温存，姿态曼妙，极尽天下妖冶魅惑。僧人谈笑自若，好像什么也没看到一样；过了一段时间，忽然闭上眼不看了。刘国轩拔剑一挥，一下就把僧人的头砍落在地。刘国轩说："他的法术不是有鬼神，只是靠炼气坚守。心定才能气息不散，心一动气息就散了。这个僧人的心开始没有动，因此可以随便看。等闭了眼睛不敢看，我就知道他的心已经动了，只是强自忍耐罢了，所以刀砍过去，他就无法抵御了。"这番议论细致入微，只是不知道这个杀人越货的强盗，怎么能有这番见识。他在海上纵横十多年没有对手，看来也不是偶然的了。

原文

　　芝称瑞草，然亦不必定为瑞。静海元中丞在甘肃时，署中生九芝，因以自号。然不久即罢官。舅氏安公五占，停枢①在室，忽枢上生一芝。自是子孙式微，今已无龆龀②。盖祸福将萌，气机先动；非常之兆，理不虚③来。第为休为咎④，不能预测耳。先兄晴湖则曰："人知兆发于鬼神，而人事应之。不知实兆发于人事，而鬼神应之。亦未始不可预测也。"

─●【字词注解】

　①枢：棺材。
　②龆（tiáo）龀（chèn）：本义是指孩童垂髫换齿之时，借指孩童。
　③虚：凭空。
　④休、咎：休，吉。咎，凶。

─●【精彩解说】

　　灵芝又称瑞草，但也不一定就代表祥瑞。静海元中丞在甘肃的时候，衙门里长出九棵灵芝，于是他给自己起了个别号就叫九芝。但他不久就被罢官。舅父安五占，灵枢停在室内，忽然棺材上长出一棵灵芝。从此子孙越来越凋零，现在家里已经没有小孩子了。祸福将要发生之时，气机首先萌动；非同寻常的前兆，照理不会凭空而来。只是预兆吉还是凶，无法预测而已。先兄晴湖说："人们知道先兆是鬼神的警示，应验在人事上。却不知先兆其实是由人事引发，而鬼神使之应验。也不是完全不可以预测的。"

原文

余乡青苗被野时，每夜田陇间有物，不辨头足，倒掷而行，筑①地登登如杵声。农家习见不怪，谓之青苗神。云常为田家驱鬼，此神出，则诸鬼各归其所，不敢散游于野矣。此神不载于古书，然确非邪魅②。从兄懋园尝③于李家洼见之，月下谛视④，形如一布囊，每一翻折，则一头着地，行颇迟重云。

【字词注解】

①筑：碰。

②邪魅：邪魔妖魅。

③尝：曾经。

④谛视：仔细地看。谛，仔细。

【精彩解说】

我家乡田里青苗长出来的时候，每到夜里田地里会有一个怪物，分不清头和脚，倒翻着跟头行走，碰在地面上噔噔如同杵声。农户们经常看见已经不再奇怪，称其为青苗神。据说青苗神经常帮助种田人驱除鬼怪，该神一出现，其他的鬼怪们都各自回到原位，不敢在田野里四处游荡了。这个神在古书上没有记载，但的确不是邪魔妖魅。从兄懋园曾经在李家洼见过它，在月光下仔细查看，其形状如同一个大布袋，每次翻个跟头，就有一头着地，行动十分缓慢沉重等。

原文

南宫鲍敬之先生言：其乡有陈生，读书神祠。夏夜袒裼①睡庑②下，梦神召至座前，诃责甚厉。陈辩曰："殿上先有贩夫数人睡，某避于庑下，何反获愆③？"神曰："贩夫则可，汝则不可。彼蠢蠢如鹿豕，何足与较？汝读书而不知礼乎？"盖《春秋》责备贤者④，理如是矣。故君子之于世也，可随俗者随，不必苟异；不可随俗者不随，亦不苟同。世于违礼之事，动曰某某曾为之。夫不论事之是非，但论事之有无，自古以来，何事不曾有人为之，可一一据以借口乎？

●【字词注解】

①裼（xī）：脱去上衣，露出身体的一部分。
②庑（wǔ）：本义指堂下周围的廊屋，也指堂下四周的走廊。
③愆（qiān）：训斥。
④责备贤者：对素质高的人要求也就更高。

●【精彩解说】

南宫鲍敬之先生讲述：他家乡有个叫陈生的人，在神祠读书。夏夜里他赤身露体睡在廊屋，梦见神把他叫到神座之前，斥责得十分严厉。陈生辩解说："大殿上先有几个做买卖的人睡在那里，我才躲在廊屋，怎么反而被训斥呢？"神说："贩夫走卒可以这样做，你却不可以。他们傻乎乎的蠢如鹿、猪，你怎么能跟他们比较？你读书难道不懂得礼节吗？"从这件事看，《春秋》责备贤者的道理大概也是这样吧。因此君子处世，可以随俗的就随俗，不必一定与众不同；不能够随俗的不要随，也不一定苟且求同。世人对于违背礼教的事情，动不动就说某某曾经做过。且不说事情的对和错，单说事情的有没有，从古到今，哪件事没有人做过，难道因此就可以一一引用来作为借口吗？

原文

　　齐舜庭，前所记剧盗齐大之族也。最剽悍，能以绳系刀柄，掷伤人于两三丈外。其党号之曰"飞刀"，其邻曰张七，舜庭故奴视之，强售其住屋广马厩，且使其党恐之曰："不速迁，祸立至矣。"张不得已，携妻女仓皇出，莫知所适，乃诣神祠祷曰："小人不幸为剧盗逼，穷迫无路。敬植杖神前，视所向而往。"杖仆向东北，乃迤逦行乞至天津。以女嫁灶丁①，助之晒盐，粗能自给。三四载后，舜庭劫饷事发，官兵围捕，黑夜乘风雨脱免。念其党有在商舶者，将投之泛海去。昼伏夜行，窃瓜果为粮，幸无觉者。一夕，饥渴交迫，遥望一灯荧然，试叩门。一少妇凝视久之，忽呼曰："齐舜庭在此。"盖追缉之牒，已急递至天津，立赏格募捕矣。众丁闻声毕集。舜庭手无寸刃，乃弭首^②就擒。少妇即张七之女也。使不迫逐七至是，则舜庭已变服，人无识者；地距海口仅数里，竟扬帆去矣。

【字词注解】

①灶丁：旧称煮盐工。
②弭首：俯首，降服。

【精彩解说】

　　齐舜庭是前文所记剧盗齐大的同族。他最为剽悍，能够用绳子系住刀柄，在两丈开外飞刀伤人。他的党羽都称他为"飞刀"。他的邻居有个叫张七的，齐舜庭一直把他当奴仆一样对待，强占他的房子做马厩，还让手下恐吓张七说："如果不赶快搬家，立即让你知道厉害。"张七不得已，带着妻子和女儿仓皇逃出，不知道去哪里才好，于是来到神祠祷告说："小人不幸被大盗逼迫，穷困窘迫，没了出路。现在虔诚地把这根棍子立在神前，看它倒向哪边就往哪边走。"棍子倒向东北方，他们一家迤逦讨饭来到天津。女儿嫁给了一个灶丁，帮他晾晒食盐，勉强能够自给。三四年后，齐舜庭劫夺军饷的事情败露，官兵围捕，他趁黑夜大风暴雨逃脱。想起他的党羽有在商船上做事的，他就准备投奔他们出海逃走。他一路昼伏夜出，偷窃瓜果当粮食，侥幸没有被发觉。一天晚上，他又饿又渴，远远看见一处微弱的灯光，试着前往敲门。一个少妇仔细看了他半天，忽然大声喊道："齐舜庭在这里。"原来追捕通缉的牒文已经加急送到了天津，悬赏捉拿他。众兵丁听见喊声全都赶了过来，齐舜庭手无寸铁，只好俯首就擒。少妇就是张七的女儿。假如齐舜庭当年没逼迫张家到这里，那么齐舜庭变换服饰，就没有认识他的人了；这地方距离出海口只有几里路，他就可以扬帆出海逃脱了。

原文

　　乌鲁木齐八蜡祠道士，年八十余。一夕^①，以钱七千布荐下，卧其上而死。众议以是钱营葬。夜见梦于工房吏邬玉麟曰："我守官庙，棺应官给。钱我辛苦所积，乞纳棺中，俟来生我自取。"玉麟悯而从之。葬讫，太息曰："以钱贮棺，埋于旷野，是以璠玙②敛也，必暴骨。"余曰："以钱买棺，尚能且梦；发棺攘夺，其为厉必矣。谁能为七千钱以性命与鬼争？必无恙。"众皆辴③然。然玉麟正论也。

【字词注解】

①夕：晚上。

②璠玙：美玉。

③辴（chǎn）：笑的样子。

【精彩解说】

乌鲁木齐八蜡祠有个道士，已经八十多岁了。一天晚上，他把七千钱铺在席子下面，躺在上面死去了。众人商议用这些钱来给他下葬。夜里他托梦给工房差役邬玉麟说："我看守官庙，棺材应该由官方提供。钱是我辛辛苦苦积攒下的，希望能放进我的棺材里，等来生我自己来拿。"邬玉麟同情他，就答应了。葬后，邬玉麟叹息说："把钱放进棺材里，埋在荒郊野外，这是拿宝贝做陪葬，一定会招致暴骨之祸。"我说："拿钱来给他买棺材，他还能托梦；如果打开棺材拿钱，他一定会化作厉鬼追讨。谁愿意为了七千钱拿性命和鬼去争夺呢？一定没事的。"大家都觉得很好笑，但玉麟所说乃是正理。

原文

　　余次女适长山袁氏，所居曰焦家桥。今岁归宁，言距所居二三里许，有农家女归宁，其父送之还夫家。中途入墓林便旋，良久乃出。父怪其形神稍异，听其语音亦不同，心窃有疑，然无以发也。至家后，其夫私告父母曰："新妇相安久矣，今见之心悸，何也？"父母斥其妄，强使归寝。所居与父母隔一墙。夜忽闻颠扑膈膈声，惊起窃听，乃闻子大号呼。家众破扉入，见一物如黑驴冲人出，火光爆射，一跃而逝。视其子，惟余残血。天曙①，往觅其妇，竟不可得。疑亦为所啖②矣。此与《太平广记》所载罗刹鬼事全相似，殆亦是鬼欤！观此知佛典不全诬。小说稗官，亦不全出虚构。

—•【字词注解】

　　①曙：亮。
　　②啖：吃，咬着吃硬的或囫囵吞整的食物。

—•【精彩解说】

　　我的次女嫁到长山袁家，住的地方叫焦家桥。今年回来，说距离焦家桥两三里远的地方，有个农家妇女回娘家探望父母，她的父亲送她返回夫家。走到半路上，她进入墓林中方便，过了好半天才出来。父亲奇怪她的形体和神态有些不一样，听她说话的声音也有不同，心里暗暗怀疑，但没有表露。到家后，她的丈夫偷偷告诉自己的父母说："我和新媳妇融洽相处很久了，今天见到她却感到恐惧，不知道为什么。"父母斥责他太荒唐，强迫他回房就寝。他住的屋子和父母的屋子只隔着一堵墙壁。夜里父母忽然听见跌撞扑腾的声音，吃惊地起来偷听，听见他们的儿子大声地喊叫。家里人打破房门冲了进去，见一个东西像头黑驴冲开人群跑出屋，火光四处喷射，一跃就不见了。查看他们的儿子，只残留下几点血迹。天亮后，前往寻找他的媳妇，也没有找到。于是怀疑也被妖怪吃掉了。这件事和《太平广记》中记载的罗刹鬼的故事完全相似，大概也是这个鬼吧！从这件事看，佛家经典不全是编造的，小说所写的和稗官野史也不全是虚构的。

原文

　　古以龟卜。孔子系《易》，极言蓍德，而龟渐废。《火珠林》①始以钱代蓍，然犹烦六掷。《灵棋经》②始一掷成卦，然犹烦排列。至神祠之签，则一掣而得，更简易矣。神祠率有签，而莫灵于关帝；关帝之签，莫灵于正阳门侧之祠。盖一岁中，自元旦至除夕，一日中，自昧爽至黄昏，摇筒者恒琅琅然。一筒不给，置数筒焉。杂沓纷纭，倏忽万状，非惟无暇于检核，亦并不容于思议。虽千手千目，亦不能遍应也。然所得之签，皆验如面语，是何故欤？其最奇者，乾隆壬申③乡试，一南士于三月朔日斋沐以祷，乞示试题。得一签曰："阴里相看怪尔曹，舟中敌国笑中刀。藩篱剖破浑无事，一种天生惜羽毛。"是科《孟子》题为"曹交问曰'人皆可以为尧舜'"至"汤九尺"，应首句也。论语题为"夫子莞尔而笑曰'割鸡焉用牛刀'"，应第二句也。《中庸》题为"故天之生物，必因其材而笃焉"，应第四句也。是真不可测矣。

●【字词注解】

①《火珠林》：占卜之书。

②《灵棋经》：占卜之书。

③乾隆壬申：乾隆十七年（1752年）。

●【精彩解说】

　　古代用龟来占卜。孔子整理《周易》，十分推崇蓍草，于是龟卜逐渐废弃不用了。《火珠林》开始用钱来代替蓍草占卜，但还是需要掷六次。《灵棋经》开始掷一次就可以成卦，但还需要排列。至于神祠中的签，一抽就得卦词，更加简单易行。神祠里都有签，但没有比关帝庙的签更灵验的；关帝的签，没有比正阳门旁边那座关帝庙里更灵验的。一年里从元旦到除夕，一天里从拂晓到黄昏，庙里摇晃签筒的声音一直琅琅不断。一个签筒不够，就准备许多签筒。杂沓纷纭，瞬息万变，不但没有时间检查核对，也不容人思考评价。即使千手千眼，也没法一一回应。但所得的签，都灵验得如同当面说话一般，这是什么原因呢？其中最奇怪的是，乾隆十七年乡试，一个南方考生在三月朔日沐浴斋戒祈祷，希望能透露试题。得到一签说："阴里相看怪尔曹，舟中敌国笑中刀。藩篱剖破浑无事，一种天生惜羽毛。"当年那一科中，《孟子》里面出的考题是"曹交问曰'人皆可以为尧舜'"到"汤九尺"，对应的是签诗的首句。《论语》里的题目是"夫子莞尔而笑曰'割鸡焉用牛刀'"，对应的是第二句。《中庸》题目是"故天之生物，必因其材而笃焉"，对应第四句。这真是不可理解啊。

拓展阅读

郑成功　明清之际的军事将领、民族英雄。郑成功的父亲郑芝龙，原本是一名海盗，后来归顺明廷，被任命为总兵，后降清被杀。郑成功继承了父亲的队伍，率部在东南沿海转战抗清，是南明小朝廷的重要军事力量，被南明隆武帝赐姓朱，百姓尊称他为"国姓爷"，后又被封为延平郡王。由于清朝实力日增，郑成功屡受挫折，于是决定驱逐窃取台湾的荷兰殖民者，将台湾作为根据地继续抗清。1661年3月，郑成功亲率两万多名士兵，乘百艘战船从金门出发，越过台湾海峡直攻台湾。荷兰殖民者在台湾、赤崁这两座城堡处据守。郑成功率大军从侧背位置攻击赤崁城，切断其与台湾城的联系。赤崁城内荷军等不到援军，城内水源也被切断，不得已投降。台湾城内荷军则在被围困八个多月后乞降，荷兰驻台湾长官揆一带领几百名荷兰军民灰溜溜地离开了台湾，台湾在被荷兰殖民者盘踞三十八年之后再度回到祖国的怀抱。不久，郑成功在台湾病逝，其子郑经及郑经之子郑克塽共统治台湾二十三年。1684年，投降清朝的原郑成功部将施琅攻克台湾，台湾被纳入大清帝国版图。

八蜡祠　祭祀八蜡神的祠堂。所谓八蜡神，是指八位能够帮助农民抵御虫灾、保护庄稼的神祇，其中既有人格神，也有自然神。八蜡神包括：先啬，指始教民耕作的神农氏；司啬，指农神后稷；农，指管理田地和农夫的神；邮表畷（zhuì），指管理田间的庐舍、道路等的神明；猫虎，指能消灭毁坏庄稼的田鼠和野猪的猫神和虎神；坊，指堤防神；水庸，指沟渠神，后演变为城隍神；昆虫，即昆虫神，祈求不起虫灾。其中，昆虫神的地位逐渐被重视，并逐渐从自然神向人格神演化，百姓们称他为"虫王刘猛将军"，认为祭祀他能够避免蝗灾，虫王庙一度遍布全国。此外，祭祀八蜡神的传统与延续至今的腊八节也有直接关联。

卷七　如是我闻一

〔题解〕

"如是我闻"是佛家用语，意为"这是我亲眼所见、亲耳听见的"。纪昀作为儒家学者，对佛教也有一定的认同，是当时"三教（指儒、释、道）合一"思想的体现。以"如是我闻"作为这四卷故事的标题，是在强调它们的真实性。纪昀一如既往地介绍了这些故事的出处，但多数都是他听来的，真实性完全没有保证。这些故事依然没有摆脱"因果报应"观念，充溢着强烈的教化情绪和复仇情绪，目的依然是让百姓戒惧，从而实现教化。

原文

曩撰《滦阳消夏录》，属草未定，遽为书肆所窃刊，非所愿也。然博雅君子，或不以为纰缪，且有以新事续告者，因补缀旧闻，又成四卷。欧阳公①曰："物尝聚于所好②。"岂不信哉！缘是知一有偏嗜，必有浸淫而不自已者。天下事往往如斯，亦可以深长思也。辛亥③七月二十一日题。

【字词注解】

①欧阳公：指北宋文学家欧阳修。

②物尝聚于所好：出自欧阳修所撰的《集古录·自序》。

③辛亥：指乾隆五十六年（1791年）。

─●【精彩解说】

　　先前我写的《滦阳消夏录》，尚未定稿就被书商偷偷刻印发行，不是我所希望的。但是博学、高雅的人士不觉得我的书有什么错漏、荒谬之处，而且有人告诉我一些新的故事，于是我将自己的旧闻补进去，又写出四卷。欧阳修说："物尝聚于所好。"（事物往往聚集在爱好它们的人那里）怎能不相信呢！由此可见，一个人一旦有所偏好，就会沉溺其中不可自拔。天下的事大多是这样的，应该加以深思。辛亥年七月二十一日题。

原文

　　太原折生遇兰言：其乡有扶乩者，降坛大书一诗曰："一代英雄付逝波，壮怀空握鲁阳戈。庙堂有策军书急，天地无情战骨多。故垒春滋新草木，游魂夜览旧山河。陈涛十郡良家子，杜老酸吟意若何①？"署名曰"柿园败将"。皆悚然知为白谷孙公也。柿园之役②，败于中旨之促战，罪不在公。诗乃以房琯车战自比，引为己过。正人君子之用心，视王化贞③辈偾辕④误国，犹百计卸责于人者，真三光之于九泉矣。大同杜生宜滋，亦录有此诗，"空握"作"辜负"，"春滋"作"春添"，"意若何"作"竟若何"，凡四字不同。盖传写偶异，大旨则无殊也。

─●【字词注解】

　　①"陈涛"二句：此二句指唐肃宗至德元年中书令房琯与安禄山叛军在陈涛斜（也作"陈陶斜"）交战，全军覆没。杜甫作《悲陈陶》一诗，咏陈涛斜兵败事。

　　②柿园之役：明朝孙传庭主张镇压李自成农民起义，崇祯十五年（1642年）在河南郏县被起义军所败，称柿园之败。

　　③王化贞：明朝天启年间任广宁（今辽宁北镇）巡抚，骄傲轻敌，不听辽东经略熊廷弼的调度，被后金（清）军所败。

　　④偾（fèn）辕：骄矜轻敌。

太原书生折遇兰说：他的家乡有个求神的人，降临乩坛的神大书一诗："一代英雄付逝波，壮怀空握鲁阳戈。庙堂有策军书急，天地无情战骨多。故垒春滋新草木，游魂夜览旧山河。陈涛十郡良家子，杜老酸吟意若何？"诗署名为"柿园败将"。大家都毛骨悚然，知道这是孙传庭的魂灵显世。柿园一战，败于皇上促战，孙公无过错。这首诗以唐朝房琯陈涛斜之战自比，把责任全都揽在自己身上。这种正人君子的用心，较之王化贞之辈战败且误国殃民，还要千方百计推卸责任给别人要强多了。大同书生杜宜滋也记下了这首诗。只是"空握""春滋""意若何"分别写作"辜负""春添""竟若何"罢了。大概是传抄中偶然笔误吧，但大意是一致的。

原文

　　京师某观，故有狐。道士建醮①，醵②多金。蒇③事后，与其徒在神座灯前，会计出入。尚厥数金，师谓徒干没，徒谓师误算，盘珠格格，至三鼓未休。忽梁上语曰："新秋凉爽，我倦欲眠，汝何必在此相聒？此数金，非汝欲买媚药，置怀中，过后巷刘二姐家，二姐索金指镮，汝乘醉探付彼耶？何竟忘也？"徒转面掩口。道士乃默然敛簿出。剃工魏福，时寓观内，亲闻之。言其声呫呫呦呦，如小儿女云。

──●【字词注解】

①建醮（jiào）：道士作法时为消灾祈福所设的道场。
②醵（jù）：募集财物。
③蒇（chǎn）：完成。

　　京城某个道观里，很久以来就住着狐仙。观里的道士开设道场，募集了不少钱财。做完法事之后，道士和他的徒弟凑到神座的灯下，结算进出账目。算来算去还是缺几两银子，师父说这银子让徒弟侵吞了，徒弟说是师父算错了，算盘珠拨拉得噼啪作响，直到三更天也没有算清楚。忽然梁上传来话语声："初秋凉爽，我困倦要睡，你们为什么在此喧扰？缺的钱，不是你要买春药，放在怀中，经过后巷刘二姐家，刘二姐向你索要金戒指，你借着醉意将钱塞给了她吗？为何竟忘掉了？"徒弟听后转过脸掩口而笑。道士于是默默拿起账簿走了。剃头匠魏福当时正住在道观里，亲耳听到了狐仙的这番话。他说那声音咿咿呦呦，好像小孩子说话。

原文

张读①《宣室志》曰：俗传人死数日，当有禽自枢中出，曰煞。太和中，有郑生者，网得一巨鸟，色苍，高五尺余，忽无所见。访里中民讯之，有对者曰："里中有人死，且数日。卜者言，今日煞当去。其家伺而视之，有巨鸟色苍，自枢中出。君所获果是乎？"此即今所谓煞神也。徐铉②《稽神录》曰：彭虎子少壮，有膂力。尝谓无鬼神。母死，俗巫诫之曰："某日殃煞当还，重有所杀，宜出避之。"合家细弱，悉出逃隐。虎子独留不去。夜中有人推门入，虎子惶遽无计，先有一瓮，便入其中，以板盖头。觉母在板上，有人问："板下无人耶？"母曰："无。"此即今所谓回煞也。俗云殇子未生齿者，死无煞；有齿者即有煞。巫觋③能预克其期。家奴孙文举、宋文皆通是术。余尝索视其书，特以年月日时干支推算，别无奇奥。其某日逢某凶煞，当用某符禳解，则诡词取财而已。或有室庐逼仄，无地避煞者，又有压制之法，使伏而不出，谓之斩殃，尤为荒诞。然家奴宋遇妇死，遇召巫斩殃。迄今所居室中，夜恒作响，小儿女亦多见其形。似又不尽诬矣。天地之大，何所不有；幽明之理，莫得而穷。不必曲为之词，亦不必力攻其说。

──•【字词注解】

①张读：唐朝人，著《宣室志》，多记神仙鬼怪的故事。

②徐铉：字鼎臣，五代南唐人，后入宋，为五代时期著名的文学家、书法家。

③觋（xí）：男巫。

　　张读的《宣室志》里说：民间传说人死了几天后，会有禽鸟从棺材里飞出来，叫作"煞"。太和有个郑秀才，用网网到了一只大鸟，灰色，高五尺多，忽然又不见了。他到村里去询问，有人告诉他："村里有个人死了，而且已经死了数日。巫师说今天煞要离去。这家人悄悄查看，见有一只大鸟毛色灰白，从灵柩中飞出来。您所捕到的是不是就是这只？"这便是现在所说的煞神。徐铉的《稽神录》中记载：彭虎子年轻力壮，很有力气，他曾说不信鬼神。他的母亲去世了，民间巫师告诫他说："某天殃煞该返回，将会有严重的杀伤力，应当离家躲避。"全家的老弱之人都躲出去。彭虎子独自一个人留了下来。到了夜里，有人推门进来了，彭虎子仓促间无计可施，就钻到一个缸里，用木板盖住了头。后来又觉得母亲在木板上，有人问："木板下有没有人？"母亲说："没有。"这也就是现在所说的"回煞"。据民间传说，未成年的孩子没长牙齿，死了不会有煞；长了牙死后便有煞。巫师能预先算出回煞的日期。我的奴仆孙文举、宋文都通晓这种巫术。我曾经将他们的书要来看，只不过是以年月日干支来推算，没有其他奥妙之处。书里的"某日逢某凶煞，当用某符禳解"，不过是危言耸听，骗取钱财罢了。也有的人家居室狭窄，没有躲避煞的地方，巫师还有"压制之法"，使煞不出来，这叫作"斩殃"，这就更加荒唐了。可是我家的奴才宋遇的妻子死时，他招巫士斩殃。到现在他住的屋子里夜里还时常有声响，小孩子也都说见过。似乎又不都是瞎说。天地之大无奇不有，阴阳的道理追究不完。不必歪曲他们制造说词，也不必非要攻击他们的说法。

原文

　　人死者，魂隶冥籍矣。然地球圆九万里，径三万里，国土不可以数计，其人当百倍中土，鬼亦当百倍中土。何游冥司者，所见皆中土之鬼，无一徼外之鬼耶？其在在各有阎罗王耶？顾郎中德懋，摄阴官者也。尝以问之，弗能答。人不死者，名列仙籍矣。然赤松、广成①，闻于上古，何后代所遇之仙，皆出近世？刘向以下之所记，悉无闻耶？岂终归于尽，如朱子之论魏伯阳耶？娄真人近垣，领道教者也。尝以问之，亦弗能答。

【字词注解】

①赤松、广成：神话传说中的两位神仙名。

【精彩解说】

人死了以后，魂魄归于地府。然而，地球周长九万里，直径三万里，国家不计其数，总人口是中国的百倍，鬼也是中国的百倍。为什么到过阴曹的人见到的都是中国的鬼，而无一个外国的鬼？莫非各国有各国的阎罗王？我曾经问过一个叫顾德懋的郎中，他兼任阴曹的官吏，但他也回答不了。能长生不死的人，可名列仙班。像赤松子、广成子等，他们都成名于上古时代，为什么后代所遇到的仙人都出于近世呢？刘向以后的记载，全没有仙人的传闻呢？难道仙人终归消失了，就像朱熹说的世上难再出现魏伯阳这样的人了吗？娄真人近垣，是管领道教的。我曾经问过他，他也解释不了。

原文

先叔仪南公，有质库①在西城。客作陈忠，主买菜蔬。侪辈皆谓其近多余润，宜飨众。忠讳无有。次日，箧钥不启，而所蓄钱数千，惟存九百。楼上故有狐，恒隔窗与人语，疑所为。试往叩之，果朗然应曰："九百钱是汝雇值，分所应得，吾不敢取。其余皆日日所干没，原非汝物。今日端阳，已为汝买粽若干，买酒若干，买肉若干，买鸡鱼及瓜菜果实各若干，并泛酒雄黄，亦为买得，皆在楼下空屋中。汝宜早烹炮，迟则天暑，恐腐败。"启户视之，累累具在。可无消纳，竟与众共餐。此狐可谓恶作剧，然亦颇快人意也。

【字词注解】

①质库：当铺。

【精彩解说】

先叔父仪南公在西城有家当铺。铺里有个伙计叫陈忠，主管采购菜蔬。同伴们都说他近来捞了不少外快，应该请大家吃一顿。陈忠却死不认账。第二天，陈忠的箱子没有打开，而他积攒的几千文钱，只剩下了九百。楼上一直有狐仙，经常隔窗和人说话，陈忠怀疑是狐仙所为。于是他就试着去敲门询问，狐仙果然高声回答："那九百钱是你的工钱，是应得的，我不敢拿。其余的钱都是你每天采购私吞的，原本就不是你的。今日端午节，我已为你买了若干粽子，买了若干酒，买了若干肉，买了鸡、鱼及瓜果蔬菜各若干，还买了雄黄酒，都放在楼下空房间内。你应早些做出来，晚了就会因天热腐坏了。"陈忠到楼下开门一看，果然有一堆东西。他一个人吃不了，只好与大家分享了。这个狐仙真会恶作剧，不过倒是大快人心。

原文

　　史太常松涛言：初官户部主事时，居安南营，与一孀妇邻。一夕盗入孀妇家，穴壁已穿矣。忽大呼曰："有鬼！"狼狈越墙去。迄不知其何所见也。岂神或哀其茕独，阴相之欤！又戈东长前辈一日饭罢，坐阶下看菊，忽闻大呼曰："有贼！"其声暗呜，如牛鸣盎中。举家骇异，俄连呼不已，谛听乃在庑下炉坑内。急邀逻者来，启视，则儽然①一饿夫，昂首长跪。自言前两夕乘暗阑入，伏匿此坑，冀夜深出窃。不虞二更微雨，夫人命移腌齑②两瓮置坑板上，遂不能出。尚冀雨霁移下，乃两日不移。饥不可忍，自思出而被执，罪不过杖；不出则终为饿鬼。故反作声自呼耳。其事极奇，而实为情理所必至。录之亦足资一粲也。

【字词注解】

①儽（léi）然：颓丧的样子。
②齑（jī）：细碎的咸菜。

【精彩解说】

　　史松涛太常说：刚开始做户部主事时，住在安南营，与一个寡妇为邻。一天晚上，强盗进入寡妇家，房屋的墙已经打透了。忽然强盗大叫道："有鬼！"狼狈地跳墙跑了。不知那强盗看见了什么。难道是神明哀怜寡妇无依无靠，在暗中帮助她？又听前辈戈东长说，有一天吃完饭，坐在台阶下赏菊，忽听得大喊："有贼！"那呼喊声低沉，像牛在盎中鸣叫。全家异常惊骇，过了一会儿，又连续呼喊不停，仔细一听，这呼声出自廊下的炉坑里。

急忙叫巡逻的人来察看，原来是一个半死不活的饿汉子，仰着头跪在地上。他说两天前他顺着栏杆爬了进来，躲在这个炉坑里，打算在夜深时出来偷窃。没想到二更天时下起了小雨，夫人让把两个腌菜的缸搬到了炉坑上面的盖板上，结果他出不来了。本来还想等雨停了缸会被搬走，没想到两天了也没搬。饿得实在受不了，就想出来被捉住，罪过也不过是打板子；要是不出来，就成了饿死鬼。所以干脆出声，自己叫了。这事很是奇特，可又非常合情理。记下来也足能供人一笑。

原文

　　钱遵王《读书敏求记》载：赵清常①殁，子孙鬻其遗书，武康山中，白昼鬼哭。聚必有散，何所见之不达耶？明寿宁侯故第在兴济，斥卖略尽，惟厅事仅存。后鬻其木于先祖。拆卸之日，匠者亦闻柱中有泣声。千古痴魂，殆同一辙。余尝与董曲江言："大地山河，佛氏尚以为泡影，区区者复何足云。我百年后，傥图书器玩，散落人间，使赏鉴家指点摩挲曰：'此纪昀故物。'是亦佳话，何所恨哉！"曲江曰："君作是言，名心尚在。余则谓消闲遣日，不能不借此自娱。至我已弗存，其他何有？任其饱虫鼠，委泥沙耳。故我书无印记，砚无铭识，政如好花朗月，胜水名山，偶与我逢，便为我有。迨云烟过眼，不复问为谁家物矣。何能镌号题名，为后人作计哉！"所见尤洒脱也。

【字词注解】

①赵清常：明代著名藏书家，名琦美，官至刑部侍郎，号清常道人。

【精彩解说】

　　钱遵王的《读书敏求记》中记载：明代藏书家赵清常死后，他的子孙把他的藏书全卖掉了，埋葬着赵清常的武康山中，大白天就听见鬼哭。有聚就有散，为什么不看开一些呢？明代寿宁侯张密的故宅在青县兴济，他的遗产被变卖得差不多了，只有一个大厅存留下来。后来又将大厅的木料卖给了我的先祖。在拆大厅那天，工匠们也听到柱子里有哭泣声。千古痴魂，几乎如出一辙。我曾经对董曲江说："大地山河，佛门还视之为泡影，你我区区之人又何足论。我百年之后，假如有图书、器皿、字画、珍玩散落人间，令赏鉴家们指点玩味说：'这是纪昀的遗物。'这也算文坛佳话，我还有何遗恨呢！"董曲江说："你说这话，仍有名利之心。我却以为这些玩物只是用来日常消遣，姑且自娱而已。到我本身都不存在的时候，其他还有什么？只能任凭虫吃鼠咬，埋入泥沙罢了。所以我写字不加印章，石砚不刻标志，恰如花好月圆、胜水名山，偶然间与我相遇，就让我所享有。等到时过境迁，便不再管它属于谁人了。何必刻字题名，替后人打算呢！"曲江的想法比我要洒脱得多了。

原文

　　于道光言：有士人夜过岳庙，朱扉严闭，而有人自庙中出。知是神灵，膜拜呼上圣。其人引手掖之曰："我非贵神，右台司镜之吏，赍文簿到此也。"问："司镜何义？其业镜也耶？"曰："近之，而又一事也。业镜所照，行事之善恶耳。至方寸微暧，情伪万端，起灭无恒，包藏不测，幽深邃密，无迹可窥，往往外貌麟鸾，中韬鬼蜮，隐慝未形，业镜不能照也。南北宋后，此术滋工，涂饰弥缝，或终身不败。故诸天合议，移业镜于左台，照真小人；增心镜于右台，照伪君子。圆光对映，灵府洞然：有拗捩①者，有偏倚者，有黑如漆者，有曲如钩者，有拉杂如粪壤者，有溷浊如泥滓者，有城府险阻千重万掩者，有脉络屈盘左穿右贯者，有如荆棘者，有如刀剑者，有如蜂虿②者，有如狼虎者，有现冠盖影者，有现金银气者。甚有隐隐跃跃，现秘戏图者；而回顾其形，则皆岸然道貌也。其圆莹如明珠，清澈如水晶者，千百之一二耳。如是者，吾立镜侧，籍而记之，三月一达于岳帝，定罪福焉。大抵名愈高则责愈严，术愈巧则罚愈重。春秋二百四十年，瘅③恶不一，惟震夷伯之庙④，天特示谴于展氏，隐慝故也。子其识之。"士人拜受教，归而乞道光书额，名其室曰"观心"。

● 【字词注解】

①拗捩：不顺。

②虿（chài）：古书上说的蝎子一类的毒虫。

③瘅（dàn）：憎恨。

④震夷伯之庙：意为不要让士大夫代代为官，避免昏昧。出自《汉书·五行志》："九月己卯晦，震夷伯之庙。"

─●【精彩解说】

于道光说：有位读书人夜里经过岳帝庙，只见朱门紧闭，却有人从庙中出来。他知道这是神灵，连忙跪在地上叩拜，高呼"上圣"。那人伸出手把他扶起说："我不是什么显赫的神灵，只不过是右台司镜的小吏，来这里送文簿的。"读书人问："司镜是何镜，是业镜吗？"司镜吏说："差不多，但是另一种。业镜所照的是人们做事的善恶。至于心中的细微感触，感情的真伪万端，生生灭灭没有定规，深藏不露，幽深秘密无迹可寻，往往外表像麒麟、凤凰一般，内心却像鬼蜮，这些都隐藏于心底，业镜是无法照出来的。南北宋之后，这种伪装之术渐渐精熟，掩饰弥缝，有人竟然一生没失败过。所以上天诸神合议，将业镜移到左台，照真小人；增设心镜于右台，照伪君子。两镜圆光左右对映，人们的内心就洞然明晰：有拗捩不顺从的，有偏颇不正的，有黑如漆的，有弯曲如钩的，有肮脏如大粪的，有浑浊如泥的，有内心险恶千遮万掩的，有多方结纳百般钻营的，有像荆棘的，有像刀剑的，有像蜂蝎虎狼的，有呈现出冠盖的影像的，有呈现出金银宝器的气象的，甚至有的隐隐显现出男女秘戏图上的影像。但是回顾他们的外形，则都是道貌岸然的正人君子。其中圆润晶莹如明珠，清澈如水晶的，在千百人中只有一二人而已。这些情况，我站在心镜旁边，都记录下来，三个月去向岳帝汇报一次，让他判定罪福。大约名位越高的惩罚越严，手段越巧妙的惩罚越重。《春秋》记载鲁国二百四十年的历史，其中可憎恶的人物不少，上天却雷轰伯夷的庙，特别体现对展氏的惩罚，是由于他的隐恶。你要记住。"读书人敬受教诲，回家后请道光写了一匾，把自己的居室名为"观心"。

原文

王菊庄言：有书生夜泊鄱阳湖，步月纳凉。至一酒肆，遇数人，各道姓名，云皆乡里。因沽酒小饮，笑言既洽，相与说鬼。搜异抽新，多出意表。一人曰："是固皆奇，然莫奇于吾所见矣。曩在京师，避嚣寓丰台花匠家，邂逅一士共谈。吾言此地花事殊胜，惟墟墓间多鬼可憎。士曰：

'鬼亦有雅俗，未可概弃。吾曩游西山，遇一人论诗，殊多精诣，自诵所作，有曰："深山迟见日，古寺早生秋。"又曰："钟声散墟落，灯火见人家。"又曰："猿声临水断，人语入烟深。"又曰："林梢明远水，楼角挂斜阳。"又曰："苔痕侵病榻，雨气入昏灯。"又曰："鸺鹠①岁久能人语，魑魅山深每昼行。"又曰："空江照影芙蓉泪，废苑寻春蛱蝶魂。"皆楚楚有致。方拟问其居停，忽有铃驮琅琅，欻然灭迹。此鬼宁复可憎耶？'吾爱其脱洒，欲留共饮。其人振衣起曰：'得免君憎，已为大幸，宁敢再入郇厨②？'一笑而隐。方知说鬼者即鬼也。"书生因戏曰："此诚奇绝，古所未闻。然阳羡鹅笼，幻中出幻③，乃辗转相生，安知说此鬼者，不又即鬼耶？"数人一时色变，微风飒起，灯光黯然，并化为薄雾轻烟，濛濛四散。

—●【字词注解】

①鸺（xiū）鹠（liú）：指猫头鹰。

②郇（xún）厨：即郇公厨。唐代吏部尚书韦陟被封为郇国公，他生活豪奢，厨房里美味佳肴极多，后用"郇公厨"来称赞食物的精美。

③阳羡鹅笼，幻中出幻：指幻中生幻，变化无穷。

—●【精彩解说】

王菊庄讲了这么一个故事：有个书生夜里泊船在鄱阳湖，便趁着月色散步纳凉。他走进了一家小酒店，遇到许多人，他们各自向他报了姓名，这才知道都是同乡。于是买酒小饮，谈笑融洽，彼此便讲起鬼故事来。各自搜罗讲述奇异之事，多在意料之外。一个人说："这些怪异之事固然都新奇，然而没有比我所见的奇异。从前，我在京师为避喧闹，住在丰台一花匠家，邂逅一位读书人，彼此闲谈。我说，这里养的花很好，只是坟墓间有鬼，令人憎恶。读书人说：'鬼也有雅俗之分，不可全部否定。我从前游西山，遇一人论诗，见解精辟，他吟诵自己的诗，有句说："深山迟见日，古寺早生秋。"又说："钟声散墟落，灯火见人家。"又说："猿声临水断，人语入烟深。"又说："林梢明远水，楼角挂斜阳。"又说"苔痕侵病榻，雨气入昏灯。"又说："鸺鹠岁久能人语，魑魅山深每昼行。"又说："空江照影芙蓉泪，废苑寻春蛱蝶魂。"都很有情致。我正要问他住在哪里，突然听见驮铃阵阵，这个人就消失不见了。这样的鬼难道还讨人厌吗？'我喜欢这位读书人的洒脱，便想留他共饮，那人起身整整衣服说：'你不讨厌我，我已经感到万幸了，哪好意思再跟你吃饭呢？'说着一笑就消失了。我这才知道那说鬼的人也是鬼。"书生听了这个故事，就开玩笑说："这样好玩的事儿，真是闻所未闻。可是这世上的变化啊，真是奇妙无穷。我怎么知道你这说鬼的人，自己就不是鬼呢？"周围的人们听见这话，脸色一变，这时一阵微风拂过，灯光暗了下去，那些喝酒的人都化作薄雾轻烟，随风散去了。

原文

　　一南士以文章游公卿间。偶得一汉玉璜，质理莹白，而血斑彻骨，尝用以镇纸。一日，借寓某公家。方灯下构一文，闻窗隙有声，忽一手探入。疑为盗，取铁如意欲击。见其纤削如春葱，瑟缩而止。穴纸窃窥，乃一青面罗刹鬼，怖而仆地。比苏，则此璜已失矣。疑为狐魅幻形，不复追诘。后于市上偶见，询所从来。辗转经数主，竟不能得其端绪。久乃知为某公家奴伪作鬼装所取。董曲江戏曰："渠知君是惜花御史，故敢露此柔荑[1]。使遇我辈粗材，断不敢自取断腕。"余谓此奴伪作鬼装，一以使不敢揽执，一以使不复追求。又灯下一掌破窗，恐遭捶击，故伪作女手，使知非盗；且引之窥见恶状，使知非人，其运意亦殊周密。盖此辈为主人执役，即其钝如椎；至作奸犯科，则奇计环生，如鬼如蜮。大抵皆然，不独此一人一事也。

●【字词注解】

①柔荑：旧时形容女子的手柔嫩洁白，后借指女子的手。荑，指初生的茅草（芽）。

●【精彩解说】

　　有一个南方的读书人，因自己的文章做得好而在达官贵人间来往。一次偶然得到了一块汉代的玉璜，晶莹白润，并且有透彻的血斑，于是他用来作为镇纸。一天，他借住在某公家。晚上他正在灯下构思一篇文章，听到窗隙间有声音，然后一只手伸了进来。读书人以为有人偷盗，于是拿起了铁如意想打。只见这只手很白嫩，像春天里的细葱，他便不忍心打。他把窗户纸捅破了一个洞，向外一看，只见一个青面獠牙的鬼，吓得他一下倒在地上，晕过去了。等到醒来时，玉璜已经不见了。他怀疑这是狐媚幻形所为，不再追究。后来在集市上看见那块玉璜，询问来源。那玉璜辗转经过很多人的手，最终也没查到来源。过了很长时间才知是某公的家奴装扮成鬼盗取了玉璜。董曲江开玩笑说："他知道您是惜花御史，所以才露出柔荑般的手。假使遇到我等粗人，他断不敢冒断腕之险。"我认为，这家奴伪装成鬼，一是让人不敢抓他，一是让物主事后不想追究。另外，灯下一只手从窗间伸进来，恐怕会遭到捶击，所以假装是一只女人的手，让人觉得不是偷盗；并且引诱去看，见到狞恶的样子，又让你觉得不是人，谋划得也是很周密了。这种人给主人做事，愚钝得像个大锤；可做坏事，就能奇计迭出，真像是鬼蜮了。人大概都如此，不止这个人、这件事。

原文

朱天门家扶乩，好事者多往看。一狂士自负书画，意气傲睨，旁若无人，至对客脱袜搔足垢，向乩哂曰："且请示下坛诗。"乩即题曰："回头岁月去骎骎①，几度沧桑又到今。曾见会稽王内史，亲携宾客到山阴。"众曰："然则仙及见右军耶？"乩书曰："岂但右军，并见虎头。"狂生闻之，起立曰："二老风流，既曾亲睹，此时群贤毕至，古今人相去几何？"又书曰："二公虽绝艺入神，然意存冲挹②，雅人深致，使见者意消；与骂座灌夫③，自别是一流人物。离之双美，何必合之两伤？"众知有所指，相顾目笑。回视狂生，已着袜欲遁矣。此不识是何灵鬼，作此虐谑。惠安陈舍人云亭，尝题此生《寒山老木图》曰："憔悴人间老画师，平生有恨似徐熙④。无端自写荒寒景，皴出秋山鬓已丝。""使酒淋漓礼数疏，谁知侠气属狂奴。他年傥续《宣和谱》，画史如今有灌夫。"乩所云"骂座灌夫"，当即指此。又不识此鬼何以知此诗也。

—●【字词注解】

①骎（qīn）骎：急速。

②冲挹：谦虚自抑。挹，同"抑"。

③骂座灌夫：指灌夫酒后骂人泄愤，形容为人刚直敢言。灌夫，西汉著名将领。

④徐熙：五代南唐著名画家。

—●【精彩解说】

有个叫朱天门的人，家里正在扶乩，很多好事者前往观看。其中有个狂妄的读书人以书画自负，态度非常狂傲，旁若无人，以致当着众人脱袜搔脚上的泥垢，并对乩坛嘲笑说："请将坛诗显示给我看看。"乩坛者即题写道："回头岁月去骎骎，几度沧桑又到今。曾见会稽王内史，亲携宾客到山阴。"大家议论说："这么说您见到王右军了？"乩坛写道："岂止见过王右军（羲之），还见过顾虎头（恺之）呢。"狂士听后站起来说："这两位先生风流当世，您既然曾亲见，那么此时众多贤人都已到场，您看古今贤人相差多少？"乩坛又写道："两位先生虽然技艺绝伦，但都非常谦虚，有雅人风度，见到他们的人都会意气收敛；与骂座的灌夫比，当然是完全不同的一类人物了。不放在一起评论对双方都好，为什么要放在一起两伤呢？"旁人都知道这番话有所指，相顾而笑。回头看那狂士，他已穿好袜子溜了。这不知是何方神灵，这么戏弄他。惠安陈云亭舍人曾在这位狂妄读书人的《寒山老木图》题过诗："憔悴人间老画师，平生有恨似徐熙。无端自写荒寒景，皴出秋山鬓已丝。""使酒淋漓礼数疏，谁知侠气属狂奴。他年傥续《宣和谱》，画史现在有灌夫。"乩坛所说"骂座灌夫"就是指这首诗。只是不明白这鬼是如何知道的。

原文

俗传鹊蛇斗处为吉壤，就斗处点穴，当大富贵，谓之龙凤地。余十一二岁时，淮镇孔氏田中，尝有是事，舅氏安公实斋亲见之。孔用以为坟，亦无他验。余谓鹊以虫蚁为食，或见小蛇啄取；蛇蜿蜒拒争，有似乎斗。此亦物态之常。必当日曾有地师为人卜葬，指鹊蛇斗处是穴，如陶侃①葬母，仙人指牛眠处是穴耳。后人见其有验，遂传闻失实，谓鹊蛇斗处必吉。然则因陶侃事，谓凡牛眠处必吉乎？

──●【字词注解】

①陶侃：江西鄱阳人，东晋大司马，一代名将，是陶渊明的曾祖父。

──●【精彩解说】

　　民间传说，喜鹊和蛇斗的地方是风水宝地，在斗的地方挖穴安葬会有大富贵，就是所谓的龙凤宝地。我十一二岁时，淮镇孔氏的地里曾有过这种事，舅舅安实斋先生亲眼见过。孔家以此处为墓地，也没有什么灵验。我认为，鹊鸟以虫蚁为食，有时看见小蛇就啄食；蛇蜿蜒抵抗，好像是拼斗。这也是动物中的常事。肯定是当时有风水先生为他人占卜葬地，指蛇鹊争斗处为墓穴，就像当年陶侃埋葬母亲时，有仙人指一处牛睡卧的地方为下葬用地。后来灵验了，就演变成喜鹊和蛇斗的地方为风水宝地了。可是因为陶侃的事灵验了，那就说牛睡卧的地方都是风水宝地吗？

原文

　　姜白岩言：有士人行桐柏山中，遇卤簿①前导，衣冠形状，似是鬼神，暂避林内。與中贵官已见之，呼出与语，意殊亲洽。因拜问封秩。曰："吾即此山之神。"又拜问："神生何代？冀传诸人世，以广见闻。"曰："子所问者人鬼，吾则地祇也。夫玄黄剖判，融结万形。形成聚气，气聚藏精，精凝孕质，质立含灵，故神祇与天地并生。惟圣人通造化之原，故燔柴、瘗玉，载在六经。自稗官琐记，创造鄙词：曰刘曰张，谓天帝有废兴；曰吕曰冯，谓河伯有夫妇。儒者病焉。紫阳②崛起，乃以理诘天，并皇矣之下临，亦斥为乌有。而鬼神之德，遂归诸二气之屈伸矣。夫木石之精，尚生夔罔；雨土之精，尚生羵羊③。岂有乾坤斡运，元气鸿洞，反不能聚而上升，成至尊之主宰哉！观子衣冠，当为文士。试传吾语，使儒者知圣人飨报之由。"士人再拜而退。然每以告人，辄疑以为妄。余谓此言推鬼神之本始，植义甚精。然自白岩寓言，托诸神语耳。赫赫灵祇，岂屑与讲学家争是非哉？

【字词注解】

①卤簿：古代帝王出行时的仪仗队。

②紫阳：紫阳之学，即朱子（朱熹）之学。朱熹世称紫阳先生。

③羵（fén）羊：神话传说中的土中之羊，雌雄不分。

【精彩解说】

听姜白岩说：有位士人正在桐柏山中走，忽然遇到有仪仗队做前导的车队，从穿着打扮上看，有点儿像鬼神，于是他躲进林中。不料车中的贵官已看见他，叫他出来说话，态度很友好。他只好上前拜问对方。贵官答："我就是此山之神。"这位士人又拜问："您是生于哪个朝代的神？希望告诉世人以增长见识。"贵官说："你所打听的是人与鬼间的事，而我是地神。开天辟地以后，万物形成。万物以气相聚，精藏其中，精气充足了就生成体质，体质具备了便有了神灵，所以神灵与天地是共存亡的。只有圣人才通晓天地造化的原理，因此才将燔柴祭天、瘗玉祭山这些条款载于六经之中。自小说杂记一类的野史出现后，编造了不少鄙俚之词：说某神姓刘姓张，说天帝有兴废之变化；说河伯姓吕姓冯，竟然有夫有妇。儒士对此很不满。宋代朱子理学兴起，以'理'来阐释天，把《诗经·皇矣》中'皇矣上帝，临下有赫'的说法给否定了。而把鬼神的存在归之于阴阳二气的相互作用。木石之精气还能生出夔罔等妖怪，雨土之精气还能生出羵羊等动物。哪有乾坤运转、元气虚空混沌，反不能聚万物之体而上升，成为至尊的主宰呢？看你的穿着，当为文士。请传我的话，使儒家学者懂得圣人尊崇上天的缘由。"士人拜了又拜才退下。他每将此经历告知别人，就被人斥为疯言疯语。我认为用这话去推论鬼神之始末，寓意精深。这不过是姜白岩的寓言，假托鬼神的话罢了。赫赫神灵，哪有工夫去跟讲学家争论这些是非呢？

原文

　　钱塘陈乾纬言：昔与数友泛舟至西湖深处，秋雨初晴，登寺楼远眺。一友偶吟"举世尽从忙里老，谁人肯向死前休"句，相与慨叹。寺僧微哂曰："据所闻见，盖死尚不休也。数年前，秋月澄明，坐此楼上，闻桥畔有诟争声，良久愈厉。此地无人居，心知为鬼。谛听其语，急遽搀夺，不甚可辨，似是争墓田地界。俄闻一人呼曰：'二君勿喧，听老僧一言可乎？夫人在世途，胶胶扰扰，缘不知此生如梦耳。今二君梦已醒矣，经营百计，以求富贵，富贵今安在乎？机械万端，以酬恩怨，恩怨今又安在乎？青山未改，白骨已枯，孑然惟剩一魂。彼幻化黄粱，尚能省悟；何身亲阅历，反不知万事皆空？且真仙真佛以外，自古无不死之人；大圣大贤以外，自古亦无不消之鬼。并此孑然一魂，久亦不免于澌灭。顾乃于电光石火之内，更兴蛮触①之兵戈，不梦中梦乎？'语讫，闻呜呜饮泣声，又闻浩叹声曰：'哀乐未忘，宜乎其未齐得丧。如斯挂碍，老僧亦不能解脱矣。'遂不闻再语，疑其难未已也。"乾纬曰："此自师粲花②之舌耳。然默验人情，实亦为理之所有。"

──●【字词注解】

①蛮触：比喻因小事争吵的双方。
②粲花：称赞言论的精深高妙。

──●【精彩解说】

　　钱塘人陈乾纬说：他曾与几个朋友在西湖乘船游玩，当时秋雨初晴，他们一同登上寺楼远望。一位诗友即兴吟诵了一句"举世尽从忙里老，谁人肯向死前休"，众人不由得随声慨叹。寺僧以微带嘲弄的口气说："据我所见所闻，大概死了还不罢休的也有。几年前，秋月澄明，我坐在这座寺楼上，听到桥边有吵骂声，吵了好久，越吵越厉害。这里没有人家，我知道是鬼。仔细听去，因吵得凶，听不大清，好像是在争夺墓田地界。随之听到一人大喊：'二位不要喧闹，听老僧一言行不行？人在世上，无不忙忙碌碌，是因为不知人生如梦。今天二位梦已醒了，千方百计地追求荣华富贵，富贵今在哪里？以机谋万种来报恩怨，恩怨今又在哪里？青山没改，白骨已枯，孑然只剩下魂魄。那个做黄粱梦的人尚能醒悟，为什么你们经历了生死反倒不懂得万事皆空的道理？况且除真正的佛、仙之外，自古没有不死之人；除大圣大贤之外，自古没有不灭之鬼。即便这孑然一魂魄，不久也免不了消亡。你们却在这短暂的时间里，像蛮、触两国那样大动干戈，不是梦中之梦吗？'说完，听到有呜咽哭泣声，又听到长叹一声说：'没有忘了人间的哀乐，必然也就不能把得失看得毫无差别。这样挂念尘世利害，老僧也不能使你们解脱了。'于是不再说话，估计两个争墓地者还在没完没了。"陈乾纬说："这不过是你讽劝世人的高妙言辞罢了。不过，用之默默查验世道人情，你说的也确实有些道理。"

原文

　　一宦家子，赀巨万。诸无赖伪相亲昵，诱以冶游，饮博歌舞。不数载，炊烟竟绝，顑颔①以终。病革时，语其妻曰："吾为人蛊惑以至此，必讼诸地下。"越半载，见梦于妻曰："讼不胜也。冥官谓妖童倡女，本捐弃廉耻，借声色以养生；其媚人取财，如虎豹之食人，鲸鲵之吞舟也。然人不入山，虎豹乌能食？舟不航海，鲸鲵乌能吞？汝自就彼，彼何尤焉？惟淫朋狎客，如设阱以待兽，不入不止；悬饵以钓鱼，不得不休。是宜阳有明刑，阴有业报耳。"又闻有书生昵一狐女，病瘵死。家人清明上冢，见少妇奠酒焚楮钱，伏哭甚哀。其妻识是狐女，遥骂曰："死魅害人，雷行且诛汝，尚假慈悲耶？"狐女敛衽徐对曰："凡我辈女求男者，是为采补；杀人过多，天律不容也。男求女者，是为情感；耽玩过度，用致伤生。正如夫妇相悦，成疾夭折，事由自取，鬼神不追理其衽席也。姊何责耶？"此二事足相发明也。

──●【字词注解】

　　①顑（kǎn）颔（hàn）：形容因饥饿而脸色枯槁的样子。

──●【精彩解说】

　　有一个官宦子弟，家有万贯资财。一帮无赖假装与他亲近，引诱他嫖娼宿妓，喝酒赌博，迷恋歌舞。没过几年，家里竟被他折腾得断了粮，最后贫穷饥饿而死。临死前他对妻子说："我是被人愚弄才到了这种地步，到了阴间，我非控告这帮人不可。"过了半年，他托梦给妻子说："我败诉了。冥官说妖童娼女，原本就是不要廉耻的人，他们依靠声色来求生；他们以媚惑他人获取钱财，好像虎豹吃人、鲸鲵吞舟一般。然而，人不进入山中，虎豹焉能吃他？船不航行在海中，鲸鲵怎么能吞掉它？你自己走到那个地步，他们有什么过错？只是那些狐朋狗友，如设陷阱来等待野兽，不等到野兽上套是不会停止的；又如悬饵钓鱼，鱼不上钩是不罢休的。因此阳间有明确的刑律，阴间有报应，这些人是逃脱不了惩罚的。"又听说有个书生因为和一个狐女相好，病重而死。家人在清明时上坟，看见一个少妇在坟上浇酒祭奠，焚烧纸钱，趴在坟上痛哭。妻子认出这是狐女，远远地骂道："死魅害人，雷霆将要劈你，你还假慈悲！"狐女整整衣服，不紧不慢地说："我们这些狐女追求男子，都是为了采补阳气，如果杀人过多，自然天理不容。而男人追求女子，是出于情感的需要，如果过度迷恋女色，自然也会伤害性命。这正如夫妻相互爱悦，以致积劳成疾而夭折，这都是自己造成的，鬼神不会追究他妻子的责任，你又何必责备我呢？"这两件事足可以相互印证。

拓展阅读

> **欧阳修**　北宋著名文学家、史学家、政治家，"唐宋八大家"之一，字永叔，号醉翁、六一居士等，吉州永丰（今江西永丰）人。他二十三岁考中进士，仕途坎坷，曾长期遭到贬谪，晚年官至参知政事。欧阳修是北宋初期开风气之先的文坛盟主，在散文、诗词、史学等方面都取得了杰出成就，并发掘和提携了"三苏"、曾巩、程颢等人，堪称桃李满天下。
>
> **李自成**　明末农民起义领袖，原名李鸿基，米脂人，童年时曾为地主放羊，后成为银川驿卒。明天启年间，天灾人祸不断，民不聊生，崇祯帝继位，精简驿站，李自成失业后投军，又因被克扣军饷，最终在崇祯二年（1629年）加入农民起义军，后辗转成为"闯王"高迎祥的部将，号称"闯将"。高迎祥战死之后，李自成被推为"闯王"，开始率大军转战中原，几度被明军逼到绝路，但总能因明朝内部矛盾而获得喘息机会，队伍日益壮大。崇祯十七年（1644年），李自成在西安称帝，国号"大

顺"，同年攻克北京，崇祯帝自缢身亡，明朝灭亡。山海关总兵吴三桂勾结清军进攻李自成，李自成不敌，逃到陕西、河南等地，次年在湖北的九宫山被当地地主武装杀害。

王羲之　东晋著名书法家，有"书圣"之称，其子王献之也是杰出的书法家，父子并称"二王"，对后世书法艺术的影响极为深远。王羲之出身琅琊（今山东临沂）王氏，是当时最显赫的望族，他的堂伯就是东晋的开国元勋王导。王羲之曾任右军将军，因此世称"王右军"。他在政治上毫无作为，自幼喜爱书法，曾拜女书法家卫夫人为师，并取法著名书法家钟繇（yáo）、张芝等，最终形成了自己独特的风格，隶、草、楷、行各体皆精，代表作就是有"天下第一行书"之称的《兰亭序》。

卷八　如是我闻二

〔题解〕

本卷包含一些官场故事，但更多的是市井生活的通俗故事，因而较少有文学作品的显著特征，更像是粗略简朴的宣教之书。显然，这是纪昀有意为之的，他的创作宗旨并不是留下生趣盎然的小说，而是"神道设教"，起到道德训诫的作用。

原文

西城将军教场一宅，周兰坡学士尝居之。夜或闻楼上吟哦声，知为狐，弗讶也。及兰坡移家，狐亦他徙。后田白岩偬居①，数月狐乃复归。白岩祭以酒脯，并陈祝词于几曰："闻此蜗庐，曾停鹤驭②。复闻飘然远引，似桑下浮图③。鄙人匏系④一官，萍飘十载，拮据称贷，卜此一廛⑤。数夕来欨⑥笑微闻，似仙舆复返。岂鄙人德薄，故尔见侵？抑夙有因缘，来兹聚处欤？既承惠顾，敢拒嘉宾！惟冀各守门庭，使幽明异路，庶均归宁谧，异苔不害于同岑⑦。敬布腹心，伏惟鉴烛⑧。"次日楼前飘堕一帖云："仆虽异类，颇悦诗书雅，不欲与俗客伍。此宅数十年皆词人栖息，惬所素好，故挈族安居。自兰坡先生愻然⑨舍我，后来居者，目不胜驵侩⑩之容，耳不胜歌吹之音，鼻不胜酒肉之气。迫于无奈，窜迹山林。今闻先生山姜⑪之季子，文章必有渊源，故望影来归，非期相扰。自今以往，或检书獭祭⑫，偶动芸签⑬；借笔鸦涂，暂磨鹳眼⑭。此外如一毫陵犯，任先生诉诸明神。愿廓清襟⑮，勿相疑贰。"末题"康默顿首顿首"。从此声息不闻矣。白岩尝以此帖示客，斜行淡墨，似匆匆所书。或曰："白岩托迹微官，滑稽玩世，故作此以寄诙嘲。寓言十九⑯，是或然欤？"然此与李庆子遇狐叟事大旨相类，不应俗人雅魅，叠见一时，又同出于山左⑰。或李因田事而附会，或田因李事而推演，均未可知。传闻异词，姑存其砭世之意而已。

【字词注解】

①僦（jiù）居：租屋而居。

②鹤驭：传说仙人多骑鹤，此处是对狐的敬称。

③浮图：原指佛教建筑，后专指高塔，此处指佛。

④匏（páo）系：喻指无用之物，典出《论语·阳货》："吾岂匏瓜也哉？焉能系而不食？"匏，葫芦中的一种，味苦不能吃。

⑤廛（chán）：住宅。

⑥欬（kài）：咳嗽。

⑦异苔不害于同岑：不同的青苔长在同一座小山上，比喻志同道合。岑，小而高的山。

⑧伏惟鉴烛：请您明察。伏惟，敬辞，多用于奏疏或信函。鉴烛，犹明鉴，明察。

⑨恝（jiá）然：无动于衷的样子。

⑩驵（zǎng）侩（kuài）：原指马匹交易的经纪人，后泛指经纪人，常用来代指市侩之人。

⑪山姜：指田白岩（田中仪）之父、诗人田雯，号山姜子。

⑫獭祭：獭捕鱼后，把鱼排列在水边，像祭祀一样，此处指翻阅图书。

⑬芸签：书签，此处指图书。

⑭鸲（qú）眼：安徽出产的名贵砚台。

⑮清襟：洁净的衣襟，引申为高洁的胸怀。

⑯寓言十九：采用寓言的方式表达，泛指故事情节多为虚构。典出《庄子·寓言》："寓言十九，重言十七，卮（zhī）言日出，和以天倪。"

⑰山左：山东旧称。

　　在西城将军教场附近有一所宅院，周兰坡学士曾经住在那里。他在夜间曾经听到楼上有吟诵诗赋的声音，知道是狐仙，所以一点儿都不惊讶。等到周兰坡搬走，狐仙也迁居了。后来田白岩租住在那里，几个月后狐仙也回来了。于是，田白岩用酒和肉干祭祀，并将祭词放在桌子上，上面写道："我听说这个简陋的小屋，曾经让仙人暂时停下脚步。又听说仙人飘然而去，如同佛只是在桑树下暂住。我是一个微不足道的小官，漂泊十载，拮据得要靠借贷，才租下这所房子。这几天夜里，略微听到些咳笑之声，似乎是仙人又回来了。难道是我德行微薄，侵扰了您？或者是咱们早有前缘，如今您特来相聚呢？既然承蒙惠顾，我又怎敢阻挡嘉宾？我只希望咱们彼此各守门庭，让阴间阳界能够相安无事，就像生在同一崖畔的不同苔藓，互不侵害。我已袒露胸怀，诚心诚意，请予明察。"第二天，有一张纸帖从楼上落下，上写道："我虽为异类，却十分喜读诗书，不愿与俗客为伍。此宅数十年来都是文人雅士寄居之所，恰巧投我所好，便全族安住在这里。自从兰坡先生弃我而去之后，又住进一些客人，但我实在看不惯他们那市侩的面貌，听不惯歌舞吹箫的吵闹声，受不住酒肉的污浊之气。迫于无奈，才隐迹山林之中。今天听说您是山姜先生的儿子，想来文章必有渊源，所以我才望影而归，并不是要打扰你。从今日起，间或要翻翻书稿，偶动书签；或者借笔乱涂，磨砚书写。除此以外，如有一丝一毫的冒犯，任凭先生诉诸神明。我的心愿已表白清楚，恳请千万不要怀疑。"篇末题"康默顿首顿首"。从此，便不再听到有什么声响了。田白岩曾出示此帖给宾客们观看，字迹歪斜，墨痕疏淡，似乎是匆忙中写成的。有人说："或许是田白岩身为小官，便玩世不恭，写出这等文章来冷嘲热讽。庄子的'寓言十九'，或许就是这样吧？"然而，这件事与李庆子偶遇狐仙之事大体类似，不愿与俗人为伍的文雅鬼魅，都出于一时，又都出在山东。是李因田之事而附会，还是田依李之事而推演，就不得而知了。传闻总会有不同的说法，姑且保存其针砭世人之意罢了。

原文

　　伊犁城中无井，皆出汲于河。一佐领曰："戈壁皆积沙无水，故草木不生。今城中多老树，苟其下无水，树安得活？"乃拔木就根下凿井，果皆得泉，特汲须修绠耳。知古称雍州土厚水深，灼然不谬。徐舍人蒸远曾预斯役，尝为余言，此佐领可云格物。蒸远能举其名，惜忘之矣。后乌鲁木齐筑城时，鉴伊犁之无水，乃卜地通津以就流水。余作是地杂诗，有曰："半城高阜半城低，城内清泉尽向西。金井银床无用处，随心引取到花畦。"记其实也。然或雪消水涨，则南门为之不开。又北山支麓，逼近谯楼，登冈顶关帝祠戏楼，则城中纤微皆见。故余诗又曰："山围芳草翠烟平，迢递新城接旧城。行到丛祠歌舞处，绿氍毹①上看棋枰。"巴公彦弼镇守时，参将海起云请于山麓坚筑小堡，为犄角之势。巴公曰："汝但能野战，殊不知兵。北山虽俯瞰城中，然敌或结栅，可筑炮台仰击。火性炎上，势便而利，地势逼近，取准亦不难，彼决不能屯聚也。如筑小堡于上，兵多则地狭不能容，兵少则力弱不能守，为敌所据，反资以保障矣。"诸将莫不叹服。因记伊犁凿井事，并附录之。

●【字词注解】

　　①氍（qú）毹（shū）：用毛织成的地毯。

●【精彩解说】

　　伊犁城中没有水井，用水都需要到城外河中去打。一位佐领说："戈壁积沙无水，所以草木不生。但现在城中却有许多老树，如果下面没有水，树木怎能生长呢？"于是众人把树拔起，在树根处凿井，果然挖到了泉水，只是汲水的绳索要长些。可见过去说雍州土厚水深，是确凿无疑的。舍人徐蒸远曾参与这个工程，有一次对我说，这个佐领可以说是明白事物原理的。蒸远能说出他的名字，可惜我忘记了。后来，在乌鲁木齐修筑城池时，鉴于伊犁无水，便选择地势开通河道，以就水源。我为此作过一首杂诗，写道："半城高阜半城低，城内清泉尽向西。金井银床无用处，随心引取到花畦。"记载了当时的实况。但是倘若冰雪融化，河水便涨起来，城南门就打不开了。北山有一支脉，距谯楼很近，登上山顶的关帝祠戏楼，城中景象便尽收眼底。为此我又作一诗，曰："山围芳草翠烟平，迢递新城接旧城。行到丛祠歌舞处，绿氍毹上看棋枰。"巴彦弼公镇守这儿时，参将海起云请求在山麓修一城堡，以便与城池呈犄角之势。巴公说道："你只擅长野战，并不知兵法。在此山上虽能俯瞰城中，但假如敌人结栏筑寨，就可以筑起炮台向山顶开火。火爱向上烧，地势方便而利于火燃烧，因山下和山顶距离近，并不难瞄准，他们绝不会屯结聚集的。假如在上面修筑城堡，兵多则地方狭窄容纳不下；兵少则力量薄弱守不住，被敌人占据，反为他们提供了据点。"众将没有不佩服的。因记载伊犁凿井的事，一并把这件事附录于此。

原文

　　天道乘除①，不能尽测。善恶之报，有时应，有时不应，有时即应，有时缓应，亦有时示以巧应。余在乌鲁木齐时，吉木萨报遣犯刘允成，为逋负过多，迫而自缢。余饬吏销除其名籍，见原案注语云："为重利盘剥，逼死人命事。"

—•【字词注解】

　　①乘除：乘与除互相抵消，此处为发展之意。

—•【精彩解说】

　　天道运行，是人们所不能完全测知的。正如善恶报应，有时应验，有时不应验，有时立刻应验，有时很久后才应验，也有时用巧妙的方式予以应验。我在乌鲁木齐时，吉木萨有个遣犯刘允成，因为负债过多被逼上吊而死。我派人销除他的名籍时，看到原来案卷上的注语写道："因重利盘剥逼死人命。"

原文

　　先姚安公言：有扶乩治病者，仙自称芦中人①。问："岂伍相国耶？"曰："彼自隐语，吾真以此为号也。"其方时效时不效，曰："吾能治病，不能治命。"一日，降牛丈希英家，有乞虚损方者。仙判曰："君病非药所能治，但遏除嗜欲，远胜于草根树皮。"又有乞种子方者。仙判曰："种子有方，并能神效。然有方与无方同，神效亦与不效同。夫精血化生，中含欲火，尚毒发为痘，十中必损其一二。况助以热药，抟结成胎，其蕴毒必加数倍。故每逢生痘，百不一全。人徒于夭折之时，惜其不寿；而不知未生之日，已先伏必死之机。生如不生，亦何贵乎种耶？此理甚明，而昔贤未悟。山人志存济物，不忍以此术欺人也。"其说中理，皆医家所不肯言，或真有灵鬼凭之欤！又闻刘季箴先生尝与论医。乩仙曰："公补虚好用参。夫虚证种种不同，而参之性则专有所主，不通治各证。以藏府②而论，参惟至上焦中焦，而下焦不至焉。以荣卫③而论，参惟至气分，而血分不至焉。肾肝虚与阴虚，而补以参，庸有济乎？岂但无济，亢阳不更煎铄乎？且古方有生参熟参之分，今采参者得即蒸之，何处得有生参乎？古者参出于上党，秉中央土气，故其性温厚，先入中宫。今上党气竭，惟用辽参，秉东方春气，故其性发生，先升上部。即以药论，亦各有运用之权。愿公审之。"季箴极不以为然。余不知医，并附录之，待精此事者论定焉。

【字词注解】

①芦中人：代指春秋时的名将伍子胥。

②藏府：同"脏腑"，即五脏六腑。

③荣卫：中医名词，荣指血的循环，卫指气的流动。

【精彩解说】

听先父姚安公说：从前有个用扶乩之术来治病的人，仙称自己为芦中人。旁人问："难道你就是伍子胥吗？"仙答："那是他的暗语，而我真的是以此为号。"仙的药方有时见效，有时不见效。他说："我能治病却不能救人的命。"一天，这位仙降坛到牛希英家，有人向仙求乞治疗虚亏的药方。他判道："你的病不是医药所能治好的，只要你戒除欲念，比服用草根树皮什么的都要好。"又有人求乞治天花的药方。仙判道："治天花自然有药方，并能见神效。然而有药方与无药方是相同的，有神效与无效也是一样的。胎儿本是精血化生的，其中含有欲火，倘若毒生成痘，十人中必夭折一二人。何况还要用热药相助，使之抟结成胎，其中所含毒物必会增加数倍。所以每逢生天花，百人中无一能活。人们只在孩子夭折时，痛惜其不能长命；却不知在他未生之时，已先伏下必死之条件了。生下来还不如不出生，又何必对这种痘如此重视呢？这道理很明白，可惜过去的贤士们不知道。我立志普救万物，不忍心用此术蒙骗人。"他的看法都是众医家所不肯明说的，或许真有灵鬼，依凭在乩坛上？我又听说刘季箴先生曾与之论医。乩仙说："您好用人参补虚亏。虚亏之症有种种不同，而人参则专有所治，并不能通治各症。以脏腑来说，人参的力量只能到上焦、中焦，而不能到下焦。以气血而论，人参药力只能达到气，而到不了血。患肾虚和阴亏之症，用人参来补，怎会有好处呢？非但没有帮助，亢阳不更受煎灼吗？况且，古时药方中有生参与熟参之分。如今采人参的人采到便立刻蒸熟，哪里还能有生参？古时人参产于上党，秉有中央的土气，所以药性温厚，先入中宫。如今上党的土气已衰弱，只好用辽参，辽参秉有东方的春气，因此药性发生时，先到上部。即便以药而论，也是各有所用的。但愿您能慎重使用。"季箴却不以为然。我不懂医道，一并附录下来，以待精通此道的人去讨论吧。

原文

　　老儒刘挺生言：东城有猎者，夜半睡醒，闻窗纸渐渐作响，俄又闻窗下窸窣声，披衣叱问。忽答曰："我鬼也。有事求君，君勿怖。"问其何事。曰："狐与鬼自古不并居，狐所窟穴之墓，皆无鬼之墓也。我墓在村北三里许，狐乘我他往，聚族据之，反驱我不得入。欲与斗，则我本文士，必不胜。欲讼诸土神，即幸而得申，彼终亦报复，又必不胜。惟得君等行猎时，或绕道半里，数过其地，则彼必恐怖而他徙矣。然傥有所遇，勿遽殪获①，恐事机或泄，彼又修怨于我也。"猎者如其言。后梦其来谢。夫鹊巢鸠据，事理本直。然力不足以胜之，则避而不争；力足以胜之，又长虑深思而不尽其力。不求幸胜，不求过胜，此其所以终胜欤！孱弱者遇强暴，如此鬼可矣。

●【字词注解】

①殪（yì）获：捕杀。

─●【精彩解说】

　　刘挺生老先生说：东城有个猎人，半夜醒来，听到窗纸淅淅作响，过了一会儿，又听到窗下有窸窸窣窣的响声，于是披衣起床，大声喝问来者何人。只听到外面忽然回答："我是一个鬼，有事相求，请您千万不要害怕。"猎人问他有什么事。鬼说："狐与鬼自古不住在一屋，狐狸住的墓穴都是没有鬼的。我的坟在村北三里多地外，狐狸趁我不在，就聚族而居，反而把我驱赶出来。本想与之争斗，可我是个儒生，一定打不赢的。又想诉诸土神，但即便幸而得以申冤，它们终究还要报复，最终等于没打赢。只希望您在打猎时，或者能绕道半里，从那里经过几次，这样它们就一定害怕而搬到别处去。但是，倘若您遇到它们，请不要立时捕杀，我怕泄露了消息，它们会怨恨我。"猎人按他的请求去办了。后来，猎人就梦到鬼来道谢。像这种鸠占鹊巢的事，鬼本来就是有理的。然而在他无力战胜对方时，就避而不争；在有力量战胜对方时，又深谋远虑而不赶尽杀绝。不求侥幸的胜利，也不希求过分的胜利，这是他取得最后胜利的原因吧！弱者遇到强势暴行时，就可以采用这个鬼的策略行事。

原文

　　舅氏张公健亭言：沧州牧王某，有爱女婴疾沉困。家人夜入书斋，忽见其对月独立花阴下，悚然而返。疑为狐魅托形，嗾犬扑之，倏然灭迹。俄室中病者语曰："顷梦至书斋看月，意殊爽适。不虞有猛虎突至，几不得免。至今犹悸汗。"知所见乃其生魂也。医者闻之，曰："是形神已离，虽卢扁①莫措矣。"不久果卒。

─●【字词注解】

　　①卢扁：扁鹊，是春秋时代的名医。

─●【精彩解说】

　　听舅父张健亭说：沧州牧王某有个爱女为疾病所困，昏沉卧床不起。家里人深夜走进书房时，忽然看到她站在花荫下赏月，吓得赶紧回来了。家里人怀疑是狐鬼假冒小姐的形貌，就放出狗去扑咬她，小姐突然消失了。一会儿，卧房中的小姐说："刚才梦见到书斋赏月，心情非常舒爽。不想有猛虎突然扑来了，险些被它咬死，到现在我还出冷汗呢。"仆人这才知道，刚才见到的是小姐的魂魄。医生听到此事，说："这说明形神已经分离了，即便是卢国的扁鹊，也没有办法救她了。"不久小姐果然死了。

原文

　　余布衣萧客言：有士人宿会稽山中，夜闻隔涧有讲诵声。侧耳谛听，似皆古训诂。次日，越涧寻访，杳无踪迹。徘徊数日，冀有所逢。忽闻木杪人语曰："君嗜古乃尔，请此相见。"回顾之顷，石室洞开，室中列坐数十人，皆掩卷振衣，出相揖让。士人视其案上，皆诸经注疏。居首坐者拱手曰："昔尼山①奥旨，传在经师。虽旧本犹存，斯文未丧，而新说叠出，嗜古者稀。先圣恐久而渐绝，乃搜罗鬼录，征召幽灵。凡历代通儒，精魂尚在者，集于此地，考证遗文；以次转轮，生于人世。冀递修古学，延杏坛②一线之传。子其记所见闻，告诸同志，知孔孟所式凭，在此不在彼也。"士人欲有所叩，倏似梦醒，乃倚坐老松之下。萧客闻之，裹粮而往。攀萝扪葛，一月有余，无所睹而返。此与朱子颖所述经香阁事，大旨相类。或曰："萧客喜谈古义，尝撰《古经解钩沉》，故士人投其所好以戏之。"是未可知。或曰："萧客造作此言，以自托降生之一。"亦未可知也。

──●【字词注解】

①尼山：指孔子。
②杏坛：孔子开坛授徒之处，此处指儒家学说。

──●【精彩解说】

　　我的布衣之友萧客说：有个读书人住宿在会稽山中，夜间隔着山洞听到有讲习诵读的声音。等他侧耳细听时，似乎是古代的训诂经文。第二天，他越过山洞去寻访，却杳无踪迹。这样徘徊了好几天，希望能碰到什么。忽然听到树梢上有人说："您这么爱好古学，请在这儿相见。"他回过头来，只见石室的门开了，里面坐着几十个人，都掩上书卷整衣而起，出来施礼，请他进去。读书人看见桌案上都是经文注疏。坐在首座的人拱手道："昔日孔子修订六经，其奥妙大义由历代经师向下传授。虽然旧注本还在，文章没有遗失，但新的观点层出不穷，爱好古学的人也就越来越少了。先圣人怕长此以往古学逐渐绝迹，便搜罗鬼录，征召幽灵。凡是历代精通儒术、魂魄尚在的，都聚集于此，考证遗文；然后依次投生，使古学重现于人世。希望借此逐步研修古学，延续孔子的教义。你应当记下今日所见所闻，告知你的同道，让他们知道研究孔孟所依凭的，是古学而不在今学。"读书人还有问题想询问，忽然好像梦醒了，他仍旧倚在老松树下。萧客听说了这事，便带着干粮赶到那里。他攀缘藤葛，寻找了一个多月，却什么也没看到，最后只好回来。这件事正好与朱子颖所讲的经香阁的事大意相同。有人说："萧客是好谈古义的，曾撰有《古经解钩沉》，所以那人投其所好，编了这故事去戏弄他。"这未可知。有人说："萧客编造出这些话，是想以此来证明自己是贤儒降生的。"这也未可知。

原文

里胥宋某，所谓东乡太岁者也。爱邻童秀丽，百计诱与狎。为童父所觉，迫童自缢。其事隐密，竟无人知。一夕，梦被拘至冥府，云为童所诉。宋辩曰："本出相怜，无相害意。死由尔父，实出不虞。"童言："尔不相诱，我何缘受淫？我不受淫，何缘得死？推原祸本，非尔其谁？"宋又辩曰："诱虽由我，从则由尔。回眸一笑，纵体相就者谁乎？本未强干，理难归过。"冥官怒叱曰："稚子无知，陷尔机阱。饵鱼充馔，乃反罪鱼耶？"拍案一呼，栗然惊寤。后官以贿败，宋名丽案中，祸且不测。自知业报，因以梦备告所亲。逮及狱成，乃仅拟城旦①。窃谓梦境无凭也。比三载释归，则邻叟恨子之被污，乘其妇独居，饵以重币，已见金夫不有躬②矣。宋畏人多言，竟惭而自缢。然则前之幸免，岂非留以有待，示所作所受，如影随形哉！

【字词注解】

①城旦：秦汉时期的一种刑罚，筑城四年或五年，后代指流放或徒刑。

②见金夫不有躬：语出《易·蒙卦》，指女子被邻居的重金所诱惑而失去贞洁。

——•【精彩解说】

　　乡官宋某，号称"东乡太岁"。他垂涎于邻家童子的秀丽，便千方百计引诱成奸。这事被孩子的父亲察觉，便逼迫孩子自尽了。这件事很隐秘，竟然无人知晓。一天晚上，宋某梦见被拉到冥府，据说是那孩子告他了。宋某分辩道："我本出于怜爱，没有加害的意思。你的死是你父亲所致，实在出乎我的预料。"孩子说："你不引诱我，我又怎会被淫呢？我不被淫，又怎会招致死亡呢？推究祸首，不是你又是谁？"宋某又辩解："引诱是由我而起，可顺从的是你呀。回眸一笑，纵身相投的是谁呢？本来就不是我强迫你干的，按理是难以归咎于我的。"阴官怒叱道："幼子无知，才陷入你的圈套。就像钓鱼充作佳馔，怎能反而怪罪鱼呢？"于是拍案大呼，宋某惊醒过来。后来此地长官因受贿而被罢职，宋某也被牵连进去，祸患不可料。他自知报应就要到了，便把梦遍告亲朋好友。等到判诀时，他仅被判四年徒刑。他以为梦不足为凭。等到他服了三年刑被释放归乡，那邻家老翁因为怨恨他污辱了儿子，已趁他妻子一个人在家时，用重金当作诱饵，让她做出了对夫不忠的事。宋某怕人闲言碎语，竟惭愧地自缢而死。可见前次的灾祸幸免了，则可能是留待以后报应，以示所作所为必有报应，真是如影随形啊！

原文

　　旧仆邹明言：昔在丹阳县署，夜半如厕。过一空屋，闻中有男女媟狎声，以为内衙僮婢，幽会于斯。惧为累，潜踪而返。后月夜复闻之，从窗隙窃窥，则内衙无此人；又时方沍冻①，乃裸无寸缕。疑为妖魅，于窗外轻嗽。倏然灭迹。偶与同伴话及，一火夫曰："此前官幕友某所居。幕友有雕牙秘戏像一盒，腹有机轮，自能运动。恒置枕函中，时出以戏玩。一日失去，疑为同事者所藏。后终无迹。岂此物为祟耶？"遍索室中，迄不可得。以不为人害，亦不复追求。殆常在茵席之间，得人精气，久而幻化欤！

──●【字词注解】

①沍（hù）冻：因寒冷而凝结。

──●【精彩解说】

听老仆人邹明说：从前他在丹阳县衙署里干杂役时，有一天半夜去厕所。经过一所空屋子时，他听到里边有男女狎亵的笑声，以为是内衙的僮仆和婢女在那里幽会。他怕被牵累进去，就偷偷回来了。几天后的一个月夜，他又听到了这种声音，于是从窗缝向里偷看，里面却并不是内衙里的人；况且当时天寒地冻，两人身上却是一丝不挂。他怀疑是鬼魅，就在窗外轻咳了几声，里面的人立刻不见了。他偶然与同伴谈到这事，一个伙夫说："这个屋子是前任官长的幕友所住的地方。那幕友有一盒象牙雕成的秘戏偶像，其中有机轮，能自己活动。他平常放在枕边，时而拿出来玩弄。一天丢失了，疑心是同僚拿去藏了起来。后来再没找着。难道是这东西在作祟吗？"于是寻遍了屋子，始终没能找到。大家认为它并不伤害人，也就不再追究了。大概那东西常放在枕席边的缘故，得了人的精气，久而久之就成了精吧！

原文

　　有故家子，日者推其命大贵，相者亦云大贵，然垂老官仅至六品。一日扶乩，问仕路崎岖之故。仙判曰："日者不谬，相者亦不谬。以太夫人偏爱之故，削减官禄至此耳。"拜问："偏爱诚不免，然何至削减官禄？"仙又判曰："礼云继母如母，则视前妻之子当如子；庶子为嫡母服三年，则视庶子亦当如子。而人情险恶，自设町畦①，所生与非所生，厘②然如水火不相入。私心一起，机械万端。小而饮食起居，大而货财田宅，无一不所生居于厚，非所生者居于薄，斯已干造物之忌矣。甚或离间谗构，密运阴谋，诟谇嚣陵，罔循礼法，使罹毒者吞声，旁观者切齿，犹哓哓称所生者之受抑。鬼神怒视，祖考怨恫，不祸谴其子，何以见天道之公哉？且人之受享，只有此数，此赢彼缩，理之自然。既于家庭之内，强有所增；自于仕宦之途，阴有所减。子获利于兄弟多矣，物不两大，亦何憾于坎坷乎？"其人悚然而退。后亲串中一妇闻之，曰："悖哉此仙！前妻之子，恃其年长，无不吞噬其弟者；庶出之子，恃其母宠，无不凌轹其兄者。非有母为之撑拄，不尽为鱼肉乎？"姚安公曰："是虽妒口，然不可谓无此事也。世情万变，治家者平心处之可矣。"

──•【字词注解】

①町畦：指田间的界限，此处指界限。
②厘：制定，规定。

──•【精彩解说】

　　有个富家子弟，算命的说他是大贵之命，相面先生也说他将会大贵，然而到他年老时，官职仅到六品。一天，他扶乩，问仕途坎坷不得志的原因。乩仙判说道："算命的没错，相面的也没有错。因为你母亲偏爱你，才把你的官禄削减到现在的地步。"他拜问："偏爱在所难免，但又何至于削减官禄呢？"乩仙判道："《周礼》上说继母应如生母，应把前妻之子看作己出；庶子为嫡母守孝三年，也应把庶子作为亲生儿子。但人情险恶，自设阻碍，亲生与非亲生，就像水火不能相容。私心一起，就会生出万般机谋。小到饮食起居，大到家产田宅，无一不是亲生子所得丰厚，非亲生子所得微薄，这已触犯了上天的禁忌。甚而还离间谗构，暗设阴谋，责骂吵闹，不遵循礼仪法度，使受荼毒者忍气吞声，旁观者切齿痛恨，却还喋喋不休地争辩说亲生子受了委屈。鬼神怒视，祖先怨恨，不把灾祸降到她儿子身上，又能用什么显示天道的公正呢？况且人所能享受的，是有定数的，这边增多，那边就减少，道理是很明白的。你既然在家中所享之福很多，自然在仕途上就有了削减。你从兄弟那儿获利多，万事不可两全其美，又何必为仕途坎坷而抱憾呢？"那人听了，便惶惶然地退去。后来，亲戚中有个妇人听了这事，就讲："这乩仙可错了！前妻的孩子依仗年长，没有哪一个不侵吞弟弟利益的；妾生的儿子依仗母亲的宠爱，没有不欺凌兄长的。没有母亲为他撑腰，不就成为案板上的鱼肉任人宰割了吗？"姚安公说："这虽然是嫉妒的话，但不能说没有这样的事。世情万变，治家之人一定要公平处事。"

原文

　　族祖黄图公言：顺治康熙间，天下初定，人心未一。某甲阴为吴三桂谍，以某乙骁健有心计，引与同谋。既而枭獍①伏诛，鲸鲵②就筑，亦既洗心悔祸，无复逆萌。而来往秘札，多在乙处。书中故无乙名，乙胁以讦发，罪且族灭。不得已以女归乙，赘于家。乙得志益骄，无复人理，迫淫其妇女殆遍，乃至女之母不免；女之幼弟才十三四，亦不免。皆饮泣受污，惴惴然恐失其意。甲抑郁不自聊，恒避于外。一日，散步田间，遇老父对语，怪附近村落无此人。老父曰："不相欺，我天狐也。君固有罪，然乙逼君亦太甚，吾窃不平。今盗君秘札奉还。彼无所挟，不驱自去矣。"因出十余纸付甲。甲验之良是，即毁裂吞之，归而以实告乙。乙防甲女窃取，密以铁瓶瘗③他处。潜往检视，果已无存。乃踉跄引女去。女日与诟谇，旋亦仳离。后其事渐露，两家皆不齿于乡党，各携家远遁。夫明季之乱极矣，圣朝荡涤洪炉，拯民水火。甲食毛践土④已三十余年，当吴三桂拒命之时，彼已手戮桂王⑤，断不得称楚之三户。则甲阴通三桂，亦不能称殷之顽民。即阖门骈戮，亦不为冤。乙从而污其闺帏，较诸荼毒善良，其罪似应未减。然乙初本同谋，罪原相埒⑥；又操戈挟制，肆厥凶淫，罪实当加甲一等。虽后来食报，无可证明，天道昭昭，谅必无幸免之理也。

——【字词注解】

①枭獍（jìng）：指不孝之人。枭，恶鸟；獍，恶兽。

②鲸鲵：原指鲸鱼，此处指凶恶的人。传说中雄为鲸，雌为鲵。

③瘗（yì）：埋藏。

④食毛践土：指所食之物和所居之地均为国君所有。

⑤桂王：南明最后一个皇帝。

⑥埒（liè）：等同，相当。

——【精彩解说】

　　族祖黄图公说：顺治、康熙年间，天下初定，人心还没有统一。某甲暗中为吴三桂刺探军情，因为某乙工于心计，有勇有谋，便招他作为同谋。不久乱党都被诛杀，甲乙也洗心悔过，不再萌发叛逆之念。然而甲的信件很多都在乙处。书信中没有乙的姓名，乙便威胁说要告发的话甲要灭族。甲不得已把女儿嫁给了他，招他为上门女婿。乙得志后更加骄狂，不顾人伦礼义，几乎逼淫了甲家全部女子，连他岳母也没能幸免；他妻子的幼弟才十三四岁，也没能躲过去。全家都忍泪受辱，惴惴不安，生怕得罪了他。甲为此总是郁郁寡欢，时常躲避在外面。一天，他散步于田间，遇到一位老人，便谈了起来，他心里疑惑附近村中并无此人。老人说："不骗你，我是天狐。你虽然有错，但乙逼人太甚了，我也不平。如今偷得秘信奉还给你。他无所胁迫，就不驱自去了。"于是拿出十几张纸交给甲。甲查看了一下，果然都是那些信件，便立刻将信撕毁吞下肚去，回来后把实情告诉了乙。乙提防甲女窃信，将信札密封在铁瓶中埋藏在他处。他偷偷地去检查，果然已不在了。于是带着甲女仓皇地走了。甲女天天和他争吵，不久就离开了他。后来，事情逐渐败露，两家都被乡人不齿，就各自携家眷远去外地隐藏。明末异常混乱，清廷荡涤灾祸，救民于水火之中。甲在圣朝已生活了三十多年，当吴三桂拒听朝命之时，他已杀了桂王，断不能称之为志在灭秦的"楚之三户"。那么甲暗通吴三桂，也断不能称为不食周粟的"殷之顽民"。即使诛杀甲的满门大小，也不为冤。乙跟从他，又奸污他家妇女，与荼毒善良之罪相比，他的罪过似乎应该不会减轻。而且当初乙本是同谋，罪行原与甲相等；又持人把柄挟制，大肆凶淫，实在应当罪加一等。虽然后来他能得到什么报应无可证明，但天理昭昭，谅他也不能幸免。

原文

　　崔庄旧宅厅事西有南北屋各三楹，花竹翳如，颇为幽僻。先祖在时，奴子张云会夜往取茶具，见垂鬟女子，潜匿树下，背立向墙隅。意为宅中小婢于此幽期，遽捉其臂，欲有所挟。女子突转其面，白如傅粉，而无耳目口鼻。绝叫仆地。众持烛至，则无睹矣。或曰："旧有此怪。"或曰："张云会一时目眩。"或曰："实一黠婢，猝为人阻，弗能遁，以素巾幂面，伪为鬼状以自脱也。"均未知其审。然自此群疑不释，宿是院者恒凛凛，夜中亦往往有声。盖人避弗居，斯狐鬼入之耳。又宅东一楼，明隆庆初所建。右侧一小屋，亦云有魅。虽不为害，然婢媪或见之。姚安公一日检视废书，于簏①下捉得二貛②。金曰："是魅矣。"姚安公曰："貛弭首为童子缚，必不能为魅。然室无人迹，至使野兽为巢穴，则有魅也亦宜。斯皆空穴来风之义也。"后西厅析属从兄坦居，今归从侄汝侗。楼析属先兄晴湖，今归侄汝份。子姓日繁，家无隙地，魅皆不驱自去矣。

—●【字词注解】

①簏（lù）：竹箱。
②貛：一种哺乳动物，毛为灰色，善掘土。

—●【精彩解说】

　　崔庄旧宅的厅堂西边有南北屋各三间，屋前花竹成荫，颇为幽静。先祖在世时，奴仆张云会半夜去取茶，看见一个挽着垂髫的女子躲藏在树下，背朝内面墙站立着。他以为是宅中的婢女在这里幽会，就上前揪住她的胳膊，想要要挟她。那女子突然回头，只见面如傅粉，却没有眼耳鼻口。张云会惊叫一声，仆倒在地。众人拿着蜡烛到了，却什么也没看到。有人说："以前就有这妖怪。"有人说："张云会一时眼花了。"有人说："那是一个狡猾的婢女，她出其不意被人捉住，不能逃脱，就用白纱巾遮住脸，假扮成鬼逃了。"不知哪一种说法对。但从此大家的疑心便不能消除，住在这里的人也都战战兢兢的，夜里也时常有声响。大概人们远避而没有住在这里，狐鬼便乘虚而入。宅东又有一楼，是明隆庆初年所建。右侧有一间小屋，听说也有鬼。虽然不害人，但婢女和老妈子们也偶然能碰见。姚安公有一天检索废书时，在竹箱下捉了两只貛。众人都说："这一定是那鬼魅了。"姚安公说："貛老老实实地叫孩子捉，绝不可能作怪。由于屋里没有人迹，野兽才把它当作巢穴，那么有鬼魅也是自然的。这就是'空穴来风'的含义。"后来西厅分给堂兄坦居，如今归了堂侄汝侗。楼分给了先兄晴湖，如今归了侄子汝份。子侄们日益增多，家中再无空闲之处，鬼魅也就不驱自去了。

拓展阅读

伍子胥　春秋时期楚国人，名员（一作芸），字子胥。楚平王荒淫无道，伍子胥的父亲和哥哥无辜被杀，只有他逃到了吴国。在吴国，伍子胥帮助公子光刺杀了其堂兄吴王僚，公子光即位，就是吴王阖闾。伍子胥、孙武等人帮助阖闾修明政治、训练士卒，使得吴国实力不断壮大。公元前506年，伍子胥和孙武攻入楚国都城郢（yǐng）（今湖北荆州），此时楚平王已死，楚昭王出逃，楚国几乎亡国。伍子胥挖出楚平王的尸骨，鞭笞了三百下才罢休。几年后阖闾在与越国的战争中受伤身亡，伍子胥又帮助阖闾的儿子夫差继续壮大吴国实力，打败越国，几乎使越国灭亡。伍子胥劝夫差不要接受越王勾践投降，夫差不听，后来还听信谗言命伍子胥自尽。伍子胥死后十年，勾践攻破吴国国都吴（今江苏苏州），夫差自杀，越国吞并了吴国。

南明　1644年，李自成起义军攻破北京，崇祯帝自缢身亡，明朝灭亡。明朝宗室和许多大臣逃往南方，拥立崇祯帝之孙福王朱由崧在南京即位，年号弘光，南明小朝廷成立。清军南下，弘光帝被俘后押到北京处死；另一位宗室唐王朱聿键在福州即位，年号隆武，但仅过了一年再次被清军俘获，绝食而死。崇祯帝的另一位孙子桂王朱由榔在肇庆称帝，年号永历。永历帝在位十六年，做事毫无主见，又不善于用人，因此抗清斗争最终以失败告终。1661年，清军攻入云南，永历帝逃往缅甸，吴三桂攻入缅甸，擒获永历帝，次年在昆明绞死了他，苟延残喘了十八年的南明政权最终灭亡。

卷九　如是我闻三

〔题解〕

本卷写了很多狐精。狐狸在人们心目中是狡猾的象征，颇具神秘性，因而成为古代志怪小说的常客，常常被描写得神通广大、无所不知，或善解人意、美貌多情。在纪昀笔下，狐精有了更多的世俗生活色彩，与人相近的地方很多，且多以正面形象出现，甚至成为纪昀进行伦理宣教的帮手。

原文

顾非熊再生事①，见段成式《酉阳杂俎》，又见孙光宪《北梦琐言》；其父顾况集中，亦载是诗②，当非诬造。近沈云椒少宰③撰其母陆太夫人志，称太夫人于归④，甫匝岁⑤，赠公⑥即卒，遗腹生子恒，周三岁亦殇。太夫人哭之恸，曰："吾之为未亡人也，以有汝在；今已矣，吾不忍吾家之宗祀，自此而绝也。"于其敛，以朱志其臂，祝曰："天不绝吾家，若再生以此为验。"时雍正己酉⑦十二月也。是月族人有比邻而居者，生一子，臂朱灼然。太夫人遂抚之以为后，即少宰也。余官礼部尚书时，与少宰同事。少宰为余口述尤详。盖释氏书中，诞妄者原有；其徒张皇罪福，诱人施舍，诈伪者尤多。惟轮回之说，则凿然有证。司命者每因一人一事，偶示端倪，彰神道之教。少宰此事，即借转生之验，以昭苦节之感者也。儒者盛言无鬼，又乌乎知之。

【字词注解】

①顾非熊再生事：最早出自《酉阳杂俎·冥迹》，《北梦琐言》也曾述

及。大意是，中唐诗人顾况之子不幸夭折，因感其父伤感之情而再次投生顾家，就是顾非熊，能记起前生之事。

②是诗：指顾况老年丧子之后所作的《伤子》一诗。《酉阳杂俎》中作："老人丧其子，日暮泣成血。老人年七十，不作多时别。"顾况的《华阳集》中也收录此诗，词句不同："老人哭爱子，日暮千行血。声逐断猿悲，迹随飞鸟灭。老夫已七十，不作多时别。"

③少宰：原为《周礼》中太宰（相当于宰相）的副手，明清常用作吏部侍郎的别称。

④于归：指女子出嫁。

⑤匝岁：满一年。

⑥赠公：对官员父亲的敬称。

⑦雍正己酉：雍正七年（1729年）。

─●【精彩解说】

顾非熊再生一事，在段成式的《酉阳杂俎》中有记载，也被孙光宪记录在《北梦琐言》一书中；顾非熊之父顾况的集子中，也记载了为儿子去世而伤感的诗，应该不是虚构的。近来吏部侍郎沈云椒，在撰写他的母亲陆太夫人的墓志中说，太夫人嫁过来刚满一年，她的丈夫就去世了，生下的遗腹子取名恒，三周岁时就夭折了。太夫人哭得万分悲痛，说："我坚持活着，就是因为你在；现在你也死了，我真不忍心让我们家的香火从此断绝啊。"她就在儿子下葬时，用朱砂在他的手臂上做了个记号，祈祷说："上天不断绝我家的后代，你若再生就用这个作为验证。"当时是雍正七年十二月。这个月，比邻而居的同族人生了一个儿子，手臂上有明显的红迹。太夫人就抚养他，作为后嗣，这个婴儿就是沈侍郎。我在礼部做尚书时，和沈侍郎是同事。他详细地和我说了这件事。佛书中荒诞的事本来就有，佛教徒对祸福夸大其词，诱使人们施舍，而诈骗作假的就更多了。唯独轮回转世的说法，则有确凿的证据。掌管人们生命的神常借一人一事，偶尔展示一下事情的头绪，来彰扬人间道德教化。侍郎这件事，就是借转生的验证，来显示苦守贞节的妇人对神灵的感化效应。儒士们极力说没鬼，又怎么会知道这些道理呢。

原文

　　先师赵横山先生，少年读书于西湖，以寺楼幽静，设榻其上。夜闻室中窸窣声，似有人行，叱问："是鬼是狐，何故扰我？"徐闻嗫嚅而对曰："我亦鬼亦狐。"又问："鬼则鬼，狐则狐耳，何亦鬼亦狐也？"良久，复对曰："我本数百岁狐，内丹已成，不幸为同类所扼杀，盗我丹去。幽魂沉滞，今为狐之鬼也。"问："何不诉诸地下？"曰："凡丹由吐纳导引而成者，如血气附形，融合为一，不自外来，人弗能盗也。其由采补而成者，如劫夺之财，本非己物，故人可杀而吸取之。吾媚人取精，所伤害多矣。杀人者死，死当其罪，虽诉神，神不理也。故宁郁郁居此耳。"问："汝据此楼，作何究竟？"曰："本匿影韬声，修太阴炼形之法。以公阳光熏烁，阴魂不宁，故出而乞哀，求幽明各适。"言讫，惟闻搏颡①声，问之不复再答。先生次日即移出。尝举以告门人曰："取非所有者，终不能有，且适以自戕也。可畏哉！"

【字词注解】

　　①搏颡：叩头。

【精彩解说】

　　先师赵横山先生，少年时在西湖读书，因为那里寺楼幽静，便住在楼上。夜里听到屋里有窸窸窣窣的声音，好像有人行走，于是喝问道："是鬼是狐，为什么打扰我？"过了会儿才听到吞吞吐吐的回答声："我是鬼也是狐。"赵又问："鬼就是鬼，狐就是狐，怎么会又是鬼又是狐呢？"过了许久，那声音才回答："我本来是只数百岁的狐狸，内丹已炼成，不幸被同类勒死，盗走了我的内丹。我的幽魂滞留在这里，如今成了狐鬼。"赵又问："为什么不告到阴曹？"对方回答："凡是内丹靠吐纳导引炼成的，就好像血肉附在形体上，融合成为一体，不是从外界获取的，外人无法盗走。内丹由采补炼成的，就像抢劫来的财物，本来就不是自己的东西，所以别人可以杀死他吸取去。我媚惑人取得精气，被我害的人多了。杀人者死，其罪该死，我即使向神投诉，神也不会理睬。所以我宁愿在这里伤心地住下去。"

赵又问："你占据这座楼，打算干什么？"对方回答："本来想隐迹匿声，在这儿修行太阴炼形法。因为您阳气光芒太盛，使我这阴魂难以安宁，所以出来乞求您，让我们阴阳互不侵扰。"说完，听到有叩头声，再问也不答了。赵先生第二天便搬了出去。他曾举这件事告诫学生："不是自己的东西，终究不能占有它，而且还会自受其害。可怕啊！"

原文

沧州刘太史果实，襟怀夷旷，有晋人风。与饴山老人、莲洋山人①皆友善，而意趣各殊。晚岁家居，以授徒自给。然必孤贫之士，乃容执贽。脩脯②皆无几，箪瓢屡空，晏如也。尝买米斗余，贮罂中，食月余不尽，意甚怪之。忽闻檐际语曰："仆是天狐，慕公雅操，日日私益之耳，勿讶也。"刘诘曰："君意诚善。然君必不能耕，此粟何来？吾不能饮盗泉也，后勿复尔。"狐叹息而去。

【字词注解】

①饴山老人、莲洋山人：饴山老人，是清代赵执信的号；莲洋山人，是清代吴雯的号。

②脩（xiū）脯：学费。

【精彩解说】

沧州人刘果实太史，襟怀宽广，有魏晋之风。他和饴山老人、莲洋山人皆是好友，但他们的情趣各不相同。他晚年安居家中，以教学为生。然而必须是孤寒贫困的人，他才收作学生。学费收入不多，所以他时常粮米不继。一次他买了几斗米，放在瓦罐中，吃了一个多月仍未吃完，心里便觉得十分奇怪。忽然屋檐上有人说："我是天狐，仰慕您的风雅情操，每天给您偷偷加了一点儿米，您不用惊讶。"刘诘问道："你的心意很善。可是你肯定不会耕作，这些米从何处来呢？我不能饮盗泉的水，以后不要再这样了。"天狐叹息着离去了。

原文

　　雍正丙午、丁未间①，有流民乞食过崔庄，夫妇并病疫。将死，持券哀呼于市，愿以幼女卖为婢，而以卖价买二棺。先祖母张太夫人为葬其夫妇，而收养其女，名之曰连贵。其券署父张立、母黄氏，而不著籍贯，问之已不能语矣。连贵自云：家在山东，门临驿路，时有大官车马往来，距此约行一月余。而不能举其县名。又云，去年曾受对门胡家聘。胡家亦乞食外出，不知所往。越十余年，杳无亲戚来寻访，乃以配圉人刘登。登自云：山东新泰人，本胡姓，父母俱殁，有刘氏收养之，因从其姓。小时闻父母为聘一女，但不知其姓氏。登既胡姓，新泰又驿路所经，流民乞食，计程亦可以月余，与连贵言皆符。颇疑其乐昌之镜，离而复合②，但无显证耳。先叔栗甫公曰："此事稍为点缀，竟可以入传奇。惜此女蠢若鹿豕，惟知饱食酣眠，不称点缀，可恨也。"边随园征君曰："'秦人不死，信苻生之受诬；蜀老犹存，知葛亮之多枉。'史传不免于缘饰，况传奇乎？《西楼记》称穆素晖艳若神仙，吴林塘言其祖幼时及见之，短小而丰肌，一寻常女子耳。然则传奇中所谓佳人，半出虚说。此婢虽粗，傥好事者按谱填词，登场度曲，他日红氍毹③上，何尝不莺娇花媚耶？先生所论，犹未免于尽信书也。"

---• 【字词注解】

　　①雍正丙午、丁未间：即雍正四年（1726年）、五年（1727年）。

　　②乐昌之镜，离而复合：指南朝陈乐昌公主与其丈夫徐德言破镜重圆的故事。

　　③红氍毹：指唱戏的舞台。

---• 【精彩解说】

　　雍正四年、五年间，流民讨饭经过崔庄，一对夫妇同时得了重病。临死，两人拿着契约在集市上哀求，愿意将幼女卖为婢女，用这笔钱买两口棺材。先祖母张太夫人葬了他们夫妇，收养了那个女孩子，给她起名叫连贵。契约上署父名张立、母名黄氏，而没有写籍贯，问他们的时候，他们已经说

不出话来了。连贵说，她家在山东，家门临着官路，时常有大官的车马往来，到此地约走一个多月的路程。但是她说不出那个县名。又说，去年曾受对门胡家的聘礼。胡家讨饭外出，不知道去了哪里。过了十多年，也没有什么亲戚来寻，就把她许配给马倌刘登。刘登说：他是山东新泰人，本来姓胡，父母双亡，有个姓刘的人收养了他，所以随他的姓。小时候记得父母为自己聘过一个女子，但不知她姓什么。刘登既然原本姓胡，新泰又在官道必经之处，流民讨饭至此，大约要走一个月左右，和连贵的话都符合。这很叫人怀疑他们是破镜重圆，可惜没有明确的证据。先叔栗甫公说："这件事稍加润色，就可以成为传奇故事了。可惜这个女孩子又蠢又笨，只知道饱食熟睡，当不起润色，可恨啊。"边随园说："'秦人不死，信苻生之受诬；蜀老犹存，知葛亮之多枉。'史传都不免于修饰，何况传奇呢？《西楼记》称穆素晖美若天仙，吴林塘说他祖父幼年时见到过她，身材矮小较胖，不过是一个寻常的女子。所以传奇中所说的佳人，大半出于虚构夸大。这个婢女虽然粗笨，但如果好事者按谱填词，然后登场演唱，他日在舞台上，何尝不也是莺娇花媚呢？先生所说，未免过分相信书了。"

原文

　　聂松岩言：胶州一寺，经楼之后有蔬圃。僧一夕开牖纳凉，月明如昼，见一人徙倚老树下。疑窃蔬者，呼问为谁。磬折而对曰："师勿讶，我鬼也。"问："鬼何不归尔墓？"曰："鬼有徒党，各从其类。我本书生，不幸葬丛冢间，不能与马医夏畦①伍。此辈亦厌我非其族。落落难合，故宁避嚣于此耳。"言讫，冉冉没。后往往遥见之，然呼之不应矣。

【字词注解】

①夏畦：指夏天在田地里劳动的农民，也指一般的体力劳动者。

【精彩解说】

　　聂松岩说：胶州有座寺院，寺院的藏经楼后面有个菜园子。一天晚上，月明如昼，和尚打开窗子乘凉，看见一个人在树下徘徊。僧人怀疑是偷菜的，便问是谁。那人鞠躬回答："师父不要惊讶，我是个鬼。"僧人问：

"既然是鬼，干吗不进墓里去？"那人回答："鬼也是成群结党的，各自跟从同类。我本是个书生，不幸却被埋在这片坟地里，可我不愿和兽医、农夫在一起。他们也讨厌我的书生气。我与他们合不来，所以宁愿跑到这里躲个清静。"说完，便渐渐消失了。后来和尚经常远远地看见他，可是叫他也不回应。

原文

福州学使署，本前明税珰署①也。奄人②暴横，多潜杀不辜，故至今犹往往见变怪。余督闽学时，奴辈每夜惊。甲申③夏，先姚安公至署，闻某室有鬼，辄移榻其中，竟夕晏然。昀尝乘间微谏，请勿以千金之躯与鬼角。因诲昀曰："儒者谓无鬼，迂论也，亦强词也。然鬼必畏人，阴不胜阳也；其或侵人，必阳不足以胜阴也。夫阳之盛也，岂恃血气之壮与性情之悍哉？人之一心，慈祥者为阳，惨毒者为阴；坦白者为阳，深险者为阴；公直者为阳，私曲者为阴。故易象以阳为君子，阴为小人。苟立心正大，则其气纯乎阳刚，虽有邪魅，如幽室之中鼓洪炉而炽烈焰，冱冻自消。汝读书亦颇多，曾见史传中有端人硕士为鬼所击者耶？"昀再拜受教。至今每忆庭训④，辄悚然如待左右也。

【字词注解】

①税珰署：宦官掌管税收的官署。珰，宦官的代称。
②奄人：指宦官。
③甲申：乾隆二十九年（1764年）。
④庭训：指接受父辈的教导。

【精彩解说】

福州学使的官署，本来是明代宦官掌管税收的公署。当年，宦官横征暴敛，暗中在这里杀害了许多无辜的百姓，所以直到现在，官衙里还经常出现怪异的事。我在福建督学时，家中的奴仆时常在夜里受到惊吓。乾隆二十九年夏天，先父姚安公到了这里，听说有个屋子闹鬼，晚上便下榻于此，整夜相安无事。我曾趁闲间劝过他，希望他不要以宝贵的身体去和鬼怪角斗。他教诲我说："儒家认为没有鬼神，这是迂腐的观点，也是强词夺理。不过鬼必然怕人，因为阴不能胜阳；有的鬼侵害人，必然是因为阳气不足以胜阴气。但是所谓阳气昌盛，仅是血气的壮实和性情的强悍吗？人的心地，慈祥的为阳，惨毒的为阴；坦诚的为阳，阴险的为阴；公正的为阳，自私的为阴。于是易象上以阳为君子，阴为小人。如果一个人的心地正大无私，光明磊落，那么他就有纯正的阳刚之气，即便有邪妖鬼怪，也如同在阴冷的屋子里生起大火炉，火焰炽热，冰冻自然会消尽。你读了那么多书，见过史传中有品行端正的人被鬼怪侵害的记载吗？"我再一次领受了父亲的教诲。至今每每回想起先父的教诲，就好像我站在他老人家身旁一样。

原文

　　献县李金梁、李金桂兄弟，皆剧盗也。一夕，金梁梦其父语曰："夫盗有败有不败，汝知之耶？贪官墨吏，刑求威胁之财；神奸巨蠹，豪夺巧取之财；父子兄弟，隐匿偏得之财；朋友亲戚，强求诈诱之财；黠奴干役，侵渔干没之财；巨商富室，重息剥削之财；以及一切刻薄计较、损人利己之财，是取之无害。罪恶重者，虽至杀人亦无害。其人本天道之所恶也。若夫人本善良，财由义取，是天道之所福也；如干犯之，是为悖天。悖天者终必败。汝兄弟前劫一节妇，使母子冤号，鬼神怒视。如不悛改，祸不远矣。"后岁余，果并伏法。金梁就狱时，自知不免，为刑房吏史真儒述之。真儒余里人也，尝举以告姚安公，谓盗亦有道。又述剧盗李志鸿之言曰："吾鸣镝①跃马三十年，所劫夺多矣，见人劫夺亦多矣；盖败者十之二三，不败者十之七八。若一污人妇女，屈指计之，从无一人不败者。"故恒以是戒其徒。盖天道祸淫，理固不爽云。

【字词注解】

①鸣镝（xiāo）：射箭。镝，同"髇"，响箭。

【精彩解说】

　　献县李金梁、李金桂兄弟都是江洋大盗。一天晚上，金梁梦见父亲对他说："做强盗有的被捕，有的没被捕，你知道这是为什么吗？凡是贪官污吏通过刑讯威迫得来的钱；大奸大猾通过豪夺巧取得来的钱；父子兄弟间靠隐瞒得来的钱；朋友亲戚间靠强求诈骗得来的钱；奴仆役吏靠侵吞渔利的钱；巨商富户靠加重利息剥削得来的钱；以及一切刻薄计较、损人利己的钱，你可以放心去取而不必担心有什么祸害。对于罪恶深重的，你就算杀了他也没什么大事。因这种人本来就是上天所痛恨的。如果一个人天生善良，钱也是正道得来的，这是上天保佑的人；如果侵犯他，就是违背天理。违背天理就必然失败。你们兄弟前不久抢劫过一个节妇，使得母子冤哭，鬼神震怒。如果不悔改，祸患就不远了。"之后一年多，两兄弟果然被抓处死。金梁被捕时，自知不能被赦免，对刑房吏史真儒说了这事。真儒是我们乡里人，曾把这事告诉给姚安公，说强盗也有做强盗的规矩。他又叙述了大盗李志鸿的话说："我当响马三十来年，所抢劫的东西算多的，看到别人抢劫的事也多；大约败露被抓的有十之二三，没败露被抓的有十之七八。如果一旦污辱妇女，屈指算来，还没有一个不败露被抓。"所以他常用此来训诫手下。大概上天惩罚淫乱的人，按理说没错。

原文

　　泰州任子田，名大椿，记诵博洽，尤长于三礼①注疏、六书②训诂。乾隆己丑③登二甲一名进士，浮沉郎署。晚年始得授御史，未上而卒。自开国以来，二甲一名进士，不入词馆者仅三人，子田实居其一。自言十五六时，偶为从父侍姬以宫词书扇。从父疑之，致侍姬自经死，其魂讼于地下，子田奄奄卧疾，魂亦为追去考问。阅四五年，冥官庭鞫七八度，始辨明出于无心，然卒坐以过失杀人，减削官禄，故仕途偃蹇如斯。贾钝夫舍人曰："治是狱者即顾郎中德懋。二人先不相知。一日相见，彼此如旧识。时同在座亲见其追话冥司事，子田对之，犹慄慄然也。"

──●【字词注解】

　　①三礼：指《周礼》《仪礼》《礼记》。

　　②六书：汉代学者分析小篆而归纳出来的六种汉字构造体例，即象形、指事、会意、形声、转注、假借。

③乾隆己丑：乾隆三十四年（1769年）。

　　泰州人任子田，名大椿，他博闻强识，尤其擅长三礼的注疏和六书训诂。乾隆三十四年考上二甲一名进士，在郎署之类职位起浮。直到晚年才被授任御史，还没等到上任就死了。自清朝建立以来，二甲一名进士没进词馆中的仅有三人，子田是其中之一。他说在十五六岁时，偶然为叔父的侍姬在扇子上写官词。叔父疑心，竟导致侍姬自缢而死，她的冤魂在阴间诉讼，子田也卧病奄奄一息，灵魂被拘去拷问。经过四五年，冥官一连拷问了七八回，这才弄清子田出于无心，但终因过失害人，被削减了官禄，所以仕途才这么不顺。贾钝夫舍人说："当初审理这件案子的就是顾德懋郎中。两人原先不认识，但有一天见面，彼此一见如故。我当时也在座，亲眼看到他们追忆阴曹的事，子田对答时，还在瑟瑟发抖呢。"

原文

　　陈少廷尉耕岩，官翰林时，为魅所扰。避而迁居，魅辄随往。多掷小帖道其阴事，皆外人不及知者。益悚惧，恒虔祀之。一日掷帖，责其待佽之薄，且曰"不厚资助，祸且至"。众缘是窃疑其佽，密约伺察。夜闻击损器物声，突出掩执，果其佽也。耕岩天性长厚，尤笃于骨肉，但曰："尔需钱可告我，何必乃尔？"笑遣之归寝，由是遂安。后吴编修朴园突遭回禄①，莫知火之自来。凡再徙居而再焚，余意亦当如耕岩事。朴园曰："固亦疑之。"然第三次迁泉州会馆时，适与客坐厅事中，忽烈焰赫然，自承尘下射。是非人所能上，亦非人所能入也，殆真魅所为矣。

①回禄：神话传说中的火神名。

　　大理寺少卿陈耕岩做翰林时，被鬼魅骚扰。为了躲避鬼魅而把家搬了，鬼魅又跟着他一起过来了。鬼魅经常投掷一些小帖子揭露陈的个人隐私，都是些外人不知道的事情。陈更加害怕，常常虔诚地祭祀。有一天小帖子上责备他对待侄子不好，而且说"不多出钱资助他，就要降祸了"。众人因此开始怀疑他的侄子，暗中约好进行观察。夜里听到屋中有打毁器物的声音，人们突然进去，抓到的果然是他的侄子。陈耕岩为人宽厚，骨肉之情更重，便对侄子说："你缺钱就找我要，何必这样做呢？"笑着打发侄儿回去睡觉，从此家中便安宁了。后来编修吴朴园家突然着火，不知道火是从哪儿来的。迁居后又着了火，我认为这有可能和耕岩家的事相似。朴园说："我也这样怀疑过。"不过第三次迁到泉州会馆，他和客人正坐在客厅里，忽然烈火从顶棚烧起来。那不是人能上去的地方，也不是人能进去的地方，大概真的是鬼魅干的吧。

原文

程也园舍人居曹竹虚旧宅中。一夕，弗戒于火，书画古器，多遭焚毁。中褚河南①临《兰亭》一卷，乃五百金所质，方虑来赎时缪辕②，忽于灰烬中拣得，匣及袱并爇，而书卷无一字之损。表弟张桂岩馆也园家，亲见之。白香山③所谓"在在处处有神物护持"者耶？抑成毁各有定数，此卷不在此火劫中耶？然事则奇矣，亦将来赏鉴家一佳话也。

【字词注解】

①褚河南：指唐代书法家褚遂良，字登善。
②缪辕：交错，纠葛。
③白香山：指唐代著名诗人白居易。

【精彩解说】

程也园舍人住在曹竹虚的老宅中。一天晚上，由于不慎着了火，书画古玩多被烧毁。其中有褚遂良临摹的《兰亭序》一卷，是人家借去五百两银子的抵押品，他正在担心抵押者来赎时有麻烦，忽然在灰烬中发现它还在，匣子和包皮都烧了，但书卷没有被损坏一字。表弟张桂岩在也园家教书，亲眼见到这事。难道如白香山所说'各处均有神灵保护'吗？抑或成败自有天数，这一书卷不在这场火劫中？事情真是奇怪，将来恐怕会成为鉴赏家们的一段佳话吧。

原文

胥魁①有善博者，取人财犹探物于囊，犹不持兵而劫夺也。其徒党密相羽翼，意喻色授，机械百出，犹臂指之相使，犹呼吸之相通也。骎竖②多财者，则犹鱼吞饵，犹雉遇媒耳。如是近十年，橐金巨万，俾其子贾于长芦，规什一之利。子亦狡黠，然冶荡好渔色。有堕其术而破家者，衔之次骨，乃乞与偕往，而阴导之为北里游。舞衫歌扇，耽玩忘归，耗其赀十之九。胥魁微有所闻，自往检校，已不可收拾矣。论者谓是虽人谋，亦有天道：仇者之动此念，殆神启其心欤？不然，何前愚而后智也！

●【字词注解】

①胥魁：官府差役的头目。
②骎竖：愚蠢，傻。

●【精彩解说】

有个官府差役的头目擅长赌博，赢别人的钱就好像探囊取物，如同不持兵器的抢劫。他和下属同党勾结，在赌场上暗示授意，狡诈万端，配合得就像指挥自己的手臂和手指，就像呼吸相通。那些头脑有点儿笨的有钱人，就像鱼吞饵料，野鸡遇上猎人用来引诱的鸡。这样干了近十年，他积累了巨万资金，所以让儿子去长芦做买卖，当商人。他的儿子也很狡猾，不过淫荡好色。有个曾堕入他们的圈套而破家的人，对他们恨之入骨。于是请求和他的儿子一同前去，而暗地里带他的儿子去妓院。妓女的舞衫歌扇，令他的儿子沉溺其中不想归家，他的资财竟耗费了十分之九。这个官府差役的头目稍稍听到了一些传闻，亲自去查看，事情已经不可收拾了。人们评论说，这事虽然是人谋，但也有天意：报仇的人动这个念头，大概是神的启发吧？不然，为什么这人以前那么傻而后来那么精呢？

原文

同年蒋心馀编修言：其乡有故家废宅，往往见艳女靓妆，登墙外视。武生王某，粗豪有胆，径携被独宿其中，冀有所遇。至夜半寂然，乃拊枕自语曰："人言此宅有狐女，今何往耶？"窗外小声应曰："六娘子知君今日来，避往溪头看月矣。"问："汝为谁？"曰："六娘子之婢。"又问："何故独避我？"曰："不知何故，但云畏见此腹负将军①。"亦不解为何语也。王后每举以问人，曰："腹负将军是武职几品？"莫不粲然。后问其乡人，曰："实有其人，亦实有其事；然仅旁皇②竟夜，一无所见耳。其语则心馀所点缀也。"心馀性好诙谐，理或然欤！

【字词注解】

①腹负将军：只会吃饭而无所作为的人。

②旁皇：通"彷徨"。

【精彩解说】

与我同科取中的翰林蒋心馀编修说：他的家乡有一所废弃的老宅子，常常能看见浓妆艳抹的美丽女子趴在墙头向外张望。乡里有个姓王的武生，豪爽有胆量，径直拿着被褥睡在里面，希望能有艳遇。到了半夜仍然很寂静，他就拍着枕头说："人家说这座宅子里有狐女，现在上哪儿去了呢？"窗外小声答道："六娘子知道你今天来，避到溪边去看月亮了。"王某问："你是谁？"回答："六娘子的婢女。"又问："为什么单要避我？"回答："我也不知什么原因，只是说怕见这个腹负将军。"王某也不知这是什么意思。后来他常问人家，说："腹负将军是几品武官？"听的人没有不笑的。我后来问他的同乡人，回答："确实有这个人，也确实有这件事；但武生只是在宅子里徘徊了一整夜，什么也没有看见。那些话都是蒋心馀添枝加叶编造的。"蒋心馀喜欢开玩笑，事情也许是这样吧。

原文

磷为鬼火，《博物志》谓战血所成，非也，安得处处有战血哉！盖鬼者，人之余气也，鬼属阴，而余气则属阳。阳为阴郁，则聚而成光，如雨气至阴而萤火化，海气至阴而阴火然也。多见于秋冬，而隐于春夏；秋冬气凝，春夏气散故也。其或见于春夏者，非幽房废宅，必深岩幽谷，皆阴气常聚故也。多在平原旷野，薮泽沮洳，阳寄于阴，地阴类，水亦阴类，从其本类故也。先兄晴湖，尝同沈丰功年丈夜行，见磷火在高树巅，青荧如炬，为从来所未闻。李长吉①诗曰："多年老鸮成木魅，笑声碧火巢中起。"疑亦曾睹斯异，故有斯咏。先兄所见，或木魅所为欤！

—●【字词注解】

①李长吉：唐代诗人李贺，字长吉，号诗鬼。

—●【精彩解说】

磷为鬼火，《博物志》中说是战场上的血形成的，这种说法不对，怎么可能处处都有战场上的血呢！鬼是人的余气，鬼属阴，而人的余气属阳。阳气被阴气所抑制，便会聚而成光，如同雨气至阴而化出萤火，海气至阴就燃起阴火。鬼火多在秋冬出现，春夏隐匿；这是由于秋冬气凝结，春夏气涣散。有人春夏时见到了鬼火，不是在幽闭的房子、废弃的宅院，就是在深山幽谷，这都是阴气经常聚在一起的地方。鬼火还多见于平原旷野中的荒沼泽潭，这是因为阳气寄居于阴气中，地属阴类，水也属阴类，物聚于同类的缘故。先兄晴湖曾和沈丰功先生夜行，看见磷火高高在树顶上，青荧荧的如火炬，这是以前从来没听说过的。李长吉作诗说："多年老鸮成木魅，笑声碧火巢中起。"我怀疑他也曾见过这种怪异现象，所以会吟出上述诗句。先兄所看见的，或许是木魅变的吧！

拓展阅读

《酉阳杂俎》　唐代著名笔记小说集。作者为段成式，字柯古，山西汾阳人，宰相段文昌之子。他自幼苦读、博闻强识，因父荫入仕，官至太常少卿，与温庭筠（yún）、李商隐、杜牧等名士都有交游。他的文学成就是多方面的，工诗善文，尤以《酉阳杂俎》最为著名。这本包罗万象的笔记小说集，既有志怪传奇，也记载了各地的珍异之物，保存了大量唐朝的珍贵历史资料、遗闻逸事和民间风情，尤以志怪小说部分最为杰出，对后世文学影响深远。

《北梦琐言》 北宋著名笔记小说集。作者孙光宪，字孟文，陵州贵平（今四川仁寿）人。孙光宪出身农家，少年时勤奋苦读，与蜀中名士牛希济、毛文锡等交游，担任后唐的陵州判官，后避难来到南平国，任御史中丞等职，入宋后任黄州刺史。孙光宪是"花间派"代表词人之一，著作多佚，仅存《北梦琐言》三十卷。这本笔记小说集记载的是唐武宗到五代十国的史事，是研究那段历史的宝贵资料，能补正史之不足，后世《太平广记》《旧五代史》《资治通鉴》等书多次引用了《北梦琐言》的记载。

符生 符生是前秦开国皇帝符健第三子，他勇力绝伦，立下了赫赫战功。符健死后符生继位，但他性情残暴不仁、滥杀无辜，导致中外离心，两年后他的堂弟东海王符坚发动政变，囚杀符生（年仅二十三岁）。后世刘知几等史家，曾怀疑关于符生的很多荒淫残暴的记载，都是符坚命史官杜撰来抹黑他的，不过这些怀疑也没有什么明确证据。

李贺 中唐浪漫主义诗人，字长吉，昌谷（今河南宜阳）人，唐宗室后裔，但家道中落。他从小体弱多病，但才华过人，年仅十五岁就诗名远播。韩愈非常赏识他，劝他考进士，但忌妒李贺才华的人说他的父亲名"晋肃"，"晋"与"进"同音，因此为了避嫌不能中进士，愤怒的韩愈还写了《讳辩》一文反驳，但无济于事。后李贺因父荫被任命为奉礼郎。因仕途黯淡他将全部精力用于作诗，用心极苦，其母说他作诗是在呕心沥血。其后他辞去奉礼郎之职到军中任幕僚，也不得志，年仅二十七岁就病逝了。李贺的诗想象奇崛、语言华丽浪漫，常写神鬼之事，因而得到"诗鬼"的称号。

卷十　如是我闻四

〔题解〕

纪昀身为高官，《阅微草堂笔记》的创作目的又是为了教化百姓，因此难免带有"官邸气"，也就是俗称的"打官腔"。此卷中，纪昀放下了身段，写了很多重视人之常情的故事，有着较浓的人情味。

原文

乌鲁木齐提督①巴公彦弼言：昔从征乌什时，梦至一处山麓，有六七行幄②，而不见兵卫；有数十人出入往来，亦多似文吏。试往窥视，遇故护军统领③某公，握手相劳苦，问："公久逝，今何事到此？"曰："吾以平生拙直，得授冥官。今随军籍记战殁者也。"见其几上诸册，有黄色、红色、紫色、黑色数种。问："此以旗分耶？"微哂曰："安有紫旗、黑旗，此别甲乙之次第耳。"问："次第安在？"曰："赤心为国，奋不顾身者，登黄册；恪遵军令，宁死不挠者，登红册；随众驱驰，转战而殒者，登紫册；仓皇奔溃，无路求生，蹂践裂尸，追奸断脰④者，登黑册。"问："同时授命，血溅尸横，岂能一一区分，毫无舛误⑤？"曰："此惟冥官能辨矣。大抵人亡魂在，精气如生。应登黄册者，其精气如烈火炽腾，蓬蓬勃勃；应登红册者，其精气如烽烟直上，风不能摇；应登紫册者，其精气如云漏电光，往来闪烁。此三等中，最上者为明神，最下者亦归善道。至应登黑册者，其精气瑟缩摧颓，如死灰无焰在。朝廷褒崇忠义，自一例哀荣；阴曹则以常鬼视之，不复齿数矣。"巴公侧耳敬听，悚然心折。方欲自问将来，忽炮声惊觉。后常以告麾下曰："吾临阵每忆斯语，便觉捐身锋镝⑥，轻若鸿毛。"

━● 【 字词注解 】

①提督："提督军务总兵官"的简称，是清代地方的高级军事长官，受总督或巡抚指挥。

②行幄：军用帐篷。

③护军统领：清代官名，八旗每旗设一人，掌管营中政令。

④断脰（dòu）：砍头。脰，原指咽喉，代指头颅。

⑤舛（chuǎn）误：差错。

⑥锋镝（dí）：泛指兵器。锋，刀口。镝，箭头。

━● 【 精彩解说 】

乌鲁木齐提督巴彦弼对我说：过去他跟随军队征讨乌什时，他梦见来到一个山坡上，看到六七座军用帐篷，却没见到卫兵；几十人在帐篷里进进出出，看上去都是文职官吏。他试着上前察看，正好遇到已故的护军统领某公，两人握手互相问候，巴公问："您很久前就过世了，今天为了什么事来这里呢？"某公说："因为我平生行事耿直，因此被授予了阴间官职，今天是来随军登记阵亡者的。"巴公看到几案上有很多册子，分为黄色、红色、紫色、黑色数种，便问道："是按照八旗旗籍分类的吗？"统领微笑反问道："八旗中有紫旗、黑旗吗？这是按甲、乙、丙、丁次序排列的。"巴公又问："这次序是怎么排的呢？"统领说："赤心为国，奋不顾身的人，载入黄册；恪守军令，宁死不屈的人，载入红册；跟随部队驰骋转战而牺牲的人，载入紫册；仓皇奔逃，求生不得，被兵马踏死、被追敌斩首的人，载入黑册。"巴公问："兵士们同时接受命令，血溅尸横，如何能一一区分而毫不出错呢？"统领回答："这只有阴间的官吏能分辨了。通常来说，人死后亡魂犹在，他的精气和生前是一样的。应载入黄册的人，精气如烈火燃烧腾跃，蓬蓬勃勃；应载入红册的人，精气如烽烟直上，风不能摇动它；应载入紫册的人，精气如云漏电光，闪烁不止。这三等中，最上等的是神灵，最下等的也能归于善道之中。至于应载入黑册的人，精气瑟缩不振，暗若死灰无光焰。虽然阳间朝廷褒扬忠义时，他们被一起褒扬；但到了阴间便被当作一般的鬼看待，不足挂齿。"巴公侧耳恭听，心里害怕又佩服。刚想问问自己的将来命运，忽被炮声惊醒。后来他常常用此梦告诫部下："我在战场上每想起已故护军统领的话，便觉得捐躯于阵前，完全算不得什么。"

原文

　　沧州瞽者蔡某，每过南山楼下，即有一叟邀之弹唱，且对饮。渐相狎，亦时到蔡家共酌。自云姓蒲，江西人，因贩磁到此。久而觉其为狐，然契分①甚深，狐不讳，蔡亦不畏也。会有以闺阃②蜚语涉讼者，众议不一。偶与狐言及，曰："君既通灵，必知其审。"狐艴然曰："我辈修道人，岂干预人家琐事？夫房帏秘地，男女幽期，暧昧难明，嫌疑易起。一犬吠影，每至于百犬吠声。即使果真，何关外人之事？乃快一时之口，为人子孙数世之羞，斯已伤天地之和，召鬼神之忌矣。况杯弓蛇影，恍惚无凭，而点缀铺张，宛如目睹。使人忍之不可，辩之不能，往往致抑郁难言，含冤毕命。其怨毒之气，尤历劫难消。苟有幽灵，岂无业报？恐刀山剑树之上，不能不为是人设一坐也。汝素朴诚，闻此事自当掩耳；乃考求真伪，意欲何为？岂以失明不足，尚欲犁舌乎？"投杯径去，从此遂绝。蔡愧悔，自批其颊。恒述以戒人，不自隐匿也。

──●【字词注解】

①契分：交谊，情分。
②闺阃（kǔn）：古代妇女的居室。

──●【精彩解说】

　　沧州盲艺人蔡某，每次路过南山楼下，就有一位老翁邀请他弹唱，并一同饮酒。逐渐地二人关系亲密起来，老翁也时常到蔡家相聚共酌。老者自称姓蒲，江西人，因贩卖瓷器到此地。相处时间长了，蔡某觉察出他是狐仙，但他们交情深了，狐仙就承认不讳了，蔡某也不觉得可怕。碰巧有一桩因闺阁之事传播流言蜚语引起的诉讼案，人们议论纷纭。蔡某偶然对狐仙讲到这事，说："先生既然通灵，一定知道这事的详情吧。"狐仙不满地说："我们是修道之人，怎能干预人家的琐事？况且闺房秘地，男女幽会之事暧昧难明，容易引起嫌疑。就如一犬吠影，百犬吠声，很易捕风捉影。即使是真事，与外人有什么关系？只图自己一时嘴上痛快，使人家子孙几代蒙羞，这已经有伤天地的和气，招鬼神忌恨了。况且杯弓蛇影，恍惚无凭，却添油加醋，好像都亲眼看见似的。这会使当事人忍不能忍，辩不能辩，往往导致抑郁难言，含冤而亡。亡者的怨愤之气长期难消，如果地下有灵，怎能不图报复呢？恐怕在阴间的刀山剑树之上，不会不为这种人留下一个地方。你一向朴实诚恳，听到这种事，应该掩耳避开才是；反去考求它的真假，你想做什么呢？难道你认为失明了还不够，还想被割掉舌头吗？"狐仙说罢扔下杯子径直离去，从此再不与蔡某往来了。蔡某十分悔愧，自打耳光。总是讲述狐仙这番话以告诫他人，没有将此事隐瞒。

原文

里有古氏，业屠牛，所杀不可缕数。后古叟目双瞽。古妪临殁时，肌肤溃烈，痛苦万状，自言冥司仿屠牛之法宰割我。呼号月余乃终。侍姬之母沈媪，亲睹其事。杀业至重，牛有功于稼穑，杀之业尤重。《冥祥记》[1]载晋庚绍之事，已有"宜勤精进，不可杀生；若不能都断，可勿宰牛"之语，此牛戒之最古者。《宣室志》载夜叉与人杂居则疫生，惟避不食牛人。《酉阳杂俎》亦载之。今不食牛人，遇疫实不传染，小说固非尽无据也。

—●【字词注解】

①《冥祥记》：南北朝时期王琰所撰，主旨在戒恶劝善，内容多关于佛事。

—●【精彩解说】

家乡有位古氏以杀牛为职业，他所杀的牛不计其数。后来古氏年迈，双目失明了。他的老伴临终时，全身溃裂，极为痛苦，说阴间正用杀牛的法子宰割自己。她呼号了一个多月才咽气。我的侍姬的母亲沈老太太亲眼看到了这事。杀生罪恶极重，牛有功于耕作，杀牛罪恶尤其重。《冥祥记》记载了晋代庚绍之的事，就有"宜勤精进，不可杀生；若不能都断，可勿宰牛"的话，这是关于"勿杀牛"的最古老的告诫。《宣室志》记载夜叉与人杂居就会传染疫病，但却会避开不吃牛肉的人。《酉阳杂俎》也记载了这样的事。现在不吃牛肉的人若遇上瘟疫，真的不会被传染。可见小说不是全无根据的。

原文

刘香畹言：曩客山西时，闻有老儒经古冢，同行者言中有狐。老儒詈之，亦无他异。老儒故善治生，冬不裘，夏不绤①，食不肴，饮不醙，妻子不宿饱。铢积锱累，得四十金，镕为四铤，秘缄之。而对人自诉无担石。自詈狐后，所储金或忽置屋颠树杪，使梯而取；或忽在淤泥浅水，使濡而求；甚或忽投溷圊②，使探而濯；或移易其地，大索乃得；或失去数日，从空自堕；或与客对坐，忽纳于帽檐；或对人拱揖，忽铿然脱袖。千变万化，不可思议。一日，忽四铤跃掷空中，如蛱蝶飞翔，弹丸击触，渐高渐远，势将飞去。不得已，焚香拜祝，始自投于怀。自是不复相嬲，而讲学之气焰已索然尽矣。说是事时，一友曰："吾闻以德胜妖，不闻以詈胜妖也。其及也固宜。"一友曰："使周、张、程、朱③詈，妖必不兴。惜其古貌不古心也。"一友曰："周、张、程、朱必不轻詈。惟其不足于中，故悻悻于外耳。"香畹首肯曰："斯言洞见症结矣。"

──●【字词注解】

①绤：细麻布。

②溷圊：厕所。

③周、张、程、朱：指宋代学者周敦颐、张载、程颐、程颢、朱熹。

──●【精彩解说】

刘香畹讲：过去他客居山西时，听说有一位老儒路过古墓，同行者说里面有狐仙。老儒听后便骂狐仙，倒也没有什么怪异。这位老儒很节俭，冬天不穿裘皮，夏天不穿细麻，清茶淡饭，妻子经常饿肚子。一毫一厘地日积月累，攒下了四十两银子，熔为四锭元宝，秘密地封藏起来。他对别人却常诉说穷得快断炊了。自从他骂了狐仙后，所储藏的四锭元宝有时忽然跳上房顶、树梢，他只好爬梯去取；有时忽然在污泥水坑中，他只好下去捞；甚至有时忽然被扔在粪坑里，要拿去冲洗；有时元宝挪了地方，让他大找一番才找到；有时元宝丢失几天后突然从空中落下来；有时他正与客人对坐，元宝忽然塞在他帽檐上；有时他正在对人作揖元宝忽然从袖中当啷掉出。千变万化，不可思议。有一天，四锭元宝忽然飞向空中，像蝴蝶一样飞翔，像打出的弹丸一样，越来越高越来越远，很有飞去不返之势。老儒不得已焚香拜求神灵，元宝才又飞回到他怀中。从此以后不再有这类烦扰之事，但他讲学的傲然气势也荡然无存了。刘香畹讲这件事时，一位朋友说："我听说以德胜妖，没听说以咒骂胜妖的。老儒遭此烦扰也是应该的。"另一位朋友说："假使是周敦颐、张载、程颐、程颢、朱熹这样的儒学大师咒骂狐妖，狐妖必不敢作怪。而这位老儒空有古儒者的外貌而无古儒者的学识、教养。"又一位朋友说："像周敦颐、张载、程颐、程颢、朱熹那样的学者必不会轻易出口骂言。只有内心德识不足者才恼怒流露于外呢！"刘香畹点头赞成说："这话说得一针见血。"

原文

卢霁渔编修患寒疾，误延读《景岳全书》^①者投人参，立卒。太夫人悔焉，哭极恸。然每一发声，辄闻板壁格格响；夜或绕床呼阿母，灼然辨为霁渔声。盖不欲高年之过哀也。悲哉！死而犹不忘亲乎。

——●【字词注解】

①《景岳全书》：明代杰出医学家张景岳所著的医书，内容丰富，囊括理论、本草、成方、临床等各科。

——●【精彩解说】

翰林院编修卢霁渔得了伤寒病，误请了一个读过《景岳全书》的医者来治，他在药中放了人参，卢霁渔服药后立即死了。太夫人很悔痛，哭得极其悲哀。她每哭一声，就听见墙板格格作响；夜间听见有人绕着床呼喊母亲，太夫人清楚地辨别出是霁渔的声音。这是卢霁渔不想让年迈的母亲过分哀伤悲痛。可怜啊！死后仍不忘老母亲啊。

原文

　　高淳令梁公钦官户部额外主事时，与姚安公同在四川司。是时六部规制严，凡有故不能入署者，必遣人告掌印，掌印移牒司务，司务每日汇呈堂，谓之出付；不能无故不至也。一日，梁公不入署，而又不出付，众疑焉。姚安公与福建李公根侯，寓皆相近，放衙后同往视之。则梁公昨夕睡后，忽闻砰訇①撞触声，如怒马腾踏。呼问无应者，悸而起视，乃一二仆一御者裸体相搏，捶击甚苦，然皆缄口无一言。时四邻已睡，寓中别无一人。无可如何，坐视其斗。至钟鸣乃并仆，迨晓而苏，伤痕鳞叠，面目皆败。问之都不自知，惟忆是晚同坐后门纳凉，遥见破屋址上有数犬跳踉，戏以砖掷之，嗥而逃。就寝后遂有是变。意犬本是狐，月下视之未审欤！梁公泰和人，与正一真人为乡里，将往陈诉。姚安公曰："狐自游戏，何预于人？无故击之，曲不在彼。祖曲而攻直，于理不顺。"李公亦曰："凡仆隶与人争，宜先克己；理直尚不可纵使有恃而妄行，况理曲乎？"梁公乃止。

──●【字词注解】

①砰訇（hōng）：形容很大的声响。

──●【精彩解说】

　　高淳县令梁钦官居户部额外主事时，与姚安公同在四川司。当时，六部的制度很严，凡因故不能入衙署的人，必须先派人禀告掌印官，掌印官把情况转至司务，司务每天汇总呈报正堂，这叫作出付；不能没有原因不到。一天，梁公没有入署办公，又没有出付，大家怀疑他是不是出了什么事。姚安公与福建的李根侯的寓所距他家很近，放衙后便同去探视。原来，梁公昨夜睡后，忽听见有砰砰的撞击声，如同怒马腾跃踢踏一般。他醒来呼问也没有人回答，于是吃惊地起来探视，原来是两个仆人和一个马夫在裸体相搏，打得难解难分，但都闭口不说一句话。当时四邻已经睡熟，家中别无一人。梁公没有办法，只好坐观其斗。晨钟鸣响时，三人才一同仆倒在地，等到破晓方才苏醒，三人伤痕累累，鼻青眼肿。问他们，却都不知自己干了什么，只记得那天晚上坐在后门纳凉时，望见破屋的废址上有几只狗在跑来跑去，就用砖石投掷它们玩，狗噪叫着逃走了。就寝后，便有了上述变故。也许那些狗是狐狸，在月下看不清楚？梁公是泰和人，与正一真人为同乡，便打算去他那里陈诉。姚安公说："狐狸们在游戏，碍人什么了呢？无故打它们，理屈的不是狐狸。袒护理屈的，攻击有理的，于理不通。"李公也说："凡是仆隶与他人争斗，应先克己；有理尚且不可纵容仆隶仗势胡为，何况没有理呢？"梁公这才打消了念头。

原文

戴遂堂先生曰：尝见一巨公，四月八日在佛寺礼忏放生。偶散步花下，遇一游僧，合掌曰："公至此何事？"曰："作好事也。"又问："何为今日作好事？"曰："佛诞日也。"又问："佛诞日乃作好事，余三百五十九日皆不当作好事乎？公今日放生，是眼见功德，不知岁岁庖厨之所杀，足当此数否乎？"巨公猝不能对。知客僧代叱曰："贵人护法，三宝①增光。穷和尚何敢妄语！"游僧且行且笑曰："紫衣和尚不语，故穷和尚不得不语也。"掉臂径出，不知所往。一老僧窃叹曰："此阇黎②大不晓事；然在我法中，自是突闻狮子吼③矣。"昔五台僧明玉尝曰："心心念佛，则恶意不生，非日念数声，即为功德也。日日持斋，则杀业永除，非月持数日即为功德也。燔炙肥甘，晨昏餍饫，而月限某日某日不食肉，谓之善人。然则苞苴④公行，篚篚不饰，而月限某日某日不受钱，谓之廉吏乎？"与此游僧之言，若相印合。李杏浦总宪则曰："此为彼教言之耳。士大夫终身茹素，势必不行。得数日持月斋，则此数日可减杀；得数人持月斋，则此数人可减杀，不愈于全不持乎？"是亦见智见仁，各明一义。第不知明玉犹在，尚有所辩难否耳。

【字词注解】

①三宝：佛教以佛、法、僧为三宝。
②阇（shé）黎：梵语音译，意为高僧，也泛指僧人、和尚。
③狮子吼：佛教用以比喻佛祖讲经，影响深远。
④苞苴：行贿。

戴遂堂先生说：曾见一高官，四月八日在佛寺敬佛放生。他偶然散步花下，遇见一位游僧，合掌道："您到这儿有什么事？"高官说："做好事。"游僧又说："为何今日做好事？"高官说："今日是佛祖的诞生日。"又问："佛祖诞生日才做好事，那余下的三百五十九日就不该做好事吗？您今日放生，是眼前的功德，却不知年年被厨子所杀的，足以与此数相当吗？"高官一时不能应对。知客僧代为斥责道："贵人护法，三宝增光。穷和尚怎么敢妄言！"游僧一边走一边笑着说："紫衣和尚不说话，所以穷和尚不得不说。"而后转身直出，不知去了哪里。一老僧叹道："这和尚太不懂事，但在我佛门中，他的见解则如同狮子吼一般。"当初五台山僧人明玉说："一心念佛，则恶意不生，并非每日念几声即为功德。天天守斋，则永除杀孽，并非每月守斋几天即为功德。烹肥炙甘，早晚食荤，而每月限在某日某日不吃肉，就称为善人。那么公开行贿，行为不廉，却每月限在某日某日不受贿赂，就可称为廉洁的官员了吗？"这与游僧的观点很相似。都察院左都御使李杏浦则说："这只是他们佛教的说法罢了。士大夫终身食素，肯定不行。能够几天守月斋，则这几天就可以减杀生；能够几人守月斋，则这几个人就可以减杀生，这不比全不守斋更好吗？"这也是见仁见智，各持一理而已。只是不知明玉如果还在，还会怎么论辩。

原文

五军塞王生言：有田父夜守枣林，见林外似有人影。疑为盗，密伺之。俄一人自东来，问："汝立此有何事？"其人曰："吾就木时，某在旁窃有幸词，衔之二十余年矣。今渠亦被摄，吾在此待其缧绁①过也。"怨毒之于人甚矣哉！

①缧（léi）绁（xiè）：用来捆绑犯人的绳索，此处指被冥府所拘。

五军塞的王生说：有个农夫夜里守枣林，看见林外似乎有人影。他疑心是贼盗，便暗中窥伺。不一会儿，见一人从东而来，问他："你站在这里有什么事？"那人说："我死的时候，某人在旁幸灾乐祸，我已含恨二十多年。如今他也被摄来，我在这儿等着看他被捆绑着经过呢。"怨毒之情对人来说，真是厉害啊！

原文

　　甲与乙有隙，甲妇弗知也。甲死，妇议嫁，乙厚币娶焉。三朝后，共往谒兄嫂，归而迂道至甲墓，对诸耕者饁者拍妇肩呼曰："某甲，识汝妇否耶？"妇恚，欲触树。众方牵挽，忽旋飚飒然，尘沙眯目，则夫妇已似失魂矣。扶回后，倏迷倏醒，竟终身不瘥①。外祖家老仆张才，其至戚也，亲目睹之。夫以直报怨，圣人弗禁，然已甚则圣人所不为。《素问》曰："亢则害。"《家语》②曰："满则覆。"乙亢极满极矣，其及也固宜。

【字词注解】

①瘥（chài）：病愈。

②《家语》：即相传为三国时魏王肃所著的《孔子家语》。

【精彩解说】

　　甲与乙有怨仇，甲的妻子不知道。甲死后，妻子要再嫁，乙用重金把她娶过来。三天之后，夫妻一起去见兄嫂，回来时绕道到甲墓前，乙对着耕地的、送饭的人，拍着妻子的肩说："甲，你还认识你的妻子吗？"妻子怨愤，想撞树而死。大家正在拉她，忽然旋风突起，尘沙迷眼，乙夫妇俩都昏了过去。扶回来后，他们有时迷糊有时清醒，竟然终身不好。外祖父家的老仆张才，是他的至亲，亲眼看到此事。有理而去报冤，圣人不会禁止，但过分的话就是圣人所不能容忍的了。《素问》中说："过分就有害。"《家语》说："过满就倒了。"乙过分到极点，过满到极点，落到这个地步也是自然的。

原文

　　后汉敦煌太守裴岑《破呼衍王碑》，在巴里坤海子上关帝祠中，屯军耕垦，得之土中也。其事不见《后汉书》，然文句古奥，字划浑朴，断非后人所依托。以僻在西域，无人摹拓，石刻锋棱犹完整。乾隆庚寅①，游击②刘存仁摹刻一木本，洒火药于上，烧为斑驳，绝似古碑。二本并传于世，赏鉴家率以旧石本为新，新木本为旧。与之辨，傲然弗信也。以同时之物，有目睹之人，而真伪颠倒尚如此，况于千百年外哉！《易》之象数，《诗》之小序，《春秋》之三传，或亲见圣人，或去古未远，经师授受，端绪分明。宋儒曰："汉以前人皆不知，吾以理知之也。"其类此夫。

──●【字词注解】

①乾隆庚寅：乾隆三十五年（1770年）。
②游击：清代绿营兵设游击，在参将之下。

──●【精彩解说】

　　后汉敦煌太守裴岑的《破呼衍王碑》，在巴里坤海子上的关帝祠中，是屯军在耕地时，在土里挖到的。《后汉书》中没有载这件事。但碑上的文句古奥，笔画浑朴，绝不是后人假冒的。因为西域偏远，没有摹拓，石刻的笔锋仍然完好无损。乾隆三十五年游击刘存仁，摹刻了一个木版本，在上面洒上火药，烧出斑斑点点的痕迹，与古碑极相似。这两块碑都流传于世上，鉴赏家通常把旧石碑认定为新本，把新木碑认定为旧本。和他们争辩，却傲慢地一点儿也不信。本是同时代的东西，又有目睹的人，但真假尚且颠倒到这个地步，更何况千百年以前的东西呢？《易经》的象数之学、《诗经》的小序、《春秋》的三传，作者有的亲眼见过圣人，有的离古时还不远，由经师传授下来，条理很分明。宋儒说："汉以前的人都不懂，我凭借着理弄懂了。"与此事相类似吧。

原文

　　康熙十四年①，西洋贡狮，馆阁前辈多有赋咏。相传不久即逸去，其行如风，巳刻绝锁，午刻即出嘉峪关。此齐东语②也。圣祖南巡，由卫河回銮，尚以船载此狮，先外祖母曹太夫人，曾于度帆楼窗罅窥之，其身如黄犬，尾如虎而稍长，面圆如人，不似他兽之狭削。系船头将军柱上，缚一豕饲之。豕在岸犹号叫，近船即嗫不出声。及置狮前，狮俯首一嗅，已怖而死。临解缆时，忽一震吼声，如无数铜钲③陡然合击。外祖家厩马十余，隔垣闻之，皆战栗伏枥下；船去移时，尚不敢动。信其为百兽王矣。狮初至，时吏部侍郎阿公礼稗，画为当代顾、陆④，曾橐笔对写一图，笔意精妙。旧藏博晰斋前辈家，阿公手赠其祖者也。后售于余，尝乞一赏鉴家题签。阿公原未署名，以元代曾有献狮事，遂题曰"元人狮子真形图"。晰斋曰："少宰丹青，原不在元人下。此赏鉴未为谬也。"

●【字词注解】

　　①康熙十四年：1675年。

　　②齐东语：即齐东野语，指不可信的话。

　　③钲（zhēng）：古代行军时用的打击乐器，有柄，形状像钟，但比钟狭而长。

　　④顾、陆：指晋代画家顾恺之和南朝宋画家陆探微。

●【精彩解说】

　　康熙十四年，西洋人进贡了一只狮子，馆阁的前辈们大多写了辞赋咏唱。相传狮子不久便逃跑了，跑得像风一样快，巳刻挣开了锁链，午刻便出了嘉峪关。这只是荒诞奇话而已。康熙南巡，从卫河回京，还用船运载过这只狮子。先外祖母曹太夫人，曾从度帆楼的窗缝偷看，见那狮子身子像黄狗，尾巴像老虎但稍长，脸圆圆的像人，不像其他野兽那样又尖又长。将它系在船头的将军柱上，绑一头猪喂它。猪在岸上还在号叫，一靠近船便不敢出声了。等到放到狮子前面，狮子低头一嗅，猪已经给吓死了。解缆开船时，狮子忽然一声巨吼，如同无数铜钲猛地敲响。外祖家马厩里的十几匹马，隔墙听到狮吼声，都颤抖着趴在槽下；船已经开走一个多时辰了，马还不敢动。这叫人相信它确是百兽之王。狮子刚到时，被称作当代顾恺之、陆探微的吏部侍郎阿礼稗，曾提笔写生，笔法精妙。这幅画过去藏在前辈博晰斋家，是阿礼稗亲手赠给他祖父的。后来他把这幅画卖给我，我请了一位赏鉴家给题字。阿礼稗公原先没有署名，由于元代也曾有过进贡狮子的事，所以他题为"元人狮子真形图"。博晰斋说："阿侍郎的画技，原本就不在元人之下。这个赏鉴也不能算错。"

原文

　　乾隆庚辰①，戈芥舟前辈扶乩，其仙自称唐人张紫鸾，将访刘长卿②于瀛洲岛，偕游天姥。或叩以事，书一诗曰："身从异域来，时见瀛洲岛。日落晚风凉，一雁入云杳。"隐示以鸿冥物外，不预人世之是非也。芥舟与论诗，即欣然酬答以所游名胜《破石崖》《天姥峰》《庐山联句》三篇而去。芥舟时修《献县志》，因附录志末。其《破石崖》一篇，前为五言律诗八韵，对偶声韵俱谐；第九韵以下，忽作鲍参军③《行路难》、李太白《蜀道难》体。唐三百年诗人无此体裁，殊不入格。其以东、冬、庚、青四韵通押，仿昌黎④"此日足可惜"诗；以穿鼻声七韵为一部例，又似稍读古书者。盖略涉文翰之鬼，伪托唐人也。

【字词注解】

①乾隆庚辰：乾隆二十五年（1760年）。
②刘长卿：唐代诗人。
③鲍参军：南朝宋诗人鲍照。
④昌黎：指唐代著名文学家韩愈。

【精彩解说】

　　乾隆二十五年间，戈芥舟前辈扶乩，降坛的仙人自称是唐代的张紫鸾，正要去瀛洲岛找刘长卿，一同去游天姥山。有人问他一些事，他写了一首诗道："身从异域来，时见瀛洲岛。日落晚风凉，一雁入云杳。"诗里暗示他是世外的神仙，不愿介入人世间的是非。芥舟和他论诗，他便欣然应答，写下游览的名胜《破石崖》《天姥峰》《庐山联句》三首诗离去。芥舟当时正在编写《献县志》，于是将这件事附录在志后。其中《破石崖》一首，前边为八韵五言律诗，对偶声韵全都和谐；第九韵以下，忽然变成鲍参军《行路难》、李太白《蜀道难》的诗体。唐代三百年间的诗人都没有这种诗体，实在不入格调。诗里用东、冬、庚、青四韵通押，模仿韩愈的"此日足可惜"一诗，用鼻音七韵作为一个部例，又像是略懂古书的人。大概这是个略微涉猎过笔墨的鬼，假冒唐代人吧。

原文

　　河城西村民，掘地得一镜。广丈余，已触碎其半。见者人持一片去，置室中，每夕吐光。凡数家皆然。是亦王度神镜[①]，应月盈亏之类。但残破之余，尚能如是，更异耳。或疑镜何以如此之大，余谓此必河间王宫殿中物。陆机与弟[②]云书曰："仁寿殿中有大方镜，广丈余，过之辄写人影。"是晋代犹沿此制也。

──●【字词注解】

　　①王度神镜：隋唐时期王度所著的传奇小说《古镜记》中记载了一面能除妖显灵的神镜。

　　②陆机与弟：指陆机和他的弟弟陆云，两人均是晋代文学家。

──●【精彩解说】

　　河城西村的百姓，挖地时挖到一面镜子。镜子有一丈多宽，已经触碎了一半。见到的人都拿了一片回家，放到屋子中，每天晚上都放出光亮。好几家都是这样。这也许像王度的神镜，能够与月亮的盈亏相映。但是它破损后的碎片还能放光，就更奇异了。有人不明白镜子为何会这么大，我认为一定是河间王宫殿中的物品。陆机给他的弟弟陆云的信中写道："仁寿殿中有大方镜，一丈多宽，人经过就能映出人影。"可见晋代还延续这种制度。

原文

乾隆己卯、庚辰间，献县掘得唐张君平墓志。大中七年明经刘伸撰，字画尚可观，文殊鄙俚。余拓示李廉衣前辈，曰："公谓古人事事胜今人，此非唐文耶？天下率以名相耀耳。如核其实，善笔札者必称晋，其时亦必有极拙之字；善吟咏者必称唐，其时亦必有极恶之诗。非晋之厮役皆羲、献①，唐之屠沽皆李、杜②也。西子、东家③实为一姓，盗跖、柳下④乃是同胞，岂能美则俱美，贤则俱贤耶？赏鉴家得一宋砚，虽滑不受墨，亦宝若球图；得一汉印，虽谬不成文，亦珍逾珠璧。问何所取，曰取其古耳。东坡诗曰：'嗜好与俗殊酸咸。'斯之谓欤！"

——●【字词注解】

①羲、献：指晋代书法家王羲之与王献之父子。

②李、杜：指唐代诗人李白和杜甫。

③西子、东家：指西施和东施。西施代指美女，东施代指丑女。

④盗跖、柳下：盗跖，代指坏人；柳下，即柳下惠，代指贤良之人。

——●【精彩解说】

　　乾隆二十四年、二十五年间，在献县发掘到唐代张君平的墓志。这是大中七年明经刘伸撰写的，墓志的书法还可以，文章却很粗俗。我把拓片给李廉衣前辈看，说："前辈说古人事事胜过今人，这不是唐代的文章吗？世上往往只注重名声。考查一下实际情况，说起擅长书法的必称晋代，但那时也一定有极其拙劣的字；说起擅长诗歌的必称唐朝，但那时也一定有极差的诗。并非晋代的用人、役吏都是王羲之、王献之，唐代的屠夫、酒家都是李白、杜甫。西施、东施实际上是一个姓，盗跖、柳下惠是一奶同胞，怎么能说美就完全美、贤就完全贤呢？鉴赏家得到一方宋砚，即便溜滑研不了墨，也宝贝得像天球和河图一样的宝物；得到一方汉印，即使错得不成文句，也视如珍宝。问他们好在哪儿？回答说好就好在古老上。苏东坡有句诗说：'嗜好与俗殊酸咸。'说的就是这个意思吧！"

原文

　　道家有太阴炼形法，葬数百年，期满则复生。此但有是说，未睹斯事。古以水银敛者，尸不朽，则凿然有之。董曲江曰："凡罪应戮尸者，虽葬多年，尸不朽。吕留良①焚骨时，开其棺，貌如生，刃之尚有微血。盖鬼神留使伏诛也。某人时官浙江，奉檄莅其事，亲目击之。然此类皆不为祟。其为祟者曰僵尸。僵尸有二：其一新死未敛者，忽跃起搏人；其一久葬不腐者，变形如魑魅，夜或出游，逢人即攫。或曰：'旱魃即此。'莫能详也。夫人死则形神离矣，谓神不附形，安能有知觉运动？谓神仍附形，是复生矣，何又不为人而为妖？且新死尸厥者，并其父母子女或抱持不释，十指抉入肌骨。使无知，何以能踊跃？使有知，何以一息才绝，即不识其所亲？是殆别有邪物凭之，戾气感之，而非游魂之为变欤！袁子才②前辈《新齐谐》载南昌士人行尸夜见其友事，始而祈请，继而感激，继而凄恋，继而忽变形搏噬。谓人之魂善而魄恶，人之魂灵而魄愚。其始来也，一灵不泯，魄附魂以行；其既去也，心事既毕，魂一散而魄滞。魂在则为人也，魂去则非其人也。世之移尸走影，皆魄为之。惟有道之人，为能制魄。"语亦凿凿有精理，然管窥之见，终疑其别有故也。

【字词注解】

①吕留良：明末清初时杰出的学者、诗文家、出版家。他去世后十年，被人告发有反清言行，雍正帝趁机大兴文字狱，焚毁他的著作，残酷处罚他的家人，还将他戮尸。

②袁子才：即清代学者袁枚，字子才，号简斋，晚年自号苍山居士，钱塘（今浙江杭州）人。

【精彩解说】

　　道家有太阴炼形法，埋葬几百年后，到了期限人便复生了。不过只有这种说法，并没有看见这种事。古时用水银收敛死者，尸体不腐烂，则是确有其事。董曲江说："凡是罪大恶极应当戮尸的人，即使埋葬多年，尸体也不腐朽。吕留良的尸骨要被焚烧时，打开他的棺材，颜面犹如活人，用刀一砍，还有血迹。大概是鬼神保留着他的尸体，使他受刑。某人当时在浙江做官，奉令主持这件事，曾亲眼所见。不过这一类尸体都不会作祟。那些作祟的叫僵尸。僵尸有两种：一种是刚死还未收敛的，忽然跳起来伤人；一种是安葬了很长时间还没腐朽的，变成魑魅的样子，有时夜里出来，遇到人就抓。有人说：'这就是旱魃。'没有人能说明白。一般人死后神与形就分离了，既然神不附在形上，尸体怎么还有知觉能运动？说神仍附在形上，这就是死而复生了，那怎么又不成为人而变成妖？而且刚死去的发生尸变，不分父母子女都会抱住不放，十个指头都插入肌肉、骨头里了。假如说他没有知觉，又怎么能跳跃起来？假如说他有知觉，为什么呼吸刚停就不认亲人了？这大概是另有邪物依凭着他，戾气迷惑了他，而不是游魂的变异造成的！袁子才前辈的《新齐谐》中记载南昌的士子死后行尸，夜里见到他朋友的事，他开始时请求，继而表示感激，继而恋恋不舍，继而忽然变形去扑打朋友。因此说人的魂善良而魄凶恶，人的魂灵巧而魄愚蠢。当人在世上，魂没有泯灭，魄便附在魂上行动；当人去世时，心事已了，魂散去而留下了魄。魂在时就是人，魂去就不是人了。世上的行尸走影，都是魄干的。只有有道之人，才能制住魄。"他说的话倒也确凿有精深的道理，不过据我看来，始终认为其中另有原因。

原文

任子田言：其乡有人夜行，月下见墓道松柏间，有两人并坐。一男子年约十六七，韶秀可爱；一妇人白发垂项，伛偻携杖，似七八十以上人。倚肩笑语，意若甚相悦。窃讶何物淫妪，乃与少年儿狎昵。行稍近，冉冉而灭。次日，询是谁家冢，始知某早年夭折，其妇媚守五十余年，殁而合窆①于是也。《诗》曰："穀则异室，死则同穴②。"情之至也。《礼》曰："殷人之祔③也离④之，周人之祔也合之。善夫！"圣人通幽明之礼，故能以人情知鬼神之情也。不近人情，又乌知《礼》意哉！

—●【字词注解】

①合窆（biǎn）：合葬。

②穀则异室，死则同穴：指生前分室而居，死后同穴而葬。

③祔：合葬。

④离：两棺之间隔一物。

—●【精彩解说】

任子田说：他们乡里有人走夜路，月光下看到墓地松柏之间，有两个人并肩坐着，一个男子年纪在十六七岁，清秀可爱；一个妇人白发垂到颈部，驼着背，拿着拐杖，年纪好像在七八十岁以上。他们相挨着谈笑，看样子两人很亲热。那人觉得奇怪，哪儿的淫荡老太婆和少年这么热乎。他走近了些，两人便冉冉地消失了。第二天，他打听是谁家的墓地，这才知道那位少年夭折，他的媳妇守寡五十多年，死后合葬在这里。《诗经》中说："穀则异室，死则同穴。"这是最亲的亲情。《礼》中说："殷人之祔也离之；周人之祔也合之。善夫！"圣人理解阴间阳间的礼仪，所以能通过人情了解鬼的情感。不近人情，又怎么知道《礼》的内容呢？

原文

　　族侄肇先言：有书生读书僧寺，遇放焰口。见其威仪整肃，指挥号令，若可驱役鬼神。喟然曰："冥司之敬彼教，乃过于儒。"灯影朦胧间，一叟在旁语曰："经纶宇宙，惟赖圣贤，彼仙佛特以神道补所不及耳。故冥司之重圣贤在仙佛上，然所重者真圣贤。若伪圣为贤，则阴干天怒，罪亦在伪仙伪佛上。古风淳朴，此类差稀。四五百年以来，累囚日众，已别增一狱矣，盖释道之徒，不过巧陈罪福，诱人施舍。自妖党聚徒谋为不轨外，其伪称我仙我佛者，千万中无一，儒则自命圣贤者，比比皆是。民听可惑，神理难诬。是以生拥皋比[①]，殁沉阿鼻，以其贻害人心，为圣贤所恶故也。"书生骇愕，问："此地府事，公何由知？"一弹指间，已无所睹矣。

—●【字词注解】

　　①皋（gāo）比：用虎皮铺的座椅，此处指学堂里师父的座席。

—●【精彩解说】

　　族侄肇先说：有个书生在一佛寺内读书，正巧遇上寺里举行施食饿鬼的法事。他见整个仪式威严整肃，僧人们指挥号令，真好像在驱使鬼神。他不禁感叹道："阴间重视佛教，要胜过儒教。"灯影朦胧中，一个老翁在旁边说："治理天下，只能依赖圣贤，那些仙佛不过以神道补充圣贤所没有顾及的地方罢了。所以阴间重视圣贤超过重仙佛，但是看重的是真圣贤。如果是伪圣贤，就会触犯天怒，罪过也比伪仙伪佛重。古代风气淳朴，这一类事还少些。四五百年以来，累积的犯人日益增多，已经另增加了一个监狱，那些僧人道士，不过是花言巧语地宣扬诱骗人施舍。除了妖党聚众谋反之外，伪称我是仙佛的人，千万人中也没有一个，儒生中自称为圣贤的人，倒是比比皆是。老百姓可能受骗，神理则难以糊弄。所以这些人活着时在讲坛上当先生，死后则堕入阿鼻狱中，这是因为他们贻害人心，被圣贤所痛恶的缘故。"书生惊愕，问道："这是地府中的事，您如何知道？"刹那间，老翁已看不见了。

原文

甲乙有夙怨，乙日夜谋倾甲。甲知之，乃阴使其党某以他途入乙家，凡为乙谋，皆算无遗策；凡乙有所为，皆以甲财密助其费，费省而功倍。越一两岁，大见信，素所倚任者皆退听。乃乘间说乙曰："甲昔阴调我妇，讳弗敢言，然衔之实次骨。以力弗敌，弗敢婴[1]。闻君亦有仇于甲，故效犬马于门下。所以尽心于君者，固以报知遇，亦为是谋也。今有隙可抵，盍图之。"乙大喜过望，出多金使谋甲。某乃以乙金为甲行赂，无所不曲到。阱即成，伪造甲恶迹及证佐姓名以报乙，使具牒。比庭鞫，则事皆子虚乌有，证佐亦莫不倒戈，遂一败涂地，坐诬论戍。愤恚甚，以昵某久，平生阴事皆在其手，不敢再举，竟气结死。死时誓诉于地下，然越数十年卒无报。论者谓难端发自乙，甲势不两立，乃铤而走险，不过自救之兵，其罪不在甲。某本为甲反间，各忠其所事，于乙不为负心，亦不能甚加以罪。故鬼神弗理也。此事在康熙末年。《越绝书》[2]载子贡谓越王曰："夫有谋人之心，而使人知之者，危也。"岂不信哉！

【字词注解】

①婴：触犯。
②《越绝书》：相传为东汉人袁康所著，记春秋吴越国事。

【精彩解说】

甲乙二人之间有宿怨，乙日夜都想害甲。甲知道了，便暗中派他的亲信某人，从其他途径进入乙家，凡是他为乙谋划的事，都算计得没有疏漏；凡是乙要干什么，他都利用甲的钱暗中加以资助，这样乙没费多少钱而功效倍增。过了一两年，某人极得乙的信任，乙平素所倚重的人都排到他后边了。于是某人便趁机对乙说："甲过去曾暗中调戏我的媳妇，我不敢说，但恨他入骨。因为力量不敌，所以不敢和他斗。听说你和甲也有仇，所以我便到你门下效犬马之劳。我之所以尽心尽力为你办事，一方面是报答你的知遇之恩，同时也是为了报复。现在有机会，咱们一起对付他吧。"乙大喜过望，拿出许多钱财来算计甲。某人却用这些钱为甲疏通关系，各个关节都打通了。布置好了圈套，某人便伪造甲的恶劣行径和证人姓名告诉了乙，让乙写状子上告。等到在法庭上审问时，所有的事情都是没影的，证人们也都不认账，乙于是一败涂地，因犯诬陷罪被判戍边发配。乙又气又恨，但由于和某人关系长期以来很亲密，平生的隐私都被他掌握着，所以不敢上告，竟然气闷郁结而死。死时发誓要告到地下，可是过了几十年，还是没有报应。议论这事的人说是乙首先发难，甲与乙势不两立，甲这才铤而走险，不过是为了自救，罪过不在甲。某人本来就是为甲使反间计，忠于他的职责，他对乙也不算负心，也不能把罪名加给他。所以鬼神也不管这事。这事发生在康熙末年。《越绝书》中记载子贡对越王说："有害人的心思，而叫别人知道，这就危险了。"这话实在叫人心服口服！

原文

里人范鸿禧，与一狐友昵。狐善饮，范亦善饮，约为兄弟，恒相对醉眠。忽久不至，一日遇于秋田中，问："何忽见弃？"狐掉头曰："亲兄弟尚相残，何有于义兄弟耶？"不顾而去。盖范方与弟讼也。杨铁崖①《白头吟》曰："买妾千黄金，许身不许心。使君自有妇，夜夜白头吟。"与此狐所见正同。

──•【字词注解】

①杨铁崖：元代学者杨维桢，字廉夫，号铁崖。

──•【精彩解说】

乡里有个范鸿禧，和一位狐仙很友善。狐仙爱喝酒，范也爱喝酒，两人相约为兄弟，经常喝醉睡在一起。后来狐仙忽然许久不来拜访他，一天范鸿禧在高粱地里遇见了狐仙，问："为何忽然不来见我了？"狐仙掉头说："亲兄弟尚且相残害，何况对结义兄弟呢？"说完便头也不回地走了。原来当时范正和他弟弟打官司呢。杨铁崖的《白头吟》中说："买妾千黄金，许身不许心。使君自有妇，夜夜白头吟。"这与狐仙的见解恰好相同。

拓展阅读

八旗　八旗制度是清王朝的根本制度，是由清太祖努尔哈赤创立的。努尔哈赤仿效金朝的猛安谋克制，将军队分为黄、白、红、蓝四旗，后又增加镶黄、镶白、镶红、镶蓝四旗，八旗制度正式确立。努尔哈赤自己担任正黄旗和镶黄旗的旗主，其他各旗的旗主则是他的兄弟和子孙。八旗士兵们平时参加生产，战时参军，自备粮草军械，战斗力很强。随着清朝实力的扩大，又增设了八旗蒙古、八旗汉军。八旗军一半守卫京师，一半驻防在各军事要地。旗人享有种种优惠政策，到了清代中晚期日益颓废，战斗力直线下降，甚至成为社会的寄生虫，最终随清王朝一起灭亡了。

朱熹　南宋理学家，字元晦，谥"文"，故世称朱文公。南剑州尤溪（今福建尤溪）人，出身儒学世家，十九岁中进士，长期担任漳州知府、浙东巡抚等地方官，有政声，尤其重视地方教育，大力推进书院建设。他是儒学的集大成者，由他确立的程朱理学成为后世封建统治阶级的官方哲学。他被后人尊为"朱子"，影响非常深远。

韩愈　中唐时期文学家、政治家，字退之，河阳（今河南孟州）人，出身官宦世家。二十四岁考中进士，曾任国子监四门博士、监察御史等职，但屡遭贬谪。后担任宰相裴度的行军司马，在军中立下功勋，被任命为刑部侍郎。唐宪宗沉迷佛教，迎接佛骨而引发信佛狂潮，韩愈笃信儒学，进行了坚决的反对，被贬为潮州刺史，次年赦还，任兵部侍郎。不久，他只身进入叛乱的镇州军阀王庭凑的军营，说服王庭凑接受朝廷任命。此后，韩愈曾任京兆尹兼御史大夫，官终礼部侍郎，病逝后谥号"文"，故世称韩文公。韩愈是"唐宋八大家"之首，古文运动的倡导者，有"百代文宗"之誉。他的散文气势雄浑、说理透彻，使得只讲究形式而忽略内容的骈体文变得式微。韩愈的诗进行了大胆创新，以文为诗，刻意求奇，佳作很多。

卷十一　槐西杂志一

〔题解〕

1792年，纪昀任左都御史，偶尔暂住在圆明园附近的槐西老屋，在工作之余创作了这四卷《槐西杂志》。此时他年近古稀，对日益没落的清朝社会感到焦虑，因此孜孜不倦地进行创作，目的依然是用故事进行道德说教。

原文

余再掌乌台①，每有法司会谳事②，故寓直③西苑④之日多。借得袁氏婿数楹，榜曰"槐西老屋"。公余退食，辄憩息其间。距城数十里，自僚属白事外，宾客殊稀。昼长多暇，晏坐⑤而已。旧有《滦阳消夏录》《如是我闻》二书，为书肆所刊刻。缘是友朋聚集，多以异闻相告。因置一册于是地，遇轮直则忆而杂书之，非轮直之日则已。其不能尽忆则亦已。岁月骎寻⑥，不觉又得四卷，孙树馨⑦录为一帙⑧，题曰《槐西杂志》，其体例则犹之前二书耳。自今以往，或竟懒而辍笔欤，则以为《挥尘》⑨之三录可也；或老不能闲，又有所缀欤，则以为《夷坚》⑩之丙志亦可也。壬子⑪六月，观弈道人识。

【字词注解】

①乌台：指负责监察百官的机构，东汉时期称御史台，因台外柏树上有很多乌鸦被称为乌台。明代改称都察院，但文章中依然称为御史台或乌台，最高长官为左都御史。

②谳事：审理案件。

③寓直：夜间于官署值班。

④西苑：位于北京西郊一带的清代皇家园林建筑群。

⑤晏坐：闲坐。

⑥骎寻：渐进。

⑦树馨：纪昀次子纪汝传之子，是纪昀文集的主要编纂者。

⑧帙：量词，指一套线装书。

⑨《挥尘》：指《挥尘录》，为南宋王明清所撰的笔记小说集。

⑩《夷坚》：指南宋洪迈所撰的志怪小说集《夷坚志》。

⑪壬子：指乾隆五十七年（1792年）。

——●【精彩解说】

　　我再次掌管都察院，常常会与司法官员聚在一起审理案件，因此在西苑值班的时候很多。于是，借了袁家女婿家里的几间屋子，匾额是"槐西老屋"。工作告一段落时就到老屋中吃饭、休息。那里离京城有几十里地，除了都察院中的属下来回禀事务之外，很少有宾客来往。夏季白天很长，空闲时间多，只能闲坐着。过去我写了《滦阳消夏录》和《如是我闻》两本书，已经被书商刊印出来。因此亲朋好友聚集时，常常告诉我一些奇闻异事。所以，我就在老屋放了一个记事的册子，每次值班就回忆大家说的并信笔记下来，不值班就不记了。有些事情回忆不起来，也就算了。岁月流逝，不知不觉中又写了四卷，我的孙子树馨把这四卷抄写成一册，书名叫《槐西杂志》，体例与前两册大体相同。从现在追溯到过去，有时候是由于懒惰而停笔，我觉得《挥尘录》之三记载的内容还算说得过去；偶尔又觉得虽然年迈但不能闲适，于是又提笔写了一些，我认为《夷坚志》书中的丙志卷也还不错。壬子年六月，观弈道人记。

原文

　　《隋书》载兰陵公主死殉后夫，登于《列女传》之首。颇乖史法。沧州医者张作霖言：其乡有少妇，夫死未周岁辄嫁。越两岁，后夫又死，乃誓不再适，竟守志终身。尝问一邻妇病，邻妇忽瞑目作其前夫语曰："尔甘为某守，不为我守何也？”少妇毅然对曰：“尔不以结发视我，三年曾无一肝鬲语，我安得为尔守！彼不以再醮轻我，两载之中，恩深义重，我安得不为彼守！尔不自反，乃敢咎人耶？”鬼竟语塞而退。此与兰陵公主事相类。盖亦豫让①“众人遇我，众人报之；国士遇我，国士报之”之意也。然五伦②之中，惟朋友以义合：不计较报施，厚道也；即计较报施，犹直道也。兄弟天属，已不可言报施；况君臣父子夫妇，义属三纲哉。渔洋山人作《豫让桥》诗曰：“国士桥边水，千年恨不穷。如闻柱厉叔③，死报莒敖公。”自谓可以敦薄，斯言允矣。然柱厉叔以不见知而放逐，乃挺身死难，以愧人君不知其臣者，是犹怨怼之意；特与君较是非，非为君捍社稷也。其事可风，其言则未协乎义。或记载者之失乎？

●【字词注解】

①豫让：春秋战国时期的刺客。

②五伦：指封建礼教称君臣、父子、兄弟、夫妇、朋友之间的五种关系。

③柱厉叔：春秋时莒国大臣。

●【精彩解说】

《隋书》里记载兰陵公主用死来表明对后夫的情意，在《列女传》中把她列在第一篇。这种治史的方法是与传统史学相违背的。沧州有位名叫张作霖的医生说：在他的家乡有一少妇，丈夫死未至周年，她就嫁人了。过了两年，她的后夫也去了，她就赌咒发誓，决不再改嫁，竟然守了一辈子寡。有一天，这位少妇去看望邻居家中一位生病的妇女。那位妇女忽然瞪起眼珠子，以少妇前夫的声调呵斥说：“你甘心为后夫守，为什么不为我守节？”少妇干脆利落地回答：“你不把我当作结发夫妻，在一起生活了三年，你却从来没有跟我说过一句体贴温存的话语，我凭什么为你守节？后夫不嫌我是二婚，结婚两年中，夫妻恩爱，情深义重，我怎么能不为他守节呢！你不扪心自问，反倒来责怪我！”鬼魂被问得张口结舌，灰溜溜地走了。这个故事跟兰陵公主用死来缅怀后夫的故事差不多。少妇所言与豫让曾说过的“你把我当作一般人一样对待，我就像一般人一样地对待你；你把我当作国宾，我就用国宾的方式来回报你"，是一个意思。但是，在五常之中，只有朋友是以义相交的：朋友之间不讲报答，这就是厚道；就是讲求报答，也说得过去。兄弟之间的关系是天然的，不能谈报答；君与臣、父与子、夫与妇，义在三纲之内，就更谈不上报答了。渔洋山人在他的《豫让桥》诗中说："国士桥边水，千年恨不穷。如闻柱厉叔，死报莒敖公。"他认为这诗可以敦睦世风，这看法倒是不错。然而，柱厉叔因为不被国君了解而被放逐，所以他挺身殉难，以使不了解臣下的君王惭愧。他的这个行动，含着不满和怨恨，只为与君王计较是非，而不是为了捍卫江山社稷。他的事迹值得赞扬，他的言行未必合乎礼义。这或许是记叙者的失误吧？

原文

　　江宁王金英，字菊庄，余壬午①分校所取士也。喜为诗，才力稍弱，然秀削不俗，颇近宋末四灵②。尝画艺菊小照，余戏仿其体格题之，有"以菊为名字，随花入画图"句，菊庄大喜。则所尚可知矣。撰有诗话数卷，尚未成书，霜凋夏绿，其稿不知流落何所。犹记其中一条云："江宁一废宅，壁上微有字迹。拂尘谛视，乃绝句五首。其一曰：'新绿渐长残红稀，美人清泪沾罗衣。蝴蝶不管春归否，只趁菜花黄处飞。'其二曰：'六朝燕子年年来，朱雀桥圮花不开。未须惆怅问王谢，刘郎一去何曾回？'其三曰：'荒池废馆芳草多，踏青年少时行歌。谯楼鼓动人去后，回风袅袅吹女萝。'其四曰：'土花漠漠围颓垣，中有桃叶桃根魂。夜深踏遍阶下月，可怜罗袜终无痕。'其五曰：'清明处处啼黄鹂，春风不上枯柳枝。惟应夹阤③双石兽，记汝曾挂黄金丝。'字极怪伟，不著姓名，不知为人语鬼语。"余谓此福王④破灭以后前明故老之词也。

①壬午：乾隆二十七年（1762年）。

②四灵：南宋诗人徐熙号灵晖，徐玑号灵渊，翁卷号灵舒，赵师秀号灵秀，四人都是浙江永嘉人，称"永嘉四灵"。

③阤（shì）：台阶两边砌的斜石。

④福王：指南明皇帝朱由崧。

—●【精彩解说】

江宁人王金英，字菊庄，是我在乾隆二十七年任同考官时录取的举人。他很喜欢作诗，但才力稍弱，不过他的诗俊秀挺拔，不同流俗，诗风接近永嘉四灵。他曾经画艺菊来比照自己，我就模仿他的诗风在画上题了字，其中有"以菊为名字，随花入画图"的句子，王金英看了非常高兴。由此可知，他所崇尚的是什么了。王金英撰写了若干卷诗话，还没有成书，可惜他英年早逝，书稿也不知失落到何处了。只记得遗稿中有一条说："江宁有一所废旧宅院，墙上隐隐约约有字迹。拂拭掉上面的灰尘仔细看，原来是绝句五首。其一：'新绿渐长残红稀，美人清泪沾罗衣。蝴蝶不管春归否，只趁菜花黄处飞。'其二：'六朝燕子年年来，朱雀桥圯花不开。未须惆怅问王谢，刘郎一去何曾回？'其三：'荒池废馆芳草多，踏青年少时行歌。谯楼鼓动人去后，回风袅袅吹女萝。'其四：'土花漠漠围颓垣，中有桃叶桃根魂。夜深踏遍阶下月，可怜罗袜终无痕。'其五：'清明处处啼黄鹂，春风不上枯柳枝。惟应夹陛双石兽，记汝曾挂黄金丝。'这五首诗的字迹很怪异，没有署作者姓名，更不知是人言还是鬼语。"我认为，可能是明朝福王弘光帝政权灭亡之后的遗老们写的。

原文

田白岩言：尝与诸友扶乩，其仙自称真山民，宋末隐君子也。倡和方洽，外报某客某客来，乩忽不动。他日复降，众叩昨遽去之故。乩判曰："此二君者，其一世故太深，酬酢①太熟，相见必有谀词数百句。云水散人，拙于应对，不如避之为佳。其一心思太密，礼数太明，甚与人语恒字字推敲，责备无已。闲云野鹤，岂能耐此苛求，故遁逃尤恐不速耳！"后先姚安公闻之，曰："此仙究狷介之士，器量未宏。"

—●【字词注解】

①酬酢（zuò）：指宾主互相敬酒，泛指交际应酬。酬，向客人敬酒；酢，向主人敬酒。

──●【精彩解说】

田白岩说：他曾经和几位朋友一起扶乩，下坛的乩仙自称真山民，是宋朝末年的隐士。乩仙与众人吟诗对句，兴致正浓的时候，外面有人来报告说，某某两位客人来了，乩笔就忽然停下来不动了。有一天，这位仙又降坛来，大家便询问上次突然离去的原因。乩仙下判语说："那两位先生，一位过于世故，应酬方面太熟练了，见了面肯定有几百句阿谀奉承的话。我是看山观水的闲散人，不善于应酬，不如避开为妙。另一位心思过于缜密，太注意礼数，和人说话，字字推敲，咬文嚼字。我这个人像闲云野鹤，如何受得了他的苛求，我躲还怕来不及呢！"后来，先父姚安公听到了这个故事，说："这位仙人，可算得上是个不同流俗的人，只是器量太小。"

原文

从孙树森言：晋人有以赀产托其弟而行商于外者，客中纳妇，生一子。越十余年，妇病卒，乃携子归。弟恐其索还赀产也，诬其子抱养异姓，不得承父业。纠纷不决，竟鸣于官。官故愦愦，不牒其商所问真赝，而依古法滴血试；幸血相合，乃笞逐其弟。弟殊不信滴血事，自有一子，刺血验之，果不合。遂执以上诉，谓县令所断不足据。乡人恶其贪媢①无人理，佥曰："其妇夙与某私昵，子非其子，血宜不合。"众口分明，具有征验，卒证实奸状。拘妇所欢鞫之，亦俯首引伏。弟愧不自容，竟出妇逐子，窜身逃去，赀产反尽归其兄。闻者快之。按，陈业滴血②，见《汝南先贤传》，则自汉已有此说。然余闻诸老吏曰："骨肉滴血必相合，论其常也。或冬月以器置冰雪上，冻使极冷；或夏月以盐醋拭器，使有酸咸之味：则所滴之血，入器即凝，虽至亲亦不合。故滴血不足成信谳。"然此令不刺血，则商之弟不上诉，商之弟不上诉，则其妇之野合生子亦无从而败。此殆若或使之，未可全咎此令之泥古矣。

──●【字词注解】

①媢（mào）：妒忌。
②滴血：古时用血辨别亲属关系的方法。

─●【精彩解说】

　　我的侄孙纪树森说：山西有个人把家产都托付给弟弟后，就出外经商了，在外经商期间，他娶妻生子。十多年后，妻子因病去世，商人就带着儿子返回老家。他的弟弟怕他讨还家产，就诬告说哥哥带回的孩子是抱养的，不能继承父业。兄弟俩因为这事闹得不可开交，只得告到官府。县令是个昏庸之人，他没有仔细审问商人有关问题的真假，而是依据传统的滴血法来检验；幸好父子的血相合，县令便把商人的弟弟揍了一顿板子，赶走了。商人的弟弟不相信滴血验亲的事，他也有一个儿子，便刺血相验，结果他与儿子的血不相合。于是，他就以此作为证据，说县令的判断是不足为凭的。乡里人都厌恶他贪婪、没有人情味儿，便向官府做证说："他媳妇以前跟某人相好，那儿子根本不是他的，因此血不合。"人们说得明明白白，而且有相关佐证，终于证实有奸情。于是拘来他妻子的相好一审，对方也低头认罪。商人的弟弟羞愧得无地自容，竟然休了妻子赶走了儿子，自己弃家外逃，连他的那份家产也一同归了他的哥哥。听说此事的人无不称快。按，陈业滴血辨认兄长骸骨的故事，见于《汝南先贤传》，可见从汉朝以来就有用滴血法辨认血缘关系的说法。然而我听一位老吏说："亲骨肉的血必能相合，这是就一般情况而言。如果在冬天把验血的容器放在冰雪上，冻得它极冷；或者在夏天用盐醋擦拭容器，使容器有酸咸的味道：那么所滴的血一接触容器，就会马上凝结，即使是骨肉至亲的血也不会相合。所以用滴血验亲法并不能断得完全正确。"但是这位县官如果不使用滴血法，那么商人的弟弟就不会上诉，而他妻子私通生孩子的事就不会水落石出。这大概另有什么神秘的原因驱使吧，也不能完全责备这位县官拘泥于古法。

原文

　　先兄晴湖言：有王震升者，暮年丧爱子，痛不欲生，一夜偶过其墓，徘徊凄恋，不能去。忽见其子独坐陇头，急趋就之。鬼亦不避。然欲握其手，辄引退。与之语，神意索漠，似不欲闻。怪问其故，鬼哂曰："父子宿缘也，缘尽，则尔为尔我为我矣，何必更相问讯哉！"掉头竟去。震升自此痛念顿消。客或曰："使西河①能知此义，当不丧明。"先兄曰："此孝子至情，作此变幻，以绝其父之悲思，如郗超②密札之意耳，非正理也。使人存此见，父子兄弟夫妇，均视如萍水之相逢，不日趋于薄哉！"

①西河：指孔子的弟子子夏。
②郗（xī）超：东晋人，官至中书侍郎。

我过世的兄长晴湖说：有一个叫王震升的人，晚年失去了爱子，痛不欲生，一天夜里，他偶尔经过儿子的坟墓，便徘徊留恋，不忍心离去。忽然他看见儿子的鬼魂独自坐在田垄尽头，便急忙跑过去。鬼也不躲他。然而当他想握儿子的手时，鬼便后退。他和儿子说话，儿子却非常冷漠，仿佛不愿意听。他感到奇怪，便问怎么了，鬼嘲笑道："父子之情，不过是宿缘，如今缘分已尽，你就是你，我就是我，为什么再来呢？"说完掉头就走。王震升从此便不再思念儿子了。有个客人说："如果西河明白这个道理，也不会失明了。"先兄晴湖说："这是孝子的至情，做这样的变幻，就是要断绝父亲对他的思念之情，就像晋人郗超的密信的用意一样，并不是正理。如果每人都心中存有这个念头，那么父子、兄弟、夫妻之间的情谊都被看作萍水相逢，人情不就更加淡薄了吗？"

原文

某公纳一姬，姿采秀丽，言笑亦婉媚，善得人意。然独坐则凝然若有思，习见亦不讶也。一日，称有疾，键户昼卧。某公穴窗纸窥之，则涂脂傅粉，钗钏衫裙，一一整饬，然后陈设酒果，若有所祀者。排闼入问，姬蹙然敛衽跪曰："妾故某翰林之宠婢也。翰林将殁，度夫人必不相容，虑或鬻入青楼，乃先遣出。临别，切切私嘱曰：'汝嫁我不恨，嫁而得所我更慰。惟逢我忌日，汝必于密室靓妆私祭我；我魂若来，以香烟绕汝为验也。'"某公曰："徐铉①不负李后主，宋主弗罪也。吾何妨听汝。"姬再拜炷香，泪落入俎。烟果袅袅然三绕其颊，渐蜿蜒绕至足。温庭筠②《达摩支曲》曰："捣麝成尘香不灭，拗莲作寸丝难绝。"此之谓欤！虽琵琶别抱，已负旧恩，然身去而心留，不犹愈于同床各梦哉。

●【字词注解】

①徐铉：五代、宋初时的文学家、书法家。他在南唐时官至吏部尚书，随李煜降宋后官至散骑常侍。他曾两次面见宋太祖为李煜辩解，无果。

②温庭筠：晚唐著名诗人、词人，本名岐，字飞卿，太原祁（今山西祁县）人。

●【精彩解说】

某公讨了一个小妾，姿色艳丽，言笑时更显得十分妩媚，善解人意。然而，每当她独处的时候，就凝神若有所思，某公看惯了也就不觉得奇怪了。有一天，她称说有病，大白天插上门睡觉。某公捅破窗纸偷看，见她涂脂抹粉，头钗手镯衣衫裙子，都穿戴整齐，然后摆好酒果，好像要祭祀。某公推门进去发问，小妾伤感地跪下说："我本是已死去某翰林宠爱的婢女。翰林临终之前，料到夫人肯定不会容我，怕我将来会被卖到妓院，就先把我打发出来。临别时叮嘱我：'你嫁人我不恨，假如嫁个好人，我更感到欣慰。只是每逢我的忌日，你一定要在密室里装扮漂亮祭奠我；我的鬼魂假若来了，将会有香烟环绕着你。'"某公说："徐铉在亡国之际仍忠于李后主，宋太祖一点儿不怪罪。我也不会阻止你。"她烧香再拜，泪水落在祭品上。香烟果然袅袅地多次绕过她的脸颊，慢慢地蜿蜒绕到了脚。温庭筠在《达摩支曲》中写道："捣麝成尘香不灭，拗莲作寸丝难绝。"表达的就是这种情感吧！她虽然另嫁他人，有负旧恩，但是她人去心留这儿，不还强过同床异梦吗？

原文

程念伦，名思孝，乾隆癸酉、甲戌①间，来游京师，弈称国手。如皋冒祥珠曰："是与我皆第二手，时无第一手，遽自雄耳。"一日，门人吴惠叔等扶乩，问："仙善弈否？"判曰："能。"问："肯与凡人对局否？"判曰："可。"时念伦寓余家，因使共弈。初下数子，念伦茫然不解，以为仙机莫测也，深恐败名，凝思冥索，至背汗手颤，始敢应一子，意犹惴惴。稍久，似觉无他异，乃放手攻击。乩仙竟全局覆没，满室哗然。乩忽大书曰："吾本幽魂，暂来游戏，托名张三丰②耳。因粗解弈，故尔率答。不虞此君之见困，吾今逝矣。"惠叔慨然曰："长安道上，鬼亦诳人。"余戏曰："一败即吐实，犹是长安道上钝鬼也。"

━━●【字词注解】

①乾隆癸酉、甲戌：乾隆十八年（1753年）、十九年（1754年）。
②张三丰：明代著名道士。

━━●【精彩解说】

程念伦，名思孝，乾隆十八、十九年间到京城游历，他喜欢下棋，自称"国手"。如皋人冒祥珠说："程念伦和我都是二流棋手，眼下还没有一流棋手，他只不过是自吹罢了。"有一天，我的学生吴惠叔等人扶乩，有人就问："仙人会下棋吗？"乩仙下判语说："会。"又问："您肯和普通人下一盘吗？"乩仙说："可以。"当时，程念伦正住在我家，就叫他和仙人对局。一开始双方各下了几枚棋子，程念伦茫然不解，以为仙机莫测；他唯恐败坏了自己的名声，每走一步都要冥思苦想，以至于汗流浃背，两手发抖，才敢出一子，心里还惴惴的。过了一会儿，就觉得乩仙的棋艺没有什么高明的地方，于是放手进攻。乩仙竟然一败涂地，在座的人都喧哗起来。乩仙忽下判语说："我本是个幽灵，暂时来玩一玩，托名张三丰。因为我多少知道点儿棋弈，就轻率地答应对局。没想到把这位国手给吓唬住了，现在我该走了。"吴惠叔慨然长叹说："想不到京城的鬼也会出来诳人！"我开玩笑说："刚一败阵就说了实话，这还是个京城里的老实鬼。"

原文

　　房师①孙端人先生，文章淹雅，而性嗜酒。醉后所作，与醒时无异。馆阁诸公，以为斗酒百篇②之亚也。督学云南时，月夜独饮竹丛下，恍惚见一人注视壶盏，状若朵颐③。心知鬼物，亦不恐怖，但以手按盏曰："今日酒无多，不能相让。"其人瑟缩而隐。醒而悔之，曰："能来猎酒，定非俗鬼。肯向我猎酒，视我亦不薄。余何辜其相访意！"市佳酿三巨碗，夜以小几陈竹间。次日视之，酒如故。叹曰："此公非但风雅，兼亦狷介。稍与相戏，便涓滴不尝。"幕客或曰："鬼神但歆其气，岂真能饮？"先生慨然曰："然则饮酒宜及未为鬼时，勿将来徒歆其气。"先生侄渔珊，在福建学幕，为余述之。觉魏晋诸贤，去人不远也。

【字词注解】

①房师：明清两代科举制度中，举人、进士对荐举本人试卷的同考官的尊称。

②斗酒百篇：唐诗人杜甫《饮中八仙歌》："李白斗酒诗百篇，长安市上酒家眠。"

③朵颐：鼓动两颊，咀嚼食物的样子。

【精彩解说】

房师孙端人先生，文章写得含蓄典雅，而且喜欢饮酒。他喝醉后的文章与清醒时写得一样好。翰林院的学者们都称赞孙端人先生是继李白之后第二位斗酒诗百篇之人。他在督学云南时，月夜独自一人在竹丛下饮酒，恍惚间发现有人在注视着他的酒杯和酒壶，表现出很馋的样子。先生心里明白是鬼，也不恐惧，只是用手按着杯子说道："今天酒不多，就不让你了。"那人缩着身子不见了。孙先生酒醒后非常后悔，说："能来要酒喝，绝不是俗鬼。能来向我要酒喝，一定很看得起我。我为什么要辜负他的拜访之意呢？"他买来三大碗好酒，夜间设案摆在竹林间。第二天一看，那酒一点儿没动。孙先生叹道："这位先生不但风雅，而且孤傲。跟他开个玩笑，竟连一口也不喝了。"幕客中有一个人说："鬼神不过是吞吸酒的气味，哪能真喝？"孙端人先生感慨地说："可见喝酒还是要赶在做鬼之前，别等当了鬼，只能吸点儿酒气。"孙端人的侄子孙渔珊在福建学署做幕僚时向我讲了这件事。我觉得魏晋时的名士离我们并不远。

原文

先师桂林吕公阖斋言：其乡有官邑令者，莅任之日，梦其房师某公，容色憔悴，若重有忧者。邑令蹙然迎拜曰："旅榇未归，是诸弟子之过也。然念之未敢忘。今幸托荫得一官，将拮据营窀穸①矣。"盖某公卒于戍所，尚浮厝僧院也。某公曰："甚善。然归我之骨，不如归我之魂。子知我骨在滇南，不知我魂羁于此也。我初为此邑令，有试垦污莱②者，吾误报升科。诉者纷纷，吾心知其词直，而恐干吏议，百计回护，使不得申，遂至今为民累。土神诉诸东岳，岳神谓事由疏舛，虽无自利之心，然恐以检举妨迁擢，则其罪与自利等。牒摄吾魂，羁留于此，待此浮粮减免，然后得归。困苦饥寒，所不忍道。回思一时爵禄，所得几何？而业海茫茫，竟杳无崖岸，诚不胜泣血椎心。今幸子来官此，傥念平生知遇，为吁请蠲除③，则我得重入转轮，脱离鬼趣。虽生前遗蜕，委诸蝼蚁，亦非所憾矣。"邑令检视旧牍，果有此事。后为宛转请豁，又恍惚梦其来别云。

【字词注解】

①窀（zhūn）穸（xī）：墓穴。
②污（wū）莱：指积水的洼地和长满杂草的高地，此处指荒地。
③蠲（juān）除：免除。

【精彩解说】

　　我的老师、桂林人吕闇斋先生说：在他老家有位县令，上任那天，夜里梦见他的房师某先生，面容憔悴，一副忧心忡忡的样子。县令急忙迎上前去拜见："您的遗体寄居在外，是我们几个弟子的过错。但我心里总惦念着这件事，并没有忘记。如今托您的福得了一官半职，正想方设法筹备安葬。"原来这位先生死在贬所，遗体还寄存在庙中。这位先生说："这非常好。但是，与其归葬我的骸骨，不如使我的魂有所归。你只知道我的遗体在滇南，却不知道我的魂仍被拘留在此地。当年，我曾在此地任县令，有人开垦了荒地，我误报为升科。百姓纷纷写状子上告，我明知他们有理，却怕舆论对我不利，就千方百计地阻挠，使他们告不赢，至今还使百姓蒙受损失。土地爷报告了东岳神，东岳神认为这是由于工作失误造成的，虽然并非出于自利之心，但怕被检举影响升迁，所犯过错和自利一样。于是把我的魂拘留在此，等租税免除了，才能回去。所受饥寒困苦，我也不忍心再说了。回想起来，一时的爵禄，究竟又得到多少好处？如今业海茫茫，遥无边际，实在令人痛苦万分。如今幸好你来这儿任官，倘若你念着我的知遇之情，呼吁免除不合理的租税，那么我就可以重新进入转轮，脱离鬼界。我的遗体就是去喂蚂蚁，我也毫无怨言。"县令翻阅旧时卷宗，果然有这件事。于是他通过各种渠道终于免除了不合理租税，后来又恍惚梦见老师来告别。

原文

> 侍姬之母沈媪言：盐山有刘某者，患癃闭①，百药不验。一夕，梦神语曰："铜头煅灰，酒服之，即通。"问："铜头为何物？"曰："汝辈所谓蝼蛄也。"试之果愈。余谓此湿热蕴结，以湿热攻湿热，借其窜利下行之性耳。若州都之官②，气不能化，则求之于本原，非此物所能导也。

【字词注解】

①癃（lóng）闭：指小便不通或淋漓点滴而出。
②州都之官：人体器官名，指膀胱。

【精彩解说】

我的侍妾之母沈老太太说：盐山县有个刘某，患了小便不通的病，吃了许多药，也不灵验。一天夜里，刘某梦见神说："把铜头煅成灰，用酒冲服，小便就通了。"刘某问："铜头是什么？"神说："就是人们常说的蝼蛄。"刘某一试，病果然好了。我认为这种病是湿热蕴结造成的，用湿热攻湿热，起到窜利下行的作用。如果这病发生在膀胱，湿气化结不出来，就得寻求病源，不是这种药能疏导的了。

原文

> 李庆子言：山东民家，有狐居其屋数世矣。不见其形，亦不闻其语；或夜有火烛盗贼，则击扉撼窗，使主人知觉而已。屋或漏损，则有银钱铿然坠几上。即为修葺，计所给恒浮所费十之二，若相酬者。岁时必有小馈遗置窗外。或以食物答之，置其窗下，转瞬即不见矣。从不出嬲人，儿童或反嬲之，戏以瓦砾掷窗内，仍自窗还掷出。或欲观其掷出，投之不已，亦掷出不已，终不怒也。一日，忽檐际语曰："君虽农家，而子孝弟友，妇姑娣姒皆婉顺，恒为善神所护，故久住君家避雷劫。今大劫已过，敬谢

主人，吾去矣。"自此遂绝。从来狐居人家，无如是之谨饬者，其有得于老氏"和光①"之旨欤！卒以谨饬自全，不遭劾治之祸，其所见加人一等矣。

①和光：即和光同尘，指不露锋芒、与世无争的处世态度。

　　李庆子说：山东有家百姓，一连几代都有狐仙住在他家里。奇怪的是主人既看不见狐仙的影子，也听不见他们的声音；有时，夜里火烛不安全，或是来了盗贼，狐仙就敲门摇窗，让主人知道。屋子漏损，就有银钱当啷一声落到几案上。这些钱用来修缮房屋，总是能剩余十分之二，好像是对主人的酬谢。到了过年时，狐仙必定赠送些小礼品，放在窗外。主人有时以食物答谢，放在狐仙所住屋子的窗外，转眼便不见了。狐仙从来不扰人，有时候小孩子去惹狐仙，往里抛掷砖头瓦块，狐仙也只是再从窗户扔出来。有时小孩子要看里面怎么往外扔，便不停地往里投，狐仙也不停地往外扔，始终不生气。有一天，忽然听到房檐上有声音说："您这儿虽说是农家，但是儿女孝敬，兄弟友爱，婆媳、妯娌和睦，常被神保护着，所以我长期居住在您家里，以避雷劫。现在大劫已过，敬谢主人，告辞了。"此后，狐仙便不在这里了。狐仙居住在人家，从来也没有这么谨慎规矩的，大概他们体会了老子"和光同尘"的要旨了吧！他们最终以谨慎规矩保全了自己，避开了审查治罪之祸，他们的见识可以说高人一等了。

原文

　　海淀人捕得一巨鸟，状类苍鹅，而长喙利吻，目睛突出，眈眈可畏。非鹙非鹳，非鸧非鸬鹚，莫能名之，无敢买者。金海住先生时寓直澄怀园，独买而烹之，味不甚佳。甫食一二脔，觉胸膈间冷如冰雪，坚如铁石；沃以烧春①，亦无暖气。委顿数日，乃愈。或曰："张读《宣室志》载，俗传人死数日后，当有禽自柩中出，曰'杀②'。有郑生者，尝在隰川，与郡官猎于野，网得巨鸟，色苍，高五尺余；解而视之，忽然不见。里中人言有人死且数日，卜者言此日'杀'当去。其家伺而视之，果有巨鸟苍色自柩中出。又，《原化记》载，韦滂借宿人家，射落'杀'鬼，烹而食之，味极甘美。先生所食，或即'杀'鬼所化，故阴凝之气如是欤？"倪余疆时方同直，闻之笑曰："是又一终南进士③矣。"

●【字词注解】

①烧春：指烧酒。

②此篇文"杀"或为纪昀的笔误，按张读的《宣室志》应为"煞"。

③终南进士：指中国民间传说中驱鬼逐邪之神钟馗。

●【精彩解说】

海淀有人捕到一只很大的鸟，鸟的外形像只灰鹅，嘴巴又长又尖，两眼突兀，直瞪瞪地很吓人。这只大鸟不是鹜，不是鹳，不是鸨，不是鸬鹚，没人能说出它的名字，也没有人敢把它买下来。当时金海住先生正在澄怀园值班，竟买来烹着吃了，味道不怎么样。吃下去一两块，就觉得胸膈之间冷如冰雪，坚硬如铁石；喝了两杯烧酒，仍然没有暖和气。不舒服了好几天，才慢慢好了。有人说："张读的《宣室志》中记载，民间传说人死几天之后，就有鸟从灵柩中飞出来，管它叫'杀'。有个姓郑的书生，曾在隰川和郡官一起去打猎，网住了一只五尺多高的大灰鸟；把大鸟从网里取出来察看，却忽然不见了。村子里有人说某人死了好几天，卜者说这一天'杀'要离去。家里人偷偷一看，真有一只灰色大鸟从棺材里飞出来。又，《原化记》载，韦滂寄宿人家，用箭射落了'杀'鬼，烹了之后吃了，味道极美。先生所烹食的那只大鸟，大概也是'杀'鬼所幻化的，所以它的阴霾之气才会这么冰冷吧？"倪余疆先生正与金海住先生一起值班，听了后，笑着说："你是又一个终南进士钟馗啊。"

原文

从侄虞惇言：闻诸任丘刘宗万曰，"有旗人赴任丘催租，适村民夜演剧，观至二鼓乃散。归途酒渴，见树旁茶肆，因系马而入。主人出，言火已熄，但冷茶耳。入室良久，捧茶半杯出，色殷红而稠粘，气似微醒。饮尽，更求益。曰："瓶已罄矣，当更觅残剩。须坐此稍待，勿相窥也。"既而久待不出，潜窥门隙，则见悬一裸女子，破其腹，以木撑之，而持杯刮取其血。惶骇退出，乘马急奔。闻后有追索茶钱声，沿途不绝。比至居停，已昏瞀坠仆。居停闻马声出视，扶掖入。次日乃苏，述其颠末。共往迹之，至系马之处，惟平芜老树，荒冢累累，丛棘上悬一蛇，中裂其腹，横支以草茎而已。"此与裴铏①《传奇》载卢涵遇盟器婢子杀蛇为酒事相类。然婢子留宾，意在求偶。此鬼鬻茶胡为耶？鬼所需者冥镪，又向人索钱何为耶？

---●【字词注解】

①裴铏：唐末传奇小说家。

---●【精彩解说】

　　堂侄虞惇说：听任丘人刘宗万讲，"有位旗人来任丘县收租，正巧赶上村民夜里演戏，他看到二更天才回去。路上，因酒后口渴，见大树边有个茶馆，于是拴马进了茶馆。茶馆主人说火已熄灭，只有凉茶了。店主人进去半天，才端出半杯茶，只见那茶殷红而黏稠，气味似薄酒。旗人一饮而尽，还想喝。主人说：'茶壶里已经没有了，我再去找找看。您坐在这里稍等片刻，别往里边偷看。'等了好久，也不见茶馆主人出来，旗人偷偷从门缝往里看，只见悬挂着一个裸体女人，肚子已经开膛，用一根木棍撑着，茶馆主人正拿着杯子刮女人肚子里的血。旗人吓得仓皇逃出店门，上马拼命奔跑。只听后面有人追赶索要茶钱声，一路不停。等他跑回寄居的处所，人已昏迷从马上掉下来。寄居的处所的主人听到马声出来，把他挽扶进屋里。第二天他才缓过劲儿来，讲述了事情的经过。大家一起去察看，只见昨天拴马的地方，只有荒草和老树，到处都是坟丘，在一处荆棘丛中，悬挂着一条蛇，腹部被剖开，有一根草棍在里面横向撑着。"这和唐朝裴铏所著《传奇》中卢涵遇到盟器丫头杀蛇当酒的故事相似。不过那个丫头留客人是为了寻求配偶。这个鬼以蛇血为茶，为的是什么呢？鬼需要的是纸钱，他向人讨茶钱有什么用呢？

原文

刘煴，沧州人。其母以康熙壬申①生，至乾隆壬子②，年一百一岁，尚强健善饭。屡逢恩诏，里胥欲为报官支粟帛，辄固辞弗愿。去岁，欲为请旌建坊，亦固辞弗愿。或询其弗愿之故。慨然曰："贫家嫠妇，赋命蹇③薄，正以颠连困苦，为神道所怜，得此寿耳。一邀过分之福，则死期至矣。"此媪所见殊高。计其生平，必无胶胶扰扰意外之营求。宜其恬然冲静，颐养天和，得以葆此长龄矣。

【字词注解】

①康熙壬申：康熙三十一年（1692年）。

②乾隆壬子：乾隆五十七年（1792年）。

③蹇（jiǎn）：困苦，不顺利。

【精彩解说】

刘煴是沧州人。他的母亲生于康熙三十一年，到了乾隆五十七年，已经一百零一岁了，依然身板硬朗，饭量不小。皇上屡次颁布恩诏，乡官想为她报官府领取粮食布匹，她都坚决辞谢了。去年又要为她请求旌表和建立牌坊，她死活也不同意。有人问她为什么不愿接受供养和旌表。老人慨叹说："我一个穷人家的寡妇，天生命苦福薄，正因为我一辈子颠沛困苦，才被神明怜悯，活了这么大年纪。怕是一求过分的福禄，就离死期不远了。"这老太太的见识非常高明。估计她这一生，绝没有纷纷扰扰的过分欲求。她顺应自然，平和淡静，颐养天年，才会这样长寿。

拓展阅读

郗超密札解父 郗超是东晋官员，出身名门，是太尉郗鉴之孙、镇军将军郗愔（yīn）之子，官至司徒左长史。他是权臣桓温的谋主，曾协助桓温废黜（chù）皇帝司马奕。郗超在四十二岁时早逝，临死前将一个小箱子交给自己的门生，说："我的父亲年事已高，如果他因为我的死悲伤过度，影响到睡眠和饮食，你就把这个箱子给他。否则，你就把箱子烧掉。"他去世后，父亲郗愔果然悲痛万分，郗超的门生就将箱子给了郗愔。郗愔打开一看，里面全是郗超和桓温密谋废皇帝司马奕的来往书信。忠心王室的郗愔大怒，说道："这小子，死得太晚了！"从此不再为儿子流泪了。

温庭筠　晚唐著名诗人、词人，原名岐，字飞卿，太原祁（今山西祁县）人。出身没落贵族家庭，父亲在他很小时就去世了，他跟随父亲的好友段文昌一起生活，并与段文昌之子段成式一起读书、成长。段文昌去世后，他回到长安，屡试不第，生活潦倒，靠好友帮助当上了国子助教，又因触怒权贵而被贬，最终在落魄中病逝。温庭筠才思敏捷、性情豪放，是影响很大的"花间词派"的鼻祖，在词史上与韦庄齐名。在写诗方面他也有很多佳作，与李商隐齐名。此外他还善于创作骈文、小说等，文笔与段成式、李商隐不相上下，三人都排行十六，故合称"三十六体"。

《传奇》　唐代裴铏所著的志怪小说集，原本已经散佚，但郑振铎先生从《太平广记》中辑录二十四篇，周楞伽先生又从《类说》《岁时广记》等书中辑录了七篇，今本《传奇》共三十一篇。裴铏，生卒、籍贯皆不详，由担任静海军节度使高骈的掌书记起家，唐僖宗年间官至成都节度使副使，加御史大夫。当时唐朝已经风雨飘摇，裴铏作为位高权重的地方大员，无力扭转乱世，于是以创作小说排遣内心的愁闷。《传奇》包括很多著名的小说，多数具有神异色彩，其中脍炙人口的《裴航》《聂隐娘》《昆仑奴》等，既有着离奇动人的故事，又在一定程度上反映着当时的社会现实，具有极高的价值。

卷十二　槐西杂志二

〔题解〕

　　本卷中分量最重的依然是鬼狐故事，但是读者很容易从这些虚幻的角色中看到人类的影子。实际上，所谓神鬼精怪、魑（chī）魅（mèi）魍（wǎng）魉（liǎng），都是通过变形对人的美化或丑化。此外，本卷讲述的故事涉及天地、古今、中外，内容庞杂却能举重若轻，体现出纪昀的博学多才。

原文

　　安中宽言：有人独行林莽间，遇二人，似是文士，吟哦而行。一人怀中落一书册，此人拾得。字甚拙涩，波磔①皆不甚具，仅可辨识。其中或符箓、或药方、或人家春联，纷糅无绪，亦间有经书古文诗句。展阅未竟，二人遽追来夺去，倏忽不见。疑其狐魅也。一纸条飞落草间，俟其去远，觅得之。上有字曰："《诗经》'於'字皆音'乌'，《易经》'无'字左边无点。"余谓此借言粗材之好讲文艺者也，然能刻意于是，不愈于饮博游冶乎？使读书人能奖励之，其中必有所成就。乃薄而挥之，斥而笑之，是未思圣人之待互乡、阙党②二童子也。讲学家崖岸③过峻，使人甘于自暴弃，皆自沽己名，视世道人心如膜外④耳。

【字词注解】

　　①波磔（zhé）：书法以左撇为波，右捺为磔。

　　②互乡、阙党：均为古地名，具体地址不详。

③崖岸：比喻性情孤傲。

④膜外：置之度外。

　　安中宽说：有一个人独自行走在密林之中，遇到了两个书生模样的人，一边走一边吟诵着什么。从其中一个书生怀中掉下了一本书，被这个人拾起来了。书中写着非常笨拙的文字，连撇捺都不太具备，只能勉强辨认出是什么字。内容包括符箓、药方、家中贴的春联等，非常繁杂而无头绪，偶尔还夹杂一些经书、古文的诗句。这个人还没有翻看完，两个书生就急速追来将书夺走，转眼就不见了。这个人怀疑他们是狐狸精。一张纸条飘落在草丛中，估摸着两个书生走得很远了，他才捡起了纸条。上面写道："《诗经》中的'於'字都读作'乌'，《易经》中的'无'字左边没有点。"我认为这是借此讽刺那些才疏学浅而又喜欢谈论学问的人。然而能在这方面专心一意，难道不胜过只知饮酒赌博、拈花惹草吗？假如读书人都能受到称赞和勉励，那么其中有些人一定会学有所成。如果鄙视而抛弃他们，斥责而嘲笑他们，是没有想到圣人是怎样对待互乡、阙党两个小童子的。道学家过于孤傲严厉，让旁人甘心自暴自弃，而他们却沽名钓誉，把社会风气和人心看作是与己无关的事。

原文

　　明永乐二年①，迁江南大姓实畿辅②。始祖椒坡公，自上元徙献县之景城。后子孙繁衍，析居崔庄，在景城东三里。今土人以仕宦科第，多在崔庄，故皆称崔庄纪，举其盛也。而余族则自称景城纪，不忘本也。椒坡公故宅，在景城、崔庄间，兵燹③久圮，其址属族叔桑庵家。桑庵从余受经，以乾隆丙子④举乡试，拟筑室移居于是。先姚安公为预题一联曰："当年始祖初迁地，此日云孙再造家。"后室不果筑，而姚安公以甲申八月弃诸孤。卜地惟是处吉，因割他田易诸桑庵而葬焉。前联如公自谶也。事皆前定，岂不信哉？

　　①永乐二年：1404年。

②畿（jī）辅：指国都附近的地区，此处指明朝的都城附近。畿，京畿；辅，三辅。

③兵燹（xiǎn）：因战乱而遭受焚烧、破坏。

④乾隆丙子：乾隆二十一年（1756年）。

【精彩解说】

明朝永乐二年，朝廷把江南的世家大族迁到京城附近。纪氏的始祖椒坡公，也从上元县迁徙到献县的景城。后来子孙繁衍，有一部分居住在崔庄，那里位于景城东边三里的地方。现在当地人做官的、中第的大多出在崔庄，所以把那里的纪氏家族称作"崔庄纪"，以称许那一支的兴盛。而纪氏其余的家族则自称为"景城纪"，以表示不忘记宗族的本源。椒坡公原来的宅邸建在景城、崔庄之间，由于历经兵火战乱，房屋早已被毁坏了，遗址属于本族叔叔桼庵家所有。桼庵曾跟随我学习经书，在乾隆二十一年参加乡试中举后，打算在先祖旧居的遗址上重建住宅。先父姚安公为他预先题了一副对联："当年始祖初迁地，此日云孙再造家。"后来新宅未能建起，而姚安公却在乾隆二十九年八月抛下子女过世了。经占卜只有先祖旧宅的遗址风水好，因此另划出别处的一块地与桼庵调换了一下，把姚安公葬在那里。姚安公以前写下的对联却好像是他为自己写的谶语一样。事事都是早已注定的，难道这话不可信吗？

原文

杨令公祠在古北口内，祀宋将杨业。顾亭林①《昌平山水记》，据《宋史》谓业战死长城北口，当在云中，非古北口也。考王曾②《行程录》，已云古北口内有业祠。盖辽人重业之忠勇，为之立庙。辽人亲与业战，曾奉使时，距业仅数十年，岂均不知业殁于何地？《宋史》则元季托克托所修，距业远矣，似未可据后驳前也。

【字词注解】

①顾亭林：指明末清初思想家、史学家、语言学家顾炎武。

②王曾：青州益都（今山东益都）人，字孝先，宋代学者。

—•【精彩解说】

建在古北口内的杨令公祠，是祭祀宋朝名将杨业的。顾亭林在《昌平山水记》中，根据《宋史》说杨业战死在长城北口，应当在云中县，而不是古北口。核查王曾的《行程录》，此书已有古北口内建有杨业祠的记载。因为辽人敬重杨业的忠诚英勇，才为他建立了祠庙。辽人亲身与杨业打过仗，而王曾奉命出使辽邦时，距离杨业之死只有几十年，难道他们都不知道杨业死在哪里吗？《宋史》是元末托克托所编纂的，那时距杨业的时代就更远了，似乎不能根据后人的说法来批驳前人的记载。

原文

余校勘秘籍，凡四至避暑山庄：丁未①以冬、戊申②以秋、己酉以夏、壬子以春。四时之胜胥览焉。每泛舟至文津阁，山容水意，皆出天然；树色泉声，都非尘境；阴晴朝暮，千态万状，虽一鸟一花，亦皆入画。其尤异者，细草沿坡带谷，皆茸茸如绿罽③，高不数寸，齐如裁剪，无一茎参差长短者。苑丁谓之规矩草。出宫墙才数步，即鬖髿④滋蔓矣。岂非天生嘉卉，以待宸游哉！

—•【字词注解】

①丁未：乾隆五十二年（1787年）。
②戊申：乾隆五十三年（1788年）。
③罽（jì）：一种毛织品。
④鬖（sān）髿（shā）：形容参差不齐的样子。

—•【精彩解说】

我因校订皇家图书，先后四次到避暑山庄：乾隆五十二年的冬天，乾隆五十三年的秋天，乾隆五十四年的夏天，乾隆五十七年的春天。一年四季的美景我全都饱览了一番。每当乘船到文津阁时，只觉得水光山色，完全出自天然；草木的色彩、流泉的声响，都不是世俗之景；阴晴早晚，景致总是千变万化，即使是一只小鸟、一朵鲜花，也都可以入画。其中最为奇特的景致，要算长满坡地山谷的小草了，绿茸茸的就像一席碧绿的毡毯一样，高不过几寸，整齐得像精心裁剪过一样，没有一株长短不齐。园丁把它叫作规矩草。可是走出宫墙才几步远，乱发一样的荒草四处蔓延。这难道不是天生芳草，专门恭迎帝王来巡游吗？

原文

李又聃先生言：有张子克者，授徒村落，岑寂寡俦。偶散步场圃间，遇一士，甚温雅。各道姓名，颇相款洽。自云家住近村，里巷无可共语者，得君如空谷之足音也。因共至塾，见童子方读《孝经》。问张曰："此书有今文古文，以何为是？"张曰："司马贞①言之详矣。近读《吕氏春秋》，见《审微》篇中引'诸侯'一章，乃是今文。七国时人所见如是，何处更有古文乎？"其人喜曰："君真读书人也。"自是屡至塾。张欲报谒，辄谢以贫无栖止，夫妇赁住一破屋，无地延客，张亦遂止。一夕，忽问："君畏鬼乎？"张曰："人未离形之鬼，鬼已离形之人耳，虽未见之，然觉无可畏。"其人恶然曰："君既不畏，我不欺君，身即是鬼。以生为士族，不能逐焰口争钱米。叨为气类，求君一饭可乎？"张契分既深，亦无疑惧，即为具食，且邀使数来。考论图籍，殊有端委。偶论太极无极之旨，其人怫然曰："于传有之：'天道远，人事迩。'六经所论皆人事，即《易》阐阴阳，亦以天道明人事也。舍人事而言天道，已为虚杳；又推及先天之先，空言聚讼，安用此为？谓君留心古义，故就君求食。君所见乃如此乎？"拂衣竟起，倏已影灭。再于相遇处候之，不复睹矣。

【字词注解】

①司马贞：字子正，河内（今河南沁阳）人，唐代史学家。

【精彩解说】

李又聃先生说：有位名叫张子克的人，在一个偏僻的村庄里教书，村落里冷清寂寞，张子克连个能说话的朋友也找不到。一次，他偶然在场院菜园间散步，遇到一位温文尔雅的书生。两个人互通名姓，相谈甚欢。书生说自己住在附近的村落，找不到一个能谈得来的人，如今碰到张子克，就好像在寂静的山谷里听到了人的脚步声一样，倍感亲切。接着，两人一同来到张子克的私塾，看到孩子们正在读《孝经》。书生就问张子克："这部书有今文的和古文的两种，您认为哪部书是真的呢？"张子克说："对此，司马贞论述得很详尽。最近我读《吕氏春秋》时，看到《审微》篇中引用《孝经》中'诸侯'一章中的词句，那就都是今文。战国时的人所看到的《孝经》都是今文，哪里还会有古文的呢？"那书生非常高兴地说："您可真是个读书人。"从此之后，他多次到私塾来。张子克打算到他家里回访，书生总是说家中贫困，没有栖身之地，夫妇俩现租住在一间破屋里，实在没地方接待客人。张子克也就不再提回访的事了。一天夜里，书生突然问张子克："您害怕鬼吗？"张子克说："人不过是魂魄没有离开躯体的鬼，而鬼则是魂魄离开躯体的人而已，我虽然没见过鬼，但是觉得鬼并没什么可怕的。"书生一脸羞惭的样子说道："您既然不怕鬼，那我就不再瞒您了，我就是个鬼。因为我生在世家大族，不愿在放焰口的时候争饭抢钱。念我俩情趣相投，您请我吃上一顿如何？"张子克与鬼的情分已经很深了，也就不再怀疑、惧怕他，立即为他备下饭菜，而且邀请他常来。他们在一起考订、探讨图书典籍，条分缕析，谈得很有头绪。偶尔谈论到"太极无极"的旨义时，书生不高兴地说："《左传》早就说过：'天道远，人事迩。'六经所谈论的都是关于人的问题，即使《易经》在阐释阴阳变化时，也是用天道在证明人事。放弃人事去论说天道，已经是虚幻渺茫了；这里又推而谈及开天辟地以前的事，泛泛而谈，争论不休，这又有什么用处呢？我本以为您是注重古代学术的人，所以才到您这里找饭吃。难道您的见识就是这样吗？"说完拂袖而去，转眼就无影无踪了。后来，张子克再到他们初次相遇的地方去等候，却再也没有见到他。

原文

　　余督学闽中时，院吏言：雍正中，学使有一姬堕楼死，不闻有他故，以为偶失足也。久而有泄其事者，曰姬本山东人，年十四五，嫁一窭人子①。数月矣，夫妇甚相得，形影不离。会岁饥，不能自活，其姑卖诸贩鬻妇女者。与其夫相抱，泣彻夜，啮臂为志而别。夫念之不置，沿途乞食，兼程追及贩鬻者，潜随至京师。时于车中一觌面，幼年怯懦，惧遭诃詈，不敢近，相视挥涕而已。既入官媒家，时时候于门侧，偶得一睹，彼此约勿死，冀天上人间，终一相见也。后闻为学使所纳，因投身为其幕友仆，共至闽中。然内外隔绝，无由通问，其妇不知也。一日病死，妇闻婢媪道其姓名、籍贯、形状、年齿，始知之。时方坐笔捧楼上，凝立良久，忽对众备言始末，长号数声，奋身投下死。学使讳言之，故其事不传。然实无可讳也。大抵女子殉夫，其故有二：一则撑柱②纲常，宁死不辱，此本乎礼教者也；一则忍耻偷生，苟延一息，冀乐昌破镜，再得重圆，至望绝势穷，然后一死以明志，此生于情感者也。此女不死于贩鬻之手，不死于媒氏之家，至玉玷花残，得故夫凶问而后死，诚为太晚。然其死志则久定矣，特私爱缠绵，不能自割。彼其意中，固不以当死不死为负夫之恩，直以可待不待为辜夫之望。哀其遇，悲其志，惜其用情之误，则可矣；必执《春秋》大义，责不读书之儿女，岂与人为善之道哉！

【字词注解】

①窭（jù）人子：穷人家的子弟。
②撑（zhī）柱：支撑。

【精彩解说】

我在福建任督学时，听院吏说过一件事：雍正年间，有位学使的小妾坠楼摔死了。没听说有什么别的原因，都以为她是偶尔失足坠楼而死。时间久了，就有人泄露了其中的真实原因，说那个女子本是山东人，在十四五岁时，嫁给一个贫苦人家的子弟。他们结婚共处了好几个月，夫妻俩非常合得来，整天形影不离。后来碰上荒年，那家人连自己都养不活，婆婆就把她卖给了人贩子。她和前夫拥抱在一起，整整哭了一夜，咬破胳膊以示永不相忘，之后离别了。前夫想念她，就沿途乞讨，日夜兼程地追上了人贩子，暗地里跟随来到了京城。她在车中看到自己的前夫，只因年纪轻、胆子小，生怕遭到呵斥责骂，不敢靠近，只能互相注视着流泪。后来，她被转手到官媒家，前夫常常等候在门旁，偶尔见了一面，彼此相约不要寻死，盼望着天上人间，最终能再见一面。后来他听说她被学使纳为小妾，便投奔到学使的幕友家做了仆人，一同来到了福建。然而官府内外戒备森严，两人没办法互通消息，因此她不知道前夫就在自己身边。一天，前夫病死了，她听侍女、老妈子们说起死者的姓名、籍贯、外形、年龄，才知道那人就是自己的前夫。当时，她正坐在笔捧楼上，听到这个消息，呆呆地站了很长时间，突然当众详细述说了自己悲惨的经历，然后长长地呼号了几声，纵身跳楼身亡。学使不让说这件事，因此事情的真相也就没有传出去。其实，这件事根本用不着隐讳。一般来说，女子殉夫不外乎两种原因：一是恪守三纲五常，宁可去死也不受辱，这种举动源自礼教；另一个原因则是忍辱偷生，勉强地活下来，希望能像乐昌公主那样，与丈夫破镜重圆，等到希望破灭，然后才用一死来表明自己的志向，这样的行事完全出自情感。这个女子没有在人贩子手中去死，也没有在媒人家里时去死，直到美玉被玷污、鲜花被摧残，得知前夫凶信后才死去，这实在太晚了。然而她决心一死的心意是早就下定了的，只是因为男女相爱、情意缠绵，不能割舍。在她的心目中，没有把该死却没去死当作辜负了前夫的恩情，只是把能够等待重聚却没去等待看作是辜负了前夫的希望。如果人们为她的境遇而伤心，为她的志向而悲戚，为她用情的错误而惋惜的话，那是可以的；如果一定要用《春秋》的大义去责备这样没有读过书的女子，那就不是与人为善的态度了！

原文

田白岩说一事曰：某继室少艾^①，为狐所媚，劾治无验。后有高行道士，檄神将缚至坛，责令供状。金闻狐语曰："我豫产也，偶挞^②妇，妇潜窜至此，与某昵。我衔之次骨，是以报。"某忆幼时果有此，然十余年矣。道士曰："结恨既深，自宜即报，何迟迟至今？得无刺知此事，假借借口耶？"曰："彼前妇贞女也，惧干天罚，不敢近，此妇轻佻，乃得诱狎。因果相偿，鬼神弗罪，师又何责焉？"道士沉思良久，曰："某昵尔妇几日？"曰："一年余。""尔昵此妇几日？"曰："三年余。"道士怒曰："报之过当，曲又在尔，不去，且檄尔付雷部！"狐乃服罪去。清远先生曰："此可见邪正之念，妖魅皆得知。报施之理，鬼神弗能夺也。"

—•【字词注解】

①艾：美丽，漂亮。
②挞：用棍棒打人。

—•【精彩解说】

　　田白岩讲了一件事，他说：某人娶了个年轻漂亮的后妻，但她被狐妖迷惑住了，请人镇治也没有用。后来有一位法术高的道士，命令神将把狐妖捆到法坛前，责令他从实招供。在场的人听狐妖说："我生在河南，有一次偶尔把媳妇打了一顿，她就偷偷地逃到这里，与某人相好了。我恨之入骨，所以来报复。"某人想起来自己年轻时的确有这么一回事，但事情已经过去十多年了。道人说："既然怨恨结得那么深，理应当时就报复，你为何迟迟不报复？该不是你从哪儿打听到有这么一回事，以此为借口吧？"狐妖说："某人的前妻是位贞洁的女子，我惧怕受到上天的惩罚，因此不敢接近她，而这个女人轻薄放荡，这才引诱她上了钩。因果报应，就连鬼神都不加惩罚，尊师为什么指责我呢？"道士沉思了很长时间，问道："某人和你的媳妇相好了多长时间？"回答："一年多。""那么你和这个女人又相好了多长时间？"回答："三年多。"道士怒道："你的报复过了头，理屈在你，你要是再不走，我就将你押送到雷神那里去！"狐妖认罪后离开了。清远先生说："由此可见关于'邪正'的观念，连妖精们都知道。因果报应的道理，就算是鬼神也阻拦不了。"

原文

　　刑曹案牍，多被殴后以伤风死者，在保辜①限内，于律不能不拟抵。吕太常含晖，尝刊秘方：以荆芥、黄蜡、鱼鳔三味各五钱，艾叶三片，入无灰酒一碗，重汤煮一炷香，热饮之，汗出立愈；惟百日以内，不得食鸡肉。后其子慕堂，登庚午②贤书，人以为刊方之报也。

—•【字词注解】

①保辜：中国古代刑法中规定的一种保护受害人的制度。
②庚午：乾隆十五年（1750年）。

　　在刑部的案卷中，记载着许多被殴打后得破伤风而死的例子，如果在治伤期限内死的，造成伤害的人就不能不偿命了。太常吕含晖，曾经刊刻过一剂秘方：用荆芥、黄蜡、鱼鳔三味药各五钱，加艾叶三片，放进一碗无灰酒，再加开水煎约一炷香的工夫，趁热喝下，出汗后伤立刻就痊愈了；只是在服药后一百天之内不可以吃鸡肉。后来，他儿子吕慕堂在乾隆十五年参加乡试中了举，人们认为这是上天对他刊刻秘方的报答。

原文

　　东光有王莽河，即胡苏河也。旱则涸，水则涨，每病涉焉。外舅马公周箓言：雍正末，有丐妇一手抱儿，一手扶病姑涉此水。至中流，姑蹶而仆。妇弃儿于水，努力负姑出。姑大诉曰："我七十老妪，死何害！张氏数世，待此儿延香火，尔胡弃儿以拯我？斩祖宗之祀者尔也！"妇泣不敢语，长跪而已。越两日，姑竟以哭孙不食死。妇呜咽不成声，痴坐数日，亦立槁。不知其何许人，但于其姑詈妇时，知为姓张耳。有著论者，谓儿与姑较，则姑重；姑与祖宗较，则祖宗重。使妇或有夫，或尚有兄弟，则弃儿是。既两世穷嫠，止一线之孤子，则姑所责者是。妇虽死有余悔焉。姚安公曰："讲学家责人无已时。夫急流汹涌，少纵即逝，此岂能深思长计时哉！势不两全，弃儿救姑，此天理之正，而人心之所安也。使姑死而儿存，终身宁不耿耿耶？不又有责以爱儿弃姑者耶？且儿方提抱，育不育未可知。使姑死而儿又不育，悔更何如耶？此妇所为，超出恒情已万万。不幸而其姑自殒，以死殉之，其亦可哀矣！犹沾沾焉而动其喙，以为精义之学，毋乃白骨衔冤，黄泉赍恨乎？孙复[1]作《春秋尊王发微》，二百四十年内，有贬无褒；胡致堂[2]作《读史管见》，三代以下无完人。辨则辨矣，非吾之所欲闻也。"

①孙复：宋代学者，字明复，晋州平阳（今山西临汾）人。

②胡致堂：宋代学者胡寅，字明仲，建宁崇安（今福建武夷山）人。

——•【精彩解说】

　　东光县内有一条王莽河，也就是胡苏河。每逢天旱，河水就干涸，逢到大雨，河水又暴涨，人们因此害怕过这条河。我的岳父马周箓公说：雍正末年，有个讨饭的儿媳妇一手抱着孩子，一手扶着患病的婆婆渡这条河。走到河中央的时候，婆婆失足跌倒。儿媳妇把孩子扔到水里，用了很大劲儿，才把婆婆背到岸上。婆婆大骂道："我是个七十岁的老太太了，死了又有什么关系！我们张家几代人，就等这孩子延续香火呢，你怎么扔掉孩子来救我呢？灭绝祖宗后代的人就是你！"儿媳妇哭着不敢说话，只是直身跪在地上而已。过了两天，婆婆竟因为哭孙子而不吃不喝死了。儿媳妇泣不成声，痴痴地坐了几天，也成为一具枯尸了。不知她是什么地方的人，只是在婆婆骂她时，知道这家姓张。有写书评论此事的认为，儿子与婆婆相比而言，则婆婆分量重；要是婆婆和祖宗相比较，则是祖宗更重要。如果这儿媳妇的丈夫还活着，或者她丈夫还有兄弟，那么舍弃儿子是对的。既然婆媳俩都成了寡妇，而且只有一脉单传的孤儿，那么婆婆责骂得就有理。儿媳妇就算死了，也还是心存怨悔的。姚安公说："那些讲学家指责起人来是没完没了的。河水湍急汹涌，稍纵即逝，这哪里是容人深思熟虑、作长远打算的时候呢？在不能两全其美的情况下，舍弃儿子救助婆婆，符合天理正道，也是人之常情所能接受的。如果婆婆被淹死而儿子活下来，儿媳妇这一辈子难道就不耿耿于怀了吗？不是也照样会有人责备她疼爱儿子、抛弃婆婆吗？况且那孩子还是抱在怀里的婴儿，能不能长大成人还不知道。如果婆婆死了而孩子又没长成人，那更悔恨到什么程度呢？这个儿媳妇的所作所为，早已远远地超出了世间的常情。不幸的是她的婆婆绝食而死，她也殉身，这就更令人悲哀了！即使是这样，还是有人自以为是地大谈什么精粹微妙的道义，岂不要让死者含冤、抱恨黄泉吗？孙复所写的《春秋尊王发微》一书，论及二百四十年间的事，只有贬低而没有褒奖；胡致堂写作《读史管见》，也认为夏、商、周三代以后没有一个完美的人。他们的论辩倒也有根据，但我却不想听。"

原文

　　景城之北，有横冈坡陀，形家谓余家祖茔之来龙。其地属姜氏，明末，姜氏妒余族之盛，建真武祠于上，以厌胜之。崇祯壬午①，兵燹，余家不绝如线。后祠渐圮，余族乃渐振，祠圮尽而复盛焉。其地今鬻于从侄信夫。时乡中故老已稀，不知旧事，误建土神祠于上，又稍稍不靖。余知之，急属信夫迁去，始安。相地之说，或以为有，或以为无。余谓刘向校书，已列此术为一家，安得谓之全无；但地师②所学必不精，又或缘以为奸利，所言尤不足据，不宜溺信之耳。若其凿然有验者，固未可诬也。

──●【字词注解】

①崇祯壬午：崇祯十五年（1642年）。
②地师：指风水家。

──●【精彩解说】

　　景城北面，有一片起伏的山冈坡地，风水先生说，那就是我们纪家祖坟的主山，是龙脉的来源。那块地皮原属于姜家，明朝末年，姜家因嫉妒我们纪氏家族的兴盛，就在山冈上建起一座真武祠，想以此压制纪氏家族而胜过我们。崇祯十五年，景城遭受战乱，我们家族像线一样绵延不绝。后来真武祠渐渐塌毁，我们家族就逐渐振兴起来，等到那祠堂彻底毁坏时，我们家族又兴盛起来。那块地现在已经卖给了堂侄信夫。当时家乡的父老已经很少了，人们不太了解过去的情况，错把土地庙建在山冈上，我们家族又有点儿不安宁了。我知道后，赶忙嘱托信夫把土地庙迁走，这才重又安宁下来。关于看风水的学问，有人说有，有人却说没有。我认为汉人刘向校订图书时，已经把它列为众多学派中的一家，怎么能说完全没有呢？但是风水先生所学并不那么精，还有的人只想借此谋财，他们说的尤为不可信，不该一味地听信他们。假如有些确实有验证，就不该妄加诬蔑。

原文

　　侍姬郭氏，其父大同人，流寓天津。生时，其母梦鬻端午彩符者，买得一枝，因以为名。年十三，归余。生数子，皆不育；惟一女，适德州卢荫文，晖吉观察子也。晖吉善星命，尝推其命，寿不能四十。果三十七而卒。余在西域时，姬已病瘵，祈签关帝，问："尚能相见否？"得一签曰："喜鹊檐前报好音，知君千里有归心。绣帏重结鸳鸯带，叶落霜凋寒色侵。"谓余即当以秋冬归，意甚喜。时门人邱二田在寓，闻之，曰："见则必见，然末句非吉语也。"后余辛卯①六月还，姬病良已。至九月，忽转剧，日渐沉绵，遂以不起。殁后，晒其遗箧，余感赋二诗，曰："风花还点旧罗衣，惆怅酴醾②片片飞。恰记香山居士语，'春随樊素③一时归'。""百折湘裙飐画栏，临风还忆步珊珊。明知神谶曾先定，终惜'芙蓉不耐寒'。"即用签中意也。

【字词注解】

①辛卯：乾隆三十六年（1771年）。

②酴（tú）醾（mí）：花名，颜色好像酴醾酒。

③樊素：唐代诗人白居易的家姬。

【精彩解说】

　　我的侍妾郭氏的父亲是大同人，早年流落到天津。郭氏出生的时候，她的母亲梦见端午节有个卖彩符的人，当即买下一枝，后来就用"彩符"给她取了名字。她十三岁那年嫁给了我。生了几个儿子，都没有养活；只有一个女儿，长大以后嫁给了德州人卢荫文，他是观察使卢晖吉的儿子。卢晖吉喜欢占卜天象，替人算命，他曾推算郭氏的命运，说她活不到四十岁。果然，她在三十七岁时就死了。我在西域的时候，她已经病得很严重了，她到关帝庙里求了一签，询问："我还能不能和老爷再见上一面？"得到一签上写着："喜鹊檐前报好音，知君千里有归心。绣帏重结鸳鸯带，叶落霜凋寒色侵。"说我应该在秋冬之际回到京城，她看后心里非常高兴。当时，我的弟子邱二田正在我家住，他听到后，说道："你们见面倒是一定能见面，可是诗的最后一句可不是吉利话呀。"后来我在乾隆三十六年六月回到家中，她的病已经好得差不多了。到了九月，她病情忽然恶化，而且一天比一天重，最后竟去世了。郭氏死后，翻晒她生前用过的衣箱物品，我写下两首感怀诗，一首道："风花还点旧罗衣，惆怅醲醱片片飞。恰记香山居士语，'春随樊素一时归'。"另一首道："百折湘裙飔画栏，临风还忆步珊珊。明知神谶曾先定，终惜'芙蓉不耐寒'。"这两首诗都化用了郭氏所求神签的意思。

拓展阅读

顾炎武　明末清初思想家，原名顾绛，字宁人，号亭林，南直隶昆山（今江苏昆山）人，出身官宦世家。十八岁加入著名的文社——复社，因屡试不中而纳捐成为国子监生，清军入关后他加入南明小朝廷，积极抗清。南明灭亡后，他屡次得到清廷的征召，但始终不肯出仕。顾炎武学问渊博，经学、史学、音韵、小学、金石考古、方志舆地以及诗文等方面都取得了很大的成就，与黄宗羲、王夫之并称明末清初"三大儒"。顾炎武在《日知录》一书中提出的"保国者，其君其臣肉食者谋之；保天下者，匹夫之贱与有责焉耳矣"的理念，被梁启超归结为"天下兴亡，匹夫有责"，成为中国人民族性的一部分。

杨业　原名重贵，麟州新秦（今陕西神木）人，后汉豪强杨信之子。在父亲的命令下，杨重贵加入时任麟州刺史的刘崇麾下。刘崇建立北汉后，赐杨重贵名刘继业。刘继业骁勇善战，军中号为"无敌"。宋灭北汉，刘继业苦战之后投降，宋太宗恢复他的本姓，为他改名杨业，任命他为代州知州。此后，杨业在宋与辽的战争中屡立战功。公元986年，宋太宗决定北伐辽国，让名将潘美任西路军主将，杨业为副主将，进攻燕云十六州。宋军战斗失利，监军王侁（shēn）用话激怒杨业，杨业孤军进攻，遭遇伏兵，且战且退。负责接应的王侁贪功擅自调动军队，主将潘美没有制止。撤到约定地点的杨业发现没有援军，只得回身死战，战马中箭被俘。辽人劝他投降，他绝食三天而死。杨业的英勇事迹被传为佳话，宋辽都有百姓建庙纪念他。

卷十三　槐西杂志三

〔题解〕

本卷是全书体量最大的一卷，多数故事依然是在"宿命论""因果报应"的陈腐框架下对世情进行鞭挞。纪昀对社会问题有一定的认识，故事往往切中时弊，一定程度上反映了封建伦理观念对普通人思想和身体的毒害。但纪昀身处高位，对普通百姓的了解不够深刻，他的观点往往站在封建压迫阶级的立场，削弱了这些故事的思想意义。

原文

奴子宋遇凡三娶：第一妻自合卺①即不同榻，后竟仳离。第二妻子必孪生，恶其提携之烦，乳哺之不足，乃求药使断产；误信一王媪言，舂砺石②为末服之，石结聚肠胃死。后遇病革时，口喃喃如与人辩。稍苏，私语其第三妻曰："吾出初妻时，吾父母已受人聘，约日迎娶。妻尚未知，吾先一夕引与狎。妻以为意转，欣然相就。五更尚拥被共眠，鼓吹已至，妻恨恨去。然媒氏早以未尝同寝告后夫，吾母兄亦皆云尔。及至彼，非完璧，大遭疑诟，竟郁郁卒。继妻本不肯服石，吾痛捶使咽尽。殁后惧为厉，又赂巫斩殃。今并恍惚见之，吾必不起矣。"已而果然。又奴子王成，性乖僻。方与妻嬉笑，忽叱使伏受鞭；鞭已，仍与嬉笑。或方鞭时，忽引起与嬉笑；既而曰"可补鞭矣"，仍叱使伏受鞭。大抵一日夜中，喜怒反复者数次。妻畏之如虎，喜时不敢不强欢，怒时不敢不顺受也。一日，泣诉先太夫人。呼成问故。成跪启曰："奴不自知，亦不自由。但忽觉其可爱，忽觉其可憎耳。"先太夫人曰："此无人理，殆佛氏所谓夙冤耶！"虑其妻或轻生，并遣之去。后闻成病死，其妻竟着红衫。夫夫为妻纲，天之经也。然尊究不及君，亲究不及父，故"妻"又训"齐"，有敌体③之义焉。则其相与，宜各得情理之平。宋遇第二妻，误杀也，罪止太悍。其第一妻，既已被出而受聘，则恩义已绝，不当更以夫妇论，直诱污他人未婚妻耳。因而致死，其取偿也宜矣。王成酷暴，然未致妇于死也，一日居其室，则一日为所天。殁不制服，反而从吉，是悖理乱常也。其受虐固无足悯焉。

───●【字词注解】

①合卺（jǐn）：古代婚礼仪式。
②砺石：粗糙的磨刀石。
③敌体：彼此地位相等。

───●【精彩解说】

　　我的家奴宋遇一共娶了三个妻子：第一个妻子从结婚后就没有同床，后来就离婚了。第二个妻子总是生双胞胎，他不愿意养那么多孩子，再加上妻子的奶水不足，于是就想找药让妻子绝育；他误信一个姓王的老妇的话，把磨刀石捣成末给妻子喝，石粉在妻子的肠胃里凝聚，妻子就这样被害死了。后来宋遇病情危急时，嘴里喃喃自语，像是在跟别人争论什么。稍微清醒一点儿，就私下里跟第三个妻子说："我抛弃第一任妻子时，父母已经接受了别人的聘礼，约定好日子来迎娶她。妻子不知道这件事，我在头天晚上引诱她并跟她亲昵。妻子以为我回心转意了，便欣然同意了。五更天时，还和我睡在一个被窝里，鼓乐声已响到门前，妻子恨恨而去。然而媒人已告诉她的后夫，她未曾与男人同居过，我母亲和哥哥也都这么说。到了人家，证明她不是处女，遭到怀疑和谩骂，终于忧郁而死。第二个妻子本来不肯服磨石粉，我痛打她逼她吞咽下去。死后害怕她报复，又花钱买通巫婆斩祟。现在我恍恍惚惚又见到她们，我一定要死了。"不久他果然死了。还有个家奴叫王成，性情怪僻。刚刚正与妻子调情嬉笑，忽然又责令她趴下受鞭打；打完仍与她嬉笑。有时正在鞭打时，忽然又搂起她嬉笑，随后又说要补几鞭子，仍责令她趴下挨打。大概一天一夜中，他喜怒无常反复很多次。妻子惧他如虎，他高兴时不敢不强装欢笑，他发怒时不敢不顺从忍受。一天，她哭着告诉了先太夫人。先太夫人叫王成来问是怎么回事。王成跪下说："奴才自己不知道，不由自主。只是一会儿觉得她可爱，一会儿觉得她可恨。"先太夫人说："这从人情上说毫无道理，这大概就是佛门所说的上辈子结下的怨恨吧！"她担心他妻子轻生，就把他们打发走了。后来听说王成病死，他妻子竟穿上红衣裳。夫为妻纲是天经地义的。然而，丈夫尊贵毕竟不如皇帝，亲近毕竟不如父亲，所以"妻"字又解释作"齐"，有与丈夫平等之义。因此，夫妻相处，都应该在情理上说得过去。宋遇第二个妻子，是误杀，罪过是太暴戾了。他的第一个妻子既然已被休而受聘于人，则恩义已不存在，更不当视作夫妻，这同诱奸他人的未婚妻一样。既然使她郁郁而死，她来要求偿命，也是有道理的。王成残酷暴虐，然而并未致妻子于死地，他一天在屋里，就应一天把他当作丈夫。丈夫死后她不穿孝服，反而穿上红衣裳，这是违背纲常的。她受虐不值得同情。

原文

杨雨亭言：劳山深处，有人兀坐木石间，身已与木石同色矣。然呼吸不绝，目炯炯尚能视。此婴儿炼成，而闭不能出者也。不死不生，亦何贵于修道，反不如鬼之逍遥矣。大抵仙有仙骨，质本清虚；仙有仙缘，诀逢指授。不得真传而妄意冲举，因而致害者不一，此人亦其明鉴也。或曰："以刀破其顶，当兵解①去。"此亦臆度之词，谈何容易乎！

【字词注解】

①兵解：道家称死于兵刃为兵解。

【精彩解说】

据杨雨亭说：崂山深处，有个人直挺挺地坐在树、石之间，身体和树、石一个颜色。然而他仍有呼吸，眼睛还炯炯有光能看见东西。这个人用水银修炼，似乎是炼成了，却幽闭其中不能出来了。这样半死不活，修道又有什么好，还不如鬼逍遥自在。一般来说，仙人有仙骨，他的本质清澈而玄虚；仙人有仙人的缘分，必遇指点传授。没有得到真传，而妄想成仙，因此而受害的人不止一个，这人就是一个很好的借鉴。有的说："用刀砍破他的头顶，就会死而成仙。"这也是猜度之词，哪里有那么容易啊！

原文

　　古者大夫祭五祀①，今人家惟祭灶神。若门神、若井神、若厕神、若中霤神，或祭或不祭矣。但不识天下一灶神欤？一城一乡一灶神欤？抑一家一灶神欤？如天下一灶神，如火神之类，必在祀典，今无此祀典也。如一城一乡一灶神，如城隍社公之类，必有专祠，今未见处处有专祠也。然则一家一灶神耳，又不识天下人家，如恒河沙数，天下灶神，亦当如恒河沙数。此恒河沙数之灶神，何人为之？何人命之？神不太多耶？人家迁徙不常，兴废亦不常，灶神之闲旷者何所归？灶神之新增者何自来？日日铨除②移改，神不又太烦耶？此诚不可以理解。然而遇灶神者，乃时有之。余小时，见外祖雪峰张公家一司爨妪，好以秽物扫入灶。夜梦乌衣人呵之，且批其颊。觉而颊肿成痈，数日巨如杯，脓液内溃，从口吐出；稍一呼吸，辄入喉呕哕欲死。立誓虔祷，乃愈。是又何说欤？或曰："人家立一祀，必有一鬼凭之。祀在则神在，祀废则神废，不必一一帝所命也。"是或然矣。

────●【字词注解】

　　①五祀：中国古代祭祀的五种神祇，一般指户、灶、中霤、门、行（或井）。
　　②铨除：选授。

────●【精彩解说】

　　古代的士大夫祭祀五神，如今的百姓只祭灶神。像门神、井神、茅厕神、宅神，有的祭，有的不祭。但不知天下只有一位灶神呢？还是一城一乡一个灶神？或是一家一个灶神？如果说普天之下只有一位灶神，应像火神等神一样，必然在祭祀典籍上有所记载，但如今没有这样的祭祀典籍。假如说一城一乡有一位灶神，应像城隍、土地爷一样，有专门供奉的祠庙，但至今未见过有专门供奉灶神的祠庙。如果一家一户就有一位灶神，那么天下人家如恒河之沙不计其数，天下的灶神也应当如恒河之沙不计其数。而这像恒河之沙般多的灶神，是什么人充任的？又是什么人任命的呢？神不是太多了吗？天下人家迁徙无常，兴衰也无常，灶神无事可做的归向哪里？新增设的灶神又从何而来？天天这样任免改动，神不是太麻烦了吗？这事真是不可理解。然而，遇到灶神的人，却时常有。我小时到外祖父张雪峰先生家，有位专管烧水做饭的老妇，总喜欢把脏东西扫进灶火里。夜里就梦见穿黑衣服的人骂她，而且打她的嘴巴。醒来后脸肿起了大脓疱，几天后长得大如茶杯，溃烂后脓液流到嘴里，然后吐出来；稍一吸气，就进入喉咙，把她恶心得呕吐要死。她发誓并虔诚地祈祷，才好起来。这又该如何解释呢？有人说："人们家里设一个神龛，必然会有一个鬼依附在里面。有神龛就有神，没有神龛就没有神，不必每一位神都要天神任命。"也许是这样吧。

原文

> 李主事再瀛，汉三制府之孙也。在礼部时为余属，气宇朗澈，余期以远到①。乃新婚未几，遽夭天年。闻其亲迎时，新妇拜神，怀中镜忽堕地，裂为二，已讶不祥；既而鬼声啾啾，彻夜不息。盖衰气之所感，先兆之矣。

【字词注解】

①远到：有前途。

【精彩解说】

礼部主事李再瀛，是总督李汉三的孙子。他在礼部时是我的属僚，气宇轩昂，我对他的前途抱有很大期望。不想新婚没几天，便突然死了。听说他迎亲的时候，新娘拜神，怀中的镜子忽然掉到地上，摔成两半，当时人们已惊讶这是不祥之兆；随后就听见鬼声啾啾，彻夜不停。这是由于衰气所感应而事先出现的征兆。

原文

　　选人某，在虎坊桥租一宅。或曰："中有狐，然不为患，入居者祭之则安。"某性啬不从，亦无他异。既而纳一妾，初至日，独坐房中。闻窗外帘隙有数十人悄语，品评其妍媸①。忸怩不敢举首。既而灭烛就寝，满室吃吃作笑声，凡一动作，辄高唱其所为。如是数夕不止。诉于正乙真人。其法官汪某曰："凡魅害人，乃可劾治；若止嬉笑，于人无损。譬互相戏谑，未酿事端，即非王法之所禁。岂可以猥亵细事，渎及明神！"某不得已，设酒肴拜祝。是夕寂然。某喟然曰："今乃知应酬之礼不可废。"

●【字词注解】

①妍媸：美丑。妍，美丽；媸，丑陋。

●【精彩解说】

　　有位候选官员在虎坊桥租了一套宅子。有人对他说："这宅子里有狐妖，但他们不骚扰人，你住进去后，只要弄些果点祭拜一下，就会平安无事的。"这位候选官员生性吝啬，不肯破费，倒也没有什么意外的事情发生。不久，候选官员纳了个小妾。初到的那一天，她独自坐在房中，就听见窗外有许多人在议论她的美丑。她只是忸忸怩怩低着头，没敢抬头。等到熄灯就寝，就听见满屋发出吃吃的笑声，他们在床上每做一个动作，就有人高声宣布他们做了什么。这样连续闹了几个晚上，还没有罢手的意思。这位候选官员没有办法，告到正乙真人面前。正乙真人手下的法官汪某说："狐仙鬼怪出来害人，才能予以镇治；如果只是嬉笑戏谑，对人没有什么伤害。好比是相互之间开玩笑，没有造成什么纠纷，这样的话，就算是王法也无法禁止的。怎能用这些猥琐事去亵渎神灵呢？"候选官不得已，只好备了酒菜祭拜了一番。当夜就平静无事了。他感叹说："如今我才知道，应酬的礼节是不能免的。"

原文

　　朱定远言：一士人夜坐纳凉，忽闻屋上有噪声。骇而起视，则两女自檐际格斗堕，厉声问曰："先生是读书人，姊妹共一婿，有是礼耶？"士人嗫不敢语。女又促问。战栗嗫嚅曰："仆是人，仅知人礼。鬼有鬼礼，狐有狐礼，非仆之所知也。"二女唾曰："此人模棱不了事，当别问能了事人耳。"仍纠结而去。苏味道①模棱，诚自全之善计也。然以推诿偾事，获谴者亦在在有之。盖世故太深，自谋太巧，恒并其不必避者而亦避，遂于其必当为者而亦不为，往往坐失事机，留为祸本，决裂有不可收拾者。此士人见诮于狐，其小焉者耳。

●【字词注解】

　　①苏味道：唐代政治家、文学家，赵州栾城（今河北石家庄栾城区）人。

●【精彩解说】

　　朱定远说：一个士人夜晚坐在院子里乘凉，忽听房顶上有吵闹声。他惊骇地站起身来向屋顶上看，就见两个女子在房檐上打斗，撕扯着坠落到地上。她们厉声问道："先生是读书人，请问姊妹共一个丈夫，有这个礼儿吗？"士人吓得不敢回话。两个女人又催问。士人战栗着小声说："我是人，只知道人礼；鬼有鬼礼，狐有狐礼，不是我所能知道的。"两个女人唾了他一口，说："这人说话模棱两可，应当问一个明白人。"说罢，互相拉扯着走了。苏味道说话模棱两可，倒是一种自我保全的妙计。然而因为推卸责任而遭到惩罚的人，也到处都有。因为太过于世故、算计得太巧妙的人，不应回避的事也回避了，应当做的也不做，所以往往坐失机会，留下祸根，一旦灾祸被触发，就不可收拾了。这位士人只是受到狐仙的讥笑，仅仅是小事一桩罢了。

原文

　　有视鬼者曰："人家继子，凡异姓者，虽女之子，妻之侄，祭时皆所生来享，所后者弗来也。凡同族者，虽五服①以外，祭时皆所后来享，所生者虽亦来，而配食于侧，弗敢先也。惟于某抱养张某子，祭时乃所后来享。久而知其数世前本于氏妇怀孕嫁张生，是于之祖也。此何义欤？"余曰："此义易明。铜山西崩，洛钟东应，不以远而阻也。琥珀拾芥②不引针，磁石引针不拾芥，不以近而合也。一本者气相属，二本者气不属耳。观此使人睦族之心，油然而生，追远之心，亦油然而生。一身岐为四肢，四肢各岐为五指，是别为二十岐矣；然二十岐之痛痒，吾皆能觉，一身故也。莫昵近于妻妾，妻妾之痛痒，苟不自言，吾终不觉，则两身而已矣。"

──•【字词注解】

①五服：中国古代在居丧期间为死者穿丧服，按亲疏关系分为斩衰、齐衰、大功、小功、缌麻。

②琥珀拾芥：比喻互相感应。琥珀摩擦后生电，能吸引细小的东西；芥，小草。

──•【精彩解说】

有位能看见鬼的人说："过继的儿子，凡异姓的，就算是姐妹的儿子、妻子的侄子，祭祀时来享用的鬼，都是亲生父母，而继父母的鬼魂却不来。凡同族祭祀时，有的虽已出了五服，祭祀时都是他们的继父母的鬼魂来享用，亲生父母的鬼魂虽然也来了，只能坐在一旁陪伴，不敢抢先。只有于某抱养张某的儿子，祭祀时来享用的依然是于某。后来得知几代以前，于家的一名妇女怀孕后嫁给了张家。这孩子就是现在于家的祖辈。这是怎么一档子事呢？"我说："这很容易明白。铜山在西方崩塌，洛钟在东方响应，不因相距远而受阻。琥珀摩擦后能吸草，但不能吸铁针；磁石能吸铁针，但不吸草，它们不因相近而相合。属于一类的，必相互感应；属于两类的，相互就没有感应。由此而使人油然产生了和睦家族之心，油然产生了追念远古祖先之心。人的一身有四肢，而每肢又有五指，则就有了二十肢了；二十肢的痛痒，我们都能感觉到，这是由于全身浑然一体。亲近莫过于妻妾了，妻妾的痛痒，她们自己不说，我终究不会知道，因为毕竟是两个身体啊。"

原文

奴子王敬，王连升之子也。余旧有质库在崔庄，从官久，折阅都尽，群从鸠赀①复设之，召敬司夜焉。一夕，自经于楼上，虽其母其弟莫测何故也。客作胡兴文，居于楼侧，其妻病剧，敬魂忽附之语，数其母弟之失，曰："我自以博负死，奈何多索主人棺敛费，使我负心！此来明非我志也。"或问："尔怨索负者乎？"曰："不怨也。使彼负我，我能无索乎？"又问："然则怨诱博者乎？"曰："亦不怨也。手本我手，我不博，彼能握我手博乎？我安意候代而已。"初附语时，人以为病者谵乱耳；既而序述生平、寒温故旧，语音宛然敬也。皆叹曰："此鬼不昧本心，必不终沦于鬼趣。"

●【字词注解】

①鸠赀：筹措资金。鸠，聚集，纠集。

●【精彩解说】

家奴王敬，是王连升的儿子。当初，我在崔庄开了间当铺，因外出为官时间长了，当铺里的东西差不多已变卖光了，我的堂亲们又集资把当铺办起来，叫王敬夜里打更。有天夜里，王敬在楼上上吊自尽，他的母亲和弟弟也不知死因。打工的胡兴文住在当铺隔壁，妻子病重，王敬的灵魂忽然附在她身上，数落他母亲、弟弟的过失，说："我因为赌博输了钱而死，为什么向主人索要那么多丧葬费，使我有愧于心？我今天来声明这不是我的本意。"有人问："你不恨向你要债的人吗？"他说："不恨。如果你欠了我的钱，我能不要吗？"又问："难道你不恨引诱你赌博的人？"他说："也不恨。手是我的手，我不赌，别人能拉着我的手去赌吗？我现在只是安心地等待替身而已。"开始附体时，人们以为这是病人在说胡话，然而他历述生平往事以及亲朋故旧的事儿来，言谈语调就跟王敬一模一样。人们都说："这鬼不昧良心，肯定不会沦于鬼界的。"

原文

董秋原言：东昌一书生，夜行郊外。忽见甲第甚宏壮，私念此某氏墓，安有是宅，殆狐魅所化欤？稔闻《聊斋志异》青凤、水仙诸事，冀有所遇，踯躅不行。俄有车马从西来，服饰甚华，一中年妇揭帏指生曰："此郎即大佳，可延入。"生视车后一幼女，妙丽如神仙，大喜过望。既入门，即有二婢出邀。生既审为狐，不问氏族，随之入。亦不见主人出，但供张甚盛，饮馔丰美而已。生候合卺，心摇摇如悬旌。至夕，箫鼓喧阗，一老翁搴帏揖曰："新婿入赘，已到门。先生文士，定习婚仪，敢屈为傧相，三党①有光。"生大失望，然原未议婚，无可复语；又饫②其酒食，难以遽辞。草草为成礼，不别而归。家人以失生一昼夜，方四出觅访。生愤愤道所遇，闻者莫不拊掌曰："非狐戏君，乃君自戏也。"余因言有李二混者，贫不自存，赴京师谋食。途遇一少妇骑驴，李趁与语，微相调谑。少妇不答亦不嗔。次日，又相遇，少妇掷一帕与之，鞭驴径去，回顾曰："吾今日宿固安也。"李启其帕，乃银簪珥数事。适资斧竭，持诣质库。正质库昨夜所失，大受拷掠，竟自诬为盗。是乃真为狐戏矣。秋原曰："不调少妇，何缘致此？仍谓之自戏可也。"

①三党：指父族、母族、妻族。
②饫（yù）：饱食。

董秋原说：东昌有一个书生，夜里在荒郊野外行走。忽见一座豪宅，心里嘀咕，这是某家的墓地，怎么会有这样一座宅院，莫不是狐狸幻化出来的？他熟闻《聊斋志异》里青凤、水仙之类的故事，希望自己也能有类似的际遇，便在附近徘徊不去。不久有车马从西边来，服饰很华美，有一个中年妇女揭起车帏指着书生说："这位郎君就很好，可以请他进来。"书生瞧见车后一个少女，美貌如仙，大喜过望。进门之后，就有两个丫头出来邀请。书生既然知道是狐狸，也不问姓氏家族情况，便随同她们进去。他不见主人出来，但觉陈设豪华，饮食菜肴丰美。书生等着和新娘喝交杯酒，心神早已飘摇不定。到了晚上，箫声鼓声很热闹，一个老人撩起门帘出来作了一个揖，说："新女婿入赘，已经到门。先生是读书人，一定熟悉婚礼仪式，请委屈做傧相，我们三族感到莫大荣幸。"书生大失所望，但是原先未曾议过婚事，没什么可说的；况又饱吃了别人的酒饭，不好马上就推辞。他便胡乱地帮他们完成了婚礼，连个招呼也不打就回家了。再说家里人见书生一夜未归，正差人四处寻找。书生回到家中，气愤地诉说了自己的遭遇，听的人都拍掌大笑，说："不是狐狸戏弄你，是你自己戏弄自己。"我听了这个故事，就想起有个叫李二混的人，家里穷得活不下去，便跑到京城混饭吃。路上遇见一个少妇骑着驴，李二混趁机和她搭讪，后来渐渐地和她调笑起来。少妇不回答也不生气。第二天，他又碰见了少妇，少妇扔下一块手帕给他，打着驴径直离去了，又回过头说："我今天在固安过夜。"李二混打开手帕，是几件银簪子、银耳环。恰好他盘缠用完了，就拿着这几件银簪子、银耳环到当铺里去。不想正是当铺昨天夜里丢失的东西，于是他被抓住狠狠地拷打，只好承认自己是盗贼。这才是真正被狐狸戏弄了。董秋原说："他不调戏少妇，怎么会到这步田地？所以说还是他自己戏弄了自己。"

原文

　　莆田李生裕翀言：有陈至刚者，其妇死，遗二子一女。岁余，至刚又死。田数亩、屋数间，俱为兄嫂收去，声言以养其子女，而实虐遇之。俄而屋后夜夜闻鬼哭，邻人久不平，心知为至刚魂也，登屋呼曰："何不祟尔兄？哭何益！"魂却退数丈外，呜咽应曰："至亲者兄弟，情不忍祟；父之下，兄为尊矣，礼亦不敢祟。吾乞哀而已。"兄闻之感动，詈其嫂曰："尔使我不得为人也。"亦登屋呼曰："非我也，嫂也。"魂又呜咽曰："嫂者兄之妻，兄不可祟，嫂岂可祟耶？"嫂愧不敢出。自是善视其子女，鬼亦不复哭矣。使遭兄弟之变者，尽如此鬼，宁有阋墙①之衅乎？

①阋（xì）墙：指兄弟之间吵架。

据莆田人李裕翀说：有位叫陈至刚的，其妻子死了，留下两个儿子一个女儿。一年以后，陈至刚也死了。他的田地房产全被兄嫂收去，声称是为了抚养他的儿子和女儿，实际上却虐待孩子们。没过多长时间，屋子后面每天都能听到鬼哭声，邻居早就对他的兄嫂不满，心里明白是至刚的魂在哭，就登上屋顶喊："你为什么不作祟害你的哥哥？哭有什么用！"鬼魂听后却退到几丈远之外，呜咽着回答："最亲近的人就是兄弟，手足之情使我不忍心作祟；父亲以下，兄长为尊，碍于礼法，我也不敢作祟。我只能乞求罢了。"他的哥哥听到这些话后非常感动，责骂至刚的嫂子说："你让我无法做人了。"他也登上屋顶说："兄弟，不是我要干的，是你嫂子要这么干的。"鬼魂又呜咽着说："嫂子是兄长的妻子，我对兄长不能作祟，对嫂子怎么可以作祟呢？"他的嫂子惭愧得不敢露面。至此，兄嫂对他的子女很好，鬼也不再哭泣了。如果世上那些兄弟不和的人，都像陈至刚的鬼魂那样，还会发生骨肉相争的事吗？

原文

先外祖母曹太恭人，尝告先太夫人曰："沧州一宦家妇，不见容①于夫，郁郁将成心疾，性情乖剌，琴瑟愈不调。会有高行尼至，诣问因果。尼曰：'吾非冥吏，不能稽配偶之籍也；亦非佛菩萨，不能照见三生也。然因缘之理，则吾知之矣。夫因缘无无故而合者也，大抵以恩合者必相欢，以怨结者必相忤。又有非恩非怨，亦恩亦怨者，必负欠使相取相偿也。如是而已。尔之夫妇，其以怨结者乎？天所定也，非人也；虽然，天定胜人，人定亦胜天。故释迦立法，许人忏悔。但消尔胜心，戢②尔傲气，逆来顺受，以情感而不以理争；修尔内职，事翁姑以孝，外娣姒③以和，待妾媵以恩。尽其在我，而不问其在人，庶几可以挽回乎！徒问往因，无益也。'妇用其言，果相睦如初。"先太夫人尝以告诸妇曰："此尼所说，真闺阁中解冤神咒也。信心行持，无不有验；如或不验，尚是行持未至耳。"

——【字词注解】

① 容：喜欢，宠爱。
② 戢（jí）：收敛。
③ 姒娣：古代同夫诸妾互称年长的为姒，年幼的为娣；又指妯娌，兄妻为姒，弟妻为娣。

——【精彩解说】

我先外祖母曹太恭人曾对先太夫人说："沧州有位官宦的妻子，不被丈夫所宠爱，心中郁郁寡欢，累积成心病，性格也变得乖戾，夫妇俩更合不来。恰好一位修行高深的尼姑来了，她前去询问因果。尼姑说：'我不是阴间的官吏，不能查你们配偶的名册；我也不是菩萨，不能看到人的过去、现在、未来的事情。但是因缘的道理，我却知道。说到因缘，没有无缘无故结合的事，大体上是因恩情而结合的夫妻必定恩爱，因怨恨而结合的夫妻必然不合。也有非恩非怨、亦恩亦怨而结合的，必然双方互有负欠而彼此相互取偿。就这么几种类型。你们夫妇莫不是因怨恨而结合的？这是上天决定的，不是人为的；虽然这样，天定胜人，人也定能胜天。所以释迦牟尼创立佛法，准许人们忏悔。只要消除你的好胜心，收敛你的傲气，逆来顺受，用情打动而不是用理争吵；做好你分内的事，孝顺侍奉公婆，和睦地处理好妯娌之间的关系，宽容对待妾、婢女。做到这些全在自己，而不用管别人怎样，这样或许可挽回你们夫妻的感情吧！只是询问以往的原因，没有任何好处。'这位妻子按尼姑的话去做，果然像刚结婚时那样和睦相爱。"先太夫人曾用这件事告诫几位儿媳妇说："这个尼姑所说的道理，真是闺阁之中解除怨恨的神咒。持之以恒地实行，没有不灵验的；如果不灵验，是因为没有持之以恒。"

原文

季廉夫言：泰兴有贾生者，食饩①于庠，而癖好符箓禁咒事。寻师访友，炼五雷法，竟成。后病笃，恍惚见鬼来摄。举手作诀，鬼不能近。既而家人闻屋上金铁声，奇鬼狰狞，汹涌而入。咸悚惶避出。遥闻若相格斗者，彻夜乃止。比晓视之，已伏于床下死，手掊地成一深坎，莫知何故也。夫死生数也，数已尽矣，犹以小术与天争，何其不知命乎？

●【字词注解】

①食饩（xì）：指明清时期，通过考试取得廪生资格的生员享受官府给予的廪膳（即廪生的稻米）补贴。

●【精彩解说】

季廉夫说：泰兴县有位姓贾的书生，身为谋膳生员，却喜欢画符念咒之事。他到处寻师访友，终于炼成了五雷法。后来他病重，恍惚间看见有鬼来拘他。他就举手念诀，使鬼不能靠近。过了一会儿，家里人听到屋顶上发出铁器声，看到奇形怪状、狰狞可怖的鬼，汹涌般地闯了进来。于是家人都惊惶地躲出去了。远远听到屋里好像有打斗的动静，折腾了一夜才停了下来。等到天亮进去一看，贾书生已趴在床下死了，手在地面抠了一个很深的沟，不知道是什么原因。人的死生是有定数的，气数已尽，还用小法术去争斗，为何这么不知天命呢？

原文

宋村厂仓中旧有狐。余家未析箸①时，姚安公从王德庵先生读书是庄。仆隶夜入仓院，多被瓦击，而不见其形，惟先生得纳凉其中，不遭扰戏。然时见男女往来，且木榻藤枕，俱无纤尘，若时拂拭者。一日，暗中见一人循墙走，似是一翁，呼问之曰："吾闻狐不近正人，吾其不正乎？"翁拱手对曰："凡兴妖作祟之狐，则不敢近正人；若读书知礼之狐，则乐近正人。先生君子也，故虽少妇稚女，亦不相避，信先生无邪心也。先生何反自疑耶？"先生曰："虽然，幽明异路，终不宜相接。请勿见形可乎？"翁磬折曰："诺。"自是不复睹矣。

───●【字词注解】

①析箸（zhù）：指分家。箸，筷子。

───●【精彩解说】

在宋村厂的仓院中，过去住有狐仙。我家没分家时，我父亲姚安公跟随王德庵先生在这里读书。仆人夜晚进入仓院，往往遭砖瓦击打，但又看不见狐仙的身形，只有王先生能够在院子里乘凉，不被打扰戏弄。他时常看见年轻男女来来往往，而且木床和藤枕，全都没有一丝灰尘，好像经常擦拭。有一天，先生在黑暗中看见一人沿着墙边走，好像是一个老头，便喊住他问道："我听说狐仙不接近正派人，难道是我不够正派吗？"老头拱手施礼回答："凡是兴妖作怪害人的狐仙，都不敢接近正派人；如果是读过诗书明白事理的狐仙，就乐于接近正派人。先生是正人君子，所以就算是少妇少女，也不避您，相信先生没有邪恶之心。先生何必反要怀疑自己呢？"先生说："虽然如此，阴间和人世毕竟不同路，不大合适相见。以后请不要显形好吗？"老头弯腰恭敬地说："好的。"从此就再也看不见狐仙了。

原文

沈瑞彰寓高庙读书，夏夜就文昌阁廊下睡。人静后，闻阁上语曰："吾曹亦无用钱处，尔积多金何也？"一人答曰："欲以此金铸铜佛，送西山潭柘寺供养，冀仰托福佑，早得解形。"一人作唪①声曰："咄咄大错！布施须己财。佛岂不问汝来处，受汝盗来金耶？"再听之，寂矣。善哉野狐，檀越云集之时，傥闻此语，应如霹雳声也。

───●【字词注解】

①唪：唾人以表示鄙斥。

　　沈瑞彰寄宿在寺庙里读书，夏夜就睡在文昌阁廊檐下。夜深人静之后，他听到阁楼上有人说："我们也没有用钱的地方，你积攒许多金钱干什么？"另一个回答："我想用这些钱去铸个铜佛，送到西山的潭柘寺供养起来，希望托福保佑，使我早些脱形为人。"前一个发出唾弃声说："真是大错特错！布施一定用自己的钱。佛难道不问你钱的来处，就接受你偷盗来的钱吗？"沈瑞彰再侧耳细听，寂然无声了。野狐的话真是太对了，假如在施主云集的时候，能听到这番话，那应当是晴天霹雳。

原文

　　沧州有一游方尼，即前为某夫人解说因缘者也，不许妇女至其寺，而肯至人家。虽小家以粗粝为供，亦欣然往。不劝妇女布施，惟劝之存善心，作善事。外祖雪峰张公家，一范姓仆妇，施布一匹。尼合掌谢讫，置几上片刻，仍举付此妇曰："檀越功德，佛已鉴照矣。既蒙见施，布即我布。今已九月，顷见尊姑犹单衫。谨以奉赠，为尊姑制一絮衣可乎？"仆妇踧踖①无一词，惟面颊汗下。姚安公曰："此尼乃深得佛心。"惜闺阁多传其逸事，竟无人能举其名。

　　①踧（cù）踖（jí）：恭敬而不安的样子。

　　沧州有个游食四方的尼姑，就是我前边说的那位替某夫人解说因缘的人。她不让妇女们到她住的寺里去，却肯到人家里去。即使小户人家用粗茶淡饭招待，她也欣然前往。她从不劝说妇女们布施，只劝她们存善心、做善事。我外祖父张雪峰先生家里有一个姓范的仆妇，捐献了一匹布料。尼姑双掌合十表示感谢后，随后把布料放在了桌上片刻，又拿起来交给这个仆妇，说："施主的功德，佛已经知道了。既然承蒙你布施，这布料就是我的了。现在已经到了九月，刚才看见你婆婆还穿着单薄的衣裳。我把这些布送给你，给你婆婆做一件棉衣，你看如何？"仆妇局促不安地说不出一句话来，只是满脸通红汗流不止。先父姚安公说："这个尼姑才是最懂佛心的人。"妇女中关于她的传闻逸事不少，可惜没有人能说出她的名字。

原文

先太夫人乳母廖媪言：四月二十八日，沧州社会①也，妇女进香者如云。有少年于日暮时，见城外一牛车向东去，载二女，皆妙丽，不类村妆。疑为大家内眷，又不应无一婢媪，且不应坐露车。正疑思间，一女遗红帕于地，其中似裹数百钱，女及御者皆不顾。少年素朴愿②，恐或追觅为累，亦未敢拾。归以告母，谯诃其痴。越半载，邻村少年为二狐所媚，病瘵死。有知其始末者，曰："正以拾帕索帕，两相调谑媾合也。"母闻之，憬然悟曰："吾乃知痴是不痴，不痴是痴。"

【字词注解】

①社会：旧时于春秋社日或其他节日举行的集会。
②朴愿：忠厚老实。

【精彩解说】

先太夫人的乳母廖老婆婆说：每年四月二十八日，是沧州社会之日，进香的妇女特别多。有个年轻人在傍晚时分，看见城外一辆牛车向东去，车上坐着两个美丽的女子，看穿着打扮，不像乡下姑娘。他猜测是大户人家的家眷，可又没有婢媪随从，而且也不该乘坐没有篷盖的车。年轻人正胡思乱想时，车上一个女子掉了一块红手帕在地上，其中好像包着几百个铜钱，姑娘和赶车人头也不回地向前赶路。青年平素老实忠厚，担心将来追索时有麻烦，也不敢去拾。回来告诉母亲，母亲责骂他是个傻瓜。过了半年，邻村一个青年被两个狐妖魅惑，患瘵病死了。有知道这件事来龙去脉的人说："正是因为拾手帕、索手帕，两下里调情才发生了关系。"母亲听了，恍然大悟地说："我现在才明白傻是不傻，不傻才是傻呢。"

原文

田白岩曰："名妓月宾，尝来往渔洋山人家，如东坡之于琴操[1]也。"苏斗南因言少时见山东一妓，自云月宾之孙女，尚有渔洋所赠扇。索观之，上画一临水草亭，傍倚二柳，题"庚寅三月道冲写"。不知为谁。左侧有行书一诗曰："烟缕濛濛蘸水青，纤腰相对斗娉婷。樽前试问香山老，柳宿新添第几星？"不署名字，一小印已模糊。斗南以为高年耆宿，偶赋闲情，故讳不自著也。余谓诗格风流，是新城宗派。然渔洋以辛卯夏卒，庚寅是其前一岁，是时不当有老友，"香山老"定指何人？如云自指，又不当云"试问"；且词意轻巧，亦不类老笔。或是维摩丈室，偶留天女散花，他少年代为题扇，以此调之。妓家借托盛名，而不解文义，遂误认颜标耳。

──•【字词注解】

①琴操：宋代苏轼在浙江杭州结识的妓女。

──•【精彩解说】

田白岩说："有个叫月宾的名妓，经常来往于渔洋山人家，就像苏东坡和琴操的交往一样。"苏斗南于是说起年轻时见过山东的一个妓女，自称是月宾的孙女，家里还存有渔洋山人赠送的扇子。他要过来一看，只见扇子上画着临水的一间草亭，旁边长着两棵柳树，题款是"庚寅三月道冲写"。不知道这人是谁。左边用行书写有一首诗道："烟缕濛濛蘸水青，纤腰相对斗娉婷。樽前试问香山老，柳宿新添第几星？"诗没有署名，只有一方小印，已经模糊。苏斗南认为是年高的老儒，偶尔抒发些闲情，所以不愿说出自己的姓名。我认为，从诗的风格看，这是新城派的作品。但是，王渔洋已在乾隆三十六年夏季去世，庚寅年是他死的前一年，那个时候他不该称别人为"老"，那么"香山老"指的是什么人？如果说是指自己，又不应该说"试问"；况且词意轻巧，也不像出自老年人之手。或许是他的弟子中有拈花惹草的，冒名题扇用以调情。妓女只看重渔洋山人的大名，却不解诗义，所以便误以为是渔洋山人了。

拓展阅读

《聊斋志异》　清代著名短篇志怪小说集。此书想象离奇生动，情节奇幻曲折，文笔细腻优美，是中国文言小说的最高峰。郭沫若先生盛赞此书"写鬼写妖高人一等，刺贪刺虐入骨三分"。作者蒲松龄，字留仙，一字剑臣，号柳泉居士，因书斋名"聊斋"，又被称为聊斋先生，济南府淄川（今山东淄博淄川区）人，主要生活在康熙年间。蒲松龄毕生致力于科举，但没能考中举人，只得以教授私塾为生。在他生前，《聊斋志异》就已经名满天下，涌现出《子不语》《夜谭随录》等效仿之作。纪昀创作《阅微草堂笔记》，也有意与《聊斋志异》抗衡，但成就及影响都不及《聊斋志异》。

王士祯　清代文学家。原名王士禛，因避雍正帝爱新觉罗·胤禛之讳被改为士祯，字子真，一字贻上，号阮亭，又号渔洋山人，世称王渔洋，山东新城（今山东桓台）人。他出身官僚世家，顺治十五年（1658年）考中进士，官至刑部尚书，政绩卓著，但主要还是以诗歌成就著称。他是当时的诗坛盟主，也是清代影响最大的诗词理论家，他大力提倡的诗歌"神韵"理论影响深远。

卷十四　槐西杂志四

〔题解〕

纪昀创作《阅微草堂笔记》，不过是工作之余的游戏笔墨，只是此书社会影响日益增加，他才给予重视，着重故事的劝惩意义。在本卷中，他表达了希望用自己的小说，给那些不被史书记录的"小人物"留名后世的想法。这一点，体现出纪昀有着不同于一般官员的体恤下情的一面。

原文

族弟继先，尝宿广宁门内友人家。夜大风雨，有雷火自屋山^①穿过，如电光一掣然，墙栋皆摇。次日，视其处，东西壁各一小窦^②如钱大。盖雷神逐精魅，贯而透也。凡击人之雷，从天而下；击怪之雷，则多横飞，以遁逃追捕故耳。若寻常之雷，则地气郁积，奋而上出。余在福宁度岭，曾于山巅见云中之雷；在淮镇遇雨，曾于旷野见出地之雷。皆如烟气上冲，直到天半，其端火光一爆，即訇然^③有声，与铳炮之发无异。然皆在无人之地。其有人之地，则从无此事。或曰："天心仁爱，恐触之者死。"语殊未然。人为三才^④之中，人之聚处，则天地气通，通则弗郁，安得有雷乎？塞外苦寒之地，耕种牧养，渐成墟落，则地气渐温，亦此义耳。

——●【字词注解】

①屋山：屋脊；也指靠近房脊的墙，因其形似山而得名。

②窦：圆洞。

③訇然：状声词，形容巨响声。

④三才：指天、地、人。出自《易·系辞下》："有天道焉，有人道焉，有地道焉。兼三才而两之，故六。"

──●【精彩解说】

　　我的同族弟弟继先，曾经住在广宁门内一位友人家中。那天夜里刮大风，下大雨，一道雷火掠过了屋山，像电光一样一闪而过，墙壁和栋梁都随之震动起来。第二天，他去那个位置看了看，发现东西墙壁上各自多了一个铜钱大小的圆洞。这大概是雷神追逐精怪时，从这里穿透的。但凡是击人的雷，都是从天而降；而击精怪的雷，多数是横着飞的，这是为了跟踪捕捉四处逃遁的精怪。平常的雷，则是因为地下的气郁积起来，奋而冲到空中导致的。我在福宁过白鹤岭时，曾在山顶上见过云中之雷；在淮镇遇到大雨，曾在旷野上见过出于地面之雷。这些雷都像是烟气上冲，到空中后，上端火光一爆，随即轰然出声，与铳炮发出火药没有什么两样。但这些雷都发生在无人居住的地方。有人的地方，则没有发生过。有人说："这是因为天心仁爱，恐怕触雷者遭到不幸。"这话不一定对。天、地、人三才，人居中，人聚集之处，天地之气通畅，气通就不会郁结，怎么会生出雷呢？正如塞外贫瘠寒冷之地，由于人们耕种牧养，渐渐形成村落，地气也随之渐温，正是这个道理。

原文

　　王岳芳言：其家有一刀，廷尉公故物也。或夜有盗警，则格格作爆声，挺出鞘外一二寸。后雷逐妖魅穿屋过，刀堕于地，自此则不复作声矣。世传刀剑曾渍人血者，有警皆能自响。是不尽然，惟曾杀多人者乃如是尔。每杀一人，刀上必有迹二条，磨之不去。幼年在河间扬威将军哈公元生家，曾以其佩刀求售，云夜亦有声。验之，信然也。或又谓作声之故，乃鬼所凭，是亦不然。战阵所用，往往曾杀千百人，岂有千百鬼长守一刀者哉？饮血既多，取精不少，厉气①之所聚也。盗贼凶鸷，亦厉气之所聚也。厉气相感，跃而自鸣，是犹抚琴者鼓宫宫应，鼓商商应而已。蕤宾②之铁，跃乎池内；黄钟之铎，动乎土中，是岂有物凭之哉？至雷火猛烈，一切厉气，遇之皆消，故一触焰光，仍为凡铁。亦非丰隆、列缺，专为此物下击也。

①厉气：暴戾之气。

②蕤（ruí）宾：古乐十二律中之第七律。

王岳芳说：他家有一把刀，是廷尉公的遗物。夜间若有盗贼进入宅院，这刀就咯咯地发出响声，刀身也自鞘中跳出一两寸。后来有雷霆追逐妖怪穿屋而过，刀掉到地上，从此不再发出声响了。传说，凡是沾过人血的刀剑，只要有警都能自动发声。也不完全这样，只有杀过许多人的刀剑才会这样。每杀一个人，刀上必然留下两条痕迹，磨也磨不去。我小时候在河间府扬威将军哈元生公家里，哈家曾要卖掉将军佩刀，说这刀夜里发出声响。经过验证，真是这样。有人说发声的原因是有鬼附在上面，我不认同这种说法。战场上用过的刀，杀人成百上千，岂有千百个鬼上守着一口刀的道理？沾的血既然很多，吸取的精气就不少，于是聚集了不少暴戾之气。盗贼凶猛残暴，也聚集着暴戾之气。两种暴戾之气相互感应，刀剑就会发出声响，这就好像弹琴的人，弹宫调具有宫声的器物就会共鸣，弹商调具有商调的器物就会共鸣。能发出蕤宾之调的铁，当有人弹奏此调时，便在水池中跳跃；能发出黄钟调的大钟，遇有人敲出此音，会在泥土中共鸣，难道是什么东西凭附在上面吗？等到雷火猛烈，一切暴戾之气遇到它就全部消失了，所以一遇到强烈的电光，刀就变为凡铁一块。可知霹雳闪电，并不是专为下击这些能发出声响的器物才爆发的。

原文

董曲江言：一儒生颇讲学，平日亦循谨①无过失，然崖岸太甚，动以不情之论责人。友人于五月释服，七月欲纳妾。此生抵以书曰："终制未三月而纳妾，知其蓄志久矣。《春秋》诛心，鲁文公虽不丧娶，犹丧娶也。朋友规过之义，不敢以不告。其何以教我？"其持论大抵类此。一日，其妇归宁，约某日返，乃先期一日，怪而诘之。曰："吾误以为月小也。"亦不为讶。次日，又一妇至。大骇愕，觅昨妇，已失所在矣。然自是日渐尪瘵②，因以成痨③。盖狐女假形摄其精，一夕所耗已多也。前纳妾者闻之，亦抵以书曰："夫妇居室，不能谓之不正也；狐魅假形，亦非意料之所及也。然一夕而大损真元，非恣情纵欲不至是。无乃燕昵之私，尚有不节以礼者乎？且妖不胜德，古之训也。周、张、程、朱，不闻曾有遇魅事。而此魅公然犯函丈，无乃先生之德尚有所不足乎？先生贤者也，责备贤者，《春秋》法也。朋友规过之义，不敢不以告。先生其何以教我？"此生得书，但力辩实无此事，里人造言④而已。宋清远先生闻之曰："此所谓以子之矛，陷子之盾。"

●【字词注解】

①循谨：循规蹈矩。

②尪（wāng）瘵：瘦弱。

③痨：痨病，即结核病。

④造言：造谣。

●【精彩解说】

董曲江说：有位儒生很注重理学，平时也循规蹈矩，没什么过失，但他性情高傲，动不动就责难别人。有个朋友在五月除了孝服，七月就想娶妾。这个儒生写信指责道："服完孝不满三个月就娶妾，可见你蓄谋已久了。《春秋》对动机追究极严，鲁文公虽说不是在守丧时婚娶，但等于在丧期婚娶。因为朋友有规劝的义务，所以我提醒你。你将怎样回答我呢？"他的看法一般都类似这样。一天，他妻子回娘家，约定某一天回来，却提前一天回来了，他很奇怪就问怎么回事。妻子回答："我记错了，还以为这月小呢。"儒生也没在意。第二天，又一个妻子回到家里。他大为惊愕，再找昨天那个，已经不见了。然而，从这一天起，他日渐瘦弱，终于得了痨病。因为狐女假冒他妻子摄取了他的精气，一晚上就耗去了很多。娶妾的那个朋友听说了此事，也给他写了封信说道："夫妻同居，不能说不正当；狐魅假托人形，也不能意料到。但是一夜就大伤元气，不纵欲的话不至于这样吧。难道男女私情，不能以礼法来节制吗？况且妖魅不能胜过有德之人，这是古人的训教。周敦颐、张载、程颢、程颐、朱熹，没听说他们遇到过妖魅。而这个狐女公然冒犯先生，莫不是先生的德行还存在不完美的地方吗？先生是贤人，求全责备贤人是《春秋》的大旨。朋友有规劝过错的义务，因此不敢不说出我的想法。先生你将怎么来回答我？"儒生收到书信，极力辩解没有这事，说是乡里人造谣。宋清远先生听了这件事后说："这就是所谓以子之矛，攻子之盾吧。"

原文

　　袁愚谷制府少与余同砚席^①，又为姻家。自言三四岁时，尚了了记前生。五六岁时，即恍惚不甚记。今则但记是一岁贡生，家去长山不远；姓名籍贯，家世事迹，全忘之矣。余四五岁时，夜中能见物，与昼无异。七八岁后，渐昏暗。十岁后，遂全无睹；或夜半睡醒，偶然能见，片刻则如故。十六七后以至今，则一两年或一见，如电光石火，弹指即过。盖嗜欲日增，则神明日减耳。

【字词注解】

①砚席：砚台与座席，这里指同学。

【精彩解说】

　　袁愚谷总督年少时和我同学，又是亲家。他自己说，三四岁时还清清楚楚记得前生的事。五六岁时就恍恍惚惚记不清了。到现在只记得前生是一个岁贡生，家乡离长山不远；至于姓名、籍贯、家世事迹，全都忘记了。我四五岁时，夜晚黑暗中能看见东西，和白天一样。七八岁以后，逐渐昏暗不清了。十岁以后，就完全看不见了；有时半夜醒来，偶尔还能看见黑暗中的东西，过一会儿就和平常一样。十六七岁以后直到现在，有时一两年见上一次，好像闪电光、打石火一般，瞬间就过去了。原来人的爱好、欲望一天天增加，那么神力就一天天减少。

原文

乌鲁木齐千总某，患寒疾。有道士踵门①求诊，云有夙缘，特相拯也。会②一流人高某妇，颇能医，见其方，骇曰："桂枝下咽，阳盛乃亡。药病相反，乌可轻试？"力沮之。道士叹息曰："命也夫！"振衣竟去。然高妇用承气汤，竟愈。乃以道士为妄③。余归以后，偶阅邸抄，忽见某以侵蚀屯粮伏法。乃悟道士非常人，欲以药毙之，全其首领也。此与旧所记兵部书吏事相类，岂非孽由自作，非智力所可挽回欤？

【字词注解】

①踵门：上门。
②会：恰好。
③妄：欺骗。

【精彩解说】

乌鲁木齐的某千总，得了寒疾。有一个道士上门为他诊治，说他们过去有缘，特地前来相救。恰好一个被流放的高某的妻子，很懂医术，看了药方，吃惊地说："桂枝吃下去，会使阳气过盛而死亡。药物和病情相反，怎能轻易服用？"就极力阻止他。道士叹息一声说："真是命啊！"抖抖衣服走了。然而高某的妻子用承气药汤竟然治愈了该千总的病。于是该千总就认为道士在骗人。我回来后偶然阅读邸报，得知该千总因侵吞屯粮而伏法。这才醒悟那道士不是平常之人，他想用药物药死该千总，使该千总保全身首。这与过去我记述的兵部书吏的事情相类似，岂不是如果罪孽出自自己，并非聪明才智所能挽回的？

原文

舅氏健亭张公言：读书野云亭时，诸同学修禊①佟氏园。偶扶乩召仙，共请姓名。乩题曰："偶携女伴偶闲行，词客何劳问姓名？记否瑶台明月夜，有人嗔唤许飞琼②。"再请下坛诗。乩又题曰："三面纱窗对水开，佟园还是旧楼台。东风吹绿池塘草，我到人间又一回。"众窃议诗情凄婉，恐是才女香魂。然近地无此闺秀，无乃炼形拜月之仙姬乎。众情颠倒，或凝思伫立，或微谑通词。乩忽奋迅大书曰："衰翁憔悴雪盈颠，傅粉熏香看少年。偶遣诸郎作痴梦，可怜真拜小婵娟。"复大书一"笑"字而去。此不知何代诗魂，作此狡狯；要亦轻薄之意，有以召之。

【字词注解】

①修禊（xì）：中国古代民俗。中国古人于农历三月初三上巳日在水边进行宴饮、踏青、洗濯等活动来祈福避凶，称修禊或祓禊。

②许飞琼：传说中的仙女名，为西王母的侍女。

【精彩解说】

舅氏张健亭公说：在野云亭读书时，同学们在佟家的园子里修禊。偶然扶乩招来仙人，大家一块请教神仙姓名。乩仙写道："偶携女伴偶闲行，词客何劳问姓名？记否瑶台明月夜，有人嗔唤许飞琼。"众人又请神仙下坛作诗词。乩仙又写道："三面纱窗对水开，佟园还是旧楼台。东风吹绿池塘草，我到人间又一回。"众人私下里说，这些诗的诗情凄婉，恐怕招来的是才女香魂。但附近没有这样的闺门秀女，莫非是炼形拜月的女狐仙吗？众人神魂颠倒，有的凝神思索，伫立不动；有的略带调戏地搭话。乩仙忽然奋笔迅速地大字写道："衰翁憔悴雪盈颠，傅粉熏香看少年。偶遣诸郎作痴梦，可怜真拜小婵娟。"又大大地写了一个"笑"字离去。不知道他是哪朝哪代的诗人魂，这样捉弄人；总之也是众人轻薄的态度，才招来这样的仙。

原文

陈瑞庵言：献县城外诸丘阜，相传皆汉冢①也。有耕者误犁一冢，归而寒热谵语②，责以触犯。时瑞庵偶至，问："汝何人？"曰："汉朝人。"又问："汉朝何处人？"曰："我即汉朝献县人，故家在此，何必问也？"又问："此地汉即名献县耶？"曰："然。"问："此地汉为河间国，县曰乐成。金始改献州。明乃改献县。汉朝安得有此名？"鬼不语，再问之，则耕者苏矣。盖传为汉冢，鬼亦习闻，故依托以求食，而不虞③适以是败也。

—•【字词注解】

①冢：本义是高大的坟墓，后泛指坟墓。

②谵语：说胡话。

③不虞：没有料到。

—•【精彩解说】

陈瑞庵说：献县城外的许多土堆，相传都是汉代的坟墓。有个耕田的人不小心犁到一座坟，回到家后发寒热病还说胡话，被指责冒犯了逝者。当时陈瑞庵碰巧到这里，就问："你是什么人？"回答："汉朝人。"又问："汉朝哪里人？"回答："我就是汉朝献县人，原本坟墓就在这里，何必多问？"又问："这个地方汉代就称为献县吗？"回答："是。"问："这里汉代是河间国，设置县制叫乐成，金代才改名为献州，明代改称献县，汉朝哪里会有这个名字？"鬼不说话，再问他时，耕田人就苏醒了。想来相传是汉代的坟墓，鬼也听习惯了，因此假托此由来求祭奠，却没想到恰好因此而败露了。

原文

己卯①典试山西时，陶序东以乐平令充同考官。卷未入时，共闲话仙鬼事。序东言有友尝游南岳，至林壑深处，见女子倚石坐花下。稔闻智琼②、兰香③事，遽往就之。女子以纨扇障面曰："与君无缘，不宜相近。"曰："缘自因生，不可从此种因乎？"女子曰："因须夙造，缘须两合，非一人欲种即种也。"翳然灭迹，疑为仙也。余谓情欲之因缘，此女所说是也。至恩怨之因缘，则一人欲种即种，又当别论矣。

—•【字词注解】

①己卯：乾隆二十四年（1759年）。

②智琼：出自《搜神记》。三国时魏国人弦超，梦到天上的玉女智琼下凡嫁给他，后来智琼果然来到他的身边。

③兰香：出自《搜神记》。汉朝人张传（又名张硕），遇到自称是西王母之女的杜兰香，用仙药为张硕消除魔障，并嫁给了他。

己卯年，我主持山西考试，当时任乐平县令的陶序东是同考官。试卷还没收上来的时候，我们在一起闲谈神仙鬼怪的故事。陶序东说，有个朋友曾经去南岳游玩，到了树林山谷很幽深的地方，看见一个女子倚着石头坐在花下。他熟闻智琼、兰香的故事，急火火地就上前搭讪。女子用纨扇遮住面孔说："我和你无缘，不可以接近。"朋友说："缘是从因上生起的，不可以从现在开始种下因吗？"女子说："因必须夙世缔造，缘必须两相合和，不是一个人想种就能种的。"说完，忽然形迹不见，怀疑是神仙。我认为情欲方面的因缘，这个女子说的很对。至于恩怨方面的因缘，却是一个人想种就能种的，又另当别论。

原文

大同宋中书瑞言：昔在家中戏扶乩，乩动，请问仙号。即书曰："我本住深山，来往白云里。天风忽飒然，云动如流水。我偶随之游，飘飘因至此。荒村茅舍静，小坐亦可喜。莫问我姓名，我忘已久矣。且问此门前，去山凡几里？"书讫，乩遂不动。或者此乃真仙欤？

大同中书宋瑞讲述：从前在家里玩扶乩，发现乩动了，就请问神仙名号。乩仙当即写道："我本住深山，来往白云里。天风忽飒然，云动如流水。我偶随之游，飘飘因至此。荒村茅舍静，小坐亦可喜。莫问我姓名，我忘已久矣。且问此门前，去山凡几里？"写完，乩就再也不动。或者说这个就是真的神仙？

原文

吴惠叔携一小幅挂轴，纸色似百年外物，云得之长椿寺市上。笔墨草略，半以淡墨扫烟霭，半作水纹，中惟一小舟，一女子坐篷下，一女子摇橹而已。右角浓墨写一诗曰："沙鸥同住水云乡，不记荷花几度香。颇怪麻姑①太多事，犹知人世有沧桑。"款曰"画中人自画并题"，无年月，无印记。或以为仙笔，然女仙手迹，人何自得之？或以为游女，又不应作此世外语。疑是明末女冠，避兵于渔庄蟹舍，自作此图。无旧人跋语，亦难确信。惠叔索题，余无从着笔，置数日还之。惠叔殁于蜀中，此画不知今在否也。

【字词注解】

①麻姑：传说中的仙女。

【精彩解说】

吴惠叔带来一小幅挂轴，看纸的颜色好像是百年以上的东西，说是从长椿寺集市上买的。画上的笔墨潦草粗略，一半是用淡墨扫出的烟霭，一半是水的波纹，中间只有一条小船，一个女子坐在船篷下，另一个女子摇橹而已。右边角上用浓墨写了一诗道："沙鸥同住水云乡，不记荷花几度香。颇怪麻姑太多事，犹知人世有沧桑。"落款是"画中人自画并题"，没有年月，没有印记。有人认为是神仙笔墨，但女仙人的手迹，人是从哪里得到的呢？有人以为是出游的女子，又不应该说出这种出世的话。怀疑是明末的女道士，在渔村里躲避战火，自己画了这幅画。没有古人的跋语，也难以确认。吴惠叔让我题词，我无从落笔，放了几天还给他。惠叔死在蜀中，不知道这画如今还在不在了。

拓展阅读

西王母 中国古代著名女仙，在许多古籍上都有她的故事。传说西王母是女仙之首，《山海经》中说她长着虎的牙齿、豹的尾巴、头发蓬乱，善于长啸，有三只青鸟为她服务，在后世传说中渐渐成为雍容华贵的女性形象。她原本与东王公并列，分别是男仙和女仙之首，到了明清时期，人们又开始将她和玉皇大帝联系在一起，甚至将他们想象成夫妻关系，已经与原始传说相距甚远。传说西王母拥有不死药，曾与周穆王、汉武帝等人间帝王相见。每年的农历三月三日是西王母的寿辰，她会在瑶池摆下盛大的筵席。西王母的侍女在文学作品中屡次出现，例如许飞琼、董双成、小玉等。

麻姑　中国古代神话中著名的仙女，出自《神仙传》。她的外表是十八九岁的少女，容貌美丽，手像鸟爪一样纤细颀长。她虽然看起来非常年轻，却自称已经三次看到东海变成桑田了，这就是成语"沧海桑田"的由来。因为这个故事，麻姑也成为长寿的象征。传说她会在每年的三月初三西王母寿辰时献上灵芝酒祝寿，"麻姑献寿"也因此成为经典的绘画题材。

卷十五　姑妄听之一

〔题解〕

"姑妄听之"出自《庄子·齐物论》："予尝为女妄言之，女以妄听之。"意为：我随便说说，未必有什么道理，你也就随便听听。以"姑妄听之"作为标题，体现出纪昀创作此书的一贯态度。他虽然有心劝惩，但也知道其效果是不能期待过高的。本卷可以被视为清代中后期的社会生活纪录片，内容包罗万象，文笔亦庄亦谐。

原文

余性耽孤寂，而不能自闲。卷轴笔砚，自束发①至今，无数十日相离也。三十以前，讲考证之学，所坐之处，典籍环绕如獭祭②。三十以后，以文章与天下相驰骤，抽黄对白③，恒彻夜构思。五十以后，领修秘籍，复折而讲考证。今老矣，无复当年之意兴，惟时拈纸墨，追录旧闻，姑以消遣岁月而已。故已成《滦阳消夏录》等三书，复有此集。缅昔作者，如王仲任④、应仲远⑤，引经据古，博辨宏通；陶渊明、刘敬叔⑥、刘义庆，简澹数言，自然妙远。诚不敢妄拟前修，然大旨期不乖于风教。若怀挟恩怨，颠倒是非，如魏泰⑦、陈善⑧之所为，则自信无是矣。适盛子松云欲为剞劂⑨，因率书数行弁⑩于首。以多得诸传闻也，遂采庄子之语名曰《姑妄听之》。乾隆癸丑⑪七月二十五日，观弈道人自题。

【字词注解】

①束发：古代男子十五岁束发为髻，二十岁行冠礼，束发代指十五岁至

二十岁的年龄。

②獭祭：獭捕鱼之后喜欢将其排列在岸边，仿佛是在陈列祭品。

③抽黄对白：指追求对仗的工整。

④王仲任：东汉思想家王充，字仲任，著有《论衡》，极力对谶纬学说等进行抨击。

⑤应仲远：东汉学者应劭，字仲远，著有《风俗通》，记述了一些破除迷信的故事。

⑥刘敬叔：南朝宋文学家，著有志怪小说集《异苑》。

⑦魏泰：北宋学者，字道辅，曾著《志怪集》《括异志》等志怪小说集。

⑧陈善：南宋学者，字子辅，曾著《扪虱新话》，内容驳杂。

⑨剞（jī）劂（jué）：雕版刻印。

⑩弁：序文，引言。

⑪乾隆癸丑：指乾隆五十八年（1793年）。

—●【精彩解说】

　　我生性甘于孤寂，但又不想让自己闲着。书籍笔墨等，从我十五岁至今没有数十日离开我的时候。三十岁以前，我讲求钻研考证的学问，所坐的地方典籍就像獭祭一样围绕着我。三十岁以后，我靠文章驰骋天下，追求对仗的工整，常常彻夜构思。五十岁以后，负责整理秘籍，又回头讲求钻研考证的学问。如今我老了，没有当年的兴致了，只是时常用笔墨追忆记录一些旧闻，不过是消磨时间罢了。过去已经完成了《滦阳消夏录》等三本书，现在又有了这本书。回忆过去的作家，如王仲任、应仲远，都引经据典，博采兼收；陶渊明、刘敬叔、刘义庆，文字简单恬淡，自然而悠远。我实在不敢与这些前贤相比，不过是大旨上不违背风俗教化罢了。至于带着个人恩怨颠倒是非的，像魏泰、陈善的所作所为，我自信是没有那样做过的。恰好盛子松想要为我雕版刻印此书，就随意书写数行作为引言。因为书中之事多得自传闻，就采用庄子的话命名为《姑妄听之》。乾隆癸丑七月二十五日，观弈道人自题。

原文

　　陈来章先生，余姻家也。尝得一古砚，上刻云中仪凤形。梁瑶峰相国为之铭曰："其鸣将将，乘云翱翔。有妩之祥，其鸣归昌①。云行四方，以发德光。"时癸巳②闰三月也。至庚子③，为人盗去。丁未④，先生仲子闻之，多方购得。癸丑⑤六月，复乞铭于余。余又为之铭曰："失而复得，如宝玉大弓。孰使之然？故物适逢。譬威凤之翀⑥云，翩没影于遥空；及其归也，必仍止于梧桐。"故家子孙，于祖宗手泽⑦，零落弃掷者多矣。余尝见媒媪携玉佩数事，云某公家求售。外裹残纸，乃北宋椠⑧《公羊传》四页，为怅惘久之。闻之于先人已失之器，越八载购得，又乞人铭以求其传。人之用心，盖相去远矣。

——●【字词注解】

①"其鸣将将"四句：《左传·庄公二十二年》中有"凤皇于飞，和鸣锵锵，有妫之后，将育于姜"之句，寓意着春秋时期陈氏一族将在齐国发达。这里化用其意，对陈来章进行祝福。妫，春秋时陈国之姓。

②癸巳：乾隆三十八年（1773年）。

③庚子：乾隆四十五年（1780年）。

④丁未：乾隆五十二年（1787年）。

⑤癸丑：乾隆五十八年（1793年）。

⑥翀：往高处飞。

⑦手泽：先人的遗物或手迹。

⑧椠（qiàn）：刻版。

——●【精彩解说】

陈来章先生，和我是亲家。他曾经得到一方古砚，刻的是云中凤凰的图案。宰相梁瑶峰为古砚写了一篇铭文，说："其鸣将将，乘云翱翔。有妫之祥，其鸣归昌。云行四方，以发德光。"当时是乾隆三十八年闰三月。到了乾隆四十五年，古砚被人偷走了。乾隆五十二年，陈来章先生的次子得知此事，想方设法买了回来。乾隆五十八年，又请我写一篇铭文。我写的是："失而复得，如宝玉大弓。孰使之然？故物适逢。譬威凤之翀云，翩没影于遥空；及其归也，必仍止于梧桐。"一些豪门大族的子孙，从祖先手里得到的遗物，随意丢弃散落得太多了。我曾见过一个媒婆拿着好几件玉佩，说是某公家想要出售。包裹着玉佩的残破的纸，竟然是四页宋刻本的《公羊传》，这件事让我惆怅了很久。陈先生的次子听父亲说丢了祖传遗物，经过八年查询终于买了回来，又求别人写铭文以留传后世。人与人的用心，真是相差太远了。

原文

　　董家庄佃户丁锦，生一子曰二牛。又一女赘曹宁为婿，相助工作，甚相得也。二牛生一子曰三宝。女亦生一女，因住母家，遂联名曰四宝。其生也同年同月，差数日耳。姑嫂互相抱携，互相乳哺，襁褓中已结婚姻。三宝四宝又甚相爱，稍长，即跬步不离。小家不知别嫌疑，于二儿嬉戏时，每指曰："此汝夫，此汝妇也。"二儿虽不知为何语，然闻之则已稔矣。七八岁外，稍稍解事，然俱随二牛之母同卧起，不相避忌。会康熙辛丑①至雍正癸卯②岁屡歉，锦夫妇并殁。曹宁先流转至京师，贫不自存，质四宝于陈郎中家。二牛继至，会郎中求馆僮，亦质三宝于其家，而诫勿言与四宝为夫妇。郎中家法严，每笞四宝，三宝必暗泣；笞三宝，四宝亦然。郎中疑之，转质四宝于郑氏，而逐三宝。三宝仍投旧媒媪，又引与一家为馆僮。久而微闻四宝所在，乃夤缘③入郑氏家。数日后，得见四宝，相持痛哭，时已十三四矣。郑氏怪之，则诡以兄妹相逢对。郑氏以其名行第相连，遂不疑。然内外隔绝，仅出入时相与目成而已。后岁稔，二牛、曹宁并赴京赎子女，辗转寻访至郑氏。郑氏始知其本夫妇，意甚悯恻，欲助之合卺，而仍留服役。其馆师严某，讲学家也，不知古今事异，昌言④排斥曰："中表⑤为婚礼所禁，亦律所禁，违之且有天诛。主人意虽善，然我辈读书人，当以风化为己任，见悖理乱伦而不沮，是成人之恶，非君子也。"以去就力争。郑氏故良懦，二牛、曹宁亦乡愚，闻违法罪重，皆慑而止。后四宝鬻为选人妾，不数月病卒。三宝发狂走出，莫知所终。或曰："四宝虽被迫胁去，然毁容哭泣，实未与选人共房帏。惜不知其详耳。"果其如是，则是二人者，天上人间，会当相见，定非一瞑不视者矣。惟严某作此恶业，不知何心，亦不知其究竟。然神理昭昭，当无善报。或又曰："是非泥古，亦非好名，殆觊觎四宝，欲以自侍耳。"若然，则地狱之设，正为斯人矣。

●【字词注解】

①康熙辛丑：康熙六十年（1721年）。

②雍正癸卯：雍正元年（1723年）。

③夤（yín）缘：攀附。

④昌言：毫无顾忌地直言。

⑤中表：指表兄弟姐妹。

●【精彩解说】

董家庄有个佃户叫丁锦，生了一个儿子叫二牛。还有一个女儿，招了个倒插门的女婿，叫曹宁，他帮助这家人干活，关系处得很好。二牛生了个儿子叫三宝。女儿生了一个女孩，因住在娘家，便随着排下来叫四宝。这两个小孩在同年同月出生，只差几天。姑嫂一起看护、哺养这两个孩子，在襁褓中就已许下了婚姻。三宝、四宝又非常友爱，慢慢长大之后，两人便形影不离。小户人家不知避嫌，看见两个孩子在一起玩耍时，即常指着说："这是你丈夫，这是你老婆。"两个孩子虽然不知道是什么意思，但已经听顺了耳。到了七八岁，稍稍懂事了，但两个孩子仍然跟着二牛的母亲同睡同起，也不避忌。康熙六十年到雍正元年间，年年歉收，丁锦夫妇相继去世。曹宁流落到京城，穷得养活不了自己，便把四宝典卖到陈郎中家。二牛跟着来到京城，赶上陈郎中需要馆童，也把三宝典卖给了陈家。二牛告诉三宝不要说他和四宝已约定为夫妻。陈郎中家法严厉，每当打四宝时，三宝就在私下里哭；打三宝时，四宝也是如此。陈郎中生疑，便把四宝转卖给郑家，赶走了三宝。三宝又去找介绍他来陈家的老妈子，老妈子又把他介绍到一家去当馆童。过了一段时间，他打听到四宝的所在，便通过各种关系，也来到了郑家。几天之后，他才见到了四宝，两人抱头痛哭，当时两人都十三四岁了。郑某觉得奇怪，两人便谎称是兄妹。郑某看他们的名字排行相连，也就不怀疑了。然而内外宅隔绝，两人只能在出入时彼此眉目传情而已。后来年成好了，二牛、曹宁一起到京城赎子女，辗转寻访到了郑家。郑某才知道这两个孩子本来已约定为夫妻，便很怜悯他们，想帮助操办婚礼，留他们仍在郑家服役。郑家的馆师严某，是一个道学家。他不了解如今世情与古时不同，便毫不顾忌地斥责说："中表结婚是违背礼法的，也是律令所禁止的，犯了这一条，上天也要施以惩罚。主人的想法很好，但我们这些读书人，应当以端正风俗教化为己任，见了违理乱伦的事而不阻止，是促成别人做坏事，这不是君子的行为。"他以辞职相要挟。郑某本来就善良懦弱，二牛、曹宁都是乡下无知的人，听说违法罪重，都吓得打消了让两人结合的念头。后来四宝被卖给一个候补官员做妾，没过几个月便病死了。三宝发疯似的跑了出去，也不知去了何处。有人说："四宝虽然被胁迫而去，但她毁容之后不停地哭泣，实际上并没有与候补官同房。可惜不知详情是怎样的。"假如真是这样，这两个人在天上人间，会再次相见，肯定不会就此永别。只是严某做出这种罪孽之事，不知出于什么心，也不知他究竟要干什么。不过天理昭昭，他不会有好报的。还有人说："严某不是拘泥于古法，也不是沽名钓誉，而是对四宝存有非分之想，妄图夺为己有。"如果是这样，那么地府设立的地狱，正是为这种人预备的。

原文

金重牛鱼，即沈阳鲟鳇鱼，今尚重之。又重天鹅，今则不重矣。辽重毗离，亦曰毗令邦，即宣化黄鼠，明人尚重之，今亦不重矣。明重消熊栈鹿，栈鹿当是以栈饲养，今尚重之；消熊则不知为何物，虽极富贵家，问此名亦云未睹。盖物之轻重，各以其时之好尚，无定准也。记余幼时，人参、珊瑚、青金石①价皆不贵，今则日昂；绿松石、碧鸦犀价皆至贵，今则日减。云南翡翠玉，当时不以玉视之，不过如蓝田乾黄，强名以玉耳；今则以为珍玩，价远出真玉上矣。又灰鼠旧贵白，今贵黑。貂旧贵长毳，故曰丰貂，今贵短毳。银鼠旧比灰鼠价略贵，远不及天马②，今则贵几如貂。珊瑚旧贵鲜红如榴花，今则贵淡红如樱桃，且有以白类车渠③为至贵者。盖相距五六十年，物价不同已如此，况隔越数百年乎！儒者读《周礼》蚳④酱，窃窃疑之，由未达古今异尚耳。

—•【字词注解】

①青金石：一种像玉的石头，清朝四品官员用此石作为顶饰。

②天马：指沙狐。

③车渠：一种蚌类，壳内色白，像玉一样，清朝时将其切磨后作为顶珠。

④蚳：指蚁卵。

【精彩解说】

金代人很爱吃牛鱼，就是沈阳的鲟鳇鱼，这种鱼如今人们仍然很爱吃。金代还爱吃天鹅，如今人们不大吃了。辽代人爱吃毗离，又叫毗令邦，即宣化黄鼠，明代人仍爱吃，现在人们也不大吃了。明代人还爱吃消熊、栈鹿，栈鹿可能是人工饲养的，今人仍然喜欢吃；消熊则不知是什么，即便是特别富贵的人家，问他消熊是什么，也回答说没见过。大概对某物的喜爱与否，各以当时的时尚为标准，没有一个固定的标准。记得我小时候，人参、珊瑚、青金石的价钱都不贵，如今则越来越贵；绿松石、碧鸦犀特别贵，如今则越来越贱。云南的翡翠玉，当时并不把它当作玉，不过像是蓝田乾黄一样，硬把它称作玉而已；现在则把它当作珍玩，远比真玉还值钱。还有，灰鼠旧时以白色为贵，如今则以黑色为贵。貂皮旧时以长毛为贵，所以叫丰貂，现在则以短毛为贵。银鼠在旧时比灰鼠价略高，远比不上天马，现在贵得几乎赶上貂皮了。珊瑚旧时以鲜红如石榴花的为贵，现在则以淡红如樱桃的为贵，而且有人还将白色如车渠的视为至贵。相差也就有五六十年，物价已这样不同，何况隔了几百年！儒生读《周礼》发现有吃蚁卵酱的记载，心中很是疑惑，这是由于不明白古今所崇尚的不同。

原文

八珍①惟熊掌、鹿尾为常见，驼峰出塞外，已罕觏矣。猩唇则仅闻其名。乾隆乙未②，闵抚军少仪馈余二枚，贮以锦函，似甚珍重。乃自额至颏全剥而腊之，口鼻眉目，一一宛然，如戏场面具，不仅两唇。庖人不能治，转赠他友。其庖人亦未识，又复别赠。不知转落谁氏，迄未晓其烹饪法也。

【字词注解】

①八珍：指八种珍贵的食物。
②乾隆乙未：乾隆四十年（1775年）。

【精彩解说】

八珍中唯有熊掌、鹿尾常见，驼峰出于塞外，已不容易见到了。猩唇则只听到有这个名。乾隆四十年，巡抚闵少仪赠我两片猩唇，装在锦盒里，好像极为珍贵。实际上是把猩猩从额到下颏完整地剥下来晾干的，口鼻眉眼都在，极像演戏用的面具，不仅仅是两片猩唇。厨子不会弄，我便转赠给了朋友。朋友的厨子也不会做，他又转赠给了别人。不知最后转到了谁的手中，至今我也不知道猩唇如何烹饪。

原文

　　西域之果，蒲桃①莫盛于土鲁番，瓜莫盛于哈密。蒲桃京师贵绿者，取其色耳。实则绿色乃微熟，不能甚甘；渐熟则黄，再熟则红，熟十分则紫，甘亦十分矣。此福松岩额驸镇辟展时为余言。瓜则充贡品者，真出哈密。馈赠之瓜，皆金塔寺产。然贡品亦只熟至六分有奇，途间封闭包束，瓜气自相郁蒸，至京可熟至八分。如以熟八九分者贮运，则蒸而霉烂矣。余尝问哈密国王苏来满："京师园户，以瓜子种殖者，一年形味并存；二年味已改，惟形粗近；三年则形味俱变尽。岂地气不同欤？"苏来满曰："此地土暖泉甘而无雨，故瓜味浓厚。种于内地，固应少减，然亦养子不得法。如以今年瓜子，明年种之，虽此地味亦不美，得气薄也。其法当以灰培瓜子，贮于不湿不燥之空仓，三五年后乃可用。年愈久则愈佳，得气足也。若培至十四五年者，国王之圃乃有之，民间不能待，亦不能久而不坏也。"其语似为近理。然其灰培之法，必有节度，亦必有宜忌，恐中国以意为之，亦未必能如所说耳。

●【字词注解】

①蒲桃：指葡萄。

●【精彩解说】

　　西域的水果，葡萄则以吐鲁番的最负盛名，瓜则以哈密的最负盛名。葡萄在京城以绿色为贵，认为它颜色好。实际上葡萄绿色时刚有些熟，不怎么甜；再熟些就变成黄色，再熟就成了红色，熟透了是紫色，而且很甜。这是福松岩额驸镇守辟展时对我说的。充作贡品的瓜，是哈密出产的。互相馈赠的瓜，都是金塔寺出产的。但作贡品的瓜也只有六分熟时，就要把瓜封闭包装起来，这样瓜在运送途中，彼此以气相熏，到了京城就有八成熟了。如果贮运的是八九分成熟的瓜，就会在途中发热烂掉了。我曾问哈密国王苏来满："京城瓜农用哈密瓜的种子栽种结出的瓜，第一年形状味道还都没变；第二年味道就变了，只是形状还像；第三年则形状味道都变了。是水土不同的缘故吗？"苏来满说："哈密土暖泉甜而不下雨，所以瓜味浓厚。内地种植，味道自然要稍差，但也在于种植不得法。如果把当年的种子放到第二年就种，这在哈密当地也不会种出好瓜来，因为它得到的培育之气较少。应当用灰埋上种子，放在不干不湿的空仓里，过了三五年拿出来种。瓜种放置的年头越久越好，因为得到的培育之气充足。在灰里埋上十四五年的种子，只有在国王的园子里才有，老百姓等不了那么久，况且放那么久也不能不腐烂。"他的话好像很有道理。不过用灰培育种子的方法，肯定有个节度，也一定有些应怎样、不应怎样的细节，假如内地只根据个人的理解来操作，也未必能达到他说的那个水平。

原文

　　舅氏安公介然言：曩随高阳刘伯丝先生官瑞州，闻城西土神祠有一泥鬼忽仆地，又一青面赤发鬼，衣装面貌与泥鬼相同，压于其下。视之，则里中少年某，伪为鬼状也，已断脊死矣。众相骇怪，莫明其故。久而有知其事者曰："某邻妇少艾，挑之，为所詈。妇是日往母家，度必夜归过祠前。祠去人稍远，乃伪为鬼状伏像后，待其至而突掩之，将乘其惊怖昏仆，以图一逞。不虞神之见谴也。"盖其妇弟预是谋，初不敢告人，事定后，乃稍稍泄之云。介然公又言：有狂童荡妇，相遇于河间文庙前，调谑无所避忌。忽飞瓦破其脑，莫知所自来也。夫圣人道德侔乎天地，岂如二氏之教，必假灵异而始信，必待护法而始尊哉！然神鬼扴呵[1]，则理所应有。必谓朱锦作会元，由于前世修文庙，视圣人太小矣；必谓数仞宫墙，竟无灵卫，是又儒者之迂也。

【字词注解】

①扴（huī）呵：执法，阻止。

—•【精彩解说】

舅舅安介然说：以前随高阳人刘伯丝先生到瑞州任官，听说城西一个土神祠的泥鬼忽然倒在地上，另一个青面赤发的鬼，衣着面貌和泥鬼相同，被压在泥鬼身下。仔细一看，原来被压在下面的是里中的年轻人某某装扮的，他已被压断脊梁死了。大家吃惊地喊怪，不知是怎么回事。时间久了，有人知道原委，说："年轻人的邻居少妇年轻貌美，他挑逗她，挨了一顿骂。少妇在这一天到娘家去，年轻人估计她夜里回来肯定要路过土神祠。而这座祠离人家又有点儿远，他便装成鬼，藏在泥鬼身后，打算等少妇来后突然现形，趁她被吓昏时，以逞自己的邪念。不料遭到了神的惩罚。"据说年轻人的妻弟也参与预谋这事，起初不敢说出来，等事情平静下去后，才泄露了出来。安介然又说：有一个野小子和一个荡妇相遇于河间的文庙前，两人彼此间调笑毫不避讳。忽然飞来一片瓦砸破了他们的头，不知这瓦是怎么飞的。圣人把道德看得和天地一样重要，怎能像佛、道二教，必须借助灵异之事才能叫人信服，必须有神灵护法才能显示出尊严来呢？当然，神鬼出来执法，从道理上讲是应该的。非得说朱锦考上会元，是因为前辈子修了文庙，这就把圣人看得太低了；非得说几仞高的宫墙竟然没有神灵来守护，则又是儒生的迂腐之见。

原文

　　吴僧慧贞言：有浙僧立志精进，誓愿坚苦，胁未尝至席。一夜，有艳女窥户。心知魔至，如不见闻。女蛊惑万状，终不能近禅榻。后夜夜必至，亦终不能使起一念。女技穷，遥语曰："师定力如斯，我固宜断绝妄想。虽然，师忉利天中人也，知近我则必败道，故畏我如虎狼。即努力得到非非想天①，亦不过柔肌着体，如抱冰雪；媚姿到眼，如见尘壒②，不能离乎色相也。如心到四禅天，则花自照镜，镜不知花；月自映水，水不知月，乃离色相矣。再到诸菩萨天，则花亦无花，镜亦无镜，月亦无月，水亦无水，乃无色无相，无离不离，为自在神通，不可思议。师如敢容我一近，而真空不染，则摩登伽一意皈依，不复再扰阿难矣。"僧自揣道力足以胜魔，坦然许之。偎倚抚摩，竟毁戒体。懊丧失志，侂傺③以终。夫"磨而不磷，涅而不缁"，惟圣人能之，大贤以下弗能也。此僧中于一激，遂开门揖盗。天下自恃可为，遂为人所不敢为，卒至溃败决裂者，皆此僧也哉！

●【字词注解】

①非非想天：佛教中无色界第四天，指非一般想象可理解的世界。

②尘壒（ài）：尘埃，尘土。

③侘（chà）傺（chì）：失意不得志的样子。

●【精彩解说】

　　吴地的和尚慧贞说：有位浙江和尚立志精进佛法，发誓艰苦修行，整日打坐，不曾躺下过。一天夜里，有个美女在窗子外偷看。他知道是妖，便视而不见。美女做出种种情态来勾引他，最终还是不能接近禅床。此后美女每夜都来，但仍不能使和尚动心。美女技穷，摇头说："师父定力到这个程度，我自然应该断绝妄想。不过，师父是忉利天中的人，知道接近我，多年的修炼就要毁于一旦，所以害怕我如虎狼。即便你努力进入非非想天的境界，也不过做到女人柔软的肌肤靠近自己的身体，就像抱着冰雪，看到了美貌如见到尘埃一样，不能离开色相。如果修炼到四禅天，则花在镜前而镜不知有花，月亮映在水中而水不知有月亮，这就离开了色相。再进一步达到菩萨天，则花也无所谓花，镜子也无所谓镜子，月亮也无所谓月亮，水也无所谓水，于是无色无相，无所谓离开不离开，达到自在神通、神秘奥妙的境界。师父如果敢让我接近你，而你能做到真正本心不染，那么我也将一心皈依佛门，不会再来打扰你了。"和尚认为自己的道力足以胜过妖魔，便坦然答应了。妖女便依偎在和尚怀中抚摸挑逗，终于使和尚破了戒身。和尚懊丧得了不得，最后懊恼悔恨而死。像孔子说的"屡经磨砺而不碎，屡经摸捏而不黑"，这只有圣人才能做到，大贤以下的人就做不到了。这个和尚经不住一激，便开门揖盗。世上有些人，自以为有能力，便干别人所不敢干的事，最终一败涂地，都是这个和尚一类的人！

原文

　　季沧洲言：有狐居某氏书楼中数十年矣，为整理卷轴，驱除虫鼠，善藏弄者不及也。能与人语，而终不见其形。宾客宴集，或虚置一席，亦出相酬酢，词气恬雅，而谈言微中，往往倾其座人。一日，酒纠宣觞政①，约各言所畏，无理者罚，非所独畏者亦罚。有云畏讲学者，有云畏名士者，有云畏富人者，有云畏贵官者，有云畏善谀者，有云畏过谦者，有云畏礼法周密者，有云畏缄默慎重、欲言不言者。最后问狐，则曰："吾畏狐。"众哗笑曰："人畏狐可也，君为同类，何所畏？请浮大白②。"狐哂曰："天下惟同类可畏也，夫瓯越之人，与奚霤不争地；江海之人，与车马不争路。类不同也。凡争产者，必同父之子；凡争宠者，必同夫之妻；凡争权者，必同官之士；凡争利者，必同市之贾。势近则相碍，相碍则相轧耳。且射雉者媒以雉，不媒以鸡鹜；捕鹿者由以鹿，不由以羊豕。凡反间内应，亦必以同类；非其同类，不能投其好而入，伺其隙而抵也。由是以思，狐安得不畏狐乎？"座有经历险阻者，多称其中理。独一客酌酒狐前曰："君言诚确。然此天下所同畏，非君所独畏。仍宜浮大白。"乃一笑而散。余谓狐之罚觞，应减其半。盖相碍相轧，天下皆知之；至伏肘腋之间，而为心腹之大患，托水乳之契，而藏钩距③之深谋，则不知者或多矣。

①觞政：指酒令。
②浮大白：饮酒。浮，饮，喝；大白，指酒。
③钩距：辗转推问，究得实情。指盘问人的一种方法。

——•【精彩解说】

季沧洲说：有个狐仙住在某家的藏书楼里几十年了，他替主人整理书籍卷轴，驱虫灭鼠，连藏书家也不如他。他能和人说话，但一直看不见他的样子。客人宴会时，有时给他留出一个位置，他也匿形出来应酬，言谈恬淡娴雅，词语委婉却能抓住要害，往往使满座人倾倒。有一天，劝酒监酒令的人宣布酒令，要求各自说说自己害怕的，无道理的罚，不是自己所独怕的也罚。于是有的说怕道学家，有的说怕名士，有的说怕富人，有的说怕高官，有的说怕善于阿谀奉承的，有的说怕过于谦虚的，有的说怕礼法烦琐的，有的说怕沉默谨慎、说话吞吞吐吐的。最后问狐仙，他说："我怕狐仙。"大家喧笑道："人怕狐仙还差不多，你是同类，怕什么？请喝一大杯。"狐仙嘲讽道："天下只有同类才最可怕，瓯越人和奚霤人不会争地盘；渡江航海的人，不和车马争路。这是因为他们不同类。凡是争财产的，肯定是同父的儿子；凡是争宠的，肯定是同夫的妻子；凡是争权的，肯定是同一官的手下；凡是争利的，肯定是同一市场的商人。他们所处地位相近，则相互妨碍；相互妨碍则相互倾轧。况且捕雉的以雉为诱饵，而不用鸡鸭为诱饵；捕鹿的以鹿为诱饵，不用羊猪为诱饵。凡是施用反间计、打内应，也肯定要与对方是同类；不是同类，不能投其所好，也就不能伺机而达到目的了。这么来看，狐仙怎么会不怕狐仙呢？"座中有历经坎坷的，大多说他分析得在理。只有一个客人倒了一杯酒放在狐仙面前，说："你说的确实没错，不过同类是世上人都害怕的，而并不是只有你怕，还是得罚一杯。"于是大家一笑而散。我认为罚狐仙的酒应该减半。因为相互妨碍而相互倾轧，天下人都知道；至于潜伏在身前身后，成为心腹大患，假托水乳交融般的关系，却包藏着钩距般的阴谋，可能不知道的人就多了。

原文

　　老儒周懋官，口操南音，不记为何许人。久困名场①，流离困顿，尝往来于周西擎、何华峰家。华峰本亦姓周，或二君之族欤？乾隆初，余尚及见之，迂拘拙钝，古君子也。每应试，或以笔画小误被贴，或已售而以一二字被落。亦有过遭吹索，如题目写"曰"字偶稍狭，即以误作"日"字贴。写"己"字末笔偶锋尖上出，即以误作"已"字贴。尤抑郁不平。一日，焚牒文昌祠，诉平生未作过恶，横见沮抑。数日后，梦朱衣吏引至一殿，神据案语曰："尔功名坎坷，渎渎明神，徒挟怨尤，不知因果。尔前身本部院吏也，以尔狡黠舞文，故罚尔今生为书痴，毫不解事。以尔好指摘文牒，虽明知不误，而巧词锻炼，以挟制取财，故罚尔今生处处以字画见斥。"因指簿示之曰："尔以'日'字见贴者，此官前世乃福建驻防音德布之妻，老节妇也，因咨文写'音'为'殷'，译语谐声，本无定字。尔反复驳诘，来往再三，使穷困孤嫠②所得建坊之金，不足供路费。尔以'已'字见贴者，此官前世以知县起服，本历俸三年零一月。尔需索不遂，改其文'三'字为'五'，'一'字为'十'，又以五年零十月移计，应得别案处分。比及辨白，坐原文错误，已沉滞年余。业报牵缠，今生相遇，尔何冤之可鸣欤？其他种种，皆有夙因，不能为尔备陈，亦不可为尔预泄。尔宜委顺，无更哓哓。倘其不信，则缁袍黄冠，行且有与尔为难者，可了然悟矣。"语讫，挥出。霍然而醒，殊不解缁袍黄冠之语。时方寓佛寺，因迁徙避之。至乙卯③乡试，闱中已拟第十三。二场僧道拜父母判中，有"长揖君亲"字，盖用傅弈④表"不忠不孝，削发而揖君亲"语也。考官以为疵累，竟斥落。方知神语不诬。此其馆步丈陈谟家自详述于步丈者。后不知所终，殆坎壈以殁矣。

—●【字词注解】

①名场：追求功名的场所，指科举考场。

②孤嫠（lí）：孤儿寡妇。

③乙卯：雍正十三年（1735年）。

④傅弈：唐朝大臣。

—●【精彩解说】

老学究周懋官，说话南方口音，不记得他是什么地方的人了。他长期参加应试却没有考中，生活困顿，曾来往于周西擎、何华峰家。何华峰本来也姓周，也许周懋官是这两位的本家？乾隆初年，我还见过他，他迂拙拘谨，真是个古时的君子。每次应试，他或者因笔画上的小毛病而被剔出，或已初步通过却又因一两个字而落选。也是考官吹毛求疵，比如题目有个"日"字，偶然写得稍窄了些，便以误写为"日"而被剔出。写"己"字最后一笔笔锋偶然再往上出点头，便以误写为"已"字而被剔出。周懋官心中忧郁不平。有一天，他到文昌祠焚烧了一份状子，诉说一生没有干过坏事，却横遭压抑遏制。过了几天，他梦见一个朱衣吏把他带到一座殿中，神坐在几案前说道："你求取功名不顺利，却来埋怨神灵，徒然心怀怨愤，不知道因果报应。你前生本是部院的一名官吏，狡诈善于舞文弄墨，所以这一生罚你当个书呆子，一点儿也不懂人情世故。因为你前生好挑剔别人的文章，明知没错，也要鸡蛋里挑骨头，通过这种方法来捞钱，所以罚你这一辈子老是因为字的笔画而落选。"神指着籍册给他看，说："因为'日'字把你剔出榜外的考官，前一辈子是福建驻防官音德布的妻子，她是位老节妇，因为表彰她为节妇的呈文里，把'音'写作'殷'，这是译语而且谐声，本来没有确定的字。你却反复驳退使她反反复复修改，以致这位穷困的寡妇所得建牌坊的钱，还不够路费。因'已'字把你剔出榜外的考官，前一辈子任县令时犯了律令，本来罚他三年零一个月的俸禄。你勒索不成，便将文中的'三'字改为'五'，'一'字改为'十'，然后又以五年零十个月计，则应是另案处理了。等到弄明白了，他则因原文错误，已被闲置了一年多。你种下了孽因，这辈子你们又相遇，自然得到报应，你有什么冤可鸣的呢？你的其他种种不顺，都有前生的孽因在，不能一一细讲，也不能事先泄露给你。你应当委曲顺从，不要再大呼小叫地告状。你要不信，那么和尚、道士也即将为难你，到时候你就完全明白了。"说完，把周懋官赶了出去。他忽然醒了过来，一点儿也不明白和尚、道士要为难他是什么意思。当时他正寓居在佛寺中，因此便搬到别处躲避一下。雍正十三年，他参加乡试，已内定录取他为第十三名举人。在第二场考试中，他的试卷里有关于"僧道拜父母"的论述，其中有"长揖君亲"的句子，用的是傅奕奏章里"不忠不孝，削发而揖君亲"的句意。考官认为多余，竟把他刷掉了。他这才知道神的话没错。这是他在步丈陈谟家当馆师时对陈谟讲述的。后来他不知何处去了，大概是坎坷落魄而死了。

原文

虞倚帆待诏言：有选人张某，携一妻一婢至京师，僦居海丰寺街。岁余，妻病殁。又岁余，婢亦暴卒。方治椊①，忽似有呼吸，既而目睛转动，已复苏，呼选人执手泣曰："一别年余，不意又相见。"选人骇愕。则曰："君勿疑谵语，我是君妇，借婢尸再生也。此婢虽侍君巾栉，恒郁郁不欲居我下。商于妖，足以术魇我。我遂发病死，魂为术者收瓶中，镇以符咒，埋尼庵墙下。局促昏暗，苦状难言。会尼庵墙圮，掘地重筑，圬者剧土破瓶，我乃得出。茫茫昧昧，莫知所往，伽蓝神②指我诉城隍。而有魔法者皆有邪神为城社，辗转撑拄，狱不能成。达于东岳，乃捕逮术者，鞫治得状，拘婢付泥犁。我寿未尽，尸已久朽，故判借婢尸再生也。"阖家悲喜，仍以主母事之。而所指作魔之尼，则谓选人欲以婢为妻，故诈死片时，造作斯语。不顾陷人于重辟，汹汹欲讦讼。事无实证，惧干妖妄罪，遂讳不敢言。然倚帆尝私叩其僮仆，具道妇再生后，述旧事无纤毫差，其语音行步，亦与妇无纤毫异。又婢拙女红，而妇善刺绣，有旧所制履未竟，补成其半，宛然一手，则似非伪托矣。此雍正末年事也。

①槥（huì）：棺材。

②伽蓝神：佛教寺院护法神的通称。

　　翰林院待诏虞倚帆说：候补官张某带着一妻一婢到京城，租住在海丰寺街。过了一年多，妻子病故。又过了一年多，婢女也暴死了。他正在置办棺材，忽然听到呼吸声，继而婢女的眼睛也转动了，接着苏醒过来，拉着候补官的手哭道："分别了一年多，没想到又相见了。"候补官又惊又怕。婢女说："你不要疑心我胡说八道，我是你的妻子，借婢女的尸体再生了。这婢女虽然是个贴身侍候你的丫鬟，但常心中郁郁不甘在我之下。她与妖尼密商，用法术魇我。我便发病死去，我的魂魄被妖尼收在瓶中，用符咒镇压，埋在尼姑庙的墙下。瓶里窄小黑暗，所受痛苦一言难尽。刚好尼姑庙墙倒了，要挖地重新筑墙，泥瓦工挖土时弄碎了瓶子，我才得以出来。眼前茫茫渺渺，我不知往何处去，伽蓝神叫我告到城隍那儿去。谁知会魇术的，都有邪神为后台，多方阻挠，使我的上告立不了案。后来我又告到东岳神那儿，才把妖尼逮了起来，经审讯得知实情，将婢女捉来下到地狱中。我的寿数没有完，尸体已腐坏了，所以神判决我借婢尸再生。"全家又悲又喜，仍把她当作主母。而那个作法的妖尼，却说候补官想娶婢女为妻，故意让婢女装死，编出这么一套话来。妖尼想使候补官受到严惩，闹哄哄地要告官。因没有证据，又怕沾上"妖妄罪"这一条，妖尼不敢再说什么了。虞倚帆曾私下里向这位候补官的僮仆了解情况，他们说主母再生后，说起过去的事没有一丝差错，她的语调、举止，也与主母不差半毫。还有，婢女不会女红，而主母善于刺绣，有过去没有做完的鞋，她给补做完毕，看起来完全出于同一人之手，好像不是假的。这是雍正末年的事。

原文

　　霍养仲言：雍正初，东光有农家，粗具中人产。一夕，有劫盗，不甚搜财物，惟就衾中曳其女，掖入后圃，仰缚曲项老树上，盖其意本不在劫也。女哭詈。客作高斗，睡圃中，闻之跃起，挺刃出与斗。盗尽披靡，女以免。女恚愤泣涕，不语不食。父母宽譬终不解，穷诘再三，始出一语曰："我身裸露，可令高斗见乎？"父母喻意，竟以妻斗。此与楚钟建事适相类。然斗始愿不及此，徒以其父病，主为医药。及死为官敛，葬以隙地，而招其母司炊煮，故感激出死力耳。罗大经^①《鹤林玉露》载咏朱亥诗曰："高论唐虞儒者事，负君卖友岂胜言。凭君莫笑金椎陋，却是屠沽解报恩。"至哉言乎！

【字词注解】

①罗大经：南宋学者。

【精彩解说】

霍养仲说：雍正元年，东光县有位农家，论家产可算个中等人家。有一天晚上，劫盗来到农家，不劫掠财物，只从被窝里把农家女儿拖出来，挟持到后园，把她仰面朝天地绑在弯曲的老树上，看来劫盗的本意不在劫财。农女又哭又骂。有个睡在园子里的长工叫高斗，听到声音跳起来，持刀出来和劫盗打了起来。劫盗都被打跑了，高斗救了农家女。她又羞又恨地哭，不说话也不吃饭。父母宽慰她也不行，经过再三盘问，她才说了一句话："我的身体裸露，能让高斗看见吗？"父母明白了她的意思，就把她嫁给了高斗。这和楚钟建的事差不多。不过高斗出来救人时并没有想到这一层，只因他的父亲有病时，主人曾帮助请医配药。父死后又帮助筹办丧事，提供空地下葬，又让他的母亲到厨房里做饭，所以他感激主人而出死力报答。罗大经写的《鹤林玉露》中载有咏朱亥的诗，道："高论唐虞儒者事，负君卖友岂胜言。凭君莫笑金椎陋，却是屠沽解报恩。"说得真是好极了！

原文

魂与魄交而成梦，究不能明其所以然。先兄晴湖，尝咏高唐神女事曰："他人梦见我，我固不得知；我梦见他人，人又乌知之？襄王自幻想，神女宁幽期？如何巫山上，云雨今犹疑。"足为瑶姬雪谤。然实有见人之梦者。奴子李星，尝月夜村外纳凉，遥见邻家少妇掩映枣林间，以为守圃防盗，恐其翁姑及夫或同在，不敢呼与语。俄见其循塍西行半里许，入秫丛中。

疑其有所期会，益不敢近，仅远望之。俄见穿秫丛出行数步，阻水而返。痴立良久，又循水北行百余步，阻泥泞又返，折而东北入豆田。诘屈行，颠踬①者再。知其迷路，乃遥呼曰："几嫂深夜往何处？迤北更无路，且陷淖中矣。"妇回顾应曰："我不能出，几郎可领我还。"急赴之，已无睹矣。知为遇鬼，心惊骨栗，狂奔归家。乃见妇与其母坐门外墙下，言适纺倦睡去，梦至林野中，迷不能出，闻几郎在后唤我，乃霍然醒。与星所见，一一相符。盖疲苶之极，神不守舍，真阳飞越，遂至离魂。魂与形离，是即鬼类，与神识起灭自生幻象者不同，故人或得而见之。独孤生之梦游，正此类耳。

—●【字词注解】

①颠踬：指跌倒。

—●【精彩解说】

　　魂和魄交合便成为梦，但这说法并没有解释出个所以然来。先兄晴湖曾作诗咏高唐神女的事，诗道："他人梦见我，我固不得知；我梦见他人，人又乌知之？孱王自幻想，神女宁幽期？如何巫山上，云雨今犹疑。"（别人梦见我，我自然不知道；我梦见别人，别人又怎会知道？那软弱的楚王不过是幻想，神女怎能和他幽会？说什么在巫山云上神女行云布雨，至今还是值得怀疑）这足以为瑶姬平反昭雪了。不过倒真有人见过别人的梦。奴仆李星，月夜在村外纳凉，远远地望见邻居少妇在枣林里忽隐忽现，他以为她在看守园子防小偷，恐怕她的公公、丈夫都在，故不敢和她打招呼。继而见她沿着垄台往西走了半里左右，进入高粱丛中。李星怀疑她与别人幽会，更不敢靠近了，只是远远地望着。不一会儿，又看见她穿过高粱地出来走了几步，遇到水又返了回来。她呆立了很长时间，又沿着河水往北走了一百多步，因道路泥泞又返了回来，之后折向东北进豆地。她艰难地走着，跌倒了两次。李星知道她迷了路，便在远处呼喊道："嫂子深夜往哪儿去？往北去更没有路，要陷进泥潭中了。"少妇回头说："我出不来了，兄弟来领我回去。"李星急忙奔过去，少妇却不见了。他知道遇见了鬼，心惊肉跳，狂奔回家。却看见少妇和她母亲坐在门外墙下，说刚才纺线困倦睡去，梦见到了树林田野中，迷路出不来，听见李星在身后唤她，才一下子醒了过来。这和李星所见到的一一相符。她可能是过于疲劳，神不守舍，真阳飞跃出去，以致离了魂。魂与形体相离，这就是鬼一类的了，这与头脑中忽然产生又忽然消失的幻象不同，所以人有时能够看见他人的梦。独孤生遇见的梦游，正属于此类。

拓展阅读

　　摩登伽　摩登伽是佛教传说中一位极富魅力的女性。她出身低下，却爱上了出身高贵的释迦牟尼十大弟子之一的阿难。于是，她追随阿难来到僧团，想尽办法引诱阿难，始终不能如愿。在释迦牟尼的建议下，她与阿难一起修行，渐渐淡化了爱欲。僧团里一些出身高贵的人本来看不起她，但她用不断加深的佛学造诣证明了自己，最终得到所有人的承认。中国有一出著名的京剧就取材于这个故事，名为《摩登伽女》，是京剧大师尚小云先生的代表剧目之一。

　　瑶姬　中国古代著名仙女，又称巫山神女，最早出现于战国辞赋家宋玉的《高唐赋》《神女赋》之中。她在楚怀王和楚顷襄王的梦中现身，自称"妾在巫山之阳，高丘之阻，旦为朝云，暮为行雨。朝朝暮暮，阳台之下"。此后，这个故事就成为男女欢好的经典题材，无数文学家创作了有关巫山神女的文艺作品。传说瑶姬是炎帝的女儿，还没有出嫁就不幸去世了，被葬在巫山的南面。后来，她又被纳入道教的神仙系统，成为西王母的女儿，并曾经帮助大禹治水。在民间传说中，她还杀死了为害三峡的孽龙。

卷十六　姑妄听之二

〔题解〕

本卷中，纪昀着意强调了儒家的一个重要思想——慎独。所谓慎独，就是在独处时也要恪守仁义道德，不能因此就放纵自己。为了鼓励读者慎独，纪昀创作的故事中主人公往往因独处时坚守道德准则而得到神鬼褒奖，反之则会得到惩戒。本卷继续选择大量俚俗和市井的故事来进行宣教，显示出纪昀救世的良苦用心。

原文

天下事，情理而已，然情理有时而互妨。里有姑虐其养媳者，惨酷无人理，遁归母家。母怜而匿别所，诡云未见，因涉讼。姑以朱老与比邻，当见其来往，引为证。朱私念言女已归，则驱人就死；言女未归，则助人离婚。疑不能决，乞签于神。举筒屡摇，签不出。奋力再摇，签乃全出。是神亦不能决也。辛彤甫先生闻之曰："神殊愦愦①！十岁幼女，而日日加炮烙，恩义绝矣。听其逃死不为过。"

——●【字词注解】

①愦愦：昏庸，糊涂。

——●【精彩解说】

天下的事情，都不过是情与理的问题罢了，但有时候情与理又会互相妨碍。我的邻居中有个婆婆常常虐待童养媳，到了惨无人道的地步，童养媳无法忍受就逃回了娘家。母亲怜悯她，就把她藏到了别的地方，谎称没有见到，两家就打起了官司。朱老翁和童养媳的娘家是邻居，婆婆认为他肯定见到童养媳回娘家并被送到别处的经过，所以请他做证。朱老翁想道：如果自己说童养媳回娘家了，就相当于让她去送死；如果说她没回来，就相当于帮助别人离婚。他犹豫不决，就到神像前面去求签。他举着签筒怎么摇也不出签。奋力再摇，签全都被摇出来了。这就是说，神也判不了这事。辛彤甫先生听了，说："神真够糊涂！十岁的幼女，天天受酷刑，恩义已经断绝。任她逃命也不过分。"

原文

戈孝廉仲坊，丁酉①乡试后，梦至一处，见屏上书绝句数首。醒而记其两句曰："知是蓬莱第一仙，因何清浅几多年？"壬子春，在河间见景州李生，偶话其事。李骇曰："此余族弟屏上近人题梅花作也。句殊不工，不知何以入君梦？"前无因缘，后无征验，《周官》六梦②，竟何所属乎？

【字词注解】

①丁酉：乾隆四十二年（1777年）。

②六梦：古代把梦分为六种，据日月星辰占其吉凶，即正梦、噩梦、思梦、寤梦、喜梦、惧梦。

【精彩解说】

举人戈仲坊在乾隆四十二年参加乡试后，他做梦来到一处地方，看见屏风上题写了几首绝句。醒来记得其中有两句道："知是蓬莱第一仙，因何清浅几多年？"乾隆五十七年春天，他在河间遇见景州人李某，偶然说起这事。李某惊道："这是近人给我族弟家的屏风上题写的咏梅诗。句子很不怎么样，不知为什么入了你的梦？"前生没有因缘，后来也没有应验，《周官经》中讲了六种梦，不知这个梦属于哪一种？

原文

《宣室志》载陇西李生左乳患痈，一日痈溃，有雉自乳飞出，不知所之。《闻奇录》①载崔尧封外甥李言吉左目患瘤，剖之有黄雀鸣噪而去。其事皆不可以理解。札阁学郎阿亲见其亲串家小婢项上生疮，疮中出一白蝙蝠。知唐人记二事非虚。岂但"六合之外，存而不论"哉？

————•【字词注解】

①《闻奇录》：唐代于逖所著的笔记小说。

————•【精彩解说】

《宣室志》中载，陇西有个李某，左胸生了痈疮，有一天，痈疮溃烂，从里面飞出一只野鸡，不知飞到哪儿去了。《闻奇录》中载，金州防御使崔尧封有个外甥叫李言吉，左眼上长了个瘤，剖开瘤，里面有一只黄雀，鸣叫着飞走了。这两件事都叫人费解。文华殿大学士札郎阿亲眼看见他亲戚家一个小婢女脖子上生了个疮，疮中飞出一只白蝙蝠。由此可知唐代人记载的上述两件事不是假的。难道只是"六合之外，存而不论"（六合之外的东西我们不清楚，只知道存在而不去讨论）吗？

原文

曹慕堂宗丞有乩仙所画《醉钟馗图》，余题以二绝句曰："一梦荒唐事有无，吴生①粉本几临摹。纷纷画手多新样，又道先生是酒徒。" "午日家家蒲酒香，终南进士亦壶觞。太平时节无妖疬，任尔闲游到醉乡。"画者题者，均弄笔狡狯而已。一日，午睡初醒，听窗外婢媪悄语说鬼：有王媪家在西山，言曾月夕守瓜田，遥见双灯自林外冉冉来，人语嘈杂，乃一大鬼醉欲倒，诸小鬼掖之踉跄行。安知非醉钟馗乎？天地之大，无所不有。随意画一人，往往遇一人与之肖；随意命一名，往往有一人与之同。无心暗合，是即化工之自然也。

【字词注解】

①吴生：指唐代画家吴道子。

【精彩解说】

宗丞曹慕堂有一幅乩仙画的《醉钟馗图》，我给题了两首绝句："一梦荒唐事有无，吴生粉本几临摹。纷纷画手多新样，又道先生是酒徒。""午日家家蒲酒香，终南进士亦壶觞。太平时节无妖疠，任尔闲游到醉乡。"无论是画者还是题诗者，都不过游戏消遣而已。有一天，午睡刚醒，听窗外婢女、老妈子在悄悄地谈论鬼：有位王老妈子家在西山，说一次月夜看守瓜田，远远望见有两盏灯从林子外冉冉而来，继而听见人声嘈杂，却是一个大鬼酒醉要倒，几个小鬼扶着他踉踉跄跄地走。怎么能说这不是醉钟馗呢？天地之大，无所不有。随便画一个人，往往会遇见一个和这画中人很像的人；随意起一个名，便往往有一个与这名字相同的人。无意的巧合，就是造化的自然性的体现。

原文

交河及友声言：有农家子，颇轻佻。路逢邻村一妇，伫目睨视。方微笑挑之，适有馌者同行，遂各散去。阅日，又遇诸途，妇骑一乌牸牛①，似相顾盼。农家子大喜，随之。时霖雨之后，野水纵横，牛行沮洳中甚速。沾体濡足，颠踬者屡，比至其门，气殆不属。及妇下牛，觉形忽不类；谛视之，乃一老翁。恍惚惊疑，有如梦寐。翁讶其痴立，问："到此何为？"无可置词，诡以迷路对，踉跄而归。次日，门前老柳削去木皮三尺余，大书其上曰："私窥贞妇，罚行泥泞十里。"乃知为魅所戏也。邻里怪问，不能自掩，为其父棰几殆。自是愧悔，竟以改行。此魅虽恶作剧，即谓之善知识可矣。友声又言：一人见狐睡树下，以片瓦掷之。不中，瓦碎有声，狐惊跃去。归甫入门，突见其妇缒树上，大骇呼救。其妇狂奔而出，树上缒者已不见。但闻檐际大笑曰："亦还汝一惊。"此亦足为佻达者戒也。

①牸（zì）牛：雌牛。

交河县的及友声说：有位农家子，极为轻佻。他在路上遇上一位邻村妇女，便盯着人家直勾勾地看。刚要笑嘻嘻地挑逗，正好有送饭的和妇女同路，于是各自散去。过了几天，这位农家子又在路上遇见了这位妇女。她骑着一头小母牛，好像在向他递眼色。农家子大喜过望，便跟着她走。当时刚连续下过几天雨，地上水流弥漫，牛在泥泞中走得飞快。农家子头脸身上都沾上了泥浆，摔倒了好几次，等到了妇女家门口，他累得几乎快要断气了。等到那妇女下了牛，农家子觉得身形不同，仔细一看，原来是一个老头。他恍惚惊疑，好像在做梦。老头看他发呆，觉得奇怪，问："你到这儿干什么？"他无话可答，谎称迷了路，踉踉跄跄地回了家。第二天，他家门前的老柳树被削去三尺多长的皮，上有大字写道："偷看贞妇，罚在泥泞中走十里。"他这才知道被鬼魅耍了。邻里们不知何事，便奇怪地问他，他掩饰不住，被父亲痛打到几乎没命。从此，这个农家子悔过自新，改掉了不良品行。这个魅怪虽然恶作剧，但说它有见识也未尝不可。友声又说：有一个人看见狐狸睡在树下，便用瓦片去打。没有打中，瓦片碎裂有声，狐狸惊醒跑掉了。他刚进门，突然看见妻子在树上上吊，他大惊呼救。妻子狂跑出去，而树上吊着的人已不见了。只听得房檐那儿大笑道："叫你也吃一惊。"这是足以叫那些轻佻放纵的人引以为戒的。

原文

里有少年，无故自掘其妻墓，几见棺矣。时耕者满野，见其且詈且掘，疑为颠痫，群起阻之。诘其故，坚不肯吐，然为众手所牵制，不能复掘，荷锸恨恨去。皆莫测其所以然也。越日，一牧者忽至墓下，发狂自挝曰："汝播弄是非，间人骨肉多矣。今乃诬及黄泉耶？吾得请于神，不汝贷也。"因缕陈始末，自啮其舌死。盖少年恃其刚悍，顾盼自雄，视乡党如无物。牧者恚①焉，因为造谤曰："或谓某帷薄不修②，吾固未信也。昨偶夜行，过其妻墓，闻林中呜呜有声，惧不敢前，伏草间窃视。月明之下，见七八黑影，至墓前与其妻杂坐调谑，媟声艳语，一一分明。人言其殆不诬耶？"有闻之者，以告少年。少年为其所中，遽有是举。方窃幸得计，不虞鬼之有灵也。小人狙诈，自及也宜哉。然亦少年意气凭陵，乃招是忌，故曰"君子不欲多上人"。

─●【字词注解】

①惎（jì）：忌恨，憎恶。

②帷薄不修：指男女不分，家庭生活淫乱。帷薄，帐幔和帘子，古代用帐幔和帘子隔内外；修，整饬。

─●【精彩解说】

村里有个年轻人，无缘无故自掘妻子的墓，几乎要挖到棺材了。当时地里有许多耕种的人，见他一边骂一边挖，以为他发了疯，就都上来劝阻。问他这样做的原因，他啥也不说，但被大家拉着不能再挖了，便扛了铁锹恨恨地走了。大家都猜不出到底是什么原因。第二天，一个放牧人忽然来到墓前，发疯似的打自己的嘴巴道："你搬弄是非，离间了许多骨肉。现在还要诬陷到黄泉之下的人吗？我已得到神的允许，饶不了你。"于是他细述事情始末，自己咬断舌头死了。原来这个年轻人倚仗自己悍勇，自以为了不起，把乡亲们看得一钱不值。放牧人气不过，便大肆造谣说："有人说某某家门风不正，我还不信。昨天夜里偶然过某某妻的坟地，听见树林里呜呜有声，我害怕不敢向前，便藏在草丛里偷看。只见在月光之下，有七八个黑影来到墓前，和某某的妻子杂坐在一起调笑，淫声浪语，听得极真切。人们说的大概没错吧？"有人听到了，便把这些话告诉了这个年轻人。这个年轻人信以为真，便有了挖墓那一幕。放牧人正暗中庆幸以为奸计得逞，不料鬼也有灵。小人奸诈自取祸，也是罪有应得。但也是这个年轻人太过盛气凌人，才招到别人的忌恨。所以说"君子不欲多上人"（君子不要老是把自己凌驾于别人之上）。

原文

周密庵言：其族有孀妇^①，抚一子，十五六矣。偶见老父携幼女，饥寒困惫，踣不能行，言愿与人为养媳。女故端丽，孀妇以千钱聘之。手书婚帖，留一宿而去。女虽孱弱，而善操作，井臼皆能任，又工针黹，家借以小康。事姑先意承志，无所不至；饮食起居，皆经营周至，一夜往往三四起。遇疾病，日侍榻旁，经旬月目不交睫。姑爱之乃过于子。姑病卒，出数十金与其夫使治棺衾。夫诘所自来，女低回良久曰："实告君，我狐之避雷劫者也。凡狐遇雷劫，惟德重禄重者庇之可免。然猝不易逢，逢之又皆为鬼神所呵护，猝不能近。此外惟早修善业，亦可以免。然善业不易修，修小善业亦不足度大劫。因化身为君妇，黾勉事姑。今借姑之庇，得免天刑，故厚营葬礼以申报，君何疑焉！"子故孱弱，闻之惊怖，竟不敢同居。女乃泣涕别去。后遇祭扫之期，其姑墓上必先有焚楮酹酒迹，疑亦女所为也。是特巧于逭^②死，非真有爱于其姑。然有为为之，犹邀神福，信孝为德之至矣。

【字词注解】

①孀妇：指丈夫死后未再婚的女子。
②逭：逃，避开。

【精彩解说】

周密庵说：他的本家中有个寡妇，抚养一个儿子，已十五六岁了。她偶然看见一个老人带着幼女，饥寒疲乏得走不动了，老人在无奈之下说愿意让这个女孩儿给人做童养媳。幼女长得端庄俊俏，寡妇便用一千钱聘了下来。老人亲手写了婚约，住了一夜走了。幼女虽然瘦弱，但很能干，挑水碾磨都行，还善于做针线，寡妇家靠着她竟成了小康人家。她侍奉婆婆，事事都能想在前面，关怀得无微不至；饮食起居，都安排得井井有条，一晚上常常起来三四次照看婆婆。如果婆婆病了，则天天在床边侍候，十天半个月也不去睡觉。婆婆喜欢她超过自己的儿子。婆婆病死，她拿出几十两银子，叫丈夫置办棺材寿衣。丈夫问她钱是哪儿来的。她沉吟了好久，说："实话告诉你，我是狐狸，是来躲避雷劫的。凡是狐狸遇到了雷劫，只有受到德高禄重的人庇护才能幸免。但在仓促之中一时找不到这样的人，即便遇到了这样的人，又都被鬼神保护着，无法靠近。此外，假如早些行善，也可以幸免。然而行善也不易，行小善，不足以渡过大劫。因此我化身为你的妻子，勤恳地侍奉婆婆。现在借婆婆的庇护，免受了天刑，因此我要为她举行一个隆重的葬礼，作为报答。你还怀疑什么呢？"丈夫本就懦弱，听了害怕，竟不敢再和狐女同居。狐女便哭着离开了。以后到了祭扫的日子，寡妇的坟上必定先有烧纸、酹酒的痕迹，估计是狐女来过了。这狐狸只是善于逃死，她并非真心敬爱婆婆。但是出于自己的目的而敬爱婆婆，也能得到神灵优待，可见孝道是至高无上的美德啊。

原文

莆田林生霈言：闻泉州有人，忽灯下自顾其影，觉不类己形。谛审之，运动转侧，虽一一与形相应，而首巨如斗，发鬅鬙如羽葆①，手足皆钩曲如鸟爪，宛然一奇鬼也。大骇，呼妻子来视，所见亦同。自是每夕皆然，莫喻其故，惶怖不知所为。邻有塾师闻之，曰："妖不自兴，因人而兴。子其阴有恶念，致罗刹感而现形欤？"其人悚然具服，曰："实与某氏有积仇，拟手刃其一门，使无遗种，而跳身以从鸭母②。今变怪如是，毋乃神果警我乎？且辍是谋，观子言验否。"是夕鬼影即不见。此真一念转移，立分祸福矣。

【字词注解】

①羽葆：古代的仪仗，用羽毛所制，形状像盖。
②鸭母：指清康熙年间台湾省农民起义领袖朱一贵。

【精彩解说】

莆田人林生霈说：听说泉州有个人在灯下看自己的影子，觉得不像自己的身形。他仔细审视，转动身体，虽然影子与自己的动作都一一相应，但影子的头却有斗那么大，头发蓬乱像羽葆，手脚都弯曲着像鸟爪，好像一个奇形怪状的鬼。他吓得大声叫妻子来看，妻子来看也是如此。从此每天晚上影子都是这个形状，不明白是怎么回事，惶惶地不知该怎么办。邻居有个教书先生知道了这件事，说："妖物不会无缘无故地兴起，而是因人而兴起。你莫非有什么恶念，以致罗刹鬼感觉到了而现形？"这人惊恐地表示服气，说："不错，我和某某有旧仇，想杀了他满门，叫他断子绝孙，然后逃走去跟随鸭母。现在有这种变异，这难道不是神在警告我吗？我暂且绝了这个恶念，看你说的灵验不。"这天晚上，鬼影就不见了。这真是意念一变，立即分出了祸福啊。

原文

　　董曲江前辈言：有讲学者，性乖僻，好以苛礼绳生徒。生徒苦之，然其人颇负端方名，不能诋其非也。塾后有小圃。一夕，散步月下，见花间隐隐有人影。时积雨初晴，土垣微圮，疑为邻里窃蔬者。迫而诘之，则一丽人匿树后，跪答曰："身是狐女，畏公正人不敢近，故夜来折花。不虞为公所见，乞曲恕。"言辞柔婉，顾盼间百媚俱生。讲学者惑之，挑与语。宛转相就，且云妾能隐形，往来无迹，即有人在侧亦不睹，不至为生徒知也。因相燕昵。比天欲晓，讲学者促之行。曰："外有人声，我自能从窗隙去，公无虑。"俄晓日满窗，执经者麇至，女仍垂帐偃卧。讲学者心摇摇，然尚冀人不见。忽外言某媪来迓女。女披衣径出，坐皋比①上，理鬓讫，敛衽谢曰："未携妆具，且归梳沐。暇日再来访，索昨夕缠头锦②耳。"乃里中新来角妓③，诸生徒赂使为此也。讲学者大沮，生徒课毕归早餐，已自负衣装遁矣。外有余必中不足，岂不信乎？

【字词注解】

①皋比：古代武将的座席，此处泛指座具。
②缠头锦：原指用作缠头的罗锦，此处指买笑寻欢的费用。
③角妓：艺妓。

【精彩解说】

　　董曲江前辈说：有个道学家生性乖僻，好以苛刻的礼法来约束学生。学生们很讨厌他，但他一向有行为端庄方正的名声，所以不能说他什么坏话。学塾后面有个小菜园。一天晚上，道学家在月下散步，看见花丛中隐约有人影。当时阴雨初晴，土墙稍稍有些坏损，他怀疑是邻家偷菜的。便走过去质问，却是一个美人藏在树后，美人跪着回答："我是狐女，因你是个正人君子，不敢靠近，所以夜里来折花。没想到被先生看见了，请饶恕我。"她言辞柔婉，眼睛顾盼之间风情种种。道学家被迷住了，用话挑逗她。她便婉转地投向道学家的怀中，并且说自己能隐形，来去无踪，就算旁边有人也看不见，不会叫学生们知道。于是两人缠绵亲热到快天亮时，道学家催她走。她说："外面有人声，我能从窗缝里出去，你不必担心。"不一会儿，朝阳满窗，学生们拿着经书都来了，狐女仍然放下帐子躺在床上。道学家心神不安，还期望别人看不见。忽然听外面说某某老妈子来接女儿来了。狐女披上衣服径直出来，坐在讲座上，理了一下头发，整了整衣襟，致歉说："我没带梳妆用具，暂回去梳洗。有时间我再来探望，并索要昨夜陪睡的酬金。"原来她是附近新来的艺妓，几个学生买通了她演了这场戏。道学家极为沮丧，学生们听完课回去吃早餐，他已背着行李逃了。外表装得十分正经，心中必然有所不足，这话怎能不信呢？

原文

　　曲江又言：济南有贵公子，妾与妻相继殁。一日，独坐荷亭，似睡非睡，恍惚若见其亡姬。素所怜爱，即亦不畏，问："何以能返？"曰："鬼有地界，土神禁不许阑入。今日明日，值娘子诵经期，连放焰口，得来领法食也。"问："娘子已来否？"曰："娘子狱事未竟，安得自来。"问："施食无益于亡者，作焰口何益？"曰："天心仁爱，佛法慈悲，赈人者佛天喜，赈鬼者佛天亦喜。是为亡者资冥福，非为其自来食也。"问："泉下况味何似？"曰："堕女身者妾夙业，充下陈者君夙缘。业缘俱满，静待转轮，亦无大苦乐。但乏一小婢供驱使，君能为焚一偶人乎？"憬腾而醒，姑信其有，为作偶人焚之，次夕见梦，则一小婢相随矣。夫束刍缚竹，剪纸裂缯，假合成质，何亦通灵？盖精气抟结，万物成形；形不虚立，秉气含精。虽久而腐朽，犹蜎蠕以化，芝菌以蒸。故人之精气未散者为鬼，布帛之精气，鬼之衣服亦如生。其于物也，既有其质，精气斯凝。以质为范，象肖以成，火化其渣滓，不化其菁英。故体为灰烬，而神聚幽冥，如人俎谢，魄降而魂升。夏作明器①，殷周相承，圣人所以知鬼神之情也。若夫金钉春条^②，未闷佳城，殡宫阒寂，彳亍^③夜行，投畀炎火，微闻呻嘤。是则衰气所召，妖以人兴，抑或他物之所凭矣。

—●【字词注解】

①明器：指古代专门为送葬而制的器具，又称"冥器"。

②金钉春条：笔记小说《灵怪集》《博异记》中由明器所变化而成的两个女子。

③彳（chì）亍（chù）：慢步走，走走停停。

—●【精彩解说】

董曲江又说：济南有个贵公子，妾、妻相继死去。有一天，他独自坐在荷亭中，似睡非睡，迷迷糊糊中似乎看见死去的侍妾。他一直很怜爱她，也不害怕，问："你怎么能回到这儿来？"侍妾说："鬼有规定的地界，土神严禁乱窜，今日和明日，正值娘子诵经的日子，还要放焰口，我得以来领取法食。"贵公子问："娘子来了没有？"侍妾说："娘子的官司没结呢，怎能来得了？"贵公子问："施食她也享受不着，那么放焰口又有什么用？"侍妾说："上天有仁爱之心，佛法慈悲为怀，救济人佛天高兴，救济鬼佛天也高兴。放焰口是为死去的人添增冥福，并不是为了叫他们来吃的。"贵公子问："地府中情况如何？"侍妾答："我变为女子，是我的夙业所致；成为你的妾，是你的夙缘。如今夙业、夙缘的期限已满，我只等着投生去了，也没什么大苦大乐。只是缺一个小婢供使唤，你能给我烧一个偶人吗？"贵公子忽然醒了过来，权且相信梦中为真，便做了一个偶人烧了。第二天晚上，他又在梦中见到侍妾，有一个小婢随着她了。扎个草把、捆一些竹子或剪纸撕布做成个什么，为何会有灵气？大概精气聚结，万物都会成形；形不会是一个空壳，它含着精气。所以虽然时间长了身体烂掉，但精气仍在缓缓变化，像芝菌般生存。所以，人的精气还没有散去时成为鬼，布帛有精气，鬼穿在身上也像人活着时一样。其他器物也是这样，既然有了本体，精气便凝聚于其上。并以本体为骨架，形成本体的模样，火化只能化去物的渣滓，化不去它的精华。所以它的形体化为灰烬，而精神却聚集于幽冥之中，像人去世，魄降于地下，魂升上天空一样。夏代制作明器，殷代、周代一脉相承，圣人是了解鬼神的情况的。至于那金钅工、春条，被关闭在坟墓之中，寂寞难耐，便在夜里彳亍而行，把她们投入烈火之中，还隐隐听到咿呀叫声。这是人的衰竭之气招来的，因为妖是因人而起的，但也可能是由别的怪物依附在明器上而作怪。

原文

　　朱子颖运使言：昔官叙永同知时，由成都回署，偶遇茂林，停舆小憩。遥见万峰之顶，似有人家；而削立千仞，实非人迹所到。适携西洋远镜，试以窥之，见草屋三楹，向阳启户，有老翁倚松立，一幼女坐檐下，手有所持，似俯首缝补；屋柱似有对联，望不了了。俄云气滃郁①，遂不复睹。后重过其地，林麓依然，再以远镜窥之，空山而已。其仙灵之宅，误为人见，遂更移居欤？

——•【字词注解】

　　①滃郁：指云烟弥漫。滃，云气腾涌的样子。

——•【精彩解说】

　　转运使朱子颖说：我过去任叙永同知时，从成都回叙永，偶然路过一片茂密的树林，便停车休息。远远望见山峰顶上好像有人家，但陡峭如同被削成的山峰，绝不是人所能上去的。恰好我带着西洋望远镜，便仔细观察，只见有草房三间，向阳开门，有个老翁倚着松树而立，一个幼女坐在房檐下，手里拿着什么，好像在低头缝织；屋柱上好像有对联，但看不清。没多长时间云气上涌，就看不见了。后来我又路过这个地方，峰林依旧，用望远镜观察，峰顶空空如也。莫非那是仙人的住宅，因误被凡人瞧见而迁走了？

原文

　　青县王恩溥，先祖母张太夫人乳母孙也。一日，自兴济夜归，月明如昼，见大树下数人聚饮，杯盘狼藉。一少年邀之入座，一老翁嗔语少年曰："素不相知，勿恶作剧。"又正色谓恩溥曰："君宜速去，我辈非人，恐小儿等于君不利。"恩溥大怖，狼狈奔走，得至家，殆无气以动。

后于亲串家作吊，突见是翁，惊仆欲绝，惟连呼："鬼！鬼！"老翁笑掖之起，曰："仆耽鞠蘗①，日恒不足。前值月夜，荷邻里相邀，酒已无多。遇君适至，恐增一客则不满枯肠，故诡语遣君。君乃竟以为真耶！"宾客满堂，莫不绝倒。中一客目击此事，恒向人说之。偶夜过废祠，见数人轰饮②，亦邀入座。觉酒味有异，心方疑讶，乃为群鬼挤入深淖，化磷火荧荧散。东方渐白，有耕者救之，乃出。缘此胆破，翻疑恩溥所见为真鬼。后途遇此翁，竟不敢接谈。此表兄张自修所说。戴君恩诏则曰实有此事，而所传殊倒置。乃此客先遇鬼，而恩溥闻之。偶夜过某村，值一多年未晤之友，邀之共饮。疑其已死，绝裾奔逃。后相晤于姻家，大遭诟诼也。二说未审孰是。然由张所说，知不可偶经一事，遂谓事事皆然，致失于误信；由戴所说，知亦不可偶经一事，遂谓事事皆然，反败于多疑也。

【字词注解】

①鞠蘗：指酒。蘗，酿酒用的酒母。
②轰饮：狂饮。

【精彩解说】

　　青县人王恩溥，是先祖母张太夫人乳母的孙子。有一天夜里，他从兴济县回来，月色明亮，见大树下有几个人在喝酒，杯盘狼藉。一个年轻人请他入座，一个老翁责备年轻人说："素不相识，不要恶作剧。"然后又严肃地对王恩溥说："你应该赶快走，我们不是人类，恐怕孩子们对你不利。"王恩溥大惊，仓皇奔逃，到了家时，已累得动弹不得了。后来他在亲戚家吊唁，突然见到这位老翁，吓得几乎昏过去，连声喊："鬼！鬼！"老翁笑着扶起了他，说："我特别爱喝酒，天天总是喝不够。前些天的月夜，承蒙邻居相邀喝酒，酒剩不多了。赶上你来，因担心增加一人就喝不够了，所以撒谎骗你。你还当真了啊？"满堂客人笑得前仰后合。其中一人曾亲眼见过这事，常常向人讲起。一天夜里，他偶然路过一座破祠堂，看见几个人在狂饮，他也被请入座。他喝了酒觉得有怪味，心中正惊疑不定，却被鬼怪们挤进了深坑里，鬼怪们化作点点磷火散去。东方泛白时，种田的人把他救了出来。他因而吓破了胆，竟疑心王恩溥见到的是真鬼。后来他在路上遇见这位老翁，竟不敢和他说话。这是表哥张自修说的。戴恩诏说实有其事，但传说时给弄颠倒了。是这个人先遇见了鬼，而王恩溥听说了这事。他偶然在夜里经过某村，碰上一年多没见面的朋友，请他喝酒。他怀疑朋友已死，便扯裂了衣襟逃走了。后来两人又在亲戚家碰见，朋友把他大骂了一场。两种说法不知哪一种对。张自修讲的故事，也是告诉人不要偶然经历了某事，便认为事事都如此，以致造成误信；戴恩诏讲的故事，也是告诉人不能因偶然经历了某事，便认为事事都这样，反而坏在多疑上了。

原文

　　景少司马介兹官翰林时，斋宿清秘堂。积雨初晴，微月未上，独坐廊下。闻瀛洲亭中语曰："今日楼上看西山，知杜紫微①'雨余山态活'句，真神来之笔。"一人曰："此句佳在'活'字，又佳在'态'字烘出'活'字。若作山色山翠，则兴象俱减矣。"疑为博晰之等尚未睡，纳凉池上，呼之不应；推户视之，阒无人迹。次日，以告晰之。晰之笑曰："翰林院鬼，故应作是语。"

—•【字词注解】

①杜紫微：指唐代诗人杜牧。

—•【精彩解说】

　　兵部侍郎景介兹任官翰林院时，持斋宿在清秘堂。一天积雨初晴，月亮还没升上来，他独自坐在廊下。这时他听见瀛洲亭中有人说："今天在楼上看西山，才知道杜紫微'雨余山态活'这一句，真是神来之笔。"又一个人说："这一句好在'活'字上，又好在'态'字烘托出了'活'字来。如果写作'山色'或'山翠'，那么比兴、形象就都差多了。"他以为博晰之等人还没有睡，在池边纳凉，便叫他们，却没有回声；推门一看，一个人也没有。第二天，他和博晰之说了此事。晰之笑道："翰林院的鬼，当然应该谈论这样的话题。"

拓展阅读

　　放焰口　封建社会里一种在民间影响很大的宗教仪式。所谓"焰口"，是指在人间作恶的人，到地狱就成为饿鬼，喉管像针一样细，口吐火焰，无法进食。只有僧人做法事将食物变小，饿鬼才得以进食。该仪式传到中国之后，称为"放焰口"或"焰口施食"，由于符合中国人追荐祖先的传统习惯，于是普及起来。大型的放焰口活动通常在盂兰盆节即农历的七月十五举行，有条件的家庭在双亲去世的第三天和特殊纪念日也会邀请僧人到家中举行小型的仪式，念诵佛经为逝者祈福，并抛撒小馒头寓意向饿鬼施食，替已故亲人积攒福德。道教也有放焰口的仪式，同样在农历的七月十五（道教称中元节）举行，并会受邀到人家举行小型仪式。

　　杜牧　晚唐著名诗人，字牧之，号樊川居士，京兆万年（今陕西西安）人。他出身官宦世家，祖父是宰相、史学家杜佑。杜牧二十六岁中进士，他生性豪放不羁、不拘小节，因而仕途较为坎坷，曾任监察御史、睦州刺史、中书舍人等职。晚唐诗歌衰蔽，杜牧靠自己的才华为诗坛注入了一股雄姿英发的清新空气。他的诗以七言绝句著称，咏史诗尤为出色。此外，他还擅长文赋，著名的《阿房宫赋》在思想性与艺术性上俱为上乘。

卷十七　姑妄听之三

〔题解〕

本卷中，纪昀着力对讲学家进行了批判。这些人总是一副道貌岸然的样子，实际上却没有什么真才实学，而是靠扭曲儒家经典来换取名声和利益。此外，这些人还对理学思想进行放大和歪曲，妄图抹杀世人的正当欲望。因此，纪昀创作了很多狐鬼故事，对讲学家进行讽刺。

原文

　　族侄竹汀言：文安有佣工古北口①外者，久无音问。其父母值岁荒，亦就食口外，且觅子。亦久无音问。后乃有人见之泰山下。言昔至密云东北，日已暮，风雪并作。遥见山谷有灯光，漫往投止。至则土屋数楹，围以秫篱，有老妪应门，问其里贯，入以告。又遣问姓名年岁，并问："曾有子出口否？子何名？年几何岁？"具以实对。忽有女子整衣出，延入上坐，拜而侍立；促老妪督婢治酒肴，意甚亲昵。莫测其由，起而固诘。则失声伏地曰："儿不敢欺翁姑。儿狐女也，尝与翁姑之子为夫妇。本出相悦，无相媚意。不虞其爱恋过度，竟以瘵亡。心恒愧悔，故誓不别适，依其墓以居。今无意与翁姑遇，幸勿他往，儿尚能养翁姑。"初甚骇怖，既而见其意真切，相持涕泣，留共居，狐女奉事无不至，转胜于有子。如是六七年，狐女忽遣老妪市一棺，且具锸畚②。怪问其故，欣然曰："翁姑宜贺儿。儿奉事翁姑，自追念逝者，聊尽寸心耳。不期感动土神，闻于岳帝。岳帝悯之，许不待丹成，解形证果。今以遗蜕合窆，表同穴意也。"引至侧室，果一黑狐卧榻上，毛光如漆；举之轻如叶，扣之乃作金石声。信其真仙矣。葬事毕，又启曰："今隶碧霞元君③为女官，当往泰山。请共往。"故相偕至此，僦屋与土人杂居。狐女惟不使人见形，其供养仍如初也。后不知其所终。此与前所记狐女略相近，然彼有所为而为，故仅得道诛；此无所为而为，故竟能成道。天上无不忠不孝之神仙，斯言谅哉。

——●【字词注解】

①古北口：山海关、居庸关之间的长城要塞，在今天北京密云区古北口镇。
②锸畚（běn）：挖运泥土的用具。锸，铁锹；畚，运土工具，用竹篾等编成。
③碧霞元君：女仙，又称泰山娘娘，民间对她的信仰非常兴盛。

——●【精彩解说】

　　我的族侄竹汀说：有一个到古北口外当雇工的文安人，很久都没有传回音信。他的父母因为遇到荒年，也到口外去谋生，并想找到儿子。他们这一去也很久没有消息。后来，有人在泰山下见到他们。他们说当时到了密云东北，天色已晚，风雪交加。远远看到山谷中有灯光，就怀着尝试一下的心理前去投宿。走到后看到了几间土房，用秸秆围成墙篱，一个老妇人出来开门，问了他们是哪里人之后进去回禀。随后又奉命出来问了他们的姓名、年龄，并问："你们是否有儿子到了口外？儿子叫什么？多大年龄？"老两口都照实说了。忽然有位女子整衣迎了出来，请老两口坐上座，她拜见之后，侍立一旁，叫老妈子催促婢女准备酒菜，态度很亲热。老两口不知是怎么回事，站起来再三追问。女子失声痛哭，趴在地上说："我不敢骗公婆。我是狐女，曾和您的儿子结为夫妻。我本来出于一片爱心，并没有魅惑他的意思。不料他竟因爱恋过度，得痨病死了。我心里时常悔恨，所以发誓不再嫁，而在他的墓旁住着。现在无意间遇见了公婆，希望公婆不要到别的地方了，我还能赡养公婆。"老两口开始时极为吃惊，随后见她情真意切，便相互拉着哭了一场，于是就留了下来。狐女侍奉公婆无微不至，反而胜过儿子。这么过了六七年，狐女忽然打发老妈子去买来一具棺材，并且准备了铁锹、簸箕。老两口问她这是干什么，狐女高兴地说："公婆应该祝贺我。我侍奉公婆，不过是为追念死去的丈夫，以尽我的心意。没想到却感动了土神，报告了东岳帝。东岳帝同情我，准许我不必等修炼成功，即可脱形成正果。现在我要把我的遗蜕和丈夫葬在一起，表示同穴的意思。"说罢把老两口带到侧屋，那儿果然有一只黑色狐狸躺在榻上，毛光滑如黑漆，抬起来轻得像树叶，一敲则发出金石声。这才相信她是真仙。安葬完后，她又对公婆说："现在我隶属碧霞元君，担任女官，应该到泰山去。请公婆和我一起走。"于是一起到了泰山，租了房子和当地人杂居在一块儿。狐女只是不叫人看见她的形体，还像以前那样赡养公婆。后来就不知他们怎样了。这个故事和前面所记叙的狐女大致相同，不过前一狐女是有目的地供养婆婆，所以仅仅免于天诛；这个狐女无所求而供养公婆，因此能修炼成仙。天上没有不忠不孝的神仙，这话一点儿不假。

原文

顾郎中德懋，世所称判冥者也。尝自言平反一狱，颇自喜。其姓名不敢泄，其事则有姑出其妇者，以小姑之谗，非其罪也。姑性卞①，仓卒度无挽回理，而母家亲党无一人，遂披缁尼庵，待姑意转。其夫怜之，时往视妇，亦不能无情。庵旁有废园，每约以夜伏破屋，而自逾墙缺私就之。来往岁余，为其师所觉。师持戒严，以为污佛地，斥其夫勿来，来且逐妇。夫遂绝迹，妇竟郁郁死。冥官谓既入空门，宜遵佛法，乃耽淫犯戒，当从僧律科断，议付泥犁。顾驳之曰："尼犯淫戒，固有明刑。然必初念皈依，中违誓愿，科以僧律，百喙无词。此妇则无罪仳离，冀收覆水，恩非断绝，志且坚贞。徒以孤苦无归，托身荒刹。其为尼也，但可谓之毁容，未可谓之奉法；其在庵也，但可谓之借榻，不可谓之安禅。若据其浮踪，执为恶业，则瑶光夺婿，更以何罪相加？至其感念故夫，逾墙幽会，迹似'赠以芍药②'，事均'采彼蘼芜'。人本同衾，理殊失节。阳律于未婚私媾，仅拟杖刑，犹容纳赎。兹之违礼，恐视彼为轻。况已抑郁捐生，纵有微愆，足以蔽罪。自应宽其薄罚，径付转轮。准理酌情，似乎两协。"事上，冥王竟从其议。此语真妄，无可证验。然据其所议，固持平之论矣。又，顾临殁，自云以多泄阴事，谪为社公。姑存其说，亦足为轻谈温室者箴也。

——•【字词注解】

①卞：急躁。

②赠以芍药：意谓男女相爱互赠礼物。

郎中顾德懋，人们都称他为"判冥者"。他说曾平反过一案，心里很沾沾自喜。当事人的姓名不便点出，事件则是有位婆婆休了儿媳妇，原因是小姑说了她的坏话，而不是儿媳有什么罪。婆婆性情急躁，儿媳知道仓促间不可挽回，而娘家亲族中一个人也没有，便出家到了尼姑庵，以等婆婆回心转意。丈夫可怜她，常常去看她，也并不是没有感情。尼姑庵旁边有个废菜园，她和丈夫常常约好，丈夫夜里藏在破屋里，她则从墙豁口跳进去私会。这么来往了一年多，被她师父知道了。师父守戒极严，认为这样做玷污了佛地，斥责她丈夫以后不要再来，再来的话就赶她走。所以丈夫不再来了，她心情忧郁，竟然病死。冥官认为，既然身入空门，就该遵守佛法，她却沉湎于淫欲而犯戒，应当依据僧律定罪，议定把她打入地狱中。顾德懋驳斥道："尼姑犯了淫戒，当然有明确的处罚条例。但必须是一开始就皈依佛门，而中途违背了誓言的，这种情况如根据僧律加以量刑，就是长一百张嘴也讲不出理来。这个女人则是无罪被迫与丈夫离异，她期望破镜重圆，恩情也没有断绝，而且满怀坚贞之志。只因孤苦无依没地方投奔，才托身于尼姑庵。她当尼姑，只可以说是改变了外形，而不能说是信奉佛法；她身在尼姑庵，只能说是借住，不能说是安心奉佛。如果只根据她的行为便定为罪恶，那么瑶光寺尼姑抢男人为婚，又该如何罪？至于她想念过去的丈夫，翻墙幽会，从表面上看好像《诗经·溱洧》描写的男女相互调情的情形一样，而本身却和古诗《上山采蘼芜》描写被休弃的妻子见到原来的丈夫情况相同。两人本来就是同床共寝的夫妻，这和失节完全是两回事。阳间的律法对于未婚私通的，仅处于杖刑，还容许结为夫妻。这两人违背礼法的程度，似较未婚私通还要轻点儿。况且该女已抑郁而死，即便有些过错，也足以相抵了。所以应该处以轻刑，直接打发她去投生。这种处理法，于理于情，似乎两便。"报上去后，阎王竟同意了顾的意见。这种说法是真是假，无可验证。但听他的那段议论，倒是很公正的。又，顾德懋临死时，自称因泄露阴间秘密太多，被贬为土地神。姑且把他的话留存在此，也好叫那些好泄露秘密的人引以为戒。

原文

李义山①诗"空闻子夜鬼悲歌"，用晋时鬼歌子夜事也。李昌谷②诗"秋坟鬼唱鲍家诗"，则以鲍参军有《蒿里行》，幻窅其词耳。然世固往往有是事。田香沚言：尝读书别业。一夕，风静月明，闻有度昆曲者，亮折清圆，凄心动魄。谛审之，乃《牡丹亭·叫画》一出也。忘其所以，静听至终。忽省墙外皆断港荒陂，人迹罕至，此曲自何而来？开户视之，惟芦荻瑟瑟而已。

【字词注解】

①李义山：指唐朝诗人李商隐，字义山。
②李昌谷：指唐朝诗人李贺，昌谷（今河南宜阳）人。

【精彩解说】

李商隐的诗中有"空闻子夜鬼悲歌"的句子，用的是晋时传说鬼在半夜唱歌的故事。李贺诗中有"秋坟鬼唱鲍家诗"句，则因鲍照写有《蒿里行》一诗，他加以想象发挥。然而世上往往有这种事。田香沚说：他曾在别墅中读书。一天晚上，风静月明，听见有人在唱昆曲，歌声洪亮曲折，清丽圆润，听来叫人伤心动情。细细一听，原来是《牡丹亭·叫画》那一出。他忘了身边一切，一直听到曲终。忽然记起墙外都是残港荒陂，人迹罕至，这歌声是从何处来的？开门一看，唯见芦苇在秋风中摇动。

原文

梁豁堂言：有粤东大商，喜学仙，招纳方士数十人，转相神圣，皆曰冲举①可坐致。所费不资②，然亦时时有小验，故信之益笃。一日，有道士来访，虽敝衣破笠，而神意落落，如独鹤孤松。与之言，微妙玄远，多出意表。试其法，则驱役鬼神，呼召风雨，如操券也；松鲈、台菌、吴橙、闽荔，如取携也；星娥琴筝，玉女歌舞，犹仆隶也。握其符，十洲三岛，可以梦游。出黍颗之丹，点瓦石为黄金，百炼不耗。粤商大骇服。诸方士自顾不及，亦稽首称圣师，皆愿为弟子，求传道。道士曰："然则择日设坛，当一一授汝。"至期，道士登座，众拜讫。道士问："尔辈何求？"曰："求仙。"问："求仙何以求诸我？"曰："如是灵异，非真仙而何？"道士轩渠③良久，曰："此术也，非道也。夫道者冲漠自然，与元气为一，乌有如是种种哉！盖三教之放失久矣。儒之本旨，明体达用而已。文章记诵，非也；谈天说性，亦非也。佛之本旨，无生无灭而已。布施供养，非也；机锋语录，亦非也。道之本旨，清净冲虚而已。章咒符箓，非也；炉火服饵，亦非也。尔所见种种，是皆章咒符箓事，去炉火服饵，尚隔几尘，况长生乎？然无所征验，遽斥其非，尔必谓誉其所能，而毁其所不能，徒大言耳。今示以种种能为，而告以种种不可为，尔庶几知返乎！儒家释家，大伪日增，门径各别，可勿与辨也。吾疾夫道家之滋伪，故因汝好道，姑一正之。"因指诸方士曰："尔之不食，辟谷丸也。尔之前知，桃偶人也。尔之烧丹，房中药也。尔之点金，缩银法也。尔之入冥，茉莉根也。尔之召仙，摄灵鬼也。尔之返魂，役狐魅也。尔之般运，五鬼术也。尔之辟兵，铁布衫也。尔之飞跃，鹿卢蹻也。名曰道流，皆妖人耳。不速解散，雷部且至矣。"振衣欲起。众牵衣叩额曰："下士沉迷，已知其罪；幸逢仙驾，是亦前缘。忍不一度脱乎？"道士却坐，顾粤商曰："尔曾闻笙歌锦绣之中，有一人挥手飞升者乎？"顾诸方士曰："尔曾闻炫术鬻财之辈，有一人脱屣羽化者乎？夫修道者须谢绝万缘，坚持一念，使此心寂寂如死，而后可不死；使此气绵绵不停，而后可长停。然亦非枯坐事也。仙有仙骨，亦有仙缘。骨非药物所能换，缘亦非情好所能结。必积功累德，而后列名于仙籍，仙骨以生；仙骨既成，真灵自尔感通，仙缘乃凑。此在尔辈之自度，仙人安有度人法乎？"因索纸大书十六字曰："内绝世缘，外积阴骘④；无怪无奇，是真秘密。"投笔于案，声如霹雳，已失所在矣。

——●【字词注解】

①冲举：飞升成仙。

②不资（zī）：没有办法计算。

③轩渠：高兴的样子。

④阴骘（zhì）：阴德。

——●【精彩解说】

梁豁堂说：有位粤东巨商，爱学仙，招来几十个方士，方士们彼此吹捧，都说飞升成仙指日可待。他们花了很多钱，但也时时有些小的灵验，所以巨商就更相信他们了。有一天，一位道士来访，虽然他穿着破衣、戴着破斗笠，但神态洒脱，像是独鹤孤松。和他交谈，觉得他神思妙远，多出于想象之外。请他表演法术，他驱使鬼神、呼风唤雨，都易如反掌；松江的鲈鱼、台州的鲜蘑、吴越的蜜橘、福建的荔枝，他随意取来好像是身边带的；召织女弹琴吹竽，唤玉女唱歌跳舞，就好像指挥他的仆隶。拿着他的符，可以梦游十洲三岛。他拿出米粒大小的一颗丹，点瓦块、石头为黄金，虽经百炼也不损耗。巨商极为惊服。方士们也自觉不如，都叩头称呼圣师，愿意当他的弟子，请求传道。道士说："那么就选个日子设坛，一一传授给你们。"到了这一天，道士登坛坐下，方士们拜完。道士问："你们都有何要求？"大家说："想成仙。"道士问："想成仙怎么来求我？"大家说："您这么灵异，不是真仙还会是什么？"道士笑了好久，道："这是法术，而不是道。所谓道，融合于大自然中，和元气浑然一体，哪有这种种法术？说起来，儒、道、佛三教已放任好长时间了。儒的本旨是明事理而通达有用，不是记诵文章，也不是谈天说物性。佛的本旨是无生无灭，不是布施供养，也不是散布神机微妙的箴言。道的本旨是清静无为，不是念咒用符，也不是炼丹服药。你们所见到的种种，都是念咒用符之类，离炼丹服药还隔着几世，何况长生不老？但是假如我没有什么法术，却贬斥法术，你们肯定会认为我褒奖我所能的，而诋毁我所不能的，只是说些大话吓人。今天我显示出种种所能，同时告诉你们这种种法术不能去学，或许你们能够迷途知返吧！儒、佛两家，虚伪的东西越来越多，由于门派不同，不必与他们辩论。我痛恨道家的虚伪也在滋生，所以借你们好道，且正视听。"于是道士指着方士们说："你不吃饭，是因为吃了辟谷丸。你事先知道事，靠的是桃木偶人。你烧的丹，不过是房中术药。你的所谓点金法，不过是缩银法。你的所谓能进入地府，靠的是茉莉根。你的所谓能召仙，不过是摄灵鬼。你的所谓能返魂，不过是役使狐魅。你的所谓搬运术，不过用的是五鬼术。你的所谓避兵器，靠的是铁布衫功。你的所谓飞跃，不过乘的是鹿卢跻。名义是道家，实际上都是妖人，不赶紧解散，雷神就要来惩罚你们了。"道士弹弹衣服要起来。方士们拉着他的衣服叩头道："我们沉迷其中，已知道我们的罪过了，幸好遇上了仙人，这也是前生有缘。您能忍心不超度我们吗？"道士又坐下来，回看巨商说："你曾听说过生活在富贵乡中的人，有谁挥挥手便升天成仙了？"道士又对方士们说："你们曾听说过靠着小术卖钱的人，有谁脱离尘世而登仙了？修道的人必须谢绝所有尘缘，坚持一念，使自己的心沉寂如死去一样，这样之后就可以不死了；假如这种气息绵延不停，然后才能青春永驻。但这也不是枯坐了事。仙人要有仙骨，也要有仙缘。这并不是吃点儿药就能得来的，缘也不是感情好就能结成。必须积累功德，然后才能列名于仙籍之中，这样就能生出仙骨；仙骨既长成，真灵便从此感通，所以仙缘也便形成了。这一切全要靠你们自己去度脱，仙人哪有什么度脱人的法术？"道士要来纸笔写了十六个大字道："内绝世缘，外积阴骘；无怪无奇，是真秘密。"写完把笔扔到桌上，声如打雷，道士已不见了。

原文

蒙古以羊骨卜，烧而观其坼兆，犹蛮峒①鸡卜也。霍丈易书在葵苏图军台时，有老妇解此术。使卜归期。妇侧睨良久，曰："马未鞍，人未冠，是不行也；然鞍与冠皆已具，行有兆矣。"越数月，又使卜。妇一视即拜曰："马已鞍，人已冠矣，公不久其归乎！"既而果赐环。又大学士温公言：曩征乌什，俘回部十余人，禁地窖中。一日，指口诉饥。投以杏。众分食讫，一年老者握其核，喃喃密祝，掷于地上，观其纵横奇偶，忽失声哭。其党环视，亦皆哭。既而骈诛之牒至。疑其法如《火珠林》钱卜也。是与蓍龟虽不同，然以骨取象者，龟之变；以物取数者，蓍之变。其借人精神以有灵，理则一耳。

──●【字词注解】

①蛮峒：旧时指西南山区少数民族聚居的地区。

──●【精彩解说】

蒙古人用羊骨头占卜，即烧羊骨头，根据它的裂纹来预测吉凶，就像西南山区少数民族之人用鸡骨头占卜一样。霍易书在葵苏图驿站时，有位老妇知道这种占卜术。霍易书请她占卜回去的日期。老妇斜着眼把烧过的羊骨观察了好久，说："马没备鞍，人没戴上帽子，还回不去；如果马鞍和帽子已都有了，就有回去的先兆了。"过了几个月，又叫老妇占卜。老妇一看羊骨就叩头祝贺说："马已配上鞍，人也戴上了帽子，您不久就要回去了！"
没过多长时间他果然被朝廷召回。又，大学士温公说：以前征讨乌什时，俘
虏了十多个回部人，关在地窖里。有一天，他们指着嘴说肚子饿。他便把杏
子扔给了他们。他们分吃完毕，一个年老的握着杏核，喃喃地悄悄念咒，然
后把杏核扔在地上，看到它们呈现出的纵横奇偶的形状，忽然失声痛哭。其
他人围来看，也都哭起来。随后命令把他们都处死的公文就到了。这种占卜
法可能类似《火珠林》中所说的钱卜法。这和古代用蓍草、龟甲占卜虽然不
同，但是观察骨头裂纹形状的方法，则是由龟卜法演变而来的；观察物品的
奇偶等数字变化的方法，则是由蓍卜法演变而来的。这些占卜法，都是靠着
人的主观意识加以解释，这一点是相同的。

原文

　　《宋书·符瑞志》曰：珊瑚钩，王者恭信则见。然不言其形状，盖自
然之宝也。杜工部诗曰："飘飘青琐郎①，文采珊瑚钩。"似即指此。萧
诠诗曰："珠帘半上珊瑚钩。"则以珊瑚为钩耳。余见故大学士杨公一带
钩，长约四寸余，围约一寸六七分。其钩就倒垂桠杈，截去附枝，作一螭
头。其系绦缳柱，亦就一横出之瘿瘤，作一芝草。其干天然弯曲，脉理分
明，无一毫斧凿迹，色亦纯作樱桃红，殆为奇绝。其挂钩之环，则以交柯
连理之枝，去其外歧，而存其周围相属者，亦似天成。然珊瑚连理者多，
佩环似此者亦多，不为异也。云以千四百金得诸洋舶。此在壬午、癸未
间，其时珊瑚易致，价尚未昂云。

【字词注解】

①青琐郎：黄门侍郎的别称，是皇帝的侍从官。青琐，装饰皇宫门窗的
青色连环花纹，也指刻镂成格的窗户。

【精彩解说】

　　《宋书·符瑞志》中说：珊瑚钩，在君王恭信的朝代才出现。但没有说
它是什么形状，也许是自然生成的宝物。杜甫有两句诗道："飘飘青琐郎，文
采珊瑚钩。"好像指的就是这种钩。萧诠的诗说："珠帘半上珊瑚钩。"就是

指用珊瑚做的钩。我见过已故大学士杨应琚的一只带钩，长约四寸多，宽约一寸六七分。这只带钩就借着珊瑚倒垂之势，截去附属的小枝，做成一个螭头。系带的环柱，也是借一处横出的赘瘤，刻出了一枝灵芝的形状。它的干部天然弯曲，脉理分明，没有一丝人工的痕迹，颜色是很纯正的樱桃红，真是绝无仅有。它的挂钩的环，则利用珊瑚的连理枝，去掉其他的枝杈，留下周围相连的部分做成的，也似天然生成的。然而珊瑚的连理枝很多，像这种佩环也多，所以并不稀罕。他说是用一千四百两银子，从洋船上买来的。这是乾隆二十七年、二十八年间的事，据说当时珊瑚容易买到，所以价钱还不很贵。

原文

唐宋人最重通犀，所云"种种人物，形至奇巧者。唐武后之简，作双龙对立状。宋孝宗之带，作南极老人扶杖像"，见于诸书者不一，当非妄语。今惟有黑白二色，未闻有肖人物形者，此何以故欤？惟大理石往往似画，至今尚然。尝见梁少司马铁幢家一插屏，作一鹰立老树斜柯上，嘴距翼尾，一一酷似；侧身旁睨，似欲下搏，神气亦极生动。朱运使子颖，尝以大理石镇纸赠亡儿汝佶，长约二寸，广约一寸，厚约五六分。一面悬崖对峙，中有二人乘一舟顺流下；一面作双松欹立，针鬣分明，下有水纹，一月在松梢，一月在水。宛然两水墨小幅。上有刻字，一题曰"轻舟出峡"，一题曰"松溪印月"，左侧题"十岳山人"。字皆八分书。盖明王寅①故物也。汝佶以献余，余于器玩不甚留意，后为人取去。烟云过眼矣，偶然忆及，因并记之。

—●【字词注解】

①王寅：明代诗人，字仲房，一字亮卿，自号十岳山人。

—●【精彩解说】

唐宋的人最珍重通犀，据说"种种人物，形至奇巧者。唐武后之简，作双龙对立状。宋孝宗之带，作南极老人扶杖像"（通犀上面有人物形状，极为奇巧。唐代武则天的犀角简，上有双龙对峙的形状。宋孝宗的犀角带，上有南极老人拄拐杖的形状），许多书中都有这方面的记载，该不是胡说。现在犀牛角只有黑白两种颜色，没听说上面有人物形状的，这是什么原因呢？只有大理石的纹路往往像图画，如今还没有变。我曾在兵部侍郎梁铁幢家里看见过一个插屏，上面的纹路像一只老鹰站在一棵老树的斜枝上，嘴、爪、翅膀、尾巴，都一一相似；老鹰侧身斜视，好像要向下搏击，神态也极为生动。转运使朱子颖把一块大理石镇纸赠给我的亡儿汝佶，镇纸长约二寸，宽约一寸，厚约五六分。一面是悬崖对峙，中间有两人乘着一舟，顺流而下；一面有两棵松树歪斜着，针叶分明，松树下面有水纹，一个月亮在树梢，一个月亮在水中。宛然是两幅小水墨画。镇纸上刻有字，一面题为"轻舟出峡"，一面题为"松溪印月"，左侧题着"十岳山人"。字都是隶书。这块镇纸是明代王寅的遗物。汝佶把它献给了我，我对玉器、古玩等不放在心上，后来它便被人拿走了。这都是过眼云烟的往事，偶然想起，便都记了下来。

拓展阅读

　　李商隐　晚唐著名诗人，字义山，号玉溪生，荥阳人。他幼年丧父，家境贫寒，年少时曾为别人抄书来贴补家用，后得到高官令狐楚的重视，与其子令狐绹（táo）交游。二十多岁中进士，担任泾原节度使王茂元的幕僚，并成为王茂元的女婿。但是，当时牛李党争非常激烈，李商隐被视为牛党重要人物令狐父子的党羽，却又当了李党人物王茂元的女婿。这样一来，他遭到了牛党的排挤，李党得势时他又因母丧在家丁忧，因此失去了跻身上层的机会，始终沉沦下僚，仅当过弘农县尉、秘书省正字、盐铁推官等微职。政治的黑暗、仕途的失意，让他通过很多朦胧隐秘的诗歌来表达内心的伤感。他的诗歌受李贺影响较大，想象新奇、风格秾丽、缠绵悱恻，将诗歌中含蓄、朦胧的表现手法运用到极致。李商隐与杜牧并称"小李杜"，两人都是晚唐诗人的代表。

　　鲍照　南朝宋文学家，字明远，东海（今山东郯城）人，出身底层士人家庭。年少时曾从事农耕，后加入临川王刘义庆的幕府，很可能参与了《世说新语》的创作。刘义庆去世后，又跟随衡阳王刘义季、始兴王刘濬（jùn）等，后担任临海王刘子顼的参军，刘子顼起兵反对宋明帝，兵败被杀，鲍照也死于乱军之中。鲍照是六朝诗坛的代表性诗人，他的诗没有靡弱之气，而是清新俊逸、雄壮昂扬，富有浪漫主义色彩，对后世影响很大。

〔题解〕

本卷中，纪昀写了多名很有特色的女子，既有狐女，也有女鬼，还有性情奇特的人类女子。纪昀生活在男权语境的时代背景之下，他对女性的描述和评价是相对宽容的，着力塑造他理想中的标准女性，从另一个角度看也是对女性的一种束缚。

原文

汪主事厚石言，有在西湖扶乩者，下坛诗曰："旧埋香处草离离，只有西陵①夜月知。词客情多来吊古，幽魂肠断看题诗。沧桑几劫湖仍绿，云雨千年梦尚疑。谁信灵山散花女，如今佛火对琉璃。"众知为苏小小②也。客或请曰："仙姬生在南齐，何以亦能七律？"乩判曰：阅历岁时，幽明一理。性灵不昧，即与世推移。宣圣惟识大篆③，祝词何写以隶书？释迦不解华言，疏文何行以骈体？是知千载前人，其性识至今犹在，即能解今之语，通今之文。江文通、谢玄晖能作爱妾换马八韵律赋④，沈休文子青箱能作《金陵怀古》五言律诗⑤，古有其事，又何疑于今乎？又问："尚能作永明体⑥否？"即书四诗曰："欢来不得来，侬去不得去。懊恼石尤风，一夜断人渡。""欢从何处来？今日大风雨，湿尽杏子衫，辛苦皆因汝。""结束蛱蝶裙，为欢棹舴艋。宛转沿大堤，绿波双照影。""莫泊荷花汀，且泊杨柳岸。花外有人行，柳深人不见。"盖《子夜歌》⑦也。虽才鬼依托，亦可云俊辩矣。

——•【字词注解】

①西陵：古驿站名，在今浙江杭州萧山区西。

②苏小小：南齐时杭州名妓，她能书善诗，历代文人多有赞颂。

③大篆：指笔画较繁复的篆书，是周朝的字体，秦朝创制小篆以后把它叫作大篆。

④"江文通"句：唐代李冗《独异记》记载，曹操之子曹彰看中了一匹好马，就用自己的爱妾交换。古人多认为这是一种豪迈之举，频频歌咏。江文通，即南朝文学家江淹，字文通。谢玄晖，即南朝齐诗人谢朓，字玄晖。律赋，唐宋时科举考试所用的格律严谨的赋体。

⑤"沈休文"句：沈约，字休文，南朝梁文学家。关于沈青箱是沈约之子的说法，仅见此书，一般认为沈青箱是唐代诗人，《金陵怀古》又名《过台城感旧》，是沈青箱所作的一首格律严谨的五言律诗："六代旧山川，兴亡几百年。繁华今寂寞，朝市昔喧阗。夜月琉璃水，春风卵色天。伤时与怀古，垂泪国门前。"

⑥永明体：永明是南朝齐武帝的年号，当时的诗人谢朓、沈约和王融等，创制了强调声韵格律的"新体诗"，改变了文人诗语言艰涩的弊病，为唐代格律诗的产生奠定了基础。后人将他们倡导的诗体称为"永明体"。

⑦《子夜歌》：乐府曲名，宋代郭茂倩所编《乐府诗集》收录了《子夜歌》四十二首，多描写女子的爱情生活。

——•【精彩解说】

汪厚石主事对我说，有人在西湖扶乩，得到的下坛诗是："旧埋香处草离离，只有西陵夜月知。词客情多来吊古，幽魂肠断看题诗。沧桑几劫湖仍绿，云雨千年梦尚疑。谁信灵山散花女，如今佛火对琉璃。"人们知道降临的是苏小小。有个客人问："仙姬您是南齐时的人，怎么会作七律诗呢？"乩仙判道："经历过的岁月，阴间和阳间是相同的。只要性灵没有泯灭，就会和世间之事一起转变。孔子只认识大篆，为什么用隶书写他的祭文？释迦牟尼不懂汉语，为什么用骈体来写祈祷文？从这些可以知道千载以前的人，他们的性灵神识至今还在，就能懂得今天的话，会今天的文字。江文通、谢玄晖能作爱妾换马八韵律赋，沈休文的儿子沈青箱能写出《金陵怀古》五言律诗，自古就有这样的事，今天又有什么疑惑呢？"又问："还能作永明体吗？"当即写下四首诗道："欢来不得来，侬去不得去。懊恼石尤风，一夜断人渡。""欢从何处来？今日大风雨。湿尽杏子衫，辛苦皆因汝。""结束蛱蝶裙，为欢棹舴艋。宛转沿大堤，绿波双照影。""莫泊荷花汀，且泊杨柳岸。花外有人行，柳深人不见。"大概是《子夜歌》那一类吧。即使是才鬼假托，也可以称得上聪明机敏了。

原文

王昆霞作《雁宕游记》一卷，朱导江为余书挂幅，摘其中一条云：四月十七日，晚出小石门，至北硐，耽玩忘返，坐树下待月上。倦欲微眠，山风吹衣，栗然忽醒。微闻人语曰："夜气澄清，尤为幽绝，胜罨画图中看金碧山水。"以为同游者夜至也。俄又曰："古琴铭云：'山虚水深，万籁萧萧。古无人踪，惟石嶕峣。'真妙写难状之景。尝乞洪谷子①画此意，竟不能下笔。"窃讶斯是何人，乃见荆浩？起坐听之。又曰："顷东坡为画竹半壁，分柯布叶，如春云出岫，疏疏密密，意态自然，无权桠怒张之状。"又一人曰："近见其西天目诗，如空江秋净，烟水渺然，老鹤长唳，清飔远引，亦消尽纵横之气。缘才子之笔，务殚心巧，飞仙之笔，妙出天然，境界故不同耳。"知为仙人，立起仰视。忽扑簌一声，山花乱落，有二鸟冲云去。其诗有"蹑屐颇笑谢康乐，化鹤亲见徐佐卿"句，即记此事也。

【字词注解】

①洪谷子：五代画家荆浩。

【精彩解说】

王昆霞作《雁宕游记》一卷，朱导江为我写挂幅，摘录了其中一条：四月十七日晚，从小石门出发到北硐，沉迷玩赏景色，流连忘返，坐在树下等待月出。有点儿疲倦，想小睡一会儿，山风吹在衣服上，忽然惊醒。隐约听见有人说话："夜里天气澄清，更是幽静之极，胜过色彩鲜明的绘画里欣赏金碧山水。"以为是同游的人夜里来到。接着听见其说："古代《琴铭》说：'山虚水深，万籁萧萧。古无人踪，惟石嶕峣。'真是巧妙地写出了难以形容的景致。我曾经求洪谷子画出这个意境，却始终无法下笔。"我心中暗自惊疑，究竟那是什么人，竟见过荆浩？于是坐起身仔细听。又听见其说："刚才东坡给我画了半墙竹，分柯布叶好似春云出岫，疏疏密密，意态自然，没有权桠怒张的样子。"又一个人说："最近见到他写西天目的诗，犹如空江秋净，烟水渺然，老鹤长鸣，清风远拂，也能消尽人心中的纵横之气。这是因为才子笔墨，专门考虑在技巧上下功夫，飞仙笔墨，妙处出自天然，所以境界不同啊。"我知道他们是仙人，站起身抬头看。忽然扑簌一声，山花纷乱落下，有两只鸟直冲云霄而去。他的诗里有"蹑屐颇笑谢康乐，化鹤亲见徐佐卿"的句子，就是记录这件事。

原文

　　多小山言：尝于景州见扶乩者，召仙不至。再焚符，乩摇撼良久，书一诗曰："薄命轻如叶，残魂转似蓬①。练拖三尺白，花谢一枝红。云雨期虽久，烟波路不通。秋坟空鬼唱，遗恨宋家东。"知为缢鬼，姑问姓名。又书曰："妾系本吴门，家侨楚泽。偶业缘之相凑，宛转通词；讵好梦之未成，仓皇就死。律以圣贤之礼，君子应讥；谅其儿女之情，才人或悯。聊抒哀怨，莫问姓名。"此才不减李清照，其"圣贤儿女"一联，自评亦确也。

─●【字词注解】

　　①蓬：指蓬草。

─●【精彩解说】

　　多小山说：曾在景州看见一个扶乩的，召仙不到。再次焚化符咒，乩盘震动摇荡了半天，写下一首诗道："薄命轻如叶，残魂转似蓬。练拖三尺白，花谢一枝红。云雨期虽久，烟波路不通。秋坟空鬼唱，遗恨宋家东。"知道是个吊死鬼，姑且问她姓名。又写道："妾本住在吴地，搬家来到楚界。偶然业缘凑合，与人辗转通好；谁想到好梦未成，仓皇就死。用圣贤礼法来衡量，应当受到君子的讥讽；可是体谅儿女之情，或许也会得到才子怜悯。权且在此抒发一点儿哀怨，不必问我姓名。"这个女鬼的才气不弱于李清照，她"圣贤儿女"一联，作为自我评价也很准确。

原文

　　蛇能报冤，古记有之，他毒物则不能也。然闻故老之言曰："凡遇毒物，无杀害心，则终不遭螫；或见即杀害，必有一日受其毒。"验之颇信。是非物之知报，气机相感耳。狗见屠狗者群吠，非识其人，亦感其气也。又有生啖毒虫者，云能益力。毒虫中人或至死，全贮其毒于腹中，乃反无恙，此又何理欤？崔庄一无赖少年习此术，尝见其握一赤练蛇，断其首而生啮，如有余味。殆其刚悍鸷①忍之气足以胜之乎？力何必益？即益力，方药亦颇多，又何必是也？

●【字词注解】

①鸷：凶猛。

●【精彩解说】

　　蛇能报冤，古书中有记载，别的毒物却不能。但听已故的老人说："凡是遇到毒物，如果本身没有杀害它的心，就不会被咬螫；如果一见到就想杀害，早晚必然有一天会遭受它的毒螫。"确实有很多验证。这不是毒物自身知道报仇，只是气机感应罢了。狗见到屠狗的人就会群起狂吠，不是认识这个人，而是因为感应到他的气息。还有生吃毒虫的人，说是能增加力气。有的毒虫咬中人甚至会让人丧命，人把它的毒全部吞到肚子里，却反而没事，这又是什么道理呢？崔庄一个无赖少年练习这种功夫，我曾见过他抓着一条赤练蛇，砍断蛇头生吃，似乎余味无穷。莫非他刚猛强悍、凶狠阴险的气息足以胜过毒蛇？力气何必要增加？即使要增加力气，医方药物也很多，何必要用这种办法？

原文

　　壬子①春，滦阳采木者数十人夜宿山坳，见隔涧坡上有数鹿散游，又有二人往来林下，相对泣。共诧人入鹿群，鹿何不惊？疑为仙鬼，又不应对泣。虽崖高水急，人径不通，然月明如昼，了然可见，有微辨其中一人似旧木商某者。俄山风陡作，木叶乱鸣，一虎自林突出，搏二鹿殪②焉。知顷所见，乃其生魂矣。东坡诗曰"未死神先泣"，是之谓乎！闻此木商亦无大恶，但心计深密，事事务得便宜耳。阴谋者道家所忌，良有以夫。

【字词注解】

①壬子：乾隆五十七年（1792年）。

②殪：杀死。

【精彩解说】

　　乾隆五十七年春天，滦阳有几十个伐木人夜里睡在山坳里，看见对面山涧的山坡上有许多鹿分散游荡，又有两个人在丛林之下走来走去，相对哭泣。大家都很惊讶这两个人进入鹿群，鹿为什么不惊走呢？怀疑他们是神仙鬼怪，却又不该相对哭泣。虽然山崖高耸，水流湍急，无路可通，但月色光明如昼，清晰可见，有人约略辨认出其中一人好像是以前的木商某某。忽然山风骤起，树叶乱响，一只虎从树林中窜出，扑倒两只鹿咬死。这才知道刚才看到的，是他们的生魂。东坡有诗说"未死神先泣"，说的就是这种情况吧！听说木商也没什么大罪恶，只是心计深邃细密，事事都要占便宜而已。阴谋是行道的大忌，确实有道理。

原文

　　门人郝瑗，孟县人，余己卯①典试所取士也。成进士，授进贤令。菲衣恶食②，视民事如家事，仓库出入，月月造一册。预储归途舟车费，扃一箧中，虽窘急不用铢两。囊箧皆结束室中，如治装状，盖无日不为去官计。人见其日日可去官，亦无如之何。后患病乞归，不名一钱，以授徒终于家。闻其少时，值春社，游人如织。见一媪将二女，村妆野服，而姿致天然，瑗与同行，未尝侧盼。忽见妪与二女，踏乱石横行至绝涧，鹄立树下。怪其不由人径，若有所避，转凝睇视之。媪从容前致词曰："节物暄妍③，率儿辈踏青，各觅眷属。以公正人不敢近，亦乞公母近儿辈，使刺促不宁。"瑗悟为狐魅，掉臂去之。然则花月之妖，为人心自召明矣。

●【字词注解】

①己卯：乾隆二十四年（1759年）。

②菲衣恶食：穿戴平常，以粗茶淡饭为食。

③暄妍：景色明媚美好。

●【精彩解说】

　　门人郝瑗，孟县人，是我己卯年典试录取的学生。他成为进士后，被任命为进贤县令。在任上，他衣食节俭，把百姓的事当作自家的事，仓库中物品的出入，每个月都记一册账目。他预先攒下回家的路费，锁在一个盒子里，即使有紧急情况也不动用分毫。他的包裹、行李都捆扎好放在房里，就像整理行装准备上路一样，总之没有一天不做好离任的准备。别人见他随时可能不做官，也就没人能把他怎么样。后来他生病请求回家，没有一文钱，靠教书在家乡终老。听说他年轻时正好赶上春社，游人如织。他看见一个老妇带着两个女子，她们虽然打扮成村妇的样子，但有种天然的优美姿态和韵味，郝瑗和她们同路，没有侧目看她们一眼。正走着，忽然看见老妇和两个女子踏着乱石，横越到山崖绝壁上，站立在树下。郝瑗正奇怪她们为什么不走人的路，好像有所回避，于是凝眸细看。老妇从容向前致意说："天气暖和，景色美丽，我带着孩子们来踏青，各自找各自的伴。因为您是正人君子，不敢接近您，也请您不要接近孩子们，让她们惶恐不安。"郝瑗知道是狐魅，转身离去。然而花月之妖，很明显是人心自己招来的。

原文

　　木兰伐官木者，遥见对山有数虎。悬崖削壁，非迂回数里不能至；人不畏虎，虎亦不畏人也。俄见别队伐木者，冲虎径过。众顿足危栗。然人如不见虎，虎如不见人也。数日后，相晤话及。别队者曰："是日亦遥见众人，亦似遥闻呼噪声，然所见乃数巨石，无一虎也。"是殆命不遭咥乎？然命何能使虎化石，其必有司命者矣。司命者空虚无朕，冥漠无知，又何能使虎化石？其必天与鬼神矣。天与鬼神能司命，而顾谓天即理也，鬼神二气之良能①也。然则理气浑沦，一屈一伸，偶遇斯人，怒而搏者，遂峙而嶙峋乎？吾无以测之矣。

──●【字词注解】

①良能：天赋为善的能力。

──●【精彩解说】

在木兰为官家伐木的人，远远看见对面山上有几只虎。悬崖峭壁，如果不是迂回很远是不能到达的，所以人不怕虎，虎也不怕人。忽然看见另外一队伐木人，冲着虎径直走过去。众人顿足惊呼。但那些人好像没看见虎，虎也好像没看见人。几天后，两队人见面说起这件事。那一队的人说："那天也远远看见众人，也好像远远听见喊叫的声音，但看见的只是许多巨石，并没有一只虎。"这莫非是命里不该被吃掉吗？但命运怎么能够使虎变成石头呢？其中一定有掌管命运的神了。司命神空虚无形，无知无觉，又怎么能使老虎幻化成石头？那一定是天道和鬼神所为了。天与鬼神能掌管命运，因而可以认为天就是理，鬼神是阴阳二气天赋为善的能力。那么天理神气圆囵混沌，屈伸运转，偶然遇到这些人，就将本来是怒吼猛扑的恶虎，变成嶙峋的岩石摆在那里吗？我无从猜测了。

原文

世言虹见则雨止，此倒置也，乃雨止则虹见耳。盖云破日露，则回光返照，射对面之云。天体浑圆，上覆如笠，在顶上则仰视，在四垂则侧视，故敛为一线。其形随下垂，两面之势，屈曲如弓。又侧视之中，斜对目者近，平对目者远。以渐而远，故重重云气，皆见其边际，叠为重重红绿色；非真有一物如带，横亘天半也。其能下涧饮水，或见其首如驴者，并有能狎昵①妇女者，当是别一妖气，其形似虹，或别一妖物，化形为虹耳。

●【字词注解】

①狎昵：态度亲近而不庄重。

●【精彩解说】

人们说彩虹出现雨就会停止，这是本末倒置了，应该是雨停后彩虹出现吧。因为云团裂开，太阳露出，于是回光返照，射向对面的云。天体浑圆，如同一只斗笠覆盖在上面，顶上的部分仰视可见，四周垂下的可以侧视，所以聚敛成为一条线。它随着天体的形状下垂，两面的姿态屈曲如弓。另外侧视时，中间斜对着眼睛的距离近，平行对着眼睛的距离远。因为它是由近而渐远的，所以重重云气都露出边际，重叠为一层层的红绿色彩；并非真的有一个东西像衣带一样横亘在半空。说它能下涧饮水，或者看见它的头像驴子，还有说它能奸污妇女的，应当是另外一种妖气，形状像虹，或者是另外一种妖物，幻化成虹的形状罢了。

原文

吕太常含晖言：京师有一民家，停柩遇火，无路可出，亦无人肯助舁①。乃阖家男妇，锹镢刀铲，合手于室内掘一坎，置棺于中，上覆以土。坎甫掩而火及，屋虽被焚，棺在坎中，竟无恙。火性炎上故也。此亦应变之急智，因张孝子事附录之。

●【字词注解】

①舁（yú）：抬。

●【精彩解说】

太常吕含晖讲：京师有一户民家停放的灵柩遇上大火，当时已经无路可出，也没人肯帮着抬走。于是全家男女老少拿着锹镢刀铲，合力在屋内挖了一个大坑，把棺木推到坑里，上面盖上土。坑刚埋好，火就到了，屋子虽然被烧毁，棺木在坑里竟然安然无恙。这是因为火是从下往上烧的。这也是应变时急中生智，因为谈到张孝子的事，所以附录在此。

原文

奴子傅显，喜读书，颇知文义，亦稍知医药。性情迂缓，望之如偃蹇老儒。一日，雅步行市上，逢人辄问："见魏三兄否？"或指所在，复雅步以往。比相见，喘息良久。魏问相见何意？曰："适在苦水井前，遇见三嫂在树下作针黹，倦而假寐。小儿嬉戏井旁，相距三五尺耳，似乎可虑。男女有别，不便呼三嫂使醒，故走觅兄。"魏大骇，奔往，则妇已俯井哭子矣。夫僮仆读书，可云佳事。然读书以明理，明理以致用也。食而不化，至昏愦僻谬，贻害无穷，亦何贵此儒者哉！

● 【精彩解说】

家奴傅显，喜欢读书，很有些学问，也略通医药。然而他的性情却迂腐迟缓，看上去像个不得志的老儒。一天，他踱着方步走在集市上，逢人就问："看见魏三兄没有？"有人指给他地方，他又迈着方步前往。等看见魏三，喘息了半天。魏三问他来找自己干什么？他回答："刚才在苦水井前头，看见三嫂在树下做针线，累了小睡。孩子在井旁边玩，离井口只有三五尺远，恐怕会有危险。男女有别，不方便把三嫂叫醒，所以走过来找魏兄。"魏三大惊，飞奔跑去，然而妻子已经趴在井边哭孩子了。僮仆读书，可说是好事。但读书是为了明理，明理是为了有用。食古不化，以致糊涂荒谬，贻害无穷，这样的儒者有什么可贵呢！

原文

武强一大姓，夜有劫盗，群起捕逐。盗逸①去，众合力穷追。盗奔其祖茔松柏中，林深月黑，人不敢入，盗亦不敢出。相持之际，树内旋飚四起，沙砾乱飞，人皆眯目不相见，盗乘间突围得脱。众相诧异，先灵何反助盗耶？主人夜梦其祖曰："盗劫财不能不捕，官捕得而伏法，盗亦不能怨主人。若未得财，可勿追也；追而及，盗还斗伤人，所失不大乎？即众力足歼盗，盗歼则必告官，官或不谅，坐以擅杀，所失不更大乎？且我众乌合，盗皆死党；盗可夜夜伺我，我不能夜夜备盗也。一与为仇，隐忧方大，可不深长思乎？旋风我所为，解此结也，尔又何尤焉！"主人醒而喟然曰："吾乃知老成远虑，胜少年盛气多矣。"

—•【字词注解】

①逸：逃跑，逃逸。

—•【精彩解说】

武强县一个大户人家夜里来了强盗，众人群起捉拿。强盗逃走，众人合力穷追不舍。强盗跑进这个大户人家祖坟所在的松柏林中，林深月黑，人们不敢进去，强盗也不敢出来。相持不下的时候，树林里忽然到处刮起旋风，沙子和石头乱飞，人们都迷了眼睛什么也看不见，强盗趁机突围逃走。众人十分诧异，先祖有灵，为什么反而帮助强盗呢？主人夜里梦见他的先祖说："强盗劫财不能不抓捕，被官府抓住伏法，强盗也不能埋怨主人。如果强盗没有抢到财物，也就不要追了；追上强盗，强盗反身搏斗，伤人性命，损失不大吗？即使众人之力足以杀死强盗，强盗死了就必须报官，官府万一不体谅，加上个擅自杀人的罪名，损失不更大吗？而且我们是乌合之众，强盗都是亡命之徒；强盗可以每天夜里守候着我们等机会报复，我们却不能每天夜里都防备强盗啊。一旦和强盗结仇，隐忧才更大，怎么可以不长远考虑呢？旋风是我刮的，为了解开这个结，你又有什么埋怨呢！"主人醒后长叹说："我这才知道老成远虑远远胜过年轻气盛啊。"

拓展阅读

孔子 春秋时期鲁国人，字仲尼，中国古代伟大的思想家、教育家，儒家学派的创始人。孔子出生在一个没落的贵族家庭，自小就很懂礼仪，年轻时曾当过小吏，三十余岁时开始收徒讲学。他收学生，不看出身，不论贫富，将原本被贵族阶层垄断的受教育权赋予平民阶层。此后，他曾游历各国，向很多学者学习，例如向周都洛阳的老子问礼。将近五十岁时，孔子成为鲁国的高级官员，并在五十三岁时当上了鲁国的大司寇，并代行国相之职。由于他想削弱垄断鲁国权力的三桓的实力，被三桓排挤出鲁国，开始了长达十四年的周游列国之旅。他先后到了卫国、宋国、楚国，曾经在陈国与蔡国之间遭到围困，断粮七日。他积极地向各国国君推销自己的治国思想，但始终得不到认同。于是，六十八岁的孔子回到了鲁国，开始积极整理前人的文献，修《诗》《书》《礼》《乐》《易》《春秋》等书，为后人留下了宝贵的思想遗产。七十三岁时，孔子去世。他的弟子将他的思想传扬到各国，使得儒家思想成为天下显学。到了西汉，儒家思想正式成为官方正统思想，孔子则被汉平帝追谥为"褒成宣尼公"，人们开始尊称他为"宣圣"。后世皇帝对孔子的封号不断升级，唐代时孔子被封为"文宣王"，元代时则被封为"大成至圣文宣王"，明清时期则被封为"至圣先师"。孔子的思想，对中华文明的影响深远而巨大。

李清照　宋代著名词人、诗人，号易安居士，后人称她为"千古第一才女"。李清照的父亲李格非是苏轼的门生，曾任礼部员外郎等职。李清照的早年生活是非常幸福的，她的丈夫赵明诚和她志趣相投，夫妻一起致力于书画金石的收集。此时李清照的作品清丽明快，多写闺中生活。但是，北宋灭亡之后，赵明诚病逝，中年的李清照生活陷入困窘之中。她带着收藏的珍贵文物流寓南方，追随四处逃窜的宋高宗。期间，孤苦无依的李清照再嫁张汝舟，没想到张汝舟只是贪图她的珍贵文物，并对她大打出手。李清照毅然告发张汝舟科举作弊之事，张汝舟入狱，按当时的法律妻子告发丈夫也须坐牢两年，但同情李清照的翰林学士綦（qí）崇礼大力营救，使她免受牢狱之苦。此后，李清照潜心著述，七十余岁时病逝。她晚年的词作感慨国破家亡和自己的悲惨遭遇，感情凄凉、深沉，艺术性极强，成为宋词"婉约派"的代表之作。

卷十九　滦阳续录一

〔题解〕

完成四卷《姑妄听之》后，纪昀已经年过七旬，精力大不如前，公务却更加繁忙，于是创作速度减缓，故事的篇幅也更加短小。纪昀依然想为维护封建秩序贡献力量，在清朝日益没落的时期他的作品不由自主地染上了末世情绪。

原文

景薄桑榆①，精神日减，无复著书之志，惟时作杂记，聊以消闲。《滦阳消夏录》等四种，皆弄笔遣日者也。年来并此懒为。或时有异闻，偶题片纸；或忽忆旧事，拟补前编。又率不甚收拾，如云烟之过眼，故久未成书。今岁五月，扈从②滦阳。退直③之余，昼长多暇，乃连缀成书命曰《滦阳续录》。缮写既完，因题数语，以志缘起。若夫立言之意，则前四书之序详矣。兹不复衍④焉。嘉庆戊午⑤七夕后三日，观弈道人书于礼部直庐，时年七十有五。

【字词注解】

①景薄桑榆：比喻老年时光。景通"影"，日影；薄，接近；桑榆，日落时光照桑榆树端，因此用来比喻暮年。

②扈从：跟随皇帝出行的人。扈，随从，护卫。

③退直：意谓公务之余。

④衍：多余的。

⑤嘉庆戊午：指嘉庆三年（1798年）。

【精彩解说】

我已经年迈，精神日益衰弱，不再有著书的志向，不过偶尔写一些杂记，姑且作为消遣。以前写的《滦阳消夏录》等四册书，都是写来打发时间的。近年来，连这类杂记都懒得写了。有时听说某些奇闻逸事，就随手写到纸上；有时突然回忆起过去的事，想补充到前面几卷里。但是由于没有刻意进行整理，所以它们都像过眼云烟一般，久久无法成书。今年五月，我跟随皇帝到承德。公务之余，由于白昼时间长，空闲时间多，就将随手所写的编辑整理好，取名《滦阳续录》。抄写完毕，随后题写几句，以记载本书的缘起。至于写这些杂记的本意，在前四册的序言中讲得很详细，在此就不再多说了。嘉庆三年七夕后三天，观弈道人写于礼部值宿之处，时年七十五岁。

原文

嘉庆戊午五月，余扈从滦阳。将行之前，赵鹿泉前辈云：有瞽者郝生，主彭芸楣参知家，以揣骨①游士大夫间，语多奇验。惟揣胡祭酒长龄，知其四品，不知其状元耳。在江湖术士中，其艺差精。郝自称河间人。余询乡里无知者，殆久游于外欤？郝又称其师乃一僧，操术弥高，与人接一两言，即知其官禄，久住深山，立意不出。其事太神，则余不敢信矣。案，相人之法见于《左传》，其书汉志亦著录；惟太素脉、揣骨二家，前古未闻。太素脉至北宋始出，其授受渊源，皆支离附会，依托显然。余于《四库全书总目》已详论之。揣骨亦莫明所自起。考《太平广记》一百三十六②引《三国典略》称：北齐神武与刘贵、贾智等射猎，遇盲妪，遍扪诸人，云并当贵；及扪神武，云皆由此人。似此术南北朝已有。又《定命录》③称：天宝十四载，东阳县瞽者马生，捏赵自勤头骨，知其官禄。刘公《嘉话录》④称：贞元末，有相骨山人，瞽双目。人求相，以手扪之，必知贵贱。《剧谈录》⑤称：开成中，有龙复本者，无目，善听声揣骨，是此术至唐乃盛行也。流传既古，当有所受，故一知半解，往往或中，较太素脉稍有据耳。

①揣骨：旧时星相命卜的一种，通过揣摸人的骨骼推断人的贫富、智愚、贵贱、寿夭，也称"相骨"。

②考《太平广记》一百三十六：此为作者纪昀笔误，应为"考《太平广记》一百三十五"，特此注明。

③《定命录》：唐朝吕道生所著的笔记体小说。

④《嘉话录》：唐朝韦绚所录，全称《刘宾客嘉话录》。

⑤《剧谈录》：唐朝康骈所著的传奇小说集。

嘉庆三年五月，我随从皇上到滦阳。出发前，赵鹿泉前辈说：有个名叫郝生的盲人，住在彭芸楣参知家，他常给士大夫们摸骨相，相得大多很灵验。唯相祭酒胡长龄时，只相出他是四品官，而没相出他是状元。在江湖术士之中，他的技术稍高些。郝生自称是河间人。但我问乡里人，无人知道有这么个人，莫非是他在外乡时间太久了？郝生还说他的师父是一个和尚，技艺尤其高超，他的师父和人说一两句话，便知道对方的官禄，长期住在深山中，打定主意不出山。关于他的传说太神，我不大相信。按，相人的方法见于《左传》，相人的书在《汉书·艺文志》中也有载录；只是太素脉、揣骨这两家相法，以前没听说过。太素脉到北宋才出现，它的起源和传授都是些支离破碎、牵强附会的传说，显然是假的。我在《四库全书》总目中已详细论述过。揣骨相不知起源于什么时候。查阅《太平广记》一百三十六引《三国典略》说：北齐神武帝高欢和刘贵、贾智等去打猎，碰到一个瞎老太婆，摸遍诸人的骨相，说都富贵；摸到高欢时，说这些人的富贵都来自这个人。似乎南北朝时就有了揣骨相。另外《定命录》上载：天宝十四载（755年），东阳县盲人马生，捏赵自勤的头骨，就知道了他的官禄情况。《刘宾客嘉话录》载：贞元末年，有位相骨山人，双目失明。人来求他相面，他用手摸，就知道对方的贵贱。《剧谈录》载：开成年间，有叫龙复本的人，是个盲人，善于听声音揣骨相。所以揣骨相是到唐代才兴盛起来的。这种相术渊流既古老，那么在日常中便会被接触，所以即使一知半解，也往往能说到点子上，比太素脉较有依据。

原文

阿公偶问余刑天干戚①事，余举《山海经》②以对。阿公曰："君勿谓古记荒唐，是诚有也。昔科尔沁台吉达尔玛达都尝猎于漠北深山，遇一鹿负箭而奔，因引弧殪之。方欲收取，忽一骑驰而至，鞍上人有身无首，其目在两乳，其口在脐，语啁唽自脐出。虽不可辨，然观其手所指画，似言鹿其所射，不应夺之也。从骑皆震慑失次，台吉素有胆，亦指画示以彼射未仆，此射乃获，当剖而均分。其人会意，亦似首肯，竟持半鹿而去。不知其是何部族，居于何地。据其形状，岂非刑天之遗类欤！天地之大，何所不有，儒者自拘于见闻耳。"案，《史记》称《山海经》《禹本纪》所有怪物，余不敢信。是其书本在汉以前。《列子》称大禹行而见之，伯益知而名之，夷坚闻而志之。其言必有所受，特后人不免附益又窜乱之，故往往悠谬太甚；且杂以秦汉之地名，分别观之，可矣。必谓本依附《天问》作《山海经》，不应引《山海经》反注《天问》，则太过也。

●【字词注解】

①刑天干戚：指刑天断头之后依然挥舞干戚向天帝抗争之事。刑天，上古神话传说中颇具反抗精神的人物；干戚，古代兵器，指盾牌与大斧。

②《山海经》：中国先秦古籍。

●【精彩解说】

阿公偶然问我刑天干戚的事，我举出《山海经》中的记载来回答他。阿公说："你不要认为古代的记载荒唐，这是实有其事。从前科尔沁台吉达尔玛达都到漠北深山里打猎，碰到一只中箭的鹿逃命，便引弓射死了鹿。刚要把鹿抬走，忽然有一骑飞驰而来，马上的人有身子没有头，眼睛在两个乳头处，嘴在肚脐眼上，说话声吱吱地从脐眼里出来。虽然听不明白，但看他的手比画，好像说鹿是他射的，不该夺走。随从们都吓得不知所措，台吉一向胆大，也比画着示意：你射了没死，我射了一箭，它才死了，应该对半分。那人会意，好像同意了，竟带着一半鹿走了。不知他是什么部族，住在什么地方。看他的形状，莫不是刑天的后裔吗？天地广大，无所不有，儒生们则大多局限于自己的所见所闻。"按，《史记》声称《山海经》《禹本记》中所有怪物，我是不大相信的。这些书出现在汉代之前。《列子》声称大禹四处奔走见过这些怪物，伯益知道这些怪物并给起了名字，夷坚听说了便给记载下来。这种说法必定有所依据，只是后人难免有所增补，又加以篡改，所以经常有很大的出入；如果夹杂着秦汉时代的地名，把这些加以甄别来读是可以的。如果坚持认为《山海经》是根据《天问》写出的，不应当引用《山海经》来注释《天问》，那就有些太过分了。

原文

　　吴茂邻，姚安公门客也。见二童互詈，因举一事曰：交河有人尝于途中遇一叟泥滑失足，挤此人几仆。此人故暴横，遂辱詈叟母。叟怒，欲与角，忽俯首沉思，揖而谢罪，且叩其名姓居址，至歧路别去。此人至家，其母白昼闭房门。呼之不应，而喘息声颇异，疑有他故。穴窗窥之，则其母裸无寸丝，昏昏如醉，一人据而淫之。谛①视，即所遇叟也。愤激叫呶，欲入捕捉，而门窗俱坚固不可破。乃急取鸟铳自棂外击之，欻然而仆，乃一老狐也。邻里聚观，莫不骇笑。此人詈狐之母，特托空言，竟致此狐实报之，可以为善骂者戒。此狐快一朝之愤，反以陨身，亦足为睚眦必报②者戒也。

【字词注解】

　　①谛：详细，仔细。
　　②睚眦必报：意谓像瞪一下眼睛那样极小的怨恨也必定要报复，比喻心胸极狭窄。睚眦，怒目而视，借指极小的仇恨；报，报复。

【精彩解说】

　　吴茂邻是姚安公的门客。他看见两个孩子对骂，就讲了一个故事：交河有一个人路上遇到一个老人，老人因泥滑失足而差点儿将他挤倒。这人本来就蛮横，于是辱骂老人的娘。老人非常生气，要和这人打架，忽又低头沉思，拱手赔不是，并问这人的姓名住址，走到岔路，老人告别走了。这人到了家，他的母亲大白天关了房门。叫也叫不应，而里面的喘息声极怪，他怀疑出了什么事。于是他把窗纸捅了个眼往里看，只见他母亲全身一丝不挂，昏昏然像喝醉了酒，有一个人正在奸污她。仔细一看，就是路上遇到的那个老人。这人愤怒叫嚷，要进去抓人，但门窗都很坚固，打不破。他急忙拿来一支鸟枪，从窗外射击，老人大叫了一声倒下了，原来是一只老狐狸。邻居们围观，都又惊又笑。这人骂狐狸的娘，只是一句空话，竟招致狐狸用事实来报复，这可使好骂人的人引以为戒。这条狐狸只图一时泄愤，反而丧命，也足以引起为一点儿小事就要予以报复的人警醒。

原文

诚谋英勇公言：畅春苑前有小溪，直夜内侍，每云阴月黑，辄见空中朗然悬一星。共相诧异，辗转寻视，乃见光自溪中出。知为宝气，画计取之。得一蚌，横径四五寸。剖视得二珠，缀合为一，一大一稍小，巨似枣，形似壶卢。不敢私匿，遂以进御，至今用为朝冠之顶。此乾隆初事也。小溪不能产巨蚌，蚌珠未闻有合欢，斯由天命。圣人因地呈符瑞，寿跻①九旬，康强如昔，岂偶然也哉？

—●【字词注解】

①跻：达到。

—●【精彩解说】

诚谋英勇公说：畅春苑前有条小溪，值夜的内侍，每到阴天月黑的时候，便能看见空中挂着一颗明亮的星。大家感觉很奇怪，多方寻找查看，才发现是小溪中射出的光。大家知道这是宝气，便想办法取宝。后来在小溪中捞出一只蚌，直径有四五寸。剖开里面有两颗珠，合而为一，一大一小，像枣那么大，形状似葫芦。大家不敢偷偷据为己有，便献给了皇上；皇上至今还装饰在冠顶上。这是乾隆初年的事。小溪不能生出大蚌来，蚌珠没听说有能够合而成一对儿的，这大概是上天安排的。上天生了圣人，才借大地呈现祥瑞，皇上后来寿近九十，身体健康，难道是偶然的吗？

原文

　　莲以夏开，惟避暑山庄之莲至秋乃开，较长城以内迟一月有余。然花虽晚开，亦复晚谢，至九月初旬，翠盖红衣，宛然尚在。苑中每与菊花同瓶对插，屡见于圣制诗中。盖塞外地寒，春来较晚，故夏亦花迟。至秋早寒而不早凋，则莫明其理。今岁恭读圣制诗注，乃知苑中池沼汇武列水①之三源，又引温泉以注之，暖气内涵，故花能耐冷也。

●【字词注解】

①武列水：古水名，旧名热河，今称武烈河，在今河北。

●【精彩解说】

　　莲花一般都在夏季盛开，但避暑山庄的莲花却到秋天才开放，比长城内的晚了一个多月。花虽然开得晚，但凋谢得也晚，到九月上旬，绿叶红花，还浮在水面上。苑里常常把荷花和菊花插在一只瓶里，皇上写的诗中多次写到这事。因为塞外气候比较冷，春天来得较晚，所以夏天花开得也晚。但是到了秋天花也不早谢，则不知是怎么回事。今年敬读皇上写的诗注，才知道苑里池水来自武列河的三个源头，又将温泉水引来注入池中，里面有了暖气，所以此花能耐寒。

原文

　　戴遂堂先生讳亨，姚安公癸巳①同年也。罢齐河令归，尝馆余家。言其先德本浙江人，心思巧密，好与西洋人争胜。在钦天监②与南怀仁③忤，遂徙铁岭，故先生为铁岭人。言少时见先人造一鸟铳，形若琵琶，凡火药铅丸皆贮于铳脊，以机轮开闭。其机有二，相衔如牝牡，扳一机则火药铅丸自落筒中，第二机随之并动，石激火出而铳发矣。计二十八发，火药铅丸乃尽，始需重贮。拟献于军营，夜梦一人诃责曰："上帝好生，汝如献此器使流布人间，汝子孙无噍类④矣。"乃惧而不献。说此事时，顾其侄秉瑛曰："今尚在汝家乎？可取来一观。"其侄曰："在户部学习时，五弟之子窃以质钱，已莫可究诘矣。"其为实已亡失，或秘惜不出，盖不可知。然此器亦奇矣。诚谋英勇公因言：征乌什时，文成公与勇毅公明公犄角为营，距寇垒约里许。每相往来，辄有铅丸落马前后，幸不为所中耳。度鸟铳之力不过三十余步，必不相及，疑沟中有伏。搜之无见，皆莫明其故。破敌之后，执房讯之，乃知其国宝器有二铳，力皆可及一里外。搜索得之，试验不虚，与勇毅公各分其一。勇毅公征缅甸，殁于阵，铳不知所在。文成公所得，今尚藏于家。究不知何术制作也。

——【字词注解】

①癸巳：康熙五十二年（1713年）。

②钦天监：古代观察天象、推算节气、制定历法的部门。

③南怀仁：比利时传教士，康熙年间来到中国，掌管钦天监，为西方科学知识在中国的传播做出了贡献。

④噍（jiào）类：指能饮食的动物，此处指活着的人。噍，咀嚼，吃。

——【精彩解说】

戴遂堂先生名亨，康熙五十二年和姚安公同时考中进士。他在齐河县任县令被罢免后归来，曾在我家当馆师。他说他已故的父亲本来是浙江人，心灵手巧，好和西洋人争高低。在钦天监时与南怀仁不和，便被贬到铁岭，所以戴遂堂是铁岭人。他说小时曾见父亲制造过一杆鸟枪，外形像琵琶，火药、铅丸等都安放在枪背中，用机关来开闭。机关设有两个，相互衔接着像雌雄双体，扳动一个机关，火药、铅丸便自动落入枪筒中，第二个机关随之扳动，石激出火就发射出去了。一共连射二十八发，火药、铅丸才能打光，然后再重新装填。他父亲准备把这种枪献给军营，夜里梦见一个人斥责他说："上帝有好生之德，你献上这种武器而使它流传于人间，你的子孙恐怕不会有活着的了。"他父亲害怕，便没有献出去。说这事时，他望着他的侄子秉瑛说："如今还在你家里吗？去拿来看看。"秉瑛说："在户部学习时，五弟的儿子偷了出去卖钱，已经不知这枪的下落了。"是真的不在了，还是珍惜不拿出来，这就不知道了。不过这个鸟枪倒是很神奇的。诚谋英勇公因而说：出征乌什时，文成公和勇毅公明公以犄角之势安营，距离敌人的营垒约有一里。两人每次来往，便有铅丸落在马的前后，幸好没有击中。算起来，鸟枪的射程不过三十多步，一定不能打到这儿来，所以怀疑沟里有埋伏。但去搜索却一无所获，大家都感到非常奇怪。把敌人打败后，捉了个俘虏审问，才知道该国珍贵的武器中有两杆枪，射程可达一里之外。把枪搜出来一试，果然不错，文成公便和勇毅公一人一杆分了。勇毅公征缅甸时阵亡后，他的那杆枪就不见了。文成公的那一杆，至今还收藏在家中。只是我仍不知它们是怎么被制造出来的。

原文

宋代有神臂弓，实巨弩也，立于地而踏其机，可三百步外贯铁甲。亦曰克敌弓，洪容斋①试词科有《克敌弓铭》是也。宋军拒金，多倚此为利器。军法不得遗失一具，或败不能携，则宁碎之，防敌得其机轮仿制也。元世祖灭宋，得其式，曾用以制胜。至明乃不得其传，惟《永乐大典》尚全载其图说。然其机轮一事一图，但有短长宽窄之度与其牝牡凸凹之形，无一全图。余与邹念乔侍郎穷数日之力，审谛逗合，讫无端绪。余欲钩摹其样，使西洋人料理之。先师刘文正公曰："西洋人用意至深，如算术借根法，本中法流入西域，故彼国谓之东来法。今从学算，反秘密不肯尽言。此弩既相传利器，安知不阴图以去，而以不解谢我乎？《永乐大典》贮在翰苑，未必后来无解者，何必求之于异国？"余与念乔乃止。"维此老成，瞻言②百里。"信乎所见者大也。

【字词注解】

①洪容斋：指南宋学者洪迈。
②瞻言：指高瞻远瞩、有远见卓识的言论。

【精彩解说】

在宋代有一种神臂弓，实际上是大弩，放在地上用脚踩动机关，可穿透三百步以外的铁甲。因此，它又叫克敌弓。洪迈在《容斋三笔》试词科中所说的《克敌弓铭》谈的就是这种弓。宋军抗金，往往倚靠它，把它当作高效的武器。军法规定一张这样的弓也不能丢失，如果打了败仗来不及带回来，宁可把它毁坏，从而避免敌军得到它用来仿造。元世祖灭了宋朝，得到了克敌弓，曾用它打了胜仗。到了明代，克敌弓就失传了，只在《永乐大典》中载着所有图例。但关于它的机关原理的各种图例，只有长短宽窄的尺寸，和它的雌雄凸凹的形状，没有一个全图。我和邹念乔侍郎仔细研究了好几天，也没弄出个头绪来。我想勾勒出它的大致形状来，请西洋人研究一下。我的老师刘文正公说："西洋人很有心计，例如算术中的借根法，本来是中国的算法流传到西方的，所以他们也称之为东来法。现在我们向他们学习算术，他们反而保密不肯全告诉你。这种克敌弓既然是前代流传下来的高效武器，我们怎能防得了他们不偷偷地学了去，却告诉我们他们也不懂呢？《永乐大典》藏在翰林院中，后来者未必搞不懂它，何必非求教于外国人呢？"我和念乔就打消了请教西洋人的念头。"维此老成，瞻言百里。"（还是老师稳重，高瞻远瞩）相信老师所看到的全面啊。

原文

贝勒①春晖主人言：热河碧霞元君庙两厢，塑地狱变相。西厢一鬼卒，惨淡可畏，俗所谓地方鬼也。有人见其出买杂物，如柴炭之类，往往堆积于庙内。问之土人，信然。然不为人害，亦习而相忘。或曰："鬼不烹饪，是安用此？《左传》曰：'石不能言，物或凭焉。'其他精怪欤？恐久且为患，当早图之。"余谓天地之大，一气化生。深山大泽，何所不有。热河穷岩巨壑，密迩民居，人本近彼，彼遂近人，于理当有之。抑或草木之妖，依其本质；狐狸之属，原其故居，借形幻化，托诸土偶，于理当亦有之。要皆造物所并育也。圣人以魑魅魍魉铸于禹鼎，庭氏②方相③列于周官，去其害民者而已，原未尝尽除异类。既不为害，自可听其去来。海客狎鸥，忽翔不下。机心一起，机心应之，或反胶胶扰扰矣。

【字词注解】

①贝勒：清代贵族爵位，地位在亲王、郡王之下。

②庭氏：周代官名，掌管射杀都城附近的鸥鸦、狼、狐之类夜间鸣叫的鸟兽。

③方相：传说中驱邪避疫的神。

●【精彩解说】

　　贝勒春晖主人说：在热河碧霞娘娘庙中的东西两厢，仿照地狱雕塑了许多鬼神的泥像。西厢房里塑造的一个鬼卒，极其可怕，就是民间称呼的地方鬼。有人看见这个鬼出去买杂物，比如柴火、木炭之类，常常堆积在庙里。问当地人，他们回答说真有这样的事。但是这个鬼不害人，人们习惯了，也就熟视无睹了。有人说："鬼不烹饪，用柴火、木炭干什么？《左传》中说：'石不能言，物或凭焉。'（石头不能说话，但别的怪物也许会依托它而说话）也许是有其他精怪依托在泥像身上吧？时间长了恐怕会害人，应当早些处置它。"我认为天地间这么大，都是由元气化生的。在深山大泽之中，就会无所不有。热河地区的高山峡谷，与民居相近，人与精怪离得近，精怪便也接近人，从道理上讲是可能的。也可能是草木之妖依凭着它的形质；或者是狐狸之类借助它的原住处，幻化变形，附着在泥像身上，从道理上来讲，也有可能。重要的在于万物都是由天地生育的。圣人把魑魅魍魉的形象铸在禹鼎上，把庭氏、方相列在周代百官之中，目的就是为了驱逐那些害人的怪物，原就没打算把异类全部消灭。既然不害人，自然应任凭它们自由来往。海上人一旦起意戏弄鸥鸟，鸥鸟就在空中飞翔而不落下来。可见，心机一起，便另有心机与之相对，这样反而弄得动乱不安，更麻烦了。

原文

　　长城以外，万山环抱，然皆坡陀如冈阜。至王家营迤东，则嵚崎秀拔，皴皱皆含画意。盖天开地献，灵气之所钟故也。有罗汉峰[①]，宛似一僧跌坐，头项胸腹臂肘，历历可数。有磬锤峰[②]，即《水经注》所称武列水侧有孤石云举者也，上丰下锐，屹若削成。余修《热河志》时，曾蹑梯挽绠至其下，乃无数石卵与碎砂凝结而成，亘古不圮，莫明其故。有双塔峰，亭亭对立，远望如两浮图，拔地涌出。无路可上，或夜闻上有钟磬经呗声，昼亦时有片云往来。乾隆庚戌[③]，命守吏构木为梯，遣人登视。一峰周围一百六步，上有小屋。屋中一几一香炉，中供片石，镌"王仙生"三字。一峰周围六十二步，上种韭二畦；塍畔[④]方正，如园圃之所筑。是决非人力所到，不谓之仙踪灵迹不得矣。耳目之前，惝恍莫测尚如此，讲学家执其私见，动曰此理之所无，不亦颠乎。

—•【字词注解】

①罗汉峰：在今河北承德避暑山庄前，又称"弥勒峰"。

②磬锤峰：在今河北承德东北，俗称"棒槌峰"。

③乾隆庚戌：乾隆五十五年（1790年）。

④塍（chéng）畛：垄畦。

—•【精彩解说】

长城以外，万山环抱，不过都是些起伏不平的山冈和丘陵。而从王家营往东，则山势巍然挺拔，峰峦林石，都满含诗情画意。那是天地孕育、灵气汇聚在这里的缘故。这里有一座罗汉峰，宛如一个和尚双腿交叠而坐，他的头、脖子、胸、腹以及胳臂，都一一能辨认出来。有一座磬锤峰，那是《水经注》中提到的"武列水侧有孤石云举"的那座山峰，它上宽下窄，立陡如刀削。我写《热河志》时，曾登梯攀绳到峰下考察，发现这座山峰是由许多卵石和碎砂凝聚而成的，但从古至今它却没有倒塌，不知是什么原因。还有双塔峰，亭亭地相对而立，远望像两座佛塔拔地而起。这两座山峰都无路可以上去，但有时夜里却能听到峰上有敲击钟磬和诵经的声音，白天时常有一片片云彩在峰顶飘忽不定。乾隆五十五年，曾叫驻守在这儿的军吏做了木梯，派人上去查探。有一座峰顶上环绕一周有一百零六步，上有一幢小屋。屋里有一张几案和一个香炉，中间供着一块石头，石上刻着"王仙生"三个字。另一座峰上环绕一周有六十二步，种了两畦韭菜，垄畦整齐，好像是菜园子。这里绝不是人所能到的地方，这些如果不认为是神仙的遗迹，那就无法做出其他的解释了。能够听得到、看得见的事物，尚且这样模糊难以解释，而那些道学家们却一味固执己见，动辄就说这是理学中没有的，这不是颠倒是非了吗？

原文

同年蔡芳三言：尝与诸友游西山，至深处，见有微径，试缘而登，寂无居人，只破屋数间，苔侵草没。视壁上大书一"我"字，笔力险劲。因入观之，复有字迹，谛审乃二诗。其一曰："溪头散步遇邻家，邀我同尝嫩蕨芽。携手贪论南渡事①，不知触折亚枝花。"其二曰："酒酣醉卧老松前，露下空山夜悄然。野鹿经年相见熟，也来分我绿苔眠。"不著年月姓名。味其词意，似前代遗民。或以为仙笔，非也。又表弟安中宽，昔随木商出古北口，因访友至古尔板苏巴尔汉。居停主人云：山家尝捕得一鹿，方缚就涧边屠割，忽绳寸寸断，蹶然逸去。遥见对山一戴笠人，似举手指画，疑其以术禁制之。是山陡立，古无人踪，或者其仙欤？

——•【字词注解】

①南渡事：指北宋被金灭亡后，宋王朝渡江建立南宋。

——•【精彩解说】

　　我的同年蔡芳三说：曾同几位朋友一起游西山，来到群山深处，发现有一条小路，大家就试探着沿这条小路攀缘而上，来到上面一看，四顾无人，只有几间布满苔藓的破屋，淹没在草丛中。墙上写着一个大大的"我"字，笔法苍劲有力。大家进屋里去，发现墙上也有字迹，仔细辨认，原来是两首诗。其中一首是："溪头散步遇邻家，邀我同尝嫩蕨芽。携手贪论南渡事，不知触折亚枝花。"另一首是："酒酣醉卧老松前，露下空山夜悄然。野鹿经年相见熟，也来分我绿苔眠。"诗后没有写年月姓名。体味诗意，好像是明代遗民所作。有人说是神仙写的，这种说法应该是错误的。另外，我有位表弟安中宽，从前随木材商出古北口，到古尔板苏巴尔汉去访友。借宿处的主人说：山民捉了一只鹿，绑好正要在山涧边宰杀，忽然绑绳一寸一寸地断了，鹿跳起来跑了。远远地望见对面山上有一个戴着斗笠的人，好像在举着手指画符，人们怀疑是他在施法放了鹿。这座山陡峭壁立，自古就没有人来，那个人是神仙吗？

拓展阅读

　　《永乐大典》　明朝永乐年间编纂的一部中国古代典籍类书，共汇集古今图书八千余种，分成两万多卷，共三亿七千多万字，堪称人类历史上规模最大的百科全书。朱棣从侄子朱允炆手中夺取天下后，改元永乐，同年（1403年）就打算修一部"天文、地志、阴阳、医卜、僧道、技艺之言，备辑为一书"的大型类书，于是命翰林学士解缙主持编纂，后又命太子少师姚广孝任监修，编纂队伍达到两千余人，到1407年定稿，次年正式成书，负责清抄、绘图等的人不计其数，朱棣赐名《永乐大典》。《永乐大典》分为经（儒家经典著作）、史（史书）、子（百家著作）、集（文集、诗词汇编等）四大类，保存了无数珍贵文献。遗憾的是，由于战火等原因，《永乐大典》多数已经被毁，今天仅存八百余卷，散落于世界各地。

《水经注》　顾名思义，《水经注》就是为《水经》所作的注。《水经》是中国第一部记述水系的专著，作者为东汉人桑钦（一说为晋代郭璞），全书一万余字，记载简略且缺乏系统性。到了南北朝时期，北魏官员、地理学家郦道元通过多年的实地考察，并广泛搜集历史文献和资料，写成《水经注》一书。全书以《水经》为纲，系统全面地介绍了一千余条河流的长度、宽度、深度、水量等详细情况，并记录了很多历史遗迹、人物掌故、民间传说等，文字优美，有很强的地理价值和文学价值，对中国地理学的发展做出的贡献尤为重大。

卷二十　滦阳续录二

〔题解〕

　　纪昀创作《阅微草堂笔记》的一个目的，就是想让自己的记录成为正史的补充，让那些无法登上史书的仁人志士和优秀女性有一个名扬后世的机会。本卷记述了当时的一些历史事件和杰出人物，尤其是影响较大、与纪昀也有关联的"昌吉之役"，记载颇为详细，有一定的史料价值。

原文

　　一馆吏议叙①得经历②，需次③会城，久不得差遣，困顿殊甚。上官有怜之者，权令署典史④。乃大作威福，复以气焰轹同僚，缘是以他事落职。邵二云学士偶话及此，因言其乡有人方夜读，闻窗棂有声，谛视之，纸裂一罅，有两小手擘之，大才如瓜子。即有一小人跃而入，彩衣红履，头作双髻，眉目如画，高仅二寸余。掣案头笔举而旋舞，往来腾踏于砚上，拖带墨沈，书卷俱污。此人初甚错愕，坐观良久，觉似无他技，乃举手扑之，嗷然就执。踡跼⑤掌握之中，音呦呦如虫鸟，似言乞命。此人恨甚，径于灯上烧杀之，满室作枯柳木气，迄无他变。炼形甫成，毫无幻术，而肆然侮人以取祸，其此吏之类欤！此不知实有其事，抑二云所戏造，然闻之亦足以戒也。

●【字词注解】

　　①议叙：清代吏部的奖叙制度，考核成绩优良的官员，交部核议，给予加级、记录等奖励。

②经历：官名，执掌出纳文书。

③需次：指按照顺序采用候补官员。

④典史：明清县令之下掌管缉捕、监狱的属官。

⑤踡（quán）跼（jú）：屈曲不能伸直。

●【精彩解说】

一名馆吏经过议叙后，得到经历一职，到省城等待补缺。由于长时间没有被授以实职，生活困顿不堪。有个怜悯他的上司，让他暂时当上了典史。于是，他开始大肆作威作福，利用职权欺压同事，因此后来被以别的事罢免。邵二云学士偶然谈到此事，顺便说起他的家乡有个人夜间读书，忽听窗棂上有声音传来，定睛一看，窗纸上裂开了一道缝，有两只小手扒着窗纸，那手只有瓜子大小。随即一个小人跳了进来，穿着彩色的衣服和红色的鞋，头上梳着双髻，眉目像画出来的一样漂亮，只有两寸多高。小人拖起案头的笔旋转跳舞，往来踩踏在砚台上，拖带着墨汁，把书本都给弄脏了。这人一开始极为惊诧，坐看了好一会儿，觉得这个小人没什么能耐，便抬手去捉，一下就捉住了。小人蜷曲在他的手掌里，嗷嗷地叫着，像虫子在鸣叫，听起来好像在喊饶命。这人恨极了小人，就顺手把他放在灯上烧死了，满屋都发出烧枯柳树的气味，也并没有发生什么其他变故。刚刚修炼成人形，还没有一点儿幻术，就放肆地以欺负人来取乐，这属于那馆吏一类的人吧！不知这是实有其事，还是邵二云开玩笑编出来的，不过人们听了以后也足以引以为戒吧！

原文

李南涧言：其邻县一生，故家子也。少年佻达，颇渔猎男色。一日，自亲串家饮归，距城稍远，云阴路黑，度不及入，微雪又簌簌下。方踌躇间，见十许步外有灯光，遣仆往视，则茅屋数间，四无居人，屋中惟一童一妪。问："有栖止处否？"妪曰："子久出外，惟一孙与我住此。尚有空屋两间，不嫌湫隘①，可权宿也。"遂呼童系二马树上，而邀生入坐。妪言老病须早睡，嘱童应客。童年约十四五，衣履破敝，而眉目极姣好。试挑与言，自吹火煮茗不甚答。渐与谐笑，微似解意，忽乘间悄语曰："此地密迩祖母房，雪晴当亲至公家乞赏也。"生大喜慰，解绣囊玉玦赠之。亦羞涩而受。软语良久，乃掩门持灯去。生与仆倚壁倦憩，不觉昏睡。比醒，则屋已不见，乃坐人家墓柏下，狐裘貂冠，衣裤靴袜，俱已裼②无寸缕矣。裸露雪中，寒不可忍。二马亦不知所在。幸仆衣未裼，乃脱其敝裘蔽上体，蹩躄③而归，诡言遇盗。俄二马识路自归，已尽剪其尾鬣。衣冠则得于溷中，并狼藉污秽，灼然非盗。无可置词，仆始具泄其情状。乃知轻薄招侮，为狐所戏也。

①湫（qiū）隘：狭小低矮，此处是对自己居室的谦称。湫，低矮。

②裼：夺去衣服。

③蹩（bié）躄（bì）：扭伤脚一瘸一拐走路的样子。

李南涧说：在他的邻县有一个人，是个大家族的公子哥儿。这少年轻浮放荡，喜欢玩弄男色。有一天，他在亲戚家喝酒回来，离城还比较远时，天色就暗下来了，估计已经来不及进城，天又簌簌地下起小雪来。正在踌躇间，看见十步左右外有灯光，就打发仆人去查看，却是几间茅屋，四周无邻居，屋里只有一个老婆婆、一个男孩子。于是仆人问："可有歇息的地方？"老太太说："我儿子长期外出，只有一个孙子和我同住。还有两间空房，你们如果不嫌这里狭窄简陋的话，可以将就着住吧。"老婆婆叫孙子出来，把两匹马拴在树上，请主仆进屋坐。老婆婆说自己年老多病要早睡，嘱咐孙子招待客人。这男孩子约十四五岁，衣衫破烂，但眉目清秀。这公子哥便拿话挑逗男孩子，男孩子自顾生火煮茶，也不怎么搭理他。这公子哥不断与男孩子调笑，男孩子好像稍稍明白了客人的用意，伺机对这个公子哥小声说："这儿离祖母的房间太近了，等雪停了，我会自己到您府上去请赏的。"这公子哥听了非常高兴，就解下身上的绣囊和玉玦赠给男孩子。男孩子羞羞答答地收下了。男孩子与公子哥含情脉脉地说了好半天话，才端起灯关上门走了。这公子哥与仆从倚着墙休息，不知不觉昏睡过去。等醒来时，房屋已不见了，两人坐在坟墓旁的柏树下，这公子哥身上的狐皮袭、貂皮帽子以及衣裤鞋袜都被剥个精光。他赤裸裸地在雪地里，冻得受不了。两匹马也不知去向。幸好仆人的衣服没被剥去，便脱下破袭披在他身上，两人躲躲闪闪地回到了家，谎称碰到了强盗。不久，两匹马自己识路回来了，但被人剪去了尾巴和鬃毛。而这公子哥的衣裤鞋袜等，则在厕所里被发现了，上面屎尿狼藉，已污秽不堪，显然并非遇见了强盗。谎言被戳穿后，这人再也找不到托词，仆人才将实情说了出来。人们这才知道是因这个公子哥行为轻薄招来了侮辱，被狐狸戏弄了一场。

原文

　　戊子昌吉之乱，先未有萌也。屯官[①]以八月十五夜，犒诸流人，置酒山坡，男女杂坐。屯官醉后，逼诸流妇使唱歌，遂顷刻激变，戕[②]杀屯官，劫军装库，据其城。十六日晓，报至乌鲁木齐。大学士温公促聚兵。时班兵散在诸屯，城中仅一百四十七人，然皆百战劲卒，视贼蔑如也。温公率之即行。至红山口，守备刘德叩马曰："此去昌吉九十里，我驰一日至城下，是彼逸而我劳，彼坐守而我仰攻，非百余人所能办也。且此去昌吉皆平原，玛纳斯河虽稍阔，然处处策马可渡，无险可扼，所可扼者此山口一线路耳。贼得城必不株守，其势当即来。公莫如驻兵于此，借陡崖遮蔽。贼不知多寡，俟其至而扼险下击，是反攻为守，反劳为逸，贼可破也。"温公从之。及贼将至，德左执红旗，右执利刃，令于众曰："望其尘气，虽不过千人，然皆亡命之徒，必以死斗，亦不易当。幸所乘皆屯马，未经战阵，受创必反走。尔等各擎枪屈一膝跪，但伏而击马，马逸则人乱矣。"又令曰："望影鸣枪，则枪不及贼，火药先尽，贼至反无可用。尔等视我旗动，乃许鸣枪；敢先鸣者，手刃之。"俄而贼众枪争发，砰訇动地。德曰："此皆虚发，无能为也。"迨铅丸击前队一人伤，德曰："彼枪及我，我枪必及彼矣。"举旗一挥，众枪齐发。贼马果皆横逸，自相冲击。我兵噪而乘之，贼遂歼焉。温公叹曰："刘德状貌如村翁，而临阵镇定乃尔。参将都司，徒善应对趋跄[③]耳。"故是役以德为首功。然捷报不能缕述曲折，今详著之，庶不湮没焉。

①屯官：掌管屯田事务的官吏。

②戕：伤害，残害。

③趑跙：指形容走路有节奏。

——●【精彩解说】

　　乾隆三十三年（1768年）的昌吉叛乱，事先并没有出现什么迹象。驻屯官在八月十五夜犒劳屯民时，在山坡上摆下酒席，男男女女杂坐在一起。驻屯官喝醉之后，硬逼着屯民的女眷唱歌，于是一时激起民愤，杀了驻屯官，抢劫军器库，占领了昌吉城。十六日早上，谍报传到乌鲁木齐。大学士温福公便催促集结兵力前去镇压。当时兵力都分散在各个军屯里，城里只有一百四十七人，但却都是身经百战的士兵，根本没把叛民放在眼里。温福公率领着这些士兵立即出发。走到红山口时，守备刘德向他建议道："到昌吉有九十里地，我们骑马一天便可以到城下，这样的话对方安逸而我方疲劳，对方坐守则我方仰攻，这不是一百多人所能胜任的。况且从这儿到昌吉都是平原，玛纳斯河虽然宽一些，但每处都可以骑马过去，无险要处可以扼守，可以扼守的地方，只有这山口的一条路。叛民占领昌吉城，肯定不会死守在里面，必然会乘势攻来。将军不如驻兵在这儿，隐蔽在陡崖后面。叛民不知我军多少，等叛民到后就据险往下猛击，这样是反仰攻为坐守，反奔劳为安逸，贼兵就能攻破。"温福公觉得有道理，就采纳了刘德的意见。在叛民即将到来时，刘德左手拿着红旗，右手握着利刃，命令士卒："从对方的烟尘来判断，他们不过一千来人，但他们都是些亡命之徒，如果拼死迎战，也并不见得容易抵挡。幸好他们骑的都是屯马，没有经过战阵，一旦受到狙击必定往回跑。你们都举起枪屈下一条腿，只管打马腿，马一跑，人就乱了。"又下令："望见人影就开枪，则枪打不着对方，而火药就先没了，等对方到了眼前反而没了弹药。你们看我手中红旗一动，才能开枪；有敢违令先开枪的，立斩之。"不一会儿，叛民的枪声大作，惊天动地。刘德说："这是白放枪，没什么用处的。"等到对方的铅弹把前队的一个士兵打伤了，刘德说："对方的枪打中了我方，那么我们射击就能击中对方了。"于是他举旗一挥，众枪齐发。叛民的马果然都横冲直撞，自相践踏，队伍也乱了。

我军于是呐喊着乘势冲出，叛民于是被歼。温福公叹道："刘德看起来像个乡巴佬，临阵却能这样镇定自若。那些参将、都司，只会迎来送往跑前跑后而已。"因此这次战斗就以刘德为首功。因捷报不能把这件事叙述得过于详细，我这里就详加记录，目的是不埋没刘德的功劳。

原文

昌吉未乱以前，通判赫尔喜奉檄调至乌鲁木齐，核检仓库。及闻城陷，愤不欲生，请于温公曰："屯官激变，其反未必本心。愿单骑迎贼于中途，谕以利害。如其缚献渠魁，可勿劳征讨；如其枭獍成群，不肯反正，则必手刃其帅，不与俱生。"温公阻之不可，竟櫜鞬①驰去，直入贼中，以大义再三开导。贼皆曰："公是好官，此无与公事。事已至此，势不可回。"遂拥至路旁，置之去。知事不济，乃掣刀奋力杀数贼，格斗而死。当时公论惜之曰："屯官非其所属，流人非其所治，无所谓徇纵也。猝起一时，非预谋不轨，无所谓失察也。奉调他出，身不在署，无所谓守御不坚与弃城逃遁也。所劫者军装库，营弁所掌，无所谓疏防也。于理于法，皆可以无死。而终执城存与存、城亡与亡之一言，甘以身殉。推是志也，虽为常山、睢阳②可矣。"故于其柩归，罔不哭奠。而于屯官之残骸归，无焚一陌纸钱者。

【字词注解】

①櫜（tuó）鞬（jiàn）：放置弓箭的袋子，此处指弓箭等兵器。櫜，口袋。
②常山、睢阳：常山，指唐代大臣颜杲卿；睢阳，指唐代大臣张巡。

【精彩解说】

在昌吉发生叛乱前，通判赫尔喜奉命到乌鲁木齐核检仓库。听到昌吉城被叛民攻占后，他痛不欲生，就向温福公请求道："驻屯官激起叛乱，叛民可能是出于无奈才造反的。我愿单枪匹马在中途迎敌，说明利害关系。如果他们能把首犯绑了献出来，那么就不必劳师征讨了；如果他们是一群食母食父的枭、獍，不肯复归正道的话，那么我一定要杀了他们的头子，与他们势不两立。"温福公不让他去，他不听，竟全副武装地骑马奔去，直接来到贼营，申明大义，再三开导。叛民都说："你是一位好官，这不关你的事。已经走到这一步，已无可挽回了。"于是把他推到路旁，扔下他走了。赫尔喜知道自己的努力无济于事，便拔刀奋力杀了几个叛民，他也在格斗中战死。当时公众舆论很为他惋惜，认为："驻屯官不是他的下属，屯民也不属他所管，不能说他有徇情徇愿之过。叛乱在一时间就发生了，并不是预谋的，不能说是他失于明察。他奉命调离昌吉，当时并不在现场，所以不能说他防守不严，也不能说他弃城逃走。被抢劫的军器库，有专职营官把守，不能说是他疏于防守。无论从道理上说还是从法律上说，他都可以不死。但他却坚持要实现与城共存亡的誓言，甘心以死报国。他的忠烈，可以与颜杲卿、张巡媲美。"因此他的灵柩被运回来时，人们无不哭奠。而屯官的残骸被运回来时，就连给他烧一点儿纸钱的人也没有。

原文

朱青雷言：曾见一长卷，字大如杯，怪伟极似张二水。首题纪梦十首，而蠹蚀破烂，惟二首尚完整可读。其一曰："梦到蓬莱顶，琼楼碧玉山。波浮天半壁，日涌海中间。遥望仙官立，翻输野老闲。云帆三十丈，高挂径西还。"其二曰："郁郁长生树，层层太古苔。空山未开凿，元气尚胚胎。灵境在何处？梦游今几回？最怜鱼鸟意，相见不惊猜。"年月姓名，皆已损失，不知谁作也。尝为李玉典书扇，并附以跋。或曰："此青雷自作，托之古人。"然青雷诗格婉秀如秦少游①小石调，与二诗笔意不近。或又曰："诗字皆似张东海。"东海集余昔曾见，不记有此二诗否，待更考之。

──●【字词注解】

①秦少游：即秦观，字太虚、少游，号淮海居士，高邮人，北宋著名词人。

──●【精彩解说】

朱青雷说：他曾看过一轴长卷，字像杯子那么大，笔力奇诡苍劲极像张二水。卷首题写着《纪梦十首》，但因虫咬潮湿已经破烂不堪了，只剩下两首还算完整，可以读出来。其中一首道："梦到蓬莱顶，琼楼碧玉山。波浮天半壁，日涌海中间。遥望仙官立，翻输野老闲。云帆三十丈，高挂径西还。"其二道："郁郁长生树，层层太古苔。空山未开凿，元气尚胚胎。灵境在何处？梦游今几回？最怜鱼鸟意，相见不惊猜。"长卷上署的年月、姓名都已损坏，不知是谁写的。朱青雷曾把这两首诗写在李玉典的扇子上，还题了跋。有人说："这是朱青雷自己作的，而假托古人。"不过朱青雷诗的风格婉转秀丽，像是秦观的《小石调》，和这两首诗的笔意不同。又有人说："这两首诗的诗句和字都像张东海的。"《张东海集》我以前曾经见过，不记得有没有这两首诗，等以后进一步查考下。

原文

　　郭大椿、郭双桂、郭三槐，兄弟也。三槐屡侮其兄，且诣县讼之。归憩一寺，见缁袍①满座，梵呗②竞作。主人虽吉服，而容色惨沮，宣疏通诚之时，泪随声下。叩之，寺僧曰："某公之兄病危，为叩佛祈福也。"三槐痴立良久，忽发颠狂，顿足捶胸而呼曰："人家兄弟如是耶！"如是一语，反复不已。掖至家，不寝不食，仍顿足捶胸，诵此一语，两三日不止。大椿、双桂故别住，闻信俱来，持其手哭曰："弟何至是？"三槐又痴立良久，突抱两兄曰："兄固如是耶！"长号数声，一踊而绝。咸曰神殛之，非也。三槐愧而自咎，此圣贤所谓改过，释氏所谓忏悔也。苟充是志，虽田荆③、姜被④，均所能为。神方许之，安得殛之？其一恸立殒，直由感动于中，天良激发，自觉不可立于世，故一瞑不视，戢影黄泉，岂神之褫其魄哉？惜知过而不知补过，气质用事，一往莫收；无学问以济之，无明师益友以导之，无贤妻子以辅之，遂不能恶始美终，以图晚盖，是则其不幸焉耳。昔田氏姊买一小婢，倡家女也。闻人诮邻妇淫乱，瞿然惊曰："是不可为耶？吾以为当如是也。"后嫁为农家妻，终身贞洁。然则三槐悖理，正坐不知。故子弟当先使知礼。

【字词注解】

①缁袍：黑色的袍服，此处指僧人。

②梵呗：亦称"赞呗""梵乐""梵音""佛曲""佛乐"等。

③田荆：比喻兄弟和好，典出《续齐谐记·紫荆树》。田真与两个弟弟

争家产，打算将门前紫荆树一分为三，紫荆树一夜之间枯死，三兄弟悔悟，感情融洽起来。

④姜被：形容兄弟友爱，典出《后汉书》。东汉人姜肱常与两个弟弟同被而眠，成为兄弟友爱的典范。

●—【 精彩解说 】

　　郭大椿、郭双桂、郭三槐，这三人是兄弟。三槐时常欺负两位哥哥，还经常到县城去告哥哥们的状。有一次，他从县里回来，在一座寺里休息，只见和尚满座，一片诵经声。施主虽然穿着吉服，却满脸悲伤，宣读祈祷文以表达诚意之时，声泪俱下。三槐问是怎么回事，和尚说："他的哥哥病危，他来拜佛祈福。"三槐听后呆立了好久，忽然发了疯，捶胸顿足地喊道："人家兄弟是这样啊！"就反复地喊这一句话。把他扶回家后，他不睡不吃，仍然顿足捶胸，不断重复那句话，过了两三天还这样。大椿、双桂一直和他分开住，听了这个消息都来了，拉着他的手哭道："弟弟何必这样呢？"三槐又呆呆地站立了好久，突然抱着两位哥哥说："哥哥原来是这样好啊！"他长号了几声，猛然一跳就气绝身亡了。人们都说是神灵惩罚了他，按理说不是的。三槐愧疚而自责，这就是圣贤所说的改过，佛家所说的忏悔。他能这样，要做到像田家兄弟和姜家兄弟那样友爱也是不难的。他既忏悔，神应赞许他，为何施以惩罚？他一阵痛哭之后即死，主要是因为心中感动，激发出天地良心，觉得自己不能再活在世上，所以两眼一闭，隐身黄泉，怎能说是神剥夺了他的魂魄呢？可惜他知过而不知补过，意气用事，一发而不可收；他没有学问来帮助他，没有名师益友来引导他，没有贤妻来辅助开导他，于是不能从恶的开头走向善的结束，以图有个好的晚节，他的不幸也就在此。从前田家姐姐买来一个小婢，是妓女的女儿。这小婢偶然听人讥笑邻居的女人淫乱，豁然吃惊道："难道不能干这种事吗？我以为应当这样干呢。"后来她嫁给一个农户做妻子，终身贞洁。而三槐以前干了些有悖于情理的事，就在于他根本不懂什么是对错。所以对于子弟，首要的问题是教育他们知礼。

原文

　　先四叔母李安人，有婢曰文鸾，最怜爱之。会余寄书觅侍女，叔母于诸侄中最喜余，拟以文鸾赠。私问文鸾，亦殊不拒。叔母为制衣裳簪珥，已戒日脂车①。有妒之者嗾其父多所要求，事遂沮格②。文鸾竟郁郁发病死。余不知也。数年后稍稍闻之，亦如雁过长空，影沉秋水矣。今岁五月，将扈从启行，摒挡小倦，坐而假寐。忽梦一女翩然来，初不相识，惊问："为谁？"凝立无语。余亦遽醒，莫喻其故也。适家人会食，余偶道之。第三子妇，余甥女也，幼在外家与文鸾嬉戏，又稔知其赍恨事，瞿然曰："其文鸾也耶？"因具道其容貌形体，与梦中所见合。是耶非耶？何二十年来久置度外，忽无因而入梦也？询其葬处，拟将来为树片石。皆曰丘陇已平，久埋没于荒榛蔓草，不可识矣。姑录于此，以慰黄泉。忆乾隆辛卯③九月，余题秋海棠诗曰："憔悴幽花剧可怜，斜阳院落晚秋天。词人老大风情减，犹对残红一怅然。"宛似为斯人咏也。

【字词注解】

　　①戒日脂车：指选择吉日，驾车出行。

　　②沮格：阻止，阻挠。

　　③乾隆辛卯：乾隆三十六年（1771年）。

【精彩解说】

　　已故的四叔婶李安人，有个叫文鸾的婢女，李安人最喜欢她。那年我寄信给四叔婶，要她帮我找个侍女，在几个侄子中四叔婶最喜欢我，就打算把文鸾给我。私下里问文鸾，她一点儿也没有拒绝的意思。四叔婶便给她准备衣服、首饰等，并已选好日子要送她来我这。有人嫉妒，便唆使文鸾的父亲提出许多苛刻的条件，事情就泡汤了。文鸾竟忧郁成病死去了。我不知道这些事。过了几年，才渐渐地听到一些传闻，也像雁过长空，影子掠过水面一样，没留下什么印象。今年五月，我将扈从圣驾到滦阳，临行前准备行李时，有些疲倦，便坐下来闭眼休息。忽然梦见有一个女人翩然而来。因我不认识她，便惊问："是谁？"她却伫立着一声不吭。我也一下子惊醒过来，不知这是怎么一回事。等和家人一起吃饭时，我偶然说及这个梦。我的三儿媳，原来是我的外甥女，小的时候在外婆家和文鸾在一起玩，加之她熟知文鸾含恨而死的事，猛然醒悟道："会不会是文鸾？"于是她详细说了文鸾的容貌身形，与我梦中所见女人相符。是不是她呢？为何我这二十年来一直没把这事放在心中，而她却忽然无缘无故地闯入我的梦中？于是我就打听她葬在什么地方，打算将来为她树一块碑。家人都说她的坟丘已成平地，淹没于荒榛野草之中已久，辨认不出来了。我只好把这事记载下来，来安慰黄泉之下的幽魂。记得在乾隆三十六年，我写了一首《秋海棠》诗，说："憔悴幽花剧可怜，斜阳院落晚秋天。词人老大风情减，犹对残红一怅然。"简直像是为文鸾写的。

原文

　　宗室敬亭先生，英郡王五世孙也。著《四松堂集》五卷，中有《拙鹊亭记》曰："鹊巢鸠居，谓鹊巧而鸠拙也。小园之鹊，乃十百其侣，惟林是栖。窥其意，非故厌乎巢居，亦非畏鸠夺之也。盖其性拙，视鸠为甚，殆不善于为巢者。故雨雪霜霰，毛羽褵褷①；而朝阳一晞，乃复群噪于木杪，其音怡然，似不以露栖为苦。且飞不高翥②，去不远飏，惟饮啄于园之左右。或时入主人之堂，值主人食弃其余，便就而置其噣；主人之客来，亦不惊起，若视客与主人皆无机心③者然。辛丑④初冬，作一亭于堂之北，冻林四合，鹊环而栖之，因名曰拙鹊亭。夫鸠拙宜也，鹊何拙？然不拙不足为吾园之鹊也。"案，此记借鹊寓意，其事近在目前，定非虚构，是亦异闻也。先生之弟仓场侍郎宜公，刻先生集竟，余为校雠⑤，因掇而录之，以资谈柄。

—●【字词注解】

①褵（lí）褷（shī）：羽毛初生时濡湿黏合的样子。

②翥（zhù）：鸟振翅高飞。

③机心：图谋的心思。

④辛丑：乾隆四十六年（1781年）。

⑤校雠（chóu）：校对书籍，以正误谬。亦作"校勘"。

─●【精彩解说】

宗室敬亭先生是英郡王的第五代孙子。他著有《四松堂集》五卷，其中有一篇《拙鹊亭记》写道："鹊的巢被鸠占住着，说鹊灵巧能做巢，而鸠拙笨。小园中的鹊，也有十对百对，却只栖息在树林里。仔细观察才发现，它们不是讨厌住在巢里，也不是怕被鸠夺了巢。而是它们笨，看起来比鸠还笨，可以说它们不善于筑巢。所以在下雨、雪、霜、霰的时候，它们都羽毛尽湿地粘在一起；而当太阳一出来，它们又成群地站在树枝上聒噪，鸣声怡然，好像不以露天过夜为苦。而且它们从不远走高飞，觅食饮水也都不离小园周围。有时则进入主人的堂上，赶上主人吃饭，扔点儿剩余的食物，它们便围拢来啄吃；主人的客人来了，它们也不惊飞，好像把客人、主人都看作是没有狡诈心思的人。乾隆四十六年初冬，在堂北建了一亭，四周尽是些落尽叶子的冬树，鹊环绕着亭子栖息在树上，因此起名为拙鹊亭。说鸠笨是很恰当的，鹊笨什么？然而不拙笨就不是我这小园里的鹊了。"按，这篇文章是借鹊寓意，因建亭时间很近，所以绝非虚构，这也是一件异闻。敬亭先生的弟弟仓场侍郎宜公，刻完先生的集子后，我为他校对，因而把上面一段文字摘录下来，作为谈资。

原文

科场为国家取人材，非为试官取门生也。后以诸房额数有定，而分卷之美恶则无定，于是有拨房之例。雍正癸丑①会试，杨丈农先房，拨入者十之七。杨丈不以介意，曰："诸卷实胜我房卷，不敢心存畛域②，使黑白倒置也。"乾隆壬戌③会试，诸襄七前辈不受拨，一房仅中七卷，总裁亦听之。闻静儒前辈，本房第一，为第二十名。王铭锡竟无魁选。任钓台前辈，乃一房两魁。戊辰④会试，朱石君前辈为汤药冈前辈之房首，实从金雨叔前辈房拨入，是雨叔亦一房两魁矣。当时均未有异词。所刻同门卷，余皆尝亲见也。庚辰⑤会试，钱箨石前辈以蓝笔画牡丹，遍赠同事，遂递相题咏。时顾晴沙员外拨出卷最多，朱石君拨入卷最多，余题晴沙画曰："深浇春水细培沙，养出人间富贵花。好是艳阳三四月，余香风送到邻家。"边秋崖前辈和余韵曰："一番好雨净尘沙，春色全归上苑花。此是沉香亭畔种，莫教移到野人家。"又题石君画曰："乞得仙园花几茎，嫣红姹紫不知名。何须问是谁家种，到手相看便有情。"石君自和之曰："春风春雨剩枯茎，倾国何曾一问名。心似维摩老居士，天花来去不关情。"张镜壑前辈继和曰："墨捣青泥砚涴沙，浓蓝写出洛阳花。云何不着胭脂染，拟把因缘问画家。""黛为花片翠为茎，欧谱知居第几名？却怪玉盘承露冷，香山居士太关情。"盖皆多年密友，脱略形骸，互以虐谑为笑乐，初无成见于其间也。蒋文恪公时为总裁，见之曰："诸君子跌宕风流，自是佳话。然古人嫌隙，多起于俳谐。不如并此无之，更全交之道耳。"皆深佩其言。盖老成之所见远矣。录之以志少年绮语之过，后来英俊，慎勿效焉。

●【字词注解】

①雍正癸丑：雍正十一年（1733年）。

②畛域：两物之间的界限。畛，一指田间的小路，又指界限。

③乾隆壬戌：乾隆七年（1742年）。

④戊辰：乾隆十三年（1748年）。

⑤庚辰：乾隆二十五年（1760年）。

●【精彩解说】

　　科场是为国家选取人才的地方，而不是为考官选取门生的地方。后来因各房考官录取的名额有限，而评选试卷的优劣标准却不一定一样，所以就有了拨房的制度。雍正十一年会试，杨农先评阅的试卷中，其中有十分之七是从别的试房里拨入的，但杨先生毫不介意，说："这些试卷确实比我这试房中的卷子好，我不能因心中存有门户之见，就黑白颠倒。"乾隆七年会试，诸襄七前辈不接收别的试房拨来的试卷，但他的试房中仅有七张卷子被录取，总裁官也就随他去。闻静儒前辈选出的本试房第一的卷子，总评时却被排在第二十名。王铭锡的试房中竟没选出第一名来。任钧台前辈却一房中有两个第一。乾隆十三年会试，朱石君前辈的试卷是汤药冈前辈试房中的第一名，这张卷子是从金雨叔前辈的试房中拨来的。这么一来，金雨叔也是一房之中有两个第一了。当时对此都无异议。所刻的同门卷，我也都亲眼看到过。乾隆二十五年会试，钱箨石前辈用蓝笔画了牡丹，分赠给所有的同事，于是同事们在画上题诗吟诵。当时，员外郎顾晴沙房中拨出的试卷最多，朱石君房中拨入的试卷最多，我在顾晴沙的牡丹画上题道："深浇春水细培沙，养出人间富贵花。好是艳阳三四月，余香风送到邻家。"边秋崖前辈和我的诗道："一番好雨净尘沙，春色全归上苑花。此是沉香亭畔种，莫教移到野人家。"我又给朱石君的画上题诗道："乞得仙园花几茎，嫣红姹紫不知名。何须问是谁家种，到手相看便有情。"朱石君和诗道："春风春雨剩枯茎，倾国何曾一问名。心似维摩老居士，天花来去不关情。"张镜塑前辈又和道："墨捣青泥砚涴沙，浓蓝写出洛阳花。云何不着胭脂染，拟把因缘问画家。""黛为花片翠为茎，欧谱知居第几名？却怪玉盘承露冷，香山居士太关情。"因为都是多年好友，便暂时抛开身份地位，互相打趣为笑乐，并没有成见夹杂其中。蒋文恪先生当时是总裁官，看了诗说："诸位作画题诗放纵风流，倒是一段佳话。不过古人之间产生的嫌隙，大多起于开玩笑。干脆免去这些举动，以保护彼此的友谊。"大家都很钦佩他的这个看法。老成的人还是看得远一点啊。把我年轻时玩弄辞藻的过失记录在这儿，后来的年轻人可千万不要学这一套。

原文

翰林院堂不启中门，云启则掌院不利。癸巳，开四库全书馆，质郡王临视，司事者启之。俄而掌院刘文正公、觉罗奉公相继逝。又门前沙堤中，有土凝结成丸，侥或误碎，必损翰林。癸未[1]，雨水冲激，露其一，为儿童掷裂。吴云岩前辈旋殁。又原心亭之西南隅，翰林有父母者，不可设坐，坐则有刑克。陆耳山时为学士，毅然不信，竟丁外艰[2]。至左角门久闭不启，启则司事者有谴谪，无人敢试，不知果验否也。其余部院，亦各有禁忌。如礼部甬道屏门，旧不加搭渡。钱箨石前辈不听，旋有天坛灯杆之事者，亦往往有应。此必有理存焉，但莫详其理安在耳。

—●【字词注解】

①癸未：乾隆二十八年（1763年）。

②丁外艰：丧制名，同"丁父忧"，指遭受父亲去世，或祖父去世（父亲已经去世）。

—•【精彩解说】

据说翰林院正堂的中门从来不开，说开了就对掌院学士不利。乾隆三十八年，开《四库全书》馆，质郡王来视察，翰林院主管官打开了中门。不久掌院学士刘文正先生、觉罗奉公竟相继去世了。还有门前的沙堤中，有一种土凝结成的丸，假如不小心弄碎了，肯定有损于翰林。乾隆二十八年，由于雨水冲激，有一个小土丸露了出来，被小孩子摔裂了。不久，吴云岩前辈就去世了。原心亭的西南角，翰林中有父母在的，不能在那里坐，否则就会克父母。陆耳山当时是学士，竟然不信，结果父亲死了。那边还有个左角门，也久闭不开，打开的话翰林院主管官就要遭到贬谪，没人敢来试试，也不知是否应验。其他各部院，也都有禁忌。例如礼部甬道的屏门，过去不加搭渡。钱箨石前辈不信，后来他在天坛主持祭天仪式时，灯杆出了毛病，他险些因此获罪，这些禁忌往往都灵验。这里面肯定存在一定的道理，只是不知是什么道理罢了。

原文

神奸机巧，有时败也；多财恣横，亦有时败也。以神奸用其财，以多财济其奸，斯莫可究诘矣。景州李露园言：燕、齐间有富室失偶，见里人新妇而艳之。阻遣一媪，税屋与邻，百计游说，厚赂其舅姑，使以不孝出其妇，约勿使其子知。又别遣一媪与妇家素往来者，以厚赂游说其父母，伪送妇还。舅姑亦伪作悔意，留之饭，已呼妇入室矣。俄彼此语相侵，仍互诟，逐妇归，亦不使妇知。于是买休卖休，与母家同谋之事，俱无迹可寻矣。既而二媪诈为媒，与两家议婚。富室以惮其不孝辞，妇家又以贫富非偶辞，于是谋娶之计亦无迹可寻矣。迟之又久，复有亲友为作合，乃委禽①焉。其夫虽贫，然故士族，以迫于父母，无罪弃妇，已怏怏成疾，犹冀破镜再合；闻嫁有期，遂愤郁死。死而其魂为厉于富室。合卺之夕，灯下见形，挠乱不使同衾枕，如是者数夜。改卜其昼，妇又恚曰："岂有故夫在旁，而与新夫如是者？又岂有三日新妇，而白日闭门如是者？"大泣不从。无如之何，乃延术士劾治。术士登坛焚符，指挥叱咤，似有所睹，遽起谢去，曰："吾能驱邪魅，不能驱冤魄也。"延僧礼忏，亦无验。忽忆其人素颇孝，故出妇不敢阻。乃再赂妇之舅姑，使谕遣其子。舅姑虽痛子，然利其金，姑共来怒詈。鬼泣曰："父母见逐，无复住理，且讼诸地下耳。"从此遂绝。不半载，富室竟死。殆讼得直欤？富室是举，使邓思贤^②不能讼，使包龙图^③不能察。且恃其钱神，至能驱鬼，心计可谓巧矣，而卒不能逃幽冥之业镜。闻所费不下数千金，为欢无几，反以殒生。虽谓之至拙可也，巧安在哉！

—●【字词注解】

①委禽：指纳采。古代结婚礼仪中，在纳征之外，男方都要向女方送上雁作为贽礼，故称为委禽。

②邓思贤：宋代讼师，也代指宋代民间流传的诉讼书。邓思贤曾将自己多年的诉讼经验著成一书名《邓思贤》，成为"讼学"的代表人物之一。

③包龙图：即包拯，由于他曾任龙图阁直学士，故世称"包龙图"。

—●【精彩解说】

老奸巨猾、精于算计的人，也会有失算的时候；依仗财大气粗、横行霸道的人，也会有倒霉的那一天。但奸猾狡诈的人拥有钱财，又用钱财来帮助他行施奸计，这可就不大好追究了。景州人李露园说：在河北与山东交界处有个富户丧偶，看见本乡的一位新娘，便喜欢上了。他就偷偷地打发一个老妈子在新娘家旁边租了一间屋子住下，千方百计地怂恿新娘的公婆，并拿重金收买，以不孝的罪名休了儿媳，还约定不要让公婆的儿子知道。富户又打发另外一个和新娘家素有来往的老妈子，带着许多钱财游说新娘的父母，假装把女儿送回婆家。公婆也假装后悔，留亲家吃饭，已经允许新娘回来了。继而双方话不投机，以致互相吵骂，新娘又被赶了出来。新娘对这一切，一点儿内情都不知。于是双方关系破裂，富户和新娘的父母同谋之事，就连一点儿蛛丝马迹也找不到了。之后两个老妈子假装为新娘和富户议婚。富户以那位新娘不孝为由拒绝了，而新娘家也以贫富悬殊为由拒绝了。这样，富户策划谋娶那位新娘的奸计，没有一点儿破绽了。过了很长时间，又有亲友为两家说合，于是下聘礼定了亲。新娘的丈夫虽然贫困，但是士族出身，因被父母所迫，无缘无故地休了妻子，心中郁郁终于得病，但还期望破镜重圆；这回听说原妻已定下日子出嫁，终于悲愤而死。死后他的鬼魂便来到富户家作祟。在新婚之夜，丈夫在灯下显形捣乱，不让两人同床，这么闹了好几夜。富户要改在白天同床，新妇恼恨地说："哪有先夫在旁边，却和新郎干这种事的？又哪有过门三天的新媳妇，就大白天关起门来的？"她大哭不愿意。富户没有办法，只好请术士来镇治。术士登坛烧了符，指挥叱咤之中，好像看见了什么，便马上起身道歉而去，说："我能驱逐邪魅，但不能驱逐冤魂。"富户又请来和尚做道场，超度亡灵，也没有效果。富户突然想起死者生前极孝顺，所以他父母休儿媳时也不敢出来阻拦。于是再次贿赂他的父母，叫他们命令儿子离开。父母虽然心疼儿子，但禁不住金钱利诱，于是一起来骂儿子。鬼哭道："既然父母来赶我，我当然不能再住在这儿了，我要到地府里去告状。"从此鬼魂再也没有出现。不到半年，这个富户竟然死了。大概是告赢了吧？富户的这一套诡计，用《邓思贤》中的诉讼法也告不倒他，包公也难以洞察他的奸计。他依仗他的钱能通神、有钱能使鬼推磨，心计可真够机巧的了，但他最终却没能逃过阴间的业镜。听说他花费了大约几千两银子，快活了没多久，反而因此送了命。说他蠢到极点也是可以的，精明在哪儿呢！

原文

　　京师有张相公庙，其缘起无考，亦不知张相公为谁。土人或以为河神。然河神宜在沽水、潞县间，京师非所治也。又密云亦有张相公庙，是实山区，并非水国，不去河更远乎！委巷之谈，殊未足征信。余谓唐张守珪、张仲武皆曾镇平卢，考高适《燕歌行》序，是诗实为守珪作。一则曰："战士军前半死生，美人帐下犹歌舞。"再则曰："君不见边庭征战苦，至今犹忆李将军。"于守珪大有微词。仲武则摧破奚寇[①]，有捍御保障之功，其露布[②]今尚载《文苑英华》。以理推之，或士人立庙祀仲武，未可知也。行箧无书可检，俟扈从回銮后，当更考之。

　　①奚寇：奚，是隋唐时北方少数民族名，是东胡族的一支，南北朝时自号库莫奚，与契丹同是源出鲜卑宇文部的一支。寇，蔑称。

　　②露布：古代臣民上书于皇帝，不封缄的文书都称为"露布"，以区别于封缄的文书。

—●【精彩解说】

　　京城有座张相公庙，它的缘起已无从考查，也不知张相公是什么人物。当地人认为张相公可能是河神。但是河神庙应该在沽河、潮县一带，京城不是河神管辖的地方。密云也有一座张相公庙，但那儿是山区，不是水乡，不是离河更远了吗？这些猜测之说，实在不可信。我倒认为，唐代张守珪、张仲武，都曾镇守平卢，据高适的《燕歌行》序来看，这首诗实际上是为张守珪而写。其中写道："战士军前半死生，美人帐下犹歌舞。"又说："君不见边庭征战苦，至今犹忆李将军。"这首诗对张守珪很不满。张仲武则战胜了奚寇，有捍卫国家保证边境安定的功劳，他的捷报依然载在《文苑英华》之中。由此推断，也许是当地人建庙祭祀张仲武的，也未可知。因我随身携带的箱子里没有书籍可以查证，等我随从圣驾回京后，再详加考证吧。

拓展阅读

　　颜杲卿　字昕，京兆万年（今陕西西安）人。他曾任范阳户曹参军，是安禄山的部下。安史之乱爆发后，他和儿子颜季明率义军固守常山（今河北正定），他的堂弟颜真卿守平原（今属山东）。颜杲卿诱杀了安禄山的部将李钦凑，叛军开始攻打常山。节度使王承业不肯出兵援救，常山很快被攻破，颜杲卿不肯投降并大骂安禄山，被残忍杀害。

　　张巡　蒲州河东（今山西永济）人，一说河南南阳人。开元末年进士，安史之乱时担任真源（今河南鹿邑）县令。当时很多太守、县令望风投降叛军，张巡愤然组织义军，先后在雍丘（今河南杞县）、宁陵击退了叛军的进攻。叛军将领尹子奇率十三万大军攻打睢阳，张巡到睢阳协助太守许远守城。张巡凭借杰出的军事才能，让叛军损失惨重。叛军改变策略，围困睢阳，张巡派很多人四处求援，却无人出兵救援睢阳。城中粮草很快用尽，人相食，但始终不肯开城投降，就这样坚守了十个月。城破后，张巡、许远两位文士以及雷万春、南霁云等守城将士不肯降敌，全都壮烈殉国。张巡等人坚守睢阳，使得叛军不敢进取江淮等地，为大唐江山的保全做出了巨大的贡献。

卷二十一　滦阳续录三

〔题解〕

　　本卷中，狐鬼故事依然是主体，纪昀认为人类可以用勇气和信念战胜狐鬼。在求仙以致残疾、扶乩者遇到冒牌李白这两个故事中，纪昀表达出了对鬼神之说的质疑之意，但由于他思想的局限性，又将结果引入有神论的误区，令人惋惜。

原文

　　德州李秋崖言：尝与数友赴济南秋试，宿旅舍中，屋颇敝陋。而旁一院，屋二楹，稍整洁，乃锁闭之。怪主人不以留客，将待富贵者居耶？主人曰："是屋有魅，不知其狐与鬼，久无人居，故稍洁。非敢择客也。"一友强使开之，展襆被①独卧，临睡大言曰："是男魅耶，吾与尔角力；是女魅耶，尔与吾荐枕②。勿瑟缩不出也。"闭户灭烛，殊无他异。人定③后，闻窗外小语曰："荐枕者来矣。"方欲起视，突一巨物压身上，重若磐石，几不可胜。扪之，长毛鬖鬖④，喘如牛吼。此友素多力，因抱持搏击。此物亦多力，牵拽起仆，滚室中几遍。诸友闻声往视，门闭不得入，但听其砰訇而已。约二三刻许，魅要害中拳，噭然遁。此友开户出，见众人环立，指天画地，说顷时状，意殊自得也。时甫交三鼓，仍各归寝。此友将睡未睡，闻窗外又小语曰："荐枕者真来矣。顷欲相就，家兄急欲先争力，因尔唐突。今渠已愧沮不敢出，妾敬来寻盟⑤也。"语讫，已至榻前，探手抚其面，指纤如春葱，滑泽如玉，脂香粉气，馥馥袭人。心知其意不良，爱其柔媚，且共寝以观其变。遂引之入衾，备极缱绻。至欢畅极时，忽觉此女腹中气一吸，即心神恍惚，百脉沸涌，昏昏然竟不知人。比晓，门不启，呼之不应，急与主人破窗入，噀水喷之，乃醒，已儚然如病夫。送归其家，医药半载，乃杖而行。自此豪气都尽，无复轩昂意兴矣。力能胜强暴，而不能不败于妖冶。欧阳公⑥曰："祸患常生于忽微，智勇多困于所溺。"岂不然哉？

【字词注解】

①襆（fú）被：铺盖卷，多专指被子。

②荐枕：指侍寝。

③人定：古代十二个时辰之一，大约是现在的21时—23时。

④鬖（sān）鬖：头发下垂的样子。

⑤寻盟：重温旧盟。

⑥欧阳公：即北宋文学家欧阳修。

【精彩解说】

德州人李秋崖说：他曾经跟几个朋友一起到济南参加秋试，借宿在旅馆中，房间非常衰败、简陋。而旁边的院子中有两间屋子，看起来稍微整洁一些，但房门却紧锁着。他们责怪店主人不用这两间房子招待客人，质问他是不是留给有钱人的？店主人说："这两间房子有鬼魅，不知道是狐狸还是鬼，很久没人住，所以才显得整洁一些。我们不敢挑拣客人。"一个朋友强令店主人打开，展开被子独自躺下，临睡前说起大话："如果你是男魅，我就和你角力；如果你是女魅，我就来陪你睡觉。不要躲着不出来。"他关门吹了灯，也没发生什么异常。到了夜深人静之时，听见窗外小声说："陪你睡觉的来了。"他刚要起来看，突然一个巨大的东西压在他身上，重如磐石，压得他几乎受不了。用手一摸，满身披挂着长长的毛，喘气声像牛吼。这人力气大，便和怪物搏斗起来。这怪物也很有力气，双方撕扯滚打，几乎把屋中折腾了个遍。另外几个朋友听见了声音来看，但门插着进不去，只听见屋里砰啪乱响。约莫过了两三刻钟，怪物的要害部位挨了一拳，叫了一声跑了。这人打开门出来，看见大家围了一圈，便比比划划诉说刚才的情况，好像很得意。这时刚交三鼓，大家又都回去睡了。这人睡眼蒙眬中，听见窗外又小声说："陪睡觉的真来了。刚才要来陪你，家兄急着要和你角力，因而冒犯了你。现在他已经垂头丧气不敢来了，妾恭敬地来满足你的要求。"说完，一个女人已到了床前，伸手抚摸这人的脸，女人的手指纤细如春笋，滑润如玉脂，香粉气息馥郁袭人。这人心里知道这女人居心不良，但喜欢她的柔媚，便打算暂且与她同床，看她有什么变异。于是把她让进被窝，彼此亲热，极尽缠绵。到了极欢畅时，忽地觉得女人肚里的气一吸，他便心神恍惚，全身脉络沸涌，不一会儿昏昏沉沉地不省人事了。天亮后，他的门没开，叫也不应声，朋友们急忙和店家破窗而入，用水把他喷醒，人却已虚弱得像个病夫了。把他送回家，医治了半年，他才能勉强拄着拐杖走动。从此他完全丧失了昔日的豪气，不再有那种雄赳赳的气概了。他的勇力可以战胜强暴，但不免败于妖冶之下。欧阳修说："祸患常生于忽微，智勇多困于所溺。"（祸患常发生于细微的小事中，智勇之人的失败往往因为玩物丧志不能自拔）难道不是这样吗？

原文

　　余家水明楼与外祖张氏家度帆楼，皆俯临卫河。一日，正乙真人舟泊度帆楼下。先祖母与先母，姑侄也，适同归宁。闻真人能役鬼神，共登楼自窗隙窥视。见三人跪岸上，若陈诉者；俄见真人若持笔判断者。度必邪魅事，遣仆侦之。仆还报曰：对岸即青县境。青县有三村妇，因拾麦，俱僵于野。以为中暑，舁之归。乃口俱喃喃作谵语，至今不死不生，知为邪魅。闻天师舟至，并来陈述。天师亦莫省何怪，为书一符，钤印其上，使持归焚于拾麦处，云姑召神将勘之。数日后，喧传三妇为鬼所劫，天师劾治得复生。久之，乃得其详曰：三妇魂为众鬼摄去，拥至空林，欲迭为无礼。一妇俯首先受污。一妇初撑拒，鬼揶揄曰："某日某地，汝与某幽会秫丛内。我辈环视嬉笑，汝不知耳，遽诈为贞妇耶！"妇猝为所中，无可置辩，亦受污。十余鬼以次媟亵①，狼藉困顿，殆不可支。次牵拽一妇，妇怒詈曰："我未曾作无耻事。为汝辈所挟，妖鬼何敢尔！"举手批其颊。其鬼奔仆数步外，众鬼亦皆辟易，相顾②曰："是有正气，不可近，误取之矣。"乃共拥二妇入深林，而弃此妇于田塍，遥语曰："勿相怨，稍迟遣阿姥送汝归。"正旁皇寻路，忽一神持戟自天下，直入林中。即闻呼号乞命声，顷刻而寂。神携二妇出曰："鬼尽诛矣。汝等随我返。"恍惚如梦，已回生矣。往询二妇，皆呻吟不能起。其一本倚市门，叹息而已；其一度此妇必泄其语，数日，移家去。余常疑妇烈如是，鬼安敢摄。先兄晴湖曰："是本一庸人妇，未遭③患难，无从见其烈也。迨观两妇之贱辱，义愤一激，烈心陡发，刚直之气，鬼遂不得不避之。故初误触而终不敢干也。夫何疑焉！"

●【字词注解】

①媟亵：轻薄，猥亵。

②相顾：互相看。顾，看视，瞭望。

③遭：遭遇。

●【精彩解说】

　　我家的水明楼和外祖父张氏家的度帆楼都高高地建在卫河边。有一天，正乙真人的船泊在度帆楼下。先祖母和先母两人是姑侄，恰好一起回娘家。听说真人能驱神役鬼，她们便一起上楼从窗缝里偷看。只见有三个人跪在岸上，好像陈述什么；接着看见真人拿着笔好像在画什么。估计肯定是邪魅的事，便打发仆人去打探。仆人回来报告说：对岸就是青县境内。青县有三个妇女去拾麦子，都昏倒在地里。以为是中暑，便都被抬了回来。这三个人嘴里喃喃地说着胡话，至今还半死不活的，这才知道是中了邪魅。听说天师来了，家人们便一起来陈述。天师也不知道是何怪，便给他们写了一道符，在上面盖了印，叫他们拿回去，在拾麦子的地方烧化，说是先召神将来查查。几天之后，人们纷纷传说三个妇女被鬼劫持，经天师镇治，又活了过来。几日后，才了解到详情是这样的：三个妇女的魂被鬼们摄去，推拥到一片树林里，要挨个玷辱。一个妇女老老实实地先被污辱了。又一个妇女起初还挣持，鬼嘲弄道："某天在某地，你和某某在高粱地里幽会。我们看着你们嬉笑，只是你不知道而已，这会儿又装起贞妇来了！"这个妇女一下被揭了底，无话可说，也被污辱了。十多个鬼依次污辱这两个妇女，把她们折磨得死去活来，快要不行了。接着，那群鬼又来拉扯最后一个妇女，这个妇女怒骂道："我从来没做无耻的事。却被你们挟持来，妖鬼怎敢如此无礼！"抬手打了鬼一记耳光。那鬼被打得退了好几步倒下了，其他的鬼也都被吓退了，互相看了看，说："这人有正气，不能靠近。怪我们找错了人。"于是一起拥着另外两个妇女进了林中，把这个妇女扔在田埂上，众鬼远远地说："别怨我们，过会儿打发阿姥送你回去。"她正彷徨着找回去的路，忽然有一个神拿着戟从天而降，直入深林中。随即她便听见呼叫哀求饶命的声音，不一会儿，哀叫声消失了。神把那两个妇女领了出来，说："鬼都被消灭了。你们随着我回去吧。"恍恍惚惚像是做了一场梦，三人又都醒了过来。人们去看望另外两个妇女，她俩都呻吟着起不来床。其中一个妇女本来是卖淫的，只有叹气罢了；另一个妇女估计未受辱的那个妇女肯定要把鬼揭露她幽会的话传出去，过了几天，她便搬家走了。我曾质疑，没受辱的那个妇女那样刚烈，鬼怎敢摄她的魂。先兄晴湖说："她本来是一个平常人的妻子，没经过什么灾难，也就无从发现她的刚烈。待她看到另外两位妇女受辱，激于义愤，刚烈之气陡然冲起，鬼于是不得不避开她了。因此鬼在起初误犯了她，最后还是不敢招惹她。这有什么可质疑的！"

原文

　　刘书台言：其乡有导引求仙者，坐而运气，致手足拘挛，然行之不辍。有闻其说而悦之者，礼为师，日从受法，久之亦手足拘挛。妻孥患其闲废至郁结，乃各制一椅，恒舁于一室，使对谈丹决。二人促膝共语，寒暑无间，恒以为神仙奥妙，天下惟尔知我知，无第三人能解也。人或窃笑。二人闻之，太息曰："朝菌不知晦朔，蟪蛄不知春秋①。信哉是言，神仙岂以形骸论乎！"至死不悔，犹嘱子孙秘藏其书，待五百年后有缘者。或曰："是有道之士，托废疾以自晦也。"余于杂书稍涉猎，独未一阅丹经。然欤否欤？非门外人所知矣。

—•【字词注解】

　　①朝菌不知晦朔，蟪蛄不知春秋：出自《庄子·逍遥游》，比喻生命短促或见识短浅。朝菌，指朝生暮死的菌类植物，借喻生命极为短暂；蟪蛄，又称寒蝉。

—•【精彩解说】

　　刘书台说：他的乡里有个人练导引术，以求成仙，他坐在那里只顾运气，以致手足痉挛，但仍修炼不停。另外一人听了这人的事很感兴趣，便拜这人为师，天天跟他修炼，时间一久，手脚也痉挛起来。两人的妻子儿女们担心他们这么闲待下去会酿成大病，便各做了一把椅子，常把这两人抬到一个屋里，叫他们相对谈论炼丹的秘诀。两人促膝交谈，不管寒暑从没停止过，常认为神仙的奥妙，这世上只有他们两人知道，没有第三个人能领会。有人在背后讥笑他们，这两人听了，叹息道："朝菌不知道有晦朔，蟪蛄不知道有春天或秋天。这话真对，神仙怎么能只看外形呢？"这两人直到死也不悔悟，还嘱咐子孙好好地保存他们的书，等待五百年后有缘分的人。也有人说："这两人是有道之士，假装残疾来隐藏自己的真面目。"我读了不少杂书，只是没有读过《丹经》之类的书。那么上述说法是对还是错呢？不是我这门外汉所能知道的了。

原文

程编修鱼门言：有士人与狐女狎，初相遇即不自讳，曰："非以采补祸君，亦不欲托词有夙缘，特悦君美秀，意不自持耳。然一见即恋恋不能去，悦亦夙缘耶？"不数数至，曰："恐君以耽色致疾也。"至或遇其读书作文，则去，曰："恐妨君正务也。"如是近十年，情若夫妇。士子久无子，尝戏问曰："能为我诞育否耶？"曰："是不可知也。夫胎者，两精相抟，翕合①而成者也。媾合之际，阳精至而阴精不至，阴精至而阳精不至，皆不能成。皆至矣，时有先后，则先至者气散不摄，亦不能成。不先不后，两精并至，阳先冲而阴包之，则阳居中为主而成男；阴先冲而阳包之，则阴居中为主而成女。此化生自然之妙，非人力所能为。故有一合即成者，有千百合而终不成者。故曰不可知也。"问："孪生何也？"曰："两气并盛，遇而相冲，正冲则歧而二，偏冲则其一阳多而阴少，阳即包阴；其一阴多而阳少，阴即包阳。故二男二女者多，亦或一男一女也。"问："精必欢畅而后至。幼女新婚，畏缩不暇，乃有一合而成者，阴精何以至耶？"曰："燕尔之际，两心同悦，或先难而后易，或貌瘁而神怡。其情既洽，其精亦至，故或偶一遇之也。"问："既由精合，必成于月信落红以后，何也？"曰："精如谷种，血如土膏，旧血败气，新血生气，乘生气乃可养胎也。吾曾侍仙妃，窃闻讲生化之源，故粗知其概。'愚夫妇所知能，圣人有所不知能'，此之谓矣。"后士人年过三十，须暴长。

狐忽叹曰：“是鬑鬑②者如芒刺，人何以堪！见辄生畏，岂夙缘尽耶？”初谓其戏语，后竟不再来。鱼门多髯，任子田因其纳姬，说此事以戏之。鱼门素闻此事，亦为失笑。既而曰：“此狐实大有词辩，君言之未详。”遂具述其论如右。以其颇有理致，因追忆而录存之。

─●【字词注解】

①翕合：和合，和谐一致。
②鬑（lián）鬑：须发长的样子。

─●【精彩解说】

编修程鱼门说：有位士子和狐女亲热，初次见面，狐女便直言不讳地对他说：“我不是为采补精气而去害你，也不想假装你我有缘，我只是喜欢你的秀美，情不自禁。我一见你就依依不舍，莫非你我真的有缘分？”狐女不常来，说：“怕你沉溺于美色之中而得病。”有的时候来看见士子正在读书或写文章，就离去了，说：“恐怕妨碍你的正事。”这么来往了近十年，两人感情投合得像夫妻。士子结婚好久没有儿子，便和狐女开玩笑说：“你能给我生个儿子吗？”狐女说：“这我可说不定。胎是双方精气相遇结合而成的。男女交合的时候，阳精到了而阴精没有到，或者阴精到了而阳精没有到，都不能成胎。两精都到了，但如果有先有后，则先到的精气涣散无力，也不能成胎。不前不后，双方精气同时到来，阳精先行冲击而阴精包裹在外面，那么阳精就居中为主而成男胎；阴精先行冲击而阳精包裹在外面，则阴精居中为主而成女胎。这是大自然化育万物的规律，不是人力所能控制的。所以有的一交合便成胎，有的交合千百次而始终不成胎。所以我说这可说不定。”士子问：“那双胞胎是怎么回事？”狐女说：“双方精气同样旺盛，相遇后彼此冲击，正面冲击就一分为二。侧面冲击，一种情况是阳精多而阴精少，那么阳精就包裹阴精；一种情况是阴精多而阳精少，那么阴精就包裹阳精。所以双胞胎往往是两男或两女，也有一男一女的情况。”士子问：“精气只能在欢畅时来到。少女新婚，只顾又怕又羞了，有的却相交一次就受孕，那么阴精为何能来呢？”狐女说：“新婚之夜，两人相悦，或者开始时难为情，后来便不羞了；或者表面畏缩而心中高兴。感情既然融洽了，精气也就来了，所以偶然也有一次便受孕的。"士子问："既然两精相合而成胎，却又说在女子月经之后才能成胎，这是为什么？"狐女说："精气像谷种，血好像土壤，旧血消耗精气，新血产生精气，趁着血产生精气时便可以养胎。我曾侍奉仙妃，偷听过她讲生育的源起，所以了解个大概情况。'普通夫妇能了解的事，圣人却不大了解'，说的可能就是这种情况吧。"后来士子年过三十，胡须猛长。狐女叹道："这满脸的胡子像芒刺，人怎么能受得了！见了让人害怕，难道和他的缘分尽了？"士人开始还以为她是开玩笑，后来狐女竟然真的不再来了。程鱼门的胡须很重，任子田因为他纳妾，便讲这个故事和他开玩笑。程鱼门听了这个故事，也笑了起来。之后他说："这狐女实在很健谈，你讲得还不详细。"于是讲了上述的内容。因为讲得很有道理，所以我凭记忆把它记录了下来。

原文

　　《吕览》①称黎丘之鬼，善幻人形。是诚有之。余在乌鲁木齐，军吏巴哈布曰：甘肃有杜翁者，饶于赀。所居故旷野，相近多狐貉穴。翁恶其夜中嗥呼，悉薰而驱之。俄而，其家人见内室坐一翁，厅事又坐一翁，凡行坐之处，又处处有一翁来往，殆不下十余。形状声音衣服如一，摒挡指挥家事，亦复如一。阖门大扰，妻妾皆闭门自守。妾言翁腰有绣囊可辨，视之无有，盖先盗之矣。有教之者曰："至夜必入寝，不纳即返者翁也。坚欲入者即妖也。"已而皆不纳即返。又有教之者曰："使坐于厅事，而异器物以过，诈仆碎之。嗟惜怒叱者翁也，漠然者即妖也。"已而皆嗟惜怒叱。喧呹一昼夜，无如之何。有一妓，翁所昵也，十日恒三四宿其家。闻之，诣门曰："妖有党羽，凡可以言传者必先知，凡可以物验者必幻化。盍使至我家，我故乐籍，无所顾惜。使壮士执巨斧立榻旁，我裸而登榻，以次交接，其间反侧曲伸，疾徐进退，与夫抚摩偎倚，口舌所不能传，耳目所不能到者，纤芥②异同，我自意会，虽翁不自知，妖决不能知也。我呼曰：'斫！'即速斫，妖必败矣。"众从其言，一翁启衾甫入，妓呼曰："斫！"斧落，果一狐脑裂死。再一翁稍趑趄，妓呼曰："斫！"果惊窜去。至第三翁，妓抱而喜曰："真翁在此，余并杀之可也。"刀杖并举，殪其大半，皆狐与貛也。其逃者遂不复再至。禽兽夜鸣，何与人事？此翁必扫其穴，其扰实自取。狐獾既解化形，何难见翁陈诉，求免播迁？遽逞妖惑，其死亦自取也。计其智数，盖均出此妓下矣。

——●【字词注解】

①《吕览》：指《吕氏春秋》。
②芥：原指小草，此处指细微的事物。

——●【精彩解说】

《吕氏春秋》一书中说黎丘的鬼善于变幻人形。真的有这种事。我在乌鲁木齐时，有个叫巴哈布的军吏说：甘肃有个姓杜的老翁，家里很富裕。他的家在旷野中，周围有很多狐狸、獾子洞。杜翁不喜欢它们整夜嚎叫，便把它们都薰跑了。不久，他的家人看见里屋坐了一个杜翁，厅外又坐了一个杜翁，只要是走动坐卧之处，处处都有一个杜翁来往，几乎有十多个。这些杜翁的相貌、声音、服饰都一样，管理指示家事也都一样。全家被搅得一塌糊涂，妻妾们都闭门自守。妾说，杜翁腰上有个绣囊，可以用来辨认人。仔细一观察，杜翁们都无绣囊，大概事先已被盗去了。有人教她们："到了夜里，杜翁肯定要回来睡觉，不让进屋转头就走的，是杜翁。坚决要进屋的就是妖。"结果晚上杜翁们一见不让进屋都退到了门外。又有人给她们出主意说："让这些杜翁坐在客厅，让人抬东西从他们跟前经过，假装跌倒打碎东西，叹气、可惜、怒骂的是杜翁，一脸漠然的就是妖怪。"结果杜翁们都叹气、可惜、怒骂。喧闹了一昼夜，还是无计可施。有一个妓女，为杜翁宠爱，十天之中常常有三四天住在她那儿。她听说了这事，上门说："这些妖怪有同伙，凡是可以言传的，它们肯定先知道；凡是可以通过物品加以验证的，它们肯定会幻化出来。不如叫真假杜翁们都到我家，我是个妓女，没什么可顾惜的。可以叫一个壮士拿着大斧站在床边，我赤裸着在床上，和这些真假杜翁们挨个亲热。这中间，比如翻身屈伸、快慢进退以及抚摩依偎等语言所不能传达、耳目所不能听到看到的细微的差异，我都能感觉到，但这些差别杜翁自己不知道，妖怪也绝不会知道。我叫：'砍！'便赶紧砍，妖怪就完蛋了。"人们依了她。一个杜翁掀开被刚要上床，妓女喊："砍！"大斧砍下来，果然是一只狐狸，被砍裂脑袋后死了。第二个杜翁，稍稍有些迟疑，妓女喊："砍！"这个假杜翁果然惊窜而去。到了第三个杜翁，妓女搂着他高兴地说："这是真的杜翁，其余的杜翁可都杀掉。"于是人们刀杖齐举，把假杜翁打死了大半，原来都是狐狸、獾子变的。那些逃跑了的也再没回来。野兽在夜里叫，碍人什么事？这杜翁却要去扫荡它们的洞穴，他被搅扰实际是自找的。狐狸、獾子既然会变形，找杜翁陈述，请求别让它们搬走又有什么难的？却非要兴妖作怪，被打死也是自找的。如果说起计谋来，全都在这个妓女之下。

原文

乾隆壬午九月，门人吴惠叔邀一扶乩者至，降仙于余绿意轩中。下坛诗曰："沉香亭畔艳阳天，斗酒曾题诗百篇。二八娇娆①亲捧砚，至今身带御炉烟。""满城风叶蓟门秋，五百年前感旧游。偶与蓬莱仙子遇，相携便上酒家楼。"余曰："然则青莲居士耶？"批曰："然。"赵春涧突起问曰："大仙斗酒百篇，似不在沉香亭上。杨贵妃②马嵬③陨玉，年已三十有八，似尔时不止十六岁。大仙平生足迹，未至渔阳，何以忽感旧游？天宝至今，亦不止五百年。何以大仙误记？"乩惟批"我醉欲眠"四字。再叩之，不动矣。大抵乩仙多灵鬼所托，然尚实有所凭附。此扶乩者，则似粗解吟咏之人，炼手法而为之，故必此人与一人共扶，乃能成字，易一人则不能书。其诗亦皆流连光景，处处可用。知决非古人降坛也。尔日猝为春涧所中，窘迫之状可掬。后偶与戴庶常东原④谈及，东原骇曰："尝见别一扶乩人，太白降坛，亦是此二诗，但改满城为满林，蓟门为大江耳。"知江湖游士，自有此种稿本，转相授受，固不足深诘矣。

---•【字词注解】

①娇娆：妩媚动人。

②杨贵妃：古代四大美女之一，唐玄宗的宠妃。

③马嵬：位于今陕西兴平西，地处关中腹地。

④戴庶常东原：指清代考据学家、思想家戴震，字东原，休宁隆阜（今安徽黄山）人。

　　乾隆二十七年（1762年）九月，门生吴惠叔请来一个扶乩的，在我家绿意轩里请仙。大仙的下坛诗是这样说的："沉香亭畔艳阳天，斗酒曾题诗百篇。二八娇娆亲捧砚，至今身带御炉烟。""满城风叶蓟门秋，五百年前感旧游。偶与蓬莱仙子遇，相携便上酒家楼。"我说："看来是青莲居士了？"坛上批道："是。"赵春涧突然起来问："大仙斗酒诗百篇，好像不是在沉香亭上。杨贵妃在马嵬死时已三十八岁，给你捧砚时好像不止十六岁。大仙一生中没到过渔阳，为何忽然感慨旧游？天宝年间到现在，也不止五百年。大仙怎会记错了？"坛上只批了"我醉欲眠"四个字。再问，就不动了。一般来说，乩仙大多是灵鬼假冒的，不过即便假冒，也有所凭附。而这个扶乩人就像是粗知吟诗作诗的人，然后练了扶乩的手法来请仙，所以必须这个人和另外一个人共扶，才能写出字来，换一个人就写不出来了。像这种诗都是流连风景，到哪里都用得上。可见，这绝不是古人降到坛上。那天扶乩人被赵春涧一顿紧逼，那窘迫的样子真是好笑。后来偶然和庶吉士戴东原说到这事，戴东原吃惊地说："我曾见过另外一个扶乩的，李白的降坛诗也是这两首诗。只是把'满城'换作'满林'，'蓟门'改为'大江'而已。"由此可知，江湖术士自然有这种稿本，互相传授，所以不能深问。

原文

　　田丈耕野，统兵驻巴尔库尔时，军士凿井得一镜，制作精妙。铭字非隶非八分，似景龙①钟铭；惟土蚀多剥损。田丈甚宝惜之，常以自随。殁于广西戎幕时，以授余姊婿田香谷。传至香谷之孙，忽失所在。后有亲串戈氏于市上得之，以还田氏。昨岁欲制为镜屏，寄京师乞余考定。余付翁检讨树培，推寻铭文，知为唐物。余为镌其释文于屏跗，而题三诗于屏背曰："曾逐毡车出玉门，中唐铭字半犹存。几回反复分明看，恐有崇徽②旧手痕。""黄鹄无由返故乡，空留鸾镜③没沙场。谁知土蚀千年后，又照将军鬓上霜。""暂别仍归旧主人，居然宝剑会延津。何如揩尽珍珠粉，满匣龙吟送紫珍。"香谷孙自有题识，亦镌屏背，叙其始末甚详。《夜灯随录》载威信公岳公钟琪④西征时，有裨将得古镜。岳公求之不得，其人遂遭祸。正与田丈同时同地，疑即此镜传讹也。

━●【字词注解】

①景龙：唐中宗李显的年号（707—710年）。

②崇徽：贵重的标记。

③鸾镜：指装饰有鸾鸟图案的梳妆镜。鸾鸟，古代传说中的神鸟。后人在诗中多以鸾镜表示临镜而生悲。

④岳公钟琪：清康熙年间的川陕总督岳钟琪。

━●【精彩解说】

田耕野先生统兵驻扎在巴尔库尔的时候，军士们打井挖出了一面镜子，制作得非常精妙。镜子上面的铭文不是楷书，也不是隶书，好像是唐代景龙年间的钟铭字体；由于被湿气所侵，好多地方都已锈蚀。田先生极爱惜这个镜子，常带在身边。后来他死在广西军府中，临终前把镜子给了我的姐夫田香谷。传到田香谷的孙子，这面镜子竟不知哪里去了。后来亲戚戈某在市上买到这面镜子，还给了田家。去年，田家要把古镜制成镜屏，寄来京城，请我加以考定。我交给检讨官翁树培，考证上面的铭文，才知是唐代的遗物。我把注释刻在镜屏的下角，并在屏背题写了三首诗道："曾逐毡车出玉门，中唐铭字半犹存。几回反复分明看，恐有崇徽旧手痕。""黄鹄无由返故乡，空留鸾镜没沙场。谁知土蚀千年后，又照将军鬓上霜。""暂别仍归旧主人，居然宝剑会延津。何如揩尽珍珠粉，满匣龙吟送紫珍。"香谷的孙子也有题记，刻在屏背上，详细讲述这块古镜的始末情况。《夜灯随录》中载威信公岳钟琪西征时，有位偏将得到一个古镜。岳公想要，但没有得到，这偏将很快便遭祸。这事发生的时间、地点和田耕野得镜的时间、地点相同，所以估计可能是田先生得镜故事的讹传。

原文

先姚安公曰："子弟读书之余，亦当使略知家事，略知世事，而后可以治家，可以涉世。明之季年，道学弥尊，科甲弥重。于是黠者坐讲心学，以攀援声气；朴者株守课册，以求取功名。致读书之人，十无二三能解事。崇祯壬午，厚斋公携家居河间，避孟村土寇。厚斋公卒后，闻大兵将至河间，又拟乡居。濒行时，比邻一叟顾门神叹曰：'使今日有一人如尉迟敬德①、秦琼②，当不至此。'汝两曾伯祖，一讳景星，一讳景辰，皆名诸生也。方在门外束襆被，闻之，与辩曰：'此神荼、郁垒③像，非尉迟敬德、秦琼也。'叟不服，检丘处机《西游记》为证。二公谓委巷小说不足据，又入室取东方朔《神异经》与争。时已薄暮，检寻既移时，反复讲论又移时，城门已阖，遂不能出。次日将行，而大兵已合围矣。城破，遂全家遇难。惟汝曾祖光禄公、曾伯祖镇番公及叔祖云台公存耳。死生呼吸，间不容发之时，尚考证古书之真伪，岂非惟知读书不预外事之故哉？"姚安公此论，余初作各种笔记，皆未敢载，为涉及两曾伯祖也。今再思之，书痴尚非不佳事，古来大儒似此者不一，因补书于此。

●【字词注解】

①尉迟敬德：唐代名将尉迟恭，被后人视作门神。

②秦琼：唐代名将秦琼，被后人视作门神。

③神荼、郁垒：二神名，都是门神。

●【精彩解说】

先父姚安公曾说："子弟们读书之外的业余时间，也应该叫他们知道些家事、世事，以后他们才能治家，才能经历世事。明末，道学的地位高，科考更被看重。于是那些机灵的人就去研究心学，想借此攀附有声望的人；老实的人便死钻经书，希望将来能考取功名。以致那些读书人能学以致用的不足十分之二三。崇祯十五年，厚斋公带着全家住在河间府，以躲避孟村的土匪。厚斋公去世后，听说大兵将到河间，全家人又准备躲到乡下。临走时，邻居一老人看着门神叹道：'如果今天有一个像尉迟敬德、秦叔宝的人，也不会到这地步。'你们的两位曾伯祖，一个叫景星，一个叫景辰，都是名诸生。两人正在外面打点行装，听了这话，便争辩说：'这是神荼、郁垒像，不是尉迟敬德和秦琼。'老人不服，以丘处机的《西游记》为证。这两祖说那种街谈巷议的小说不足为证，那老人又拿来东方朔的《神异经》为证。当时已近黄昏，去查找书籍浪费了不少时间，反复争辩又用去很长时间，后来城门关闭，出不去了。第二天要走，大兵已包围了河间城。城陷以后，全家都遇难了。只有你曾祖光禄公、曾伯祖镇番公及叔祖云台公活了下来。在生死存亡之际，间不容发，还在考证古书的真假，这难道不是只知读书而不闻外面事情的缘故吗？"姚安公讲的这段往事，在我初期写的各种笔记中都没敢记录进去，因为涉及两位曾伯祖。如今又一想，书呆子也不能说他们就不好，自古以来像这样只会读书的大儒不止一位，因而补记于此。

拓展阅读

杨贵妃　小字玉环，出自官宦世家，童年在四川度过。十五岁时，她成为唐玄宗第十八子寿王李瑁的妃子。三年后，唐玄宗听说寿王妃美貌绝伦，就将她招进宫中。杨玉环聪明过人，又精通音律，与唐玄宗情投意合。过了两年，为了掩人耳目，唐玄宗让杨玉环出家当了道士，道号"太真"，断绝了她与寿王的关系，又给寿王娶了新的王妃。接着，正式将杨玉环接入宫中，几年后封她为贵妃，宠幸备至，她的三个姐姐都得到无数赏赐，奢华无以复加。杨贵妃的堂兄杨钊也平步青云，得唐玄宗赐名杨国忠，身兼十余职，最终当上了宰相。公元755年，安史之乱爆发，唐玄宗仓皇逃往蜀中，途经马嵬驿时，禁军发动兵变，杀死了杨国忠，并要求唐玄宗杀死杨贵妃。唐玄宗无奈，让近侍高力士缢死了她。她死时年仅三十八岁。杨贵妃被封建文人视为安史之乱的罪魁祸首，但民间却对她非常同情，将她与西施、王昭君、貂蝉并列为"四大美人"。

丘处机　字通密，栖霞人，十九岁时出家，拜道教全真派创始人王重阳为师，道号长春子。王重阳去世后，马钰、谭处端、刘处玄和丘处机相继任掌教，使全真派的影响日益扩大。成吉思汗听说丘处机善于养生，派使者邀请他与自己见面。七十三岁的丘处机决定赴约，他行程一万多里，历时两年，终于在今天的阿富汗境内见到了成吉思汗。成吉思汗将他视为神仙，向他讨论治国与养生之道，丘处机则尽力向成吉思汗宣传"去暴止杀"。再次回到山东后，丘处机被成吉思汗委任为掌管天下道教的国师。丘处机的弟子李志常将一路的见闻写成《长春真人西游记》，是重要的历史资料。

卷二十二　滦阳续录四

〔题解〕

本卷继续借狐鬼之类对人类进行讽喻。在纪昀眼中，狐仙和鬼并非一味害人，而人性之恶有时还会甚于狐鬼。纪昀借这些故事，劝人们弃恶从善，否则就会连狐鬼都不如了。

原文

刘香畹言：有老儒宿于亲串家，俄主人之婿至，无赖子也。彼此气味不相入，皆不愿同住一屋，乃移老儒于别室。其婿睨①之而笑，莫喻其故也。室亦雅洁，笔砚书籍皆具。老儒于灯下写书寄家，忽一女子立灯下，色不甚丽，而风致颇娴雅。老儒知其为鬼，然殊不畏，举手指灯曰："既来此，不可闲立，可剪烛②。"女人遽灭其灯，逼而对立。老儒怒，急以手摩砚上墨沈，捆其面而涂之，曰："以此为识，明日寻汝尸，剒而焚之！"鬼"呀"然一声去。次日，以告主人。主人曰："原有婢死于此室，夜每出扰人；故惟白昼与客坐，夜无人宿。昨无地安置君，揣君耆德③硕学，鬼必不出。不虞其仍现形也。"乃悟其婿窃笑之故。此鬼多以月下行院中，后家人或有偶遇者，即掩面急走。他日留心伺之，面上仍墨污狼藉。鬼有形无质，不知何以能受色？当仍是有质之物，久成精魅，借婢幻形耳。《酉阳杂俎》曰："郭元振尝山居，中夜，有人面如盘，瞋目④出于灯下。元振染翰题其颊曰：'久成人偏老，长征马不肥。'其物遂灭。后随樵闲步，见巨木上有白耳，大数斗，所题句在焉。"是亦一证也。

─●【字词注解】

①睨：斜着眼睛看。

②剪烛：剪掉多余的灯芯来维持灯光的明亮。

③耆德：德高望重。

④瞬（shùn）目：眨眼。

─●【精彩解说】

刘香畹说：有位老儒曾在亲戚家暂住，不久主人的女婿来了，这个女婿是个无赖。老儒和主人的女婿合不来，两人都不愿意同室而住，于是主人让老儒到另一间房子里住。主人的女婿斜着眼看着他笑，老儒不知是什么原因。那间屋子也很整洁，笔砚书籍齐全。老儒就在灯下写家书，忽然看到一个女子出现在灯下，不算太漂亮，但看上去文雅大方。老儒知道她是鬼，却并不害怕，而是举起手指着灯说："你既然来到这里，也不要闲站着，剪一剪灯芯吧。"女子一下就把灯给弄灭了，然后逼近老儒。老儒十分生气，忙用手抹了一下砚中剩墨，然后一掌拍在鬼脸上，说："以这为标记，明天找到你的尸体，砍成段烧掉！"鬼"呀"地叫了一声跑了。第二天，老儒告诉了主人。主人说："原先有个婢女在这间屋子里死了，夜里常出来打扰人，所以只是白天在这里招待一下客人，晚上就没人住了。昨天没有地方安顿你，觉得你德高望重、饱读诗书，鬼肯定不敢出来。没想到她还是现形出来。"老儒这才醒悟到主人的女婿暗笑的原因。这个鬼常在月下来往于院中，后来有家人偶然遇见她，她就掩面急走。隔了几天留心观察，只见她脸上仍然墨痕狼藉。鬼有形没有质，不知为什么能着上色？这可能是有质的怪物，时间长了成精，借婢女的外形幻化。《酉阳杂俎》中说："郭元振住在山里，半夜时，有个脸像盘子那么大的人突然眨着眼来到灯下。郭元振于是用笔在这人的脸颊上题写道：'久戍人偏老，长征马不肥。'这人就不见了。后来他跟着樵夫散步，看见大树上有个白木耳，有好几斗那么大，他所题的诗句就在木耳上。"这是一个例子。

原文

姚安公言：庐江孙起山先生谒选①时，贫无资斧，沿途雇驴而行，北方所谓短盘也。一日，至河间南门外，雇驴未得。大雨骤来，避民家屋檐下。主人见之，怒曰："造屋时汝未出钱，筑地时汝未出力，何无故坐此？"推之立雨中。时河间犹未改题缺②，起山入都，不数月竟掣得是县。赴任时，此人识之，惶愧自悔，谋卖屋移家。起山闻之，招来笑而语之曰："吾何至与汝辈较。今既经此，后无复然，亦忠厚养福之道也。"因举一事曰："吾乡有爱莳花③者，一夜偶起，见数女子立花下，皆非素识。知为狐魅，遽掷以块，曰：'妖物何得偷看花！'一女子笑而答曰：'君自昼赏，我自夜游，于君何碍？夜夜来此，花不损一茎一叶，于花又何碍？遽见声色，何鄙吝至此耶？吾非不能揉碎君花，恐人谓我辈所见，亦与君等，故不为耳。'飘然共去。后亦无他。狐尚不与此辈较，我乃不及狐耶？"后此人终不自安，移家莫知所往。起山叹曰："小人之心，竟谓天下皆小人。"

—●【字词注解】

①谒选：官吏赴吏部应选。
②题缺：谓奏请任命出缺官职。
③莳花：种花。

—●【精彩解说】

姚安公说：庐江人孙起山先生谒选时，穷得没有路费，沿路只雇了头毛驴驮脚，北方人称之为"短盘"。有一天，到了河间县南门外，没有雇到驴，赶上骤下大雨，他躲在一家屋檐下。主人见了，发怒说："建屋时你没出钱，筑地时你没出力，坐在这儿干什么？"把他推到了雨里。当时河间还没有改题缺，孙起山进京，不到几个月竟谋得该县县令一职。赴任时，这人认出了他，惶愧后悔，打算卖了房子搬家。孙起山听说了，把这人找来笑着说："还不至于和你这种人计较。你经过了这件事，以后不要再这样，也是忠厚养福之道。"于是举一件事说："我的乡里有位爱种花的，一天夜里偶然起来，看见几个女子站在花前，一个都不认识。他知道是狐魅，赶紧向她们投掷土块，还说：'妖物怎敢来偷看花！'一个女子笑着说：'你自白天赏花，我自夜里赏花，影响你什么了？我们夜夜来这儿，花没有损伤一枝一叶，对花又有什么影响？你出来就发脾气，怎么如此吝啬？我不是不能把你的花都揉碎了，而是怕人认为我们的见识和你一样，所以不这么干。'说完，飘然而去。后来也没有发生什么事。狐狸还不和这种人计较，难道我还比不上狐狸吗？"后来这人还是心中不安，不知搬到哪儿去了。孙起山叹道："真是小人之心，他竟以为天下都是小人。"

原文

　　太原申铁蟾，好以香奁艳体①寓不遇之感。尝谒某公未见，戏为无题诗曰："垩粉围墙罨画楼，隔窗闻拨钿箜篌②。分无信使通青鸟③，枉遣游人驻紫骝。月姊定应随顾兔，星娥可止待牵牛？垂杨疏处雕栊近，只恨珠帘不上钩。"殊有玉溪生④风致。王近光曰："似不应疑及织女，诬蔑仙灵。"余曰："已矣哉。'织女别黄姑⑤，一年一度一相见，彼此隔河何事无？'元微之⑥诗也。'海客乘槎上紫氛，星娥罢织一相闻。只应不惮牵牛妒，故把支机石赠君。'李义山诗也。微之之意，在于双文；义山之意，在于令狐。文士掉弄笔墨，借为比喻，初与织女无涉。铁蟾此语，亦犹元、李之志云尔，未为诬蔑仙灵也。至于纯构虚词，宛如实事；指其时地，撰以姓名，《灵怪集》所载郭翰遇织女事，则悖妄之甚矣。夫词人引用，渔猎百家，原不能一一核实，然过于诬罔，亦不可不知。盖自庄、列寓言，借以抒意；战国诸子，杂说弥多；谶纬稗官，递相祖述，遂有肆无忌惮之时。如李亢《独异志》诬伏羲兄妹为夫妇，已属丧心；张华《博物志》更诬及尼山，尤为狂吠⑦。如是者不一而足。今尚流传，可为痛恨。又有依傍史文，穿凿锻炼。如《汉书·贾谊传》，有太守吴公爱幸之之语，《骈语雕龙》遂列长沙于娈童类中。注曰：'大儒为龙阳。'《史记·高帝本纪》称母媪在大泽中，太公往视，见有蛟龙其上。晁以道诗遂有'杀翁分我一杯羹，龙种由来事杳冥'句，以高帝乃龙交所生，非太公子。《左传》有成风私事季友，敬嬴私事襄仲之文。私事云者，密相交结，以谋立其子而已。后儒拘泥'私'字，虽朱子亦有'却是大恶'之言。如是者亦不一而足。学者当考校真妄，均不可炫博矜奇，遽执为谈柄也。"

———●【字词注解】

①香奁艳体：即香奁体，专写男女之情和妇女的服饰容态，风格绮丽纤巧。

②箜篌：中国古代的一种乐器。

③青鸟：中国神话传说中西王母的信使。

④玉溪生：唐代诗人李商隐。

⑤黄姑：指河鼓星。

⑥元微之：唐代诗人元稹。

⑦狂吠：狗乱叫，比喻狂妄的言论，蔑视意味极强。

———●【精彩解说】

太原人申铁蟾，好作香奁体诗以寄托怀才不遇的感慨。他求见某公未得见，便戏作了一首无题诗道："白色的围墙如画的小楼，隔窗听见轻弹箜篌声。本来没有信使送信来，白白地叫游人停马等待。月中仙女应随着月中兔，织女能只等着牛郎吗？垂杨稀疏处离雕窗近，只恨珠帘没有钩起来。"这诗很有李商隐的风致。王近光说："好像不该牵扯到织女，诬蔑神灵。"我说："行了吧，'织女别黄姑，一年一度一相见，彼此隔河何事无？'（织女告别牛郎，一年一次一相见，彼此隔着一条河什么事没有）这是元稹的诗。'海客乘槎上紫氛，星娥罢织一相闻。只应不惮牵牛妒，故把支机石赠君。'（海客乘船上空际，织女停了织机来相问。只为不怕牛郎妒，故意把支织机的石头赠给君）这是李商隐的诗。元稹的寓意在于双文，李商隐的寓意在于令狐氏。文人们舞文弄墨，借题比喻，初心与织女无关。申铁蟾的诗，也和元、李两人的诗差不多，不能说是侮蔑神灵。至于纯属虚构，却像真事一样，指出时间、地点，冠以姓名，像《灵怪集》中所载的郭翰遇见织女的事，就大错特错了。诗人引用典故，涉猎许多人的文章书籍，原本不能——加以核对，但是过于荒诞的内容，也不能不知道。自从《庄子》《列子》用寓言阐述自己的主张之后，战国时期的诸子杂说更多；后来的谶纬及小说家又相继承述，到了肆无忌惮的地步。比如李冗的《独异志》诬蔑伏羲兄妹俩是夫妻，已属丧心病狂；张华的《博物志》更诬及孔子，尤其像狗乱咬。这样的例子不胜枚举。现在这些胡说还在流传，实在叫人痛恨。还有的人根据史料，穿凿附会。比如《汉书·贾谊传》中有太守吴公'爱幸之'的话，《骈语雕龙》一书便把贾谊归入到喜爱娈童一类中，还加注释说：'大儒喜欢男色。'《史记·高帝本纪》中说刘邦的母亲在大泽中，刘邦的父亲去找她，看见蛟龙在上面。后来晁以道的诗便有'杀翁分我一杯羹，龙种由来事杳冥'（杀翁给我一杯羹喝，龙种的由来说来话长）这样的句子，认为刘邦是他母亲与龙相交生出来的，不是刘太公的儿子。《左传》中有成风私事季友、敬嬴私事襄仲的记载。所谓'私事'，就是密切结交的意思，她们为的是谋求自己的儿子接替王位。后代的儒者只拘泥于'私'字上，连朱熹也有'却是大恶'的话。这样的例子也有很多。学者应当考证真假，不能只顾炫耀博学非凡，而被人抓住话柄。"

原文

太和门丹墀①下有石匮，莫知何名，亦莫知所贮何物。德眚斋前辈云：图裕斋之先德，昔督理殿工时，曾开视之。以问裕斋，曰："信然。其中皆黄色细屑，仅半匮不能满，凝结如土坯。谛审似是米谷岁久所化也。"余谓丹墀左之石阙，既贮嘉种，则此为五谷，于理较近。且大驾卤部②中，象背宝瓶，亦贮五谷。盖稼穑维宝，古训相传；八政首食③，见于《洪范》。定制之意，诚渊乎远矣。

【字词注解】

①丹墀：中国古代宫殿前的石阶，用红色涂饰，故名。

②大驾卤部：大驾，指皇帝出行的车马；卤部，指皇帝外出时前后的仪仗队。

③八政首食：意谓八政之中食为首。八政，指古代国家施政的八个方面，食、货、祀、司空、司徒、司寇、宾、师。

【精彩解说】

太和门的台阶下有个石匮，不知叫什么名，也不知里面装着什么。德眚斋前辈说：图裕斋的先父以前负责修葺工程，曾打开看过。去问图裕斋，他说："确实看过。里面都是黄色的细末，只有半匮，凝结在一起像土坯。仔细一看，好像是粮食年岁久了变成这样子的。"我认为，台阶左边的石阙既是贮放良种的地方，那么这个石匣中装的是五谷，较合乎道理。况且在圣驾的仪仗中，象背宝瓶里也装有五谷。因为农耕是宝，古训代代相传；周代八政之首就是食，载于《洪范》中。定制时实在是深谋远虑啊。

原文

科场拨卷①，受拨者意多不惬，此亦人情。然亦视其卷何如耳。壬午顺天乡试，余充同考官。得一合字卷②，文甚工而诗不佳。因甫改试诗之制，可以恕论，遂呈荐主考梁文庄公，已取中矣。临填草榜，梁公病其"何不改乎此度"句侵下文"改"字，驳落。别拨一合字备卷与余。先视其诗，第六联曰："素娥寒对影，顾兔夜眠香。"已喜其秀逸。及观其第七联曰："倚树思吴质，吟诗忆许棠。"遂跃然曰："吴刚字质，故李贺《李凭箜篌引》曰：'吴质不眠倚桂树，露脚斜飞湿寒兔。'此诗选本皆不录，非曾见《昌谷集》者不知也。华州试《月中桂》诗，举许棠为第一人③。棠诗今不传，非曾见王定保④《摭言》、计敏夫《唐诗纪事》者不知也。中彼卷之'开花临上界，持斧有仙郎'，何如中此诗乎！"微公拨入，亦自愿易之。即朱子颖也。放榜后，时已九月，贫无絮衣。蒋心馀素与唱和，借衣与之。乃来见，以所作诗为贽。余丙子扈从时，古北口车马壅塞，就旅舍小憩。见壁上一诗，剥残过半，惟三四句可辨。最爱其"一水涨喧人语外，万山青到马蹄前"二语，以为"云中路绕巴山色，树里河流汉水声"不是过也，惜不得姓名。及展其卷，此诗在焉。乃知针芥契合⑤，已在六七年前，相与叹息者久之。子颖待余最尽礼，殁后，其二子承父之志，见余尚依依有情。翰墨因缘，良非偶尔，何尝以拨房为亲疏哉！

【字词注解】

①拨卷：清朝科举考试时各号房考官初取或复取的考卷，送他房评议，送出的卷子称为拨卷。

②合字卷：指合字号舍的试卷。

③此二句指唐代华州乡试以《月中桂》为题，许棠得了第一名。

④王定保：生活于唐末五代，钟陵（今江西南昌）人。

⑤针芥契合：像磁铁吸针、琥珀吸芥，意谓彼此情投意合。

──●【精彩解说】

科场中拨卷复查，被拨卷的考生心里大多不痛快，这也是人之常情。但是否得中，还得看答卷的水平如何。乾隆二十七年（1762年）顺天乡试，我任同考官。阅卷时阅到一张合字号舍的卷子，此卷的文章功底深厚，但诗不怎么样。因为考试制度刚刚改试作诗，我觉得诗作差些还可谅解，便呈给了主考官梁文庄先生，已决定录取了。但在填写草榜时，梁公认为此卷中"何不改乎此度"一句，侵犯下文的"改"字，于是刷掉。另拨来一张合字号舍的卷子补上，先给我看。先看考生的诗，第六联道："素娥寒对影，顾兔夜眠香。"我已喜欢上了诗的秀逸。又看第七联写道："倚树思吴质，吟诗忆许棠。"我不禁眉飞色舞地说："吴刚字质，所以李贺在《李凭箜篌引》中说：'吴质不眠倚桂树，露脚斜飞湿寒兔。'这首诗在各选本中都没有收录，没有读过《昌谷集》的人不知有这首诗。唐代华州乡试以《月中桂》为题作诗，许棠得了第一名。许棠的诗没有流传下来，如果没有读过王定保的《摭言》、计敏夫的《唐诗纪事》，就不知道这件事。取中那份卷子上的'开花临上界，持斧有仙郎'诗句，怎么比得上取中这首诗！"微公拨入这张卷，也自愿换成它。这张卷子的考生就是朱子颖。放榜之后，已是九月了，他穷得连棉衣也没有。蒋心馀常和他以诗唱和，便借了衣服给他穿，他这才能来见我，并带着他的诗作作为见面礼。我在乾隆二十一年（1756年）扈从皇上到古北口时，路上车马拥挤，便到旅舍休息。只见墙上有一首诗，已剥落大半，只有三四句还可以辨认。我最喜欢其中"一水涨喧人语外，万山青到马蹄前"两句，认为可以和"云中路绕巴山色，树里河流汉水音"两句媲美，可惜不知是谁写的。打开朱子颖的诗卷，这首诗就在里面。由此才知彼此已在六七年前就相投合了，大家在一起叹息了好长时间。子颖对我极为尊敬，他去世后，两个儿子秉承父志，见了我仍然恋恋不舍。说起来，笔墨因缘实在不是偶然的，怎么能以拨房来定亲与疏的关系呢？

原文

族叔育万言：张歌桥之北，有人见黑狐醉卧场屋中。初欲擒捕，既而念狐能致财，乃覆以衣而坐守之。狐睡醒，伸缩数四，即成人形。甚感其护视，遂相与为友。狐亦时有所馈赠。一日，问狐曰："设有人匿君家，君能隐蔽弗露乎？"曰："能。"又问："君能凭附人身狂走乎？"曰："亦能。"此人即恳乞曰："吾家酷贫，君所惠不足以赡，而又愧于数渎君。今里中某甲甚富，而甚畏讼。顷闻觅一妇司庖①，吾欲使妇往应。居数日，伺隙逃出，藏君家；而吾以失妇，阳②欲讼。妇尚粗有姿首，可诬以蜚语，胁多金。得金之后，公凭附使奔至某甲别墅中，然后使人觅得，则承惠多矣。"狐如所言，果得多金，觅妇返后，某甲以在其别墅，亦不敢复问。然此妇狂疾竟不愈，恒自妆饰，夜似与人共嬉笑，而禁其夫勿使前。急往问狐，狐言无是理，试往侦之。俄归而顿足曰："败矣！是某甲家楼上狐，悦君妇之色，乘吾出而彼入也。此狐非我所能敌，无如何矣！"此人固恳不已。狐正色曰："譬如君里中某，暴横如虎，使彼强据人妇，君能代争乎？"后其妇颠痫日甚，且具发其夫之阴谋。针灸劲治皆无效，卒以瘵死。里人皆曰："此人狡黠如鬼，而又济以狐之幻，宜无患矣。不虞以狐召狐，如螳螂黄雀③之相伺也。"古诗曰："利旁有倚刀，贪人还自戕。"信矣！

—●【字词注解】

①庖：厨房。
②阳：同"佯"，装作。
③螳螂黄雀：意谓目光短浅，一门心思侵害别人的利益，却不料有人正在算计他。

—●【精彩解说】

族叔育万说：在张歌桥的北边，有人看见有黑狐狸醉倒在场院的屋子里。开始这人想捉住它，后来想到狐狸能让人发财，便给狐狸盖上衣服，坐在旁边守着。狐狸睡醒后，伸缩身体几下，便变成了人。狐狸极感谢这人的守护，便和他交上了朋友。狐狸时常送些礼物给他。有一天，他问狐狸："假设有人藏在你家，你能使他隐藏起来不暴露吗？"狐狸说："能。"他又问："你能附在人身上飞跑吗？"狐狸说："也能。"他便恳求道："我家极穷，你所给的钱财还不足以维持生计，而你时常赠我钱财，我又感到十分羞愧。现在村里的某甲极富，而且怕打官司。不久前听说他要雇一个女人做饭，我想叫妻子去应聘。干几天，再叫她找机会逃出来藏在你家里；而我则以妻子在某甲家失踪为由装作要告官。我妻子还有些姿色，我可以诬赖他见色起意，便能迫使他给我一大笔钱。得到钱之后，你就依凭在她身上，使她跑到某甲的别墅里，然后叫人在那儿找到她。这样，我就很感激你的恩情了。"狐狸答应了并照他说的去做，他果然得到了许多钱，他把妻子找了回来，某甲因他的妻子是在自己的别墅中找到的，也不敢再说什么。不料他的妻子的疯病竟不好了。她常常梳妆打扮，夜里好像和人在一起嬉笑，却不让丈夫靠前。这人急忙去找狐狸，狐狸说没这个道理，便亲往察看。回来后，狐狸跺脚道："坏了！这是某甲家楼上的那只狐狸看上了你的妻子，趁我不在时迷住了她。那只狐狸我对付不了，这下可没办法了。"这人哀求不已。狐狸板起脸说："比如你们村里的某某，凶暴如虎，假使他强占了别人的女人，你能帮别人去理论吗？"后来这人妻子的癫狂病越来越重，并且把丈夫的阴谋都揭露了出来。医生针灸、术士镇治都没有用，终于因痨病而死。村里的人都说："这人像鬼那么狡黠，又有狐狸的幻术帮忙，应该没什么差错了。没想到狐狸引来了狐狸，好像螳螂捕蝉，黄雀在后一样。"古诗中说："利旁有倚刀，贪人还自戕。"（利旁倚了一把刀，贪婪的人是自己害自己）一点儿不差！

拓展阅读

郭元振　名震，字元振，唐朝魏州贵乡（今河北大名）人。出身官宦家庭，十八岁即考中进士，因献《宝剑篇》一诗得到武则天的赏识。当时吐蕃是武周的心腹大患，郭元振出使吐蕃后，利用反间计，使吐蕃君臣互相猜疑。吐蕃发生内乱，对中原的威胁大大降低了。此后，郭元振担任凉州都督、安西都护等职，长期镇守边关。回朝后他两度拜相，后因为在唐玄宗举行军演时军容不整被流放，抑郁而终。郭元振守边多年，并没有显赫的军功，但善于建设、安抚，深得边疆少数民族爱戴，成为"善战者无赫赫之功"的典型。

贾谊 洛阳人，少年即有才名，深受河南郡守吴公的重视。汉文帝登基后，吴公升任廷尉，将贾谊推荐给汉文帝。汉文帝征召贾谊为博士，常常与他讨论问题，贾谊每次都有精辟见解，很快被升为太中大夫，《陈政事疏》《论积贮疏》以及《过秦论》等著名的文章都创作于这一时期。汉文帝打算提拔贾谊为公卿，但一些元老重臣忌妒年轻的贾谊，纷纷排挤、诽谤他，汉文帝就将他外放为长沙王太傅。在那里，贾谊满心怨愤，创作了《吊屈原赋》等文章表达自己的失意。三年后，汉文帝将他召回长安，任命他为梁怀王太傅。在梁国（今河南东部），贾谊创作了《治安策》等政论文章。公元前169年，年轻的梁怀王不幸坠马去世，贾谊陷入深深的自责中，竟然在次年抑郁而死，年仅三十三岁。贾谊命运坎坷，但他很多具有真知灼见的建议都被采纳，为汉朝的安定和繁荣做出了杰出贡献。

卷二十三　滦阳续录五

〔题解〕

本卷中，纪昀在继续借因果报应来宣教的同时，在故事中增加了很多处世哲学的探讨和说教，这些体现了这位在官场沉浮一生的老人的生存智慧。他始终强调的"柔弱不争"，是在专制社会中的一种独特的生存处世之道。

原文

戴东原言：其族祖某，尝僦僻巷一空宅。久无人居，或言有鬼。某厉声曰："吾不畏也。"入夜，果灯下见形，阴惨之气，砭人肌骨①。一巨鬼怒叱曰："汝果不畏耶？"某应曰："然。"遂作种种恶状，良久，又问曰："仍不畏耶？"又应曰："然。"鬼色稍和，曰："吾亦不必定驱汝，怪汝大言耳。汝但言一畏字，吾即去矣。"某怒曰："实不畏汝，安可诈言畏？任汝所为可矣！"鬼言之再四，某终不答。鬼乃太息曰："吾住此三十余年，从未见强项②似汝者。如此蠢物，岂可与同居！"奄然③灭矣。或咎之曰："畏鬼者常情，非辱也。谬答以畏，可息事宁人。彼此相激，伊于胡底④乎？"某曰："道力深者，以定静祛魔，吾非其人也。以气凌之，则气盛而鬼不逼；稍有牵就，则气馁而鬼乘之矣。彼多方以饵吾，幸未中其机械⑤也。"论者以其说为然。

【字词注解】

①砭（biān）人肌骨：指鬼的阴气让人感觉非常冷。

②强项：不肯低头。

③奄（yǎn）然：忽然。

④伊于胡底：到什么地步为止。出自《诗经·小雅·小旻》："我视谋犹，伊于胡底？"

⑤机械：圈套。

●【精彩解说】

戴东原说：他的一位族祖戴某，曾经在一个偏僻的巷子中租了一座空宅子。那里很久都没人住了，有人说那里有鬼。戴某厉声道："我不怕鬼！"到了夜里，鬼真的出现在灯下，阴森的气息让他冷入骨髓。那个体型巨大的鬼怒叱他："你真的不怕吗？"戴某回答："是的。"鬼就变幻出种种可怕的形状，过了很久，又问："还是不怕吗？"戴某又说："不怕。"鬼的脸色缓和了一些，说："我并不是非要赶走你，只是不满你说大话。你只要说一个怕字，我就会离开。"戴某怒道："我真不怕你，岂能撒谎说怕？随便怎么做好了！"鬼再三劝说，他还是不答应。鬼叹息道："我住在这儿有三十多年了，从没有看见像你这么固执的。你这样的蠢家伙，我怎么能和你同住！"鬼一下子消失了。有人责备他说："怕鬼是人之常情，并不是什么难堪的事。撒谎说个怕字，可以息事宁人。如果双方这么较劲，鬼没完可怎么好？"戴某道："道力深的人用定力保持心平静来驱魔逐鬼，而我不是道力深的人。我以盛气对付他，气盛鬼就不敢进逼，稍有迁就气就衰了，而鬼就趁机而入了。鬼想方设法引诱我，幸好我没进它的圈套。"谈论这件事的人认为戴某的看法可取。

原文

　　饮食男女，人生之大欲存焉。干名义，渎伦常，败风俗，皆王法之所必禁也。若痴儿騃①女，情有所钟，实非大悖于礼者，似不必苛以深文。余幼闻某公在郎署时，以气节严正自任。尝指小婢配小奴，非一年矣，往来出入，不相避也。一日，相遇于庭，某公亦适至，见二人笑容犹未敛，怒曰："是淫奔也！于律奸未婚妻者，杖。"遂诓呼杖。众言："儿女嬉戏，实无所染，婢眉与乳可验也。"某公曰："于律谋而未行，仅减一等。减则可，免则不可。"卒并杖之，创几殆。自以为河东柳氏之家法，不是过也。自此恶其无礼，故稽其婚期。二人遂同役之际，举足趑趄；无事之时，望影藏匿。跋前疐后②，日不聊生。渐郁悒成疾，不半载内，先后死。其父母哀之，乞合葬。某公仍怒曰："嫁殇非礼，岂不闻耶？"亦不听。后某公殁时，口喃喃似与人语，不甚可辨。惟"非我不可""于礼不可"二语，言之十余度，了了分明。咸疑其有所见矣。夫男女非有行媒，不相知名，古礼也。某公于孩稚之时，即先定婚姻，使明知为他日之夫妇。朝夕聚处，而欲其无情，必不能也。"内言不出于阃③，外言不入于阃"，古礼也。某公僮婢无多，不能使各治其事；时时亲相授受，而欲其不通一语，又必不能也。其本不正，故其末不端。是二人之越礼，实主人有以成之。乃操之已蹙，处之过当，死者之心能甘乎？冤魄为厉，犹以"于礼不可"为词，其斯以为讲学家乎？

【字词注解】

①骏：呆，傻。

②跋前疐（zhì）后：意谓老狼前进就踩住它的胡（兽类下巴下面下垂的肉），后退又会被尾巴绊倒了。比喻进退两难。同"跋胡疐尾"。

③阃（kǔn）：妇女居住的地方，内室。

【精彩解说】

饮食与情欲，这是人的最大欲望。但是违背道义，亵渎伦常，败坏风俗，都是王法所坚决禁止的。至于痴儿呆女，彼此钟情，只要不过于违背礼教，似乎不必严苛到用法律条文加以深究。我小时听说某公在郎署时，以气节严正自任。他曾把家中的小婢指配给小奴，这事不是一年半载了，因此这两人往来出入，也不避讳。有一天，两人在庭中相遇，恰好某公来了，看见这两人的脸上还带着笑容，就生气地说："这是私奔啊！按法律，和未婚妻有奸情的，要打板子。"于是便急叫板子侍候。大家说："小儿女在一起玩耍，实际上并没有奸情，从婢女的眉头和乳房发育上就可得到验证。"某公说："按法律，有想法而没实行，罪减一等。减罪可以，免罪不行。"于是把两人都打了一顿，差点儿打死。他自认为河东柳氏的家法也不过这么严厉。从此某公因讨厌这两人的无礼，故意延迟他们婚期。两人一起干活儿时，躲躲闪闪的；没有事的时候，也是互相躲着，以致进退两难，惶惶不可终日。于是两人渐渐忧郁成病，不到半年，就先后死去。这两人的父母可怜他们，请求合葬。某公怒道："未成年的女子死后合婚不合礼数，难道你们没听说吗？"不允许对方的请求。后来某公死时，嘴里喃喃地好像在和人说话，听不大清。只有"非我同意不可""按礼不行"两句，说了有十多遍，非常清楚。大家都认为他见到了什么。男女之间如没有行聘，彼此不知道姓名，这是古礼。某公在这两人还是孩子的时候，便给他们定下了亲，叫他们知道将来是夫妻。两人朝夕相处，却叫两人彼此无情，是绝不可能的。"闺房里的话不能传到外面，外面的话不能传进闺房"，这也是古礼。某公奴婢不多，不能分工细致，因而两人常在一起接触，却不让他们交谈，这又是不可能的。根上不正，所以它的枝节也不正。所以这两人的越礼，实际上是主人造成的。他办事仓促，而处置又不当，死者能甘心吗？冤魂来报复的时候，还以"按礼不行"为理由，以为对方是道学家吗？

原文

　　沧州酒，阮亭先生①谓之"麻姑酒"，然土人实无此称。著名已久，而论者颇有异同。盖舟行来往，皆沽于岸上肆中，村酿薄醨，殊不足辱杯斝②；又土人防征求无餍③，相戒不以真酒应官，虽笞棰不肯出，十倍其价亦不肯出。保阳制府，尚不能得一滴，他可知也。其酒非市井所能酿，必旧家世族，代相授受，始能得其水火之节候。水虽取于卫河，而黄流不可以为酒，必于南川楼下，如金山取江心泉法，以锡罂④沉至河底，取其地涌之清泉，始有冲虚之致。其收贮畏寒畏暑，畏湿畏蒸，犯之则味败。其新者不甚佳，必庋⑤阁至十年以外，乃为上品，一罂可值四五金。然互相馈赠者多，耻于贩鬻⑥。又大姓若戴、吕、刘、王，若张、卫，率多零替，酿者亦稀，故尤难得。或运于他处，无论肩运、车运、舟运，一摇动即味变。运到之后，必安静处澄半月，其味乃复。取饮注壶时，当以杓平挹⑦；数摆拨则味亦变，再澄数日乃复。姚安公尝言：饮沧酒禁忌百端，劳苦万状，始能得花前月下之一酌，实功不补患；不如遣小竖⑧随意行沽，反陶然自适，盖以此也。其验真伪法：南川楼水所酿者，虽极醉，胸膈不作恶，次日亦不病酒，不过四肢畅适，恬然高卧而已。其但以卫河水酿者则否。验新陈法：凡庋阁二年者，可再温一次；十年者，温十次如故，十一次则味变矣。一年者再温即变，二年者三温即变，毫厘不能假借，莫知其所以然也。董曲江前辈之叔名思任，最嗜饮。牧沧州时，知佳酒不应官，百计劝谕，人终不肯破禁约。罢官后，再至沧州，寓李进士锐巅家，乃尽倾其家酿。语锐巅曰："吾深悔不早罢官。"此虽一时之戏谑，亦足见沧酒之佳者不易得矣。

【字词注解】

①阮亭先生：清代学者王士祯。

②斝（jiǎ）：古代盛酒的器具，圆口，三足。

③无餍（yàn）：无休止。

④罂：大腹小口的瓦器。

⑤庋（guǐ）：放置，保存。

⑥贩鬻（yù）：贩卖。

⑦挹（yì）：舀。

⑧小竖：童仆。竖，旧称未成年的童仆、小臣，引申为卑贱的。

【精彩解说】

沧州酒，阮亭先生称之为"麻姑酒"，但当地人并没有这么叫的。虽然沧州酒久负盛名，但说起沧州酒人们的看法有异同。这儿舟船往来，都上岸买酒喝，乡村土酿酒味淡薄，也就不辱没酒杯而已；又因为当地人为了防止官府无休止地征酒，便相约不卖正宗酒给官府的人，就算是挨打也不肯拿出来，出十倍的价钱也不卖。保阳制府尚且连一滴也得不着，何况他人。沧州酒不是普通人家所能酿造的，必须是世代相传的酿酒世家，才能掌握好水、火的时机。造酒的水虽然取之于卫河，但浑水不能造酒，必须在南川楼下，像金山和尚在江心取泉水那样，把锡罂沉到河底，装地下涌出的清泉水，这样酒才有淡雅的味道。贮存的沧州酒怕冷怕热，怕湿怕燥，环境稍不对劲，就变质了。新酿的酒不太好喝，必须把它放置在架上，过了十年之后，才算是上品，一罂能值四五两银子。但是人们大多用来互相馈赠，而羞于拿到市上去卖。又因酿酒大户如戴家、吕家、刘家、王家，还有张家、卫家等先后都衰落了，酿酒的人少了，所以这种酒尤其难得。如要把这种酒运到别处，无论是肩扛、车载、船运，一晃动它就变味。运到之后必须把它静放半个月之后，才能恢复原味。喝酒时要把酒装入壶中，必须用酒杓平平地舀，如用酒杓搅来搅去，酒味也变，这样也必须静放几天才能恢复原味。姚安公曾说：沧州酒有无数的禁忌，经过万般劳苦之后，才能喝到花前月下的那一杯，实在是得不偿失；不如打发小童去随便买来什么酒，反倒陶然自乐，就是这个原因。检验沧州酒真假的方法是：喝南川楼水酿的酒，虽然大醉，胸膈间也不难受，第二天也不害酒，只是感到四肢非常舒服，想安然高卧罢了。如果用卫河水酿的酒，情况就不同了。检验酒的新陈的方法是：在架上放了两年的，可以温两次；放了十年的，可以温十次，味不变，温十一次，味就变了。放了一年的酒，温两次味就变了，放了两年的，温三次味就变了，这一点儿也不能假冒，不知是怎么回事儿。董曲江前辈的叔叔名叫思任，最爱喝酒。任沧州知州时，他知道好酒不交官府，百般劝说，酿酒人还是不肯破坏禁约。于是他在罢官之后又来到沧州，住在进士李锐巅家，把他家酿的好酒都喝光了。他对李进士说："我真后悔不早些罢官。"这虽然是一时的玩笑话，也足以证明好的沧州酒很难喝到。

原文

　　有与狐为友者，天狐①也，有大神术，能摄此人于千万里外。凡名山胜境，恣其游眺，弹指而去，弹指而还，如一室也。尝云："惟贤圣所居不敢至，真灵所驻不敢至，余则披图按籍，惟意所如耳。"一日，此人祈狐曰："君能携我于九州之外，能置我于人闺阁中乎？"狐问何意。曰："吾尝出入某友家，预后庭丝竹之宴。其爱妾与吾目成，虽一语未通，而两心互照。但门庭深邃②，盈盈一水，徒怅望耳。君能于夜深人静，摄我至其绣闼，吾事必济。"狐沉思良久，曰："是无不可。如主人在何？"曰："吾侦其宿他姬所而往也。"后果侦得实，祈狐偕往。狐不俟其衣冠，遽携之飞行。至一处，曰："是矣。"瞥然自去。此人暗中摸索，不闻人声，惟觉触手皆卷轴，乃主人之书楼也。知为狐所弄，仓皇失措，误触一几倒，器玩落板上，碎声砰然。守者呼："有盗！"僮仆丛至，启锁明烛，执械入。见有人瑟缩屏风后，共前击仆，以绳急缚。就灯下视之，

识为此人，均大骇愕。此人故狡黠，诡言偶与狐方忤，被提至此。主人故
稔知之，拊掌揶揄曰："此狐恶作剧，欲我痛抶③君耳。姑免笞，逐出！"
因遣奴送归。他日，与所亲密言之，且詈曰："狐果非人，与我相交十余
年，乃卖我至此。"所亲怒曰："君与某交，已不止十余年，乃借狐之
力，欲乱其闺阃，此谁非人耶？狐虽愤君无义，以游戏儆君，而仍留君自
解之路，忠厚多矣。使待君华服盛饰，潜挈置主人卧榻下，君将何词以自
文？由此观之，彼狐而人，君人而狐者也。尚不自反耶？"此人愧沮而
去。狐自此不至，所亲亦遂与绝。郭彤纶与所亲有瓜葛，故得其详。

【字词注解】

①天狐：传说中可通天的仙狐。

②门庭深邃：宅深院大。

③抶：用竹板打。

【精彩解说】

有个人和狐狸为友，这是一个天狐，神通广大，能把这个人带到千万
里之外。只要是名胜古迹，任他游玩，弹指间去了，弹指间回来，好像在屋
里走动一样。狐狸曾说："只有圣贤住的地方不敢去，真正的神灵住的地方
不敢去，其他地方可以按照地图书籍的标示，完全随心所欲，想去哪儿就去
哪儿。"有一天，这人求狐狸："你能把我带到九州之外，能不能把我带进
闺房里？"狐狸问他是何意思。他说："我曾到某个朋友家，参加他家内宅
举行的歌舞宴会。朋友的爱妾与我互相眉目传情，虽然一句话没说，但彼此
心照不宣。由于朋友家宅深院大，虽仅一水之隔，也只能怅然相望。你如果
能在夜深人静时把我弄到她的闺房中，我的事肯定就成了。"狐狸沉思了好
久，说："这没什么不可以。倘若主人在怎么办？"他说："我侦察到他在
其他侍姬屋里时再去。"后来他侦察确实，请狐狸带他去。狐狸不等他穿戴
整齐，马上便带着他飞行。到了一个地方，狐狸说："到了。"然后转眼不
见了。这人在暗中摸索，听不到人声，只觉触手都是卷轴，原来这儿是主人
的藏书楼。他知道被狐狸耍了，仓皇失措，不小心弄倒了一张案几，器玩落
在地板上，发出了碎裂的响声。守夜的喊："有贼！"僮仆聚来，打开锁，

明烛执杖地涌进来。他们发现有人瑟缩在屏风后面，一起上前打倒了这人，急忙用绳子捆了起来。在灯下仔细一看，认出是他，大家都很吃惊。这人也很狡猾，撒谎说偶然和狐友闹翻了，被拎到这儿来。主人与他也熟悉，拍着手嘲弄他说："这个狐狸恶作剧，想叫我把你打一顿。姑且免打，赶出去！"于是打发奴仆把他送了回去。后来有一天他和好友悄悄说起这事，并骂道："狐狸果然不是人，和我交往了十多年，还把我这样卖了。"好友怒道："你和那家主人交往，也不止十多年，却要借助于狐狸，来勾搭人家的妾，谁不是人？狐狸虽然对你不讲义气感到气愤，开玩笑警告你，却仍然给你留下脱身的后路，这就很忠厚了。如果让你穿得仪表堂堂，把你偷偷地弄到主人的床下，你将怎么来掩饰自己？由此看来，那狐狸是人，你有人的外表而实际是狐狸。你还不自省吗？"这人惭愧沮丧而去。狐狸从此不来了，这个好友也和他断了关系。郭彤纶和这人的好友有关系，所以知道详情。

原文

老儒刘泰宇，名定光，以舌耕①为活。有浙江医者某，携一幼子流寓，二人甚相得，因卜邻②。子亦韶秀，礼泰宇为师。医者别无亲属，濒死托孤于泰宇。泰宇视之如子。适寒冬，夜与共被。有杨甲为泰宇所不礼，因造谤曰："泰宇以故人之子为娈童。"泰宇愤恚③，问此子知尚有一叔，为粮艘旗丁掌书算。因携至沧州河干，借小屋以居；见浙江粮艘，一一遥呼，问有某先生否。数日，竟得之，乃付以侄。其叔泣曰："夜梦兄云，侄当归。故日日独坐舵楼望。兄又云：'杨某之事，吾得直于神矣。'则不知所云也。"泰宇亦不明言，悒悒自归。迂儒拘谨，恒念此事无以自明，因郁结发病死。灯前月下，杨恒见其怒目视。杨故犷悍，不以为意。数载亦死。妻别嫁，遗一子，亦韶秀。有宦室轻薄子，诱为娈童，招摇过市，见者皆太息。泰宇，或云肃宁人，或云任丘人，或云高阳人。不知其审，大抵住河间之西也。迹其平生，所谓殁而可祀于社者欤！此事在康熙中年，三从伯灿宸公喜谈因果，尝举以为戒。久而忘之。戊午五月十二日，住密云行帐，夜半睡醒，忽然忆及，悲其名氏翳如④。至滦阳后，为录大略如右。

——●【字词注解】

①舌耕：指教书。

②卜邻：向他人表示愿为邻居。

③愤恚（huì）：痛恨，忌恨。恚，恨。

④翳如：湮灭无闻。

——●【精彩解说】

老儒生刘泰宇，名定光，以教书为生。有位浙江医生带着幼子流落到刘泰宇的村子，两人相处得十分好，便比邻而居。医生的儿子聪敏清秀，拜刘泰宇为师。医生没有别的亲属，临终时把儿子托付给刘泰宇。刘泰宇对待这个孩子像自己的儿子一样。在寒冷的冬夜里，两人共盖一被。有个杨甲，刘泰宇很看不上他，这人造谣说："泰宇把朋友的儿子当娈童。"刘泰宇又气又恨，询问孩子，知道他还有个叔叔，为押粮船的旗丁管文书账目。于是他把小孩子带到沧州河岸，借了一间小屋住下；见了浙江粮船便呼叫，问某某先生在船上没有。这么找了几天，竟然找到了小孩子的叔叔，把小孩子交给了他。小孩子的叔叔哭道："昨夜梦见哥哥说，侄子该回来了。所以我天天坐在舵楼上望。哥哥还说：'杨某的事，我在神前告赢了。'就是不知说的是什么事。"刘泰宇也不明说，郁郁地自己回去了。这位老儒生迂守拘谨，常常想着这事没法洗清自己，结果忧郁成病死去。在灯前月下，杨甲经常看见刘泰宇怒目而视。杨甲本性强悍凶暴，也不在乎。过了几年，杨甲也死了，他妻子改嫁，扔下一个儿子，也长得聪明清秀。有位轻薄的公子哥儿引诱这小孩子当了娈童，招摇过市，见到这小孩子的人都叹息。有人说刘泰宇是肃宁人，有人说是任丘人，有人说是高阳。不知究竟是哪儿，大概是在河间府以西的地方。考察一下他的生平，就是所说的死后可以在社庙里享祭的人吧！这事发生在康熙年间中期，我的三堂伯灿宸公喜欢谈论因果报应，曾举这事叫人引以为戒。日久天长，我也忘了这事。嘉庆三年（1798年）五月十二日，我住在密云行帐中，半夜醒来，忽然想起这事，感伤他的姓名渐渐为人所忘。到了滦阳后，写下了以上的大致情况。

原文

小时闻乳母李氏言：一人家与佛寺邻。偶寺廊跃下一小狐，儿童捕得，絷①缚鞭棰，皆慭伏不动。放之则来往于院中，绝不他往。与之食则食，不与之食亦不敢盗；饥则向人摇尾而已。呼之似解人语，指挥之亦似解人意。举家怜之，恒禁儿童凌虐。一日，忽作人语曰："我名小香，是钟楼上狐家婢。偶嬉戏误事，因汝家儿童顽劣，罚受其蹂躏一月。今限满当归，故此告别。"问："何故不逃避？"曰："主人养育多年，岂有逃避之理？"语讫，作叩额状，翩然越墙而去。时余家一小奴窃物逪飏，乳母因说此事，喟然曰："此奴乃不及此狐。"

——•【字词注解】

①絷（zhí）：原指拴住马足的绳索，此处指拘禁、束缚。

——•【精彩解说】

小时听奶妈李氏说：一户人家和佛寺相邻。佛寺廊屋上偶然跳下一只小狐狸，被儿童们捉住，用绳子捆绑了鞭打，小狐老老实实地挨着，也不动。放开它，它就来往于院中，也绝不往别处跑。给它食物它就吃，不给也不敢偷东西吃；饿了也只是向人摇尾巴罢了。叫它，它好像懂人话，指示它干什么好像也懂得意思。全家人都很怜爱它，禁止儿童虐待它。有一天，它忽然说起了人话："我名叫小香，是钟楼上狐家的婢女。因为贪玩误了事，主人知道你家儿童顽劣，罚我受这些儿童虐待一个月。如今期限到了，应当回去，因此向你们告别。"问："为什么不逃跑藏起来？"它说："主人养育我多年，我怎能逃跑藏起来呢？"说完，做出叩头的样子，然后轻巧地越墙而去。当时我家一个小奴偷了东西远走高飞了，乳母便说了这个故事，叹息道："这个小奴还不如这只狐狸。"

原文

陈云亭舍人言：其乡深山中有废兰若①，云鬼物据之，莫能修复。一僧道行清高，径往卓锡②。初一两夕，似有物窥伺。僧不闻不见，亦遂无形声。三五日后，夜有野叉排闼入，狰狞跳掷，吐火嘘烟。僧禅定自若。扑及蒲团者数四，然终不近身；比晓，长啸去。次夕，一好女至，合什作礼，请问法要。僧不答。又对僧琅琅诵《金刚经》，每一分讫，辄问此何解。僧又不答。女子忽旋舞，良久，振其双袖，有物籁籁落满地，曰："此比散花何如？"且舞且退，瞥眼无迹。满地皆寸许小儿，蠕蠕几千百，争缘肩登顶，穿襟入袖。或龁啮，或搔爬，如蚊虻虮虱之攒咂；或抉剔耳目，擘裂口鼻，如蛇蝎之毒螫。撮之投地，爆然有声，一辄分形为数十，弥添弥众。左支右绌，困不可忍，遂委顿于禅榻下。久之苏息，寂无一物矣。僧慨然曰："此魔也，非迷也。惟佛力足以伏魔，非吾所及。浮屠不三宿桑下③，何必恋恋此土乎？"天明，竟打包返。余曰："此公自作寓言，譬正人之愠于群小耳。然亦足为轻尝者戒。"云亭曰："仆百无一长，惟平生不能作妄语。此僧归路过仆家，面上血痕细如乱发，实曾目睹之。"

—●【字词注解】

①兰若：佛教名词阿兰若，即躲避人间热闹之地，供修道者居住静修之用。泛指一般的寺院。

②卓锡：指和尚的停留。卓，直立；锡，和尚的用具锡杖。

③浮屠不三宿桑下：意思是佛陀传教，从不连续住宿在同一棵树下。

—●【精彩解说】

中书舍人陈云亭说：他家乡的深山中有座破寺庙，说是被鬼类占据着，不能去修复。一个和尚道行高深，就到寺里去住。刚去的一两夜，好像有什么怪物来窥伺。和尚好像不闻不见，这个怪物没显形也没出声。三五天后，夜里有夜叉推门闯进来，面目凶恶地又蹿又跳，吐火喷烟。和尚静坐自若。夜叉多次扑到他坐的蒲团边，但最终没有近他身；天亮后，夜叉长啸一声离去了。接着这天晚上，来了一位美女，合掌行礼，请问和尚法号。和尚不答。她又对着和尚琅琅念诵《金刚经》，每念完一段，就问这一段什么意思。和尚还是不回答。美女忽然旋转着舞起来，舞了很长时间，一抖双袖，里面有东西籁籁落了满地，她说："这比天女散花怎样？"她一边舞着一边后退，转眼不见了。只见满地都是一寸左右高的小孩儿，蠕动着有成百上千个，争着沿和尚的肩膀爬上头顶，或从衣襟、袖子钻进去。他们或者乱啃乱咬，或者爬来爬去，好像蚊虻虮虱聚堆叮咬；或者扒眼睛、耳朵，撕嘴，拉鼻子，如蛇、蝎螫人。抓住一个往地上一扔，便发出爆响，一个又分裂成几十个，越扔越多。和尚左手右手拼命忙活，困倦得无法忍受，终于支持不住，瘫在禅床下。过了很长时间他才醒来，安安静静地什么也没有了。和尚感慨地说："这是魔，不是迷障。只有佛力才足以降伏魔，这不是我所能的。浮屠不连着在桑树下住三夜，我何必留恋这儿呢？"天亮竟打包回去了。我说："这是陈先生编的一篇寓言，比喻正人君子受到众多小人的欺负。但这也足以让那些贸然采取行动的人引以为戒。"陈云亭说："我什么长处也没有，只有一生不说谎。这和尚回来时路过我家，脸上的血痕细如乱发，我确实亲眼看到。"

原文

外叔祖张公蝶庄家有书室，颇轩敞，周以回廊，中植芍药三四十本，花时香过邻墙。门客闵姓者，携一仆下榻其中。一夕就枕后，忽外有女子声曰："姑娘致意先生。今日花开，又值好月，邀三五女伴借一赏玩，不致有祸于先生。幸勿开门唐突，足见雅量矣。"闵嗫不敢答，亦不复再言。俄微闻衣裳綷縩①声，穴窗纸视之，无一人影；侧耳谛听，时似喁喁私语，若有若无，都不辨一字。踧踖枕席，睡不交睫。三鼓以后，似又闻步履声。俄而隔院犬吠，俄而邻家犬亦吠，俄而巷中犬相接而吠。近处吠止，远处又吠，其声迢递向东北，疑其去矣。恐怵之招祟，不敢启户。天晓出视，了无痕迹，惟西廊尘土上似略有弓弯②印，亦不分明，盖狐女也。外祖雪峰公曰："如此看花，何必更问主人？殆闵公莽莽有伧气，恐其偶然冲出，致败人意耳。"

●【字词注解】

①綷（cuì）縩（cài）：象声词，衣服摩擦的声音。

②弓弯：指弓鞋，即古代缠足妇女所穿的鞋子。妇女因缠足脚为弓形，所以鞋子称作弓鞋。

—•【精彩解说】

外叔祖张蝶庄先生家有个书房，极宽敞，回廊环绕，中央种着三四十株芍药花，开花时香气飘送过邻居的墙头。有位姓闵的门生带着一个仆人住在书房中。一天晚上，他躺下后，外面忽然有个女子的声音说："我家姑娘致意先生。今天花开了，又正值月色明亮，邀请了三五位女伴，到这儿来赏玩，不会有害于先生。请不要冒失开门，足见先生的雅量了。"闵某吓得一声不敢出，外面也不再说话。不一会儿，听见衣服相互摩擦的窸窣声，他把窗纸捅了一个洞往外偷看，并无一个人影；侧耳细听，偶尔有窃窃私语声，若有若无，一句也听不清。闵某局促不安地躺在床上，怎么也睡不着。三更之后，好像又听见脚步声。不久，隔壁院子的狗叫了起来，接着邻居的狗也叫了起来，随后巷子里的狗此起彼伏地叫了起来。附近的狗叫声停下来，远处的狗又叫了起来，狗叫声渐渐传向东北，估计走远了。闵某怕不顺从对方的意思会招祸，不敢开门。天亮出去看，什么痕迹也没有，只有西廊的尘土上好像有弓鞋印，也不怎么清楚，想必是狐女吧。外祖雪峰公说："这样看花，何必问主人？可能这位闵某粗俗鄙陋，怕他偶然冲出来，扫了她们的兴。"

原文

沧州有董华者，读书不成，流落为市肆①司书算。复不能善事其长，为所排挤。出以卖药卜卦自给，遂贫无立锥。一母一妻，以缝纫浣濯佐之，犹日不举火。会岁饥，枵腹②杜门，势且俱毙。闻邻村富翁方买妾，乃谋于母，将鬻妇以求活。妇初不从。华告以失节事大，致母饿死事尤大，乃涕泗曲从，惟约以傥得生还，乞仍为夫妇，华亦诺之。妇故有姿，富翁颇宠眷，然枕席时有泪痕。富翁固问，毅然对曰："身已属君，事事可听君所为。至感忆旧恩，则虽刀锯在前，亦不能断此念也。"适岁再饥，华与母并为饿殍③。富翁虑有变，匿不使知。有一邻妪偶泄之，妇殊不哭，痴坐良久，告其婢媪曰："吾所以隐忍受玷者，一以活姑与夫之命，一以主人年已七十余，度不数年，即当就木；吾年尚少，计其子必不留我，我犹冀缺月再圆也。今则已矣！"突起开楼窗，踊身倒坠而死。此与前录所载福建学院妾相类。然彼以儿女情深，互以身殉，彼此均可以无恨。此则以养姑养夫之故，万不得已而失身，乃卒无救于姑与夫，事与愿违，徒遭玷涴，痛而一决，其赍恨尤可悲矣。

———●【字词注解】

①市肆：集市。肆，店铺。

②枵（xiāo）腹：空腹，挨饿。枵，中心空虚的树根。

③饿殍（piǎo）：饿死的人。

———●【精彩解说】

沧州有个叫董华的人，读书不成，流落为店铺里的算账先生。但他又不能好好地利用自己的长处，受人排挤。从店铺里出来后以卖药算命维持生计，贫得没有立锥之地。他的母亲和妻子给别人缝缝洗洗，帮衬着家用，但仍经常揭不开锅。这一年闹饥荒，全家人饿得闭门不出，看样子都得饿死。董某听说邻村一个富翁要买一个妾，便和母亲商量，打算卖了妻子求生。妻子开始不同意。董华便说失节虽事关重大，但母亲饿死了事情更大，妻子哭着被迫同意了，她只要求倘若活着回来，仍然和他结为夫妻，董华也答应了。因为董妻有姿色，富翁很宠爱她，然而每当和她睡觉时，她的脸上便有泪痕。富翁再三追问，她毅然说："我已属于你，什么事你都可以为所欲为。但是我感念前夫的旧恩，即便有刀锯架在我脖子上，我也不能断了这个念头。"又一年再次闹饥荒，董华和母亲都饿死了。富翁怕有变故，不让董妻知道这个消息。邻居一个老婆子偶然把这消息透露给她，她一声也不哭，呆坐了很长时间，告诉婢女和老妈子："我之所以忍垢含耻，一是为了救婆婆和前夫，一是因为主人已七十多岁，过不几年，就不在人世了；我年纪还轻，估计主人的儿子肯定不会留我，因此我还希望破镜重圆。现在一切都完了！"她突然起来打开楼窗，跃身倒坠而摔死了。这和前面所载福建学使所买的妾殉情事差不多。但是那个妾因男女情深，互相以身殉情，彼此都无遗恨。这位妾则因为养婆婆、前夫，万不得已而失身，最终仍没能救婆婆和前夫，事情的结局违背了她的意愿，白白遭到玷污，因此痛苦地一死了之，她的愤恨尤其可悲。

拓展阅读

河东柳氏　河东，指今山西西南部一带，处于黄河以东，后泛指山西。柳氏约从秦朝开始就定居河东，世代繁衍，终于成为河东望族，频频走上政治舞台。魏晋乱世，柳氏一部分南迁，南朝的柳氏涌现不少杰出人物，例如南朝宋名将柳元景。唐朝时期，河东柳氏出了三名宰相，大书法家柳公权、大文学家柳宗元都出身河东柳氏。唐朝之后，河东柳氏虽然衰微，历朝依然出现了一些杰出人物。河东柳氏以家法谨严著称，唐代人们提到家法，都以柳氏为典范。

《金刚经》　著名的佛教经典，全称《金刚般若波罗蜜经》。《金刚经》相传为阿难听释迦牟尼说法时所记，但学术界多认为是公元1世纪时的作品。公元402年，后秦高僧鸠摩罗什译出此经，立刻引起重视。禅宗成为汉传佛教主流后，《金刚经》具有了极高的地位。公元868年印刷的《金刚经》，是现存最早的该经印刷品。《金刚经》末尾的偈子非常著名："一切有为法，如梦幻泡影。如露亦如电，应作如是观。"

卷二十四　滦阳续录六

〔题解〕

作为全书的最后一卷，本卷在1798年，即纪昀七十四岁高龄时最终完成。此时他精力日衰，已没有著书的兴致，因此总字数最少的六卷《滦阳续录》却用了五年的时间才完成。本卷中，纪昀不再坚称自己所记的都是事实，而是开始意识到传闻有很多不可信的地方，应该算是他思想上的一个进步。

原文

景城北冈有玄帝庙①，明末所建也。岁久，壁上霉迹隐隐成峰峦起伏之形，望似远山笼雾。余幼时尚及见之。庙祝棋道士病其晦昧，使画工以墨钩勒，遂似削圆方竹。今庙已圮尽矣，棋道士不知其姓，以癖于象戏②，故得此名。或以为齐姓误也。棋至劣而至好胜，终日丁丁然③不休。对局者或倦求去，至长跪留之。尝有人指对局者一着，衔之次骨，遂拜绿章④，诅其速死。又一少年偶误一着，道士幸胜。少年欲改着，喧争不许。少年粗暴，起欲相殴。惟笑而却避曰："任君击折我肱，终不能谓我今日不胜也。"亦可云痴物矣。

—●【字词注解】

①玄帝庙：又称真武庙，是祭奠真武大帝（又称玄武大帝）的庙宇。

②象戏：指象棋。

③丁丁然：拟声词，形容下棋时落子的声音。

④拜绿章：祈祷神灵的意思。绿章，又称青词，是道士祭天时所写的表文。

——●【精彩解说】

景城的北冈上建着一座玄帝庙，是明朝末年落成的。由于年代久远，墙壁上发霉的痕迹隐隐约约仿佛是峰峦起伏一般，远远看去像是被雾气笼罩着的远山。我小的时候还见过这些痕迹。庙祝棋道士因为这些痕迹颜色晦暗而心生厌恶，就请来画工用墨勾勒，结果仿佛是将方竹削圆一样，破坏了自然的风致。如今这座庙已经完全塌了，我不知道那个棋道士的姓，由于他极其嗜好下象棋，所以才有了这个称号。有人认为他姓齐，被误当成了棋。他的棋下得很差而又极为好胜，整日叮当地下个不停。和他对下的人有时下累了要走，他甚至长跪着留人家。有一个人曾给他的对手支了一着，他便恨之入骨，暗地里写了符，诅咒这人快死。有一个年轻人偶然错了一步棋，棋道士侥幸胜了。年轻人要悔棋，他争吵着不允许。年轻人粗暴，起来要揍他。他却笑着躲闪说："你就是打断了我的腿，也不能说我今天没赢你。"也可以称得上是个棋痴了。

原文

酒有别肠①，信然。八九十年来，余所闻者，顾侠君前辈称第一，缪文子前辈次之。余所见者，先师孙端人先生亦入当时酒社。先生自云："我去二公中间，犹可着十余人。"次则陈句山前辈与相敌，然不以酒名。近时路晋清前辈称第一，吴云岩前辈亦骎骎②争胜。晋清曰："云岩酒后弥温克，是即不胜酒力，作意矜持也。"验之不谬。同年朱竹君学士、周稚圭观察，皆以酒自雄。云岩曰："二公徒豪举耳。拇阵喧呶③，泼洒几半，使坐而静酌则败矣。"验之亦不谬。后辈则以葛临溪为第一，不与之酒，从不自呼一杯，与之酒，虽盆盎④无难色，长鲸一吸，涓滴不遗。尝饮余家，与诸桐屿、吴惠叔等五六人角，至夜漏将阑，众皆酩酊，或失足颠仆。临溪一一指挥僮仆扶掖登榻，然后从容登舆去，神志湛然，如未饮者。其仆曰："吾相随七八年，从未见其独酌，亦未见其偶醉也。"惟饮不择酒，使尝酒亦不甚知美恶，故其同年以登徒好色戏之，然亦罕有矣。惜不及见顾缪二前辈，一决胜负也。端人先生恒病余不能饮，曰："东坡长处，学之可也；何并其短处，亦刻画求似？"及余典试得临溪，以书报先生，先生复札曰："吾再传有此君，闻之起舞，但终恨君是蜂腰⑤耳。"前辈风流，可云佳话。今老矣，久不预少年文酒之会，后来居上，又不知为谁矣。

①酒有别肠：指酒量好。

②駸（qīn）駸：形容马跑得很快的样子。

③喧呶（náo）：形容声音嘈杂。

④盆盎：这里指较大的盛酒器。

⑤蜂腰：蜜蜂的腰部中间最细，比喻居中者最差。此处指纪昀在孙端人和葛临溪之间酒量最差。

有人说，能喝酒的人肚里有另外的地方消化酒，事实确实如此。八九十年来，据我所知，顾侠君前辈的酒量算第一，第二是缪文子前辈。我亲眼所见的，有先师孙端人先生，他也加入了当时的酒社。孙先生曾说："我和顾、缪二人之间，还可以排上十多人。"其次是陈句山前辈，酒量和孙先生不分伯仲，但他的酒量不著名。近来路晋清前辈的酒量称第一，吴云岩前辈跃跃欲试和他争胜。路晋清说："云岩酒后更加蕴藉自持，这是因为不胜酒力而刻意矜持。"加以验证，真的是这样。我的同年学士朱竹君、观察使周稚圭都以豪饮自负。云岩说："这两人只能算是豪举。举着杯子猜拳喧嚷，酒也泼了大半，如果叫他们坐着安安静静地喝，就不行了。"一验证，确实这样。后辈中，则以葛临溪为第一，不给酒喝，他从不主动要酒喝；给酒喝，即便一盆酒也没有为难的样子，张嘴长饮，一滴也不剩。他曾在我家喝酒，和诸桐屿、吴惠叔等五六人拼起酒来，一直到深夜，其他人都酩酊大醉，有的还失足摔倒了。葛临溪指挥僮仆把这几个人都搀扶上床，然后从容地上车走了，神志清醒得宛如没喝酒一样。他的仆人说："我跟了他有七八年，从未看见他独自喝过酒，也没看见他醉过。"他喝酒从来不挑，叫他尝酒也不大知道好坏，所以他的同年进士们开玩笑说，他和好色的登徒子一样，好酒到不择酒的地步，他这样的酒量也是少见的。可惜他没赶上和顾、缪两位前辈见见面，在酒桌上一决胜负。孙先生常埋怨我不能喝酒，他说："苏东坡的长处学了是可以的，怎么连他的短处也都要学？"我主持科考录取了葛临溪，写信给孙先生，先生回信说："我的再传门生中有这样的海量，我听了要跳起舞来，但是仍然遗恨你这个身当中间人的没酒量。"前辈的风流，可以说是一段佳话。而今我老了，很久不去参加年轻人的文酒之会，后来者居上，不知现在谁又酒量第一了。

原文

　　余八岁时，闻保母①丁媪言：某家有牸牛，跛②不任耕，乃鬻③诸比邻屠肆。其犊甫离乳，视宰割其母，牟牟鸣数日。后见屠者即奔避，奔避不及，则伏地战栗，若乞命状。屠者或故逐之，以资笑噱，不以为意也。犊渐长，甚壮健，畏屠者如初。及角既坚利，乃伺屠者侧卧凳上，一触而贯其心，遽驰去。屠者妇大号捕牛。众悯其为母复仇，故缓追，逸之，竟莫知所往。时丁媪之亲串杀人，遇赦获免，仍与其子同里闬④。丁媪故窃举是事为之忧危，明仇不可狎也。余则取犊有复仇之心，知力弗胜，故匿其锋，隐忍以求一当。非徒孝也，抑亦智焉。黄帝《巾机铭》曰："日中必慧。操刀必割。"言机之不可失也。《越绝书》⑤子贡谓越王曰："夫有谋人之心，使人知之者，危也。"言机之不可泄也。《孙子》⑥曰："善用兵者，闭门如处女，出门如脱兔。"斯言当矣。

——●【字词注解】

　　①保母：为人抚育、管领子女的妇女。

　　②跛：瘸腿。

　　③鬻：卖。

　　④里闬：里巷。

　　⑤《越绝书》：是记载中国早期吴越历史、地理的重要典籍，又称《越绝》《越录》《越记》等。

　　⑥《孙子》：即《孙子兵法》，为春秋时期吴国名将孙武所著。

—●【精彩解说】

　　我八岁时，听保姆丁妈说：某家有头母牛，因瘸腿不能耕地，便卖给了附近的屠户。母牛生的牛犊刚断奶，看见屠宰母牛，哞哞叫了好几天。后来它见了这个屠夫便跑，奔跑不及便趴在地上发抖，好像哀求饶命的样子。有时屠夫故意追它取乐，并不在意。等牛犊长大，极为壮健，还像小时那么怕屠夫。等角长到坚硬锋利时，便瞅准屠夫在凳子上侧卧的时机，用角一下把屠夫的心脏刺穿了，之后急忙跑了。屠夫的妻子狂呼捉牛。众人都同情牛为母报仇，故意耽搁追牛，牛跑了，竟不知它到何处去了。当时丁妈的一个亲戚杀人，遇到大赦免罪，但这个亲戚却和被杀者的儿子住在一个胡同里。因此丁妈就讲了这个故事来警告他，说这种仇恨不能掉以轻心。我从这个故事中所得到的启示是：牛犊有复仇心，知道力气胜不过对方，便故意藏起了锋芒，隐忍着等待那一击。它不仅有孝道，而且聪明。黄帝在《巾机铭》中说："日中必慧。操刀必割。"说的是机不可失。《越绝书》中，子贡对越王说："夫有谋人之心，使人知之者，危也。"（有谋算他人之心而被这人知道了，就危险了）说的是机密不可泄露。《孙子》中说："善用兵者，闭门如处女，出门如脱兔。"（善于用兵的，关了门安静得如处女，出了门则如逃脱的兔子一样迅速）这话说得很在理。

原文

　　姜慎思言：乾隆己卯夏，有江南举子以京师逆旅①多湫隘，乃税西直门外一大家坟院读书。偶晚凉树下散步，遇一女子，年十五六，颇白皙。挑与语，不嗔不答，转墙角自去。夜半睡醒，似门上了鸟②微有声，疑为盗。呼僮不应，自起隔门罅③窥之，乃日间所见女子也。知其相就，急启户拥以入。女子自言："为守坟人女，家酷贫，父母并拙钝④，恒恐嫁为农家妇。顷蒙顾盼，意不自持，故从墙缺至君处。君富贵人，自必有妇，傥能措百金与父母，则为妾媵⑤无悔。父母嗜利⑥，亦必从也。"举子诺之，遂相缱绻，至鸡鸣乃去。自是夜半恒至，妖媚冶荡，百态横生。举子以为巫山洛水⑦不是过也。一夜来稍迟，举子自步月候之。乃忽从树杪飞下。举子顿悟，曰："汝毋乃狐耶？"女子殊不自讳，笑而应曰："初恐君骇怖，故托虚词。今情意已深，不妨明告。将来游宦四方，有一隐形随侍之妾，不烦车马，不择居停，不需衣食，昼可携于怀袖，夜即出而荐枕席，不愈于千金买笑耶？"举子思之，计良得。自是潜住书室，不待夜度矣。然每至秉烛，则外出，夜半乃返，或微露鬓乱钗横状。举子疑之而未决。既而与其娈童通；旋为二仆所窥，亦并与乱。庖人知之，亦续狎焉。一日，昼与娈童寝。举子潜扼杀之，遂现狐形，因埋于墙外。半月后，有老翁诣举子曰："吾女托身为君妾，何忽见杀？"举子愤然曰："汝知汝女为吾妾，则易言矣。夫两雄共雌，争而相戕，是为妒奸，于律当议抵。汝女既为我妾，明知非人而我不改盟，则夫妇之名分定矣。而既淫于他人，又淫于我仆，我为本夫，例得捕奸。杀之，又何罪耶？"翁曰："然则何不杀君仆？"举子曰："汝女死则形见，此则皆人也。手刃四人，而执一死狐为罪案，使汝为刑官，能据以定谳乎？"翁俯首良久，以手拊膝曰："汝自取也夫！吾诚不料汝至此。"振衣自去。举子旋移居准提庵，与慎思邻房。其娈童与狐尤昵，衔主人之太忍，具泄其事于慎思，故得其详。

──●【字词注解】

①逆旅：客舍，旅店。

②了鸟：指门窗搭扣。

③门罅：门缝。

④拙钝：拙笨。

⑤妾媵（yìng）：陪嫁的女子，或指姬妾或陪嫁丫头。

⑥嗜利：贪财。

⑦巫山洛水：巫山与洛水之女神。

──●【精彩解说】

姜慎思说：乾隆二十四年（1759年）夏天，有位江南举子因京城的旅舍低矮狭窄，便租了西直门外一个大户的坟院读书。有天他趁晚凉在树下散步，碰见一个女子，十五六岁，皮肤极白皙。举子挑逗她，她不怒也不答，转过墙角走了。半夜举子醒来，好像听见门上铁环有动静，以为是小偷。于是叫僮仆，也没人应，他起来隔着门缝往外看，却是白天所见的那个女子。知道她是主动来投他的，便急忙开门，把她抱了进来。女子说："我是守坟人的女儿，家里极穷，父母都很拙笨，因此时常担心被嫁给农家。刚才承蒙你看上我，我也控制不了自己，所以从墙豁过来到你这儿。你是富贵人，肯定有妻子，倘若能筹措一百两银子给我父母，我就是当你的妾媵也不后悔。父母爱钱，也肯定能答应。"举子答应了，于是两人缠绵亲热，一直到鸡叫女子才离去。从此她常在半夜里来，妖媚放荡，风情万种。举子认为与巫山、洛水的女神幽会也不过如此。一天夜里，这女子来得有点儿晚，举子在月下散步等着她。她却忽然从树梢上飞了下来。举子顿时醒悟，说："你莫不是狐狸？"女子也不隐瞒，笑着回答："当初担心你害怕，所以我撒了个谎。现在你我情意已颇深，不妨我说实话。你将来四处做官，有一个不见形体、随时可以侍奉你的妾，不必另备车马、不挑住处，不需要衣服食物，白天可以藏在你的衣袖里，晚上可以陪你睡觉，不好过去找妓女吗？"举人一想，这的确不错。从此狐女便偷偷地住在书房里，不再夜来晨去了。但她每到点灯的时候就要外出，半夜才回来，有时还微微显出发乱钗横的样子。举子有所怀疑但不知怎么回事。不久，她和举子的娈童淫乱；被两个仆人看见了，她又和这两个仆人淫乱。厨子知道了这事，她又和厨子亲热。一天，她大白天和娈童睡觉。举子悄悄躲在一旁趁机将她掐死了，她死后显了原形，被埋在墙外。半个月后，有个老翁来找举子，说："我的女儿托身于你为妾，为何忽然被杀了？"举子愤愤地说："你知道你女儿是我的妾，这就好说了。两男争抢一女而相互残杀，这是妒奸，按法律应该抵命。你女儿当了我的妾，我明知她不是人类，但仍不改变以前的约定，说明夫妇的名分是确定了的。但她既和别人淫乱，又和我的仆人淫乱，我是她的丈夫，自当捉奸。杀了她，又有什么罪？"老翁说："那么，你为何不杀仆人？"举子说："你女儿死了就显出原形，其他的都是人。我杀了这四个人，拎着一只死狐狸作为证据，如果你是审判官，你能据此定案吗？"老翁低头沉思了好长时间，用手拍着膝盖说："女儿你这是自取灭亡啊！我真没想到你这个样子。"他弹了弹衣服走了。不久，举子迁居准提庵，和姜慎思为邻居。他的娈童和狐女相好，恨主人太残忍，把这事都透露给姜慎思，因此他知道得很详细。

原文

古人祠宇，俎豆^①一方，使后人挹想^②风规，生其效法，是即维风励俗之教也。其间精灵常在，肸蚃^③如闻者，所在多有；依托假借，凭以猎取血食^④者，间亦有之。相传有士人宿陈留^⑤一村中，因溽暑^⑥散步野外。黄昏后，冥色苍茫，忽遇一人相揖。俱坐老树之下，叩其乡里名姓。其人云："君勿相惊，仆即蔡中郎^⑦也。祠墓虽存，享祀多缺；又生叨士流，殁不欲求食于俗辈。以君气类，故敢布下忱^⑧。明日赐一野祭可乎？"士人故雅量，亦不恐怖，因询以汉末事，依违酬答，多罗贯中《三国演义》中语，已窃疑之；及询其生平始末，则所述事迹与高则诚《琵琶记》^⑨纤悉曲折，一一皆同。因笑语之曰："资斧匮乏，实无以享君，君宜别求有力者。惟一语嘱君：自今以往，似宜求《后汉书》《三国志》、中郎文集稍稍一观，于求食之道更近耳。"其人面赪^⑩彻耳，跃起现鬼形去。是影射敛财之术，鬼亦能之矣。

─●【字词注解】

①俎豆：俎和豆都是古代祭祀时所用的礼器，引申为祭祀。

②挹想：联想。

③肸（xī）蚃（xiǎng）：连绵不绝之意。

④血食：用于祭祀的食品。

⑤陈留：今河南开封市区东陈留镇。

⑥溽（rù）暑：天气炎热。

⑦蔡中郎：指东汉文学家蔡邕，曾任左中郎将。

⑧下忱：谦辞，指本人的想法。

⑨《琵琶记》：元末高明（字则诚）所作的一出剧，讲述蔡邕与赵五娘的爱情故事。

⑩赪（chēng）：红色。

——•【精彩解说】

　　古人的祠堂和庙宇，能够享受着一方的祭祀，使后人遥想前人的风范，从而产生效仿之心，起到了维持风化的作用。其中常有古人的精神魂灵存在，有关他们显灵的传说连绵不绝；冒名假托，借古人之名骗取祭祀的，也偶尔会出现。相传有位士人在陈留的一个村子中借宿，由于夏天闷热到野外去散步。当时已是黄昏之后，暮色苍茫，突然有一个人朝他作揖。两人一起坐到老树下后，士人问起对方的籍贯、姓名。那人说：“你不要怕，我就是蔡邕。如今，虽然我的祠堂、坟墓还在，但祭祀经常不足；由于我生前是个士人，因此也不想朝那些世俗之辈请求食物。因为与你志趣投缘，所以才说出我的想法。明天你可以在野外祭奠我一次吗？”士人一向度量宽宏，也不害怕，于是问起汉代末年的事，但鬼回答得模棱两可，大多是《三国演义》中的内容，士人便因而生疑；待问及蔡邕的生平情况，鬼所叙述的详细情况，一一都与高则诚的《琵琶记》中情节相合。于是士人笑道：“我不大富裕，实在无力祭奠你，你应该去求富裕的人。我还有一句话嘱咐你：以后你似乎应该找来《后汉书》《三国志》和蔡中郎的文集翻翻，这样你再装蔡邕出去求祭，就更像一些了。”鬼的脸一下红到了耳根，跳起来显了鬼的原形跑了。这个故事是在影射某些人骗取财物，其实鬼也会这种骗术。

拓展阅读

　　蔡邕　字伯喈，陈留郡圉县（今河南杞县南）人，出身官宦世家，年轻时就以才学和孝行著称，是名臣胡广的学生。汉桓帝听说他精通音律，征召他入朝，他称病不去。后被司徒乔玄辟为掾属，不久升为议郎，由于得罪高官和干政的宦官而入狱并遭流放，第二年遇赦，又因得罪权贵而逃往浙江，在那里生活了十余年。董卓擅权之后，征召蔡邕，蔡邕推辞不去，董卓以灭三族相威胁，蔡邕不得已来到洛阳，深受董卓器重，很快升任左中郎将。董卓被诛杀后，蔡邕对他表示了同情之意，被掌握大权的司徒王允杀死。蔡邕是辞赋大家，代表作《述行赋》《青衣赋》等都极为动人。他的诗歌流传下来的都是他的女儿蔡文姬凭记忆默写出来的，具有较高的艺术价值。他擅长书法，隶书造诣最深，创制了“飞白”体。由他书写的《熹平石经》书文俱佳，在当时引发巨大的轰动，对后世儒学的影响极为深远。

　　《三国演义》　全称《三国志通俗演义》，中国第一部章回小说，也是历史演义小说的开山之作，被列为"四大名著"之一。《三国演义》记录了从东汉末年到西晋初年这近百年的历史风云，塑造出诸葛亮、关羽、曹操、周瑜等一大批家喻户晓的人物，引发的"三国热"一直持续到今天，热度丝毫不减。《三国演义》的作者是元末明初的小说家罗贯中，名本，字贯中，号湖海散人，籍贯争议较大。他出身商人家庭，长期居住在杭州，曾在高邮担任过元末农民起义军首领张士诚的幕僚，因劝谏不被采纳而回到杭州。明朝初年，《三国演义》正式成书，他还增补了老师施耐庵的《水浒传》，并创作了《三遂平妖传》《残唐五代史演义》等小说。

中华传统文化国粹经典文库书目

	第一辑		
序号	书名	作者/编者	导读者
1	三国演义	[明]罗贯中/著	郑铁生
2	水浒传	[明]施耐庵/著	宁稼雨 石 麟
3	西游记	[明]吴承恩/著	孟昭连
4	红楼梦	[清]曹雪芹 高鹗/著	郑铁生
5	镜花缘	[清]李汝珍/著	欧阳健
6	白话聊斋	[清]蒲松龄/著	王晓华
7	阅微草堂笔记	[清]纪昀/著	吴 波
8	西厢记	[元]王实甫/著	周传家
9	世说新语	[南朝宋]刘义庆/著	侯忠义
10	山海经	[汉]刘歆/编	马文大
11	道德经	[春秋]老子/著	王 蒙
12	四库全书	[清]纪昀等/编	林 骅
13	唐诗三百首	立 人/编	徐 刚
14	元曲三百首	立 人/编	查洪德
15	宋词三百首	立 人/编	韩小蕙
16	中华成语典故	立 人/编	陈世旭
17	中华寓言故事	立 人/编	陈世旭
18	颜氏家训	[南北朝]颜之推/著	孙钦善
19	治家格言	[清]朱伯庐/著	李硕儒
20	了凡四训	[明]袁了凡/著	俞 前
21	增广贤文	立 人/编	孙立仁
22	牡丹亭	[明]汤显祖/著	周传家
23	随园诗话	[清]袁枚/著	潘务正
24	人间词话	王国维/著	陈世旭
25	楚 辞	[战国]屈原等/著	石 厉
26	吴越春秋	[东汉]赵晔/著	田秉锷
27	菜根谭	[明]洪应明/著	俞 前
28	小窗幽记	[明]陈继儒等/著	陈喜儒
29	围炉夜话	[清]王永彬/著	陈喜儒
30	浮生六记	[清]沈复/著	王晓华
31	传习录	[明]王阳明/著	王建新
32	说文解字	[东汉]许慎/著	冯 蒸
	第二辑		
序号	书名	作者/编者	导读者
1	史 记	[西汉]司马迁/著	关四平
2	资治通鉴	[北宋]司马光/编	张秋升
3	春秋左传	[春秋]左丘明/著	石定果
4	战国策	[西汉]刘向/编	李瑞兰
5	汉 书	[东汉]班固/著	关四平
6	三国志	[晋]陈寿/著	郑铁生
7	古文观止	[清]吴楚材 吴调侯/编	牛 倩
8	论 语	[春秋]孔子等/著	石 厉
9	孟 子	[战国]孟子/著	邵永海

中华传统文化国粹经典文库书目

序号	书名	作者 / 编者	导读者
10	庄 子	[战国] 庄子 / 著	尚学峰
11	荀 子	[战国] 荀子 / 著	尚学峰
12	管 子	[春秋] 管子等 / 著	官 铎
13	墨 子	[战国] 墨子等 / 著	陈鹏程
14	韩非子	[战国] 韩非 / 著	邵永海
15	列 子	[战国] 列子 / 著	陈鹏程
16	鬼谷子	[战国] 鬼谷子 / 著	张世林
17	淮南子	[西汉] 刘安等 / 著	张秋升
18	诸子百家	立 人 / 编	张弦生
19	孔子家语	孔子门人 / 编	薄克礼
20	吕氏春秋	[战国] 吕不韦等 / 编	田秉锷
21	礼记·尚书	[西汉] 戴圣 / 著	冯 蒸
22	三言二拍	[明] 冯梦龙 凌濛初 / 著	宁宗一
23	隋唐演义	[清] 褚人获 / 著	欧阳健
24	聊斋志异	[清] 蒲松龄 / 著	林 骅
25	儒林外史	[清] 吴敬梓 / 著	吴 波
26	东周列国志	[明] 冯梦龙 / 著	侯忠义
27	弟子规·千家诗	[清] 李毓秀 / 著 [南宋] 谢枋得 王相 / 编	郑铁生
28	孙子兵法·三十六计	[春秋] 孙武 / 著	李海涛
29	容斋随笔	[南宋] 洪迈 / 著	李硕儒
30	纳兰词	[清] 纳兰性德 / 著	李硕儒
31	豪放词·婉约词	立 人 / 编	韩小蕙
32	唐宋散文八大家	立 人 / 编	卓 然

第三辑

序号	书名	作者 / 编者	导读者
1	中华上下五千年	立 人 / 编	林海清
2	二十五史	立 人 / 编	林海清
3	四书五经	立 人 / 编	张弦生
4	智囊全集	[明] 冯梦龙 / 编	周传家
5	贞观政要	[唐] 吴兢 / 著	张弦生
6	诗 经	[春秋] 孔子 / 编	石 厉
7	孝 经	[春秋] 孔子 / 著	田秉锷
8	挺 经	[清] 曾国藩 / 著	王建新
9	易 经	立 人 / 编	李树果
10	冰 鉴	[清] 曾国藩 / 著	陈喜儒
11	糊涂经	立 人 / 编	周传家
12	周易全书	立 人 / 编	郑铁生
13	黄帝内经	立 人 / 编	廉玉麟
14	本草纲目	[明] 李时珍 / 著	廉玉麟
15	三字经·百家姓·千字文	[南宋] 王应麟 [南北朝] 周兴嗣 / 著	乔卉林
16	大学·中庸	[春秋] 曾子 [战国] 子思 / 著	牛 倩
17	曾国藩家书	[清] 曾国藩 / 著	武道房
18	唐诗·宋词·元曲	立 人 / 编	卓 然
	未完待续……		